DAVID L. LINDSEY

Abgründig

Buch

Carmen Palma gehört zum Morddezernat von Houston; sie ist die einzige Frau unter 70 Männern. Als die Stadt von einer Serie mysteriöser Frauenmorde erschüttert wird, setzt man die Detektivin auf diese bizarren Sexverbrechen an. Ihre weibliche Intuition führt sie in einen Kreis von Frauen aus bester Gesellschaft, die alle ein Doppelleben führen. Die Indizien der immer brutaler werdenden Morde fügen sich zu einem Muster zusammen, das jede Erfahrung der Polizei mit psychologischen Profilen von Sexualmördern übersteigt. Carmen Palma wird gezwungen, in Schattenwelten einzutauchen, die auch ihren männlichen Kollegen bisher verborgen geblieben sind. Sie kommt dabei zu einer Erkenntnis, die so schockierend wirkt, daß niemand sie glauben will. Nur der Psychiater Dr. Broussard könnte hier eine Erklärung liefern, da alle Opfer seine Patientinnen waren – und mehr ...

Autor

David L. Lindsey, 1944 in Texas geboren, studierte Literatur, arbeitete als Lektor in verschiedenen Verlagen und ist seit 1979 freier Schriftsteller. Jahrelange Erfahrungen in der Zusammenarbeit mit der Polizei verleihen seinen Büchern eine besondere Authentizität. Er wurde 1989 mit dem »Edgar Allan Poe Award« ausgezeichnet.

Von David L. Lindsey außerdem bei Goldmann erschienen:

Der Kuss der Rache. Roman (45121)
Requiem für ein Herz aus Glas. Roman (44562)
Die Farbe der Dunkelheit. Roman (41657)
Dunkles Leuchten. Roman (42979)
Teuflisch. Roman (41480)
Amaranta. Roman (41214)
Kalter Amok. Roman (41045)
Todesspirale. Roman (9908)
Sog der Gewalt. Roman (9765)

Kalter Amok / Sog der Gewalt.
Zwei Thriller in einem Band (13144)
Der Tote ohne Gesicht. Roman (45228)

David L. Lindsey

Abgründig

Roman

Aus dem Amerikanischen
von Elke vom Scheidt

GOLDMANN

Die amerikanische Originalausgabe
erschien unter dem Titel »The Face of the Assassin«
bei Warner Books, New York

FSC
Mix
Produktgruppe aus vorbildlich
bewirtschafteten Wäldern und
anderen kontrollierten Herkünften

Zert.-Nr. SGS-COC-1940
www.fsc.org

Verlagsgruppe Random House FSC-DEU-0100
Das für dieses Buch verwendete FSC-zertifizierte Papier
München Super liefert Mochenwangen

Einmalige Sonderausgabe
Taschenbuchausgabe März 2007

Umschlaggestaltung: Design Team München
Umschlagillustration: Getty-Images/RyanMcVay
Druck und Bindung: GGP Media GmbH, Pößneck
Printed in Germany
ISBN 978-3-442-46478-4

www.goldmann-verlag.de

ERSTER TEIL

Donnerstag, 11. Mai

1

Sandra Moser blieb in der geräumigen Eingangsdiele ihres Hauses stehen, ein Gummiband im Mund, hob die Arme zum Nacken und faßte ihr blondes Haar zu einem Pferdeschwanz zusammen. Sie trug ein rosa Trikot über weißen Strumpfhosen. Nachdem sie ihr Haar zusammengerafft hatte, schlang sie das Gummiband mehrmals darum. Dabei lauschte sie auf das Fernsehgerät im Familienwohnraum auf der anderen Seite der Diele, wo ihre Kinder Cassie, acht, und Michael, sechs, zusammen mit dem Hausmädchen Hamburger aßen. Sie hatte sie bereits zum Abschied geküßt und dabei ein routinemäßiges, achtloses «Tschüs» geerntet, wie immer, wenn sie zu ihrem Aerobic-Kurs aufbrach.

Als sie die mit ihrem Monogramm versehene Sporttasche aus dem Garderobenschrank neben der Haustür nahm, fiel ihr Blick auf den Regenschirm ihres Mannes. Er hing an der Schrankwand. Andrew weigerte sich, ihn mitzunehmen, und behauptete, er liege nur im Auto herum und sei ihm dauernd im Weg. Außerdem brauche er ihn einfach nie. Er stellte den Wagen in einem Parkhaus ab und ging durch überdachte Passagen in sein Büro. Sie pflegte ihn an die Anlässe zu erinnern, bei denen er tropfnaß geworden war – das war in den letzten drei Monaten dreimal passiert –, aber er tat diese warnenden Beispiele gewöhnlich als «Ausnahmen» ab. Von Ausnahmen hielt Andrew nichts.

Sie nahm den Regenschirm von der Wand und lehnte ihn an den

kleinen chinesischen Tisch, damit sie nicht vergaß, ihn in seinen Wagen zu legen, wenn er nach Hause kam. Dann verließ sie eilig das einstöckige Haus im georgianischen Stil, das im dichten Pinienwald von Hunters Creek lag, einer von mehreren Siedlungen Westhoustons, bekannt als Memorial-Villages. Auf der Liste der reichsten amerikanischen Vororte standen die Villages ziemlich weit oben.

Erst vor einer halben Stunde war ein frischer Frühlingsregen gefallen. Der Wald duftete, und die Stadt lag sauber gewaschen in der Dämmerung. Sandra atmete die feuchte Abendluft tief ein, während sie ihre Tasche in den blauen Wagoneer-Jeep warf, sich ans Steuer setzte und die Scheinwerfer einschaltete. Sie startete den Jeep. Als sie die Straße erreichte, sah sie auf die Uhr. Es war sieben Uhr vierzig. Ihr Aerobic-Kurs begann um acht, und Andrew war bis zehn bei seiner wöchentlichen Geschäftsbesprechung.

Schnell fuhr sie auf der regennassen Straße zur großen Nord-Süd-Verbindung von Voss, wo sie links abbog. Nach etwa einer Meile würde sie Woodway erreichen, wo sie erneut links abbiegen mußte, um zu Sabrina's zu kommen, einem Sportclub, der sich um die ohnehin schlanken Körper der Frauen aus den Villages kümmerte. Doch Sandra Moser bog in Woodway nicht links ab. Vielmehr fuhr sie über die Kreuzung und steuerte den Wagoneer östlich durch reiche Villenviertel, bis sie die erste Abzweigung nach rechts in den eleganten Post Oak Boulevard nahm. Die Gegend der Galleria, jetzt als Uptown Houston bekannt, war der größte vorstädtische Geschäftsbezirk des Landes.

Sandra Moser steuerte den Wagoneer auf die Abbiegespur und fuhr rasch durch den Verkehrsstrom zum Doubletree Hotel. Der uniformierte Portier trat in die Einfahrt, um ihr die Autotür zu öffnen, doch sie hielt nicht an, sondern fuhr an ihm vorbei zum Tor des Parkhauses. Sie nahm einen Parkschein aus dem Automaten, die Schranke öffnete sich, und sie fuhr in das Parkhaus. Erst auf dem zweiten Parkdeck fand sie einen freien Platz. Sie nahm ihre Tasche aus dem Wagen, schloß ihn ab und ging zum Aufzug, der sie hinunter in die Hotelhalle brachte.

An der Rezeption wies sie einen gefälschten Führerschein vor und sagte dem Empfangschef, sie wolle bar bezahlen. Dieser Führerschein war ein Dokument, das sie ziemlich viel Geld und beträchtlichen Ärger gekostet hatte. Diejenigen unter ihnen, die verheiratet waren, mußten solche Vorkehrungen treffen – bei ihnen war der Draht etwas straffer gespannt und der Balanceakt etwas heikler als bei den anderen. Aber die Sache war es wert gewesen. Der Führerschein leistete ihr nun schon seit zwei Jahren gute Dienste. Sie bat um ein Zimmer, das auf den Boulevard hinausging, im höchstmöglichen Stockwerk. Nachdem sie das Anmeldeformular unterschrieben und die Rechnung bezahlt hatte, lehnte sie die Hilfe eines Pagen ab und ging durch die höhlenartige Halle direkt zum Aufzug. Ihr tief ausgeschnittenes Trikot und ihre durchtrainierte Figur sorgten dafür, daß sich viele Köpfe nach ihr umwandten. Sandra Moser war eine schöne Frau.

Sie fand ihr Zimmer im siebten Stock, nicht weit vom Aufzug entfernt, und ließ die Magnetkarte in den Schlitz über dem Türgriff gleiten. Sie hörte ein Klicken, und die Tür öffnete sich. Sie schaltete kein Licht ein, sondern warf ihre Tasche und die Magnetkarte aufs Bett, trat ans Fenster und zog die Vorhänge auf. Links von ihr ragten einige Hochhäuser in den Himmel; ihre Lichter glitzerten. Die Aussicht aus diesen Hochhäusern erfüllte sogar die anspruchsvollsten, verwöhntesten Leute mit Neid.

Sandra Moser ging zum Telefon und wählte eine Nummer. Sie sprach nur ein paar Worte, dann legte sie auf. Sie ging zurück zum Fenster. Während sie davor stand, hob sie die Arme und nahm das Gummiband aus ihrem Pferdeschwanz. Sie schüttelte ihr Haar und atmete tief ein. Das Zimmer war sauber und roch nicht nach Zigarettenqualm. Es war neu und frisch.

Von diesem Augenblick an würde es anders sein als all die Male zuvor. Bis jetzt hatte sie gelernt. Es war eine lange Lehrzeit gewesen, erschwert durch ihre eigenen Ängste und psychologischen Hemmungen. Vielleicht hätte sie diesen Punkt nie erreicht, wenn sie keine Hilfe gehabt hätte, wenn sie nicht angeleitet und gefördert und mit Geduld und Verständnis geführt worden wäre. Sie hatte das Stadium erreicht, in dem sie sich selbst vollkommen aufgab; sonst würde sie nie erfahren, wie es war, etwas zu verstehen, das nur sehr wenige Menschen jemals kennenlernten. So einfach war das. Man hatte es ihr erklärt, aber sie hatte es auch so gewußt, instinktiv. Der Körper war das Tor zur Seele. Sie hatte es zuvor schon fast geschafft, hatte fast die Schwelle überschritten, ihre Identität aufs Spiel gesetzt, bis sie allein vom Atem der anderen berauscht war, diesem Hauch des eigenen Wesens, den niemand je verändern oder zerstören kann.

Ihre Hände zitterten jetzt, als sie ihr Trikot auszog und beiseite warf. Dann streifte sie die Strumpfhosen ab. Ihre Haut prickelte, lebendig wie Millionen winziger, sensibler Finger. Es war elektrisierend, daß sie sich endlich positiv entschieden hatte; eine ganze Woche lang hatte sie vor Erwartung kaum an etwas anderes denken können; gleich würde sich der Vorhang vor ihrer Verdrängung heben.

Jemand klopfte energisch an die Tür, und sie zuckte zusammen. Einen Augenblick zögerte sie, sich umzudrehen, sie blieb nackt vor der Nacht mit ihren gierigen Lichtern stehen. Jetzt war es wirklich zu spät. Als sie auf dem Weg zur Tür am Bett vorbeikam, nahm sie die Magnetkarte auf. Aus irgendeinem Grund, den sie selbst nicht kannte – sie hatte das nie zuvor getan –, öffnete sie die Tür nicht, sondern kniete nieder und schob die Karte unter dem Türspalt durch, durch den ein Lichtschein drang. Dann wich sie langsam zurück, lauschte, wie die Karte in den Schlitz glitt und klickte, lauschte dem zweifachen Klicken des Türgriffs und sah zu, wie der Lichtspalt sich zu einem hellen Schein erweiterte, der die Gestalt umgab wie eine brennende Aura. Dann verengte sich der Türspalt wieder, es wurde dunkel, und das Licht war nur noch der schmale Streifen unter der Tür. Die Gestalt stand irgendwo im dunklen Eingang.

Wieder wartete sie mit dem Rücken zum Zimmer, dem Fenster zugewandt, und lauschte den Geräuschen, mit denen hinter ihr im dunklen Raum ein kleiner Lederkoffer ausgepackt wurde. Fast sofort nahm sie den starken, moschusartigen Duft von Lippenstift und Ölen wahr, gefolgt vom metallenen Klirren von Schnallen, dem knisternden Rascheln neuen Seidenpapiers, dem gedämpften Klikken von Ebenholzperlen, Atemzügen, einer Duftwelle von «Je Reviens». Sie hatte all das geplant, die kleinsten Einzelheiten von Geräuschen und Gerüchen in der richtigen Abfolge choreographiert. Sie zitterte nicht nur, weil diese Dinge ihrer Vorstellung entsprachen, sondern war entzückt, daß jedes Detail ihrer Planung befolgt wurde.

Gemäß vorheriger Absprache kontrollierte sie die Ereignisse, die gleich ablaufen würden, und sie wußte, sie würden unerbittlich weitergehen, ganz gleich, wie sehr sie flehte, sie sollten aufhören. Aber sie konnte ihr Zittern nicht beherrschen.

Wie ein Nō-Spiel schien es Stunden zu dauern, obwohl es unmöglich war, die Zeit genau abzuschätzen. Sie hatte ihre Meßbarkeit verloren. Und da war Sprache, ein erregter Monolog, ein überspanntes Selbstgespräch, in dem sie die vertraute Unruhe ihrer eigenen unterdrückten Erregung erkannte. Obwohl sie alles vorher festgelegt hatten, jeden Akt und jede Szene, jede Dialogsilbe, jede Bewegung von Hand und Zunge und Becken, gab es Überraschungen – der Intuition und der Empfindung, die beiderseitige unausgesprochene Entscheidung, das Vorspiel erotischer Spannung auszudehnen.

Schließlich lag sie auf dem Bett, von dem bis auf das Laken alles andere entfernt und in eine Ecke geworfen worden war, Arme und Beine ausgestreckt, die Handgelenke schon gefesselt. Sie lauschte dem Geplapper und spürte, wie ihr rechtes Fußgelenk festgebunden wurde. Manchmal verstand sie, manchmal nicht, während sie sich gegen den Drang ihres Körpers wehrte, zu hyperventilieren, obwohl sie wußte, daß sie im Akt ihrer Hingabe den Ablauf des Spiels kontrollierte und eine Dimension der Erfahrung erreichte, die sie nie zuvor gekannt hatte. Als sie fühlte, wie ihr linkes Fußgelenk gebunden wurde, atmete sie lange und tief ein. Vertrauen war entscheidend. Sie erinnerte sich: Der Körper war das Tor zur Seele. Nie in ihrem Leben hatte sie sich so stark konzentriert. Als die letzte Schnalle einschnappte, fühlte sie sich plötzlich leichter als Luft, als sei sie nicht gefesselt, sondern befreit worden. In diesem Augenblick begriff sie, daß totale Hilflosigkeit, totale Hingabe wie eine schwarze Feder war, ein Schweben, ein Fall in eine weite, dunkle Leere.

Die Choreographie wurde präzise befolgt. Sie schrie und wand sich und wehrte sich gegen die Fesseln; sie bat, es solle aufhören; sie flehte. Doch es ging weiter, über das hinaus, was sie ertragen zu können glaubte, über die Lust hinaus, die sie erwartet hatte, und in etwas Jenseitiges, wie ihr versprochen worden war. Sie rollte herum und bäumte sich auf unter Wellen von Lust, die sie sich nie vorgestellt hatte, sie glitt in die Wellentäler und ritt auf den steilen Kämmen von Empfindungen, von denen sie nie geträumt hatte. Manchmal schaute sie zwischendurch hinaus in den Regen vor dem Fenster, um mit der Realität in Kontakt zu bleiben, blickte fest auf das gebrochene Licht, das wie ein gemalter Hintergrund die Gestalt über ihr umgab. Als das Tempo sich beschleunigte, erlebten sie wieder diesen Augenblick, in dem sie den Atem der anderen erfuhren, jenen Hauch des innersten Wesens, den niemand verändern oder zerstören kann. Und dann wurde sie auf den Kamm einer hohen Woge geworfen, einer langen, schwellenden Anhöhe, von der aus sie wirkliche Angst erblickte. Das war es. Sie war zu hoch, zu weit fort, die Realität war erschreckend klein und wich stetig weiter zurück. Sie flehte, es solle aufhören, aber es hörte nicht auf. Es wurde schlimmer, viel schlimmer, und einen Augenblick lang geriet sie in Panik, glitt fast in Bewußtlosigkeit hinüber, ehe sie sich an das Sicherungswort erinnerte. «Gnade», keuchte sie und wartete auf die Rettung.

«Gnade! Gnade!»

Doch alles zerfiel in einem orangeroten Aufflammen.

Der erste Schlag brach ihre Kinnlade.

Sie spürte, wie sie gebissen und gekaut wurde.

Sie war wie betäubt. «Gnade!»

Der zweite Schlag traf ihren Nasenknorpel.

Entsetzt hörte sie das Geschnatter, das zu schnell war, als daß sie es hätte verstehen können, schneller schien, als Lippen Worte formen konnten. Plötzlich wurde sie bei einem Namen gerufen, den sie nie zuvor gehört hatte, und ihr wurden Dinge angelastet, die sie nie getan hatte.

«Gnade!»

Ein weiterer Schlag und das unglaubliche, betäubende Gefühl, gebissen zu werden. Überall schlugen Zähne in ihr Fleisch, denen keine Stelle heilig war.

Verzweifelt schluckte sie das Blut herunter, das ihr von der Rückseite der Nase in die Kehle floß, und versuchte, mit ihren vom Schock getrübten Augen klar zu sehen. Das war falsch, ganz falsch. Sie hörte das klirrende Geräusch einer Schnalle, und dann wurde ihr etwas unter den Nacken geschoben. Sie spürte nackte Knie zu beiden Seiten ihrer Brust. Der Gürtel war breit wie ein hoher Kragen, und als er langsam angezogen wurde, füllten sich ihre Ohren mit einem dröhnenden Rauschen. Ihr Herz hämmerte und ließ sie erbeben, als wolle es explodieren. Dann hörte sie nichts mehr, und ihr Herz schien nachzugeben. Sie begann zu treiben. Sie hatte ihren Körper fast verlassen, fast die gnädige Trennung erreicht, als sie grausam zurückgebracht wurde durch das Brüllen und Hämmern und den Schmerz und die unvorstellbare Qual ihrer Prüfung.

Dann wurde der Gürtel wieder angezogen.

Die Zeit hatte keine Bedeutung mehr außer ihrem Kommen und Gehen in den Geräuschen und Empfindungen, die den Rand ihres Bewußtseins erfüllten. Alles war falsch gelaufen, alles, dies und alles andere, sogar die Jahre, die in ihrer Erinnerung abspulten. Sie hatte jemandem die Autorität gegeben, mit ihrem Leben zu spielen, sie auf perverse Weise immer wieder zu Bewußtsein zu bringen, schneller zu sprechen, als man verstehen konnte, als Lippen Worte formen konnten, sie bei einem Namen zu rufen, den sie nie gehört hatte, ihr Dinge vorzuwerfen, die sie nie getan hatte.

Nur der Regen war keusch, und der Regen war das letzte, was ihr schwindendes Bewußtsein wahrnahm.

ERSTER TAG
Montag, 29. Mai

2

Detective Carmen Palma stand im spärlichen Schatten eines Christusdorns auf einem kleinen Rasenstück neben der Eingangstreppe zum Verwaltungsgebäude des Houston Police Department. Sie trug eine Schildpatt-Sonnenbrille, um das blendende Licht von Hunderten von Windschutzscheiben und Tausenden von Chromleisten an den Autos auf dem Parkplatz gegenüber zu mildern. Links von ihr, nur einen Steinwurf von der Polizeistation entfernt, wand sich unter dem Gewirr von Rampen und Überleitungen des Gulf Freeway ein Stauwasserarm des Buffalo Bayou. Die Schattenseiten der Innenstadt-Wolkenkratzer standen vor der Zehnuhrsonne wie ein massiver Bergabhang aus Glas, der sich südlich jenseits der Schnellstraßen erstreckte. Zerrissene Reihen von dicken, feuchtigkeitsgeladenen Wolken aus dem Golf trieben nach Nordwesten, aber binnen weniger Stunden würden sie einem heißen, tintenblauen Himmel weichen. Man schrieb die letzte Maiwoche, und die Temperatur hatte schon an sieben der vergangenen vierzehn Tage die Dreißiggradmarke erreicht. Der letzte Winter war ungewöhnlich naß und mild gewesen und machte der üppigen, halbtropischen Landschaft Houstons den Start in den Sommer leicht. Die Stadt sah aus und fühlte sich an wie ein Treibhaus, da die Luftfeuchtigkeit ebenso unangenehm hoch war wie die Temperatur.

Sie war im Kriminallabor gewesen, um sich nach den Resultaten des Spurenvergleichs an einem Projektil zu erkundigen, das man am

Schauplatz eines bestellten Mordes gefunden hatte. Sie hatte gehofft, die Spuren würden denen an ähnlichen Patronen aus einer AMT-45er-Automatik mit langem Lauf entsprechen, die sie bereits mit einem anderen Mordfall in Verbindung gebracht hatte. Aber das war nicht der Fall gewesen.

Noch während sie diese enttäuschende Nachricht erhielt, hatte Birley aus ihrem Büro im Morddezernat auf der anderen Straßenseite angerufen, um ihr zu sagen, sie hätten einen Einsatz im Westen Houstons. Er war jetzt unterwegs zur Fahrbereitschaft, um sich einen Wagen geben zu lassen, und würde sie so bald wie möglich vor dem Verwaltungsgebäude abholen. Palma schob den Riemen ihrer Handtasche über die rechte Schulter, während sie um die Ecke des Verwaltungsgebäudes ging und über die Umstände des zweiten Mordes nachdachte.

Mit einsfünfundsiebzig war Carmen Palma größer als der Durchschnitt der hispanischen Frauen. Sie hatte geschwungene Hüften und einen etwas kräftigeren Körperbau, als ihr lieb war. Durch regelmäßige Gymnastik versuchte sie, Bauch und Hüften schlank zu halten. Sie hoffte immer, auch ihr Busen würde dadurch etwas kleiner, doch diese Hoffnung erfüllte sich nie. Ihr schwarzes Haar trug sie schulterlang und schlicht geschnitten, lang genug, um es hübsch zu frisieren, wenn sie gerade nicht Polizistin spielte, aber kurz genug, um aus dem Weg zu sein, wenn sie es bei der Tatortarbeit im Nacken zusammenband. Sie benutzte niemals Lippenstift oder viel Make-up, ein Privileg, das die Natur einem gewissen Typ von olivhäutigen Frauen verleiht, deren Pigmentierung ein lebhafter Wechsel von Farbe und Schatten ist. Ihre Augenbrauen waren schwarz und mußten weder nachgezogen noch gezupft werden, um in Form zu bleiben. Mit beiläufiger Aufmerksamkeit zog sie Lidstriche um ihre Augen, die, wie ihre Mutter ihr als Kind vor dem Spiegel mit einem handgroßen Stück Holz demonstriert hatte, dieselbe Farbe hatten wie das sienafarbene Kernholz des Süßhülsenbaums.

Schon vor der frustrierenden Nachricht aus dem Kriminallabor hatte der Morgen schlecht begonnen, von dem Moment an nämlich, als sie, noch halb schlafend, in ihre Küche gegangen war und das Kalenderblatt des vergangenen Tages abgerissen hatte. Sie hatte dort gestanden und auf die neue Zahl und die darunter gekritzelte Notiz geblickt, überrascht, beleidigt, grollend und wütend auf sich selbst. Dann hatte sie sich abgewandt und angefangen, Kaffee zu kochen; er war zu stark. Als sie sich oben anzog, hatte sie eine Strumpfhose zerrissen und dann die winzige hintere Hälfte eines Ohrsteckers fallen lassen und nicht wiederfinden können. Später, wieder in der Küche, hatte sie in kleinen Schlucken den starken Kaffee getrunken, aus dem Fenster in den gepflasterten Hinterhof gestarrt und wieder einmal beschlossen, es auf ihre Art zu bewältigen. So machte sie es meistens, denn sie hatte von ihrem Vater gelernt, daß stetiges Bemühen sie schneller ans erwünschte Ziel brachte als ein kurzer Ausbruch von Tatkraft. Sie dachte immer wieder daran, auch und gerade dann, als sie von dem negativen Ergebnis der ballistischen Untersuchung erfuhr. Damit war ihre letzte Hoffnung zerstört, einen Kerl zu fassen, dessen Glückssträhne in jüngster Zeit schon an ein statistisches Wunder grenzte.

Bis Birley in die Zufahrt einbog, hatte Palma zu schwitzen begonnen. Nach acht Jahren als Detective, davon vier im Morddezernat, hatte sie ihre Lektionen über die praktischen Grenzen von schicker Kleidung bei der Polizeiarbeit gelernt. In ihrem ersten Jahr beim Morddezernat hatte sie ein halbes Dutzend ihrer hübscheren Kleider ruiniert, weil sie entschlossen gewesen war, sich zumindest gelegentlich etwas attraktiver zu kleiden, als praktisch war. Sie hatte die Kleider an solchen Tagen getragen, an denen sie das Gefühl hatte, sie würde keinen schmutzigen Tatort antreffen. Sie hatte sich fast immer geirrt. Endgültig war ihr diese Illusion an einem schwülen Augustnachmittag im East End vergangen. Sie und Jack Mane, ihr damaliger Partner, waren gerufen worden, um das verdächtige Verschwinden einer Prostituierten des Viertels zu untersuchen. An diesem Nachmittag hatte Mane beschlossen, sie ganz gegen seine Gewohnheit als gleichberechtigt zu behandeln. Er hatte ihr «gestattet», unter den Fußboden eines verfaulenden Piers mit Pfahlbauten zu kriechen, um ihren Verdacht bezüglich der Quelle eines deutlichen Verwesungsgeruchs zu bestätigen. Palma hatte im stillen den Preis für ihr Kleid abgeschrieben, sich auf den Weg gemacht und die Tote gefunden. Da waren sich zwei Frauen im falschen Moment begegnet, und keine von beiden war für den Anlaß passend gekleidet.

Birley hatte die Klimaanlage voll aufgedreht, als Palma sich auf den Beifahrersitz fallen ließ.

«Und was hat Chuck nun gesagt?» fragte er, fuhr aus der Zufahrt und bog in die Schnellstraße ein. Er hatte seine Anzugjacke bereits ausgezogen und über die Rückenlehne gehängt und seine Krawatte gelockert.

«Die Patrone war nichts wert», sagte sie. «Offenbar hat der Bursche sie mit dem Hinterreifen seines Wagens überrollt. Der Asphalt hat sie verkratzt. Keine Übereinstimmung.»

«Das ist doch nicht dein Ernst! Nichts?»

Palma schüttelte den Kopf. Sie arbeitete gern mit Birley, obwohl viele jüngere Detectives sich vielleicht über die berufliche Lethargie des älteren Mannes geärgert hätten.

«Was ist eigentlich passiert?» fragte Palma und drückte den übervollen Aschenbecher am Armaturenbrett zu, damit die Klimaanlage die Asche nicht aufwirbelte. «Ich dachte, Cushing und Leeland wären als erste am Tatort gewesen.»

«Waren sie auch. Aber sie sind auf etwas gestoßen, was Cush uns zeigen will. Er meinte, wir wollten es sicher sehen.»

Palma sah ihn an. «Ist das alles?»

Birley grinste. «Wird interessant sein, was immer es ist. Cush glaubt, er täte uns einen Gefallen damit, daß er uns kommen läßt.»

«Wohin?»

«Gute Adresse. Direkt südlich von den Villages.»

Palma nahm ein Folienpäckchen aus ihrer Handtasche, riß es auf und zog ein kleines Erfrischungstuch heraus; damit wischte sie das aschebestreute Armaturenbrett ab. Als sie angefangen hatte, mit Birley zu fahren, hatte er gerade das Rauchen aufgegeben und haßte es, wenn er einen Wagen bekam, den bei der vorigen Schicht ein Raucher benutzt hatte. Er pflegte zu schimpfen und zu fluchen und das Armaturenbrett mit nassen Papierhandtüchern abzuwischen, die er für alle Fälle aus der Herrentoilette in die Garage mitbrachte. Eine Zeitlang säuberte er zwanghaft jeden Wagen, den sie fuhren. Als er seine Nikotinabhängigkeit unter Kontrolle bekam, gab er diese sanitären Übungen allmählich auf. Schließlich kümmerte er sich nicht einmal mehr um das Ausleeren der Aschenbecher. Palma konnte alles ignorieren, nur nicht das Armaturenbrett.

Als sie fertig war, nahm sie eine Schildpattspange aus ihrer Handtasche, faßte ihr Haar im Nacken zusammen und befestigte es mit der Spange.

«Heiß?» fragte Birley, ohne auf Antwort zu warten. «Jedes Jahr kommt die Hitze ein bißchen früher. Ich dachte immer, ich bildete mir das ein oder es sei mein Alter.»

«Und das denkst du jetzt nicht mehr?»

«Nicht mehr, seit sie diesen Treibhauseffekt entdeckt haben», sagte Birley. «FCKW. Weißt du, als Sallys Mutter starb, hinterließ sie uns diese kleine Hütte oben am Trinity. Als ich letztes Mal da war, war der Wasserspiegel um fünf Fuß gesunken. Ein Riesenschock. Und dann habe ich an FCKW gedacht. Ich bin fest überzeugt, daß meine Familie ganz erheblich zu dieser globalen Erwärmung beiträgt. Kannst du dir vorstellen, wieviel Haarspray und Deodorant Sally und die vier Mädchen in den letzten fünfundzwanzig Jahren verbraucht haben?» Er lachte. «Mein Gott! Bis ich da oben in Rente gehe, steht die Hütte an einer stinkenden braunen Sandbank!»

John Birley war ein alter Hase, nicht dem Alter nach, sondern nach seiner Erfahrung bei der Mordkommission, und seit etwas mehr als zwei Jahren Palmas Partner. Er war vierundfünfzig, knapp über einsachtzig und begann gerade, rundlich zu werden. Er hatte ein angenehmes, breites Gesicht mit einer kleinen runden Nase und lebloses braunes Haar, das ihm ausging, aber nicht grau werden wollte. Die Falten in seinen Augenwinkeln waren schon seit ein paar Jahren dagewesen, als Palma ihn kennenlernte. Er hatte einen großen Teil seines Berufslebens mit zwei Jobs zugebracht, um seinen Töchtern das College zu finanzieren, und wirkte älter, als er war. Bis zur Pensionierung nach dreißig Berufsjahren fehlten ihm noch sieben Monate.

Aber die Rente war nicht früh genug gekommen. Im Laufe des letzten Jahres war Birley ausgebrannt. Er wußte es. Alle wußten es. Als Detective tat er nur noch das Allernötigste. Er leistete seine Dienststunden ab und ging nach Hause. Sein Schreibtisch in der quadratischen Kabine des Morddezernats, die er mit Palma teilte, war mit glänzenden, haarigen Fliegen dekoriert, die er zum Angeln brauchte; er stellte sie selbst her und bemühte sich geduldig um perfektes Gleichgewicht, Aussehen und Farbe. Er erfüllte noch immer seine Pflicht, und das so gründlich wie eh und je, aber seine Neugier war verbraucht. Die älteren Detectives erkannten Birleys Problem und akzeptierten es. Er war lange Zeit ein guter Mann gewesen, und niemand forderte seinen Kopf, weil er binnen kurzer Zeit seine Begeisterung verloren hatte. Das passierte eben.

Palma dagegen befand sich genau da, wo sie immer hatte sein wollen. Ihr Vater war einer der ersten hispanischen Detectives beim Morddezernat gewesen und wäre heute in Pension, wenn er nicht vorher einem Verkehrsunfall zum Opfer gefallen wäre. Jetzt, mit dreiunddreißig, war Carmen Palma eine von nur vier weiblichen Detectives in einer Abteilung von fünfundsiebzig Polizeioffizieren, und von den vier Frauen war sie die einzige hispanischer Herkunft. Im Laufe der Jahre hatte sie eine Menge Klugscheißer kennengelernt, doch zum Glück gehörte John Birley nicht dazu. Er kannte keine Rassenvorurteile – im Südwesten eine Seltenheit –, und da er als einziger Sohn mit vier Schwestern aufgewachsen und dann Vater von vier Töchtern geworden war, hatte er keinen einzigen chauvinistischen Knochen im Leib. Und er machte sich keine Illusionen über Frauen, weder positive noch negative.

Palma hatte schon lange genug mit Birley zusammengearbeitet, um ihn zu mögen und zu schätzen, ehe er den Job satt bekam; daher empfand sie keinen Groll, weil er nicht so zupackend war, wie er vielleicht hätte sein können. Tatsächlich hatte sich sein allmählicher Rückzug im Laufe des vergangenen Jahres unerwartet zu ihrem Vorteil ausgewirkt. Als Birleys Enthusiasmus nachließ, übernahm Palma mehr und mehr die Verantwortung für den Stil ihrer Ermittlungen, und Birley tat schweigend mit. Sie hatte unschätzbar wertvolle Erfahrungen im Umgang mit Fällen erworben. Diese Chance hätte sie nicht gehabt, wenn ihr Partner immer darauf bestanden hätte, aufgrund von Alter, Dienstjahren und Geschlecht der «Boß» des Teams zu sein.

Doch Birley schwieg nicht immer. Er hatte eine Menge Erfahrung, und von Zeit zu Zeit hatte er etwas zu sagen. Wenn er das tat, hörte Palma zu. Sie hatte eine Weile gebraucht, um das zu erkennen, aber John Birley, der seine Arbeit scheinbar nur mit halber Aufmerksamkeit erledigte, leitete ihre Entwicklung sehr sorgfältig an. Auf diese Weise hatte er ihr die beste Ausbildung angedeihen lassen, die irgendein jüngerer Detective der Mordkommission sich von einem älteren Partner nur wünschen konnte. Hauptsächlich deshalb, weil Birley sie unter seine Fittiche genommen hatte, hatte sich Palma so schnell zu einem der tüchtigsten und meistbeachteten Detectives der Abteilung entwickeln können; sie genoß den Ruf, einen Fall zu packen und nicht wieder loszulassen.

Palma hatte sich zurückgelehnt und beobachtete den Verkehr; ihre Gedanken begannen zu wandern, sobald Birley zu reden anfing. Sie hörte ihm mit halbem Ohr zu, während vor ihrem inneren Auge Szenen aus ihrer jüngsten Vergangenheit abliefen. Den ganzen Morgen hatten sie versucht, sich in den Vordergrund ihres Bewußtseins zu drängen. Palma hatte nicht die geringste Lust, sich mit ihnen zu beschäftigen, aber sie hatte sie zu energisch weggeschoben, und jetzt konnte sie an nichts anderes mehr denken.

Plötzlich wurde ihr bewußt, daß Birley verstummt war und sie aus den Augenwinkeln ansah. Endlich sagte er: «Irgendwelche Fragen?»

«Was?» Sie sah ihn an.

«Ich meine, zu dem, was ich erzählt habe. Daß der Wasserspiegel sinkt, daß der schwarze Barsch nicht anbeißt, das schlimme Problem mit den Moskitos oben am Trinity ...»

Sie grinste. «Okay. Entschuldige.»

«Bist du verschnupft wegen dieser blöden ballistischen Untersuchung?»

Palma schüttelte den Kopf. Tatsächlich war sie verschnupft, weil sie eben einfach verschnupft war, eine Antwort, die Birley nicht als vernünftige Erklärung gelten lassen würde, das wußte sie. Sie hätte lieber nicht darüber gesprochen, aber Birley saß da und wartete darauf, daß sie es sich von der Seele redete.

«Jeden Morgen», sagte sie und wischte ein imaginäres Stäubchen von ihrem Kleid, «gehe ich in die Küche und reiße das Kalenderblatt vom Vortag ab. Das mache ich immer als erstes. Ich schaue es mir zwar nicht mal an, weil ich den ganzen Tag nicht da bin, und abends ist es mir egal. Aber ich tue es. Und dann koche ich Kaffee. Wie auch immer, als ich es heute tat, war ich überrascht über das, was ich in den Kalender geschrieben hatte – in großen grünen Buchstaben: ‹Scheidung rechtsgültig... sechs Monate.›» Sie rollte die Augen. «Aus irgendeinem perversen Grund hab ich das Datum markiert wie einen verdammten Geburtstag. Kann mich nicht mal erinnern, wann ich das gemacht habe. Ich kann mir nicht vorstellen, warum ...» Wieder fingerte sie an ihrer Haarspange herum. «Ich hab den ganzen Kalender durchgesehen, ob ich noch mehr solchen Mist geschrieben habe.»

Birley wandte langsam den Kopf und sah sie an, als spähe er über den Rand einer Lesebrille.

«Hab ich aber nicht», sagte sie.

Birley hatte ihren ganzen Leidensweg miterlebt, die Ehe, die sich auflöste, die Affäre, die Blitzscheidung. Palma hatte sich selbst in Arbeit vergraben, um ihren Kummer loszuwerden, und Birley hatte sie beobachtet, war dagewesen, wenn sie etwas Solides brauchte, um sich daran festzuhalten. Er war nicht direkt wie ein Vater zu ihr gewesen, aber er war der Rolle verdammt nahe gekommen. Das würde sie ihm nie vergessen.

«Und warum bringt dich das so aus der Fassung?» fragte Birley und wechselte die Fahrspur, ohne nach hinten zu sehen. Palma hatte bereits in den Außenspiegel auf ihrer Seite geschaut. Wenn sie im gleichen Wagen unterwegs waren, fuhr immer Birley, aber Palma beobachtete den Verkehr – defensives Fahren per Fernbedienung.

«Weiß ich nicht», sagte sie. «Deswegen bin ich ja verschnupft.» Birley war der einzige Mensch, den sie je dieses Wort hatte gebrauchen hören. Es erinnerte sie an die vierziger Jahre.

Birley lachte. «Ach, zum Teufel», sagte er. Palma wußte, daß sie nun den Punkt erreicht hatten, an dem selbst seine lebenslängliche Erfahrung mit Frauen ihm nicht half, sie zu verstehen.

Dabei war es ganz einfach: Sie war wütend, weil eine unerwartete Erinnerung an ihren Ex-Mann sie noch immer so aufwühlte. Brian DeWitt James III. war Strafverteidiger gewesen – und war es noch. Das hätte ihr von Anfang an einiges über ihn klarmachen sollen. Sie hatten sich bei einer Verhandlung kennengelernt, wo sie zu einem unwesentlichen Aspekt eines Falles ausgesagt hatte, den er verteidigte. Brian hatte sie und die Geschworenen mit seiner raschen Auffassungsgabe, seinem Selbstvertrauen... und seiner Aufrichtigkeit verblüfft. Sein Mandant, obwohl so schuldig wie Judas, wurde freigesprochen. Palma dagegen saß in der Falle. Er verfolgte sie rastlos mit unerhörter Anbetung. Er sah fabelhaft aus, hatte schöne Augen und Zähne und einen persönlichen Stil, sich zu kleiden und seinen Körper zu pflegen, der einem klarmachte, daß er blitzsauber war, ohne penibel zu sein. Er konnte im Stehen denken, und das machte ihn zu einem großartigen Strafverteidiger vor Gericht und auch zu einem fabelhaften Gegner im Kampf der Geschlechter. Er war schnell mit Komplimenten bei der Hand, konnte schnell die Gedanken anderer lesen (wenn auch nicht immer richtig), konnte sich schnell verteidigen, wenn er glaubte (was oft vorkam), daß er nicht überzeugt hatte, und leider war er auch schnell im Bett.

Letztere Eigenschaft störte sie nicht einmal. Sie konnte ihm nicht widerstehen. Hals über Kopf hatte sie sich in eine leidenschaftliche, aufregende Beziehung gestürzt und keine Zeit mehr gehabt, noch einmal darüber nachzudenken oder den Lauf der Dinge zu bremsen. Wenn sie ehrlich war, hatte sie überhaupt nicht nachgedacht. Sie hatte *gefühlt,* und falls es Warnzeichen gegeben hatte, hatte sie sie nicht wahrgenommen, weil ihre Libido Amok gelaufen war und den Verstand in alle Winde verstreut hatte. Nach vier atemlosen Monaten hatte sie ihn geheiratet.

Jeder, der über gesunden Menschenverstand verfügte, hätte ihr sagen können, was als nächstes passieren würde. Palma hatte es nicht einmal kommen sehen. Es war die alte Geschichte; Hunderte von «Selbsthilfe»-, «Beziehungs»- oder «Frauen»-Zeitschriften und -Büchern in der populärpsychologischen Abteilung der Buchhandlungen hätten ihr darüber Auskunft geben können. Immer wieder fielen Frauen ahnungslos und ungläubig auf dieses Phänomen des janusköpfigen neuen Ehemannes herein. Es war, als heirate man Zwillinge – der zweite blieb unsichtbar, wenn man sich mit dem ersten traf, und am Morgen nach der Hochzeitsnacht tauchte er plötzlich auf, während der andere, den man vorher gekannt hatte, verschwand. Am nächsten Abend ging man mit einem Mann ins Bett, der einem völlig fremd war.

Keine Spur mehr von Anbetung. Vor der Hochzeit hatte Brian sie mit Geschenken, Blumen und Überraschungen in freudige Verlegenheit gebracht. Wenn sie an Wochenenden dienstfrei war, hatte er sie gern mit zwei Flugtickets nach Cancún oder Acapulco erwartet.

Doch nach der Hochzeit ging eine Veränderung mit ihm vor, die sie traf wie ein Peitschenschlag. Blumen? Nur zu Beerdigungen, und dann mußte *sie* sie bestellen. Geschenke? Wenn sie etwas haben wollte, stand ihr vollkommen frei, es sich zu kaufen. Überraschungen? Sein Terminkalender war prall gefüllt. Das würde warten müssen. Vielleicht nächsten Monat. Sie hatte seither keinen Strand mehr gesehen.

Vor der Ehe hatte er jeden freien Moment mit ihr verbracht; nach der Heirat hatte er plötzlich Verpflichtungen, von denen zuvor nie die Rede gewesen war. Er spielte im Tennisteam der Anwaltskanzlei, das an drei Nachmittagen der Woche trainierte und jeden Samstagmorgen Turniere austrug. Er konnte nicht mit ihr zu Mittag essen, weil er mit einer Gruppe von Leuten Handball spielte, die ihm Klienten schickten. Es war wesentlich für seine Karriere, daß er sich diesen «Spielern» gegenüber zuvorkommend benahm. Sonntags war er zu müde, um irgend etwas anderes zu tun als auf dem Sofa vor dem Fernseher zu liegen und sich jedes Ballspiel anzusehen, das gerade Saison hatte.

Nie half er bei irgend etwas, das in der Küche zu tun war –, diesen Teil des Hauses betrat er nur bis zum Eßzimmer. Er wußte nicht, wie man die Waschmaschine einschaltete, und trug nicht einmal seine schmutzige Wäsche vom Schlafzimmer in die Waschküche. Er ging nie zur Reinigung oder kaufte auch nur eine Schachtel Haferflocken ein –, aber er wußte, wo der Spirituosenladen war, und auf dem Heimweg fuhr er dort vorbei. Seine Gleichgültigkeit solchen alltäglichen Verrichtungen gegenüber wich nur dann, wenn er durch eine Unterbrechung seiner Routine behelligt wurde. Dann konnte er gehässig und ungeduldig sein – zu ihr.

Er war immer noch schnell im Bett, aber jetzt heuchelte er nicht einmal mehr postkoitale Zärtlichkeit oder auch nur mildes Interesse an ihrer Befriedigung bei dieser Angelegenheit. Nachdem er sich verausgabt hatte, rollte er zur Seite und fiel in Tiefschlaf.

Nach den ersten sechs Monaten konnte sie die Tatsache nicht länger ignorieren, daß es so weitergehen würde. Die nächsten sechs Monate brachte sie mit dem Versuch zu, ihn zur «Kommunikation» zu bewegen, und nochmals sechs Monate ließ sie sich von der Erkenntnis lähmen, daß ihre Ehe nicht funktionieren würde. Als sie ihn bei einem Verhältnis mit einer anderen Anwältin in seiner Kanzlei erwischte, einer jungen Frau, deren Ehrgeiz keinerlei moralische Hemmungen kannte, warf Palma ihn aus dem Haus, das sie gerade gekauft hatten. Es lag in West University Place, und Brian hatte es schon lange als angemessenes Statussymbol begehrt. Sie sorgte dafür, daß bei den Scheidungsvereinbarungen das Haus ihr zugesprochen wurde. Sie wollte es nicht, weil es ihr viel bedeutet hätte, sondern deshalb, weil *ihm* soviel daran lag. Es entsprach seiner Vorstellung von dem Haus, in dem ein Mann wie er leben sollte, und ihrer Vorstellung von ausgleichender Gerechtigkeit entsprach, es ihm wegzunehmen. Sie bereute es nie.

Sie hatte die Ehe achtzehn Monate lang ertragen. Die Scheidung lag sechs Monate zurück, und noch immer konnte sie sich ihren erstaunlichen Mangel an Urteilskraft nicht verzeihen. In den Augenblicken, in denen sie brutal ehrlich zu sich selbst war, war sie tief beschämt, daß sie die stereotype Rolle des leichtgläubigen Weibchens gespielt hatte.

3

Der Wagen nahm eine lange, ansteigende Kurve in Richtung Norden. Palma versuchte, Brian zu vergessen. Das war allerdings nicht ganz einfach, wenn sie an den Mann dachte, den sie jetzt treffen würden. Auch Art Cushing gehörte nicht zu den Leuten, die Palma mochte.

«Hat Cush noch irgendwas gesagt, außer, daß wir rauskommen und uns das ansehen sollen?» fragte sie erneut.

«Nichts weiter.»

«Hast du nicht gefragt, was los ist?»

«Doch, Carmen, hab ich. Aber du kennst ja Cush. Zum Teufel, es war einfacher, rauszufahren und selbst nachzusehen. Große Sache. Ich hatte das Büro satt und wollte eine Abwechslung.»

Okay, das ergab schon mehr Sinn. Vermutlich war gar kein so dringender Anruf nötig gewesen, um Birley aus dem Büro zu locken. Trotzdem gefiel es ihr noch immer nicht, von Cushing irgendwo hinbestellt zu werden. Auf zu viele Arten war er Brian unangenehm ähnlich, obwohl sie zugeben mußte, daß Brian sehr viel raffinierter war. Cushing sah aus wie ein junger italienischer Playboy mit einem schlanken, athletischen Körper, der allein die Hälfte seines Gehalts verschlang – für Ernährung, Training, Bräunung, Friseur, Kleidung und Schuhe. Unglücklicherweise schien sein Geschmack in punkto Kleidung mehr von seiner Zeit bei der Sittenpolizei beeinflußt als von Magazinen für Herrenmode. Seine Garderobe sah aus, als habe man sie bei einem kubanischen Zuhälter beschlagnahmt, dessen Vetter in Mexiko hergestellte Kopien italienischer Markenartikel verhökerte. Cushings Haar war mit dem Fön getrocknet, doch sein Benehmen war ölig, und den etwas halbseidenen Anstrich, den er angenommen hatte, als er noch auf den Straßen Streife ging, wurde er nie ganz los.

Als Cushing zum Morddezernat kam, war Palma binnen drei Tagen mit seinem Ego aneinandergeraten; so lange brauchte der kecke Neue nämlich, um sie zu einem Drink in ein Lokal einzuladen. Sie akzeptierte, bereit, ihm eine Chance zu geben. Er führte sie in einen teuren Club, wo sie an der überfüllten Bar saßen. Nach zwei Drinks legte Cushing eine Hand auf ihren Oberschenkel und bewegte sie weiter aufwärts, während er seine bewährte Masche abzog, einen abgedroschenen Monolog, den sogar eine Klosterschülerin durchschaut hätte. Sie war seinem Blick nicht ausgewichen, hatte ihre freie Hand unauffällig zwischen Cushings Beine gleiten lassen und das weiche, verdickte Ende seines Penis ergriffen, als sei ihre Hand radargesteuert. Sie packte ihn so, daß er die Brauen bis zum Haaransatz hochzog und die Augen aufriß. Ohne ein Wort zu sagen oder eine Miene zu verziehen, kniff sie ihn so fest, daß sie einen Augenblick lang fürchtete, ihm bleibenden Schaden zuzufügen. Aber sie lockerte ihren tränentreibenden Griff um seine Eichel nicht eher, bis er seine Hand von ihrem Schenkel nahm. Keiner von ihnen sprach, während sie sich anstarrten wie Fremde. Für den Augenblick entwaffnet, dann plötzlich wütend – und wahrscheinlich unter beträchtlichen Schmerzen –, fuhr Cushing herum und verließ die Bar; Palma blieb zurück und mußte die Drinks bezahlen und dann ein Taxi zum Revier nehmen, um ihren Wagen zu holen.

Cushing erwähnte den Vorfall niemals, und auch sie tat das nicht. Und er verzieh ihr nie. Selbst jetzt, drei Jahre später, brachte Art Cushing es nur schwer fertig, ihr gegenüber höflich zu sein. Ihre gegenseitige Abneigung war allen in der Abteilung bekannt und immer ein gutes Thema für müßigen Klatsch. Die Spekulationen über das, was zwischen ihnen vorgefallen war, waren allerdings wilder als die Tatsachen. Niemand erfuhr die Ursache ihrer gegenseitigen Animosität. Da Cushing ein Macho war, würde er die Geschichte unter keinen Umständen jemals erzählen, und Palma hatte schon längst das Interesse sowohl an dem Vorfall als auch an Cushings beschädigtem Ego verloren. Sie fand, zumindest dafür müsse er ihr dankbar sein.

«Ich kann's gar nicht erwarten, das zu sehen», sagte Palma.

Als sie in die Olympia Street einbogen, sah Palma schon die Polizeiwagen und das weiße Fahrzeug der Spurensicherung am Ende der Straße. Und dann sah sie auch die unvermeidlichen Schaulustigen. Sie stand bereits auf dem Gehsteig, als Birley, der sich immer Zeit ließ, noch nicht einmal seinen Sicherheitsgurt gelöst hatte. Sie klemmte ihre Polizeimarke an das Seitenfach ihrer Handtasche und eilte an den beiden jungen Streifenpolizisten vorbei, die den mit gelbem Band abgesperrten Garten bewachten. Sie ging zur Haustür, die eine dicke, weinrote Emaillierung trug. Palma bemerkte, daß der Türklopfer aus Messing, der in der Mitte saß, bereits mit magnetischem Eisenoxyd bestäubt war. Der Türknopf würde keine Rolle spielen. Sie stieß die Tür auf, und ein Schwall kalter Luft umfing sie.

Ohne Zögern trat sie in einen breiten Flur und ging auf eine offene Tür zu, aus der sie die eintönige, einsame Stimme von Jules LeBrun von der Spurensicherung hörte.

Sie trat durch die Tür in das Schlafzimmer und blieb stehen. Art Cushing und sein Partner Don Leeland, ein ruhiger, untersetzter Mann Ende Dreißig, wandten ihr den Rücken zu und versperrten ihr die Sicht auf den größten Teil des Bettes. Sie sah nur die Füße der toten Frau und ihren Kopf vom Hals aufwärts. Die Augen waren geöffnet. Beide Männer hatten die Hände in den Taschen und betrachteten die Frau, während LeBrun mit einer Videokamera um das

Bett herumging und seine Beobachtungen an der Leiche auf Band sprach.

Das Zimmer war eisig wie ein Kühlhaus. Palma erkannte den schwachen Duft von Kosmetika, der in den Schlafzimmern von Frauen schwebt.

Fast gleichzeitig drehten Cushing und Leeland sich um und sahen sie. Cushing wandte sich wieder dem Bett zu, doch Leeland lächelte sie unter seinem dicken, melierten Schnurrbart hervor an und hob das Kinn in ihre Richtung. Einige Minuten lang sprach und bewegte sich niemand, bis LeBrun seine Aufzählung beendete und in ein anderes Zimmer ging.

«Hallo, Carmen», sagte Cushing, während er sich zu ihr umdrehte und sich reflexhaft mit Daumen und Zeigefinger die Mundwinkel wischte. Er trug einen weiten grauen Anzug und ein schwarzes Hemd mit taubengrauer Krawatte. Er nickte in Richtung auf das Bett, während beide Männer zur Seite traten, um ihr Platz zu machen, und sagte: «Schauen Sie sich das an.»

Palma spürte, wie sie sie ansahen, als sie näher trat, und in dem Augenblick, in dem sie die Leiche sah, wußte sie, warum. Sie war noch nicht nahe genug herangekommen, um sie zu untersuchen, aber sie wußte es aus Instinkt, aus jenem weiblichen Wissen, das an ihrem Becken zerrte und an ihren Schläfen zog. Sie brauchte ihre ganze Selbstbeherrschung, um sie nicht merken zu lassen, daß sie solche Dinge schon gesehen hatte und daß sie sie erschreckten.

Die Frau war nackt und wachsbleich. Sie lag mitten auf dem Bett, von dem alle Decken und Kissen bis auf das Laken entfernt waren. Ein Kissen war unter ihren Kopf geschoben, und man hatte sie hingelegt wie für eine Aufbahrung, gerade ausgestreckt, die Beine geschlossen, die Hände direkt unter den Brüsten übereinandergelegt. Leicht entfärbte Rillen umgaben ihre Handgelenke, wo die Fesseln gewesen waren, und um den Hals hatte sie eine einzige, breitere Markierung mit kleinen, rötlichen Punkten dort, wo die Löcher des Gürtels gewesen waren. Ihre Augen standen offen. Ihr blondes Haar schien frisch gekämmt, und ihr zerschlagenes und geschwollenes Gesicht war frisch geschminkt; das Make-up war kundig aufgetragen: Lidschatten, Lidstrich, Puder und schimmernder Lippenglanz. Es gab ein paar blaue Flecken, anscheinend zufällig über ihren Körper verstreut, und zahlreiche Bißmale auf ihren Brüsten und Schenkeln. Beide Brustwarzen fehlten. Sie waren mit sauberer, chirurgischer Präzision herausgeschnitten.

Palma erkannte, was sie da sah, aber sie schwieg; ihre Gedanken gingen blitzschnell einige wenige Möglichkeiten durch.

«Und ...», sagte Cushing und trat vorsichtig zurück, um ihr einen Stuhl nicht weit vom Bett entfernt zu zeigen. Dort lagen die Kleider einer Frau, sorgfältig gefaltet und zurechtgelegt, als sollten sie in einen Koffer gepackt werden. Palma sah Cushing an. «Dieselbe Scheiße, was?» sagte Cushing. «Genau wie das, was Sie und Birley vor ein paar Wochen gefunden haben.»

Palma drehte sich um und suchte nach etwas anderem. Sie fand das Häufchen Bettzeug neben einer offenen Schranktür. Sie mußte Cushing zugute halten, daß er anscheinend das Gerede im Revier gehört und sich die Details gemerkt hatte. Sie waren ungewöhnlich gewesen.

«Wer ist sie?» fragte sie.

«Dorothy Ann Samenov, Verkaufsrepräsentantin für Computron. Computer-Software. Achtunddreißig Jahre alt. Steht in ihrem Führerschein.»

Sie wandte sich um, um ihn anzusehen.

«Der Streifenbeamte draußen, VanMeter, hat sie gefunden», sagte Cushing. «Er kam mit der Freundin des Opfers her ... Vickie Kittrie. Sie arbeitet mit Samenov zusammen. Letzten Donnerstag sind Samenov und Kittrie und ein paar andere Bürokollegen nach der Arbeit zu ein paar Drinks ausgegangen. Das Opfer verließ die Bar gegen 18.30 Uhr. Soweit wir wissen, war das das letzte Mal, daß jemand sie lebend gesehen hat. Am nächsten Morgen erschien sie nicht zur Arbeit. Kittrie rief sie zu Hause an, aber sie meldete sich nicht, und so nahm man an, sie sei krank. Kittrie rief während des Tages noch mehrmals an, erreichte aber niemanden. Nach der Arbeit ging sie nachsehen. Samenovs Wagen war draußen vor dem Haus geparkt, wo er jetzt noch steht.»

«Kittrie wohnt nicht hier?»

«Nein. Kittrie klopft an die Tür», fuhr Cushing fort, «aber niemand antwortet. Sie wundert sich, unternimmt aber nichts. Am nächsten Morgen, Samstag, sollten sie zusammen einen Gymnastikkurs besuchen. Als Samenov nicht erscheint, kommt Kittrie wieder hierher, und noch immer meldet sich niemand. Der Wagen steht noch vor dem Haus. Sie macht sich Sorgen, ruft die Polizei. Sie erzählt dem Streifenbeamten ihre Geschichte, aber er will die Wohnung nicht öffnen, ohne daß es Hinweise gibt, daß etwas nicht stimmt. Er stellt die üblichen Fragen und sagt, Samenov sei vielleicht mit jemandem für ein verlängertes Wochenende weggefahren. Kittrie räumt ein, daß

Samenov die Stadt manchmal übers Wochenende verlasse, aber gewöhnlich sage sie jemandem, wohin sie fahre. Der Polizist schlägt vor, daß Kittrie versucht, sich am Sonntag mit Samenov in Verbindung zu setzen, und wenn sie am Montag nicht zur Arbeit kommt, nochmals die Polizei anruft. Das hat sie dann auch getan.»

«Haben Sie mit ihr gesprochen?» fragte Palma.

«Nein.» Cushing begann, mit dem Kleingeld in seiner Tasche zu klimpern. «Was denken Sie? Derselbe Kerl, was?»

«Ich weiß nicht», log sie. Sie wußte verdammt gut, daß es derselbe war, und es verursachte ihr Übelkeit. Alles daran ließ auf Irrsinn schließen. Sie drehte sich um. «John?»

Birley stand inzwischen hinter ihnen in der offenen Tür und betrachtete die tote Frau.

«Hallo, Birley», sagte Cushing.

Birley schlenderte in den Raum. «Was habt ihr da?» sagte er zu Leeland und berührte gutmütig dessen breite Schulter, während er an ihm vorbeiging, ohne den Blick vom Bett zu wenden. Leeland grinste ihm amüsiert zu, sagte aber nichts.

«Habt ihr hier schon angefangen?» fragte Palma.

«Scheiße! Carmen, wir haben nichts angerührt», sagte Cushing und verzog die Oberlippe. «Niemand ist hier gewesen außer dem Streifenbeamten, Julie und uns. Das einzige, was wir berührt haben, ist der Teppich unter unseren Schuhen, und den auch nur sehr flüchtig.» Palma war eine Pedantin. Cushing wußte genau, was sie dachte: Hatten sie irgend etwas berührt, eine Schublade aufgezogen, eine Tür in diese oder jene Richtung bewegt, die Leiche angefaßt?

Birley stand neben Palma am Bett, und beide starrten schweigend die Frau an.

«Scheißkerl», sagte er. Er wußte es auch.

Cushing warf den Kopf hoch. «Ist es derselbe Kerl gewesen, verdammt noch mal?»

«Könnte sein», sagte Palma, ohne ihn anzusehen.

«Na, großartig», schnaubte Cushing. «*Vielen* Dank.»

«Ein guter Rat, Cush», sagte Birley ruhig. «Wenn du hier nicht mehr Beweismaterial findest als wir bei dem anderen Fall, dann hast du Probleme. Dieser Kerl ist offenbar dabei, solche Sachen regelmäßig zu machen. Er wird dich mit den Eiern an die Wand nageln.»

«Ja, ja, schon gut. Willst du mir erzählen, daß ihr keine Hinweise habt?»

Cushings Sarkasmus ließ Don Leeland von einem Fuß auf den

anderen treten. Leeland war das genaue Gegenteil von Cushing. Er war mittelgroß und hatte eine Figur, die eines Tages dick sein würde; seine großen, traurigen Augen und sein voller Schnurrbart erinnerten Palma an ein Walroß. Sein Benehmen war gutmütig, er hielt den Kopf gesenkt und tat seine Arbeit; die Wichtigtuerei überließ er seinem Partner. Im Gegensatz zu Cushing, der seine Kenntnis der menschlichen Natur aus der Arbeit auf der Straße gewonnen hatte, war Leeland weder zynisch noch kämpferisch. Er war aus der Verbrechensanalyse zum Morddezernat gekommen, und bei seinen Ermittlungen verließ er sich mehr auf Recherchen und logische Methoden als auf Gefühle im Bauch. Zusammen waren sie ein starkes Team, aber Leeland war nie recht wohl bei Cushings Art.

Birley ignorierte Cushing und ging um das Bett herum auf die andere Seite. «Sie hat noch mehr abgekriegt. Ich wette, unter diesem Make-up ist mehr kaputt als Kinn und Nase.» Er nickte. «Und schau dir die Bißspuren an.»

Palma hatte sie bereits bemerkt. Sie hatte es nie geschafft, gegenüber Bißmalen auf dem Körper einer toten Frau gleichgültig zu bleiben. Von den Spuren des Tathergangs bei Sexualverbrechen ging ihr nichts so nahe wie das; nichts schien primitiver oder atavistischer.

Sie trat näher. «Sie sind zahlreicher, und sie gehen tiefer.»

Birley beugte sich über die tote Frau und schnüffelte in der Nähe ihres Gesichts. «Parfum. Diesmal hat der Hurensohn sie parfümiert.»

Palma nickte.

«Sie ist sauber.» Birley war noch immer in der Nähe des Gesichts der Frau. «Ich sehe nichts, was auf Abwehrverletzungen deutet.»

Palma sah sich im Schlafzimmer um. «Entweder ist er sehr ordentlich, oder es gab nichts aufzuräumen. Vielleicht war sie ...»

«Gott ... verdammt ...»

Der Ton seiner Stimme ließ Palma herumfahren. Cushing und Leeland traten näher an das Bett. Birley war jetzt nur Zentimeter vom Gesicht der toten Frau entfernt. «Ihre Augen sind nicht *offen*, Carmen.»

Palma schaute sich die Augen der Toten an; jetzt, da sie sie genauer untersuchte, fiel ihr auf, daß sie größer wirkten als beim üblichen, schwerlidrigen Starren der Toten. Sie beugte sich noch weiter vor, roch einen Hauch Parfum – und sah zuviel von der Oberseite der blanken Augäpfel. Ein Kälteschock überfiel sie, kälter als die Luft in dem eisigen Raum, als sie eine rohe, ungleichmäßige Linie hinten über den oberen Teil beider Augäpfel laufen sah, wo das Gewebe in die Augenhöhle trat. Die nackten, milchigen Wölbungen waren so nackt wie die Frau selbst. Sie hatte keine Augenlider.

4

Einen Augenblick lang konnte Palma nicht schlucken. In den letzten paar Minuten war ihr der Kloß bewußt gewesen, der in ihrer Kehle wuchs, zuerst als unklare Empfindung, die keine Aufmerksamkeit verdiente, dann als etwas, das sie weder ignorieren noch herunterschlucken konnte. Sie wußte, was es war, aber deswegen war es nicht weniger real. Sie warf einen kurzen Blick auf das Zimmer um sie herum. Das war etwas, was sie nicht mehr oft fühlte. Nach ungefähr einem Jahr beim Morddezernat hatte sie angefangen, ihre Gefühle an der Haustür abzugeben. Tat sie das nicht, setzte es ihr einfach zu sehr zu. Aber manchmal, bei den Sexualmorden, kam sie nicht dagegen an, und eine undeutliche Angst verdüsterte den Hintergrund ihrer Gedanken. Sie wurde zu einem belastenden Schatten, dem sie nicht entgehen konnte, ganz gleich, welche psychischen Tricks sie auch anwandte oder wie glühend sie sich wünschte, darüber erhaben zu sein. Und das geschah jetzt, als Resonanz auf den Klang einer Saite in ihr. Furcht kam hoch wie etwas Ätzendes, und das erschreckte sie. Sie wußte, ehe sie sie endgültig niederkämpfen konnte, würde sie ihr etwas nehmen; sie würde ein Stück von ihr fordern.

All das erkannte und begriff Palma binnen eines Augenblicks. Aber sie war bereits drin in der Sache, bereits engagiert. Es hatte etwas mit der Kälte und den Bißmalen zu tun. Vor allem den Bißmalen.

Sie untersuchte die rohen Linien, die fast in der Schleimhaut über den Augäpfeln der Frau verschwanden.

«Scheiße. Keine Augenlider...?» Cushing ließ sein abgebrühtes Gehabe fallen und beugte sich neben Palma nieder, während Leeland, nicht so neugierig auf die Details, vom Fußende des Bettes aus den Hals reckte.

«Das ist präzise Arbeit», sagte Palma. Sie wandte jetzt ihre Aufmerksamkeit auf die zerschnittenen Brüste, die nur Zentimeter von ihr entfernt waren. «Schwer zu sagen, ob es postmortal geschehen ist... so, wie er sie gesäubert hat.» Sie schob Cushing beiseite, beugte sich noch tiefer, ging von den verwundeten Brüsten zum fleckigen Bauch der Frau, zum matten, karamelfarbenen Gekräusel ihrer Scham, zu den Schenkeln, bewegte den Kopf von einer Seite auf die andere, vor und zurück, um bei dem schlechten Licht im Raum die Oberfläche des Körpers zu prüfen. Sie suchte nach den deutlichen Flecken, den schuppigen, stärkeartigen Spuren von Samen. Doch wenn sie sie nicht fand, spielte das auch keine Rolle. Es passierte nicht immer; sie hatten auch bei Sandra Moser keine gefunden. Bedeutsam wäre allerdings, wenn sie feststellen könnten, daß die tote Frau tatsächlich gewaschen worden war.

Birley suchte dasselbe rund um die Wunden an Brüsten und Gesicht der Frau. «Er hat ihren Mund gesäubert, bevor er den Lippenstift auftrug», sagte er. «Vielleicht ist diesmal etwas drin.» Er prüfte die Seiten ihres Körpers direkt neben dem Bettlaken und sah dann Palmas Untersuchung zu. Sie war gründlich.

«Ich denke, wir werden an den Innenseiten ihrer Schenkel etwas finden», sagte sie und richtete sich auf. «Ich glaube, da ist ein Fleck... nach unten zu, in Richtung linke Gesäßfalte.» Sie stand jetzt aufrecht. «Aber viel hinterläßt er nicht.»

«Wurden letztes Mal auch die Augenlider abgeschnitten?» fragte Cushing. Noch immer starrte er Samenovs Augen an.

«Nein», sagte Palma. «Das nicht, aber er hat eine Brustwarze abgeschnitten. Das war alles. Doch alles andere sieht genauso aus: die Fesselungsspuren, die Stellung, das Make-up, das entfernte Bettzeug, die gefalteten Kleider des Opfers, die blauen Flecken, die Bißmale. Nur ist es diesmal schlimmer.»

«War die andere Frau auch blond?» Das war das erste, was Leeland sagte.

Palma nickte und sagte: «Aber da ist noch was.»

«Ja, er hat was mit ihr gemacht.» Birley stand noch immer neben dem Bett, nachdenklich, mit verschränkten Armen. «Er hat sie geleckt oder auf ihr masturbiert oder... sonst was. Deswegen wäscht er sie.»

«Ein Fetischist», schlug Leeland nüchtern vor. Er schrieb etwas auf einen Notizblock.

«Das könnte ich fast glauben, wenn es nicht so verdammt bequem wäre», sagte Palma. «Er hinterläßt praktisch keine Spuren.»

Birley schüttelte den Kopf. «Nein, dieser Kerl spinnt. Er hat was mit ihr gemacht.» Noch immer betrachtete er die tote Frau. Sie alle taten das, standen um das Bett herum und betrachteten sie.

«Was ist mit den Fesseln?» sagte Palma, der erneut der Hals, die Hand- und Fußgelenke der Frau auffielen. «Es gibt keine Anzeichen für einen Kampf. Vielleicht ein williges Opfer. Bis zu einem gewissen Punkt.»

«Vielleicht ist er schnell», sagte Cushing. «Überwältigt sie, wirft sie hier nieder, und fertig.»

«Trotzdem müßte sie dann mehr Verletzungen haben, wenigstens einen Kratzer. Etwas muß da sein.» Sie schaute hinüber zu einem Ankleidetisch mit Parfumflaschen, einem Schmuckkasten, Nagellack. Dann drehte sie sich wieder um und betrachtete das geschwollene Gesicht der Frau. «Vielleicht kannte er sie», sagte sie.

«Was denn, glaubst du, daß er Moser auch kannte?» Birley schüttelte den Kopf.

«Das würde erklären, daß es keine Unordnung gibt, keine Anzeichen, daß sie sich gewehrt hat, und den Zustand ihres Gesichts», sagte Palma.

Alle Detectives wußten, wenn das Gesicht eines Mordopfers brutal angegriffen worden war, hatte der Täter das Opfer höchstwahrscheinlich gut gekannt oder war sogar ein Angehöriger. Niemand behauptete, das zu begreifen, aber nur zu oft stellte sich heraus, daß es stimmte.

«Ich weiß nicht», sagte Birley. «Vielleicht waren beide Frauen damit einverstanden. Aber ich bezweifle, daß sie es mit allen Konsequenzen waren.»

«Er hat wirklich zugebissen wie ein Wilder», sagte Cushing und klimperte wieder mit seinem Kleingeld. «Himmel, der Kerl muß tatsächlich ausgerastet sein.»

Palma hatte bemerkt, daß mehr als die Hälfte der Bißspuren tatsächlich die Haut durchdrungen und kleine, rote Punkte hinterlassen hatten.

«Fein», sagte sie. «Der Bastard hat einen großen Fehler gemacht. Wir kriegen perfekte Abdrücke.» Sie spürte, daß Cushing sie ansah, und aus dem Augenwinkel bekam sie mit, daß Leeland und Birley Blicke tauschten. Sie bedauerte die Gehässigkeit in ihrer Stimme nicht, und es war ihr egal, was sie dachten. Obwohl sie sicher war, daß ihr mehr entging, als sie entdeckte, verriet ihr das, was sie von der Behandlung der Opfer sehen konnte, mehr über den Mann –, als hätte er ihr einen Vortrag über das Thema gehalten. Seine Intelligenz und sein Ekel vor diesen Frauen waren in allem sichtbar, was er getan hatte. Für Palma wurde er allmählich mehr als bloß ein weiterer Irrer.

Einen Augenblick lang sprach keiner, und dann sagte Palma: «Wo sind sie?»

«Was?» fragte Cushing stirnrunzelnd.

«Die Brustwarzen, die Augenlider», sagte sie.

«Zum Teufel», Birley legte sich die Hände ins Kreuz und bog sich hin und her, um seine schmerzenden Rückenmuskeln zu dehnen. «Wir haben die eine, die er Moser abgeschnitten hat, nicht gefunden. Und diese hier werden wir auch nicht finden.»

«Er nimmt sie mit», sagte sie.

«Wahrscheinlich.»

Palma sah Cushing an, plötzlich irritiert von der Kälte. «Wissen Sie, wieviel Grad hier sind?»

«Er hat die Klimaanlage auf größte Kälte eingestellt. Ich habe nachgesehen. Es sind ungefähr zehn Grad.»

Birley trat vorsichtig zur Badezimmertür und streckte nickend den Kopf ins Bad. «Blitzsauber.»

Palma drehte sich um und verließ das Schlafzimmer. Cushing folgte ihr. Sie gingen ein paar Schritte durch den Flur zu einem zweiten Schlafzimmer, das offenbar unbenutzt war. Die Wandschränke dienten als zusätzlicher Stauraum, die Kleiderschränke waren leer, und in einem zweiten Badezimmer gab es unbenutzte Seife, unbenutzte Handtücher und ein leeres Medizinschränkchen. Ein Gästezimmer ohne Gäste. Sie gingen durch den Flur in die Küche, wo Birley und Leeland sich umschauten. Birley hatte vorsichtig den Kühlschrank geöffnet.

«Eine Feinschmeckerin war sie nicht», sagte er. «Hauptsächlich Zutaten für Sandwiches. Ein bißchen Obst. Diätgetränke.»

Leeland kramte im Abfalleimer herum.

Palma, der Cushing wie einem Pilotfisch nicht von der Seite wich, ging durch das Wohnzimmer und eine Treppe hinauf in ein Arbeitszimmer mit Blick über den Wohnraum. Es gab dort einen großen Schreibtisch, ein Sofa, ein Fernsehgerät und Bücherregale. Vor dem Arbeitszimmer befand sich ein Balkon, der auf den zentralen Garten der Wohnanlage hinausging und von dem aus man einen Swimmingpool mit schimmernd blauem Wasser sehen konnte. Ein mit Glyzinien bewachsener Zaun schirmte ihn ab. Als sie durch das Arbeitszimmer zurückgingen, fiel ihr auf, daß der Schreibtisch aufgeräumt war. Auf einer Ecke lagen gestapelte Werbeprospekte von Computron. Es gab nur wenige Zimmer, aber alle waren geräumig und gut geschnitten, so daß die Wohnung angenehm und groß wirkte.

Alle trafen im Wohnzimmer wieder zusammen und gingen ein paar Augenblicke herum; jeder hing seinen eigenen Gedanken nach über das, was sie soeben gesehen hatten, oder tat zumindest so. Endlich trat Palma ins Freie hinaus.

«Okay», sagte sie, die Arme verschränkend, und wandte sich an Cushing. «Wie sieht's aus? Überlassen Sie uns den Fall?»

Cushing schüttelte den Kopf. «Keinesfalls.» Mit einer Hand strich er seine graue Krawatte glatt, während er rasch mit den Schultern ruckte wie ein selbstzufriedener Straßenkuppler.

Birley und Leeland sahen sich an.

«Hatte ich auch nicht erwartet», sagte Palma.

«Wir werden zusammen daran arbeiten müssen», sagte Cushing.

«Zusammen?» Palma lächelte. Trotz seines selbstsicheren Benehmens mußte ihm dieses Zugeständnis etwas von seinem inneren Frieden geraubt haben. Sie studierte ihn eine Minute lang und versuchte, den Grund für sein Festhalten an diesem besonderen Fall zu erraten. Falls das Opfer eine heruntergekommene Süchtige gewesen wäre – wenn auch offensichtlich Opfer einer Mordserie –, hätte Cushing großmütig eingesehen, daß es effizienter war, Birley und Palma den Fall zu überlassen. Unter den gegebenen Umständen aber argwöhnte Palma, sein Motiv, sich an diesen Fall zu klammern, hänge mit anderen Kriterien zusammen. «Was versprechen Sie sich davon, Cush?»

«Was zum Teufel soll das heißen?» Er versuchte, indigniert zu klingen, aber das war keine Haltung, die er gut beherrschte. «Mein Gott, das ist mein Job.»

«Sie wissen, daß wir das aus den Medien heraushalten wollen, nicht?»

«Den Medien?» Cushing blickte einen Augenblick ausdruckslos, dann breitete sich langsam ein bösartiges Grinsen auf seinem Gesicht aus. «Sie haben schon an die Medien gedacht, Carmen?»

Palma sah ihn an und verfluchte das Pech, daß Cushing und Leeland an diesem Morgen als erste draußen gewesen waren. Sie wußte verdammt gut, daß sie nichts dagegen tun konnte, und Cushing wußte das auch. Bestenfalls konnte sie die Initiative ergreifen, damit Cushing sich nicht einbildete, er könne sich zum Leiter der Ermittlungen aufschwingen. Man mußte ihn mit der Tatsache beeindrukken, daß er später ins Spiel gekommen war, als die Grundregeln bereits feststanden. Für Cushing war der Bursche, der Moser und Samenov umgebracht hatte, nur die Fahrkarte zu einem potentiell aufsehenerregenden Fall, der vielleicht – wenn er wirklich heiß wurde – einen guten Stoff für ein Buch oder einen Film abgäbe. Für Palma war der Fall etwas anderes, etwas, das für sie viel dringlicher war als Cushings Wunsch, auf der Titelseite von *People* zu stehen. Sie würde nicht zulassen, daß er ihr ihn wegnahm.

«Na gut», sagte sie und sah Birley an, der sich mit einem Ellbogen auf den Küchentresen gelehnt hatte und ihren Zusammenstoß genoß wie einen Hahnenkampf. «Da John und ich von Anfang an gefürchtet haben, daß das eine Mordserie werden könnte», log sie, «sollten wir Ihnen wohl sagen, wie wir an die ganze Sache herangehen wollen.» Wieder sah sie Birley an, der seine ausdruckslose Miene beibehielt; sie wußte, daß er sich fragte, ob sie das durchhalten würde. «Rufen wir Julie auch dazu.»

Jules LeBrun hatte seinen einsamen Rundgang mit Videokamera und Mikrophon durch die restliche Wohnung beendet und war schon dabei, seine Ausrüstung ins Wohnzimmer zurückzubringen, ehe er seine Routineuntersuchungen im Schlafzimmer fortsetzte. Palma hatte sich lange über seinen Namen gewundert, denn er war eindeutig Mexikaner.

Hastig gab sie einen Überblick über den Fall Sandra Moser, der vor gut zwei Wochen passiert war, und zählte die wichtigsten Ergebnisse ihrer Ermittlungen auf: Mosers Hintergrund, Familienstand, Interviews mit Freunden und Bekannten, ihre Gewohnheiten, Aktivitäten und dergleichen. Und sie war aufrichtig – sie hatte keine Wahl – bezüglich der Sackgasse, in die sie geraten waren. Die Hinweise im Fall Moser hatten sich rasch in nichts aufgelöst. Jetzt aber hatten sie eine Chance, die Untersuchung wiederaufzunehmen. Beginnend mit dem Schauplatz selbst.

«Das Problem», sagte sie und sah dabei LeBrun an, «ist, daß dieser Kerl makellos arbeitet. Was immer seine Gründe sind – ob er ein Fetischist ist oder ein Exsträfling, der weiß, was er wegräumen muß und warum, oder ein Verrückter –, er läßt uns nicht viel, womit wir arbeiten können. Wir müssen uns ungeheuer anstrengen, Spuren zu sichern und den Tatort sauberzuhalten. Mehr, als wir das gewöhnlich tun. Bei Moser gab es keine Samenspuren und nur ihr eigenes Blut, und davon auch nur sehr wenig, weil ihre Wunden postmortal waren. Kein Speichel. Die Abstriche ergaben nichts. Wir hatten ziemlich klare Bißspuren, aber die hier müßten besser sein, weil sie tiefer sind.

Julie, wenn noch ein derartiger Fall passiert, werden wir ausdrücklich Sie anfordern, damit Sie am Ball bleiben, Ihren Mann kennenlernen und sich vorstellen können, was er vielleicht tut und wo er etwas hinterläßt, das wir aufgreifen können. Seien Sie so kreativ wie möglich, wenn Sie an diesen Kerl denken, denn er ist uns weit voraus. Und wenn Sie Ihre Proben ins Labor bringen, sorgen Sie dafür, daß sie immer an Barbara Soronno gehen. Sie hat das Material über Moser, und der Kontinuität halber müssen wir uns weiter an sie halten.»

Palma fuhr noch einige Minuten so fort; ihre Gedanken rasten, weil sie sich vorher genau überlegte, was sie sagte; sie hoffte, so tatsächlich einen konsequenten Plan vorzutragen, wie sie an diese Fälle herangehen sollten. Gelegentlich warf sie einen Seitenblick auf Cushing, um zu sehen, ob er darauf ansprach.

«Das ist also das allgemeine Bild», sagte sie schließlich. Sie hatte die Würfel geworfen, und nun drehten sie sich. Sie wartete, ob sie die richtige Punktzahl zeigen würden. «Habe ich etwas ausgelassen?» fragte sie und wandte sich an Birley.

«Ich glaube, du hast alles gesagt», antwortete er. Sein breites Gesicht wirkte leicht amüsiert.

Ein paar Augenblicke lang sprach niemand, und das einzige Geräusch im Raum kam von Cushing, der nervös mit dem Kleingeld in seiner Tasche spielte und seinen Kaugummi aufblies.

«Na also! Machen wir weiter», platzte er schließlich heraus.

Eine Zwei und eine Fünf. Sie war drin im Spiel.

5

Sie sagte zu ihm: «Ich habe letzte Nacht geschlafen wie eine Tote. Ich habe nicht geträumt, ich bin nicht aufgewacht, ich habe mich nicht gerührt. Fünfzehn Stunden hintereinander.»

Er sagte nichts, sondern drehte sich in seinem Ledersessel ein wenig, bis er die Uhr im Bücherschrank sehen konnte. Die Frau lag seit siebzehn Minuten auf seiner Couch, und dies waren die ersten

Worte, die sie gesprochen hatte. Sie lag da, das Gesicht von ihm abgewandt, die Arme an den Seiten ausgestreckt, die Handflächen nach oben und mit entspannten Fingern. Über ihre Füße hinweg schaute sie durch die Glasfront seines Sprechzimmers auf die Wälder, die sich hügelabwärts zum Bayou erstreckten; alles war in apfelgrünes, durch das Mailaub gefiltertes Licht getaucht.

«Ich bin ins Kino gegangen und gegen elf nach Hause gekommen; ich war erschöpft. Paul war noch nicht da, und Emily hatte die Kinder schon zu Bett gebracht. Ich habe eine kalte Dusche genommen, und als ich herauskam, habe ich mich rasch abgetrocknet und noch feucht aufs Bett gelegt. Die Fenster waren offen, und nach dem Regen gestern abend konnte ich den Wald riechen. Ich bin eingeschlafen.»

Er schaute auf die Zehen ihrer bestrumpften Füße, die kleinen Spitzen aus etwas dunklerem Nylon, durch die er ihre pedikürten Zehennägel sehen konnte. Fußknöchel so schmal wie die einer Gazelle. Sie trug ein Hemdblusenkleid aus Seide oder Rayon, pastellrosa und so dünn, daß es einen Unterrock erforderte. Doch auch so zeichnete sich ihre Figur darunter deutlich ab.

«Es hätten ebensogut fünfzehn Sekunden wie fünfzehn Stunden sein können. Ich war bewußtlos.»

Wieder hielt sie inne. Nach einer ruhigen Pause fragte er: «Was war passiert? Warum dieser... lange Schlaf?»

Die Frage war Routine. Wenn sie ihm erzählten, sie hätten etwas zum ersten Mal erlebt, ein Gefühl oder einen Gedanken oder eine körperliche Empfindung, dann fragte er, aus welchem Grund sie das erlebt zu haben glaubten. Sie erwogen diese Frage mit ernsthafter Hemmungslosigkeit, befriedigt, daß jemand wissen wollte, was sie fühlten, daß jemand sich darum kümmerte, warum sie die Dinge taten, die sie taten, selbst wenn er dafür bezahlt wurde.

«So habe ich nicht mehr geschlafen, seit ich zehn Jahre alt war.»

Broussards Augen wanderten von ihren rosafarbenen Schenkeln zu ihrem Gesicht. Sie hatte seine Frage nicht beantwortet.

«Seit Sie zehn waren?» ermunterte er sie.

Mary Lowe kam seit etwas über zwei Monaten zu Dr. Broussard, fünfmal in der Woche. Er hatte keine großen Fortschritte mit ihr gemacht. Von Anfang an war sie eine abwehrende Patientin gewesen, aber Dr. Broussard tolerierte ihr Widerstreben und übersah sogar die ungünstige Erfolgsprognose. Schließlich war er kein strenger Verfechter der klassischen Formen der Psychoanalyse, und wenn diese Frau nicht kooperieren wollte, dann würde er keine rigiden Forderungen stellen. Er hatte sowohl Mary als auch ihrem Mann bereits gesagt, daß die Art von Therapie, die sie sich ausgesucht hatte, langwierig und zeitraubend sein konnte. Sollte sich das eben bewahrheiten. Inzwischen war er mehr als zufrieden, ihren Schilderungen zu lauschen, die bis jetzt ausweichendes und leeres Gerede gewesen waren, reine Zeitverschwendung. Doch Zeitverschwendung nur für sie. Er selbst hätte sich keine angenehmere Stunde wünschen können; ruhig saß er da, gerade außerhalb ihres Blickfeldes, und hatte die Freiheit und Muße, im Verlauf der sechzigminütigen Sitzung ihren langen Körper von oben bis unten zu betrachten und sich die genaue Beschaffenheit und Farbe des Fleisches unter dem dünnen rosafarbenen Stoff vorzustellen.

Dr. Dominick Broussard war achtundvierzig.

«Als ich neun war», sagte sie, «hatte ich eine Puppe aus Dresden. Mein Vater war in der Armee, und er war dort stationiert gewesen... oder sonstwo in Deutschland, wie auch immer, er hat sie mir jedenfalls mitgebracht. Sie war aus Porzellan, ich meine, ihr Gesicht. Ich kann mir vorstellen, daß sie teuer war, obwohl mir das damals nicht in den Sinn kam. Aber wenn ich heute daran zurückdenke, ihre zarten Züge, das durchscheinende Gesicht, dann muß sie teuer gewesen sein. Außerdem war sie blond, und ich fand, sie sei das Schönste auf der Welt. Das Allerschönste.»

Der Ton ihrer Stimme veranlaßte Dr. Broussard, seine Aufmerksamkeit auf ihr Gesicht zu konzentrieren. Sie war von exemplarischer Schönheit; ihr Kinn war markant, sie hatte hohe Wangenknochen und einen leicht asymmetrischen Mund, den er besonders attraktiv fand, weil der Mundwinkel auf einer Seite die Andeutung eines Grübchens hatte. Sie hatte eine flache, aber deutliche Vertiefung in der Oberlippe, die gerade Nase eines Fotomodells und große, graublaue Augen, die sie mit rostbraunem Lidschatten leicht umrahmte, was ihnen einen seelenvollen Ausdruck gab. Ihr Haar war blond – nicht das strohige, gebleichte Weißblond der Friseursalons, sondern das reine, buttergelbe Blond, das nur die Natur schenkt. Heute trug sie es zu einem lockeren Knoten hochgesteckt, eine Frisur, die den Zauber ihres Gesichts betonte.

Er fand sie so wunderbar attraktiv, daß er sie auch dann mit Freuden weiter gesehen hätte, wenn sie nur schweigend auf seiner Couch gelegen, eine Stunde lang in die besonnte Landschaft gestarrt und ihn dann schweigend wieder verlassen hätte.

Aber sie sprach, und eben jetzt hatte sie zum ersten Mal nach über vierzig Behandlungsstunden das Thema ihrer Kindheit erwähnt.

«Tatsächlich hatte ich die Puppe bekommen, als ich fünf war», sagte sie. «Sie hatten sich gerade scheiden lassen.»

Dr. Broussard sah nach dem kleinen roten Lämpchen des Tonbandgeräts auf der anderen Seite des Raumes.

«Er trank.» Sie hielt inne. «Er war ein sehr gut aussehender Alkoholiker, und ich liebte ihn rückhaltlos. Ein Kind kann das, einmal jedenfalls. Ich erinnere mich an nichts... keine Szenen, kein Geschrei, keine Streitereien. Nichts dergleichen. Aber meine Mutter hat mir später davon erzählt, und sie zeigte mir Narben, die sie angeblich von ihm hatte. Ich weiß nicht, ob das stimmt.»

«Glauben Sie, daß sie Sie darüber belogen hat?»

«Ich weiß nicht», sagte sie mit einer Spur von Ungeduld. «Ich weiß einfach nicht, ob er das wirklich getan hat. Und ich habe es nie selbst sehen können, weil wir wegliefen. Wir verließen ihn mitten in der Nacht, in Georgia, in einer kleinen Stadt in der Nähe von Savannah. Wir fuhren durch bis zum nächsten Morgen, als wir irgendwo von der Autobahn auf eine Landstraße abbogen. Sie sagte, ich solle wach bleiben, während sie schlief. Als ich sie endlich weckte, war früher Nachmittag. Wir kauften an einem Stand am Straßenrand gegrilltes Fleisch und fuhren weiter. Wir hielten erst an, als es wieder Nacht war und wir die Landesgrenze von Mississippi überschritten hatten.

Und dann lebten wir ein Jahr lang wie Zigeuner. Mutter hatte eine Reihe von Jobs als Kellnerin und Büroangestellte; wir blieben für eine Weile an einem Ort, dann an einem anderen, dann zogen wir wieder weiter. Wir hatten Dutzende von billigen Apartments, möblierten Zimmern, Motelzimmern überall im Süden. Gott, ich habe vergessen, in wie vielen schmutzigen Räumen wir gewohnt haben, aber ich habe nie vergessen, wie sie rochen. Desinfektionsmittel. Uringestank in den durchgelegenen Matratzen. Der saure Geruch vom Schweiß und den Intimitäten anderer Leute. Nachts pflegte sie im Dunkeln zu schluchzen, und ich klammerte mich an meine Dresdner Puppe, lauschte ihrem jämmerlichen Wimmern und atmete den Geruch dieser schmutzigen Matratzen ein... Ich weiß nicht, worüber sie weinte; sie war diejenige, die ihn verlassen hatte.»

«Sie scheinen keine große Sympathie für Ihre Mutter zu haben», sagte Broussard.

«Ich habe ihn so sehr vermißt», sagte sie, seinen Einwurf ignorierend. «Manchmal kam mir nachts in diesen verschwitzten Betten der

Gedanke, daß alle meine inneren Organe sich langsam voneinander lösten. Wenn ich den Atem anhielt, glaubte ich es fühlen zu können –, die Dinge wichen auseinander, dehnten sich, kleine Gummibänder in mir wurden dünner und dünner, würden gleich zerreißen. Mir wurde ganz schwindlig, und ich hatte schreckliche Angst, all die winzigen, unkenntlichen Stückchen von mir würden in alle Richtungen des Universums davonfliegen. Sie würden sie nie wiederfinden. Es würde nichts von mir übrigbleiben, das jemand lieben könnte.»

Sie hielt inne, blinzelte leicht, erinnerte sich.

«In der erstickenden Dunkelheit solcher Nächte lag ich wach... wartete darauf, daß dieser Gedanke in meinen Kopf kam, und hatte Angst davor.»

Broussard fühlte sich nicht mehr in derartige Geschichten ein. Er hatte sich dazu erzogen, keinen Anteil zu nehmen, sondern nur zuzuhören. Sein Verständnis für ihre Geschichte war rein intellektuell und assoziativ; er empfand weder ihren Schmerz, noch bedrückte ihn die Bürde ihrer kindlichen Einsamkeit. Er war nicht immer so distanziert gewesen; nachdem er aber selbst zwei Nervenzusammenbrüche erlitten hatte, hatte er etwas gelernt. Er konnte seinen Patienten besser helfen, wenn er seine natürliche Neigung unterdrückte, sich ihre düsteren Geschichten zu Herzen zu nehmen. Trotzdem fand er sie auch heute noch manchmal fesselnd.

Für ihn waren solche Geschichten fein ausgearbeitete Biographien, Gewebe der Vorstellungskraft, in denen feine Fäden von Phantasie und Realität miteinander verknüpft waren. Seine oft schwierige und mühsame Aufgabe bestand darin, dem Erzähler der Geschichten zu helfen, das Gewebe seiner Phantasie zu entwirren.

Broussard war ein Mann, der aufrichtig wirkte. Er wußte das und kultivierte es. Er meinte, er sei es seinen Patienten schuldig, ihnen eine Persönlichkeit anzubieten, die empfänglich für ihre Geschichten war und ihre Verzweiflung nicht auf die leichte Schulter nahm. Er war knapp einsachtzig groß und hatte eine gute Figur mit von Natur aus stark entwickeltem Oberkörper, den er mit einem Minimum an Gewichtstraining in Form hielt. Sein Teint war gebräunt, sein Haar dick und wellig und an den Schläfen ergraut. Er ließ es häufig, aber nur ganz wenig schneiden, so daß er nie den etwas fatalen Eindruck machte, frisch vom Friseur zu kommen. Seine Garderobe war teuer, aber dezent.

«Diese Panikgefühle», beharrte er pflichtgemäß, «wie lange dauerten sie?»

Er fühlte etwas lose Nagelhaut an seinem Ringfinger und nahm unauffällig einen Nagelclipper aus der Tasche, um sorgfältig das lose Hornhautstückchen zu entfernen, während sie fortfuhr.

«Und wissen Sie, woran ich mich noch erinnere?» sagte sie, seinen Einwurf wieder mißachtend. «‹Are You Lonesome Tonight?› Elvis Presley. Himmel. Ich weiß nicht mehr, ob es aus dem Radio kam oder vom Plattenspieler oder was. Ich war erst sechs oder sieben. Von allein hätte ich mich an das Lied auch nicht erinnert, aber sie ließ es mich nie vergessen. Sogar nachdem sie wieder geheiratet hatte, summte sie dieses Lied noch oder legte die Platte auf, wenn er nicht da war. Ich weiß nicht, man hätte annehmen sollen, daß sie es vergessen wollte, wenn es sie erinnerte ... Ich kann dieses Lied nie hören, ohne daß ich an all diese fremden, schmutzigen Zimmer denken muß.»

Sie hielt inne. Dr. Broussard schwieg und ließ ihr Zeit. Aber sie war fertig. Er sah es ihrem Mund an, der ihr ausdrucksvollster Zug war, daß sie nicht weiter darüber reden würde. Er bezweifelte, ob ihr klar war, daß sie einen entscheidenden Angelpunkt erreicht hatte; vielleicht war es ihr auch klar, und sie war gerade deswegen verstummt. Und trotzdem wirkte sie unbewegt. Sie hatte gesprochen, als lese sie aus einem Buch vor, als stammten die Worte von jemand anderem.

«Was wurde aus Ihrem Vater?» Vielleicht würde die Frage wirken, obwohl es ihm nie gelungen war, sie zu etwas zu zwingen.

Mary Lowe reagierte und antwortete nicht. Sie hob die rechte Hand und sah auf ihre Uhr.

«Es ist fünf», sagte sie. Sie richtete sich auf, schwang ihre Beine von der Couch und saß aufrecht, die Knie geschlossen, die bestrumpften Füße leicht gespreizt, um in die Schuhe zu schlüpfen, die nebeneinander auf dem Boden standen.

«Wir haben gute Fortschritte gemacht», sagte er. «Mit der Zeit wird es leichter.»

Sie stand auf und strich das Kleid über ihrem flachen Bauch glatt. «Wunderbar», sagte sie mechanisch und sah ihn an, als er ebenfalls aufstand und seinen Notizblock mit den aufgeschlagenen Seiten nach unten auf den Schreibtisch legte, um die Tatsache zu verbergen, daß er leer war. Sie wandte sich ab und nahm ihre Handtasche von dem antiken orientalischen Tisch neben der Tür. Er trat hinter sie, griff nach dem Türknopf, um sie hinauszulassen, und legte die linke Hand in Taillenhöhe flach, um so viel wie möglich von ihr zu berühren, auf ihren Rücken.

«Also dann bis morgen», sagte er und spürte eine leichte Erregung, als er die Finger der Wölbung ihres Torsos anpaßte. Sie ließ es zu; sie trat weder vor, noch drehte sie sich, um seiner Berührung zu entgehen. Sie zögerte einen Augenblick. Er dachte, sie werde etwas sagen, aber dann ging sie durch die Tür und war fort.

6

Zu viert standen sie in der Kälte des Schlafzimmers mit der nackten, wie für eine Aufbahrung zurechtgelegten Dorothy Samenov, die aus erstaunten, lidlosen Augen in die Ewigkeit blickte, die hellwach ins Grab gehen würde, unfähig, die letzte Geste aus der archaischen Vergangenheit zu empfangen, von der der moderne Mensch sich nie gelöst hat – das Schließen der Augen vor dem erschreckenden Unbekannten. Palmas analytische Konzentration wurde von dem bleichen, mißhandelten Körper dieser einsamen Frau auf dem kalten Laken auf eine harte Probe gestellt. Während sie im Kreis zusammenstanden und redeten, war sich Palma ständig bewußt, daß am Rand ihres Blickfelds Samenovs wächserne Gestalt lag, als warte sie geduldig darauf, daß sie sie aus ihrer Erniedrigung erlösten. Ihr Tod hatte sie mehr gekostet als das Leben, und die bemitleidenswert demütige Geste ihrer höflich gefalteten Hände schien alles zu sein, was man ihr von ihrer Würde gelassen hatte.

Palma hatte in den vier Jahren bei der Mordkommission genug gesehen, um den Unterschied zwischen der besonders intensiven Bösartigkeit von Sexualmorden und anderen Morden zu erkennen. Zuerst wirkten alle Tötungen insofern gleich, als sie Gewalttaten waren. Die Wunden mochten verschieden sein, aber die Energie, die sie hervorgebracht hatte, hatte einen gemeinsamen Nenner. Doch die charakteristischen Merkmale von Sexualmorden traten bald hervor. Sie mochte die Details von Hunderten von Morden durch Erschießen und Erstechen und Erwürgen vergessen, die sie in ihrer Berufslaufbahn gesehen hatte, aber die Sexualmorde vergaß sie nicht, nicht die kleinsten Einzelheiten.

Nun ging es darum, die Aufgaben zu verteilen. Wenn die Fälle zusammenhingen, wovon sie alle ausgingen, dann hatten Cushing und Leeland in einem sehr realen Sinn ihre Hausaufgaben noch nicht gemacht. Man kam überein, daß die beiden Detectives bei Birley bleiben sollten, der zusammen mit ihnen den Tatort untersuchen und die Details mit denen des Falles Sandra Moser von vor zwei Wochen vergleichen würde. Wenn der Leichnam ins Leichenschauhaus gebracht würde, würden Cushing und Leeland mitfahren und bei der Autopsie zugegen sein. Birley würde mit LeBrun weiter den Tatort untersuchen. Palma, die beim ersten Mord die meisten Befragungen durchgeführt hatte, sollte Vickie Kittrie vernehmen. Wenn Cushing und Leeland ins Revier zurückkämen, würden sie die Berichte und Ergänzungen zum Fall Moser lesen. Danach wollten alle vier Detectives zusammenkommen und ihre Notizen vergleichen.

Palma ließ die anderen im Schlafzimmer zurück und ging ins Wohnzimmer, wo die beiden Streifenpolizisten bescheiden im Hintergrund warteten. Sie nahm an, daß die beiden die nackte Frau ausgiebig beäugt hatten, ehe sie kam, und diese untypische Interesselosigkeit nur ihr zuliebe heuchelten. Manchmal traf sie unter den jüngeren Männern auf eine merkwürdige Ritterlichkeit, vor allem bei den Streifenbeamten, die nicht oft nackte tote Frauen sahen. Wenn das Opfer sexuell attraktiv war, stellten sie verblüfft fest, daß der Tod daran nicht unbedingt etwas änderte, und ihre unangemessene und unerwartete Erregung konnte wirklich verwirrend sein. Manche von ihnen wurden dann ernst oder formell oder reserviert, oder sie gingen ihr einfach aus dem Weg, als seien sie aufgrund ihres Geschlechts und ihrer schlecht beherrschten Körperchemie irgendwie Komplizen des Täters. Sie brauchten eine Weile, bis sie lernten, es zu ignorieren oder auszuschalten, und wenn sie das nicht konnten, darüber zu scherzen. Es gab eine Menge Arten, damit umzugehen, aber man konnte es sich nicht leisten, es sich zu Herzen zu nehmen. Zumindest nicht jedesmal.

«Ist einer von Ihnen VanMeter?» fragte sie, trat näher zu ihnen und schaute auf ihre Namensschilder.

«Nein, Ma'am», sagte einer von ihnen. «Er ist draußen ... er hat einen roten Schnurrbart.»

Draußen war die Hitze des späten Vormittags erdrückend nach der Eiseskälte der Wohnung, und Schweißperlen brachen aus Palmas Haut, als habe sie eine Sauna betreten. VanMeter war leicht zu finden. Er stand mit dem diensthabenden Sergeant auf dem weichen, gepflegten Rasen im dichten Schatten einer Magnolie. Keiner der Männer sprach, obwohl sie das offenkundig vorher getan hatten. Als Palma näher kam, bemerkte sie ein halbes Dutzend Zigarettenkippen am Bordstein.

«VanMeter?» fragte sie, trat zu dem jungen Mann und streckte die Hand aus. «Detective Palma.» Er war unglaublich jung, und die blauen Augen und die helle Haut machten ihn nicht älter. Sein Händedruck war angespannt und spröde. Sie schüttelte auch dem Sergeant die Hand und erinnerte sich, daß sie vor ein paar Monaten zusammen an einem Tatort gewesen waren. Sie wandte sich VanMeter zu, der sich eine Zigarette anzündete.

«Sie waren der Beamte, der sie gefunden hat?»

«Ja, Ma'am.»

Palma wartete auf seine Erklärung.

«Sag ihr einfach, wie es dazu kam», sagte der Sergeant zu VanMeter. Er schaute Palma an, und ihr wurde klar, daß der Junge frisch von der Polizeiakademie kam.

«Im Grunde sollte ich nur nachsehen, ob sie wohlauf war», sagte VanMeter. Kittrie hatte ihm ihre Geschichte erzählt, wie Cushing zuvor Palma berichtet hatte, und VanMeter hatte Kittrie gefragt, ob sie jemanden kenne, der einen Schlüssel für die Wohnung habe. Kittrie wußte niemanden, aber sie sagte, Samenov habe ein Bund Ersatzschlüssel in ihrem Auto versteckt. Das Auto war abgeschlossen. Sie konnnten nicht an die Schlüssel heran. VanMeter hatte dann einen Türöffner aus seinem Streifenwagen benutzt, um in Samenovs Saab zu gelangen, wo er nach kurzer Suche die Ersatzschlüssel fand und benutzte, um die Wohnung zu betreten.

«Sie gingen als erster hinein?» fragte Palma.

«Ja, Ma'am. Ich ging hinein und bat Kittrie, im Wohnzimmer zu warten, während ich mich umsah. Ich ging direkt ins Schlafzimmer, warum, weiß ich nicht... die Tür war offen, und ich fand sie.» VanMeters Adamsapfel bewegte sich unkontrollierbar, und er schluckte. Dann nahm er einen tiefen Zug aus seiner Zigarette.

«Hat Kittrie sie gesehen?»

«Na ja, ich muß wohl etwas gesagt haben, wissen Sie, weil ich überrascht war, die tote Frau zu finden, und sie hörte mich und kam hereingelaufen. Ich war nur ein paar Schritte weit ins Schlafzimmer hineingegangen, und als ich mich umdrehte, stand sie in der Tür direkt hinter mir.»

«Und in dem Moment hat sie sie gesehen?»

«Ja, Ma'am.»

«Erinnern Sie sich an ihre Reaktion?»

Er nickte. «Sie wurde ohnmächtig, fiel einfach um. Als hätte man sie mit einem Hammer niedergeschlagen. Ich mußte sie tragen ... Ich brachte sie aus dem Haus. Legte sie direkt hier hin, in den Schatten. Ein Ehepaar, das auf der anderen Straßenseite wohnt», er wies mit dem Kopf auf ein Gebäude gegenüber, «muß aus dem Fenster gesehen haben. Sie kamen herüber, und die Frau hatte einen feuchten Waschlappen oder so was, und wir brachten sie wieder zu sich. Als sie aufstand, nahmen sie sie mit nach drüben.»

«Ist sie jetzt noch da?»

«Ja, Ma'am. Ihren Namen weiß ich nicht.»

Palma dankte VanMeter und ging über die Straße auf das Wohnhaus im mediterranen Stil mit rötlichgelben Ziegeln und dem Vorgarten voller Sagopalmen neben Beeten mit orangefarbenen Löwenmäulchen zu.

Als sie an der Tür läutete, wurde sofort geöffnet. Ein Mann mittleren Alters mit langem, gekräuseltem Haar, das an der Stirn schon dünn wurde, stand vor ihr und sah sie an. Er trug ein weites Hawaiihemd über ausgeblichenen Bluejeans. Seine Nase war ziemlich breit, aber nicht unschön, und er hatte ungewöhnlich lange Augenwimpern.

«Ich bin Detective Palma.» Sie hielt ihre Polizeimarke hoch. «Wie ich höre, ist Vickie Kittrie hier.»

«Natürlich, sicher, kommen Sie herein.» Er reichte ihr die Hand. «Ich bin Nathan Isenberg.» Er trat zurück, um sie vorbeizulassen. «Sie ist oben.» Er schloß die Tür hinter ihr und ging dann redend und gestikulierend die Stufen des tiefer gelegenen Eingangsflurs hinauf. «Hart für das Mädchen. Himmel. Können Sie sich das vorstellen?» Er blieb stehen, drehte sich zu ihr um und legte besorgt eine Hand auf Palmas Arm. «War's schlimm da drüben?» Sein Gesicht war schmerzlich verzogen und nahm die Antwort vorweg.

«Ziemlich schlimm», sagte sie.

«Oh, Gott!» rief er so leise aus, daß nur sie beide es hören konnten. «Armes Ding.» Er biß sich auf die Unterlippe und schüttelte den Kopf, daß sein drahtiges Haar nur so flog. Dann drehte er sich um und führte sie über die Treppe zu einem Wohnraum, der vom Eingangsflur durch eine riesige, eingelassene Pflanzschale mit Philodendron und Monstera getrennt war. Eine Frau, die einen Sarong und das Oberteil eines Bikinis trug, hatte neben Kittrie auf dem Sofa gesessen und stand auf, als Palma hereinkam.

Der Mann stellte sie als Helena vor und machte Palma dann mit Kittrie bekannt, die sitzen blieb, rotäugig und eine Handvoll rosafarbener Papiertaschentücher umklammernd. Einen Moment lang waren alle sehr verlegen. Die Frau fuhr sich mit einer wohlgeformten Hand durchs Haar, einen schwarzen Pagenkopf mit grauen Strähnen, und fragte schließlich, ob sie Palma etwas anbieten könne. Palma lehnte dankend ab. Der Mann und die Frau entschuldigten sich, und als sie das Wohnzimmer verließen, stellte Palma fest, daß sich unter dem dünnen Sarong der Frau kein Bikinihöschen abzeichnete.

Vickie Kittrie war sehr elegant angezogen. Sie trug einen geschäftsmäßigen Blazer aus silbergrauer Baumwolle mit Leinen und gebügelte Hosen zu schwarzen Pumps. Eine kragenlose fuchsienrote Bluse aus Crêpe de Chine war in die Hose gesteckt. Sie saß auf dem Sofa hinter einem Couchtisch aus glänzenden, goldfarbenen Keramikfliesen, knetete die Papiertaschentücher und sah mit geschwollenen Augen und tränennassen Wimpern zu Palma auf.

«Fühlen Sie sich in der Lage, ein paar Minuten mit mir zu reden?»

Kittrie nickte bereitwillig. «Natürlich», sagte sie und schneuzte sich rasch die Nase.

«Das mit Ihrer Freundin tut mir sehr leid», sagte Palma und setzte sich in einen mit Gobelinstoff bezogenen Polstersessel auf der anderen Seite des Couchtischs. Kittrie nickte. Sie hatte ingwerfarbenes Haar mit roten Glanzlichtern und einen blassen irischen Teint. Sie hatte so viel geweint und ihr Gesicht so oft mit feuchten Papiertüchern abgewischt, daß ihr Make-up verschwunden war und man auf ihrer Nasenspitze Sommersprossen sah, was ihr ein jugendliches Aussehen gab, das unvereinbar schien mit den damenhaften Kleidern, für die sie sich entschieden hatte. Sie begann, ängstlich an den Papiertaschentüchern zu zupfen. Ihre haselnußbraunen Augen starrten Palma an.

«Haben Sie Familie oder Freunde, jemanden, der Sie abholen und vielleicht bei Ihnen bleiben kann?»

«Ich habe Freundinnen ... im Büro. Ich habe sie schon angerufen.»

Palma war etwas überrascht über ihren Ton, der einen scharfen Beiklang hatte.

«Sie waren mit Miss Samenov befreundet?»

«Ja.»

«Wie lange kannten Sie sie?»

«Sehr lange.» Ihre Stimme brach, aber sie beherrschte sich. «Drei oder vier Jahre vielleicht. Wir arbeiteten beide bei Computron.»

«War sie verheiratet?»
«Geschieden.»
«Wie lange?»
«Ach, ich weiß nicht, vielleicht fünf, sechs Jahre.»
«Lebt ihr Exmann hier in der Stadt?»
«Ja.»
«Wissen Sie, wie er heißt?»
Sie mußte einen Moment überlegen. «Dennis ... Ackley.»
«Sah sie ihn oft?»
Sie zog die Schultern ein. «So eine Scheidung war das nicht. Nicht freundschaftlich.»
«Wissen Sie, wo er arbeitet oder wo er wohnt?»
«Er arbeitet ... in einem Farbengeschäft, glaube ich.»
«Wissen Sie den Namen?»
Sie schüttelte den Kopf. «Ich erinnere mich nur, daß sie gesagt hat, was er jetzt macht.»
«Wissen Sie zufällig, ob er je bei der Armee war?»
Kittrie schloß die Augen und schüttelte wieder den Kopf.
«Wie steht es mit Angehörigen? Das Büro des Leichenbeschauers muß jemanden benachrichtigen.»
«In der Stadt gibt es niemanden. Mit Ackley würde ich mich nicht aufhalten. Sie stammt aus South Carolina. Sie war von zu Hause weggegangen.» Kittries Augen waren noch immer geschlossen, ihre Hände hielten reglos das Papiertuch.
Die letzte Bemerkung schien eine etwas wunderliche Wortwahl angesichts der Tatsache, daß Samenov offensichtlich Mitte Dreißig, einige Jahre verheiratet und schon ein paar Jahre geschieden gewesen war. Gewiß hatte sie lange genug in Houston gewohnt, um es als ihre Heimat zu betrachten. Der Satz hätte besser auf eine Collegestudentin gepaßt.
«Aber, na ja ...», fügte Kittrie hinzu, «ich würde es ihnen gern selbst sagen.» Sie räusperte sich.
«Kennen Sie sie?»
«Ich habe sie kennengelernt. Sie werden sich an mich erinnern.» Sie hielt die Augen immer noch geschlossen.
«Ich bin sicher, daß das Büro des Leichenbeschauers keine Einwände hat. Sie sollten sich mit ihnen in Verbindung setzen.» Palma hielt inne und setzte ihre Vernehmung in einem anderen Ton fort. «Was ist mit Freunden? Hatte sie einen festen Freund?»
«Nein.» Kittrie öffnete die Augen. Sie schien ihrer Sache sicher.

«Hatte sie in der letzten Zeit jemanden gehabt?»

«Nein, ich glaube nicht.»

«Welche Art von Männern traf sie im Lauf des letzten Jahres oder so?»

«Oh, das weiß ich nicht. Nach einer Weile kommen sie einem alle gleich vor ... eben Männer.» Sie sprach wie eine doppelt so alte Frau. Kittrie konnte nicht älter als dreiundzwanzig sein.

«Können Sie mir die Namen einiger Männer nennen, mit denen sie sich traf, damit wir überprüfen können, wann sie sie zuletzt gesehen haben?» Palma sagte das routinemäßig.

«Ich weiß, daß sie sich mit einem Typ von Computron traf, Wayne Canfield. Er war in der Marketingabteilung. Dann war da noch einer, Gil, glaube ich – Gil Reynolds. Ich habe ihn ein paarmal in ihrer Wohnung getroffen. Sonst weiß ich nichts über ihn.»

Sie hielt inne.

«Ist das alles?» fragte Palma.

Kittrie seufzte und rollte die Augen zur Decke. «Mal sehen. Da war ein Dirk, den sie aus einem Abendkurs kannte; sie machten einen Kurs in Buchhaltung an der Universität von Houston.»

«Wann war das?»

«Oh, letztes Jahr, Sommersemester. Eine Zeitlang traf sie sich mit dem Vizepräsidenten einer Bank ...» Sie runzelte die Stirn. «Die Bank ... die Bank weiß ich nicht, aber sein Nachname war Bris ... Bristol. Ja, Bristol.» Sie sah Palma gereizt an. «Ich weiß nicht. An mehr kann ich mich nicht erinnern.»

«Sie lebte allein?»

Kittrie nickte. Wieder bearbeiteten ihre Hände das zerknüllte Papiertuch.

«Wie ich hörte, ist am Donnerstagabend, als Sie sie zum letzten Mal gesehen haben, eine Gruppe von Leuten aus Ihrem Büro zusammen ausgegangen, um etwas zu trinken.»

«Richtig, bei Christof's. In der Nähe von Greenway Plaza. Wir machen das oft, um abzuwarten, bis der Stoßverkehr nachläßt.»

«Wer war dabei?»

«Wir beide, Marge Simon, Nancy Segal, Linda Mancera.»

«Jede mit ihrem eigenen Wagen?»

«Ja ... nein, Marge und Linda sind zusammen gefahren.»

«Wie oft tun Sie das? Mehrmals in der Woche?»

«Ja, zwei- bis dreimal in der Woche.»

«Immer im gleichen Lokal?»

«Etwa jedes zweite Mal bei Christof's. Es liegt auf dem Heimweg.»

«Treffen Sie dort jemals Männer... oder treffen Sie sich mit Männern, die Sie dort kennenlernen?»

«Eigentlich nicht.»

«Nicht?»

«Nein.» Kittrie bohrte mit einem glänzenden, fuchsienroten Fingernagel ein Loch in das Papiertuch.

«Wirkte Dorothy an diesem Donnerstag wegen irgend etwas besorgt? Aufgeregt? Hatte sie etwas auf dem Herzen?»

«Nichts, nichts dergleichen. Ich habe auch schon darüber nachgedacht. Mich gefragt, ob mir irgend etwas aufgefallen war, das anders war als sonst.» Sie senkte den Kopf und schüttelte ihn. «Aber das kam aus heiterem Himmel... Ich kann mir nicht vorstellen, daß es irgendwas mit ihr zu tun hat. Ich meine, daß es mit irgendwas zusammenhängt. Das kann ich mir einfach nicht vorstellen.»

«Wollte sie nach Hause fahren, nachdem sie das Lokal verlassen hatte?»

«Das wollten wir alle.»

«Sie wollte nicht irgendwo vorbeifahren, bei der Reinigung, beim Supermarkt? Hatte sie irgend etwas in der Art angedeutet?»

Kittrie schüttelte den Kopf, während sie sich mit der Hand durch das ingwerfarbene Haar fuhr.

Palma dachte an Sandra Moser. Sie war zum letzten Mal von ihren Kindern und ihrem Hausmädchen gesehen worden, als sie abends ihr Haus verlassen hatte, um zu ihrem Aerobic-Kurs zu fahren. Sie kam nie dort an. Das nächste Mal wurde sie gesehen, als das Zimmermädchen im Doubletree Hotel am Post Oak Boulevard am nächsten Morgen das Zimmer betrat und sie nackt in derselben Aufbahrungspose wie Samenov auf dem Bett fand.

«Sie hatten am Samstagmorgen einen Gymnastikkurs mit Miss Samenov. Wo war das?»

«Im Houston Racquet Club.»

Sandra Moser war auf dem Weg zu Sabrina's gewesen, einem schicken Fitneßclub in der Gegend von Tanglewood, nicht weit von ihrem Haus entfernt. Was immer Palma sonst noch in Erfahrung bringen würde über den Mann, der diese beiden Frauen umgebracht hatte, schon jetzt war klar, daß er einen anspruchsvollen Geschmack hatte. Er bearbeitete ein Territorium genau in der Mitte von zwei Vororten, deren demographische Daten sie unter die reichsten der Nation einordneten.

Palma studierte Kittrie einen Augenblick lang. «Fällt Ihnen dazu irgend etwas ein?»

Kittrie wich ihrem Blick aus. «Mir? Großer Gott, nein», sagte sie. Ihre Überraschung war reflexhaft, echt, eine der spontanen Reaktionen des Mienenspiels, die in unbewachten Momenten auftreten und einem mehr über jemandes Beziehung zu einer bestimmten Person verraten als zwei Wochen Hintergrundrecherchen.

Palma beschloß, zum Kern der Sache vorzustoßen. «Was können Sie mir über Miss Samenovs Sexualleben sagen?»

Kittrie hob ruckartig den Kopf und musterte Palma mit einer Mischung aus Ärger und Angst. «Du lieber Himmel! Muß ich das?» Sie begann wieder zu weinen.

«Je mehr ich über sie weiß, desto bessere Chancen habe ich, das zu verstehen, was passiert ist», beharrte Palma. «Vielleicht war sie ein zufälliges Opfer, vielleicht auch nicht. Ich muß mir eine Vorstellung von ihrem Privatleben machen können.»

«Darüber *weiß* ich nichts», platzte Kittrie heraus. «Ich weiß nicht, wer... oder... nichts. Himmel!» Sie begann, unkontrollierbar zu schluchzen, und konnte nicht weitersprechen. Palma glaubte ihr nicht. Sie betonte ihre Unwissenheit zu sehr, und ihr aufgeregtes Leugnen stand in keinem Verhältnis zu der Frage. Vielleicht sagte sie einfach nur, sie wisse nichts. An der Aufrichtigkeit ihres Kummers zweifelte Palma allerdings nicht.

Es gab keinen Grund, jetzt noch weiter in sie zu dringen. Palma sah sich nach dem Ehepaar um, das den Raum verlassen hatte, aber sie waren nirgends in Sicht.

7

Sie ließ die weinende Vickie Kittrie auf Nathan Isenbergs Sofa zurück und fragte sich, ob Kittries «Freundinnen», die noch nicht eingetroffen waren, wirklich existierten. Helena war wieder in den Raum gekommen, als sie hörte, daß Palma mit der Vernehmung fertig war, und hatte sie in die tiefergelegene Eingangshalle begleitet, wo sie einen Augenblick an der Eingangstür stehenblieben. Palma erfuhr von ihr, daß sie nichts Ungewöhnliches gesehen und niemanden bemerkt hatte, der in den letzten Tagen Dorothy Samenovs Wohnung betreten oder verlassen hatte. Helena schien Mitte Vierzig zu sein, hatte dunkle, freundliche Augen und die Figur eines jungen Mädchens. Sie sagte, sie werde dafür sorgen, daß Kittrie gut nach Hause käme. Palma wunderte sich über diese beiden guten Samariter und ihre Hilfsbereitschaft. Ihr war aufgefallen, daß Helena keinen Ehering trug.

Es war fast Mittag, als sie wieder in die Hitze und das helle Sonnenlicht trat und den rückwärtigen Teil des Leichenwagens sah, der sich unter den überhängenden Bäumen auf der anderen Seite von Olympia entfernte. Cushings und Leelands Auto war bereits fort, ebenso einer der Streifenwagen. Sie überquerte die Straße und nickte VanMeter und einem weiteren Streifenbeamten zu, die noch unter der Magnolie standen. Sie würden dort bleiben, bis entschieden wurde, daß man den Tatort verlassen konnte. Palma ging durch die Vordertür, die offengeblieben war, in Samenovs Wohnung. Jemand hatte den Thermostat hochgedreht.

Sie kehrte in das Schlafzimmer zurück, wo Birley in Samenovs großem, begehbarem Kleiderschrank stand und sich Notizen machte.

«Wie ging's?» fragte er, ohne von seinem Notizblock aufzublicken.

«Sie war ziemlich außer Fassung. Wo ist LeBrun? Sein Wagen steht noch draußen.»

«Er ist in einem der hinteren Badezimmer und überprüft die Abflußrohre.»

«Hat er auf dem Fußboden im Bad etwas finden können?»

«Ich denke schon.» Er sah sie an, und seine Augen zogen sich zu einem amüsierten Lächeln zusammen. «Du warst ja vorhin ganz schön keck.»

«Du meinst vorlaut», sagte sie und trat zu ihm.

«Ja, das auch.»

«Tut mir leid, aber ich wollte nicht, daß Cushing uns den Fall wegschnappt.»

«Mir ist's recht. Hast du gut gemacht. Hier», sagte er, beugte sich aus dem Kleiderschrank und reichte Palma ein braunes, ledernes Adreßbuch. «Ich dachte, das würdest du dir vielleicht gern zuerst ansehen.»

Genau das tat sie auch. Dennis Ackleys Name stand dort, zusammen mit seiner Adresse und zwei Telefonnummern. Offensichtlich benutzte sie das Buch nicht für ihre geschäftlichen Angelegenheiten, denn mit Ausnahme eines Spirituosenladens, einer Reinigung, eines Schuhgeschäfts, einer Apotheke, eines Friseurs und anderer Geschäfte für den persönlichen Bedarf standen nur Privatpersonen darin. Und in den meisten Fällen waren nur die Vornamen eingetragen und keine Adressen.

«Kittrie hat gesagt, daß es da einen Ex-Ehemann gibt», sagte Palma. «War keine gute Scheidung. Er steht hier drin, mit Adresse und Telefonnummer. Ich lasse einen Streifenwagen vorbeifahren und nachsehen, ob er zu Hause ist.»

Palma benutzte das Telefon auf einem Nachttisch, rief in der Zentrale an, gab den Auftrag durch und wählte dann die zweite Nummer unter Ackleys Namen; sie dachte, das könnte die Geschäftsnummer sein. Niemand meldete sich. Sie wählte die erste Nummer, aber auch da meldete sich niemand. Sie wählte die Nummer der Auskunft, bei der kein Dennis Ackley eingetragen war und auch keine Geheimnummer vorlag. Sie steckte das Adreßbuch in ihre Handtasche.

«Kittrie behauptet, sie habe nicht die leiseste Ahnung, was hier passiert ist», sagte Palma, während sie sich umschaute. Überall im Raum sah sie Spuren von Eisenoxyd wie Abdruckreste, die allgegenwärtig zu sein schienen, sobald man einmal danach zu suchen begann. LeBrun hatte bereits das Laken vom Bett abgezogen und in einer Papiertüte versiegelt, die er zusammen mit einer Reihe anderer Pakete verschiedener Größe, verschlossen und versiegelt, neben die Tür gestellt hatte. «Sie geriet richtig außer sich, als ich sie fragte, ob sie etwas über Samenovs ‹Privatleben› wisse.»

Birley blickte von seinem Notizbuch auf. «Ach? Das schien sie besonders aufzuregen? Du meinst ihr Sexualleben?»

Palma nickte.

«Interessant», sagte Birley und zog die Mundwinkel herunter. «Wirf mal einen Blick in die unterste Kommodenschublade.»

Die einzelnen Kosmetik- und Parfumflaschen oben auf der Kommode waren durcheinandergebracht und mit Flecken von Eisenoxyd verschmutzt. LeBrun war gründlich. Palma schaute zuerst in die kleine oberste Schublade und sah, daß LeBrun Proben von Lippenstift, Lidschatten und allem genommen hatte, was sich vielleicht auf Samenovs Gesicht befand. Dann bückte sie sich und zog die unterste Schublade auf. Einige Baumwollpullover lagen darin. Sie hob sie hoch.

Die Gegenstände waren unterschiedlich, einige selbstgemacht, einige gekauft: weiche Lederfesseln mit Schlüsseln, Riemen, eine Reitpeitsche, Brustwarzenclips und -klammern, eine Schachtel mit weißen Kerzen, Tigerbalsam, grobe Hundebürsten und -kämme, ein Handdildo und ein elektrischer, ein Klistierbeutel und ein Gummischlauch, ein einfacher Rasierapparat, eine Auswahl von Brustwarzenringen mit Gewichten, K-Y-Gelee, chirurgische Handschuhe – die Schublade war vollgestopft mit Instrumenten und Accessoires. Sie kannte sie alle aus ihrer Arbeit bei der Sittenpolizei.

Auf einem Knie vor der Schublade hockend, starrte sie hinein. Geheimnisse. Palma war sicher, daß Samenov nicht im Traum angenommen hätte, Fremde würden zufällig ihr geheimes Versteck von Erotika durchsuchen. Plötzlicher Tod, unerwarteter Tod, das hatte Palma gelernt, hatte einen ganz eigenen Charakter. In einem einzigen unerwarteten Moment enthüllte der plötzliche Tod auf perverse Weise alles, was verborgen hatte bleiben sollen, geheime Dinge, die die Menschen mit ständiger Wachsamkeit und aller Doppelzüngigkeit, deren sie fähig waren, eifersüchtig gehütet hatten.

Sie dachte an Birley, der hinter ihr stand. Wahrscheinlich beugte er den Kopf über sein Notizbuch, beobachtete sie aber aus dem Augenwinkel.

«Bei Sandra Moser gab es nichts Derartiges», sagte sie überflüssigerweise.

«Woher wollen wir das wissen?»

Die Frage verblüffte sie. Birley war sofort darauf gekommen. Natürlich hatten sie Mosers Haus nicht so untersucht wie jetzt die Wohnung Samenovs. Sie war in einem Hotelzimmer umgebracht worden, und ihr Mann und ihre Kinder wohnten noch in dem Haus. Zwar hatte Andrew Moser in all den langen Vernehmungen, die sie mit ihm geführt hatten, nichts dergleichen erwähnt, aber das hätte er vermutlich ohnehin nicht getan. Nicht, wenn er selbst beteiligt gewesen wäre. Und wahrscheinlich auch dann nicht, wenn er nicht beteiligt war und nicht einmal davon gewußt, sondern solche Dinge erst entdeckt hatte, als er nach dem Tod seiner Frau ihre persönliche Habe durchsah. Er war ziemlich verschlossen; er hätte nichts gesagt. Er hätte es mit sich herumgetragen als sein ganz persönliches, beschämendes Kreuz. Egozentrisch hätte er es als peinliches Zeugnis seiner realen oder eingebildeten sexuellen Unzulänglichkeit betrachtet, als Beweis dafür, daß sie anderswo hingehen mußte, anderes suchen mußte als das, was er ihr geben konnte. Ihr Geheimnis wäre jetzt sein Geheimnis. Palma kannte sich aus mit den empfindlichen Egos starker Männer; sie wußte, daß sie manchmal aussahen wie Felsgestein und dabei zerbrechlich waren wie dünnes Glas.

«Wir müssen das Zeug fotografieren und auf Fingerabdrücke untersuchen», sagte sie. Dann erspähte sie die Ecke eines festen Papierumschlags unten auf dem Boden der Schublade. Vorsichtig zog sie ihn mit zwei Fingern unter den anderen Sachen hervor und versuchte, deren Anordnung nicht zu verändern. Sie öffnete den Umschlag und ließ ein Päckchen Fotos auf den Boden gleiten, schwarzweiß und farbig. Einige schienen neuer zu sein, andere vielleicht einige Jahre alt und abgegriffen. Es gab sieben Fotos, die sie vor sich ausbreitete.

Auf jedem der drei postkartengroßen Schwarzweißfotos war eine Frau, die Ende Vierzig zu sein schien, nackt in verschiedenen pornographischen Positionen mit einer anatomisch korrekten männlichen Puppe zu sehen. Die Puppe trug eine lederne Sado-Maso-Maske und hielt ein Rasiermesser in einer der Plastikhände; der teilweise sichtbare Phallus war eine enorme Übertreibung, die die Frau sichtlich unter Schmerzen in sich aufzunehmen schien. Jedes Foto zeigte eine andere Stellung. Aber Palma interessierte sich nicht dafür. Sie hatte auf den Farbfotos bereits Samenovs Gesicht erkannt.

Samenov war auf jedem der vier Farbfotos zu sehen, die etwas kleiner und anscheinend mit einer billigen Kamera aufgenommen worden waren. Auf dem ersten Foto lag sie gefesselt auf einem Bett und hatte praktisch alle Vorrichtungen aus ihrer Kommodenschublade an oder in sich. Ihr Haar war auf dem Oberkopf zusammengefaßt und an das Kopfende des Bettes gebunden, so daß ihr Hals sich angespannt wölbte, als sie versuchte, ihr grimassierendes Gesicht von der Kamera abzuwenden. Ihr Körper war bedeckt mit roten Flecken von Schlägen oder Verbrennungen oder gerade gelösten Fesseln. Die anderen Fotos von ihr waren Variationen der gleichen Pose – auf zweien davon war sie mit dem Gesicht nach unten gefesselt –, und die verschiedenen Geräte waren erfindungsreich zur Anwendung gebracht.

Doch etwas anderes fesselte Palmas Aufmerksamkeit. Auf drei der vier Farbfotos war eine zweite Person teilweise sichtbar; sie trug eine schwarze Ledermaske, die das Gesicht verdeckte. Auf dem ersten dieser Bilder waren nur der Kopf und ein Teil der Schulter im Profil sichtbar, aber so nahe an der Kamera, daß sie durch das Blitzlicht leicht verschwommen wirkten. Auf einem zweiten Bild war der gleiche oder ein ähnlich maskierter Kopf zu sehen, der von unten her zu Samenov auf dem Bett aufschaute. Dieses Foto war scharf. Auf dem dritten Bild sah man den maskierten Kopf hinter der anderen Bettseite hervorschauen.

War das der Grund, warum Vickie Kittrie sich über Palmas Frage nach Samenovs Sexleben so aufgeregt hatte? Wußte sie von Samenovs Sadomasochismus? Angesichts der Fotos und der sonstigen Gegenstände war es kein Geheimnis mehr, wieso jemand Samenov hatte fesseln können, ohne daß sie sich wehrte.

Aber was war mit Sandra Moser? Sich Moser unter diesen Umständen vorzustellen, war eine andere Sache. Palma dachte sofort an Mosers zwei Kinder, eine Tochter in der dritten Klasse und ein kleiner Junge in der ersten. Sie dachte an Mosers Arbeit im Armenasyl der Episkopalkirche und an ihre aktive Mitgliedschaft in den Elterngruppen der Privatschule ihrer Kinder. Sie hatte ihren Mann und seine Karriere unterstützt, pflichtbewußt seine Geschäftsfreunde zu sich nach Hause eingeladen, wenn das von ihr erwartet wurde, und Geld für das Musikprogramm der Chartres Academy gesammelt. Kurz, Sandra Moser repräsentierte wie kaum eine andere die typische Amerikanerin der oberen Mittelklasse. Und sie sollte Sadomasochistin sein? Palma konnte sich das nicht vorstellen, aber sie kannte ein paar radikale Feministinnen, die behaupten würden, daß Mosers Lebensstil und ihre totale Hingabe an ihren Mann und dessen Karriere sie zumindest als Masochistin auswiesen.

«Donnerwetter!» Birley war aus dem Kleiderschrank gekommen und betrachtete über ihre Schulter hinweg die Fotos. «Das gibt der Sache eine neue Wendung.»

Nach einem Augenblick sammelte Palma die Fotos sorgfältig wieder ein und steckte sie in den Umschlag zurück, stand auf und reichte den Umschlag Birley. «Wir müssen noch einmal mit Andrew Moser reden. Was glaubst du? Meinst du, daß er uns etwas in dieser Art verschwiegen hat?»

«Kann ich mir kaum vorstellen.» Birley schüttelte den Kopf und betrachtete den Umschlag.

«Aber wenn er etwas verschwiegen hat...» Sie hielt inne und starrte nachdenklich auf die Matratze, auf der Dorothy Samenov ihre seltsame Lust ausgelebt hatte und ihren seltsamen Tod gestorben war.

Birley nickte. «Tja, das wäre ein Durchbruch. Etwas, womit wir weitermachen könnten.»

Palma war nicht ganz wohl dabei, aber irgendein Teil von ihr hoffte, bei näherer Untersuchung werde sich herausstellen, daß Sandra Moser ebenso extrem gewesen war wie der Marquis de Sade.

8

«Und wie sah es aus?» fragte Frisch. Er stand in der Tür zu Palmas und Birleys Büro, einen Packen Papiere in der einen Hand, einen Stift in der anderen. Sein Hemd war hinten aus der Hose gerutscht, und eine dünne Strähne seines schütteren, sandfarbenen Haars hing ihm in die Stirn. Er war gerade beim Captain gewesen und auf dem Rückweg in sein Büro, als er Palma und Birley in den Mannschaftsraum hatte kommen sehen. Ohne sie aus den Augen zu lassen, war er um das Glasfenster hinter seinem Schreibtisch herum und aus der Tür gegangen. Er hatte das Durcheinander im Mannschaftsraum ignoriert und war ihnen durch den lauten, engen Gang, der die Einzelkabinen inmitten des Morddezernats umgab, in ihr Büro gefolgt, eine der vielen kleinen, fensterlosen Kammern, die an den Wänden entlang standen wie mit Computern ausgestattete Zellen in einem hochtechnisierten Mönchskloster.

«Genau wie voriges Mal», sagte Palma, setzte sich hin und streifte die Schuhe ab.

«Meine Güte!» sagte Frisch, und sein langes Gesicht, das gegen Abend immer die hohlen Züge eines Bettlers annahm, zeigte respektvolle Überraschung. «Und ich hatte ihm nicht glauben wollen! Cush rief an und sagte, er hätte vielleicht etwas wie den Moser-Fall, an dem ihr beide dran seid. Wollte, daß ihr rauskommt und es euch anseht.»

«Tja, er hat seine Schularbeiten gemacht», sagte Birley. «Es stimmt nämlich.»

«Wo ist er?» Frisch sah auf die Uhr.

«Leichenschauhaus.»

Er sah Palma an. «Haben Sie Zeit, mir jetzt gleich zu berichten?»

«Klar», sagte sie und wünschte, sie hätte in der Damentoilette haltgemacht, um sich ein wenig zu erfrischen.

Frisch trat nach draußen und griff nach einem abgenutzten Bürostuhl, der an einem leeren Schreibtisch im Mannschaftsraum stand. Er zog ihn in die Kabine. Er schloß die Tür, legte seine Papiere auf eine Seite von Birleys Schreibtisch, steckte sich den Stift hinter das Ohr und setzte sich auf den wackligen Stuhl.

Während Palma den Fall schilderte, hörte Frisch aufmerksam zu, nickte, warf gelegentlich eine Frage ein, schüttelte bei der Beschreibung von Samenovs Wunden den Kopf, runzelte die Stirn über den Inhalt der Kommodenschublade. Doch die meiste Zeit sah er Palma nur an. Er hatte keine Angewohnheiten, weder Kaugummi noch Zigaretten oder Kaffee oder Bonbons, und wenn er einem zuhörte, fummelte er nicht herum, schlürfte nichts und kritzelte auch nicht mit seinem Bleistift auf Papier. Er hörte einfach zu, ohne Getue oder nervöse Ticks. Er war ein guter Lieutenant. Er mochte seinen Job und seine Leute und hatte eine natürliche Begabung für den Umgang mit Detectives. Er hatte keine Feinde, weder unter seinen Vorgesetzten noch unter den Untergebenen, und jeder, der mit ihm arbeitete, hatte das Gefühl, sowohl seinem Urteil als auch seinem Wort vertrauen zu können. Er redete ohne Umschweife und spielte keine Spielchen. Bei ihm wußte man immer, woran man war.

Als Palma fertig war, saß Frisch einen Augenblick lang da, nickte, sah sie an und dachte nach. «Eine verheiratete und eine ledige Frau», sagte er. «Welche Ähnlichkeiten gibt es bei den Opfern noch, außer der Todesursache?»

Das Telefon läutete, und Palma nahm den Hörer ab. Es war der Streifenbeamte, der zu Dennis Ackleys Adresse gefahren war. Ackley wohnte dort nicht mehr, und das ältere Ehepaar, das nun dort lebte, sagte, sie hätten die Wohnung vor ungefähr sechs Monaten von Ackley gekauft. Sie wußten nicht, wo oder wie man ihn erreichen konnte.

«Geographische Ähnlichkeiten gibt es», sagte Birley. «Sie wohnten ungefähr eine Meile voneinander entfernt. Sozialer Hintergrund. Samenov hat studiert und muß ganz gut verdient haben, um sich diese Wohnung leisten zu können.»

«Alter?»

«Moser war vierunddreißig», sagte Palma. «Und in Samenovs Führerschein steht, daß sie achtunddreißig war. Beide waren blond.»

«Das ist gut», sagte Frisch, und seine Miene hellte sich auf. «Wenn sie zufällige Opfer waren, könnte das wichtig sein. Und es ist gut, daß sie zu keiner Risikogruppe gehören. Wenn Prostituierte ins Spiel kämen, würde die ganze Sache noch komplizierter.»

«Aber das ist auch so ungefähr alles», sagte Birley. «Zumindest, soweit wir im Augenblick wissen.»

Nun läutete Birleys Telefon. Er sprach kurz und legte wieder auf. «Das war Leeland. Die Autopsie ist beendet, und sie kommen gleich her.»

Frisch nickte langsam, nachdenklich. Er schaute auf seine Armbanduhr. «Sie können in einer Viertelstunde hier sein. Wenn sie kommen, treffen wir uns in meinem Büro. Wir gehen alles durch und schauen, woran wir sind.» Er sah Palma an. «Haben Sie mit ihnen darüber geredet? Werden Sie die Fälle zusammen bearbeiten?»

«Sicher», sagte Palma. «Wir haben zwar noch keine Details besprochen, aber darauf haben wir uns geeinigt.»

Frisch sah sie an. «Dieser Fall könnte ziemlich heiß werden und in den Medien viel Aufsehen erregen. Wenn wir nicht unglaubliches Glück haben, könnte es eine Weile dauern. Können Sie beide, Cushing und Sie, es so lange miteinander aushalten, ohne daß Sie sich gegenseitig an die Gurgel fahren?» Das war eine direkte Frage; wie immer war Frisch sofort zum Kern der Sache gekommen. Wenn sie es mit Cushing nicht aushielt, war jetzt der richtige Moment, das zu sagen.

«Ich denke, wir sind zu einer Art Verständigung gekommen», sagte Palma. «Ich erwarte eigentlich keine Probleme.» Dasselbe hätte sie gesagt, wenn sie mit dem Teufel hätte arbeiten sollen. Sie wollte diesen Fall, und sie würde nicht zulassen, daß eine Frage wie diese sie schon im Anfangsstadium der Ermittlungen aus dem Rennen warf. Wenn es nötig war, würde sie zu gegebener Zeit schon mit Cushing fertig werden. Im Augenblick machte ihr das keine Sorgen.

«Gut», sagte Frisch. Er nahm seine Papiere von Birleys Schreibtisch. «Ruft mich an, wenn ihr soweit seid.» Er schob den Schreibtischstuhl wieder in den Mannschaftsraum, wo er ihn gefunden hatte.

Birley sah Palma an. «Himmel! Freut mich zu hören, daß du keine Schwierigkeiten erwartest.»

«Ich weiß», sagte sie. «Was hätte ich sonst sagen sollen?»

«Möchtest du Kaffee?»

Sie schüttelte den Kopf. «Ich gehe mich frisch machen und hole mir ein Glas Wasser.»

Die Zusammenkunft in Frischs Büro fand gegen Abend statt, als Blutzucker und Energiepegel sanken und jeder lieber anderswo gewesen wäre. Frischs Büro war geräumig und lag in einer Ecke des großen Mannschaftsraums. Frisch saß hinter seinem Schreibtisch, das Glasfenster, das auf den Mannschaftsraum hinausging, im Rücken. Die vier Detectives saßen auf Stühlen um ihn herum und benutzten die Ecken der anderen Schreibtische für ihre Akten und Kaffeetassen und Limonadendosen.

Auf Frischs Aufforderung eröffnete Palma die Besprechung mit einem kurzen Überblick über den Fall Moser und reichte die Fotos vom Tatort herum. Sie wies auf die Ähnlichkeiten mit dem Fall

Samenov hin, den sie an diesem Morgen gesehen hatten, und bemerkte, beim Durchsehen der Akte Moser vor dem Treffen sei ihr aufgefallen, daß beide Frauen am gleichen Wochentag umgebracht wurden, einem Donnerstag. Dann zählte sie auf, was sie bislang über den Fall Samenov wußten, und schilderte ihr Interview mit Kittrie und das, was sie und Birley in Samenovs Wohnung gefunden hatten.

Als sie fertig war, berichtete Cushing von den Ergebnissen von Samenovs Autopsie.

«Der Tod ist durch Erdrosseln eingetreten.» Cushing knöpfte seine Hemdsärmel auf und rollte sie hoch, während er aus dem Notizblock vorlas, den er auf seine übereinandergeschlagenen Knie gelegt hatte. «Rutledge hat die Striemen mit denen bei Moser verglichen; sie waren genau gleich, allerdings nicht so tief, und Rutledge sagt, das könnte darauf hindeuten, daß das Ding sofort entfernt wurde, als sie tot war. Die Knorpel von Kehlkopf und Luftröhre waren zerquetscht, und zwar wesentlich mehr, als erforderlich war, um sie zu töten. Die Temperatur in der Wohnung erschwert die Feststellung des Todeszeitpunkts, und weil sie nackt war, erkaltete sie noch schneller. Rutledge kann nur sagen, daß sie zwischen drei Tagen und einer Woche tot ist. Aber», Cushing hielt die geöffnete Hand hoch und sah Frisch an, «es sollte möglich sein, den Zeitpunkt noch genauer einzugrenzen. Sie hatte eine Pizza mit Peperoni und grünen Oliven gegessen, die gerade erst im Magen war. Don sagt, er erinnert sich, im Abfalleimer in der Küche einen Pizzakarton gesehen zu haben. Vielleicht können wir feststellen, wann sie geliefert wurde oder wann sie sie sich geholt hat.»

Cushing blätterte die Seiten seines Notizbuchs um. «Proben und Abstriche sind auf dem Weg ins Labor, ebenso Haare und Schamhaare, die wir gefunden haben. Rutledge hat Baumwollfasern in ihrem Mund gefunden, wie von einem Badetuch; vielleicht war sie geknebelt. Wir werden die Fasern mit den Handtüchern in ihrem Wäschekorb vergleichen. Ihre Vagina war aufgerauht und gequetscht, aber nicht zerrissen. Vielleicht ein Dildo, meint Rutledge. Außerdem fand Rutledge in ihrer Vagina vernarbtes Gewebe, was auf eine Vorgeschichte von Mißhandlung schließen läßt. Dasselbe gilt für den Anus. Das Muskelgewebe dort war erschlafft. Er sagt, bei dieser Behandlung müsse sie sich auf ziemlich harte Sachen eingelassen haben.»

«Wenn man von den neuen Verletzungen absieht, hatte er eine Vorstellung davon, wie alt diese Narben waren?»

«Das hat er nicht gesagt.»

Palma machte sich eine Notiz, und Cushing beobachtete sie, ehe er fortfuhr.

«Die Wunden», er hielt inne, um den folgenden Punkt zu betonen, «sind ihr zugefügt worden, *bevor* sie starb. Brustwarzen und Augenlider sind mit sauberen Schnitten entfernt worden, aber die Wunden an den Augenlidern bestehen aus mehreren kleinen und nicht aus einem einzigen, ununterbrochenen Schnitt, wie er entstehen würde, wenn man das Lid festhalten und mit einem Messer daran entlangfahren würde. Rutledge tippt auf eine Schere.»

«Nun zu den Bißspuren», fuhr Cushing fort. «Sandra Moser hatte neun, sechs auf den Brüsten, drei direkt über dem Schamhaar. Samenov hatte *sechzehn*, fünf auf den Brüsten, ein paar rings um den Nabel, drei auf der Innenseite des rechten Oberschenkels, zwei am linken Oberschenkel, der Rest rings um die Schamgegend – ein paar in den Schamhaaren. Die waren ziemlich tief und wiesen Saugspuren auf. Rutledge sagt, auch sie seien vor Eintritt des Todes zugefügt worden, und zwar langsam, nicht in der Hitze eines Kampfes, als seien die Zähne ebenfalls als ‹Werkzeug› zur Unterwerfung benutzt worden.»

Cushing klappte sein Notizbuch zu und lehnte sich auf seinem Stuhl zurück.

«Die Bißspuren sind ziemlich exzessiv, nicht?» sagte Palma und sah Birley an. «Ich meine, es sind sehr viele.»

«Sehr viele», stimmte Birley zu. «Ein paarmal habe ich noch mehr gesehen, aber nicht oft. Meistens sind es eher weniger. Mein Gott, sechzehn Stück! Der Kerl muß wirklich besessen sein.»

«Was ist mit der Tiefe?» fragte Frisch. Er hatte mit gespannter Konzentration zugehört. «Haben die meisten die Haut durchdrungen, oder wie?»

«Ja.» Cushing nickte schnell. «Das haben sie tatsächlich. Etwa die Hälfte ging durch die Haut.»

Frisch zog eine Grimasse.

«Die Bisse rings um den Nabel», sagte Palma. «Ist Rutledge daran etwas aufgefallen?»

Cushing schien leicht gereizt, daß Palma diesen Punkt aufgriff, aber er ging darauf ein. Wenn er ihr etwas vorenthalten wollte, konnte er das nicht in Leelands Gegenwart tun. Was Palma Sorgen machte, war die Arbeit, die Cushing allein erledigte.

«Allerdings», sagte Cushing und zog die Augenbrauen zusammen, als sei ihm das gerade erst eingefallen. «Sie waren so angeordnet, daß sie rings um den Nabel einen vollständigen Kreis bildeten. Sah aus, als habe er das mit Absicht gemacht. Wissen Sie, die Zähne in einer bestimmten Richtung eingesetzt. Außerdem wiesen diese Bißwunden die stärksten Saugspuren auf. Er hat sich über ihren Bauchnabel hergemacht, als wolle er ihn heraussaugen.»

«Mein Gott», sagte Birley. «Und der Zustand des Gesichts?»

«Richtig.» Cushing nickte. «Ja, das war schlimm zugerichtet; das Kinn an zwei Stellen zerschmettert, die Nase gebrochen, ein Zahn ausgeschlagen, ein Backenknochen gebrochen, ein Jochbogen gebrochen.»

«Welcher?» fragte Palma.

«Eh ...» Cushing zog seine Notizen zu Rate. «Der rechte.»

«Konnte Rutledge feststellen, womit sie geschlagen wurde? Waren es Fausthiebe?»

«Das glaubte Rutledge nicht. Eher ein abgerundeter, gepolsterter Gegenstand. Er sah keine Hautabschürfungen, die auf scharfe Ränder hingedeutet hätten. Ein stumpfer Gegenstand, mit etwas umwikkelt.»

Allen Anwesenden war klar, daß die Intensität der Morde, falls diese fortgesetzt wurden, wahrscheinlich zunehmen würde. Eine schauerliche Aussicht.

«Sind die Fotos von Samenov morgen fertig?» fragte Frisch.

Birley nickte. «Sie bringen sie wahrscheinlich noch heute abend.»

«Okay.» Frisch dachte nach und sah Birley an. «Also, ich werde diese Sache nicht weiter ausdehnen. Ihr vier bearbeitet die Fälle. Stellt alles andere zurück und konzentriert euch darauf, so bald wie möglich etwas in die Hand zu bekommen. Wenn wir hier fertig sind, gehe ich zum Captain und sage ihm, was wir haben und daß ich euch vier darauf angesetzt habe, mit soviel Überstunden, wie ihr aushalten könnt. Das wird dem Chef zwar nicht sonderlich gefallen, aber wenn uns die Sache aus der Hand gleitet, außer Kontrolle gerät, dann wäre die schlechte Publicity schlimmer für die Abteilung, als wenn jemand Geld veruntreute.»

Er sah alle Anwesenden einzeln an. «Das Wichtigste zuerst. Wie wollt ihr vorgehen?»

Nach kurzer Diskussion kamen sie überein, daß ein Team der Spätschicht weiter versuchen sollte, Dennis Ackley aufzuspüren.

«Wenn sie ihn finden», sagte Palma, «sollen sie mich anrufen. Ganz gleich, wie spät es ist. Ich möchte mich gern ein bißchen mit ihm unterhalten, bevor er einen Anwalt einschaltet.»

Frisch sah sie an, und sie merkte, daß er abzuschätzen versuchte, was sie im Sinn hatte. Nach einem Augenblick nickte er, ohne etwas zu sagen. Sie schaute hinüber zu Cushing, der herauszufinden versuchte, worauf sie aus war und ob es besser für ihn wäre, dabeizusein.

Sie entschieden, daß Cushing und Leeland mit Samenovs Kollegen bei Computron weitermachen sollten, einschließlich Wayne Canfield, und versuchen sollten, Gil Reynolds, Dirk Soundso und einen gewissen Bristol, den Vizepräsidenten der Bank, zu finden. Palma und Birley sollten nochmals mit Vickie Kittrie reden, nachdem sie sich etwas beruhigt hatte, und auch noch einmal mit Andrew Moser sprechen. Außerdem würden sie sich in der Nachbarschaft umhören und sich mit dem Zeitpunkt befassen, zu dem die Pizza geliefert worden war, und die Wohnung noch einmal gründlich durchsuchen.

«Und noch etwas», sagte Palma. Man sah ihr an, wie sehr ihr an diesem Fall lag. Frisch betrachtete sie erneut. «Ich möchte für beide Fälle ein kriminelles Persönlichkeitsprofil vom FBI. Für Moser habe ich alles, was man dazu braucht – unseren Fallbericht, die Fotos, das Autopsieprotokoll und die Laborberichte –, und bis morgen früh habe ich auch die Fotos von Samenov. Wenn so ein Profil jemals angebracht war, dann hier.»

Frisch zog überrascht und zustimmend die Augenbrauen hoch. «Gut», sagte er. «Dieser Bursche bietet sich tatsächlich an für eine psychologische Analyse. Fein, macht weiter so.» Er sah jeden von ihnen an. «Ich möchte, daß ihr mit Volldampf arbeitet. Ich bleibe dran an euren Berichten, und ich will, daß ihr mir oft berichtet. Ohne Verzug. Wenn ich den Captain über das hier informiert habe, läßt er mir keine Ruhe mehr, und ich will nicht mit leeren Händen dastehen. Wenn er über mich herfällt, seid ihr auch dran. Also helft mir.»

9

Bernadine Mello war zweiundvierzig. Sie war reich, zum vierten Mal verheiratet (mit einem Mann, der ebenfalls reich war, schon bevor er Bernadine heiratete) und beeindruckend anzusehen. Als sie vor fünfeinhalb Jahren zum ersten Mal zu Dr. Broussard gekommen war, hatte sie «Depressionen» als ihr Problem bezeichnet. Das hatte sich nicht geändert.

Die Couch, auf der Bernadine lag, war in professioneller Hinsicht eigentlich passé. Der Trend unter den progressiveren Psychoanalytikern, vor allem denen, die sich auf kurzfristige Analysen spezialisiert hatten, ging dahin, daß Patient und Analytiker einander in Sesseln gegenübersaßen und von Angesicht zu Angesicht miteinander konfrontiert waren. Dieser etwas egalitäre Ansatz mißfiel Broussard; er zog den patriarchalischen Vorteil des alten freudianischen Stils vor. Und er bevorzugte die Couch – seine Patientinnen waren zwar blasiert und süchtig nach dem Allerneuesten, aber mit den akademischen Feinheiten, die die Couch eigentlich obsolet machten, waren sie nicht vertraut. Und für seinen Stil, seine Arbeitsweise war sie am besten geeignet. Er fand, daß niemand Männer und Frauen besser verstanden habe als Sigmund Freud. Seine psychoanalytischen Werkzeuge waren Symbole ihrer Rollen – der Analytiker aufrecht sitzend, die Frauen liegend; in dieser Haltung konnte man am leichtesten in ihre Psyche eindringen.

Von allen Frauen, die Dr. Broussard in den letzten fünfzehn Jahren behandelt hatte, war Bernadine Mello wohl eine der verwundbarsten. Sie besaß die sexuellen Instinkte einer Erdmutter, und sie war kinderlos. Sämtliche Ehemänner hatten sie betrogen, ohne sich dabei sonderlich um Diskretion zu bemühen, und sie war ihnen ebenfalls untreu. Doch keiner ihrer Seitensprünge hatte je zu einer dauerhaften Bindung geführt, und ihre Ehemänner – lauter triebstarke Männer, für die ihre unersättliche Sexualität ein Aphrodisiakum gewesen war, bis die eheliche Vertrautheit statt Kindern Langeweile brachte – verließen sie schließlich. Tatsächlich war das Verhältnis mit Dr. Broussard ihre dauerhafteste Beziehung zu einem Mann. Gelegentlich machte sie beiläufig spöttische Bemerkungen, die im Grunde ernst gemeint waren und besagten, wenn sie ihn nicht jeden Monat bezahle, würde auch er nicht mehr für sie dasein.

Sie lag jetzt auf der Couch, nur mit einem rosa Slip und einem dünnen BH bekleidet. Ihre Hände, klein, mit spitzen Fingern und lackierten Nägeln, hatte sie flach auf den Magen gelegt. Ihr krauses, rötliches Haar war im Nacken hochgeschoben und über die Lehne der Couch gebreitet. Sie hatten beträchtliche Hitze erzeugt. Dr. Broussard trug kein Hemd. Er hatte seine Hose wieder angezogen, aber noch nicht zugeknöpft, und beugte sich vor, um seine Socken hochzuziehen. Sein Hemd hing auf einem Bügel an der geöffneten Kleiderschranktür; sein Unterhemd lag sauber gefaltet auf einem Stuhl, darauf die ebenfalls ordentlich gefaltete Krawatte. Er hatte sogar Spanner in seine Schuhe gesteckt, die nebeneinander unter dem Stuhl mit seinem Unterhemd und der Krawatte standen. Alle diese Gegenstände befanden sich immer am gleichen Platz, wenn er mit Bernadine Mello schlief. Bernadines Kleider dagegen lagen noch immer in einem zerknitterten Häufchen vor dem großen Panoramafenster.

«Wie oft haben wir's jetzt gemacht?» Bernadine hatte eine erotisierende Altstimme, die ihm sehr gefiel.

Auf diese Frage war er nicht gefaßt, und ehe er antworten konnte, sprach sie weiter.

«Zeit für freie Assoziationen», sagte sie und sah ihn an. «Einmal, ich war noch ein Kind, ging ich nachmittags in das Schlafzimmer meines Onkels und meiner Tante. Ich verbrachte den Sommer bei ihnen. Sie hatten zwei Kinder, zwei Töchter, die ein paar Jahre jünger waren als ich. Manchmal blieb ich im Sommer mehrere Wochen bei ihnen, um den Mädchen Gesellschaft zu leisten, als eine Art ältere Schwester. Sie mochten mich. An diesem Nachmittag hatten sie sich hingelegt. Ich nähte kleine Hüte für sie, richtige, altmodische Sonnenhütchen. Ich hatte das Schnittmuster in einer Zeitschrift gefunden. Meine Nähnadel war abgebrochen, und ich ging in Tante Ceiles Zimmer, wo ich den Nähkorb zuletzt gesehen hatte. Ich dachte, niemand sei im Raum. Ich ging hinein, und er saß vorgebeugt wie du jetzt, genau wie du, ohne Hemd, die Hose noch offen, so daß man seine Unterwäsche sehen konnte, und zog seine Socken an. Ich war überrascht, ihn so zu sehen, und dann war ich vollkommen verblüfft, als er sich umdrehte und ich merkte, daß er nicht mein Onkel war. Ich weiß nicht, wer er war. Automatisch schaute ich zum Bett, und da lag meine Tante auf dem Rücken, nackt, die Beine angezogen und in seine und meine Richtung gespreizt. Sie hatte den Kopf zurückgeworfen, er hing über die Bettkante auf der anderen Seite, ihre Brüste zeigten nach oben, und mit den Händen umfaßte sie die Innenseiten ihrer

Schenkel. Sie sah mich nicht. Der Mann hörte auf, seine Socken anzuziehen, hob langsam einen Finger an die Lippen und bedeutete mir, still zu sein. Rückwärts trat ich aus der Tür und ging. Das war alles. Ich habe den Mann nie wiedergesehen. Ich weiß nicht warum, aber ich hatte den Eindruck, daß er Börsenmakler war, wie mein Onkel.»

Broussard stand auf und schlüpfte in sein Unterhemd, nahm sein Hemd von der Schranktür und zog es an. Dann knöpfte er seine Hose zu und schloß die Gürtelschnalle.

Bernadine beobachtete ihn. «Ich habe oft an diesen Mann gedacht», sagte sie, hob die Arme und ordnete das Haar in ihrem Nacken. «Ich sehe sein Gesicht noch deutlich vor mir. Er lächelte ein bißchen, fast töricht, aber unbefangen. Ich war zwölf.»

Broussard ging zurück zu seinem Sessel und setzte sich, ohne die Krawatte umzubinden. Er glaubte ihr nicht. Diesen Vorfall hatte es nie gegeben. Bernadine konnte manchmal mitleiderregend sein. Sie wünschte sich eine andere Art von Anerkennung als die, die sie durch ihre Sexualität bekam, und so fabrizierte sie eine Geschichte, von der sie hoffte, daß er sie symbolträchtig finden würde. Diese hatte er nie zuvor gehört. Sie war so verdammt durchsichtig. Bernadine hungerte derart nach Bestätigung, daß sie niemals ein nennenswertes Selbstwertgefühl entwickeln würde. Sie kannte keine andere Art, mit Menschen umzugehen, als sich zur Benutzung anzubieten. Jeder Mann, den sie kennenlernte, ging darauf ein. Sie war schön; daher war es einfach. Bernadine würde ihr ganzes Leben lang mitleiderregend bleiben.

Er schaute auf ihre Kleider, die vor dem Panoramafenster lagen, wo er sie ihr ausgezogen hatte, ein Stück nach dem anderen, wo er sie gehabt und die Vorderseite ihres Körpers gegen die Scheibe gepreßt und sich vorgestellt hatte, wie das von der anderen Seite aussehen mußte, ihre schweren Brüste, ihr Magen, ihre Schenkel, alle Rundungen ihres Körpers flachgedrückt.

«Manchmal, wenn ich Sex habe, stelle ich mir vor, daß ich zwölf bin», sagte sie und sah ihn an. «Gerade zwölf Jahre alt.»

Ist mir egal, dachte er, noch immer ihre Kleider betrachtend. Sie waren aus Seide und sehr teuer.

«Raymond», sagte sie und meinte ihren Mann, «trifft sich mit einer Frau, die praktisch überhaupt keinen Busen hat.»

Broussard runzelte die Stirn und wandte den Blick von dem Häufchen Seide. Er schaute sie an.

«Ich habe einen Privatdetektiv engagiert», erklärte sie. «Er hat Fotos von ihnen gemacht.» Sie betrachtete ihren Magen. «Der Bursche ist gut. Der Detektiv, meine ich.»

«Warum hast du das getan?» Broussard schaute sie noch immer stirnrunzelnd an.

«Ich führe Buch über ihn. Oder vielmehr mein Anwalt tut das. Der Privatdetektiv war seine Idee. Ich war einverstanden, aber es ist demütigend, wenn ich in sein Büro komme und mir die Fotos ansehen muß.»

«Willst du Raymond ausnehmen?» Broussard stand auf, ging zu einer Tür seines Bücherschranks und öffnete sie. Innen befand sich ein Barfach. Er nahm Eis aus der Gefrierklappe, warf ein paar Würfel in ein breites Glas, goß Gin darüber, ging wieder zu seinem Sessel, setzte sich und legte die Füße auf einen Hocker, der vor dem Sessel stand. Er machte sich nicht die Mühe, Bernadine etwas anzubieten. Er wußte, daß sie ihn beobachtete, und er wußte auch, daß sie wünschte, er würde ihr ebenfalls einen Drink offerieren, freundlich zu ihr sein. Er wußte, daß sie verletzt sein würde, wenn er es nicht tat. Er berührte mit der Zunge den kalten Gin.

Bernadine schwang die Beine vom Sofa und stand auf. Mit ihren rotlackierten Fingernägeln glättete sie die elastischen Ränder ihres Slips, zog sie zurecht und ging dann selbst zum Barfach. Nun war ihr Magen nicht mehr flach. Er hörte sie hinter sich: das Klirren von Eis im Glas, das Klicken des Stöpsels in der Kristallkaraffe, das Gluckern von Alkohol. Sie kam zurück und legte sich in der gleichen Stellung wie zuvor auf die Couch. Er bemerkte den bernsteinfarbenen Scotch in ihrem Glas. Bernadine war Alkoholikerin.

«Willst du Raymond ausnehmen?» fragte er noch einmal.

«Eigentlich nicht», sagte sie.

Ein langes Schweigen folgte, während sie ihre Drinks schlürften. Er lauschte dem gedämpften Klirren der Eiswürfel in den Gläsern.

«Warum hast du mir nichts zu trinken angeboten?» fragte sie. Sie fragte das sehr leise, und Broussard wußte, daß es ihr schwergefallen war, die Frage zu stellen. Sie waren so viele Jahre zusammen, daß ihre Sitzungen inzwischen ziemlich sachlich verliefen. Schon lange hatten sie eine Art ehelicher Vertrautheit entwickelt, und ihre Analysestunden glichen den häuslichen Abenden eines gelangweilten Ehepaars. Sie wollte noch immer «genährt» werden und klammerte sich an die Vorstellung, irgendwie werde er ihr Leben besser machen. Das hatte er selbst früher auch einmal geglaubt, aber Bernadine war eine seiner wenigen Patientinnen, deren Persönlichkeit er nicht zerlegen und entziffern konnte. Sie war ihm jetzt noch ebenso rätselhaft wie damals, als sie zum ersten Mal durch seine Tür gekommen war. Seine Akte über sie war riesig, denn er hatte sich weiter Notizen gemacht, auch, als sie schon ein Liebespaar geworden waren. Sie war diese Art von Frau: Sie lud dazu ein, sie zu erforschen, mit einem Lächeln, als fordere sie ihn heraus. Manchmal glaubte er, sie zu lieben.

«Weil ich finde, daß du nicht trinken solltest», sagte er schließlich.

Über den Rand ihres Glases hinweg fixierte sie ihn mit ihren grauen Augen. «Du glaubst mir die Geschichte über meine Tante nicht. Weißt du was?» sagte sie, und ein kleines, ironisches Lächeln huschte über ihr Gesicht. «Sie stimmt. Sie passierte genauso, wie ich sie dir erzählt habe. Sie ist wahr, und du hast das nicht gemerkt. Sie ist bezeichnend, und du hast das nicht erkannt.»

Jetzt war Broussard interessiert. «Bernadine, ich glaube dir nicht.»

«Und wenn ich nicht mehr zu dir käme?» fragte sie.

Sie hatte jetzt seine volle Aufmerksamkeit, aber er war auf der Hut. Wollte sie wirklich nicht mehr zu ihm kommen? Seine eigenen Gefühle überraschten ihn, und er war verwirrt, weil ihre Frage ihn tatsächlich kränkte. Hatte er sie wirklich ... liebgewonnen, diese tief gestörte Frau, deren Kompliziertheit, deren vertrackte Persönlichkeit so ungewöhnlich war, daß er sie zu den zwei oder drei faszinierendsten Fällen zählen konnte, die er je gesehen hatte?

«Würdest du mich vermissen?» wiederholte sie.

«Natürlich würde ich das», hörte er sich sagen, und zu seiner Überraschung registrierte er auch einen Unterton von Angst in seiner Stimme. Das machte ihn sofort verlegen, und er fürchtete zu erröten.

«Wir haben uns doch ziemlich viel bedeutet, nicht?» fragte er. Er wollte mehr von ihren Gedanken hören, den Vorstellungen, die hinter der Frage standen. Er fühlte sich merkwürdig defensiv, etwas, das ihm schon lange nicht mehr passiert war. Es machte ihn nervös. «Ich bin nicht bei jedem so entspannt wie bei dir.»

Sie sah ihn an. «Wirklich? Machst du das mit anderen nicht?»

«Nein», sagte er, «das mache ich nicht.» Plötzlich fürchtete er, das Falsche gesagt zu haben, obwohl er nicht genau wußte, warum es falsch war. Sie beobachtete ihn, und ausnahmsweise sah er ihren Augen an, daß sie seine Lüge als solche durchschaute. Das hatte er nie zuvor an ihr bemerkt, und er war bestürzt. Was war eigentlich los mit ihr?

«Schläfst du nicht mit deinen anderen Patientinnen?»

«Nein, Bernadine, aber du hast kein Recht, mir solche Fragen zu stellen.»

«Darüber, was du mit deinen anderen Patientinnen machst?»

Er nickte.

«Ärztliche Schweigepflicht», sagte er.

«Wenn ich nicht mehr käme, würde eine andere meinen Platz einnehmen ... gegen die Scheibe gepreßt?» Sie nickte mit dem Kopf in Richtung auf das Fenster.

«Was ist das für eine Frage, Bernadine?» Die Anspielung war vulgär, aber Bernadine war erdhaft, alles an ihr war elementar. Sie hatte die natürlichste, von keiner Kultur verzerrte Einstellung zur Sexualität, die er je bei irgendeiner Frau – oder einem Mann – gesehen hatte.

«Ich frage, weil ich es wissen will», sagte sie, ließ ihren rechten Arm zu Boden sinken und stellte das Glas ab. «Nun sag schon», drängte sie.

«Ich glaube nicht, daß ich je wieder jemanden wie dich treffen werde, Bernadine», sagte er. Das war zwar keine Antwort auf ihre Frage, aber ganz bestimmt keine Lüge.

«Ach», sagte sie, «komm her.»

Er zögerte. Dann stand er auf und ging hinüber zur Couch.

10

Andrew Moser war überrascht, von ihr zu hören, und er war auf der Hut, als sie sagte, sie müsse ihn sprechen, am Telefon aber keinen Grund nennen wollte. Er wollte nicht, daß sie in sein Haus kam, wollte sie nicht in der Nähe treffen und auch nicht fortgehen, ehe die Kinder zu Bett gebracht worden waren. Seit dem Tod seiner Frau ging er abends nicht gern aus dem Haus. Sie verabredeten sich um elf Uhr in einer Imbißstube am Shepherd Drive.

Palma sammelte die Formulare ein, die sie für das FBI ausfüllen mußte, und verließ das Büro. Obwohl der Audi im Schatten des

Parkhauses der Fahrbereitschaft gestanden hatte, war er innen heiß wie ein Backofen. Sie kurbelte die Fenster herunter, während sie die Rampe hinunterfuhr und sich in Richtung auf den Schiffskanal von Houston auf den Weg machte.

Palmas Mutter lebte noch immer im gleichen *barrio*, in dem Palma aufgewachsen war, einem Viertel, in dem alle Straßen schottische und irische Namen trugen und alle Einwohner Latinos waren. Der *barrio* war eine Gegend, in der oft ganze Häuserblocks von verwandten oder verschwägerten Mitgliedern einer ausgedehnten Familie bewohnt wurden. Neuigkeiten sprachen sich herum wie ein Lauffeuer, so daß rebellische Jugendliche allein durch die Tatsache in Schach gehalten wurden, daß sie keine Abgeschiedenheit finden konnten, um ihre Untaten auszuhecken. Doch der *barrio* wirkte mit den Jahren düsterer, und das Unglück war ständiger Gast bei einem großen Teil der Bevölkerung statt gelegentlicher Besucher bei einigen wenigen. Die Drogenkriege bedrohten alles, und der Flüchtlingsstrom aus Mittelamerika brachte ein unheilschwangeres Element von Ungewißheit mit sich.

Doch Florencia Palma hatte in dieser Nachbarschaft zwei Töchter und einen Sohn großgezogen und einen Ehemann beerdigt. Das war genug Leben, um ihr ein Anrecht auf das Viertel zu geben. Es gehörte ihr ebenso wie das große Haus, das geduckt in der Mitte zweier Grundstücke lag, die Palmas Vater Vicente 1941 von einem Vetter gekauft hatte, der mit seiner Familie nach Kalifornien zog. Es gehörte ihr ebenso wie die Trompetenbäume und Eichen und Mimosen, die sie gepflanzt hatte, wie der Garten und die üppigen Platanen, die in der Gluthitze des Sommers die Gehsteige beschatteten.

Palma parkte ihren Wagen unter der Reihe mexikanischer Pflaumenbäume, die am Rand beider Grundstücke standen und die Vorderfront des rötlichgelben Hauses vor der Nachmittagssonne schützten. Sie fand ihre Mutter im Garten auf der Südseite des Hauses. Florencia war kleiner als ihre Tochter – die Größe hatte Carmen von ihrem Vater –, schmal und zartknochig, und ihr Gesicht verriet, daß sie taraskanischer Abstammung war, ein genetisches Erbe, das seit Generationen ausgestorben war und in ihren hübschen, scharfgeschnittenen Zügen zum letzten Mal auftauchte. Keines ihrer Kinder hatte die ausgeprägten indianischen Züge der Mutter geerbt. Sie trug ihr graues Haar überschulterlang. Als sie jünger gewesen war, hatte sie sich mit seiner Pflege viel Mühe gemacht und es mit fast katzenhaftem Eifer gebürstet, geflochten, gewaschen und gekämmt. Teilweise hatte sie das getan, weil sie von Natur aus anspruchsvoll war, größtenteils aber wohl, weil Palmas Vater die dichte, dunkle Mähne seiner Frau besonders liebte. Jetzt faßte sie das Haar einfach mit einer Ebenholzspange im Nacken zusammen.

«Schau dir die an», sagte sie, als Palma durch das Gartentor trat, und hielt zwei Tontöpfe hoch, eine leuchtend rosafarbene Verbene und eine Sanchezia. «Töchter von Töchtern von Töchtern», sagte sie. «Ich habe ihre Urgroßmütter gepflanzt.»

Sie stand barfuß auf dem nassen Steinweg, wo sie ihre Blumen gewässert hatte. Das weite Gartenkleid hing ihr fast bis auf die dunklen Fußknöchel, und ihr Lächeln war noch so schön wie damals, als Palma ein Kind gewesen war und zum ersten Mal bemerkt hatte, daß es eine Art Gottesgabe war. Ihre Mutter lächelte leicht, jene Art von Lächeln, die bewirkte, daß Fremde sich in ihrer Gegenwart sofort wohl fühlten, ein entwaffnendes Lächeln, das einem sagte, sie sei eine unkomplizierte Frau – ein Irrtum, den man bald zu korrigieren lernte. Palma atmete tief die schwüle Luft ein, den vertrauten, erdigen Duft von feuchten Pflanzen und Steinen. Sie küßte ihre Mutter auf die Wange und roch den schwachen Hauch des billigen Fliederparfums, das die alte Frau in einem Laden in der Nachbarschaft kaufte.

«Ich habe einen neuen Brief von deiner Cousine Celeste bekommen», sagte ihre Mutter sofort. Sie stellte die Tontöpfe auf den Weg und strich sich mit den Rücken ihrer nassen Hände die grauen Haarsträhnen von den Schläfen, während sie vor Palma her zu einer Schaukel ging, die direkt neben dem Pfad zum hinteren Garten an einer alten Wassereiche hing. Dort blieb Florencia stehen, bückte sich etwas steif, hob den Saum ihres Kleides an und trocknete sich daran die Hände ab. Dann griff sie in die zerrissene Bauchtasche des Kleides und holte den Brief heraus, dessen abgegriffener, an einer Seite abgerissener Umschlag einen ebenso abgegriffenen Brief sehen ließ. Sie reichte ihn Palma.

«Sie ist jetzt in Huehuetenango. In den Bergen. Sie sagt, sie hätte sich freiwillig dorthin gemeldet, weil sie die Küste und das Flachland satt hätte. Sie ist viel glücklicher im Hochland. Sie sagt, sie habe dort ein Baby entbinden müssen, ganz hoch oben in den Bergen, wo alles in einen nassen Dunst gehüllt ist, als ob es regnet. Die Entbindung war eine ganz heikle Sache, weil das Baby nicht richtig lag. Eine langwierige Geschichte.» Palmas Mutter nickte und wies auf den Brief. «Sie erzählt davon, du wirst sehen. Jedenfalls», ein amüsiertes

Funkeln erschien in ihren Augen, «wurde nach einer langen, schweren Nacht das Baby entbunden. So. Alles in Ordnung. Das Kind ist gerettet, die Mutter ist gerettet – *gracias a Dios.* Um das zu feiern und die gute Nonne zu ehren, nannten die Eltern den Jungen ... Celeste.»

Florencia brach in Lachen aus. *«Un muchacho llamado Celeste!»* Sie schüttelte den Kopf, entzückt über die wunderlichen Wege der Dankbarkeit, und setzte sich vorsichtig auf die Schaukel, die Palma für sie festhielt. Dann setzte Palma sich zu ihr, nahm pflichtschuldig den Brief aus dem Umschlag und entfaltete ihn. Sie hielt ihn im Schoß, als lese sie ihn, während die Schaukel gemächlich vor und zurück schwang und die Kette, an der sie hing, über ihnen in ihren Ledermanschetten leise ächzte.

Sie kam drei- oder viermal in der Woche vorbei, um ihre Mutter zu besuchen, und bemühte sich wenigstens jeden zweiten Sonntag, sie zur Messe zu fahren. Obwohl Palma die einzige nahe Angehörige war, die noch in Houston wohnte, fehlte es der alten Frau nicht an Gesellschaft. Eine große und treue Gruppe älterer Frauen, viele von ihnen verwitwet, die ihre Familien in der Nachbarschaft großgezogen hatten, kümmerten sich umeinander, alte Freundinnen, die Palma zeit ihres Lebens gekannt hatte und die wußten, wie man sie erreichte, wenn es notwendig war. Trotzdem wollte Palma in engerer Verbindung mit ihrer Mutter bleiben, als sie merkte, daß sie geistig allmählich die unvermeidlichen Zeichen des Alters zeigte. Es war fast, als fühlte Palma, daß der Abschied begonnen hatte. Als ihre Mutter ihr zu entgleiten begann, verspürte Palma das Bedürfnis, sich selbst mit ihr zu bewegen, um das Unvermeidliche wenigstens aufzuschieben, wenn sie es schon nicht verhindern konnte. Sie wußte, daß diese Art langsamen Abschieds ein Teil des Lebens war, doch dieses Wissen machte ihn nicht weniger erschreckend und schmerzhaft.

Nachdem Palma ein oder zwei Minuten dem Ächzen der Schaukel gelauscht und hin und wieder eine Seite des Briefes umgeblättert hatte, nachdem sie irgendwie die Traurigkeit in ihrem Herzen so weit beiseite geschoben hatte, daß sie sie ertragen konnte, und die Tränen zurückgedrängt hatte, die ihr sofort in die Augen traten, als ihre Mutter ihr den Brief gab, faltete sie die Blätter zusammen. Sie schob sie wieder in den Umschlag und gab ihn ihr zurück. Es war das dritte Mal in dieser Woche, daß ihre Mutter ihr diesen «neuen» Brief gezeigt hatte, das dritte Mal, daß Palma ihn «gelesen» und sich die Geschichte des neugeborenen Jungen namens Celeste angehört hatte.

«Das ist ein schöner Brief, Mama», sagte Palma. «Ich weiß, wie du dich immer über solche Briefe freust.» Florencia lächelte, steckte den Brief wieder in die Tasche ihres Kleides und dachte einen Augenblick nach.

«Ich würde sie gern fragen, ob sie je bereut hat, daß sie Nonne geworden ist», sagte sie.

Palma sah sie an. Die Frage überraschte sie.

«Ich war immer neugierig», murmelte die alte Frau achselzuckend. «Sie war so *schön.*»

«Glaubst du nicht, daß die Barmherzigen Schwestern in Guatemala eine hübsche Nonne brauchen?» fragte Palma und beobachtete ihre Mutter.

«Sie war die hübscheste von all deinen Kusinen», sagte ihre Mutter, ohne auf Palmas Bemerkung einzugehen. «Sie hätte Filmstar werden können. Oder Fotomodell.»

«Wäre dir das lieber gewesen?»

«O nein. Daß sie Nonne ist, ist besser.» Ihre Augen weiteten sich. «Aber ich verstehe es nicht.» Sie wartete einen Augenblick. «Ich bin sicher, daß es auch für Priester schwer ist.»

Palma lächelte. Ihre Mutter war eines der geradlinigsten Geschöpfe auf Gottes Erde. Ihr Glaube, daß der Wille des Allmächtigen schließlich siegen würde, war fest in einer Art Wunderglauben verankert. Sie war überzeugt, nur das Wunderbare könne den Menschen vor seiner doch recht fehlerhaften Natur retten. Die einzige Hoffnung des Menschen war etwas, das größer war als er selbst, etwas, das er nicht ganz verstand, an das er aber unerschütterlich glaubte.

«Was meinst du, wie Celeste deine Frage beantworten würde, Mama?» fragte Palma.

«Ich denke, sie würde sagen, es täte ihr leid, daß sie sich nie etwas anderes gewünscht hat, als eine Barmherzige Schwester zu sein, und sich auch nie etwas anderes wünschen wird.»

«Ah, jetzt mogelst du. Du willst es auf beide Arten haben», warf Palma ihr vor.

«O nein. Das ist eine vollkommen ehrliche Antwort», sagte ihre Mutter ernsthaft, als verteidige sie etwas, das Celeste tatsächlich gesagt hatte. «Vielleicht hat sie das Gefühl, daß etwas fehlt oder etwas hätte sein können, aber sie weiß nicht, was es ist. Doch sie ist neugierig darauf, und es tut ihr leid, daß sie es nicht kennt. Es gibt keine Frau auf der Welt, die sich nicht früher oder später fragt, ob sie vielleicht in irgendeinem entscheidenden Moment ihrer Vergangenheit den falschen Weg eingeschlagen hat. Es liegt in unserer Natur, uns solche Fragen zu stellen. Wir alle tun das. Und hübsche kleine Nonnen im Dschungel von Huehuetenango vielleicht ganz besonders.»

Palma hatte plötzlich das Gefühl, daß sie in Wirklichkeit gar nicht über Celeste sprachen. Sie vermutete, daß ihre Mutter wieder an ihre Scheidung dachte. Nie würde Palma den gequälten Ausdruck auf dem Gesicht der alten Frau vergessen, als sie ihr sagen mußte, ihre Ehe sei gescheitert. Dieser Ausdruck hatte nichts mit der eigenen Enttäuschung ihrer Mutter zu tun. Florencia kannte ihre Tochter zu gut, wußte, wie lange sie gewartet hatte, ehe sie heiratete, und wie sehr es sie geschmerzt haben mußte, als ihre Ehe in die Brüche ging. Ihr Gesichtsausdruck hatte vollständige, selbstlose Einfühlung verraten; der Schmerz ihrer Tochter war sofort auch ihr Schmerz. Palma hatte sie nie mehr gebraucht als in diesem Augenblick, und die alte Frau spürte das, noch durch den sich verdichtenden Nebel ihrer Senilität hindurch, und sie gab ihrer Tochter von Herzen alles, was sie hatte. Es war eine entscheidende Zeit für sie beide, und es war eine Lektion für Palma, daß selbst in diesem späten Stadium in ihrer beider Leben ihre Beziehung noch reicher werden konnte, als sie vorher gewesen war.

«Wie auch immer», sagte ihre Mutter. «Wie geht's dir?»

Palma entstammte einer Familie von Fragestellern. «Mir geht's gut, Mama.» Mit dem Fuß drückte sie gegen die Steine und schob die Schaukel an.

Palma erkundigte sich nach ihrem Bruder und ihrer Schwester. Sie hielten im wesentlichen über Florencia Verbindung. Es war nicht so, daß sie sich nicht nahestanden, aber sie hatten einfach mit dem Leben der anderen nichts zu tun. Palma korrespondierte selten mit ihnen. Sie sprachen über Patricios Beförderung bei der Polizei von San Antonio und über Linas Kinder in Victoria, die jetzt die Junior High School besuchten. Nachdem Palma nach den Freundinnen ihrer Mutter gefragt und mit ihr über die Nachbarschaft geplaudert hatte, ließ sie sie unter den mexikanischen Pflaumenbäumen allein und fuhr durch den Barrio zurück in Richtung auf die Schnellstraße und nach Hause.

Palma wohnte in einer der besseren Straßen in West University, einer der Yuppie-Straßen, in der die älteren Häuser aufgekauft und renoviert oder abgerissen und im alten Stil größer neu aufgebaut wurden. Sie fuhr in die kleine, geschwungene Einfahrt des einstöckigen Ziegelhauses, dessen Vordertür durch Yauconbäume und scharlachrote Myrten von der Straße abgeschirmt war. Als sie die Haustür öffnete, einen Stapel Akten im Arm, den Schlüssel wieder herauszog und die Tür von innen mit der Hüfte zudrückte, dachte sie, das Haus sei zu groß, um es allein zu bewohnen. Sie legte die Akten und die Schlüssel auf den Tisch in der Diele und ging ins Wohnzimmer, wo sie die Temperatur der Klimaanlage niedriger stellte, schaltete ein paar Lampen ein, streifte die Schuhe von den Füßen und hob sie mit einer Hand auf, während sie mit der anderen ihren Gürtel öffnete. Sie ging durch das Eßzimmer und knöpfte dabei ihr Kleid auf. Dann ging sie wieder zurück und die Treppe hinauf in ihr Schlafzimmer.

Sie badete, wusch sich die Haare und zog ein dünnes baumwollenes Sonnenkleid an; die Unterwäsche ließ sie weg. Sie kämmte ihr Haar aus, trocknete es aber nicht. Sie ging hinunter in die Küche und goß sich einen starken Scotch und Wasser ein, ehe sie hinaus in den hinteren Garten trat. Tatsächlich war es ein geräumiger, gepflasterter Hof mit Inseln von Yauconbäumen und üppigen Lilien in Tontöpfen, umgeben von einem hohen Sichtschutzzaun und völlig beschattet von großen Eichen, durch die mittags das Sonnenlicht flimmerte. Es war eine Zuflucht, und selbst bei unerträglicher Hitze pflegte sie spätabends dort draußen zu sitzen, so gut wie unbekleidet, und einen kalten Drink zu schlürfen. Es machte die Einsamkeit fast erträglich.

Sie setzte sich in einen Gartenstuhl, legte die Füße auf einen zweiten und schürzte ihr Kleid über den Knien. Einen Augenblick saß sie nachdenklich da, ehe sie den Stoß Dokumente ergriff, die sie für VICAP ausfüllen mußte, das Programm des FBI, das Gewaltverbrechen auswertete. Es handelte sich um ein landesweites, computerisiertes Informationszentrum in Quantico, Virginia, das Daten über spezielle Gewaltverbrechen sammelte, kollationierte und analysierte. Mit etwas Glück könnten die Daten, die sie VICAP über die Morde an Moser und Samenov einfütterte, dem Computer einen Hinweis auf ähnliche Morde entlocken, die anderswo im Land passiert waren. Falls das geschehen sollte, konnten sie und die Detectives, die diese Fälle bearbeiteten, Informationen austauschen und möglicherweise der Karriere eines Serienmörders ein Ende setzen. Die Wahrscheinlichkeit, daß es dazu kam, war nicht sehr groß, aber sie konnte es sich nicht leisten, sie zu ignorieren.

Sie begann auf der Titelseite des vorgedruckten Formulars zur Tatanalyse und las alles von vorn bis hinten durch. Sie machte sich nicht die Mühe, eine der fast zweihundert Rubriken auszufüllen, die Informationen über die Tat forderten. Die meisten Daten waren fallspezifisch, und um die Fragen zu beantworten, müßte sie den Fallbericht zur Hand haben. Doch sie hielt sich nicht lange damit auf. Als sie zum Abschnitt VII kam, Zustand des Opfers bei der Auffindung, hörte sie zu lesen auf. Das waren Bilder, die sie so bald nicht vergessen würde. Tatsächlich schaffte sie es kaum, sie aus ihrem Bewußtsein zu verdrängen.

Plötzlich hatte sie kein Gefühl mehr für Distanz oder Objektivität. Es kam ihr fast verbrecherisch vor, sich die vertrauten Beschränkungen der Selbstkontrolle aufzuerlegen und sie als Vorwand zu benutzen, emotionales Engagement zu vermeiden. Sie wußte nicht einmal, warum gefühlsmäßiger Abstand in Fällen wie diesen eine Tugend sein sollte; sie glaubte nicht daran. Nicht diesmal wenigstens, nicht, solange sie noch betäubt war von dem, was sie gesehen hatte.

Als Palma diese Gedanken endlich abschüttelte, war es zu dunkel geworden, um noch zu lesen. Sie mußte etwas essen. In ein paar Stunden würde sie mit Andrew Moser reden müssen.

11

Als Palma zehn Minuten vor der verabredeten Zeit die Imbißstube erreichte, war Moser bereits da. Er saß in einer Nische bei den Fenstern, die auf den Parkplatz vor dem Lokal hinausgingen.

Als Palma sich seinem Tisch näherte, stand er auf. Er war ein großgewachsener, dünner Mann, immer ordentlich gekleidet. Er hatte ein langes Gesicht und die Art von Physiognomie, die lange jugendlich bleibt und mit der seine Frau, hätte sie weitergelebt, schließlich schwer hätte konkurrieren können.

«Haben Sie etwas Neues?» fragte er rasch. Die Kellnerin kam mit einer Kaffeekanne und einer zweiten Tasse an ihren Tisch.

«Wir glauben nicht», sagte Palma, legte ihre Tasche neben sich und schlug unter dem Tisch die Beine übereinander. Sie hielt inne, während die Kellnerin ihr Kaffee einschenkte und Moser sie verwirrt und gequält ansah. Der Tod seiner Frau machte ihm noch immer sehr zu schaffen, und es war nicht gerade hilfreich, daß die Umstände, unter denen sie gestorben war, ihm ebenso fremdartig vorkamen, als sei sie im Kirchenchor von einer Python verschlungen worden.

«Sie *glauben* nicht?» sagte er und beugte sich zu ihr, als die Kellnerin gegangen war. «Was soll das heißen?» Er war erregt und ungeduldig.

«In einem anderen Fall ist etwas aufgetaucht, und wir fragen uns, ob es auf irgendeine Weise etwas mit den Umständen zu tun hat, unter denen Ihre Frau umkam.»

«Und was? Welche ‹Umstände›?»

«Lassen Sie mich eine Frage stellen», sagte sie. «Als Sie die Sachen Ihrer Frau durchgesehen haben, sind Sie da auf etwas gestoßen, von dem Sie nichts wußten? Etwas, das sie möglicherweise vor Ihnen geheimgehalten hat, das überhaupt nicht zu ihr zu passen schien?»

Andrew Moser war nicht naiv. Es war eine der Besonderheiten der Arbeit als Detective der Mordkommission, daß die Begegnungen mit den Hinterbliebenen des Mordopfers oft eine Intimität annahmen, die normalerweise dem Hausarzt, dem Pfarrer oder dem Ehegatten vorbehalten ist. Das gilt vor allem dann, wenn das Opfer der weißen Mittelklasse angehört, die selten mit solchen Dingen in Berührung kommt, und wenn der Mord sexuelle Begleitumstände hat, wie es bei Sandra Moser der Fall gewesen war. Die Untat ist so weit von der normalen Erfahrung solcher Leute entfernt, daß der Schock sie noch für lange Zeit emotional verwundbar macht. Der Detective der Mordkommission wird zum «Experten», an den sie sich um Hilfe wenden können und von dem sie sich Antworten auf Fragen erhoffen, die stellen zu müssen sie nicht im Traum erwartet hatten.

Andrew Moser war bereits mit der bestürzenden Tatsache konfrontiert worden, daß seine Frau wahrscheinlich freiwillig in das Hotel gegangen war, in dem man sie tot aufgefunden hatte. Nicht viele Menschen müssen in ihrem Leben solche Entdeckungen machen, und es gibt wohl kaum jemanden, für den sie keine extreme emotionale Belastung wären. Moser hatte in den letzten vierzehn Tagen alle möglichen Gefühle durchlaufen, und die meiste Zeit war Palma bei ihm gewesen. Er sah noch immer verstört aus. Die Mutter seiner Frau, eine Witwe, war aus einem anderen Staat gekommen, um sich um die Kinder zu kümmern, während Moser versuchte, die Bruchstücke seines Lebens aufzusammeln und weiterzumachen. Doch die unbekannten Umstände des Todes seiner Frau, die Erkenntnis, daß sie aller Wahrscheinlichkeit nach hinter seinem Rücken noch ein anderes Leben geführt hatte, forderten ihren Tribut von Andrew Moser.

Noch immer vorgebeugt, stierte er Palma an. Der Ausdruck der Ungeduld war auf seinem Gesicht erstarrt; seine Augen waren fragend aufgerissen, der Kopf leicht auf eine Seite geneigt. Während des folgenden Schweigens zwischen ihnen wich der Trotz langsam aus Mosers Gesicht. Er wirkte geschlagen. Tränen traten ihm in die Augen, als die ganze Unschuld dessen, was er einmal für sein Leben gehalten hatte, in seiner Erinnerung von den dunklen Schatten der Desillusionierung überdeckt wurde.

«Mein Gott.» Seine Stimme brach. «Mir bleibt nichts mehr», sagte er. «Nichts. Verdammt, ich weiß nicht einmal mehr, wer sie eigentlich war.»

Er atmete schwer, fast keuchend, und dann räusperte er sich. Er starrte aus dem Fenster.

«In einem anderen Zusammenhang wären es ganz gewöhnliche Dinge gewesen», sagte er. «Aber als ich sie fand ... alle zusammen ... in einer schwarzen Lackschachtel, mein Gott, da wußte ich es. Eine Schnur mit großen Perlen. Kleine ... Clips, mit Gummi überzogen. Ein elektrischer Massagestab ... mit einem Anhänger. Ich weiß nicht ... muß ich alles aufzählen?»

«Nein», sagte Palma. «Nein, das ist nicht nötig. Was haben Sie damit gemacht?»

«Weggeworfen. Die Schachtel ... alles.» Noch immer hatte er den Kopf abgewandt. Er konnte sie nicht ansehen.

Verflixt, manchmal schien das, was sie tun mußte, einfach zu grausam. «Können Sie mir sagen», begann sie und versuchte beherrscht, aber nicht unbeteiligt zu klingen, «ob Sie den Eindruck hatten, daß diese Dinge ... daß sie so aussahen, als seien sie für sadomasochistische Praktiken bestimmt?» Sie konnte sich nicht vorstellen, wie sich das für ihn anhörte, und sie wollte auch nicht zu viel darüber nachdenken.

Er reagierte ohne besondere Emotionen.

«Nein, eigentlich nicht», sagte er. «Das Gefühl hatte ich nicht. Nur das Gefühl, daß ... wissen Sie, daß ...» Seine Stimme klang jetzt belegt. «Warum habe ich nichts davon gewußt? Warum ... hat sie das ... für sich behalten ...? Wir waren sexuell nicht prüde. Es war gut. Ich meine, ich glaube nicht, daß ich ihr jemals ... in dieser Hinsicht irgend etwas verweigert habe. Großer Gott! Ich hab immer wieder darüber nachgedacht. Ich kann ehrlich sagen ... soweit ich weiß..., daß es sehr gut war.» Endlich sah er Palma an. «Ich meine, so ehrlich, wie ich das bewerten kann, glaube ich, daß es *für sie* gut war. Sie hat nie, niemals, auch nur die leiseste... Unzufriedenheit geäußert. Ich... wirklich, ganz ehrlich... ich glaubte, alles sei... in dieser Hinsicht sehr gut.»

Er verstummte und nahm ein paar Papierservietten aus dem Behälter auf dem Tisch, mit denen er sich die Augen wischte. Er sagte noch einmal: «Mein Gott.» Dann trank er einen Schluck Kaffee.

«Sie sagten vorher, Sie hätten keine Ahnung, mit wem sie sich getroffen haben könnte. Hat sich das jetzt geändert?»

«Nein, verdammt», sagte er ohne Zorn. «Ich wußte nichts von dieser Sache, und wen sie getroffen haben könnte, weiß ich erst recht nicht. Wenn Sie mich tot in diesem Hotelzimmer aufgefunden hätten, dann hätten Sie vielleicht Leute getroffen, die sich auf Spekulationen eingelassen hätten. Kleine Flirts, die sie im Büro gesehen haben könnten, oder solche Sachen. Ich meine, Sie hätten Hinweise darauf gefunden, daß ich mich mit jemandem traf. Aber bei Sandra, nein. Während ich das sage, wird mir klar, wie es sich anhören muß, daß es nicht sehr gewichtig sein kann im Licht all dessen, was ich *nicht* von ihr wußte. Aber mir fällt da überhaupt niemand ein. Ich habe nie gesehen, daß sie mit jemandem geflirtet hätte. Das war nicht ihre Art.»

Natürlich war das durch zahllose Gespräche mit ihren Freundinnen überprüft worden, Frauen, mit denen sie bei Wohlfahrtsorganisationen zusammengearbeitet hatte, Frauen, die in ihrem Aerobic-Kurs oder in der Elternvereinigung der Schule ihrer Kinder waren. Alle hatten die gleiche Einschätzung geäußert, mit einer Einschränkung. Niemand stand ihr wirklich nahe, niemand kannte sie wirklich «so genau». Sie war eine gute, verantwortungsvolle Mutter und Ehefrau und erfüllte all ihre sozialen Pflichten, aber sie hatte keine «beste» Freundin.

«Haben Sie je von einer Frau namens Dorothy Samenov gehört?»

Moser schüttelte den Kopf und wischte sich erneut die Augen.

«Oder Vickie Kittrie?»

«Nein.»

«Gab es noch etwas, wie geringfügig auch immer, das Sie vielleicht bei ihren Sachen gefunden haben? Irgendwo notierte Adressen, die Sie nicht kannten, Telefonnummern, die Ihnen nicht vertraut waren?»

«Das haben wir doch schon besprochen», erinnerte er sie.

«Ich weiß, aber manchmal tauchen noch Dinge auf.»

Palma studierte ihn, während er in seine Kaffeetasse schaute.

«Ihre Sachen durchsehen», sagte er und schüttelte wieder den Kopf. «Ich habe das auch gemacht, als mein Vater starb. Ich sah seine Habseligkeiten durch, weil meine Mutter es nicht konnte. Es war hart. Aber das hier ... Zuerst war ich nicht dazu fähig. Wenn Sie nicht gesagt hätten, daß es wichtig ist, hätte ich es vermutlich auch jetzt noch nicht getan. Die Schachtel habe ich erst ganz zuletzt gefunden. Ich bin zufällig darauf gestoßen. Sie hatte sie hinten in ihrem Kleiderschrank versteckt, in einem Luftschacht der Klimaanlage. Sie hatte das Lüftungsgitter nicht wieder richtig eingesetzt.»

Er dachte zurück und sagte dann: «Aber als ich das einmal gefunden hatte, konnte ich nicht mehr aufhören. Immer wieder sah ich alles durch. Ich wußte nicht, was zum Teufel ich eigentlich suchte, aber ich war besessen davon, noch etwas zu finden. Ich habe sogar die Säume ihrer Kleider überprüft, weil ich dachte, sie hätte darin vielleicht etwas versteckt. Ich blätterte all ihre Bücher durch und suchte nach Notizen, Botschaften. Ich schraubte die Deckel von ihren Cremedosen, ihren Parfumflaschen, ihrem Augenbrauenstift, nichts war zu unbedeutend. Ich habe sogar ... alle Tampons, die ich finden konnte, auseinandergenommen. Wissen Sie, ich dachte, sie hätte angenommen, daß ich da niemals nachschauen würde. Und die ganze Zeit hatte ich schreckliche Angst, ich würde etwas finden. Es war, als müßte ich mir klarmachen, daß jemand im Haus eine Giftschlange losgelassen hat. Ich hatte Angst, danach zu suchen, und Angst, es nicht zu tun.»

Wenn Moser recht hatte – und die Wahrheit sagte –, dann hatten die Spielsachen in Mosers kleiner schwarzer Schachtel nichts mit Sadomasochismus zu tun. Sie war nur ein bißchen überschwenglicher, als er gedacht hatte.

Einen Augenblick lang sprach keiner von ihnen. Dann sagte Moser: «Es war verrückt, aber ich hab's getan. Ich weiß nicht, ob ich mich dadurch besser oder schlechter fühle. Wissen Sie, so etwas ist ..., man verliert völlig die Orientierung. Zuerst ist man so bestürzt über den Tod, dann darüber, daß es ein Mord ist – kein Autounfall, kein Krebs, sondern ein Mord, und dann erfährt man, daß es *so* eine Sache war. Man verliert seine Frau, die, die man hatte, und dann verliert man die, die man zu haben glaubte. Was an meinem Leben mit ihr war aufrichtig, was war Lüge? Ich werde nicht sehr gut damit fertig, das weiß ich.»

«Damit wird niemand sehr gut fertig», sagte Palma. «Zumindest nicht am Anfang.»

«Ich meine die ganze Sache. Ich bin erst gestern wieder zur Arbeit gegangen. Ich mußte mir eine Weile frei nehmen, und sie waren sehr anständig. Als ich zurückkam, überschlugen sie sich fast vor Rücksichtnahme. Aber ich wußte, daß insgeheim alle dachten: Was zum Teufel hat sie in einem Hotel gemacht? Und Sandras Mutter. Die Frau stirbt innerlich. Wir reden nicht mal darüber. Ich kann es nicht, sie kann es nicht. Wir reden über alles mögliche, wir reden zuviel, aber nicht über Sandra. Nicht über das verdammte Hotel.»

Er hielt plötzlich inne, als habe er sich dabei ertappt, daß er zuviel verriet. Er schien sich vor sich selbst zu ekeln, wandte sich ab und sah sie dann wieder an. «Sie sagten etwas von einer anderen Frau.»

Palma nickte. «Ja. Ein weiteres Opfer. Die Umstände weisen gewisse Ähnlichkeiten auf.»

«War sie auch in einem Hotelzimmer?»

«Nein, das nicht, aber andere Dinge.»

«Was für Dinge?»

«Ich kann Ihnen darüber wirklich nicht viel sagen», fing sie routinemäßig an, aber dann ließ etwas sie innehalten. Sie fragte sich, ob sie nicht vielleicht zu vorsichtig war. Sie brauchte einen Durchbruch, und wenn sie Moser ein kleines bißchen Vertrauen entgegenbrachte, könnte sie vielleicht die Oberfläche von etwas ankratzen. «Ich werde Ihnen einiges erzählen, aber Sie müssen das für sich behalten.»

Moser nickte knapp und runzelte die Stirn, ungeduldig, mehr zu hören.

«Sie war vier Jahre älter als Sandra, geschieden. Sie wurde zu Hause gefunden, wie Sandra auf einem Bett, an den Hand- und Fußgelenken die gleichen Striemen, die gleichen Spuren von Schlägen, nur, daß diese heftiger waren. Sie lebte allein, arbeitete für eine Computerfirma, und ...»

«Welche Firma?»

«Computron.»

«Mein Gott, ich kenne Leute bei Computron. Viele Leute. Wir sind einer ihrer größten Software-Kunden. Wie hieß sie?»

«Dorothy Samenov. Ich habe Sie vorhin schon nach ihr gefragt.»

Moser wiederholte den Namen mehrmals. «Sammy! Das ist ihr Spitzname. Dorothy Samenov. Ja, ich kenne sie tatsächlich. Sie ist für unsere Abteilung bei Sonametrics zuständig. Ich zeichne alle Kaufaufträge unserer Abteilung an Computron ab, und ich habe diese gelben Notizzettel gesehen: ‹Danke! Sammy!› Solche Sachen. Als ich sie zum ersten Mal sah, wußte ich nicht, was das sollte: Sammy. Es sagte mir nichts. Ich erkundigte mich danach, und die Frau, die das Konto verwaltet, lachte und erklärte es mir. Und dann lernte ich sie kennen. Das war vielleicht vor drei Jahren. Ich sehe sie nicht oft. Aber ich kenne sie. Verdammt.»

«Sie sehen sie?»

«Nicht direkt, aber ich weiß, wer sie ist. Ich habe nicht direkt mit den Leuten vom Verkauf zu tun, aber ich sehe sie auf den Partys. Sie wissen schon, Firmenpartys, Weihnachtsfeiern, das jährliche Picknick, Feiertage.»

«Hat Sandra sie gekannt?»

«Nein... ich meine, ich kann mir nicht vorstellen, daß sie sie gekannt hat. Obwohl sie sie vielleicht bei einer der Partys getroffen hat, einer Weihnachtsfeier oder einem Picknick.»

«Sie wissen es also nicht?»

«Ich habe keine Ahnung. Aber möglich wäre es. Das ist eigenartig, nicht?»

Allerdings, dachte Palma. «So ungewöhnlich ist es vielleicht nicht», sagte sie. «Wie war sie?»

«Sehr extravertiert, fast aggressiv auf eine Weise, aber sehr nett. Bei solchen Partys lernt man ja nie jemanden richtig kennen.»

«Kam sie allein?»

«Das weiß ich nicht.»

«Erinnern Sie sich, ob sie sich mit jemandem besonders beschäftigte?»

«Nein.»

«Ich habe noch eine Frau erwähnt, Vickie Kittrie. Sie arbeitet auch bei Computron.»

«Ist der auch was passiert?»

«Nein. Sie hat Samenov gefunden. Sie waren gut befreundet.»

Moser sah sie an. «Nein, überhaupt nicht. Diesen Namen kenne ich nicht.»

«Gab es noch andere Gelegenheiten, bei denen Sie und Sandra vielleicht mit Angestellten von Computron in Kontakt kamen?»

«Nein», antwortete er ohne Zögern. «Nur diese Anlässe. Das war alles. Vielleicht zweimal im Jahr.»

Palma dachte einen Augenblick nach. «Meinen Sie, sie könnten sich anderswo zufällig begegnet sein?»

«Wo?» Moser schien einen Zusammenhang zu ahnen, dem vielleicht Bedeutung beizumessen war. «Und wenn es so wäre?» fragte er plötzlich.

«Ich weiß nicht.» Sie wußte es wirklich nicht. Aber sie wußte, daß sie davon ausgehen würde, daß sie sich getroffen hatten, und dann würde sie versuchen, es zu beweisen.

«Schauen Sie», sagte sie, «arbeiten Sie daran, denken Sie ein bißchen darüber nach, aber sprechen Sie mit keinem darüber, okay? Es ist sehr wichtig, daß Sie niemandem von all dem erzählen. Wenn Ihnen noch etwas einfällt, rufen Sie mich sicherheitshalber an.»

«Natürlich», sagte er und nickte. Er dachte noch immer an seine Frau und an Samenov. Er würde lange darüber nachdenken. «Ich rufe Sie an.»

Sie nahm ihre Tasche und wollte sie öffnen.

«Nein, das mache ich», sagte er. «Ich bleibe noch ein bißchen hier sitzen.»

«Danke», sagte sie. Es klang albern. «Wenn wir irgend etwas finden, setze ich mich mit Ihnen in Verbindung.»

Moser nickte, und Palma erhob sich vom Tisch. Als sie ging, dachte er über neue Möglichkeiten nach. Sie trat durch die Eingangstür in die mitternächtliche Dunkelheit. Als sie durch die bewegten Schatten des kleinen Parkplatzes ging, dachte sie an Brian und die Anwältin mit dem langen, kastanienbraunen Haar, mit der sie ihn ertappt hatte. Sie erinnerte sich, wie es direkt danach gewesen war, wie es noch immer manchmal war, wenn sie wieder und wieder über die Details nachdachte, wie sie sich bewegt und berührt hatten und ob er mit dieser Frau die gleichen Dinge getan hatte, die er mit ihr getan hatte.

ZWEITER TAG
Dienstag, 30. Mai

12

Gegen sechs Uhr fuhr Palma auf den Parkplatz von Meaux's Grill. Meaux's war rund um die Uhr geöffnet, wurde von Studenten und Geschäftsleuten besucht und gehörte einer kleinen Französin namens Lauré, um die Fünfzig, mit hennarotem Haar, die das Lokal auch leitete. Sie saß an der Registrierkasse und kümmerte sich mit falkenäugiger Tüchtigkeit um ihre Gäste; die Küche wurde von ihrem Mann geführt, einem ehemaligen polnischen Handelsschiffer namens Gustaw. Für die Morgenschicht hatten sie zwei Kellnerinnen aus Guatemala – eine schüchtern, die andere zu Flirts aufgelegt – und einen chinesischen Geschirrwäscher und Hilfskoch namens Ling. Gustaw und der Chinese lachten und redeten unablässig, aber sie schafften es, mehr gutes Essen in kürzerer Zeit zuzubereiten als alle anderen Köche in Houston.

Palma parkte unter dem Trompetenbaum auf dem Parkplatz und kaufte an einem der Automaten draußen eine Zeitung. Sie ging hinein, setzte sich in eine Nische am Fenster und bestellte bei Alma, der schüchternen Kellnerin, ein Frühstück. Als erstes schlug Palma die Seite mit den kurzen Artikeln über die Polizeiberichte auf. Nach der ersten Erwähnung von Samenovs Tod am Dienstagmorgen war nichts weiter darüber erschienen, und das war ungewöhnlich. Die Presse neigte wie die Polizei dazu, etwas aufmerksamer zu sein, wenn das Opfer in einer reichen Gegend wohnte. Bisher hatte allerdings noch kein Reporter diesen Zusammenhang hergestellt, aber sie konnte nicht damit rechnen, daß sie dieses Glück sehr lange haben würde.

Als ihr Frühstück kam, faltete Palma die Zeitung auf ein Viertel ihrer Größe zusammen und las weiter, während sie aß. Als sie fertig war, nahm der Betrieb zu, sowohl in der Imbißstube als auch draußen. Palma bezahlte bei Lauré an der Registrierkasse, hinterließ ein gutes Trinkgeld für Alma und trat hinaus in den kühlen Morgen. Sie liebte diese Tageszeit. Es war so kühl, wie es bis zur gleichen Zeit am nächsten Morgen nicht mehr sein würde. Um diese Morgenstunde war es möglich, optimistisch zu sein.

Sie saß bereits an ihrem Computerterminal, als die Siebenuhrschicht einzutreffen begann. Sie war bis zwei Uhr aufgeblieben, um die VICAP-Formulare zur Verbrechensanalyse für die Fälle Moser und Samenov auszufüllen. Jetzt war sie fast fertig mit dem schriftlichen Bericht über Samenov. Obwohl die Fotoabteilung Wort gehalten und zwei Sätze Tatortfotos von Samenov auf ihrem Schreibtisch gelegen hatten, als sie früh am Morgen eintraf, war das Material, das Palma dem FBI übermitteln konnte, nach den dortigen Maßstäben alles andere als ideal. Sie hatte noch kein Opfer- oder Autopsieprotokoll für Samenov, und sie hatte auch die Ergebnisse des Labors über Schamhaare und Abstriche noch nicht. Da sie jedoch alles über den Fall Moser hatte und der Polizeibericht deutlich machen würde, daß das Tatortverhalten offensichtlich dem im Falle Moser glich, fühlte sie sich berechtigt, ein «vorläufiges» Profil anzufordern. Möglicherweise hatten sie es ja mit einem Serientäter mit deutlich rituellem Verhalten zu tun.

Palma trank gerade ihre dritte Tasse Kaffee. Ihr Schreibtisch war bedeckt mit Formularen, Fotokopien, Fotos und Computerausdrukken des Tatberichts. Sie zog ein Bein unter sich auf den Stuhl, als sie Cushing sagen hörte: «Glauben Sie wirklich, daß Ihnen das irgendwas bringt?»

Er stand in der Tür, einen schwarzen Kaffeebecher in der Hand haltend, den er bei Penthouse bestellt hatte. Eine nackte asiatische Frau war in rosa Fleischtönen und in einer Haltung darauf gemalt, daß der Griff des Bechers einen teilweise eingedrungenen Phallus darstellte. Sie hatte den Becher schon vorher gesehen, aber nur als pornographische Kuriosität auf dem Aktenschrank in Cushings Büro. Bis heute morgen hatte er ihn nie benutzt, um wirklich Kaffee daraus zu trinken. Er trug ein seidenes Hemd mit leicht bauschigen Ärmeln und eine an den Fußknöcheln enge Bundfaltenhose. Der schwere Duft von zuviel Aramis folgte ihm in den Raum.

«Was glauben Sie, was ich mir dabei denke, Art?» sagte Palma, legte ihren Stift hin und drehte sich zu ihm um. «Weshalb ich das mache?»

«Nein, wirklich, Carmen. Ich habe ein paar von diesen Profilen gesehen. Die taugten wirklich nichts. Gingen meilenweit an der Sache vorbei. Meilenweit. Möglicherweise setzt das Profil Sie auf eine ganz falsche Fährte. Ich würde mich nicht zu sehr darauf verlassen.»

«Haben sie Ihnen schon mal einen Fall vermasselt?» fragte sie.

«Nicht mir persönlich, aber ich kenne andere, denen das passiert ist. Selwyn, fragen Sie Weedy Selwyn. Er hatte schon mal mit ihnen zu tun. Einmal sagten sie ihm, sein Täter müsse ein schnurrbärtiger schwedischer Junggeselle in den Vierzigern mit einem Verfolgungskomplex sein oder so was. Später stellte sich heraus, daß es ein Mexikaner war, der wie Al Pacino aussah und vier Kinder hatte.»

«Vielleicht sollte ich Frisch sagen, Sie hätten entschieden, daß wir das FBI einfach vergessen und Weedy zuziehen sollten?»

Cushing zuckte die Achseln.

«Gut.» Palma nickte. Die Technik wurde mal gepriesen, mal verflucht, je nachdem, welche Erfahrungen ein Detective mit ihr gemacht oder was er darüber gehört hatte. Sie wurde nicht oft angewendet, weil die Art von Fällen, in denen man sie benutzte, einen relativ kleinen Prozentsatz aller untersuchten Mordfälle ausmachte. Selbst die Polizeianalytiker betonten, die Methode sei nie dazu gedacht gewesen, gute, solide Ermittlungsarbeit zu ersetzen. Sie sollte nur als zusätzliches Werkzeug alle anderen Ergebnisse des Ermittlers ergänzen. Allerdings waren die Fälle, in denen sie angewandt wurde, von Natur aus sensationell, so daß die Technik einen übertriebenen Ruf gewonnen hatte, der von Skeptikern leicht zu erschüttern war.

Sie sahen sich einen Augenblick an. Dann drehte Cushing, eine Hand in der Hosentasche, sich in aller Ruhe um und schlenderte hinaus in den Mannschaftsraum. Sie beobachtete ihn und sah, wie er zu zwei anderen Detectives trat, die ihr Gespräch durch das Fenster mit angesehen hatten. Sie alle lachten, und Cushing redete und gestikulierte mit seinem Kaffeebecher.

Dann kam Birley ins Büro.

«Tut mir leid, daß ich zu spät komme», sagte er, zog sein Jackett aus und hängte es hinter die Tür. «Lange Geschichte ... über einen Hund und einen Kanal und Sally und einen Müllmann, der ein Spanner war.» Er ließ sich auf seinen Stuhl fallen, seufzte tief und betrachtete eine blaue Plastikdose, die er mitgebracht und auf seinen Schreibtisch gestellt hatte. Er sah Palma an und tippte dann auf die Dose. «Lasagne. War köstlich gestern abend. Sally behauptet, ich könnte sie prima in der Mikrowelle in der Kantine aufwärmen.» Er zog die Mundwinkel herunter und schüttelte leicht den Kopf. «Werd ich aber nicht.» Er schaute auf Palmas Schreibtisch. «Das FBI-Zeug?»

Sie nickte. «Ich bin fast damit fertig. Ich habe Garret beim FBI angerufen und ihm gesagt, daß ich's am späteren Vormittag vorbeibringe.»

«Wird Spaß machen», sagte Birley. Er lächelte. «Du bist wirklich scharf drauf, diesen Kerl zu kriegen, nicht?»

«Ja», sagte sie, «bin ich.»

«Willst du richtig in den Fall einsteigen?»

«Das hab ich bereits getan.»

«Und vielleicht ein paar kleine persönliche Rachefeldzüge starten?»

«Ich kann mir keine bessere Methode dafür vorstellen.»

Birley schnaubte und schüttelte den Kopf. «Tja, ich auch nicht.»

«Ich habe gestern nacht mit Moser geredet.»

Birley hob die Hand. «Warte. Ich will mir erst einen Kaffee holen.» Er nahm seinen Becher vom Schreibtisch und ging in den Mannschaftsraum, wo sich draußen vor Frischs Büro ein Spülbecken und eine Kaffeemaschine befanden.

Als er zurückkam, sagte er: «Okay, also schieß los.»

Palma berichtete.

«Armes Schwein», sagte Birley, als sie fertig war. «Muß ein Alptraum für ihn sein, aus dem er nicht aufwachen kann.» Er schaute Palma an. «Hast du ihm geglaubt, als er gesagt hat, er nehme nicht an, daß das Zeug für Sado-Maso-Praktiken verwendet wurde?»

Palma lächelte in sich hinein. Birley war gut. «Tja, mir gehen da ein paar Sachen durch den Kopf, die ich nicht ganz einordnen kann. Trotz allem, was er sagt, frage ich mich, wie sensibel er wirklich für die sexuellen Bedürfnisse seiner Frau war. Ich würde fast darauf wetten, daß die Sachen, die er gefunden hat, nicht nur zur Selbstbefriedigung bestimmt waren. Aber Moser ist absolut unfähig, sich mit dem Gedanken zu befassen, daß sie ihm untreu gewesen sein könnte. Die meisten Männer würden sich unter den gegebenen Umständen zu den wildesten Phantasien versteigen. Was immer sie gemacht hat, es war seiner Vorstellung von ihr so fremd, daß er keine Ahnung hat, was er mit dem Beweis des Gegenteils anfangen soll. Es gibt keinen Zweifel, daß diese Geschichte ihn völlig fertigmacht, aber eine Menge Dinge passen nicht zusammen. Ich meine, er fand das Spielzeugversteck seiner Frau erst, nachdem wir ihn gedrängt hatten, er solle ihre Sachen durchsehen, und ihm gesagt hatten, er solle dabei sehr sorgfältig vorgehen. Wir hatten ihn darauf hingewiesen, welche Wichtigkeit es hätte, wenn er irgendwas Ungewöhnliches finden würde. Und dann warf er das Zeug weg. Ich weiß nicht.»

«Natürlich.»

Sie sah ihn an. «Meinst du, er hat sich geschämt?»

«Könnte ich mir vorstellen.»

«Das dachte ich auch. Aber wieso hat er uns dann schließlich doch davon erzählt? Allein wären wir nie dahintergekommen.»

Birley warf ihr einen seiner langsamen Blicke zu und schaute dann auf seinen Schreibtisch, nahm einen Stift zur Hand und spielte mit den grünen Federn eines Köders, der in seiner Schreibtischunterlage steckte. «Tja, es gibt da einen Unterschied, weißt du. Einerseits gibt der Mann zu, daß das Zeug da war, daß es wirklich existiert hat. Dazu hat er sich bekannt. Andererseits – den Kram einer Horde von Detectives zu übergeben, Burschen, die sich alles genau ansehen, es befingern, sich darüber lustig machen, die Sachen, die seine Frau tatsächlich ... benutzt hat ...» Ohne sie anzusehen, wiegte Birley den Kopf und zuckte die Achseln. «Verdammt, ich kann's ihm nicht verdenken.»

Palma erinnerte sich an Mosers Widerstreben, die Dinge aufzuzählen, die er in der schwarzen Schachtel gefunden hatte. Sie verspürte einen Stich von Unbehagen, weil sie nicht sensibel genug gewesen war für den Unterschied, auf den Birley hingewiesen hatte. Sie war so daran gewöhnt, daß die altgedienten Polizisten sich verhielten, als hätten sie überhaupt keine Emotionen, daß sie manchmal über ihre unerwartete Sensibilität verblüfft war. Daran merkte sie, wie erschreckend erfolgreich sie ihre eigenen Gefühle ausgeschlossen hatte.

«Bei so einem Mann», fügte Birley hinzu, «gibt's vermutlich Sachen, die für die Untersuchung nützlich wären, die er uns aber nie verraten wird. Auf manches muß man einfach verzichten.»

«Wie zum Beispiel, daß sie vielleicht ein Verhältnis hatte?»

«Kann sein. Meinst du, daß er in diesem Punkt auch nicht die Wahrheit gesagt hat?»

«Ich weiß nicht», sagte sie erbittert. «Ich nehme ihm übel, daß er nicht aufmerksam war, nicht sensibel für ... irgend etwas.»

«Da ist sicher was dran», räumte Birley ein. «Aber ich sag dir, wenn's um Täuschung geht, darauf hat kein Geschlecht ein Monopol. Wenn du jemanden unbedingt täuschen willst, dann schaffst du es.

Und du schaffst es lange Zeit. Es muß eine Menge Sachen gegeben haben, die er von ihr nicht wußte, und vielleicht liegt es nicht daran, daß er ein unsensibler Klotz ist. Ich vermute, daß Sandra Moser nicht nur die vorbildliche Frau war, die alle ihre Freundinnen kannten, sondern noch ganz andere Seiten hatte.»

«Und was sagst du dazu, daß Andrew Moser Dorothy Samenov kannte? Zumindest hatte er sie getroffen.»

Birley schüttelte den Kopf. «Das ist interessant, allerdings. Könnte reiner Zufall sein, eine so offensichtliche ‹Verbindung›, daß sich die ganze Perspektive der Untersuchung verschiebt. Könnte aber auch der wirklich entscheidende Punkt sein. Verdammt, was für ein Zufall! Man könnte fast glauben, daß er etwas zu bedeuten hat.»

«Ich muß mit Cush und Leeland reden, bevor sie zu Computron gehen. Sie sollten das wissen.»

«Ja, das solltest du machen», sagte Birley und sah auf seine Uhr. «Und ich muß meinen Hintern nach Olympia in Bewegung setzen, mit den Nachbarn reden, die Wohnung anschauen und mit den Pizza-Leuten sprechen. Wird ein toller Vormittag.»

13

Es war fast elf Uhr, bis Palma mit Cushing und Leeland gesprochen, die VICAP-Formulare und das Profilmaterial zum FBI gebracht und zu der Straße hinausgefahren war, die Vickie Kittrie als ihre Adresse angegeben hatte. Der Apartmentkomplex, der eine ganze Sackgasse einnahm, war eine mediterran anmutende Angelegenheit mit weißgekalkten Bögen und Terracotta-Dachschindeln, eingerahmt von hohen Palmen, durchsetzt mit Myrten, und vor der hohen Kriminalitätsrate geschützt durch einen hochtechnisierten schmiedeeisernen Zaun, den man nur mit einer Sicherheitskarte passieren konnte. Hinter den Palmen sah man durch eine Lücke in der Hecke, die den Zaun verdeckte, den obligatorischen Swimmingpool und dahinter das Verwaltungsbüro.

Nachdem Palma dem Manager ihre Polizeimarke gezeigt und ihm versichert hatte, Kittrie habe keinerlei Konflikte mit «dem Gesetz», erhielt sie einen Plan der Anlage, auf dem Kittries Apartment mit einem «X» gekennzeichnet war. Sie hatte nicht angerufen, um festzustellen, ob Kittrie zu Hause war, aber sie hatte sich in Kittries Büro erkundigt und erfahren, daß sie nicht zur Arbeit gekommen war.

Kittrie öffnete schon nach dreimaligem Läuten, was Palma überraschte. Sie hatte erwartet, Kittrie werde Schwierigkeiten machen, wenn sie mit ihr sprechen wollte. Das Mädchen kam in einem frischen weißen Sommerkleid aus Perkal an die Tür und blinzelte in die helle Mittagssonne. Ihr lockiges, ingwerfarbenes Haar war achtlos auf dem Kopf zusammengefaßt und mit Nadeln festgesteckt. Sie trug kein Make-up; nichts verbarg die helle Haut und die Sommersprossen auf ihrer Nase.

«Hallo», sagte sie. Sie zeigte keinerlei Reaktion, weder positiv noch negativ, auf Palmas Erscheinen.

«Haben Sie ein bißchen Zeit für mich?» fragte Palma. Sie betrachtete Kittries Gesicht. «Ich werde versuchen, es so kurz wie möglich zu machen.»

«Früher oder später komme ich ja doch nicht daran vorbei, nicht?» sagte Kittrie. Es war keine Frage.

«Ich fürchte, nein.»

«Kommen Sie rein.» Sie trat zurück, und Palma ging in den vorderen Raum des Apartments. Man sah sofort, daß die Vorzüge des Apartmentkomplexes sich auf die Gartengestaltung beschränkten. Das Innere der Wohnung unterschied sich nicht von den Millionen Wohnwaben überall in der Stadt. Das vordere Zimmer war klein.

Palma setzte sich in einen Sessel neben einem billigen, leeren Bücherregal, dem Fernsehapparat gegenüber. Links von ihr ging ein Fenster in den Garten hinaus, und darunter stand ein Sofa, auf das Kittrie sich setzte. Sie zog einen Fuß unter sich und ignorierte ein Männersportjackett aus beigefarbener Rohseide, das am anderen Sofaende über die Kissen geworfen war. Rechts von Palma blickte man über eine Frühstücksbar in die Küche – eine Baseballmütze der Houston Astros lag umgedreht neben dem Toaster –, und vor ihr stand ein gläserner Couchtisch, auf dem Zeitschriften, eine Flasche mit fuchsienrotem Nagellack, Zigaretten und ein Aschenbecher verteilt waren.

«Hübsch haben Sie's hier», sagte Palma. «Leben Sie allein?»

Kittrie nickte und griff nach Aschenbecher und Zigaretten.

Irgend etwas an Kittries Verhalten ließ Palma beschließen, das Mädchen nicht als «Schwester» zu behandeln. Das schien nicht der richtige Ansatz zu sein; sie wirkte nicht sehr zugänglich. Palma kam direkt zur Sache.

«Gestern sagten Sie mir, Sie hätten bei Cristof's noch etwas getrunken; Sie sagten, außer Ihnen und Samenov seien noch drei andere Frauen dabei gewesen: Marge Simon, Nancy Segal und Linda Mancera. Arbeiteten sie alle mit Dorothy zusammen?»

Kittrie schüttelte den Kopf und stieß den ersten Rauch aus. Sie hielt den Aschenbecher im Schoß, und ein langes, bleiches Bein war durch den Schlitz in ihrem Kleid bis zur Mitte des Oberschenkels zu sehen.

«Nein. Nur Nancy arbeitet bei Computron im Tenneco-Gebäude. Marge und Linda arbeiten auf der anderen Straßenseite im Allied Bank Plaza – bei Siskel und Weeks. Das ist eine Werbeagentur. Manchmal treffen wir uns alle im gleichen Delikatessenladen im Tiefgeschoß zum Mittagessen, und so haben wir uns kennengelernt. Wir haben alle um die gleiche Zeit Büroschluß. Nancy ist die einzige, und sie arbeitet nicht mal in der gleichen Abteilung wie Dorothy.»

«Aber Sie schon?»

«Ich, ja.»

«Sehen Sie eine dieser anderen Frauen auch zu anderen Zeiten als zum Mittagessen oder zu einem Drink nach der Arbeit?»

«Nein, eigentlich nicht.»

«Was soll das heißen?»

Kittrie runzelte abwehrend die Stirn. «Was?»

«Was bedeutet ‹eigentlich nicht›? Sehen Sie sie oder sehen Sie sie nicht?»

«Na ja, sicher, manche schon, aber nicht sehr oft.»

«Bei welchen Anlässen sehen Sie sie?« Palma war nicht klar, ob Kittrie begriffsstutzig oder widerspenstig war.

«Manchmal verabreden wir uns . . ., ich meine, mit Männern, wissen Sie, in einem Club oder so oder zum Essen. Manchmal gehen wir auch bloß zusammen ins Kino. Es kommt nicht oft vor.»

«Aber Samenov sahen Sie häufiger?»

«Ja, sicher. Ich arbeite im gleichen Büro wie sie, wir gingen zum gleichen Gymnastikkurs, und wir wohnen nicht weit voneinander entfernt. Manchmal . . .» Kittrie mußte an ihrer Zigarette ziehen, aber das hatte nichts mit Rauchen zu tun. Sie kontrollierte ihre Gefühle. Palma war etwas überrascht. Kittries Emotionen lagen dichter an der Oberfläche, als sie angenommen hatte. «. . . manchmal kam sie vorbei, und wir fuhren zusammen zur Arbeit. Meine Wohnung liegt auf ihrem Weg.» Sie nickte und versuchte, das Zucken ihrer Lippen zu unterdrücken.

«Sie sagten mir gestern, Dorothys Scheidung sei nicht freundschaftlich verlaufen. Was wissen Sie darüber?»

«Nicht sehr viel. Dorothy redete manchmal darüber, und ich habe den Mann kennengelernt. Ich konnte nicht verstehen, wieso sie ihn überhaupt geheiratet hatte. Der Kerl ist ein Schweinehund. Er hat sie geprügelt. Er konnte keinen Job behalten. Eine Zeitlang war er Vertreter für chemische Produkte, Sanitärartikel für Hotels und Restaurants, wissen Sie. Dann war er mal Miteigentümer einer Reifenfirma. Der Kerl war ein Pascha. Sah nicht mal gut aus. Ich mochte ihn nicht. Dorothy sagte, sie hätte ihn direkt nach College und Graduate School geheiratet. Er war ein ziemlicher Macho. Deswegen hat sie es getan.»

«Sie mochte Machos?»

«Damals schon. Nachdem sie sechs Jahre mit dem Kerl gelebt hatte, allerdings nicht mehr.»

Kittrie drückte ihre Zigarette im Aschenbecher aus, nahm die Packung, die neben ihr auf dem Sofa lag, und zündete sich eine neue an. Irgendwo im Hintergrund des Apartments begann ein Wasserrohr leise zu zischen, als jemand im Badezimmer einen Hahn aufdrehte. Kittries Augenbrauen zuckten leicht, aber sie schaute Palma unverwandt an und ignorierte das, was sie beide gehört hatten.

«Erinnern Sie sich, wie Sie letzten Samstag zum ersten Mal um Dorothy besorgt waren und mit einem Streifenbeamten sprachen, der zwar kam, aber nicht ins Haus eindringen wollte?»

Kittrie nickte interessiert.

«Er lehnte das ab und meinte, Dorothy sei vielleicht spontan mit jemandem übers Wochenende verreist, ohne etwas zu sagen. Sie meinten, das könne vielleicht stimmen. Wußten Sie, ob Dorothy so etwas schon mal gemacht hatte?»

«Ja, hatte sie.»

«Mit wem?»

«Weiß ich nicht. Manchmal kam sie nicht, beispielsweise zur Gymnastik am Samstag, und wenn ich sie montags bei der Arbeit danach fragte, sagte sie, sie hätte eine Einladung zu einem Wochenendtrip angenommen. Keine große Sache.» Ärgerlich drückte sie ihre Zigarette im Aschenbecher aus; sie war nicht einmal halb aufgeraucht.

Na, großartig. So kam sie wirklich nicht weiter. Palma hatte zunehmend den Eindruck, daß Kittrie mauerte. Gleichzeitig schien sie aufrichtig getroffen von Samenovs Tod und konnte ihre Nerven anscheinend nur mühsam beherrschen.

«Wir haben unter Dorothys Sachen ein paar Fotos gefunden», sagte Palma. Kittries Augen fixierten sie, und sie bewegte keinen Muskel. «Es waren pornographische Fotos, und Dorothy war darauf zu sehen. Sie war in einem sadomasochistischen Szenario ans Bett gefesselt. Es gab da einen Mann mit einer Ledermaske. Wußten Sie davon?»

Kittrie versteifte sich und schüttelte schnell den Kopf, zu schnell.

«Wußten Sie von Dorothys Interesse an sadomasochistischen Praktiken?»

Wieder schüttelte Kittrie den Kopf.

Diesmal verriet Kittries Ausdruck noch etwas anderes. Sie war nicht länger trotzig oder ausweichend oder aufreizend wenig mitteilsam, denn sie hatte den Punkt erreicht, an dem ihre Gesichtsmuskeln sich selbständig machten. Sie konnte die Furcht, die sich darauf abzeichnete, ebensowenig verbergen, wie sie über dem Sofa hätte schweben können. Palma nutzte das aus.

«Wir haben noch ein paar andere Sachen gefunden, und es gab Fotos von anderen Leuten. Ich glaube, Sie verstehen, wovon ich rede. Es nützt keinem, wenn Sie Informationen zurückhalten. Es handelt sich um eine Morduntersuchung, Vickie, und Sie machen sich strafbar, wenn Sie etwas verschweigen, was für die Untersuchung nützlich sein könnte. Wir können Geheimnisse wahren. Wir tun das dauernd. Was Sie uns sagen, wird vertraulich behandelt. Sie brauchen sich keine Sorgen zu machen, daß etwas bekannt wird.»

Kittries Augen waren größer und etwas wilder geworden, während Palma sprach, und sie hatte ihre Hände seitlich auf das Sofa fallen lassen, als wolle sie sich stützen.

«Was zum Teufel reden Sie da... Worauf wollen Sie hinaus?» platzte sie heraus. Sie schlug mit geballten Fäusten auf beiden Seiten auf das Sofa und schüttelte den Kopf. Ihre Stimme drang lauter durch die zusammengebissenen Zähne. «Was... was... was...»

«Vickie!» Die Stimme des Mannes, rasch und fest, überraschte sie beide. Sie drehten sich zum Gang vor der Küche um und sahen Nathan Isenberg dort stehen. Er war barfuß, trug weiße Hosen und ein rosagestreiftes Jamaikahemd, das lose darüber hing. Die langen Ärmel waren an den Handgelenken nicht zugeknöpft. Helena stand einen Schritt hinter ihm.

Plötzlich brach Kittrie in Tränen aus und weinte fassungslos. Sie verbarg ihr Gesicht nicht. Sie schluchzte, während Tränen aus ihren fest geschlossenen Augen über die bleichen Wangen liefen, vorbei an dem verzerrten Mund.

«Lassen Sie, ich bringe sie ins Schlafzimmer», sagte Isenberg zu Palma. Es war halb Frage, halb Feststellung. Mit viel Geduld und Zärtlichkeit half er dem schluchzenden Mädchen, vom Sofa aufzustehen. Er stützte sie, indem er den linken Arm um sie legte, und begann besänftigend auf sie einzureden; seine Stimme klang dabei genau wie die einer alten Frau, die ihren verwöhnten Schoßhund hätschelt.

Palma war aufgestanden. Sie sah zu, wie die beiden das Zimmer verließen, und schaute dann Helena an, die sich nicht gerührt hatte. Sie war schlank und gebräunt in ihrem pfirsichfarbenen Baumwolltop, das in Khakishorts steckte. Mit ihrer mädchenhaften Figur und dem von grauen Strähnen durchzogenen Pagenkopf war sie eine auffallende Erscheinung.

Ehe Palma sich einen Reim auf das machen konnte, was sie gerade gesehen hatte, sagte Helena: «Tut mir leid, daß ich so hereinplatze, aber könnten wir... nach draußen gehen?»

Das taten sie. Die Mittagshitze strahlte überraschend heftig von dem im Fischgrätmuster gepflasterten Gehweg zurück. «Da drüben vielleicht», sagte Helena, ging eine Holzstufe hinauf und in einen der Innenhöfe neben einem Rosenspalier. Hier war es schattig, doch von den umstehenden Palmen und Bananenbäumen wurde die Feuchtigkeit festgehalten.

«Tut mir leid», wiederholte sie. «Ich vermute, all das geht mich nichts an, oder vielleicht doch. Ich habe jedenfalls da drinnen alles mitgehört», sagte sie sachlich. «Ich konnte nicht anders. Vickie hat gestern gar keine Freundinnen angerufen, sie hat gelogen. Ich wohne jetzt seit ein paar Jahren Dorothy gegenüber. Ich kannte sie nicht wirklich gut, wir winkten uns nur zu und sprachen ab und an miteinander. Wir sahen uns häufig am Pool, aber ansonsten trafen wir uns nicht. Sie hatte ihre eigenen Freunde und ich auch. Ich kannte Vickie einigermaßen, weil sie oft drüben bei Dorothy war und dann mit ihr an den Pool kam. Deswegen bin ich gestern herübergekommen, als ich die Polizei sah. Sie wollte nicht in meiner Wohnung bleiben, also habe ich sie gestern abend nach Hause gebracht und in ihrem zweiten Schlafzimmer übernachtet. Sie hatte keine gute Nacht.»

«Hat sie keine anderen Freunde?»

Helena zuckte die Achseln. «Ich weiß nur, daß sie niemanden anrufen wollte. Ich fragte, ob sie allein wäre, und sie bejahte, sagte aber, das mache ihr nichts aus. Ich wollte sie überreden, in meiner Wohnung zu übernachten, aber sie wollte nicht in der Nähe von Dorothys Apartment bleiben.»

Sie verschränkte die Arme und verschob das Gewicht auf das linke Bein. «Ich weiß nichts Näheres über ihre Beziehung, okay, aber mir kam es so vor, als wäre Dorothy für sie so etwas wie eine ältere Schwester. Vickie war da drinnen keine große Hilfe für Sie – diesen Eindruck hatte ich –, und ich dachte, sie wolle vielleicht einiges von dem, was sie da hörte, lieber nicht hören. Als könne sie damit nicht fertig werden.»

«Was meinen Sie?»

«Vielleicht wollte sie diese Sachen über Dorothy nicht hören. Aber das ist nur mein Eindruck, verstehen Sie? Als ich letzte Nacht hier blieb, kam es mir so vor, als sei die Kleine gar nicht so unabhängig. Vielleicht hat Dorothy sich ein bißchen um sie gekümmert...»

Palma studierte sie, sagte absichtlich nichts, sondern sah sie nur an. Sie war sehr gut gebaut und hatte eine natürliche Art, ein Minimum an Kleidung zu tragen. Ihr sicheres Auftreten erinnerte Palma an die Mädchen im Schwimmteam ihres Colleges, unbefangen in ihrer Nacktheit.

«Sind Sie berufstätig?» fragte Palma.

Helena schien überrascht, aber nicht unbedingt verlegen über diese Frage.

«Nein.»

«Sie sind also meistens zu Hause?»

«Ja.» Auf ihrem Gesicht spiegelte sich plötzliches Verstehen. «Nathan ist nicht mein Ehemann», erklärte sie. «Mein Nachname ist Saulnier. Tut mir leid, wir haben das sicher nicht deutlich genug zu erkennen gegeben. Ich bin geschieden.» Ein kleines, hartes Lächeln erschien auf ihrem Gesicht. «Ich bekam die Hälfte von allem. Ich hatte meinen Teil zu unserem gemeinsamen Vermögen beigetragen. Ich habe mich sechsundzwanzig Jahre lang für den Mann abgerakkert, viel länger, als ich gewollt hatte. Die Scheidung war meine Pensionierungsparty, und die Scheidungsvereinbarungen waren meine Rente. Jetzt arbeite ich nicht mehr.» Sie sagte das fast beiläufig, aber Palma hörte den bitteren Unterton.

«Und Mr. Isenberg?»

«Wir leben nicht zusammen.» Sie grinste. «Nicht ständig.»

«Da lag ein Sportjackett auf dem Sofa», sagte Palma. «Gehört es Mr. Isenberg?»

«Nein.»

«Wissen Sie, wem es gehört?»

«Nein. Vickie hat keinen festen Freund, soweit ich weiß. Aber... sie hat immer jemanden. Das Jackett lag schon da, als wir kamen, aber der Mann ist nicht erschienen.»

«Wissen Sie noch, ob Sie letzten Donnerstag abends zu Hause waren?»

Saulnier dachte nach. «Donnerstagabend. Donnerstag... ja, war ich. Ich war zu Hause. Ich hatte ein paar Videos ausgeliehen.»

«Das war der Abend, an dem Dorothy Samenov umgebracht wurde. Wir glauben gegen zehn Uhr. Haben Sie zufällig irgendwann an diesem Donnerstag jemanden kommen oder gehen sehen?»

Saulnier dachte einen Augenblick nach, die Augen auf Palma gerichtet. Direkt unterhalb der flachen Vertiefung ihrer Kehle erschien ein dünner Schweißfilm auf ihrer Brust. «Nein, ich habe nichts gesehen. Jedenfalls fällt mir nichts ein.» Sie runzelte die Stirn. «Mein Gott, letzten Donnerstag? So lange hat sie dort gelegen? Entsetzlich.» Sie hielt inne. «Hat Vickie sie... so gesehen?»

«Wie?»

«Nachdem sie schon... eine Weile tot war?»

«Ich glaube ja.»

«Wie ist es passiert?»

«Sie wurde erdrosselt.»

Saulnier fuhr sich mit den schmalen Fingern einer Hand zart über die Oberlippe, die jetzt auch Schweißperlen aufwies. In einer nahen Mimose schwoll das Zirpen einer Grille an und erstarb dann. Palma spürte, daß sich zwischen ihren Brüsten Schweißtropfen bildeten.

«Was passiert jetzt?» fragte Saulnier.

«Wir haben nicht viel in der Hand.»

«Ich verstehe.» Saulnier schaute um die Ecke auf den Gehweg.

Palma griff in ihre Tasche und nahm eine Karte heraus. Sie schrieb ihre private Telefonnummer auf die Rückseite und gab die Karte Saulnier. «Wenn Ihnen irgend etwas einfällt, würde ich gern von Ihnen hören, bei Tag oder bei Nacht.»

Saulnier nahm die Karte und lächelte. Ihr erschien das eigenartig.

«Ich will diesen Fall unbedingt aufklären», sagte Palma. «Wenn Sie mir dabei helfen könnten, wäre ich Ihnen dankbar.»

Sie gingen zurück zu Kittries Apartment, und Palma trat allein durch das schmiedeeiserne Gittertor.

«Hören Sie», sagte Saulnier durch das Gitter zu ihr, «denken Sie nicht zu streng von ihr. Nach einer Weile, wenn sie sich beruhigt hat, kann sie vielleicht etwas beitragen.»

Während Palma zum Auto zurückging, spürte sie die Feuchtigkeit am ganzen Körper. Solange sie stillgestanden hatte, hatte sie sie nicht bemerkt. Sie schloß den Wagen auf und ließ die Tür einen Augenblick offen, während sie ihre Tasche von der Schulter streifte und auf den Vordersitz legte.

Ehe sie einstieg, drehte sie sich noch einmal um und schaute die Sackgasse hinunter. Saulnier stand noch immer am Tor und beobachtete sie. Palma tat so, als sähe sie sie nicht, obwohl sie nicht wußte warum.

14

Palma fuhr ein paar Blocks zurück und bog dann in den Parkplatz eines Landry's-Restaurants ein. Von der Telefonzelle vor dem Lokal aus rief sie Birley in Samenovs Wohnung an.

«Ich hab die Sache mit der Pizza zuerst erledigt», sagte er. «Leelands Vermutung war gut. Sie hatte eine Pizza mit Peperoni und grünen Oliven bei Ricco's Pizzeria hier um die Ecke bestellt. Sie hatten eine Faxkopie von der Bestellung. Sie erfolgte um 19.28 Uhr. Ich rief Rutledge an, und er sagte, eine solche Pizza brauche eineinhalb bis zwei Stunden, um den Magen zu passieren. Der Autopsie zufolge hatten die letzten Stücke von Samenovs Pizza gerade den Darm erreicht. Sie ist also wahrscheinlich gegen zehn Uhr gestorben, am gleichen Abend, an dem Kittrie sie zuletzt gesehen hat.»

«Wie groß war die Pizza?»

«Ach so, ja. Klein.»

«Hört sich nicht so an, als hätte sie Gesellschaft erwartet... zumindest nicht zum Abendessen.»

«Nein. Wie war Vickie?»

Palma berichtete ihm kurz davon.

«Verdammt, hört sich an, als hätte Dorothy ein paar dämliche Nachbarn. Wir sollten sie überprüfen.»

«Ja, das habe ich vor. Aber erst mal fahre ich in die Stadt. Ich will mit Linda Mancera bei der Werbeagentur Siskel und Weeks reden. Amüsier dich gut in der Nachbarschaft.»

Sie aß rasch einen Krabbensalat, trank dazu Eistee und fuhr dann über den South West Freeway zurück. Helena Saulnier und Nathan Isenberg gingen ihr nicht aus dem Sinn. Sie mußte zugeben, daß sie erleichtert gewesen war, als sie plötzlich im Gang erschienen und sich um die labile Kittrie kümmerten. Palma war nicht in der Stimmung gewesen, Kindermädchen für eine hysterische Vickie zu spielen. Und Saulnier war auch hilfreich gewesen, als es darum ging, Kittries Beziehung zu Samenov zu deuten. Hilfreich, ja, aber am Ende war es nur Saulniers Deutung gewesen, die Palma bekommen hatte, nicht ihre eigene. Sie wurde das Gefühl nicht los, daß Saulnier ein verstecktes Interesse daran hatte, Palma die Situation so und nicht anders darzustellen.

Das Allied Banks Plaza auf der westlichen Seite der Innenstadt war ein blauer Glasmonolith mit zu vielen Stockwerken. Das Büro von Siskel und Weeks lag in der sechsundsechzigsten Etage. Es waren elegante Räume mit Glasziegelwänden und Acrylschreibtischen und durchsichtigen Raumteilern in Primärfarben und Sekretärinnen mit Frisuren aus den vierziger Jahren und glitzerndem Lippenstift. Alle Männer trugen maßgeschneiderte Westen zu ihren gebügelten Anzughosen und das Haar so kurz geschnitten wie die männlichen Fotomodelle in *Gentleman's Quarterly.* Jedermann war jung und gepflegt und geschäftig.

Palmas zerknittertes baumwollenes Hemdblusenkleid und ihre abgenutzte Schultertasche bewirkten, daß ihr die kühl aussehenden Damen und Herren, die durch den Empfangsraum eilten, weiter keine Beachtung schenkten; die Empfangssekretärin schien schwer kurzsichtig zu sein, denn Palma mußte etliche Minuten warten. Schließlich hielt sie ihr ihre Polizeimarke direkt vor die rotgerahmten Brillengläser und beendete damit eine telefonische Unterhaltung, die für das finanzielle Wohl der Firma nicht allzu bedeutend zu sein schien.

Das Mädchen hielt mitten im Satz inne, sperrte den Mund auf und blickte zu Palma auf, die auf sie hinabschaute.

«Ich wäre Ihnen sehr dankbar, wenn Sie dieses Gespräch für einen Augenblick unterbrechen und Linda Mancera mitteilen würden, daß jemand hier ist, der sie sprechen möchte.»

«Darf ich ihr sagen ...»

«Carmen Palma.»

Die Empfangssekretärin war zwar verwirrt, aber sie machte ihre Sache gut. Palma dankte ihr und ging hinüber zu einem Ledersofa, wo sie eine Zeitschrift von einem palettenförmigen, lavendelfarbigen Couchtisch nahm.

Linda Mancera kam durch einen langen Gang aus Glasziegeln, die in der Farbe von unterseeischem Blau zu fluoreszierendem Weiß reichten, wo der Gang sich dem Empfangsbereich näherte. Es sah aus, als tauche sie aus der inneren Wölbung einer langen Surfwelle auf. Ehe sie herangekommen war, konnte Palma bereits sehen, daß sie Ende Zwanzig war, gebaut wie die Frauen auf dem Titelblatt von *Cosmopolitan* und gekleidet wie die Frauen in *Vogue*. Stirnrunzelnd und besorgt, das lange Haar lässig über eine Schulter drapiert, trat sie rasch in den Empfangsraum und blieb dann stehen, erinnerte sich, wo sie war, sah sich um und traf Palmas Blick.

«Carmen Palma?»

«Detective Palma», sagte sie und wies ihre Marke vor.

«Oh, mein Gott», sagte Mancera und hob eine Hand mit rotlakkierten Nägeln an den Mund. «Dorothy.»

«Haben Sie ein paar Minuten Zeit? Ich halte Sie nicht lange auf.»

«Ich hab's gerade erst *gehört*, vor einer Minute», sagte Mancera und zog die Augenbrauen zusammen. «Eine Freundin hat angerufen, sie arbeitete mit Dorothy, direkt auf der anderen Straßenseite. Nancy Segal... sie sagte, sie hätte gerade mit der Polizei gesprochen... einem Mann.»

Guter Junge, dachte Palma. Wenn Cushings Mädchen auch nur entfernt so aussah wie die hier, dann konnte Palma sicher sein, daß er sie ausführlich vernommen hatte.

«Könnten wir irgendwo ungestört sprechen?»

«Oh, entschuldigen Sie, natürlich», sagte Mancera und streckte reflexhaft die Hand zu einer entschuldigenden Geste aus. «Gehen wir in mein Büro», sagte sie, und Palma folgte ihr in den langen, wasserfarbenen Gang. Ihre Absätze klapperten auf dem taubengrauen Marmorboden.

Manceras Arbeitsplatz befand sich am anderen Ende des gläsernen Korridors, eines der begehrten «Außen»büros mit deckenhohen Fenstern und Blick auf den ganzen Südwesten der Vereinigten Staaten. Ihr Schreibtisch bestand aus einer dicken Glasplatte, die auf Glasziegeln ruhte, dahinter stand ein breites Bord in ähnlichem Design mit eingebauten Fächern und Schubladen. Das Bord und ein Teil von Manceras Schreibtisch waren übersät mit Künstlerskizzen und Layouts für Werbekampagnen, und Mancera schob sie beiseite, ehe sie sich setzte, den Blick auf Palma gerichtet.

«Also, was ist passiert?» fragte sie zeremoniell, stützte die Ellbogen auf die Glasplatte und beugte sich vor.

Palma gab ihr eine kurze Schilderung der Ereignisse, genug, um ihre unmittelbare Neugier zu befriedigen, und Mancera lauschte mit ausdrucksvoller Miene. Sie reagierte mit echtem Gefühl auf den Ablauf der Geschehnisse und fand die ganze Geschichte offensichtlich unglaublich.

«Großer Gott», sagte Mancera, als Palma fertig war. «Das ist zuviel!»

«Wenn sie ein zufälliges Opfer war, kommen wir nicht viel weiter, indem wir ihre Freunde befragen», sagte Palma. «Aber wenn sie kein Zufallsopfer war, wenn sie ihren Mörder kannte, können ihre Freunde uns vielleicht helfen, mögliche Verdächtige zu identifizieren.»

«Was? Sie meinen, wem ich zutraue, daß er das getan hat? Mein Gott, ich kann nicht mal glauben, daß ich jemanden kenne, dem so etwas passiert ist, geschweige denn denjenigen, der es *getan* haben könnte.» Mancera trug einen leinenen Arbeitskittel über einer Seidenbluse und einem Viskoserock. Ständig schob sie die weiten Ärmel des Kittels zurück. «Wenn Sie mit Dorothys Freunden gesprochen haben, haben Sie vermutlich schon einen Eindruck davon, wie unberechenbar sie war. Sie war ein heller Kopf, fix, intelligent, aber sie konnte ganz schön exzentrisch sein. Ich meine, sie hatte keine Vorurteile, und darum war sie aufgeschlossen für eine Menge... Abenteuer. Ich mochte sie wahnsinnig gern...» Mancera wirkte ein bißchen verlegen, «...aber sie war unberechenbar. Sie hätte leicht aus einem Impuls heraus jemanden aufgabeln können.»

«Haben Sie, oder eine von Ihnen, das bei Cristof's häufiger getan?»

«Nein, eigentlich nicht. Die Zeiten ändern sich, wissen Sie. Wir laufen nicht mehr herum und gabeln in Bars Männer auf. Ich meine, *wir* tun das nicht mehr; andere Leute tun es wahrscheinlich trotzdem noch.» Sie schaute auf Palmas Hände. «Sie sind nicht verheiratet?»

«Geschieden.»

«Also, wie machen *Sie* es dann?»

Palma ignorierte die unerwartete Frage, obwohl sie eher durch echte Neugier motiviert schien als durch Frechheit.

«Kannten Sie Dorothys geschiedenen Mann?»

Mancera nickte, und leiser Widerwille veränderte die hübsche Form ihres Mundes. «Ich traf ihn einmal. Der Kerl ist unmöglich. Keine von uns konnte sich die beiden zusammen vorstellen. Ganz und gar nicht Dorothys Stil. Dorothy hatte ... Klasse. Große Klasse. Solche Typen ließ sie gar nicht an sich heran. Aber die Sache mit ihm war ja lange her, da hatte Dorothy manches noch nicht gelernt.»

«Wie kamen sie miteinander aus?»

«Überhaupt nicht.»

«Wie haben Sie ihn kennengelernt?»

Mancera rollte die Augen und überlegte. «Das ist merkwürdig.» Sie lachte kurz auf und runzelte gleichzeitig die Stirn. «Ein paar von uns waren eines Abends bei Dorothy, vor etwas mehr als einem Jahr, und da erschien er einfach an ihrer Tür. Sie war offensichtlich verblüfft, ihn zu sehen ..., später sagte sie, sie habe ihn fast ein Jahr lang nicht mehr getroffen. Er drängte sich einfach in die Wohnung. Sie konnte nichts dagegen machen. Ich wußte nicht, wer er war, daher verstand ich nicht, was da vorging. Er machte mir angst. Er stürmte einfach ins Wohnzimmer, und Dorothy sprang auf und versuchte, ihn wieder in den Flur zu bugsieren. Wir konnten sie streiten hören. Das Seltsame war, wie Dorothy sich benahm. Wissen Sie, sie war immer so stark. In unserem Kreis war sie diejenige, die den Ton angab. Die Neue Frau. Aber da konnten wir die beiden hören, und sie gurrte, versuchte ihn zu besänftigen, zu beruhigen. Es wurde still ..., ich weiß nicht, das hört sich jetzt frivol an, aber wir alle saßen wie versteinert da und lauschten ..., es wurde still, und da hörten wir diese ... *intimen* Geräusche. Sie küßten sich, vertrugen sich wieder. Und dann plötzlich ... klatsch! Er hatte sie geschlagen. Es hörte sich an wie eine Ohrfeige mit der flachen Hand. Ein paar von uns sprangen auf, aber *keine* verließ das Zimmer. Die Tür schlug zu, und weg war er. Dorothy rannte durch die Diele ins Badezimmer, ehe eine von uns sie erreichen konnte.»

Mancera schob einige Papiere auf ihrem Schreibtisch beiseite und fand eine Schachtel Zigaretten. Sie zündete eine an und stellte einen schweren Kristallaschenbecher vor sich hin.

«Wir versuchten, uns ganz normal zu benehmen, gingen in die Küche, mixten Drinks, zündeten uns Zigaretten an, versuchten, nach diesem Schock wieder einen klaren Kopf zu bekommen. Als Dorothy schließlich wieder ins Wohnzimmer kam, entschuldigte sie sich. Ein paar von den Mädchen wollten über den Vorfall reden, aber Dorothy blockte das ab. Der Abend war ruiniert.»

Mancera war offenbar noch immer verstört über die Ereignisse dieses Abends.

«Kannten Sie irgendeinen der Männer, mit denen Dorothy sich traf?»

Mancera schüttelte den Kopf, ohne auch nur einen Augenblick nachzudenken. Sie drückte ihre erst halb gerauchte Zigarette aus.

«Nein. Abgesehen von dieser miesen kleinen Episode an dem Abend in ihrer Wohnung weiß ich nichts von ihren Männern und Beziehungen. Ich hoffe, daß sie es bei den anderen besser hatte.»

Palma mochte Mancera. Sie hatte anscheinend nichts zu verbergen, schien nicht auf Eierschalen zu gehen wie Saulnier und Kittrie. Aber sie hatte Samenov auch nicht so nahegestanden. Abgesehen davon, wirkte sie als Person geradliniger und war als Frau einfach selbstsicherer.

«Können Sie die Art und Weise schildern, wie Dorothy über Männer sprach, wenn Sie zusammen waren?» fragte Palma.

«Ach, ich weiß nicht», sagte Mancera stirnrunzelnd. «Ehrlich gesagt, ich erinnere mich an keine besondere Einstellung in sexuellem Zusammenhang. Vermutlich hatte sie so ziemlich dieselben Ansichten wie wir übrigen. Wissen Sie, wir sind wahrscheinlich alle generell weniger tolerant als früher. Wir lassen uns nicht mehr soviel von den Männern gefallen, verlangen mehr und sind nicht mehr so kompromißbereit.»

«Wissen Sie, ob sie viele Männerbekanntschaften hatte?»

«Ich hatte immer den Eindruck, daß sie ganz schön herumkam.»

Palma beobachtete Mancera genau und fragte: «Wußten Sie von ihrem Interesse an hartem Sex?»

Mancera schaute verständnislos und hob dann langsam die Augenbrauen. «Hartem Sex?»

«Wir fanden bei ihren persönlichen Sachen Fotos und einige sexuelle Hilfsmittel. Auf einigen der Fotos war Dorothy zu sehen.»

Mancera schluckte. «Himmel. Darüber habe ich von ihr nie etwas gehört.»

«Kennen Sie außer ihrem geschiedenen Mann noch irgendwelche anderen Männer in ihrem Leben?»

Mancera schüttelte den Kopf.

«Haben Sie je von Wayne Canfield oder Gil Reynolds gehört?»

«Nein, tut mir leid.» Mancera hielt inne und sah Palma an. Ihr schien klarzuwerden, worauf all diese Fragen hinausliefen. «Wie genau ... ist sie eigentlich umgekommen?»

«Sie wurde erdrosselt.»

«In ihrer Wohnung?»

«Ja.»

«Einbrecher?»

«Sieht nicht so aus. Sie könnte die betreffende Person gekannt haben.»

«Mein Gott. Ich verstehe ...» Sie sah Palma an und nickte. «Tut mir leid. Ich wünschte wirklich, ich könnte Ihnen mehr helfen. Arme Dorothy. Man denkt einfach nie an solche Sachen, nicht in einer Million Jahren.»

«Nun, vielen Dank, daß Sie sich die Zeit genommen haben.» Palma stand auf und legte eine ihrer Karten auf die gläserne Schreibtischplatte. «Meine Privatnummer steht auf der Rückseite. Wenn Ihnen irgend etwas einfällt, von dem Sie annehmen, es könnte uns helfen, dann rufen Sie mich bitte an. Jederzeit. Auch wenn es um drei Uhr morgens ist, das macht mir nichts aus.»

15

Mary Lowe kam zehn Minuten zu spät, aber sie erwähnte das nicht, als sie sein Sprechzimmer betrat. Sie war Dr. Broussards letzte Patientin an diesem Nachmittag. Sie tauschten ein paar Scherzworte, während Dr. Broussard seinen Sessel näher an die Couch heranzog, als er gewöhnlich stand. Mary setzte sich auf die Couch und schnallte ihre Sandaletten auf. Dann schwang sie die Füße auf das Sofa und legte sich hin.

«Worüber möchten Sie gern sprechen?» fragte er, schlug die Beine übereinander und setzte sich in seinem Sessel zurecht.

«Über meinen Vater.»

Broussard war überrascht. Nach so vielen Wochen leeren Geredes schien Mary endlich zum Kern ihrer eigenen psychologischen Geschichte vorstoßen zu wollen. Vielleicht war die letzte Sitzung wirklich ein Wendepunkt gewesen. Das hatte lange gedauert.

Der Gedanke, Mary solle sich einer Psychotherapie unterziehen, war nicht von ihr gekommen, sondern von ihrem Mann. Broussard war von Anfang an klar gewesen, daß die Behandlung ziemlich kompliziert werden würde. Vier Jahre lang war die Ehe von Paul und Mary Lowe glücklich gewesen. Sie hatten zwei Kinder, einen Jungen von drei und ein Mädchen von eineinhalb Jahren. Paul war leitender Angestellter eines erfolgreichen Computerherstellers und bezog ein Gehalt der höheren Einkommensklasse. Mary hatte Hilfe im Haushalt und bei den Kindern; sie brauchte sich keine Sorgen um die Verwaltung eines schmalen Budgets zu machen. Sie war attraktiv, gut gekleidet, gebildet und in ein oder zwei Bürgerorganisationen der richtigen sozialen Klasse aktiv. Allem Anschein nach hatte sie ein sehr gutes Leben.

Dann, vor etwa einem Jahr, begann Mary Entschuldigungen vorzuschieben, um dem Geschlechtsverkehr mit ihrem Mann auszuweichen. Die Häufigkeit ihrer sexuellen Kontakte nahm ab. Zuerst glaubte ihr Mann, sie hätten sich zu viele Verpflichtungen aufgeladen und bräuchten mehr freie Zeit, um ihre Beziehung zu pflegen. Er sagte Dr. Broussard, er habe in Zeitschriften von solchen Dingen gelesen. Paul Lowe war ein guter Ehemann. Er begann, seiner Frau gegenüber aufmerksamer zu sein; er sorgte dafür, daß sie gelegentlich ein langes Wochenende hatten, an dem sie kurze Reisen unternahmen. Er tat alles, was die Experten in den Zeitschriften empfahlen, um eine lahmende Ehe wiederzubeleben.

Doch nichts veränderte sich. Mary brachte weiterhin Entschuldigungen vor und wich dem Geschlechtsverkehr aus, wo sie nur konnte. Als ihr Mann sie wegen ihres offensichtlichen Desinteresses, ja ihrer Aversion zur Rede stellte, gab sie widerwillig seinen Annäherungen nach und versuchte, seine Besorgnisse zu zerstreuen. Aber sie blieb wenig empfänglich und verspannt. Schließlich wurde ihm klar, daß der Verkehr sie tatsächlich abstieß, obwohl sie nichts dagegen hatte, im Bett in seinen Armen zu liegen oder ihn zu umarmen. Das schien sie tröstlich zu finden, sich sogar zu wünschen, aber sexuelle Aktivität über diese einfache Demonstration von Zuneigung hinaus schien ihr sofort Angst einzuflößen.

Sie entwickelte eine funktionelle Kohabitationsstörung und

schließlich Vaginismus. Sie bekam einen Vaginalausschlag, gegen den sie nichts machen konnte. Sie sagte ihrem Mann, ihr Gynäkologe sei bestürzt über ihre Beschwerden und probiere die verschiedensten Heilmittel aus, um sie zu beseitigen. Aber nichts änderte sich.

Schließlich wurden ihre beschädigte Beziehung und Marys Zustand so unerträglich, daß Paul selbst ihren Arzt anrief, nur um zu hören, der Gynäkologe habe Mary seit Monaten gesagt, daß ihre Störung wahrscheinlich psychologischen und emotionalen Ursprungs sei, und ihr geraten, einen Psychiater zu konsultieren. Er hatte ihr verschiedene Namen und Empfehlungen gegeben, aber sie hatte seinen Rat nicht befolgt. Diese Entdeckung veranlaßte Paul Lowe, seiner Frau ein Ultimatum zu stellen. Entweder unterzog sie sich einer Therapie, oder er würde sie verlassen. Weil Mary ihren Mann wirklich liebte, war sie entsetzt über diese Drohung. Aber sie wollte keinen von den Ärzten aufsuchen, die der Gynäkologe ihr empfohlen hatte. Statt dessen nannte eine Freundin ihr den Namen von Dr. Dominick Broussard. Für die Aufnahme einer psychotherapeutischen Beziehung waren diese Umstände nicht die günstigsten, aber er hatte keine Wahl.

Dr. Broussard begann mit einer zielbegrenzten Therapie, um ihre Ängste zu lindern, denn diese waren die Ursache ihrer körperlichen Symptome. Doch selbst das dauerte länger als erwartet; zwar war er wegen ihrer bemerkenswerten Schönheit gern mit ihr zusammen, aber er war auch außerordentlich ungeduldig in bezug auf die Psychodynamik ihrer Störungen. Kaum je sagte oder zeigte sie etwas, das er nicht schon auf die eine oder andere Weise im Zusammenhang mit den Leiden anderer Frauen gehört oder gesehen hatte.

«Eigentlich ist er mein Stiefvater», sagte sie. «Er hatte eine leitende Position bei Exxon. Als wir unser Wanderleben schließlich aufgaben, landeten wir hier in Houston. Ich erinnere mich noch an eine Zeit in einer Pension, während meine Mutter einen Job suchte, und schließlich fand sie einen. Meine Mutter ist eine sehr schöne Frau, auch heute noch. Sie ist erst vierundfünfzig. Ihre Persönlichkeit ist sehr widersprüchlich. Sie ist zwar sehr tüchtig und sehr ordentlich, aber sie hat blinde Flecken ... in bezug auf Leute. Sie wirkt sehr gefällig, nicht fordernd, aber das ist größtenteils Fassade. Wenn man aus einem gewissen Abstand beobachtet, was tatsächlich vorgeht, dann sieht man, daß sie immer ihren Willen bekommt. Sie manipuliert sehr geschickt und ist immer auf ihren Vorteil bedacht.

Jedenfalls bekam sie den Job bei Exxon, als Sekretärin, glaube ich.

Dort lernte sie meinen Stiefvater kennen. Nach einer Weile, vielleicht nach einem Jahr, heirateten sie. Unser Leben veränderte sich über Nacht – dramatisch. Wir zogen aus der Pension in ein riesiges, mit Efeu bewachsenes Haus. Mutter hörte auf zu arbeiten. Ich wurde bei einer Privatschule angemeldet. Wir kauften Kleider, so viele Kleider. Douglas, er hieß Douglas Koen, schlug uns keinen Wunsch ab. Er war ein netter Mann, und es muß ihm viel Freude gemacht haben, uns ein neues Leben zu bieten. Er verwöhnte uns, und uns gefiel das, wir liebten ihn dafür.

Dieses erste Jahr in unserem neuen Zuhause war wie ein Traum. Es schien zu schön, um wahr zu sein, und manchmal lag ich nachts in meinem sauberen Bett und erinnerte mich an die zwei Jahre in schmutzigen Zimmern, und ich wollte nie wieder so leben. Ich erinnerte mich auch an meinen Vater und wünschte mir, er könnte irgendwie auch an unserem Glück teilhaben. Ich hatte ein schlechtes Gewissen, weil er in meinen Gedanken mehr und mehr in den Hintergrund trat.

Meine Mutter hatte bei diesem frühzeitig kahl gewordenen Mann, der acht Jahre älter war als sie, die Freuden des Reichtums entdeckt. Und darauf wollte sie nicht mehr verzichten. Douglas glücklich zu machen, wurde zu ihrem Lebenszweck, und sie sorgte dafür, daß auch ich wußte, wie wichtig das war. Auf ihr ständiges Drängen hin bedankte ich mich in diesem ersten Jahr so oft bei ihm, daß es schon komisch war, wenn auch auf traurige Weise. Natürlich war ich wirklich dankbar, aber Mutter ließ mich so vor ihm katzbuckeln, daß es peinlich war.

Eines Tages, als ich aus der Schule kam, wartete er auf mich. Er hatte sein Büro früh verlassen und Mutter angerufen, um ihr zu sagen, er werde mich von der Schule abholen. Später hatte ich den Verdacht, daß er das so geplant hatte, um allein mit mir reden zu können. Im Laufe unserer Unterhaltung ließ er taktvoll durchblikken, es sei wirklich nicht nötig, pausenlos dankbar zu sein. Er sagte, es sei eine Kunst, jemandes Freundlichkeit zu akzeptieren, und es gäbe viele Arten, Dankbarkeit zu äußern, ohne laufend danke zu sagen. Daß ich zu schätzen wisse, was ich hätte, sei für ihn Belohnung genug. Er sagte noch andere verständnisvolle Dinge, freundliche Dinge, als wisse er, wie ich mich fühlte, und wolle mir meine Unbefangenheit zurückgeben. Er redete mit mir, als sei ich eine eigenständige Person und verdiene seine volle Aufmerksamkeit. So hatte noch nie jemand mit mir geredet.

Für mich war das ein magischer Nachmittag, weil ich danach ein Gefühl der Sicherheit entwickelte, das ich nie in meinem Leben gehabt hatte. Er eroberte mich, mein Herz und meine Seele, auf dieser kurzen Rückfahrt von der Schule, und danach wurde alles anders. Ich gewann den Mann von Herzen lieb. Ich war zehn Jahre alt.»

Broussard spannte sich an. Mit wachsendem Angstgefühl lauschte er Mary Lowes Geschichte. Er war ganz sicher, daß diese Geschichte heute, morgen oder übermorgen finster werden würde, sehr finster.

«Diese Träume, vor denen ich mich so fürchtete, die Träume von Auflösung», sagte sie. «Sie begannen zu verschwinden, und ein Jahr lang war alles in bester Ordnung.» Sie sprach nicht weiter.

Broussard wartete. Er sah auf die Uhr. Sie war fähig, lange zu schweigen. Doch nicht diesmal.

«Haben Sie vielleicht etwas zu trinken hier?» Sie drehte den Kopf zu ihm um.

«Ja.» Aber er rührte sich nicht.

«Kann ich ein bißchen Wodka haben?»

Er stand aus seinem Sessel auf und ging zum Schrank, wo er für sie und für sich ein Glas einschenkte. Als er sich umdrehte, sah er, daß sie von der Couch aufgestanden war, am Fenster stand und hinausschaute. Sie hatte ihren Rock mit den Händen gerafft und hielt ihn auf Kniehöhe, als wolle sie durch Wasser waten. Er trat zu ihr.

«Der Wodka», sagte er.

Sie ließ mit der linken Hand den Rock los und hob die Hand über die Schulter, ohne sich umzudrehen. Er gab ihr das Glas in die Hand, und sie trank ohne zu zögern. Lässig schlenderte sie an der Fensterwand entlang zum Fußende der Couch.

«Sie müssen eine Menge solcher Geschichten zu hören bekommen», sagte sie, zum Fenster gewandt. «Zumindest ähnliche.»

Er wußte, daß er darauf nicht antworten durfte. Jedermann wollte glauben, seine Geschichte sei einmalig. Daran dachte er und betrachtete, wie das Haar ihr über die nackten Schultern fiel, als ihm klar wurde, daß sie noch immer auf der rechten Seite ihren Rock so hoch gerafft hielt, daß fast der ganze Oberschenkel sichtbar war. Ein außerordentlicher Anblick.

Er sagte nichts und betrachtete unverwandt diesen langen, gebräunten Schenkel, der aus den Falten des Sommerkleides auftauchte und erotischer wirkte als völlige Nacktheit. Er wußte nicht, warum er gerade in diesem Moment aufblickte, aber er tat es, und zu seiner Überraschung merkte er, daß sie ihn im Spiegel der Scheibe ansah. Sie lächelte nicht und hatte auch nicht den verschleierten Blick berechnender Verführung, aber sie beobachtete ihn. Er hatte keine Ahnung, was ihr Gesichtsausdruck bedeutete, aber ihm kam es so vor – er war beinahe sicher –, als sei sie in eine oft geübte Phantasievorstellung vertieft, in der sie so viele Stunden geschwelgt hatte, daß sie für sie absolut real geworden war. Was immer es sein mochte, sie erlebte sie so sicher, wie Broussard seinerseits genau diesen Augenblick erlebte.

16

Als Palma wieder in ihr Büro kam, fand sie die Nachricht vor, sie solle Clay Garrett anrufen. Garrett sagte ihr, er habe ihren Antrag nach Quantico gefaxt, und dazu brauchte er doppelt so lange, wie eigentlich nötig gewesen wäre. Er sagte, er habe bereits mit ihnen über den Fall gesprochen, und sie werde von einem Beamten namens Sander Grant hören. Die VICAP-Formulare würden über Nacht eingegeben und verarbeitet, und einer der Analytiker werde sich in den nächsten Tagen melden und ihr Bescheid geben, ob man in der Datenbank der Gewaltverbrechen mögliche Entsprechungen gefunden hatte.

Palma bedankte sich, legte den Hörer auf und schaltete ihren Computer ein. Helena Saulnier kam als erste an die Reihe. Überprüfung des Führerscheins: nichts. Ausweisüberprüfung: nichts. Keiner ihrer Namen war ein angenommener Name oder ein Pseudonym. Nationales Zentrum für Kriminalinformation: Es lag nichts gegen sie vor. Kriminalinformationszentrum Texas: Es gab keinen Kriminalfall, zu dem sie vernommen worden war. Leihhäuser: Sie hatte in den letzten sechs Monaten nichts verpfändet und in der letzten Woche nichts an eine Pfandanstalt verkauft. Wohnungsüberprüfung: kein Bericht, daß die Polizei jemals zu ihrem Wohnsitz in Olympia gerufen worden war, nicht einmal, um nach einem Voyeur zu fahnden. Nun ja, es war ein Schuß ins Blaue gewesen.

Sie tat dasselbe mit Nathan Isenberg, Wayne Canfield und Gil Reynolds. Wieder nichts, nur daß Reynolds im Jahre 1986 binnen zehn Monaten zu viele Strafmandate wegen Geschwindigkeitsüberschreitung bekommen hatte. Sein Führerschein war in Gefahr gewesen, aber dann hörten die Verstöße plötzlich auf, und in den folgenden Jahren war es ihm gelungen, sich bei seiner Versicherungsgesellschaft freizukaufen.

Dennis Ackley war eine andere Geschichte. Fast jedes Register, das sie abrief, enthielt etwas über Dorothy Samenovs geschiedenen Mann. Von 1967 bis heute hatte er vierzehnmal gegen die Meldeauflagen verstoßen, darunter dreimal, als er unter Bewährung stand. Beim letzten Mal hatte er dafür eine Zeitlang in Huntsville gesessen. Er war unter vier verschiedenen Aliasnamen bekannt und war siebenmal verhaftet worden, darunter viermal wegen schwerer Körperverletzung, begangen an seiner Frau, Dorothy Ann Samenov Ackley. Jedesmal hatte sie sich geweigert, Anzeige zu erstatten, obwohl sie beim letzten Mal ein Aufenthaltsverbot gegen ihn beantragt hatte. Er wurde im August 1988 auf Bewährung entlassen, und 1989 wurde ein Haftbefehl wegen Verstoß gegen die Bewährungsauflagen gegen ihn erlassen. Außerdem war er von der Polizei von Dallas zur Fahndung ausgeschrieben wegen schwerer Körperverletzung an einer Frau in Highland Park vor vier Monaten. Einen Monat vor diesem Zwischenfall hatte er ein Zeiss-Fernglas und eine 9-mm-Smith&Wesson-Luger, Modell 459, verpfändet.

Palma nahm einen Stift und machte sich eine zusätzliche Notiz. Als sie mit der Untersuchung des Falles Sandra Moser begonnen hatte, hatte sie sich bei der Zentralen Abteilung für Verbrechensanalyse in Houston erkundigt, ob irgendein anderes Morddezernat in der Stadt ein Tatmuster hatte, das dem bei Moser ähnelte. Die Suche war negativ gewesen. Da Ackley in Dallas zur Fahndung in einem Fall von Körperverletzung an einer Frau ausgeschrieben war, entschied sie nun, sich auch mit der dortigen Abteilung für Verbrechensanalyse in Verbindung zu setzen. Außerdem wollte sie Kontakt mit dem Büro für Verbrechensanalyse des Amtes für Öffentliche Sicherheit in Austin aufnehmen, da dort Informationen aus allen Staaten zusammenliefen.

Das Telefon läutete, und Palma nahm den Hörer ab. Es war Birley, der noch immer in Samenovs Wohnung war.

«Ich bin hier gleich fertig», sagte er. Er klang müde. «Aber ich habe Fortschritte gemacht. Ich habe Samenovs Finanzunterlagen gefunden, Bankauszüge, Einkommensteuerbescheide, persönliche Korrespondenz und ein Foto von Dennis Ackley. Sieht ziemlich windig aus. Einen seltsamen Geschmack hatte das Mädchen. Jedenfalls habe ich zuerst die Bankauszüge und Scheckformulare durchgesehen, und da habe ich etwas gefunden, was ein bißchen eigenartig ist.»

Palma konnte hören, wie er die Seiten in seinem Notizbuch umblätterte.

«Von Januar letzten Jahres an hat sie periodische Abhebungen von einem ihrer beiden Konten bei der Südwest-Bank vorgenommen. Voriges Jahr gab es acht dieser Abhebungen, und dieses Jahr waren es schon zwei, eine im Januar, eine im März.» Er las die Daten vor, und Palma notierte sie sich. «Ich habe die Bank angerufen, um zu sehen, ob es Abhebungen gab, bevor der letzte Bankauszug abgeschickt wurde, und festgestellt, daß sie gestern vor einer Woche, drei Tage vor dem Mord, dreitausend Dollar abgehoben hat. Die früheren Abhebungen bewegten sich in der Höhe zwischen fünfhundert und dreitausend Dollar. Für Zeitpunkt oder Betrag scheint es kein bestimmtes Muster zu geben.»

«Sie hob Bargeld ab?»

«Ja. Ich frage mich, ob sie das Geld Ackley gab.»

«Das würde mich nicht überraschen», sagte Palma und erzählte ihm von ihrem Gespräch mit Mancera und von ihrer Entdeckung über Ackleys Vorstrafen.

«Himmel, das paßt zusammen», sagte Birley. «Eine Frau, die sich so von ihrem Mann verprügeln läßt, ohne Anzeige gegen den Schweinehund zu erstatten, ist auch blöd genug, dem Kerl noch Geld zu geben. Frauen mögen das. Scheiße.» Mit mißhandelten Frauen war das bei Birley so eine Sache. Er verstand sie nicht, nicht im geringsten.

Sie sprachen noch ein paar Minuten, und Birley sagte, er werde die Sachen zusammenpacken, die er gefunden hatte, und mit nach Hause nehmen. Vielleicht fiele ihm dazu über Nacht noch etwas ein. Er wollte direkt von Samenovs Wohnung aus nach Hause fahren und würde Palma am nächsten Morgen im Büro sehen.

Palma lehnte sich in ihrem Stuhl zurück und betrachtete die Notizzettel, die über ihren Schreibtisch verteilt waren. Sie hatte Cushing und Leeland angerufen, die noch bei Computron waren und dort bleiben würden, bis die Firma um fünf Uhr schloß. Es war bereits nach vier, und die Abendschicht der Mordkommission war schon eingetroffen. Es gab da einen neuen Lieutenant, einen Mannschaftsraum voll neuer Detectives und ein ganz neues Bündel von Problemen.

Plötzlich war sie erschöpft; der Schlaf, den sie letzte Nacht versäumt hatte, begann seinen Tribut zu fordern. Aber sie mußte ihre Ergänzungen noch eintippen. Sie rief die entsprechenden Programme ab und machte sich an die Arbeit.

Es war nach fünf, und sie hatte dumpfe Kopfschmerzen, als sie zwei Kopien ihrer Ergänzungen ausgedruckt hatte. Eine legte sie dem Fallbericht bei. Dann ging sie durch den Mannschaftsraum und legte den anderen Ausdruck in Frischs Fach. Gerade als sie die letzte Biegung des Korridors nahm, der zu ihrem Büro führte, hörte sie ihr Telefon läuten. Sie rannte durch die Tür und hob mitten im Läuten den Hörer ab.

«Hallo, ich dachte, Sie wären schon gegangen», sagte Cushing. «Glück gehabt heute?»

Sie berichtete, wie ihr Tag verlaufen war, beginnend bei dem Gespräch mit Andrew Moser am Vorabend. Sie sagte ihm, Leelands Ahnung bezüglich der Pizzalieferung sei richtig gewesen, und dann schilderte sie ihm ihren Besuch bei Kittrie, das Gespräch mit Mancera und Ackleys Vorstrafenregister.

«Dieser Ackley sieht ja sauber aus», sagte Cushing. «Haben Sie sich seinetwegen schon mit Dallas in Verbindung gesetzt?»

«Dazu war noch keine Zeit. Haben Sie etwas gefunden?»

«Samenovs Chef hatte nur Gutes über sie zu sagen», sagte Cushing. Sie hörte, daß er etwas aß. «Sie war gewissenhaft, ehrgeizig, zuverlässig, produktiv, blablabla... Über ihr Privatleben wußte er nichts, außer, daß sie geschieden war. Wir haben auch mit Canfield gesprochen.» Cushing mußte innehalten, um zu schlucken. «Ebenfalls geschieden, aber er hatte sich seit über einem Jahr nicht mehr mit ihr getroffen. Er sagte, sie sähe gut aus, sei gut gebaut, habe Sinn für Humor und sei sehr clever, aber sie habe sich auf keine sexuelle Beziehung einlassen wollen. Er sagte, er sei bloß zwei- oder dreimal mit ihr ausgegangen. Außerdem haben wir mit Segal gesprochen», fuhr Cushing fort. «Sie bestätigte nur, was die anderen schon gesagt hatten. Nichts wirklich Neues. Aber sie sagte, Samenovs beste Freundin, die, die am meisten über sie wußte, sei wohl Kittrie gewesen. Und sie sagte, Ackley sei von Zeit zu Zeit über Samenov hergefallen, und Samenov hätte manchmal gesagt, sie wünschte ihn zum Teufel und wäre froh, wenn er die Stadt verlassen würde. Sie wußte, daß Samenov ihm hin und wieder Geld gegeben hatte. Sonst hatte niemand bei Computron irgend etwas Stichhaltiges für uns.»

«Ist das alles?»

«Fast. Zufällig sind wir noch auf etwas Interessantes gestoßen. Im letzten Jahr hat Samenov einen Kunden sehr viel häufiger angerufen als alle anderen, Maritime Guaranty, Inc. Aus den Akten ging hervor, daß Samenov an dem Donnerstag, an dem sie zuletzt gesehen wurde, dort war. Dabei stellte sich heraus, daß ihr Kontaktmann, ein Bursche namens Gowen, nicht die Person war, derentwegen sie regelmäßig diese Firma besuchte. Sie meldete sich bei Gowen, das schon, aber dann ging sie in die Buchhaltung und besuchte eine Frau namens Louise Ackley.»

«Seine Frau?» Palma war überrascht.

«Sie ist nicht verheiratet. Wir nehmen an, daß sie vielleicht seine Schwester ist», sagte Cushing. «Wir erkundigten uns bei Maritime, aber sie war nicht da. Sie hatte sich Montag und heute krank gemeldet. In ihrer Personalakte steht, daß sie aus Charleston, South Carolina, stammt.»

«Ackleys Heimatort.»

«Richtig. Wollen Sie mit ihr reden?»

«Habt ihr das noch nicht getan?»

«Nein. Aber wir haben Walker Bristol gefunden. Er ist noch immer ein wichtiger Mann bei einer Bank in der Innenstadt. Wir haben ihn angerufen, und er ist bereit, mit uns zu reden. Also, wollen Sie die Schwester?» fragte Cushing. «Sie wohnt draußen in Bellaire.»

«Natürlich.» Sie notierte sich Louise Ackleys Adresse.

«Wir haben auch diesen Gil Reynolds gefunden. Er ist eine Art leitender Angestellter bei einer Firma namens Radcom. Radiokommunikationen. Das ist draußen hinter Post Oak Lane. Es liegt auf dem Weg zu Samenov. Wollen Sie ihn auch übernehmen?»

«Natürlich», sagte Palma wieder und schrieb sich die Adresse auf. Es sah so aus, als setze Cushing auf Ackley. Er erkannte ein gutes Pferd, wenn er eins sah. «Haben Sie die Daten, wann Samenov Louise Ackley bei Maritime aufsuchte?»

«Sicher. Wir haben den Terminkalender fotokopiert. Sekunde.» Palma hörte, daß er den Hörer hinlegte. Kurz darauf war Cushing wieder am Apparat und las die Daten vor. Palma notierte sie, dann legten sie auf. Sie sah rasch die Notizen auf ihrem Schreibtisch durch und fand die Daten von Samenovs Geldabhebungen, die Birley ihr gegeben hatte. Sie brauchte nur einen Augenblick, um festzustellen, daß Samenov an den Tagen, an denen sie Bargeld abgehoben hatte, auch bei Maritime Guaranty gewesen war.

Sie schaute auf die Uhr. Es war zu spät, um noch zu Reynolds'

Büro zu fahren. Sie würde ihn morgen früh anrufen, bevor sie das Haus verließ.

17

Louise Ackley wohnte in Bellaire in einem Mittelklassehaus in einer Mittelklassegegend. Im Vorgarten standen Pappeln mit schuppiger Rinde. Ein geborstener Plattenweg führte zu einer Zementveranda mit Eisengitter, neben der sich eine voluminöse japanische Mistel erhob. Ein Vogelhäuschen hing von einem Ast der Mistel, und ein staubiger, luchsohriger Kater lag unter einem Metallstuhl, der in einer Ecke der Veranda stand. Mit träger Gleichgültigkeit sah er zu, wie Palma aus dem Wagen stieg und über den Gehweg in seine Richtung kam. Als sie die Veranda betrat, entschloß der Kater sich, sie völlig zu ignorieren, rollte sich auf den Rücken und begann, mit einem Stück Stoff zu spielen, das von dem Kissen des Stuhlsitzes herunterhing.

Die Vordertür des Hauses war offen, ebenso alle Fenster, die Palma von der Veranda aus sehen konnte. Durch das Fliegengitter der Tür schaute sie in den dämmrigen Wohnraum.

«Miss Ackley?» rief sie.

«Ich sollte Ihnen den verdammten Kopf wegpusten», sagte eine gepreßte, angespannte Frauenstimme ohne Drohung, fast beiläufig.

Palma blinzelte und schaute in die Richtung, aus der die Stimme gekommen war. Ihre Augen paßten sich dem düsteren Raum so weit an, daß sie eine Silhouette auf dem Sofa ausmachen konnte.

«Sie haben sich in der Tür geirrt», sagte die Frau. Etwas an ihrer Stimme verriet Palma, daß sie trank. Palma sah, wie sie die Hand an den Mund hob, und Rauch stieg von der Silhouette auf. «Was zum Teufel wollen Sie hier? Mich ausrauben? Für eine Vergewaltigung fehlen Ihnen wohl die Mittel.»

Palma hielt ihre Marke bereits in der Hand und hob sie hoch. «Ich bin Detective Carmen Palma», sagte sie. «Houstoner Polizei. Sie sind

Louise Ackley?» Palma sah, daß die Frau an einem Ende des Sofas neben einem Beistelltisch saß. Vor den offenen Fenstern hinter dem Sofa zeichnete sich eine Bierflasche ab. Die Frau griff nach der Flasche und nahm einen langen Schluck.

«Sind Sie Louise Ackley?» wiederholte Palma.

«Ja, natürlich», sagte Ackley müde. «Kommen Sie rein. Wollen Sie ein Corona? Ich trinke mexikanisches Bier, wird Ihnen schmekken.»

«Danke, nein», sagte Palma.

«Okay. Setzen Sie sich. Bringen wir's hinter uns.»

Palma setzte sich in einen Sessel links neben der Tür, Ackley gegenüber. Auf dem Boden zwischen ihnen stand ein blinkender Ventilator, der die Luft in Richtung Ackley einsaugte und ihren Rauch aus den Fenstern hinter dem Sofa trieb. Palma sah jetzt, daß sie nur ein weißes T-Shirt trug. Ein Bein hatte sie unter sich gezogen, das andere lag flach auf dem Sofa. Die Hand mit der Zigarette ruhte auf dem angezogenen Knie. Sie trug keinen Slip, und sie versuchte nicht, das zu verbergen, was zwischen ihren geöffneten Beinen sichtbar war. Aus dem Zustand ihres wirren schwarzen Haars und des T-Shirts schloß Palma, daß Louise Ackley schon seit mehreren Tagen getrunken hatte.

«Was wollen Sie hier?» fragte Ackley.

«Ich würde Ihnen gern ein paar Fragen über Dorothy Samenov stellen.»

Kurzes Schweigen.

«Ist das die ‹verstorbene› Dorothy Samenov?»

«Ja. Woher wissen Sie, daß sie tot ist?»

«Ich glaube, ich habe einen kleinen Artikel darüber gelesen, vielleicht viereinhalb Zeilen, bei den Polizeiberichten in der Zeitung.»

«Kannten Sie sie?»

«Ja.»

«In welcher Beziehung standen Sie zu ihr?»

«Was für ein Wort... Beziehung», sagte Ackley. Sie trank ihr Bier aus, griff hinter das Sofa und legte die leere Flasche auf den Sims des geöffneten Fensters. Palma hörte sie gegen andere Flaschen klirren, die dort bereits lagen. «‹Beziehung› ist so ein abgegriffenes Wort. Die Leute haben es zu Tode benutzt.» Sie drückte ihre Zigarette in einem tiefen Aschenbecher auf dem Beistelltisch aus. «Dorothy und ich waren befreundet.»

«Haben Sie sie oft gesehen?»

«Ich hatte sie fast ein Jahr lang nicht gesehen. *Früher* waren wir Freundinnen.»

«Robert Gowen, Ihr Chef bei Maritime Guaranty, hat gesagt, letzten Donnerstag, dem Tag, an dem sie zuletzt lebend gesehen wurde, sei Dorothy Samenov fast eine halbe Stunde lang in Ihrem Büro gewesen, und sie hätte Sie regelmäßig dort besucht.»

«Das hat dieser dumme Kerl gesagt? Ach, im Grunde mag ich Robert, und er ist ein guter Chef, also sollte ich ihm nicht widersprechen.» Ackley schien gänzlich unberührt davon, daß sie bei einer Lüge ertappt worden war. «Wenn ich mich recht erinnere, stimmt das vielleicht... ich habe letzten Donnerstag mit ihr gesprochen. Und wenn ich es mir recht überlege, habe ich sie auch regelmäßig gesehen.»

Palma sah jetzt, daß Ackley eine schmale, feingeschnittene Nase, hohe Wangenknochen und einen verführerischen Mund hatte, den sie auf anziehende Weise leicht geöffnet hielt, wobei sie mit der Zunge die oberen Vorderzähne berührte.

«Warum kam sie so oft zu Ihnen ins Büro?»

«Weil sie gern mit mir redete.» Diese Antwort hatte so frech klingen sollen wie die anderen, aber bei den letzten Worten wurde Ackleys Stimme heiserer und sank zu einem Flüstern herab. «Und sie mochte mein... mein Aussehen», sagte sie fast unhörbar.

Im Nebenzimmer rechts von Palma ertönte ein plötzliches Klirren, und eine Flasche fiel auf den hölzernen Fußboden, gefolgt von einem Regen von Münzen, die in alle Richtungen rollten, und einem lauten *«Chingale!»*, als ein Mann auf spanisch fluchte. Palma errötete unter dem plötzlichen Adrenalinstoß. «So eine verdammte Scheiße... Mann...» Ein Mexikaner. Palmas Herz hämmerte, aber sie ließ die rechte Hand auf der Waffe in ihrer Tasche ruhen.

«Ach, halt die Klappe, Lalo», murmelte Ackley müde wie zu sich selbst. Sie schaute nicht einmal auf. Sie verhielt sich nicht wie eine Erpresserin, und die Tränen, die im Zwielicht, das durch die geöffneten Fenster drang, auf ihrem Gesicht glänzten, waren nicht die Tränen einer Erpresserin.

«Er ist ein Jammerlappen», sagte Ackley. Jemand fiel schwer auf ein Bett, die Bettfedern quietschten, dann Schweigen und ein stierartiges Grunzen der Befriedigung. «Ein Jammerlappen.»

«Warum brachte sie Ihnen das Geld?» fragte Palma. Sie entspannte sich ein bißchen, da sie annahm, daß Lalo außer Gefecht war. Ihr Ton Ackley gegenüber war jetzt mehr neugierig als anklagend. «Wir dachten, es sei Erpressung.»

Ackley nickte, die Stirn in die Hand gestützt. «War es auch.» Sie hob den Saum ihres fleckigen T-Shirts und wischte sich die Nase ab, so daß Palma ihren nackten Torso und die Unterseiten ihrer Brüste sehen konnte. «Erpressung, schlicht und einfach.»

«Sie haben sie erpreßt?»

«Nein, mein Gott, *ich* doch nicht», sagte sie, hob den Kopf und sah Palma an.

«Wer hat sie dann erpreßt?»

«Dennis natürlich», sagte sie gereizt. «Er hat uns beide erpreßt.»

«Sie beide? Ihr eigener Bruder hat Sie erpreßt?»

Ackley richtete sich steil auf, äffte Palmas Überraschung nach und lächelte bitter. «Mein eigener Bruder. Ja. Sie finden das wohl nicht sehr glaubhaft, daß er mich erpreßt hat?»

«Ja.»

«Na, dann haben Sie gerade etwas gelernt. Dorothy brachte das Geld zu mir, weil Dennis sie nicht sehen wollte. Ich tat es zu meinem eigenen und brachte es ihm.»

«Warum wollte er sie nicht sehen?»

«Ich weiß nicht, ob ich Ihnen das beantworten kann.»

«Sie meinen, Sie wissen es nicht?»

«Stimmt.»

«Wie lange erpreßte er Sie schon?»

«Was soll ich darauf antworten ... mal sehen ... achtzehn Monate etwa.»

«Sie schienen eine Einschränkung machen zu wollen, bevor Sie antworteten.»

«Was das Geld betrifft, achtzehn Monate. Aber vorher hat er uns emotional unter Druck gesetzt, uns auf alle möglichen Arten fertigmachen wollen. Ein Dreckskerl. Daran, daß er all diese Jahre brauchte, bis er darauf kam, von uns Geld zu erpressen, können Sie sehen, wie blöd er ist.»

«Das ging also schon eine Weile so?»

«Jahre.»

«Wie viele Jahre?»

«Zu viele.»

Palma war frustriert. Wieviel von dem hier durfte sie glauben? Eine Betrunkene zu vernehmen, war ungefähr so, als wolle man eine Quecksilberperle aufheben.

«Wieviel haben Sie beide ihm bezahlt?»

«Achtundzwanzigtausendsechshundert», sagte sie ohne zu zögern. «Jede die Hälfte. Aber mir ging es nicht so gut wie Dorothy, also hat sie... einen Teil von meiner Hälfte bezahlt. Er versprach, bei dreißigtausend sei Schluß. Wir hatten es fast geschafft.»

«Womit hat er Sie erpreßt?»

Louise Ackley schnaubte. «Gute Frage, Schätzchen.» Sie zog auch das andere Bein an und setzte sich in Yoga-Position hin.

«Werden Sie ihm weiter Geld geben?»

Ackley antwortete nicht.

«Das brauchen Sie nicht, wissen Sie. Sie haben genügend Beweise, um ihn anzuzeigen.»

Ackley sah Palma nur mit einem Ausdruck müder Unduldsamkeit an. Sie hatte schon alle Möglichkeiten durchdacht. Wenn ihr Bruder verhaftet würde, würde alles herauskommen, was er für sich behalten hatte. Das zu verhindern, war wichtiger für sie, als ihren Erpresser loszuwerden.

«Wissen Sie, wo er wohnt?»

«Nein.»

«Aber Sie haben gesagt...»

«Ach, ich hab mich einfach irgendwo mit ihm getroffen und das Geld mitgebracht. Nicht mal dabei wollte er Dorothy sehen.»

«Wann haben Sie sich zuletzt mit ihm getroffen?»

«Am zweiundzwanzigsten März, als wir ihm zum letzten Mal Geld gaben. Er sagte, er wolle nach Mexiko. Wir waren verdammt froh. Hoffentlich holt er sich dort die Würmer und stirbt. Wenn ich ihn am Jüngsten Tag wiedersehe, ist es immer noch zu früh.»

«Er gehört zu den Verdächtigen in Dorothys Mordfall», sagte Palma.

«Daran habe ich als erstes gedacht, als ich davon hörte», sagte Ackley müde. «Wirklich, ich weiß nicht, was ich glauben soll. Dieser blöde Bastard *könnte* es getan haben, aber... ich kann einfach nicht glauben, daß er's wirklich getan hat.»

«Haben Sie eine Ahnung, wo wir ihn finden könnten?»

«Nicht die geringste. Er sprach von Mexiko. Aber ich hab ihm nicht geglaubt. Wäre doch zu weit weg von seinen Zuckertitten.»

«Sie nehmen an, daß er noch in Houston ist?»

Ackley zuckte die Achseln. Es schien ihr egal zu sein.

«Wie nahe standen Sie Dorothy Samenov?»

Ackleys Blick ruhte auf Palma, und ihre Miene verdüsterte sich. Sie war weit weg.

«Sehr nahe», sagte sie. «Ich kannte Dorothy schon, bevor sie und

Dennis im College miteinander gingen. Ich kannte sie zuerst.» Unerwartet lächelte sie.

«Dann kennen Sie vielleicht einige der Männer, mit denen sie sich im letzten Jahr oder so getroffen hat.»

«Kaum.»

«Wieso sagen Sie das?»

«Ich war nicht interessiert.»

«Wie lange gab sie sich schon mit Sado-Maso-Praktiken ab?»

Ackley saß vollkommen reglos. «Ich wußte nicht, daß sie das tat.» Sie schien weder überrascht noch neugierig.

«Hatte Ihr Bruder auch damit zu tun?»

Ackley schüttelte den Kopf und sah Palma an, als könne sie nicht glauben, daß sie ihr eine solche Frage stellte. «Tja, darüber kann ich Ihnen wirklich nichts sagen. Sado-Maso und seine Sozialversicherungsnummer sind zwei Sachen, über die er einfach nicht mit mir reden wollte.»

«Wenn Ihr Bruder Dorothy nicht umgebracht hat, wer, glauben Sie, könnte es dann gewesen sein?»

«Großer Gott!» Ackley warf den Kopf nach hinten, und ihre Stimme wurde laut. «Was ist denn das für eine Frage! Glauben Sie vielleicht, ich verkehre mit lauter Leuten, die Mörder sind? Wollen Sie den alten Lalo da drinnen vielleicht verhaften? Scheiße, der ist hinüber. Also los, legen Sie ihm Handschellen an. Außerdem sieht er gut aus, würde einen guten Killer abgeben ... in den Zeitungen. Er könnte es getan haben, tatsächlich, wahrscheinlich hat er's getan. Ja ...»

Ackley streckte die Hand aus und griff nach ihren Zigaretten, aber die Packung war leer. Sie knüllte sie zusammen und warf sie hinter sich.

«Es war ein besonders brutaler Mord», beharrte Palma. Sie wollte da zupacken, wo sie Louise Ackleys empfindliche Stellen spürte. «Sie wurde erdrosselt und verstümmelt ... auf eine bestimmte Weise. Es fällt uns schwer, Hinweise zu finden. Jede Hilfe, alles, was Sie uns sagen könnten, würde uns sehr zustatten kommen.»

Ackley sah Palma an. Ihr Kopf wackelte ein wenig wie der einer alten Frau.

«Auf welche bestimmte Weise?»

«Das darf ich Ihnen nicht sagen.»

«Warum? Und wenn mir etwas daran bekannt vorkommt?»

«Was könnte Ihnen bekannt vorkommen?»

«Ich *weiß* es nicht, woher sollte ich?» stieß sie hervor. Sie begann zu weinen. «Mein Gott, mein Gott. Dorothy.» Sie verbarg das Gesicht in den Händen, und ihre Schultern zuckten, während sie weinte.

Palma dachte an Vickie Kittrie und daran, wie heftig sie geweint hatte und wie nahe Samenovs Tod ihr zu gehen schien.

«Ich lasse Ihnen meine Karte hier», sagte sie und legte die Karte auf den Ecktisch neben dem Sessel. «Meine Privatnummer steht auf der Rückseite. Ich wäre Ihnen dankbar, wenn Sie mir helfen würden. Wenn Ihr Bruder sich bei Ihnen meldet, lassen Sie es mich bitte wissen.»

Palma stand auf, ging zur Tür und verließ das Haus.

«Warten Sie», sagte Ackley vom Sofa her, und Palma hörte sie aufstehen. Sie erschien auf der anderen Seite des Drahtgitters, das Haar wirr, die Augen geschwollen. «Was ist mit... ihrer Beerdigung? Was geschieht da?»

«Ich glaube, jemand von ihrer Familie aus South Carolina kommt und holt sie.»

«Ach, wirklich? Das ist gut», sagte Ackley, zuerst überrascht, dann erfreut. Sie legte eine Hand auf den Fliegendraht zwischen ihnen. «Ich weiß wirklich nicht, was besser wäre», gestand sie. «Wenn ich die Einzelheiten wüßte, würde ich vielleicht dauernd daran denken, davon träumen, und sie würden mir einfallen, wenn ich das gar nicht will. Aber wenn ich sie nicht kenne, macht es mich vielleicht verrückt, daß ich sie mir dauernd vorzustellen versuche. Verstehen Sie? *Was* hat sie wohl durchmachen müssen? Was zum Teufel war es? Wahrscheinlich dreht es einem den Magen um. Ich weiß nicht, wie Sie damit fertig werden, aber für mich ist es die Hölle. Es geht mir nicht mehr aus dem Kopf. Solche Sachen dürften einfach nicht passieren... nie, nie dürften sie passieren.»

18

Broussard betrachtete sich im Spiegel seines Badezimmers aus braunem Marmor, das direkt neben seinem Sprechzimmer lag. Eine Haarbürste in jeder Hand, strich er leicht über seine ergrauenden Schläfen. Dann beugte er sich vor und untersuchte das Fleisch rund um seine Augen. Entdeckte er dort etwas, eine bis jetzt noch nicht erkennbare Verdickung des Unterhautgewebes, die Vorläufer einer erschlaffenden Muskulatur? Nein, er glaubte nicht. Noch nicht. Er prüfte sein Gesicht über dem weißen Kragen seines Hemdes. Seinen bräunlichen Teint verdankte er seiner libanesischen Mutter. Das war allerdings so ziemlich das einzige, was er ihr verdankte. Sie war eine zänkische, mißmutige und starrsinnige Frau gewesen, die seinen Vater, einen Arzt, zu anderen Frauen getrieben hatte, nicht als bloßen Schürzenjäger, sondern auf der Suche nach Trost, nach jenem trügerischen Frieden, den er in ihrem Schoß zu finden glaubte. Dann hatte er getrunken. Und dann hatte er sich umgebracht.

Broussard hörte, daß die Tür des Behandlungszimmers sich öffnete. Bernadine Mello klopfte niemals an. Er drehte den Kaltwasserhahn auf, wusch sich die Hände und trocknete sie ab. Dann schaltete er das Licht aus und öffnete die Tür.

Sie lächelte ihm vom Rand der Couch aus zu. Sie trug ein Kleid aus Seidenjacquard mit einem impressionistischen Blumenmuster und gefälteltem Mieder. Wenn er nicht an die verworrenen Störungen ihrer deprimierenden Psyche dachte, sondern sie statt dessen als etwas betrachtete, das man genießen konnte wie eine kühle, farbige Sommerfrucht, dann hätte er sie mit dem Wort «saftig» treffend charakterisiert.

«Wie hübsch», sagte sie mit ihrer trägen, verführerischen Altstimme. «Wie siehst du dich selbst, Dom? Wenn du in den Spiegel guckst?»

«Was meinst du damit?» Er heuchelte Gleichgültigkeit, aber er war neugierig, weil sie so selbstzufrieden wirkte.

«Siehst du den jungen Mann, der du mal warst», sagte sie und streifte ihre Schuhe ab, «oder den alten Mann, der du sein wirst?»

«Ich sehe mich so, wie ich bin», antwortete er. Er ging zu seinem Ledersessel und setzte sich. «Und manchmal sehe ich mich, wie ich sein werde. Ich glaube nicht, daß ich mich je so gesehen habe, wie ich einmal war. Ich blicke im Spiegel nie zurück.»

«Aha. Wie vernünftig von dir.»

«Es tut nicht gut», fügte er hinzu und betrachtete ihre Schienbeine. «Das Heil liegt nicht in der Vergangenheit.»

«Heil?»

«Sie bringt nichts, meine ich.»

«Wenn ich in den Spiegel schaue», sagte sie, «sehe ich jedesmal etwas anderes. Ich bin nicht sicher, ob ich jemals genau gesehen habe, was ich bin.»

Ja, dachte er, das kann ich mir vorstellen. Ihre Psyche war so zerrissen, so zerrüttet und gestört, daß sie sich vielleicht selbst nicht erkannte – niemals. Diese blassen, bodenlosen Augen würden wahrscheinlich nie ihren eigentlichen Grund erblicken.

«Du glaubst nicht, daß ein alter Hund noch neue Tricks lernen kann, stimmt's, Dom?» Sie lächelte noch immer, als wisse sie etwas Amüsantes über ihn und ziehe ihn damit auf. «Du glaubst, daß wir hier in einer Sackgasse sind, du und ich. Ich weiß, eine Psychotherapie kann ein langwieriges Unternehmen sein. Das hast du mir gesagt. Es braucht Zeit, manchmal viel Zeit, ‹Einsicht› zu gewinnen, hast du gesagt.»

«Das stimmt», sagte er und hatte das Gefühl, mit einem Kind zu reden. «Und du mußt es wollen. Du mußt dich engagieren, dich dafür einsetzen.»

In seinen Worten klang das Echo einer Aufrichtigkeit nach, die er schon lange aufgegeben hatte, und das überraschte ihn. Bernadine war die erste Patientin, an der er jemals verzweifelt war. Nicht, daß er allen anderen hätte helfen können. Natürlich nicht; es hatte im Laufe der Jahre viele gegeben, für die er nichts hatte tun können. Aber Bernadine war die erste gewesen, der er so verzweifelt hatte helfen wollen, daß er dafür sein eigenes emotionales Gleichgewicht aufs Spiel gesetzt hatte. Das war ein törichtes Unterfangen gewesen, und deshalb bedeutete sie ihm soviel.

«Also, wie komme ich deiner Meinung nach voran?»

«Du hast gute Fortschritte gemacht», log er.

«Findest du?» fragte sie, und er glaubte einen spöttischen Unterton zu hören.

Er betrachtete ihr Gesicht. Sie lächelte immer noch. Das war neu bei Bernadine, diese selbstzufriedene Art, als habe sie die Frucht vom Baum der Erkenntnis von Gut und Böse gegessen.

«Wenn ich einen Scotch hätte», sagte sie, «könnte ich dir eine Geschichte erzählen.»

«Offensichtlich hast du einen getrunken, bevor du herkamst», sagte er, während er sie beobachtete.

«Dommy», sagte sie tadelnd, als sei er ein Kind.

Er stemmte sich aus seinem tiefen Sessel hoch und ging zum Barschrank. Warum ließ er zu, daß sie ihm dieses Gefühl gab? Er wandte ihr den Rücken zu, während er die Drinks zurechtmachte – er schenkte sich selbst auch einen ein, und perverserweise nahm er für beide Wodka –, und er spürte, daß sie ihn ansah. Er drehte sich um und brachte ihr das Glas. «Hier», sagte er.

Sie nahm das kalte Glas, sah, daß es Wodka enthielt, und betrachtete ihn, wie er vor ihr stand. Ihr Lächeln war etwas verblaßt. Sie nickte in Richtung auf seinen Ledersessel.

«Laß uns so tun», sagte sie, «als sei ich zur Psychotherapie hier.»

Das war eine scharfe Bemerkung, und er spürte, daß er errötete, aber er wußte, daß sie damit nichts Besonderes sagen wollte. Er kehrte langsam zu seinem Sessel zurück und legte die Füße auf den Hocker.

Sie schlürfte ihren Drink und sah ihn über den Rand des Glases hinweg an, wie sie es gern tat. Es wirkte verführerisch, aber er wußte, daß sie sich nichts dabei dachte. Bernadine war verführerisch, so wie ein Fuchs schlau ist. Sie brauchte es nicht bewußt zu tun, es war ihre Natur. Und aus diesem Grund – auch hierin dem Fuchs ähnlich – bewegte sie sich immer im engen Grenzgebiet zu irgendeiner undefinierten Gefahr.

«Warum hast du nie geheiratet?» fragte sie.

Broussard spürte einen Anflug von Ärger, den er rasch beherrschte. «Ich denke», platzte er heraus und verriet damit mehr Ungeduld, als er hatte zeigen wollen, «daß für die Institution als solche nicht allzuviel spricht.»

«Die Ehe?»

«Ja. Ja, Bernadine. Die Ehe. Sprachen wir nicht über die Ehe?»

«Aha. Also hast du nicht geheiratet, weil du dauernd Leute wie mich und eine Menge schlechter Ehen siehst.»

«Das gibt mir jedenfalls zu denken.»

«Und was ist mit all den anderen?»

«Was soll mit ihnen sein?» Er hatte seinen Zorn und seine plötzliche Frustration unter Kontrolle.

«Leute, die hierher kommen … wir sind nicht wie alle anderen.»

«Was zum Teufel stellst du dir eigentlich unter ‹allen anderen› vor?» Sein Ton war verdrießlich; er konnte nichts dagegen tun.

Bernadine verstummte.

«Warst du *nie* verheiratet?» fragte sie schließlich.

«Nie.»

Wieder schwieg sie. Sie ließ ihre Beine baumeln wie ein Kind und zog schließlich eines auf die Couch. Sie stellte das leere Glas auf einen kleinen Tisch auf der anderen Seite des Sofas und legte sich hin.

«Würdest du mir eine Frage, die dich betrifft, ehrlich beantworten?»

«Sicher», log er.

«Hast du jemals eine homosexuelle Erfahrung gemacht?»

«Nein.»

«Auch nie gewollt?»

«Nein.»

«Erinnerst du dich noch an die Geschichte mit meiner Tante, die ich dir erzählt habe?»

«Ja.»

«Ich habe nicht ganz die Wahrheit gesagt.»

Broussard wartete. Bernadine war ein Mysterium, bei dem es keine Eingeweihten gab. Sie wußte das, und es erschreckte sie und machte sie verzweifelt. «Aber du hast gesagt, es wäre die Wahrheit», sagte er.

«Das stimmt schon, aber nicht ganz.»

«Aha.»

«Als ich das Zimmer betrat, war alles so, wie ich gesagt habe; nur war kein Mann bei ihr, sondern eine Frau. Sie saß auf dem Stuhl, vollkommen nackt, und beugte sich vor, um ihre Strümpfe anzuziehen. Sie lächelte, wie ich gesagt habe, und legte den Finger an die Lippen, damit ich schwieg. Aber sie tat es beiläufig, sanft, nicht erschrocken, als habe sie gerade ein Baby in seine Wiege gelegt. Nichts an ihren Gesten oder ihrem Gesichtsausdruck ließ die geringste Hemmung erkennen. Alles war vollkommen natürlich.»

«Warum hast du mir gesagt, es wäre ein Mann gewesen?»

«Im letzten Moment konnte ich es nicht.»

«Was?»

«Es war Teil eines Plans, ein Szenario. Die Geschichte war nur die Einleitung.»

«Die Einleitung?»

«Zu ... meiner eigenen ... Geschichte.»

Broussard versteifte sich.

«Na ja», sagte sie. «Sie ist jünger als ich ... ich hatte keine Ahnung, worauf ich mich einließ, welche ... Schönheit ich verpaßt hatte.»

Ihre Stimme hatte sich verändert, und die kehlige, gefühlvolle Heiserkeit stieß Broussard ab. Er traute seinen Ohren nicht.

«Ich hatte nie gewußt, nie geahnt, verstehst du, daß ich solche Dinge fühlen konnte, Prickeln und Zittern, kalte und heiße Wellen, die mich überspülten wie wirkliches Wasser, mich elektrisierten... Dinge, die ich nie, niemals bei einem Mann gefühlt hatte. Und dann dieser Frieden, dieses völlige Fehlen von Angst. Ich hatte nicht im Traum daran gedacht, eine andere Frau so zu berühren..., aber... als es dazu kam, war es vollkommen natürlich. Es ist so... richtig... ich... du kannst dir nicht vorstellen, wie das ist. Ich glaube, es ist unmöglich, daß du das verstehst. Ich kann es selbst kaum glauben.»

Broussard war sprachlos.

Bernadine Mello lächelte wieder, aber das Lächeln galt nicht Dr. Broussard. Sie lächelte über das unbegreifliche Glück, das ihr im reifen Alter von zweiundvierzig in den Schoß gefallen war, gerade, als sie im Begriff war, wieder durch eine Scheidung entwurzelt zu werden, das Scheitern einer weiteren Ehe als erneute Bestätigung ihrer Wertlosigkeit und Unliebenswürdigkeit zu erleben. Sie lächelte in Erinnerung an diesen einen Morgen und die letzten Wochen, in denen sie eine so weltbewegende und inspirierende Entdeckung gemacht hatte, wie es ihr seit ihrer Jugend nicht mehr widerfahren war. Alles, wonach sie gesucht und sich in ihren Beziehungen zu Männern gesehnt hatte, was sich aber als herzzerreißende Täuschung herausgestellt hatte, hatte sie bei einem anderen Wesen gefunden, dessen Körper und Geist Spiegelbild ihres eigenen Körpers und Geistes waren.

19

Es war halb acht Uhr abends, als Palma in das Einkaufszentrum in der Nähe ihres Hauses kam und zwei Flaschen weißen Folonari-Soave, ein paar Hühnerbrüste, ein Glas Oliven und einen Topf braunen Senf kaufte. Während sie den Wein und die Lebensmittel ins Auto legte, mußte sie noch immer an Louise Ackley denken. Sie war in jeder Hinsicht eine Überraschung gewesen. Offensichtlich traf Samenovs Tod sie sehr. Palma kam es so vor, als habe sie ihrer ehemaligen Schwägerin und Freundin nähergestanden als ihrem Bruder. Angesichts dessen, was Palma bisher über Dennis Ackley erfahren hatte, war das natürlich vollkommen verständlich. Ein Mann, der ohne weiteres seine Schwester und seine ehemalige Frau erpreßte, war alles andere als liebenswert. Palma fragte sich, was Ackley wohl über die beiden Frauen wußte, das sie zwang, einen beträchtlichen Teil ihres Einkommens aufzubringen, damit es nicht bekannt wurde.

Sie brauchte nur ein paar Minuten bis nach Hause; die Dämmerung brach herein und verdunkelte die Bäume, die die Straße säumten. Sie parkte in der gebogenen Einfahrt vor der Haustür.

Nach einer halben Stunde hatte sie kalt geduscht, sich ein baumwollenes Sommerkleid ohne Unterwäsche angezogen und in der Küche ein Glas Folonari eingeschenkt; ihr feuchtes Haar streifte kühl ihre nackten Schultern. Sie hatte vorgehabt, die Hühnerbrüste zu grillen, aber jetzt fand sie es dafür zu spät und war zu müde, um sich die Mühe zu machen. Barfuß am Küchentresen stehend, bereitete sie sich nur einen Salat. Sie schnitt eine dicke Scheibe frisches Brot ab, bestrich sie mit Butter, legte sie auf ihren Salatteller und nahm alles mit ins Wohnzimmer. Sie stellte den Teller vor dem Fernseher auf den Fußboden, griff nach der Fernbedienung und schaltete den Apparat ein. Situationskomödien mochte sie nicht, aber Filme sah sie sich immer an, fast jeden Film, und war wenigstens so lange zufrieden, wie sie brauchte, um ihren Salat zu essen.

Sie fand einen alten Film von Truffaut, nahm ihr Weinglas, stellte sich den Teller auf den Schoß und lehnte sich mit dem Rücken an ihr Sofa.

Das Telefon läutete sieben Minuten später. Sie schaltete den Ton ab, beugte sich hinüber zum Telefon auf dem Couchtisch und hob den Hörer ab.

«Hallo?»

«Hier spricht Sander Grant, FBI, Quantico. Ist dort Detective Palma?»

«Ja, am Apparat.» Sie schluckte einen Bissen Salat und versuchte, den Teller und das Weinglas loszuwerden, ohne alles auf den Boden zu kippen.

«Entschuldigen Sie, daß ich Sie zu Hause anrufe», sagte Grant. «Aber in Ihrem Antrag stand, das wäre in Ordnung.»

«Natürlich ist es in Ordnung, kein Problem. Ich bin froh, daß Sie anrufen.»

«Hören Sie...» Grant sprach sanft und artikulierte mit lässiger Genauigkeit wie ein Nachrichtensprecher oder ein geübter Redner in einer privaten Unterhaltung. «Sie haben da zwei interessante Fälle. Irgendwas Neues von den Labors während des Tages?»

«Eigentlich nicht, aber unser Hauptverdächtiger...»

«Moment. Entschuldigen Sie», unterbrach Grant sie. «Aber ich möchte nichts über Ihre Verdächtigen wissen. Sonst wäre ich vielleicht voreingenommen, was den Tatortbericht betrifft. Am besten ist es, wenn ich ihn ‹blind› lese. Ich will nichts weiter wissen als das, was er getan hat, aber das möchte ich so genau wie möglich wissen. Forensisch also nichts Neues?»

«Nein. Dazu war noch keine Zeit.»

«Okay. Gut. Ich möchte auch, daß Sie mich in bezug auf die Viktimologie auf dem laufenden halten. Ich habe von beiden Opfern aufgrund Ihres Berichts ein gutes Bild, aber es wäre hilfreich, wenn ich alles Neue sofort erfahren würde.» Sie hörte, wie er mit Papieren raschelte. «Konzentrieren Sie sich auf ihren Freundeskreis... und alle Männer, die mehreren ihrer Freundinnen bekannt sind.» Er hielt inne, machte sich offenbar Notizen. «Okay, wenn sonst noch etwas auftaucht, alles, was Sie noch hinzufügen können, rufen Sie mich an oder faxen Sie's mir herüber. Ich habe Sie nur angerufen, um Ihnen zu sagen, daß ich Ihnen einiges vorläufige Material über das Profil schicke. Einen vollständigeren Bericht bekommen Sie später, aber ich glaube, es gibt da einiges, worum man sich sofort kümmern muß.»

Dagegen konnte Palma nichts einwenden.

«Glauben Sie, daß dieser Kerl alle vierzehn Tage zuschlägt?» fragte Grant.

«Tja, nur so eine Vermutung... beide Morde passierten donnerstags, im Abstand von zwei Wochen. Am achten werde ich ein bißchen nervös sein.»

«Ich bin nicht sicher, ob Sie so lange warten müssen. Hören Sie, warum machen Sie nicht...»

«Einen Augenblick», unterbrach Palma ihn. «Wieso sagen Sie das?»

«Ich glaube, es wäre am besten, wenn Sie zuerst das Material lesen, das ich Ihnen schicke. Ich rufe Sie wieder an, morgen... wahrscheinlich morgen abend, und dann reden wir darüber.»

«Vielen Dank», sagte Palma, etwas pikiert, weil er nichts weiter sagte.

«Gern geschehen. Und schlafen Sie gut.»

Er legte auf, und Palma blieb vor dem tonlosen Fernsehgerät sitzen.

DRITTER TAG
Mittwoch, 31. Mai

20

Palma schaltete den Radiowecker aus und warf die Decken zurück. Sie hatte schon dreimal auf die Schlummertaste gedrückt. Jetzt war es zehn vor sieben. Sie setzte sich im Bett auf, und noch ehe sie in den Spiegel geschaut hatte, wußte sie, daß ihre Augen geschwollen waren. Es würde heroische Anstrengungen erfordern, heute morgen passabel auszusehen.

Bevor sie aus dem Haus ging, rief sie Birley an, berichtete rasch von ihrem Interview mit Louise Ackley, sagte, sie werde nach dem Frühstück versuchen, Reynolds anzutreffen, und danach ins Büro kommen, um ihren Bericht zu ergänzen. Dann rief sie bei Radcom an. Reynolds war nicht da, aber als Palma seiner Sekretärin sagte, wer sie sei, schaute die Frau schnell in seinem Kalender nach, und sie vereinbarten einen Termin für zehn Uhr.

Sie kam zweieinhalb Stunden später als gewöhnlich in Meaux's Grill an, und Laurés Augen weiteten sich, als sie das Lokal betrat.

«Ach, was macht denn die Polizei so spät noch hier?» fragte sie. Unaufgefordert folgte sie Palma an einen Tisch vor den vorderen Fenstern, den die Kellnerin gerade abgeräumt hatte, und setzte sich ihr gegenüber.

Sie tranken zusammen Kaffee, während Palma bestellte und dann ihr Frühstück aß. Lauré las regelmäßig die Polizeiberichte in der Zeitung, und sie wollte immer hören, was Palma über dieses oder jenes Verbrechen dachte.

Palma beendete ihr Frühstück, trank auf Laurés Drängen noch eine weitere Tasse Kaffee und ging dann nach draußen zu ihrem Wagen. Die Morgenluft wurde schon drückend in der beginnenden Hitze.

Sie fuhr zu Gil Reynolds bei Radcom. Seine Sekretärin führte sie höflich in sein Büro.

Reynolds stand auf, als Palma hereinkam, und ging um den Schreibtisch herum, um ihr die Hand zu reichen. Er bot ihr einen der beiden Ledersessel vor seinem Schreibtisch an und setzte sich selbst in den anderen. Reynolds war ein großer, athletischer Mann, hakennasig, gut aussehend und mit ziemlich langem, dunklem Haar. Er mußte Mitte vierzig sein. Sein Benehmen war höflich, aber direkt. Nach den einleitenden Floskeln fragte er:

«Wie kamen Sie auf meinen Namen in Verbindung mit Dorothy?» Er war neugierig, nicht abwehrend.

«Er wurde bei unseren Vernehmungen erwähnt», sagte Palma. «Wir überprüfen routinemäßig alle Namen, die wir auf diese Weise erhalten.»

«Vickie Kittrie?»

«Alle Vernehmungen sind vertraulich.»

Reynolds lächelte freundlich. «Ich verstehe», sagte er. «Aber ich kenne Vickie. Können Sie mir sagen, wie sie die Sache verkraftet?»

«Nicht sehr gut, wie es aussieht.»

«Kann ich mir vorstellen. Entschuldigen Sie», sagte er. «Möchten Sie einen Kaffee oder etwas anderes zu trinken?»

«Nein, danke.»

«Ich brauche einen Kaffee», sagte er, schenkte sich Kaffee aus einer Aluminiumkanne ein und setzte sich wieder. Als er die Tasse hob, bemerkte Palma, daß er einen Ehering trug. «Okay», sagte er. «Jetzt ist mir wohler. Also schießen Sie los.»

«Wie wir hörten, haben Sie sich eine Zeitlang mit Dorothy Samenov getroffen.»

«Ich habe sie seit etwa zehn Monaten nicht mehr gesehen», sagte er. «Wir hatten ein Verhältnis, das ungefähr ein Jahr dauerte. Es ruinierte meine Ehe.» Er wirkte verlegen und machte eine entschuldigende Geste. «Oder vielmehr, *ich* ruinierte die Ehe durch dieses Verhältnis. Ich war sechzehn Jahre lang mit einer wunderbaren Frau verheiratet; ich habe zwei Kinder, die gerade ins Teenageralter kommen. Es macht mir ziemlich zu schaffen, daß ich die Verantwortung dafür habe, daß all das kaputtgegangen ist.»

«Sie tragen Ihren Ehering noch?»

Er sah ihn an. «Ja», sagte er. Er gab keine Erklärung dafür.

«Würden Sie mir sagen, was Sie an dem Abend gemacht haben, an dem Dorothy getötet wurde?»

«Natürlich», sagte er. «Ich habe schon in meinem Kalender nachgesehen. Ich war bis sechs Uhr hier und habe gearbeitet. Ich wollte nicht zu Hause essen, also fuhr ich zu Chase's drüben beim Pavillon. Gegen acht Uhr war ich mit dem Essen fertig. Ich hatte noch immer keine Lust, nach Hause zu fahren, und ging deshalb ins Kino. Ich wollte mir ‹Summer› ansehen, aber die nächste Vorstellung begann erst eine halbe Stunde später. Ich ging spazieren, bis es soweit war, dann kaufte ich eine Eintrittskarte und sah mir den Film an. Kurz nach halb elf war er zu Ende, und ich fuhr direkt nach Hause. Ungefähr um zehn vor elf war ich da. Danach bin ich nicht mehr ausgegangen. Mein Alibi kann also niemand bestätigen.»

Zu dieser letzten Bemerkung sagte Palma nichts. Sie setzte die Befragung routinemäßig fort. Je eher sie mit der Liste der Fragen durch war, desto besser.

«Können Sie mir sagen, was Sie über Dennis Ackley wissen?»

«Ich habe ihn zweimal getroffen, aber praktisch alles, was ich über ihn weiß, habe ich von Dorothy. Sie wurden 1982 geschieden. Er ist ein Schweinehund, schlägt Frauen, lügt, stiehlt und trinkt... Ich könnte noch mehr aufzählen. Er ist einer von den Typen, die so ziemlich alles tun, was man an Negativem tun kann. Eine totale Pleite.»

«Wie haben Sie ihn kennengelernt?»

«In den Monaten, in denen wir zusammen waren, war ich häufig in Dorothys Wohnung. Da habe ich ihn getroffen, beide Male.» Er grinste ein wenig bei der Erinnerung. «Einmal hat er sich mit mir angelegt.»

«Wie das?»

«Wenn er kam, blieb ich gewöhnlich außer Sicht, hielt mich zurück, wirklich. Er war schon ein paarmal dagewesen. Viermal, schätze ich, in den zehn Monaten, in denen ich Dorothy sah. Er wollte Geld. Sie gab ihm etwas; es war nie genug. Das zweite Mal sah ich ihn bei seinem letzten Besuch. Er war betrunken und schlug sie. Ich war im Nebenzimmer und kam heraus, als ich das hörte. Er war überrascht, wollte auf mich los. und ich griff ihn an und schlug ihn nieder. Ich hatte noch nie in meinem Leben jemanden niedergeschlagen. Ich brach mir den Mittelfinger dabei.» Er hielt die rechte Hand hoch. «Als er sich aufgerappelt hatte, schob Dorothy ihm ein Bündel Scheine in die Hand und bugsierte ihn zur Tür hinaus.»

«Und danach haben Sie ihn nicht mehr gesehen und nichts mehr von ihm gehört?»

«Nein. Und dieses letzte Mal, das war mehrere Monate, bevor Dorothy und ich... uns trennten.»

Reynolds' Offenheit über das Verhältnis und das, was es ihn gekostet hatte, war für Palma eine erfrischende Abwechslung. Sonst versuchten die Leute gewöhnlich, alles zu leugnen. Er schien entschlossen, sich seinem Versagen zu stellen und keine Entschuldigungen für seine Dummheit zu suchen. Aus diesem Grund war Palma die folgende Frage etwas peinlich, aber sie war unvermeidlich. Sie stellte sie also so sachlich wie möglich.

«Waren sadomasochistische Praktiken zwischen Ihnen und Dorothy üblich, oder kam es nur gelegentlich dazu?»

«Na», sagte er und verzog das Gesicht, «Sie stellen ja ziemlich unverblümte Fragen.» Er hielt inne. «Weder, noch», sagte er dann.

«Aber Sie wußten, daß Dorothy etwas dafür übrig hatte.»

«Erst gegen Ende.»

«Wie fanden Sie es heraus?»

«Sie hat es mir gesagt.»

«Warum?»

Reynolds fuhr sich mit der rechten Hand über die untere Gesichtshälfte. Er ließ sich Zeit, über die Frage nachzudenken.

«Weil sie», sagte er schließlich, «im Grunde mehr Sinn für Ehrlichkeit und Aufrichtigkeit hatte als ich.» Wieder hielt er inne. «Ich lernte Dorothy bei einem Geschäftsessen kennen. Wir waren zu fünft oder sechst. Sie war eine sehr gut aussehende Frau, intelligent, redegewandt, in vieler Hinsicht attraktiv. Wir tauschten unsere Geschäftskarten aus, und ein paar Tage später rief ich sie an und lud sie zum Mittagessen ein. So einfach war das. Ich fand sie ungeheuer anziehend. Ich hatte meine Frau vorher nie betrogen, aber nun tat ich es. Im Grunde fing ich an, ein Doppelleben zu führen. Ich vernachlässigte meine Arbeit und meine Familie und verbrachte so viel Zeit mit Dorothy, wie ich konnte. Ich glaube, Dorothy mochte mich, aber da blieb immer eine Ecke von ihr, die sie mir vorenthielt. Etwas gab sie nicht preis. Ich stürzte mich Hals über Kopf in diese Affäre, ich war vollkommen verrückt nach ihr. Ich war zehn Jahre älter als sie, aber sie war diejenige, die dafür sorgte, daß wir nicht die Kontrolle verloren. Mir war jeder Maßstab abhanden gekommen. Wie auch immer, eines Tages entschloß sie sich, Schluß zu machen. Sie sagte mir, wir müßten uns trennen. Sie brauchte mir keine Gründe zu nennen, die hatte ich selbst tausendmal durchdacht. Aber ich wollte nicht Schluß machen. Da sagte sie mir, ich verstünde sie nicht wirklich, ich hätte keine Ahnung, wie kompliziert ihr Leben sei, und so könne es nicht weitergehen. Ich ließ nicht locker, und schließlich erzählte sie mir von den sadomasochistischen Praktiken und von Vickie Kittrie.»

Darauf war Palma nicht gefaßt. Sie konnte ihre Überraschung nicht verhehlen.

«Sie wußten nicht, daß Dorothy und Vickie ein Liebespaar waren?»

«Nein», sagte sie, schüttelte den Kopf und hoffte, nicht so dumm auszusehen, wie sie sich fühlte. Plötzlich hatte sich der ganze Charakter der Untersuchung verändert. Palma wußte nicht genau, ob die neue Situation ein großer Durchbruch oder ein Rückschlag war.

«Ich glaube, ich war eine Anomalie in Dorothys Geschichte während der letzten Zeit. Eigentlich hatte sie die Männer schon seit Jahren aufgegeben.» Reynolds dachte einen Augenblick nach. «Um ehrlich zu sein, es überrascht mich nicht, daß Vickie Ihnen nichts von ihrer Beziehung gesagt hat. Das war ein eifersüchtig gehütetes Geheimnis. Dorothy war überzeugt, ihre Karriere wäre ruiniert, wenn allgemein bekannt würde, daß sie bisexuell war. Und sie wollte auch Vickie davor schützen. Dorothy war eine ehrgeizige Karrierefrau, sie wußte, wie man sich gegen Sexismus zur Wehr setzt. Aber die Tatsache, daß sie bisexuell war, würde ihr den Hals brechen ..., davon war sie überzeugt. Sie glaubte, als Lesbierin könnte sie niemals Karriere machen.» Er nickte. «Wahrscheinlich hatte sie damit recht.»

«Haben Sie sie je von Dennis Ackleys Schwester sprechen hören?»

«Nein.»

«Wußten Sie, daß Ackley Dorothy erpreßte?»

Jetzt war Reynolds an der Reihe, überrascht zu sein. «Warum? Sie meinen, er benutzte ihre Bisexualität?»

«Ich weiß nicht. Jetzt nehme ich an, daß einiges dafür spricht. Haben Sie Dorothy oder Kittrie jemals von Marge Simon reden hören?»

«Nein.»

«Oder Nancy Segal? Linda Mancera? Helena Saulnier?»

Reynolds schüttelte nur den Kopf.

«Wissen Sie, ob Vickie oder Dorothy in irgendwelchen lesbischen Bars, Clubs oder Organisationen verkehrten?»

«Bestimmt nicht. Das wäre nicht in Frage gekommen. Mit dieser Szene hatten sie nichts zu tun. Ich will Ihnen etwas sagen», sagte er, «nachdem das passiert war, nachdem ich den beträchtlichen Schock überwunden hatte und mir ein anderes Bild davon machen konnte, wer Dorothy Samenov war, trafen wir uns noch eine Weile, vielleicht ein oder zwei Monate. Rückblickend denke ich, sie hat versucht, es auf die sanfte Art zu machen und unsere Freundschaft zu retten. Wir verstanden uns wirklich gut. Sogar ohne den Sex. In dieser Zeit habe ich Vickie kennengelernt. Ihre Beziehung war, zumindest in meiner Gegenwart, so beständig und konservativ wie bei einem alten Ehepaar. Hin und wieder verbrachten wir den Abend zusammen, nur wir drei, saßen in Dorothys Wohnung und unterhielten uns. Wir redeten über alles mögliche, aber eines habe ich bei diesen Abenden gelernt: was es heißt, in dieser Gesellschaft ‹anders› zu sein. Ich hörte ihnen stundenlang zu, und mir wurde klar, daß ich die meiste Zeit meines Lebens mit geschlossenen Augen herumgelaufen war. Mein Leben war oder ist der Inbegriff des Status quo, und ich hatte nicht die leiseste Ahnung, wie es ist, wenn man nicht zu diesem System gehört, und hatte mich auch nie dafür interessiert. Das tat ich erst, als ich mich in jemanden verliebt hatte, der nicht in dieses System paßte.»

Bis zu diesem Augenblick hatte Reynolds von seiner Beziehung zu Samenov nur als «Verhältnis» gesprochen, und Palma fand es vielsagend, daß ihm nun das Wort «verliebt» entschlüpft war. Gil Reynolds war durch seine Begegnung mit Dorothy Samenov tief verstört, und seine stoische Entschlossenheit, sich seinem eigenen Gewissen zu stellen, änderte nichts an einer Tatsache: Was er für eine Frau gefühlt hatte, die nicht seine Frau war, hatte er nur in einem unbewußten Ausrutscher als Liebe bezeichnet.

Wieder spürte Palma ein gewisses Unbehagen, in diesem Zusammenhang ein Thema aufbringen zu müssen, das Reynolds vielleicht wirklich weh tun würde.

«Noch ein paar andere Fragen», sagte sie. «Was hat Dorothy Ihnen über ihren Sadomasochismus erzählt?»

Reynolds nickte, öffnete den Mund, um etwas zu sagen, hielt inne und sagte dann: «Na ja, ich habe schon die Sache mit Vickie ausgeplaudert. Sie wollten nicht, daß es bekannt würde, die lesbische Beziehung, meine ich.»

«Das macht nichts», sagte Palma. «Wenn es nicht von Ihnen gekommen wäre, hätten wir es von jemand anderem erfahren. Es ist nahezu unmöglich, derartige Dinge geheimzuhalten, wenn sie ein integraler Bestandteil einer Morduntersuchung sind. So etwas kommt immer heraus.»

Reynolds nickte, aber es war offensichtlich, daß Palmas Versuch, sein Gewissen zu beschwichtigen, nicht ganz ankam. Doch er fuhr fort: «Der Sadomasochismus ... spielte sich zwischen ihnen ab, Dorothy und Vickie. Sie versuchten, mir das alles zu erklären, aber ... es war so fremdartig ... na ja, wahrscheinlich habe ich so getan, als würde ich es verstehen, habe versucht, nicht darüber zu urteilen. Sie sagten bloß, sie beide seien sich einig. Mit dem Teil, der sich um Scham und Demütigung dreht, hätten sie nichts zu tun, nur mit Lust und Schmerz ...» Er hielt inne, weil er nicht wußte, wie er fortfahren sollte, und zuckte die Achseln. «Ich weiß nicht. Ich wollte nicht zuviel darüber erfahren.»

«Soweit Sie wissen», sagte Palma, «spielten sich diese Dinge also nur zwischen Vickie und Dorothy ab? War niemand sonst beteiligt?»

Er nickte. «Das sagten sie jedenfalls.»

«Glauben Sie ihnen?» fragte sie.

«Macht das irgendeinen Unterschied?»

«Ich wüßte gern, was Ihr Gefühl ist.»

Er antwortete nicht sofort. Seine Augen schweiften rastlos über seinen Schreibtisch, als könne er dort zwischen den Arbeitsutensilien die richtigen Worte finden.

«Ich denke», sagte er schließlich, «daß vielleicht Männer beteiligt waren.»

«Wie kommen Sie darauf?»

«Sie fragten nach meinem ‹Gefühl›.» Er sah sie mit einem Ausdruck an, an dem sie erkannte, daß er nicht weitergehen wollte. «Mehr kann ich Ihnen nicht sagen.»

21

Als Palma den Mannschaftsraum des Morddezernats betrat, war es zwölf Uhr; sie schlängelte sich zwischen den kleinen Gruppen von Detectives und Zivilisten durch und ging in ihre Zelle. Alle waren darin versammelt. Birley, der etwas zerzaust aussah, stand an seinem Schreibtisch und legte beschriftete Päckchen mit Samenovs persönlichen Papieren in einen abgenutzten Pappkarton. Sein Hemd hing ihm im Rücken aus der Hose. Er unterhielt sich mit Cushing. Leeland, der am Türrahmen lehnte, sprach sie an und lächelte unter seinem Schnurrbart hervor, während Cushing, der auf ihrem Stuhl saß, ihre Ankunft ignorierte; er bewegte nur widerwillig ein wenig seine Beine, damit sie ihren Schreibtisch erreichen konnte. Keiner von ihnen sah aus, als habe er letzte Nacht genügend Schlaf bekommen.

«Hallo, Kleine», sagte Birley und unterbrach seinen Dialog mit Cushing, als sie ihre Tasche neben ihren Computer legte und die Pepsi, die sie draußen aus dem Automaten gezogen hatte, absetzte. Übertrieben erschöpft stemmte Cushing sich von ihrem Stuhl hoch und schob ihn mit dem Fuß in ihre Richtung.

Sie sah einen Umschlag aus Quantico auf ihrem Schreibtisch. «Na, hat einer von euch was Neues entdeckt?» fragte sie und ignorierte Cushings Frechheit. Er ging um den Schreibtisch herum und stützte sich mit einem Arm auf den Aktenschrank.

«Etwas», sagte Birley, unterbrach seine Tätigkeit und wandte sich ihr zu. Palma setzte sich auf ihren Stuhl, schleuderte die Schuhe von den Füßen, riß die Pepsi-Dose auf und warf die Lasche in den Papierkorb. «Ich habe ihren restlichen Finanzkram durchgesehen, aber der enthielt keine brauchbaren Informationen, bis auf die Zahlungen an Louise Ackley. Ihre Briefe... viele waren es nicht... kamen alle von ihrer Familie aus South Carolina. Sie enthielten nichts, was uns helfen könnte. Briefe von anderen wichtigen Personen, auf die ich gehofft hatte, gab es nicht. Ziemlicher Schuß in den Ofen also.»

Er griff noch einmal in den Pappkarton und fügte hinzu: «Aber das Adreßbuch ist interessant. Außer den Geschäften, die wir schon bemerkt hatten, standen Namen und Telefonnummern von einigen Männern drin. Ich habe sie heute morgen angerufen.» Er fand das Buch und blätterte darin. «Hier stehen ein Friseur, ein Masseur, ein

Elektromechaniker, ein Mann, der Dalmatiner züchtet, ein Gebrauchtwagenhändler, ein Klempner, ein Fernsehmechaniker, ein Verkäufer in einem Videoladen und einer in einer Buchhandlung. Und dann gibt es mehrere Dutzend Frauennamen, aber nur die Vornamen, und die Telefonnummern sind offenbar verschlüsselt, weil es unter keiner dieser Nummern einen Anschluß gibt. Wir brauchen jemanden, der da ein Muster findet. Ich komme damit nicht klar.»

«Was dagegen, wenn ich's mal versuche?» fragte Leeland.

Birley schob ihm das Buch zu. «Ich weiß nicht. Ich glaube, die Namen sind auch verschlüsselt. Außer, daß es *tatsächlich* eine Marge gibt, eine Nancy und eine Linda.» Er zuckte die Achseln.

«Stand auch eine Sandra drin?» fragte Palma.

«Ich kann mich an keine erinnern. Denkst du an Moser?»

«Ja.»

«Hast du da eine Verbindung gefunden?»

Palma schlürfte ihre Pepsi, die kalt und scharf schmeckte. «Nein, war nur eine Hoffnung.» Sie sah Leeland an. «Was habt ihr gefunden?»

«Ich habe mit der Bewährungsstelle in Austin gesprochen; sie schicken uns Ackleys Gefängnisberichte.» Leeland klappte Samenovs Adreßbuch zu und sah sie mit seinen großen, traurigen Augen an. «Sie suchen ihn, weil er einfach verschwand, sich nicht mehr bei seinem Bewährungshelfer meldete. Und dann waren da natürlich noch diese anderen Meldungen aus Dallas. In der Ramsey-Anstalt in Huntsville gab er sich mit ein paar ziemlich schrägen Vögeln ab, die alle noch sitzen, bis auf einen: ein Bursche namens Dwayne Seely, ebenfalls wegen schwerer Körperverletzung verurteilt. Er wurde einen Monat nach Ackley entlassen und kam ebenfalls nach Houston. Er und Ackley trieben sich weiter gemeinsam herum. Jetzt besteht ein Haftbefehl gegen ihn, weil er gegen die Bewährungsauflagen verstoßen hat. Seit ein paar Monaten hat niemand mehr von ihm gehört.»

«Und wir haben Ackley im Computer, und im nächsten Bulletin steht er mit drin. Das war's.»

Palma sah Cushing an.

«Okay.» Cushing nahm die Büroklammer, auf der er gekaut hatte, aus dem Mund und drehte sich um, um sie anzusehen. «Ich habe mit dem Beamten in Dallas gesprochen, der Ackley sucht. Ackley wurde mit einem Exsträfling namens Clyde Barbish gesehen, und zwar am gleichen Tag, an dem Clyde abends eine gewisse Debbie Snider belästigte und verletzte, eine Studentin der Southern Methodist University. Debbie wurde von zwei Männern angegriffen und vergewaltigt, konnte aber aus der Kartei nur einen identifizieren. Sie sagte, der zweite Mann sei immer hinter ihr gewesen, und als er sie vergewaltigte, habe er ihr das Kleid übers Gesicht gezogen. Ackley stand ebenso in der Kartei wie Barbish, aber ihn hat sie nicht identifiziert.»

«Glaubt die Polizei von Dallas, daß Barbish und Ackley zusammen sind?»

«Das vermuten sie. Außerdem hatte ich ein langes Gespräch mit einem guten Mann für Verbrechensanalyse in der dortigen Stelle», fuhr Cushing fort. «Der Bursche ist schon ewig da, einer dieser Typen mit fotografischem Gedächtnis. Ich habe ihm die ganze Sache geschildert, und wir sind ein Dutzend oder mehr Fälle durchgegangen. Keiner schien wirklich zu passen, aber ein paar waren interessant. Einer davon, eine Frau, der eine Brustwarze entfernt wurde, die rechte, nicht wie bei Moser die linke, war ebenfalls eine Blondine. Aber ihre Leiche war nicht geschminkt, und man hatte sie in eine sexuell anzügliche Stellung gebracht, nicht aufgebahrt wie Moser und Samenov. Außerdem wurde sie in einem verlassenen Haus in einem heruntergekommenen Stadtteil gefunden. Nicht die Art Terrain, auf der sich unser Mann bewegt.»

«Aber interessant ist», warf Leeland ein, «daß die SMU im protzigsten Teil von Dallas liegt.»

«Snider wurde am Achten vergewaltigt», sagte Birley. «Und Moser wurde am Dreizehnten umgebracht. Dazwischen liegen nur fünf Tage.»

«Die Entfernung kann man in ein paar Stunden zurücklegen», sagte Palma. «Was ist mit Walker Bristol?»

«Ach, ja», sagte Cushing und wandte den Blick zu Leeland. «Im wesentlichen hat Donny mit ihm geredet.»

Leelands ruhiger Blick verweilte einen Augenblick auf Cushing, dann nahm er den Faden auf. «Bristol ist Vizepräsident der National Security Bank. In den Vierzigern. Verheiratet. Keine Kinder. Behauptet, er habe sich zwei Jahre vor seiner Eheschließung mit Samenov getroffen. Seither hat er sie nur zufällig gesehen. Wußte nichts von ihrem Sadomasochismus und hat in den letzten drei Jahren nichts von ihr gehört. Dennis Ackley kannte er nicht.»

Leeland rieb sich mit einem Finger den Nasenrücken und fuhr fort: «Ich glaube, daß er lügt. Der Mann war außerordentlich vorsichtig in dem, was er sagte. Er war ziemlich betroffen, versuchte aber, sich nichts anmerken zu lassen. Wir sollten ein paar Hintergrundinformationen sammeln und es dann noch mal bei ihm versuchen. Und was diesen Dirk Sowieso angeht…, eine Frau in der Registratur der Universität Houston versucht, ihn für uns zu finden.»

«Und was ist mit dir?» fragte Birley. «Hast du alle angetroffen, die du sprechen wolltest?»

«Ja, hab ich», sagte Palma. «Es gibt da ein paar Überraschungen.» Sie schilderte alle Gespräche, die sie geführt hatte, noch einmal: Kittrie in ihrer Wohnung mit Isenberg und Saulnier, Linda Mancera, Louise Ackley und schließlich Gil Reynolds mit seiner erstaunlichen Enthüllung.

«Lesben!» Cushing heuchelte übertriebene Ungläubigkeit. «Diese Puppen sind Lesben? Na, bei Mancera weiß ich nicht», lachte er und sah Palma mit großen Augen kopfschüttelnd an, «aber diese Marge Simon ist ein flotter Hase. Was für eine Verschwendung!» Wieder kicherte er und sah Leeland an. «Herrlich!»

«Von Simon und Mancera wissen wir nichts», berichtigte Palma ihn. «Die Information bezieht sich nur auf Samenov und Kittrie.»

«Na ja, das erklärt, warum Samenov in ihrem Adreßbuch nur die Vornamen der Frauen benutzte», sagte Birley.

«Scheint ein ganz ausgetüfteltes System zu sein.» Leeland sah Palma an. «War Reynolds wirklich überzeugt, daß sie *so* ein Geheimnis daraus machten?»

«Anscheinend ja.» Palma trank den Rest ihrer Pepsi aus. Sie wußte nicht, warum es sie kränkte, daß Cushing, der noch immer kopfschüttelnd grinste, der lesbische Aspekt soviel Spaß machte. «Ich glaube, wir können nicht davon ausgehen, daß Marge Simon, Nancy Segal und Linda Mancera Lesbierinnen sind, aber selbst wenn sie es sind, wüßte ich nicht, inwiefern uns das weiterbringen sollte. Wir haben keinerlei Verbindung zwischen ihnen und Dennis Ackley. Bis jetzt haben alle von ihm gesprochen, als sei er nicht mit der Kneifzange anzufassen. Es sei denn, man könnte sie als potentielle Opfer betrachten.»

«Und was sollen wir jetzt von Sandra Moser halten?» sagte Birley. «Davon ausgehen, daß die kleine Dame heimlich bisexuell war?»

«Ich denke, das müssen wir», sagte Palma. «So, wie die Gruppe zusammengesetzt ist…»

«Und mit ihrem Sado-Maso-Zeug…», sagte Cushing.

«Eine Sandra steht hier nicht drin.» Leeland blätterte wieder in dem Adreßbuch.

«Wie hat Ackley sie kennengelernt?» fragte Birley.

«Es ist folgendermaßen», sagte Cushing. «Samenov hat Reynolds vorgemacht, ihr Exmann wäre ein Schweinehund. Ackley und Samenov machen diese Sado-Maso-Sachen zusammen. Da sind die Fotos von Samenov. Wer hat die aufgenommen? Sie besorgt diese Frauen, Lesben, für ihre Trios. Zusammen treiben sie's mit Moser, und die stirbt, vielleicht versehentlich. Sie richten alles so her, als sei es die Tat eines Irren, um die Ermittlungen zu erschweren. Später bringt Ackley Samenov um, weil sie die einzige Zeugin ist. Ackley kennt sich aus und weiß, wie man nach so etwas aufräumt. Und er richtet alles so her wie beim ersten Mord.»

«Falls Samenov gelogen hat, als sie Reynolds sagte, Ackley wäre ein Schwein», entgegnete Palma, «dann lügt Louise Ackley auch, und Linda Mancera und Vickie Kittrie ebenfalls. Ich denke, daß Ackleys Vorstrafenregister ihnen eher recht gibt.»

«Gut, okay. Der Kerl war also ein anerkanntes Schwein. Um so wahrscheinlicher, daß er und seine Exfrau diese Sado-Maso-Sachen zusammen drehten», beharrte Cushing.

«Das Entscheidende übersehen Sie, Cush», versetzte Palma scharf. «Es ist unwahrscheinlich, daß irgendeine der Frauen etwas mit ihm zu tun haben wollte.»

«Blödsinn», gab Cushing zurück. «Das wissen Sie doch nicht. Die Leute machen alles mögliche...»

«Ich glaube, wir sollten besser dieses verdammte Adreßbuch entziffern», unterbrach Birley. «Und mit jeder Person reden, die drinsteht.»

«Ich wette, die Namen der Frauen bringen uns nicht viel weiter», sagte Palma. «Das Wichtigste an diesem Adreßbuch ist, daß weitere *Männer* eingetragen sind. Zugegeben, alles spricht für Ackley, aber was ist, wenn Ackley es nicht war? Es gibt da acht oder zehn Namen von Männern, und die sollten überprüft werden. Hatten sie irgendwelche Verbindungen zu Sandra Moser? Hat der Fernsehmechaniker auch für sie gearbeitet? Kaufte sie ihre Videos im gleichen Laden wie Samenov? Hatten sie denselben Klempner?»

«Sie hat recht», sagte Birley. «Wir müssen bei jedem dieser Namen die Kundenlisten durchgehen. Und wir müssen nach den Namen *aller* Frauen Ausschau halten, die bei einem von ihnen in der Kartei stehen.»

Palmas Telefon läutete, und sie nahm den Hörer ab. Der Anruf war für Cushing. Er nahm ihn entgegen, sagte ja und prima und legte auf.

«Soronno hat ein paar Laborberichte für uns», sagte er und ging zur Tür. «Bin gleich wieder da.»

Als Cushing fort war, öffnete Birley eine Plastikdose, in die Sally sein Mittagessen verpackt hatte. Er verzehrte es ohne großen Appetit und bot Leeland einige Kekse an, doch der sagte, er habe bereits gegessen. Palmas Magen knurrte, aber sie verdrängte ihren Hunger, während sie ihre Notizen von dem Gespräch mit Reynolds durchsah.

Es dauerte nicht lange, bis Cushing zurückkam. Er hatte den Bericht und eine frische Cola bei sich. Cushings Colas hatten eine Besonderheit: Er pflegte etwas aus der Büchse auszugießen und sie mit Rum wieder aufzufüllen. Er dachte, niemand wisse davon, aber Palma und Birley waren ihm schon lange auf die Schliche gekommen. Palma war sicher, daß diese Angewohnheit auch für Leeland kein Geheimnis war.

«Okay», sagte er und rollte den Schreibtischstuhl aus dem Mannschaftsraum vor sich her. «Hier haben wir ein paar ganz interessante Sachen.»

Er drehte den Stuhl um und setzte sich rittlings darauf, die Brust gegen die Rückenlehne gedrückt, die Beine in Palmas Richtung gespreizt. Eine typische Macho-Haltung, die er für sexy hielt. Palma fand es erbärmlich, daß Cushing noch immer glaubte, sie anmachen zu müssen, und sich vor ihr wand und spreizte.

«Fingerabdrücke: *Alle* Fingerabdrücke im Badezimmer und Schlafzimmer stammen ausschließlich von Samenov; ein paar unbekannte Abdrücke haben sie aus anderen Teilen der Wohnung, hauptsächlich Küche und Arbeitszimmer. Dasselbe gilt für Abdrücke der Handflächen.

Fußabdrücke: Ein paar haben wir, aber sie stammen von einer Frau und befinden sich beiderseits des Bidets.

Nichts auf den Kleidern, die gefaltet auf dem Stuhl lagen.

Samenovs Blutgruppe: ABO-0; PGM-2; EAP-BA; Hp-1. Gibt's wie Sand am Meer. Sogar häufiger als die von Moser. Alles Blut auf dem Bettlaken und an den Handtüchern entsprach diesen Kriterien.

Unbekanntes Kopfhaar: Laboruntersuchung des Lakens ergab fünf lange, blonde Kopfhaare. Vier davon entsprachen Samenovs Kopfhaar, eines eindeutig nicht. Drei Kopfhaare wurden auf dem Teppich rechts vom Bett gefunden, vor dem Schrank; alle stammen von Samenov. Zwei Kopfhaare am Fußende des Bettes: eines von Samenov, das andere nicht. Zwei Kopfhaare auf der linken Bettseite, neben dem Badezimmer, keines davon von Samenov. Von den vier unbekannten Kopfhaaren passen drei zusammen, das vierte ist anders.

Unter den Fingernägeln wurden nur Spuren von Seife gefunden, die dem Seifenstück in Samenovs Badezimmer entsprachen.

Mundspülung: Baumwollfasern, die zu den Handtüchern in Samenovs Badezimmer passen und nicht zu denen in den anderen Badezimmern, die eine andere Farbe hatten.

Spülungen und Abstriche von Mund, Vagina und Anus: keine Spuren von Samenflüssigkeit. Genau wie bei Moser.

Schamhaare: Es wurden neun Schamhaare gefunden, von denen fünf *nicht* von Samenov stammen. Alle unbekannten Haare waren telogen, drittes Wachstumsstadium, ruhend; es gab also keine Haarscheidenzellen, die man einer Blutgruppe zuordnen könnte. Von den fünf unbekannten Haaren stammen außerdem drei aus derselben Quelle und scheinen Vaginalhaare gewesen zu sein; die anderen beiden stammen von einer anderen Person und dürften wohl weiter oben auf dem Schambein gewachsen sein.

Da die einzigen unidentifizierten Haare vom Tatort Moser zwei Augenbrauenhaare waren, konnten keine Entsprechungen festgestellt werden.

Bißspuren: gute Abdrücke bei Samenov, aber weil die Bißspuren bei Moser oberflächlich und eher undeutlich sind, glauben sie nicht, daß sie eine Abgleichung machen können. Und weil Samenov ebenso wie Moser gewaschen worden ist, fand man keine Spuren von Speichel.

Kosmetika: Die Schminke auf Samenovs Gesicht entsprach *nicht* den Kosmetika in ihrem Schlafzimmer, sondern stammte aus derselben Quelle wie die Schminke auf Sandra Mosers Gesicht. Sieht so aus, als brächte dieses Arschloch seine eigenen Sachen mit.

Das war's», sagte er, warf den Bericht auf Birleys Schreibtisch und nahm einen Schluck Cola.

«Samenov hatte also sexuelle Beziehungen zu *zwei* Personen», sagte Birley und nahm das Papier zur Hand. «Irgendwann nach ihrem letzten Bad. Innerhalb dieser möglichen Zeitspanne könnte der Abstand acht bis zehn Stunden betragen, je nachdem, ob sie gewöhnlich abends vor dem Schlafengehen oder morgens nach dem Aufstehen badete.»

«Innerhalb dieser Zeitspanne könnten die Begegnungen also in großem Abstand stattgefunden haben», sagte Leeland, «oder auch gleichzeitig ... eine *ménage à trois*.»

«Sind alle Haare blond?» fragte Birley und blätterte in den Seiten.

«Alle. Aber, um genau zu sein, von verschiedenen Blondtönen.»

«Wie die Augenbrauenhaare bei Moser.»

«Wahrscheinlich konnte das Labor nicht feststellen, welche Kosmetikmarken verwendet wurden, oder?» fragte Palma.

«Keine Chance. Ich habe gefragt.»

«Verdammt. Ziemlich dürftig», sagte Birley. «Aber der Kerl bringt seine eigenen Fesseln mit, sein eigenes Make-up, und er räumt hinter sich auf wie eine routinierte Krankenschwester.»

«Tatsache ist», sagte Leeland, «daß er das mit dem Make-up sehr gut macht. Scheint sich Mühe damit zu geben. Könnte jemand sein, der bei einem Bestattungsunternehmen arbeitet... oder in einem Kosmetiksalon... oder ein Transvestit...»

«Oder vom Theater», schlug Palma vor. «Ein Schauspieler, ein Maskenbildner.»

«Vielleicht ist der Kerl auch bloß geschickt darin», entgegnete Cushing. «Hat Spaß daran. Das muß noch nicht heißen, daß er beruflich damit zu tun hat.»

«Das stimmt», warf Birley ein. «Zum Teufel, er könnte auch Fliegen dressieren und mit Eichhörnchen schlafen. Es muß überhaupt nichts mit seinem Beruf zu tun haben. Solche Typen... wer kann schon sagen, wie dieser Bursche tickt?»

«Und Dennis Ackley?» sagte Leeland. «Wissen wir oder haben wir Grund zu der Annahme, daß er sich besonders für Make-up interessiert?»

«Himmel, nein», schnaubte Cushing. «Der Kerl ist ein ganz gewöhnlicher Arsch.»

«Also gut. Was wissen wir *überhaupt* von ihm?» Palma wurde ungeduldig. «Er ist blond.»

«Nun mal langsam», unterbrach Birley. «Wir wissen nicht, ob der Bursche sexuell überhaupt etwas mit ihr zu tun hatte. Ich meine so weit, daß seine Schamhaare unter ihren zu finden wären. Es gibt keine Anzeichen für eine Penispenetration... nirgends.»

«Er muß sie ja nicht penetriert haben, John», sagte Palma.

«Okay, gut», Birley hob die Hand, «aber vergiß nicht, daß sie bisexuell war. Ich könnte mir vorstellen, daß dabei eine Menge Reibungen stattfinden. Diese Haare könnten auch von einer Frau stammen.»

«Lassen wir eine Geschlechtsbestimmung machen», entgegnete Palma.

«Geht nicht», antwortete Cushing. «Die Haare sind telogen, drittes Stadium. Keine Haarscheidenzellen. Außerdem müßte sogar *mit* Haarscheidenzellen ein DNS-Test gemacht werden, und der würde Wochen dauern. Und viel Geld kosten.»

Palma sah Birley an, und die Frustration war von ihrem Gesicht abzulesen.

«Wir wissen einfach nichts über ihn», sagte Birley fast entschuldigend. «Jedenfalls nicht sicher.»

«Okay, gut», sagte Palma, «aber laßt uns weitermachen. Don», sie wandte sich an Leeland, weil sie Cushing die Genugtuung nicht gönnte, «könnten Sie und Cush die Männer in Samenovs Adreßbuch überprüfen und versuchen, sie mit Moser in Verbindung zu bringen?» Leeland nickte. Palma sah Cushing nicht einmal an. «John», wandte sie sich an Birley, «wie wär's damit: Wir überprüfen doch diese Geschäftsleute. Warum gehen wir nicht zurück und holen uns auch die Namen der Leute am anderen Ende... Ärzte, Zahnärzte, Augenärzte, was immer..., die Samenov und Moser möglicherweise gemeinsam hatten?»

Birley nickte. «Gut. Wird gemacht.»

«Ich gehe noch einmal zu Kittrie und besorge Haarproben, damit wir sie mit den bei Samenov gefundenen Haaren vergleichen können. Wenn diese Haare von Kittrie stammen, hatte sie wahrscheinlich am frühen Abend Sex mit Samenov, also viel näher an der Todeszeit. Sie könnte durchaus etwas wissen, was sie uns nicht erzählt hat.»

Das Telefon läutete wieder, und diesmal war es für Leeland. Er ging hinüber und nahm das Gespräch an Birleys Schreibtisch an, während die anderen weiter die Aufgabenverteilung diskutierten. Nach einer Weile unterbrach Leeland sie, um sich die Akte geben zu lassen, nahm sie von Birley entgegen, drehte sich um, legte sie auf den Schreibtisch und begann sie durchzublättern, den Hörer zwischen Schulter und Kinn geklemmt. Er zählte mehrere Daten auf, lauschte, nannte weitere Daten, hörte zu und begann, sich wie wild Notizen zu machen. «Donnerwetter», sagte er, während er lauschte und rasch etwas aufschrieb. «Sind Sie sicher?» sagte er. Dann hörte er wieder zu, schrieb und sagte noch einmal: «Donnerwetter.» Dann unterstrich er etwas und kritzelte noch ein paar Worte. «Okay, vielen Dank. Ja, wenn Sie uns eine Bestätigung für unsere Akte schicken könnten, wären wir Ihnen sehr verbunden. Allerdings. Ja. Und wenn Sie je in unserer Gegend zu tun haben, laden wir Sie zu einem Steak ein. Okay. Bye.»

Leeland drehte sich um, schüttelte den Kopf und betrachtete seine

Notizen. Er schob sich den Stift hinter ein Ohr und rieb seinen Schnurrbart.

«Das war Texas Ranger John Deaton aus McAllen unten im Valley. Er war ein paar Tage nicht zu erreichen, weil er einen Doppelmord in der Nähe von Los Ebanos an der Grenze untersuchte, aber gestern abend kam er zurück. Heute morgen war er im Büro und sah die neuen Fernschreiben durch, die inzwischen gekommen waren. Er sah, daß Dallas nach Ackley fahndet, und Dallas verwies ihn an uns. Er sagte, am Dienstag vor einer Woche», Leeland drehte sich um und schaute auf den Kalender, der auf dem Schreibtisch lag, «also am Dreiundzwanzigsten, vor neun Tagen, drei Tage nach Sniders Vergewaltigung in Dallas, haben Dennis Ackley und Clyde Barbish einen Spirituosenladen in Mercedes überfallen, etwa zwölf Meilen von der nächsten Grenzstation entfernt. Die Sache ging schief, es kam zu einer Schießerei. Barbish wurde verwundet, konnte aber fliehen und wurde seither nicht mehr gesehen. Ackley brachte einen der beiden Angestellten des Ladens um, und fast gleichzeitig schoß der andere Angestellte mit einer Schrotflinte zurück und blies Ackley das Gesicht weg. Das war zwei Tage vor dem Mord an Dorothy Samenov.»

22

«Wenn mein Vater mir gesagt hätte, ich sollte Gift trinken, dann hätte ich das getan», sagte sie. «Soviel hat er mir bedeutet.»

Mary Lowe hatte über ihren Stiefvater gesprochen und davon, wie sehr ihre Mutter und sie an ihm hingen, nachdem er sie von ihrem Nomadenleben erlöst hatte. Broussard fiel der Versprecher auf; sie sagte nicht «Stiefvater», sondern «Vater». Aus irgendeinem Grund verursachte ihm das Unbehagen, und die Vorahnung, die er bei der letzten Sitzung gehabt hatte, kehrte zurück.

«Wir kamen uns sehr nahe. Ich ging in die dritte Klasse. Ich hatte ein Schuljahr versäumt, als Mutter und ich herumgezogen waren; deshalb war ich schon zehn und damit ein Jahr älter als alle anderen.»

Mary war so schlank und elegant wie ein Pariser Mannequin und legte großen Wert auf modische Kleidung. Broussard hatte nie auch nur das kleinste Accessoire an ihr gesehen, das nicht perfekt zu ihrer Aufmachung paßte. An diesem Nachmittag war ihr dichtes, buttergelbes Haar zurückgekämmt und im Nacken mit einem weißen Spitzenschal zusammengebunden. Sie lag auf der Couch, einen Arm neben sich, den anderen quer über die schmale Taille gelegt.

«Er wurde mein bester Freund», fuhr sie fort. «Wir schwammen zusammen in unserem Pool, spielten Spiele ... wer unter Wasser am weitesten schwimmen konnte, wer die meisten Pennies vom tiefen Ende aufsammeln konnte, eher er auftauchen mußte, wer unter Wasser die meisten Purzelbäume schlagen konnte. Meine Mutter las am Pool oder döste in der Badehütte. Er und ich sahen oft zusammen fern und aßen Pizza oder Popcorn; wir lagen dabei auf dem Fußboden oder auf dem Sofa. Er hatte es gern, wenn ich mich an ihn kuschelte oder den Kopf in seinen Schoß legte. Mutter saß dann in ihrem tiefen Sessel und lackierte sich die Fingernägel oder las eine Zeitschrift. Manchmal war sie gar nicht da. Und wir haben auch zusammen gekocht. Er kochte gern, und er brachte mir bei, ihm in der Küche zu helfen. Alles, was ich kochen kann, habe ich von ihm gelernt, nicht von meiner Mutter. Ich kann mich kaum erinnern, sie überhaupt je in der Küche gesehen zu haben. Das interessierte sie nicht.»

Die Hand, die über Marys Taille lag, streckte sich flach aus, und Broussard sah, daß sie leicht auf den Magen drückte, als habe sie Schmerzen oder versuche, eine Spannung zu lindern. Er schaute auf ihr Gesicht, auf die leichte Rötung um ihre Augen, auf den eine Spur asymmetrischen Mund mit der Andeutung eines Grübchens auf einer Seite. Doch zwischen ihren Augenbrauen stand eine leichte Falte, der Beginn eines Stirnrunzelns.

«Er war mein Vater», sagte sie. Wieder machte Broussard sich eine Notiz, obwohl in diesem Augenblick unklar war, wie sie das Wort gemeint hatte. Sie konnte gemeint haben, «er war mein ‹Vater›», aber auch: «Er war wie ein Vater für mich» oder «Er wurde mein Vater».

«Er liebte mich», sagte sie. «Er sagte es mir, und das gab mir ein wunderbares Gefühl. Ich wollte wirklich geliebt werden und diese Liebe gezeigt bekommen. Er tat alles mit mir zusammen, und wir entwickelten eine ganz besondere emotionale Bindung. Bei mir ging das sehr schnell, weil ich diese Leere in mir hatte, und er füllte die Lücke aus. Ich wurde sein ‹kleines Mädchen›. Zur gleichen Zeit, jetzt, wo meine emotionalen Bedürfnisse erfüllt wurden, schien Mutter sich völlig von mir abzuwenden. Auch an ihm schien sie nicht mehr sonderlich interessiert. Meine symbiotische Beziehung zu meinem Vater war für sie ... wie eine Befreiung ..., sie konnte sich jetzt mehr um sich selbst kümmern, in ihrem Narzißmus schwelgen. Sie wurde immer distanzierter, in sich selbst verschlossen, putzte sich wie ein einsamer weißer Vogel. Sie war sehr schön. Und sie war auch ungewöhnlich egozentrisch.»

Mary hielt inne, und die Finger auf ihrem Magen bewegten sich leicht, aber rastlos.

«Ich wollte, daß mein Vater wußte, daß ich ihn auch liebte. Ich wollte nicht, daß er mich allein ließ oder sich von mir abwandte, wie meine Mutter das getan hatte. Ich weiß noch, daß ich mir große Sorgen machte, es könne so kommen.

Eines Nachmittags ging ich mit einer Schulfreundin und deren Mutter einkaufen. Ich kaufte mir meinen ersten zweiteiligen Badeanzug. Er war aquamarinblau. Im Sommer gingen wir abends schwimmen, und ich mochte das besonders, weil die Scheinwerfer unter Wasser mir sehr exotisch vorkamen. Ich trug an diesem Abend meinen neuen Badeanzug, als ich mit meinem Vater im Wasser Basketball spielte. Wir tobten herum, und ich weiß noch, daß ich schließlich den Ball in die Hand bekam und vor ihm weglief. Er rannte mir nach, lachend, und packte mich von hinten ... und hielt mich fest ... irgendwie anders. Ich weiß nicht mehr genau, wie ich das zuerst empfunden habe. Ich hatte das nie zuvor gefühlt, nie einen Gedanken daran verschwendet, aber ich wußte auf der Stelle, was es war und daß es hart geworden war, und er hielt es gegen die Rückseite meines Bikinihöschens, drückte mich sozusagen an seinen Schoß. Dann begann er, sich irgendwie an mir zu reiben, und hielt mich dabei so fest, daß ich ihm nicht entkommen konnte. Ich spürte, wie er diese lange Schwellung zwischen meine Pobacken drückte, und plötzlich glitten seine Hände unter das Oberteil meines Badeanzugs, und er fing an, mit meinen Brustwarzen zu spielen, sie zu massieren, zwischen seinen Fingern zu drücken.»

Mary verstummte und schluckte, die Augen auf die ferne Erinnerung fixiert. «Ich war so verblüfft ... ich tat eigentlich gar nichts. Ich dachte nur: ‹Was ist das? Was macht er da?›, und dann erschauerte er plötzlich und hielt mich noch ein paar Sekunden fest an sich gedrückt. Ich war vollkommen durcheinander. Das war mir total fremd, ich verstand es nicht, und es gefiel mir nicht. Ich glaube, ich versuchte mich loszumachen, und dann lachte er irgendwie wieder und schubste mich weg, tat so, als spielten wir weiter, und schwamm an den Rand des Schwimmbeckens.»

Marys nervöse Finger verrieten ihre Erregung und veranlaßten Broussard, in ihr Gesicht zu schauen. Die kleine Falte zwischen ihren Augenbrauen war zu einem strengen Stirnrunzeln geworden, aber es war mehr das Stirnrunzeln eines Menschen, der sich bemüht, irgendein fernes Geräusch zu hören, als das Stirnrunzeln eines emotional erregten Menschen. Broussard beobachtete sie. Er hatte im Laufe der Jahre eine ganze Reihe solcher Geschichten gehört, und er fragte sich, wie sie als Kind damit umgegangen sein mochte und wie sie es als Frau interpretieren würde.

Mary sprach nicht gleich weiter. Tatsächlich schwieg sie siebzehn Minuten lang, wie Broussard an der Uhr auf seinem Kaminsims ablesen konnte. Wie immer schwieg er, beobachtete, sah, daß auch Marys Beine sich fast unmerklich bewegten, beinahe so nervös wie ihre Finger, aber ganz leicht, wie bei jemandem, der zu lange in der gleichen Stellung verharrt hat. Doch während er sie noch beobachtete, beherrschte sie sich wieder. Mit bemerkenswerter Willenskraft hielt sie ihren zuckenden Körper still, faßte sich und hatte sich bald so weit wieder in der Gewalt, daß sie weitersprechen konnte.

«Sobald ich mich freigemacht hatte», sagte sie, «drehte ich mich um und sah Mutter an, die am anderen Ende des Pools saß, die Füße im Wasser, und eine Zeitschrift las. Sie hatte nichts bemerkt. Ich sah meinen Vater an, und er schüttelte den Kopf und runzelte die Stirn, um mir zu verstehen zu geben, ich solle nichts sagen. Vermutlich wußte er, was in mir vorging. Es war verwirrend, was er getan hatte. Und jetzt das . . ., daß er nicht wollte, daß ich etwas darüber sagte. Es war . . . verwirrend.» Mary schien kein anderes Wort finden zu können, um ihre Gefühle zu beschreiben. «Er wollte es vor ihr geheimhalten, was er getan hatte. Selbst mit meinem Kinderverstand begriff ich die Ungeheuerlichkeit dessen, was er da vorschlug, begriff, daß es eine Art Wendepunkt war. Wenn ich das weiter mitmachte, würde ich zu einer Art Mitverschwörerin. Wenn ich zustimmte, hätten wir ein gemeinsames Geheimnis.

Ich war noch immer im Wasser und schaute zu Mutter, die ihre Beine langsam im blauen Wasser bewegte, den Kopf über die Zeitschrift gebeugt. Hinter mir hörte ich, wie mein Vater anfing, meinen Namen zu rufen, irgendwie lachend, vielleicht ein bißchen verlegen. In diesem Moment, zwischen ihnen beiden, versuchte ich, für mich selbst Klarheit zu schaffen. Warum hatte ich so ein komisches Gefühl bei dem, was er getan hatte? Was *hatte* er denn getan? Ich weiß nicht. Was war an meiner Brust so anders, daß er mich da nicht berühren durfte, was war mit seinem Ding, daß er nicht tun durfte, was er getan hatte? Was hatte er getan? Er küßte mich auf den Mund und gab mir Klapse auf den Po. Was war an dem hier so anders? Ich meine, wie verhalten sich Väter? Er war ja wirklich wunderbar zu mir gewesen. Ich wußte, daß er mir nie Schaden zufügen würde. Ich wußte, daß er mich liebte. Und ich wußte auch, wenn ich etwas darüber sagte, wäre es für uns alle peinlich. Es würde die Dinge verderben.»

Binnen weniger Augenblicke hatte Mary Lowe sich wieder in Erregung geredet, aber jetzt konnte sie nicht länger liegenbleiben. Abrupt setzte sie sich auf und schwang die Beine auf den Boden. Sie wischte sich übers Gesicht.

«Könnte ich bitte einen kalten Waschlappen haben?» fragte sie.

«Entschuldigung», sagte er. «Natürlich.» Er legte sein Notizbuch hin, ging ins Badezimmer, hielt einen Waschlappen unter kaltes Wasser, drückte ihn aus und brachte ihn ihr. Ihr Gesicht war gerötet, und sie sah aus, als habe sie heftig geatmet. Sie nahm den Waschlappen, bedankte sich und wischte sich das Gesicht, ohne auf ihr Make-up zu achten. Sie hielt ihn einen Moment lang fest und verbarg ihre Miene. Dann nahm sie ihn ab. Er stand vor ihr, beobachtete und merkte, daß ihre Erregung sich auf ihn übertrug. Sie ignorierte seine Nähe, wischte sich mit dem Waschlappen den Ausschnitt, die Vertiefung zwischen den Brüsten. Broussard registrierte verwirrt, wie sehr sie ihn anzog.

Plötzlich hielt sie inne und sah zu ihm auf. Sie reichte ihm den Waschlappen, ohne sich zu bedanken. Er lächelte ihr zu, trug ihn ins Badezimmer zurück und legte ihn auf den Rand des Waschbeckens.

Als er zurückkam, hatte Mary Lowe ihre Handtasche genommen und auf ihren Schoß gelegt, während sie ihr Make-up erneuerte. Broussard ging wieder zu seinem Sessel und beobachtete sie. Nach einer Weile sagte er: «Glauben Sie, daß diese Episode aus heiterem Himmel passierte?»

«Wie meinen Sie das?» Sie betrachtete sich in ihrem kleinen Handspiegel.

«Haben Sie sich je gefragt, ob Sie vielleicht auf irgendeine Weise Ihren Stiefvater zu einer solchen Handlung provoziert haben?»

Trotzig blickte sie von ihrem Spiegel auf. Er fühlte sich, als hätte sie ihn geschlagen.

«Manchmal können Kinder, können kleine Mädchen provozierend sein, ohne es zu merken», beharrte Broussard. «Vielleicht wollten Sie, daß es zu dieser Episode kam. Warum haben Sie wohl den Bikini gekauft? Sie müssen doch zugeben, daß ein solcher Badeanzug mehr sehen läßt, viel mehr...»

Lowe ließ den Spiegel sinken, klappte ihre Puderdose zu und steckte sie in die Handtasche. Sie sah ihn an. «Ich war ein *Kind*», sagte sie.

Broussard lächelte. «Natürlich waren Sie das, aber glauben Sie, daß Kinder vollkommen unschuldig sind... in dieser Hinsicht? Selbst als Erwachsene wissen wir manchmal nicht, warum wir das tun, was wir tun. Irgendein unbewußter Impuls zwingt uns dazu, und vielleicht begreifen wir gar nicht, was wir machen, bis es vorbei ist. Erst hinterher erkennen wir, daß mehr daran war, als es den Anschein hatte. Haben Sie sich nie gefragt, ob Sie nicht vielleicht unbewußt wollten, daß dieser vereinzelte Vorfall passierte?»

Mary Lowe stand von der Couch auf und sah Broussard an. «Es war kein vereinzelter Vorfall», sagte sie.

23

Vickie Kittrie war am Mittwochmorgen noch immer nicht zur Arbeit erschienen. Ihr Chef bei Computron sagte, sie habe sich für eine Woche krank gemeldet. Zu Hause war sie auch nicht. Palma fand sie in Olympia bei Helena Saulnier.

Zu dritt saßen sie wieder in Saulniers Wohnzimmer. Zufällig oder einem unbewußten Bedürfnis folgend, sich wie beim letzten Mal zu verhalten, saßen Palma und Kittrie auf denselben Plätzen wie drei Tage zuvor, einander gegenüber, die goldfarbenen Kacheln des Couchtisches zwischen sich, während Saulnier, diesmal ohne sich zu entschuldigen, in einem zweiten Gobelinsessel Platz nahm. Beide Frauen waren leger gekleidet; Kittrie trug weiße Shorts und ein weißes Safarihemd, Saulnier wie neulich einen Sarong und das Oberteil eines schwarzen Bikinis. Beide Frauen schienen besorgt über Palmas dritten Besuch in ebenso vielen Tagen. Kittrie wirkte ängstlich wie zuvor, aber Saulnier ließ diesmal echte Besorgnis erkennen. Palma dachte, es sei eine gute Gelegenheit, direkt zur Sache zu gehen. Sie war zu lange zu vorsichtig gewesen.

«Ich will Ihnen reinen Wein einschenken», sagte Palma, sah beide an, ließ den Blick dann aber auf Kittrie ruhen. «Ich weiß, daß Sie und Dorothy Samenov ein Liebespaar waren.» Obwohl Kittrie vor Überraschung große Augen machte und feuerrot wurde, sprach sie weiter. «Ich weiß, daß Dorothy ihre Bisexualität geheimhalten wollte, und ich weiß, daß ihr geschiedener Mann sie damit erpreßte. Er ist übrigens tot.» Kittrie riß den Mund auf. «Er wollte ein Spirituosengeschäft ausrauben und wurde dabei erschossen. Ich muß zugeben, daß er unser Hauptverdächtiger war ... und der einzige. Wir sind der Lösung dieses Falles keinen Schritt näher als vor zwei Tagen, als wir Dorothys Schlafzimmer betraten.

Außerdem muß ich Ihnen sagen, daß einige Wochen vor Dorothys Tod eine andere Frau auf fast genau die gleiche Art ermordet wurde.» Diesmal reagierten sowohl Saulnier als auch Kittrie alarmiert. «Ich habe Sie bei unserem ersten Gespräch nach ihr gefragt», sagte Palma zu Kittrie. «Sie hieß Sandra Moser.»

«Ich erinnere mich», sagte Kittrie und nickte. «Aber ich habe den Namen nie gehört.»

«Sie wurde im Doubletree Hotel gefunden. Es stand in der Zeitung.»

«Ja, daran erinnere ich mich», sagte Saulnier. «Ich wußte nur nicht, daß es derselbe Name war.» Ihr Gesichtsausdruck war nüchtern. «Und sie wurde ... auf dieselbe Weise umgebracht?»

Palma nickte und öffnete den Umschlag, den sie mitgebracht hatte. Sie nahm das Bild von Moser und die Kopien der drei Schwarzweißfotos der unidentifizierten Frau mit der Puppe heraus.

«Kennen Sie eine dieser Frauen?»

Vickie war nicht so raffiniert, wie sie hätte sein können; als sie die Bilder sah, warf sie Saulnier einen kurzen Blick zu; diese tat, als bemerke sie es nicht. Saulnier schaute Palma an und schüttelte achselzuckend den Kopf. Vickies Gesichtsausdruck war so leer wie der einer Schwachsinnigen.

Palma war wütend, ließ sich aber nichts anmerken. Es kam ihr absurd vor, daß sie hier zu dritt Versteck spielten.

«Ich will Ihnen meine Meinung sagen», sagte sie, «und von dieser

Annahme ausgehend, führen wir auch die Untersuchung. Es gibt eine Gruppe von Ihnen», dabei sah sie auch Saulnier an, «die ihre bisexuellen oder sogar ausschließlich lesbischen Vorlieben geheimhalten will, aus beruflichen oder anderen Gründen. Privat verkehren Sie miteinander, aber beruflich bleiben Sie auf Distanz. Vielleicht halten Sie Ihr Berufs- und Privatleben auch strikt getrennt, und einige von Ihnen kennen dieselben Frauen, ohne es zu wissen. Jedenfalls kennen einige von Ihnen, ohne es zu wissen, auch den Mann, der Dorothy und Sandra Moser getötet hat. Er wird noch andere töten. Das garantiere ich Ihnen, weil keine von Ihnen mit uns zusammenarbeitet und wir *keinerlei* Hinweise haben. Also läuft er da draußen frei herum, ein Ehemann, ein Kumpel, ein Liebhaber, Freund, Friseur, Klempner, Manager ..., was immer er ist. Und er wird es wieder tun. Solange Sie dieses dumme, verschwörerische Schweigen nicht aufgeben, verurteilen Sie eine andere Frau zum Tode.»

Palma hielt inne und sah sie an. Kittrie rutschte in ihren niedlichen, bauschigen Shorts herum wie ein getadeltes Schulmädchen. Saulnier verstand.

«War die andere Frau bisexuell?» fragte sie.

«Das wissen wir nicht.» Palma war das Spiel leid. Sie nickte in Richtung auf die Bilder. «Sie ist blond. Wir hoffen, Sie könnten uns helfen, das herauszufinden.»

«Ich kenne sie nicht», sagte Saulnier. Dann beugte sie sich vor und legte einen Finger auf das Bild der unidentifizierten Frau. «Aber die kenne ich.» Sie hielt Palmas Blick stand. «Wissen Sie das ganz sicher, ich meine das mit der Bisexualität?»

«Sicher wissen wir gar nichts», sagte Palma. «Wir glauben, daß das ein Anhaltspunkt ist.»

Saulnier nickte und lehnte sich nachdenklich in ihrem Sessel zurück. Offenbar hatte sie die Tragweite dessen begriffen, was Palma gesagt hatte, und wog sie gegen etwas ab, das Palma nur vermuten konnte.

«Es handelt sich nicht direkt um einen ‹Club›», sagte sie schließlich und sah Palma an, «aber es kommt der Sache ziemlich nahe.»

Vickie Kittrie griff nach ihren Zigaretten auf dem Couchtisch. Saulnier richtete sich in ihrem Sessel auf.

«Tatsächlich hat Dorothy diese ... Gruppe selbst gegründet, vor fünf oder sechs Jahren», begann Saulnier und warf Kittrie einen kurzen Blick zu, ehe sie fortfuhr. «Als Kind war sie sexuell mißbraucht worden, und mit fünfzehn lief sie von zu Hause weg, um dem zu entgehen. Während sie die High School beendete, wohnte sie in einem Hospiz. Sie war tüchtig und intelligent und bekam ein Stipendium fürs College. Dort lernte sie Louise Ackley kennen und entdeckte, daß sie sich sexuell zu anderen Frauen hingezogen fühlte.»

Saulnier hielt inne, als wolle sie etwas erklären, überlegte es sich dann aber anders und sprach weiter. Palma dachte an den betrunkenen Mann, den sie in Ackleys Schlafzimmer hatte fluchen hören.

«Dorothy merkte sehr bald, daß das ein Aspekt ihres Lebens war, den sie würde geheimhalten müssen. Da rief sie die erste derartige Gruppe ins Leben. Während ihres Studiums lernte sie Louises Bruder kennen, und aus irgendeinem unerfindlichen Grund heiratete sie ihn. Was dabei herauskam, wissen Sie. Aber Dorothy und Louise setzten ihre Beziehung fort. Natürlich habe ich gelogen, als ich behauptete, sie nicht näher zu kennen. Wir standen uns überaus nahe, weil wir einander gegenüber wohnten. Eine Zeitlang waren wir auch ein Liebespaar, aber wir waren uns zu ähnlich. Jedenfalls war Louise jahrelang ihre Geliebte, hinter Dennis' Rücken. Er war ein solcher Trottel, so mit sich selbst beschäftigt, daß er nicht einmal merkte, was vor sich ging. Und dann ertappte er sie eines Tages zusammen. Von da an erpreßte er sie.

Dorothy war unabhängig und gewitzt, nur da nicht, wo es um Dennis ging. Sie hatte Erfolg im Beruf, obwohl Dennis ihr am Hals hing wie ein Mühlstein, auch nach der Scheidung noch. Daher rief sie diese Gruppe ins Leben, eine Art Netzwerk, damit andere bisexuelle und lesbische Frauen sich begegnen konnten, ohne daß nach außen etwas bekannt wurde, falls sie das wollten. Viele haben Berufe, in denen es ihrer Karriere schaden könnte, wenn ihre sexuelle Prägung bekannt würde. Andere sind verheiratet... glücklich verheiratet, wenn das kein Widerspruch an sich ist. Sie wollen ihre Familien nicht aufgeben, aber sie sehnen sich nach der Art von Zuneigung, die ihnen nur eine andere Frau geben kann. Viele gehören zur besten Gesellschaft. Und Sie hatten recht, das Geheimnis dieser Gruppe ist die strikte Trennung aller Lebensbereiche. Wir benutzen nicht unsere wirklichen Namen, wenn wir jemanden zum ersten Mal sehen, und einige von uns nennen vielleicht nie ihren richtigen Namen. Wenn wir Namen und Telefonnummern notieren, sind beide verschlüsselt. Jede Frau denkt sich ihren eigenen Code aus.»

«Kennen Sie den von Dorothy?»

«Nein, das ist ja gerade der Punkt», sagte Saulnier trocken. «Wir gehen niemals zu lesbischen Zusammenkünften, und wir geben uns auch nicht als Lesbierinnen zu erkennen. So ziemlich alle Altersstufen sind vertreten; ein paar sind Großmütter, allerdings sehr guterhaltene Großmütter. Diese Frauen gehören einer Einkommensklasse an, die es ihnen ermöglicht, für sich selbst zu sorgen. Und die meisten von uns sind Feministinnen.» Sie gestattete sich ein schiefes Lächeln. «Zumindest innerhalb unserer speziellen Gruppe will eine Frau, die eine Frau will, eine wirkliche Frau.»

Saulnier verstummte und zuckte die Achseln, als wolle sie sagen, damit sei alles erklärt.

«Wie groß ist die Gruppe?»

«Genau weiß ich das nicht. Vermutlich könnte ich aus dem Kopf ein paar Dutzend Namen nennen, aber ich bin sicher, daß es viele gibt, von denen ich überhaupt nichts weiß.»

«Und wie funktioniert das Netzwerk?»

Saulnier nickte, als habe sie gewußt, daß das die nächste Frage sein würde, aber ihr Gesicht war unbewegt.

«Sehen Sie, da liegt das Problem», sagte sie. «Einige dieser Frauen sind ... prominent; oder ihre Ehemänner sind prominent. Und ihre Männer haben keine Ahnung, daß es so etwas gibt oder daß ihre Frauen solche Bedürfnisse haben.»

«Sie müssen die Möglichkeit in Betracht ziehen, daß jemand von Ihrer Gruppe erfahren hat», sagte Palma. «Und daß ihm das, was er erfahren hat, nicht gefiel. Vielleicht der Mann oder Sohn oder Freund oder Liebhaber einer dieser Frauen. Das müssen Sie bedenken. *Jemand* ist dahintergekommen.»

Palma sah Kittrie an. «Vickie, Sie haben mir gesagt, daß Sie Gil Reynolds ein paarmal bei Dorothy getroffen haben. Ich weiß, daß er ein Verhältnis mit ihr hatte, das fast ein Jahr dauerte. Was hielten Sie von ihm?»

«Er war okay», sagte sie. «Ein netter Kerl.»

«Wie benahm er sich, als er erfuhr, daß Dorothy bisexuell war?»

«Er hat überreagiert», sagte Vickie. Palma hielt das für eine beträchtliche Untertreibung.

«In welcher Weise?»

«Na ja, ich weiß nur, was Dorothy sagte, und sie sagte, er hätte die Wand in ihrem Schlafzimmer zertrümmert. Und ein paar von ihren Sachen zerschlagen.»

«Welche Sachen?»

«Alle ihre Parfum- und Kosmetikflaschen. Nur die Sachen in

ihrem Schlafzimmer. Vermutlich waren sie gerade im Schlafzimmer, als sie es ihm sagte.»

«Geriet er leicht in Wut?»

«Ich glaube nicht.»

«Hat Dorothy Ihnen je erzählt, wie er Dennis Ackley niedergeschlagen hat?»

Vickie nickte.

«Wie kam es dazu?»

«Oh, ich glaube, Dennis hat Dorothy geschlagen, als Gil da war, und da ist Gil auf ihn losgegangen.»

«Hat er ihn bloß einmal geschlagen, oder hat er ihn niedergeschlagen?»

Vickie zuckte die Achseln. «Na ja, so hat Dorothy es nicht geschildert. Sie sagte, sie hätten sich richtiggehend geprügelt, und sie hätte Gil von Dennis losreißen müssen. Gil hätte Dennis fast ein Ohr abgerissen, und er hätte operiert werden müssen. Sie sagte, Gil hätte ihn beinahe umgebracht.»

«Mir wurde es so dargestellt, als sei Reynolds ein Gentleman», sagte Palma. «Haben Sie ihn auch so gesehen?»

«Na ja, das war er schon, aber er hatte sozusagen auch noch eine andere Seite. Der Bursche machte mir ein bißchen angst, ich weiß nicht genau warum. Genausogut hätte ich diejenige sein können...»

Das verstand Palma.

«Wieso glauben Sie, daß Dorothy und die andere Frau ihren Mörder kannten?» fragte Saulnier. «Vielleicht waren sie zufällige Opfer. Sie sind ja nicht einmal sicher, ob die andere Frau bisexuell war.»

«Das stimmt», sagte Palma, «wir sind nicht sicher. Aber Sandra Moser ist freiwillig in dieses Hotel gegangen, hat sich unter falschem Namen eingetragen und mit jemandem getroffen, den sie *kannte*. Und alles spricht dafür, daß Dorothy ihren Mörder ebenfalls kannte. Sie hat ihn selbst ins Haus gelassen. Keine Spur von einem Einbruch. Es gab keinen Kampf, keine Anzeichen, daß sie sich gewehrt hätte.»

«Aber letztes Mal sagten Sie, sie wäre erdrosselt worden», sagte Saulnier. «Da muß es doch irgendeinen Kampf gegeben haben.»

Palma schüttelte den Kopf. «Das bringt uns auf den nächsten Punkt, den wir besprechen müssen. Sowohl Moser als auch Dorothy wurden stranguliert... mit einem Gürtel, wahrscheinlich mit demselben Gürtel. Ihre Hand- und Fußgelenke waren gefesselt gewesen, aber in beiden Fällen gab es offensichtlich keinen Kampf. Sie hatten sich freiwillig fesseln lassen. Beide wurden auf dieselbe Weise sexuell verstümmelt. In beiden Wohnungen wurden sadomasochistische Gebrauchsgegenstände gefunden. Haben viele Frauen in der Gruppe solche Neigungen?»

Saulnier schüttelte energisch den Kopf. «Ich vermute, daß das, was Sie gefunden haben, dem Zweck der Selbstbefriedigung diente.»

Darauf war Palma vorbereitet. Sie nahm wieder den Umschlag zur Hand und zog die Farbfotos heraus, auf denen Samenov ans Bett gefesselt war, während der Folterer mit der Ledermaske für die Kamera posierte. Palma breitete die Bilder auf dem Tisch aus und beobachtete die beiden Frauen. Saulnier war verblüfft; Kittrie wurde bleich, senkte den Blick und zog rasch an ihrer Zigarette.

«Vickie, ich sehe, daß Sie etwas darüber wissen», sagte Palma.

Saulnier verbarg schnell ihre Überraschung über diese zweite Enthüllung, aber ihre Augen verrieten verhaltene Ungläubigkeit, als sie sich beiläufig zu Kittrie wandte, die verneinend den gesenkten Kopf schüttelte. Als Saulnier sah, daß das Mädchen etwas verheimlichte – sie war peinlich leicht zu durchschauen –, wollte sie sie beschützen.

«Hören Sie», sagte sie schnell zu Palma, «was wollen Sie eigentlich?»

«Ich will wissen, wer die Männer waren, die mit Dorothy diese Art harten Sex hatten.» Palma sprach zu Kittrie, Saulniers Intervention mißachtend. «Ich will wissen, wer die Ledermaske trägt.»

«Nein!» schrie Kittrie und bemühte sich, ihr kindliches Gesicht unerbittlich wirken zu lassen. «Nein. Männer? Nein!»

«Mir wurde gesagt, daß tatsächlich Männer beteiligt waren.» Palma erhob die Stimme, als sie auf diese Weise die Wahrheit etwas dehnte; sie wollte noch weiter gehen, beherrschte sich aber, um den Bogen nicht zu überspannen.

Kittrie weinte nicht. Der zusätzliche Tag hatte ihre Nerven gestärkt, vielleicht auch ihre Entschlossenheit. «Es ist mir egal, was man Ihnen gesagt hat», sagte sie, nun ebenfalls lauter werdend. «Wir waren ... nur zu zweit ... sie hatte ... sie hatte mich darum gebeten. Da machte ich mit.»

«Was meinen Sie damit? Haben Sie die Bilder aufgenommen?»

«Nein, ich meine diese Art Sachen. Das war Dorothys Neigung.»

«Ich verstehe.» Palma machte sich nicht die Mühe, ihre Verzweiflung zu verbergen. «Ich will wissen, wer die Männer waren.»

«Ich sage Ihnen doch, es gab keine Männer dabei.»

«Wer zum Teufel ist dann das?» Palma tippte mit dem Finger auf die maskierte Gestalt.

«Ich weiß es nicht.» Kittrie warf der noch immer verwirrten Saulnier einen Blick zu.

Palma starrte Kittrie an. Verdammt, sie glaubte ihr. Palma glaubte ihr, aber etwas verriet ihr, daß sie allmählich auf Treibsand geriet. Niemand sprach. Helena Saulnier wandte unwillig den Blick von Vickie Kittrie ab und richtete ihn auf Palma.

«Schauen Sie», sagte sie, «die Sache macht mir schreckliche Angst, aber ich bringe es einfach nicht übers Herz, Ihnen Namen zu nennen. Lassen Sie mich mit ein paar von den Frauen reden ... Ich will ehrlich zu Ihnen sein. Ich glaube nicht, daß eine von ihnen es riskieren wird zu sprechen. Aber ich werde tun, was ich kann.» Sie betrachtete die beiden Fotos auf dem Tisch. «Lassen Sie mich mit der da reden», sagte sie und zeigte auf die unidentifizierte Frau, die mit der Puppe posierte.

«Nehmen Sie auch Sandra Mosers Bild mit», sagte Palma. «Wir müssen mehr darüber in Erfahrung bringen, mit wem sie sich traf. Sie könnten uns eine große Hilfe sein.»

Wieder folgte ein Schweigen. Nach der Szene, die sie gerade erlebt hatten, widerstrebte Palma das, was sie als nächstes tun mußte.

«Da ist noch eine Sache», sagte sie. «Das Polizeilabor hat Haare zweier anderer Personen identifiziert, die sich in Dorothys Zimmer und an ihrem Körper befanden.» Beide Frauen sahen sie stirnrunzelnd und ungläubig an. Kittrie wirkte plötzlich, als werde sie gleich in Tränen ausbrechen. «Einige von diesen Haaren könnten möglicherweise vom Mörder stammen. Vielleicht tauchen noch weitere Haare an anderen Stellen ihres Schlafzimmers auf, wenn wir die Untersuchung fortsetzen», sagte Palma, ohne direkt zum Kern der Sache zu kommen. Sie schaute Kittrie an. «Da Sie Dorothys Geliebte waren und sich oft in diesem Zimmer aufgehalten haben, müssen wir wissen, welche dieser Haare von Ihnen stammen könnten. Wir brauchen von Ihnen Haarproben zum Vergleich.»

«Du lieber Himmel», sagte Saulnier. Sie schien protestieren zu wollen, und Palma fürchtete, sie werde an Kittries Stelle Einwände erheben, doch da meldete sich das Mädchen zu Wort.

«In Ordnung», sagte sie. «Was muß ich machen?»

Saulnier schüttelte den Kopf, als könne sie Kittries Narrheit nicht begreifen.

«Ich brauche je fünf Kopfhaare von fünf verschiedenen Stellen Ihres Schädels», sagte Palma. «Stirn, Hinterkopf, beide Schläfen und Oberkopf, und ich brauche zehn Haare aus der oberen Partie Ihrer

Schamhaare und zehn von den Haaren rund um die Vagina. Die Haare müssen ausgerissen werden, nicht abgeschnitten, und ich muß bezeugen können, daß sie von Ihnen stammen. Ich habe hier ein paar kleine Plastikbeutel, die sich selbst versiegeln, und werde jeden Beutel mit einer Herkunftsbezeichnung versehen. Wenn Sie wollen, können wir ins Badezimmer gehen.»

«Mir ist das egal», sagte Kittrie. «Machen wir's hier.»

Saulnier half Kittrie, während Palma als Zeugin dem Vorgang beiwohnte und die Plastikbeutel beschriftete und versiegelte. Kittrie riß sich insgesamt fünfundzwanzig lange, ingwerfarbene Haare von verschiedenen Kopfpartien aus. Als sie damit fertig war, stand sie auf, knöpfte ihre Shorts auf und trat heraus, schlüpfte aus ihrem rosa Slip und setzte sich wieder auf das Sofa. Mit gebeugtem Kopf zupfte sie sorgfältig zehn drahtige Haare vom oberen Teil des Schambeins; dann, langsamer und sorgfältiger, tat sie dasselbe rund um ihre Vagina. Palma hielt ihr die kleinen Plastikbeutel hin, und Kittrie ließ die Haare einzeln hineinfallen. Dann versiegelte und beschriftete Palma die Beutel.

Während Kittrie sich wieder anzog, beendete Palma das Beschriften der Tütchen, faßte sie mit einem Gummiring zu einem Bündel zusammen und steckte sie in ihre Handtasche. Dann nahm sie die Fotos, die noch immer auf den goldenen Kacheln des Couchtisches lagen, und schob sie wieder in den Umschlag. Das Bild von Sandra Moser ließ sie zurück. Sie nahm ihre Tasche und den Umschlag, stand auf und schaute Kittrie an, die gerade die Zipfel ihres Hemdes in die Shorts schob.

«Vielen Dank, daß Sie dazu bereit waren», sagte Palma. «Das ist uns eine große Hilfe.»

«Mir hat es nichts ausgemacht.» Kittrie wirkte jetzt nicht mehr ärgerlich, sondern besiegt. Palma hätte gern noch etwas gesagt, aber ihr fiel nichts ein. Das Mädchen war eine so eigenartige Mischung aus Unschuld und Täuschung, daß man nicht recht wußte, wie man sie eigentlich behandeln mußte.

Palma wandte sich an Saulnier. «Haben Sie noch meine Karte und meine Privatnummer?» fragte sie.

Saulnier nickte, und Palma drehte sich um und ging auf die Haustür zu. Saulnier folgte ihr um den großen Topf mit dem Feigenbaum herum, wo Stufen zur Tür hinunterführten. Palma öffnete selbst die Tür, ging hinaus und schaute Saulnier nicht an. «Warten Sie nicht zu lange, bis Sie davon Gebrauch machen», sagte sie, ohne sich umzudrehen, und schritt durch den Vorgarten nach draußen.

24

Palma saß mit ihrer Mutter auf der Schaukel und hörte zu, wie die alte Frau die jüngsten Schreckensmeldungen aus der Nachbarschaft aufzählte. Cynthia Ortiz' mittlerer Sohn ist verhaftet worden, weil er in Mayfair ein Mädchen vergewaltigt hat, und sie sagen, er sei im Kokainrausch gewesen. Die jüngste Linares-Tochter heiratet, und es heißt, sie sei im dritten Monat schwanger Doris de Ajofín hat ihren Mann verlassen, und man erzählt sich, ihr Liebhaber sei einer aus dem *Coca*-Handel in Cali. Rodrigo Ruiz ist verhaftet worden, weil er zum dritten Mal im Eastwood Park ein kleines Mädchen befingert hat, und sie sagen, diesmal kommt er dafür ins Gefängnis. Mariana Flandraus Gebärmutterentfernung ist von den Ärzten verpfuscht worden, und es heißt, sie verklagte sie auf zwei Millionen Dollar. Juana de Cos' kleine Tochter Lupita ist gestorben, sie liegt in der Capilla de Tristeza, und sie sagen, wenn man sich ein bißchen über den Sarg beugt, kann man noch die Nadelspuren in ihren Armen sehen. Sie sagen, Lupitas Freund habe versucht, sich das Leben zu nehmen.

Sie sagten eine Menge Dinge im *barrio,* und während Palma den Verheerungen und Schicksalsschlägen in diesen Lebensgeschichten lauschte, dachte sie an Helena Saulnier und Vickie Kittrie. Deren Leben bewegten sich in einer Welt verschlüsselter Namen, doppelter Identitäten und sexueller Exotik, so alt wie die menschliche Natur. Palma selbst konnte diese Art von Frauen überhaupt nicht verstehen. Während ihrer Zeit bei der Sittenpolizei hatte sie mehr über die andere Seite der Lesbierinnenwelt erfahren, als sie hatte wissen wollen, hatte die Lederbars und die Lokale der kessen Väter kennengelernt, eine rohe Welt zur Schau gestellter Härte, die ihr bitter und verzweifelt und fremdartig erschienen war.

Aber Helena Saulnier repräsentierte etwas ganz anderes. Für Palma war es keine Überraschung, daß eine Frau, die eine Frau wollte, eine *richtige* Frau wollte. Sie wußte, daß die stereotypen, sich hart gebenden Lederfrauen und die femininen Frauen, die sie liebten, an den dünnen, brüchigen Rändern des Hauptstroms lebten und nur ein Teil des Gesamtbildes weiblicher Homosexualität waren. Aber das, was Saulnier als vorherrschende bisexuelle und lesbische Tendenz bei Frauen der Ober- und Mittelklasse dargestellt hatte, war etwas, worüber Palma nie nachgedacht hatte. Und es irritierte sie, daß sie diese verborgene Welt nicht einmal wahrgenommen hatte. Der bisexuelle

Ehemann und Vater, der ein Doppelleben führte – manchmal mit Erfolg, meist aber mit verheerenden Folgen –, war schon längst eine bekannte Größe in der Typologie der modernen Sozialwissenschaft. Es war bezeichnend, dachte sie, daß selbst bei der Anerkennung der Fakten der menschlichen Sexualität – ob sie nun von der Allgemeinheit akzeptiert wurden oder nicht – die Frauen noch nicht zu ihrem Recht gekommen waren. Schon in den normaleren Rollen in der Gesellschaft hatte man ihnen lange Anerkennung und Legitimation verweigert; auf dem Gebiet sexueller Abweichungen aber, auf dem schwule Männer sich ironischerweise schon längst ihren Platz erobert hatten, kam so etwas wie die Stellung der Frau überhaupt nicht vor.

Mit dem sechsten Sinn, den erwachsene Kinder redseliger Alter zur Verteidigung ihrer eigenen seelischen Gesundheit entwickeln, richteten sich Palmas abschweifende Gedanken rasch wieder auf die Gegenwart. Ihre Mutter hatte zu sprechen aufgehört. Sie hatte ein kleines weißes Taschentuch aus der ausgebeulten Tasche ihres Gartenkleides genommen und fuhr sich damit über Stirn und Nacken.

«Jetzt ist der Sommer wirklich da», sagte ihre Mutter. «Jetzt gibt's kein Zurück mehr. Keine kühlen Tage zwischendurch.» Sie fächelte sich mit dem Taschentuch Luft zu.

Palma betrachtete das Profil der alten Frau, und im Geiste sah sie das Gesicht vor sich, an das sie sich aus ihrer Kinderzeit erinnerte. Ihre Mutter hatte sich gar nicht so sehr verändert, oder vielleicht wollte Palma das einfach nur glauben. Es war eine merkwürdige Sache, seine Eltern altern zu sehen. Ihr Vater war zu jung gestorben, als daß sie den Prozeß wirklich hätte miterleben können. Aber ihre Mutter alt werden zu sehen, Schritt für Schritt, Stunde um Stunde, war etwas, das sie demütig machte. Das Leben nahm nach und nach wieder fort, was es nach und nach gegeben hatte. Das lag in der Natur der Dinge, doch nur wenige Leute begriffen, daß sie ihre Gaben nur vorübergehend besaßen, bis sie sahen, wie sie jemandem, den sie liebten, genommen wurden. Wenn man Glück hatte, gestattete das Leben einem das – einen Vorausblick darauf, wie es sein würde.

«Mama», sagte Palma, ohne den Blick von ihrer Mutter zu wenden, «hast du jemals homosexuelle Frauen gekannt?»

Ihre Mutter bewegte weiter mit einem zarten Schwenken des Handgelenks das Taschentuch; nichts deutete darauf hin, daß sie die Frage vielleicht als ungewöhnlich oder peinlich oder unangebracht empfand.

«Homosexuell?» sagte die alte Frau, legte den Kopf leicht zurück und blickte hinauf in den gesprenkelten Schatten der Eichen, Pecano- und Trompetenbäume. Palma wußte, daß sie die Frage und das Thema gelassen aufnahm. Ihre Mutter war nie prüde gewesen und hatte auch nie vorgegeben, das Leben sei anders, als vernünftige Leute es kannten.

«Ich hab da diesen Fall», sagte Palma und dachte sofort an ihren Vater. So hatte er immer seine Gespräche mit ihrer Mutter begonnen. Er hatte mehr über die Fälle gesprochen, die ihn beschäftigten, als jeder andere Detective, den sie je gekannt hatte. Für ihn war Florencia die Rettungsleine, die ihn mit seiner seelischen Gesundheit verband. Palma erinnerte sich, wie oft sie spätabends ins Wohnzimmer oder auf die Veranda gekommen war und sie dort gesessen hatten, redend, während ihre Mutter sich das Haar kämmte oder Eiswasser mit Zitrone schlürfte; ihr Vater hatte die Schuhe abgestreift, das Hemd aus der Hose gezogen, die Füße auf einen Hocker oder Stuhl gelegt, und er hatte zu ihr gesprochen, mit leiser, feierlicher Stimme, die tief aus seiner tonnenförmigen Brust kam. «Ich hab da diesen Fall», so pflegte er die Gespräche zu eröffnen, und Florencia wurde dann reglos und still, als wolle sie ihn nicht ablenken; alles, was sie gerade tat oder tun wollte, geriet in Vergessenheit, wurde weggewischt, und sie widmete ihre volle Aufmerksamkeit seiner Geschichte.

«In letzter Zeit wurden zwei Frauen umgebracht, und zufällig waren sie beide bisexuell», sagte Palma. «Eines der Opfer war verheiratet und hatte Familie, zwei Kinder. Während der Untersuchung bin ich auf eine Gruppe von Frauen gestoßen, die wie die Opfer sind, eine Art geheimer Organisation, deren Mitglieder Doppelleben führen. Viele, vielleicht die meisten, sind verheiratet, haben Familie. Die meisten sind Mittel- bis Oberklasse...»

Palma hielt inne. Sie wußte nicht, was ihre Mutter sagen würde, und sie wußte nicht, wie sie weitermachen sollte. Sie konnte den Fall nicht schildern. Das hatte wirklich keinen Sinn. Tatsächlich kam sie sich jetzt etwas albern vor, das Thema überhaupt angeschnitten zu haben, so weit war es vom Leben ihrer Mutter entfernt.

«Hier in der Nachbarschaft», sagte ihre Mutter, «haben 1968 mehrere Frauen in zwei Häusern gewohnt, die nahe beieinander lagen. Sie wohnten einige Jahre da, und dann zogen sie weg.»

«Ich meine», sagte Palma, «verheiratete Frauen.»

Ihre Mutter hörte auf, mit dem Taschentuch zu wedeln.

«Zwei», sagte sie, ließ das Taschentuch in ihren Schoß fallen und gab der Schaukel mit ihrem nackten Fuß auf den Steinen einen leichten Schubs. «Die eine ist tot, und die andere ist zu alt, um über sie zu klatschen.»

«Hier in der Nachbarschaft?» Palma war überrascht.

«Ja», nickte sie.

«Hast du sie gut gekannt?»

«Lara Prieto und Christine Wolfe», sagte ihre Mutter nüchtern.

Palma war schockiert. Mrs. Prieto war die Frau des Lebensmittelhändlers gewesen, eine Frau von ruhiger, dunkler Schönheit, die zurückgezogen lebte und außerhalb des Ladens wenig mit den anderen Gemeindemitgliedern zu tun hatte. Christine Wolfe war der Schutzengel des *barrio*. Als Frau eines wohlhabenden Geschäftsmannes war sie eine große Organisatorin von Kirchenbasaren, Wohltätigkeitsveranstaltungen und Karnevalsfesten. Sie war im *barrio* so eine Art Dame der Gesellschaft, und obwohl sie immer hier gewohnt hatte – solange Palma sich erinnern konnte – und noch hier lebte, hatte sie zuviel Geld, um von den anderen Frauen der Gemeinde als Gleichgestellte akzeptiert zu werden.

«Sie waren ein Liebespaar?» fragte Palma ungläubig. Sie konnte sich die beiden Frauen, an die sie sich gut erinnerte, in diesen seltsamen neuen Rollen nicht vorstellen.

Palmas Mutter nickte langsam und nachdenklich. «Ja.»

«Woher weißt du das?»

Für einen kurzen Augenblick huschte ein Hauch von Unbehagen über das Gesicht ihrer Mutter.

«Woher? Ich hab sie zusammen gesehen.»

Palma war überrascht von dem melancholischen Ton ihrer Stimme.

«Du hast sie gesehen?»

Ihre Mutter nickte. «In der Kirche St. Albany, in der Sakristei, an Allerheiligen. Vor vielen Jahren. Du mußt damals wohl acht oder neun gewesen sein. Erinnerst du dich an Lydia Saldano? Ich hatte ihr versprochen, neue Kerzen in die Ständer am Altar zu stecken. Es war nachmittags.» Ihre Mutter hielt inne und schüttelte langsam den Kopf, während sie sich erinnerte.

«Ich verließ die Festwiese und ging in die Kirche. Ich kam durch eine Hintertür in den Raum hinter dem Altar. Er war natürlich leer, und alle bunten Glasfenster waren geöffnet. Als ich auf die andere Seite der Kirche ging, hörte ich ein Geräusch, etwas, das über den Boden rutschte oder schleifte, und dann meinte ich, leise Stimmen zu hören. Sie kamen aus der Sakristei. Ohne nachzudenken, ging ich darauf zu. Die Tür war offen. Plötzlich sah ich sie. Sie hatten meine Schritte nicht gehört.»

Sie hielt inne. Sie beobachtete die Tauben am Brunnen.

«Ich war erstaunt, das kannst du dir vorstellen. Sie waren vollkommen nackt, ihre Kleider und ihre Wäsche lagen überall auf dem Boden. Ich war so verblüfft, daß ich mich nicht vom Fleck rührte. Ich beobachtete sie», sagte ihre Mutter sachlich. «Lara. Die ruhige, sanfte Lara war dominierend bei ihrem Liebesakt, und Christine ... nun ja, sie war die *niña,* nehme ich an. Es war, als hätten sie ihre Persönlichkeiten vertauscht. Das sah ich sofort, und aus irgendeinem Grund, warum, weiß ich nicht, war das genauso schockierend für mich wie das, was sie taten. Sie waren sehr leidenschaftlich, sehr sinnlich und einfallsreich in der Art, wie sie sich berührten. Ich hatte so etwas noch nie gesehen. Ich muß zugeben», sagte sie mit einem amüsierten Lächeln, die Augen noch immer bei den Tauben, «daß ich zuschaute, solange ich es wagte, bis sie sich erschöpft hatten. Für mich war das wirklich eine Offenbarung. Natürlich nicht von der Art, die Gott sich für Seine Kirche erwählt hätte, aber trotzdem eine Offenbarung.»

Palma war verblüfft. Ihre Mutter schien sich so detailliert an das Ereignis zu erinnern, daß Palma sich unwillkürlich fragte, wie oft sie wohl in den folgenden Jahren darüber nachgedacht hatte. Und warum.

«Wochenlang konnte ich diese Begegnung nicht vergessen», sagte ihre Mutter. «Tag und Nacht ertappte ich mich dabei, daß ich daran dachte. Ich habe nie jemandem erzählt, daß ich diese Frauen gesehen hatte, nicht einmal deinem Vater. Auf irgendeine merkwürdige Art hatte ich, weil ich sie zufällig gesehen und beobachtet hatte, das Gefühl, ihre traurige Leidenschaft zu teilen und ihnen die Loyalität meines Schweigens zu schulden. Diese beiden Frauen ... ich habe im Laufe der Jahre oft über sie nachgedacht, wenn ich sah, wie sie weiter ihr Leben lebten, der Gemeinde, ihren Familien, ihren Ehemännern etwas vorspielten. Sie müssen sehr gelitten haben, weil sie soviel von sich selbst vor dem Rest der Welt geheimhalten mußten. Ich weiß, daß sie ihre Beziehung fortsetzten, bis Lara starb. Keiner merkte etwas. Aber ich wußte es, weil ich sie beobachtete. Kleine Dinge, verstehst du, wurden bedeutsam. Sie waren so verschiedene Persönlichkeiten, daß niemand davon Notiz nahm, wenn sie zur gleichen Zeit am gleichen Ort waren. Aber ich tat es. Ich sah, wie sie sich anschauten, sich im Vorübergehen mit den Händen streiften. Im

Laufe der Jahre habe ich sogar mehrmals gesehen, wie sie sich Zettel zusteckten.»

«Wie hast du das empfunden?» fragte Palma, die sich von der Überraschung erholte, ihre Mutter eine solche Geschichte erzählen zu hören.

«Was, ihren Liebesakt?»

«Ja, die Homosexualität.»

Die alte Frau zuckte die Achseln. «Was sollte ich empfinden? Mitleid? Vielleicht, aber nicht wirklich, nicht mehr, als ich für unglücklich Verliebte verschiedenen Geschlechts empfinden würde. Verdammung? Die Kirche sagt, das sei widerwärtig, aber es tut mir leid, das, was ich gesehen habe, war nicht widerwärtig, obwohl ich weiß, daß mehr daran ist als das, was ich gesehen habe; vielleicht liegt die Widerwärtigkeit in etwas anderem.» Wieder nahm sie ihr Taschentuch und wischte sich den Haaransatz ab. «Aber ich muß zugeben, daß ich wahrscheinlich ein kleines Vorurteil habe, weil der Gedanke, daß zwei Frauen sich lieben, mich nie so abgestoßen hat wie die Vorstellung von zwei Männern. Und als ich es wirklich sah, war ich überhaupt nicht abgestoßen. Ich weiß nicht, warum das so ist. Vielleicht, weil ich eine Frau bin und mir besser die komplizierten Gefühle von Frauen vorstellen kann, die gewundenen Wege, die ihr Herz geht. Wie kann ich sie da verdammen?» Sie schüttelte den Kopf.

Palma schaute ihre Mutter an. Es wäre ihr nie in den Sinn gekommen, daß ihre Mutter auch nur je in ihrem Leben einen Gedanken an weibliche Homosexualität verwendet hatte.

Ihre Mutter wandte sich ihr zu. «Ich will dir etwas sagen, Carmen, etwas, das zu verstehen ich lange gebraucht habe. Eine Frau ist zuerst ein Mensch ... und erst an zweiter Stelle Frau. Eine Tatsache, das kannst du mir glauben, die man nie vergessen sollte.»

25

Es war kurz nach acht, als sie die Artikel durchgelesen hatte, die Sander Grant ihr in einem Umschlag geschickt hatte. Sie hatte mit Stift und Schreibblock am Eßzimmertisch gesessen, Absätze unterstrichen und sich Notizen gemacht, während sie Folonari schlürfte.

Grant hatte Fotokopien aus den verschiedensten angesehenen Fachzeitschriften geschickt. Viele der Artikel hatte er geschrieben, bei den meisten anderen war er Mitverfasser. Es waren unglaubliche Dokumente, die verblüffende Einsichten in Psychologie und Verhalten von Sexualmördern boten. Ihr wurde klar, daß Sander Grant seinen Teil an Alpträumen erlebt haben mußte. Gerade war sie zu dem Schluß gekommen, daß er warten und sie im Büro anrufen würde, als das Telefon läutete. Sie schob die Artikel beiseite, nahm den Hörer ab und schlug eine neue Seite ihres Schreibblocks auf.

«Hallo.»

«Hier ist Sander Grant.»

«Ich hatte schon gar nicht mehr mit Ihrem Anruf gerechnet.»

«Tut mir leid», sagte er. Es klang ein wenig erschöpft. «Wir haben schrecklich viel zu tun. Wie läuft's bei Ihnen? Haben Sie was Neues, was uns helfen kann?»

«Vielleicht. Wir haben heute erfahren, daß Dorothy Samenov bisexuell war, mit überwiegend lesbischer Tendenz. Sie hielt das sehr geheim. Vickie Kittrie, das Mädchen, das sie gefunden hat, war ihre Geliebte. Samenov war verheiratet gewesen, aber seit etwa sechs Jahren geschieden. Sie hatte danach Beziehungen zu mehreren Männern, und zwar bis vor einem Jahr; danach war sie nur noch lesbisch.»

«Was ist mit Moser?»

«Über diesen Punkt wissen wir noch nichts Bestimmtes, aber wir bleiben am Ball. Die einzige Verbindung zwischen den beiden sind bislang die Sado-Maso-Gegenstände und die Tatsache, daß Mosers Ehemann bei einer Firma beschäftigt ist, die von Samenov Computerprogramme gekauft hat.»

«Okay», sagte Grant. «Lassen Sie sich berichten, was ich hier sehe, und dann kommen wir darauf zurück. Haben Sie die Artikel gelesen?»

«Ja.»

«Okay. Ich möchte betonen, daß ich für den Augenblick nur ganz allgemein rede, aber vielleicht gibt es etwas, worauf Sie aufbauen können, was Ihnen eine Richtung weist.» Ohne auf einen Kommentar zu warten, begann er sofort, seine Einschätzung darzulegen.

«Auf den ersten Blick scheinen die Opfer in beiden Fällen zur Kategorie des geringen Risikos zu gehören: Moser, Hausfrau und Mutter der oberen Mittelklasse, aktiv in der Gemeinde und tüchtig in ihren familiären Verantwortlichkeiten, und Samenov, berufstätige Frau der oberen Mittelklasse, die nicht in Single-Bars verkehrt und nur mäßig Umgang mit Männern hat. Beide wohnten in Gegenden mit niedriger Verbrechensrate; beide wurden in Gegenden mit niedriger Verbrechensrate umgebracht. Der bisexuelle Aspekt scheint jetzt unseren Bemühungen, sie als Opfer mit geringem Risiko einzustufen, eine andere Wendung zu geben, aber ich bin nicht sicher, ob das stimmt. Statistisch gesehen sind bisexuelle Frauen eine Gruppe mit geringem Risiko ... ganz bestimmt im Vergleich zu ihren männlichen Gegenstücken ..., und das gilt besonders dann, wenn sie nicht in der Szene der lesbischen Bars verkehren. Okay, soviel für den Anfang. Wenn wir nun zu dieser Einschätzung den Fund sadomasochistischer Hilfsmittel in den Wohnungen beider Opfer hinzufügen, sieht das Bild anders aus. Daß sie diese Gegenstände besaßen, ordnet sie automatisch einer Gruppe mit höherem Risiko zu. Das ist unvermeidlich, obwohl wir nicht wissen, wie diese Gegenstände möglicherweise benutzt wurden – also etwa autoerotisch oder zur Steigerung harmloser Phantasien beim Sexualakt mit einem Partner oder tatsächlich zum Zufügen von Schmerzen. Wenn eine der beiden Frauen sie aus einem der beiden erstgenannten Gründe benutzte, können wir sie vermutlich wieder in die geringere Risikokategorie zurückstufen. Wenn der letzte Grund zutrifft, läuft die Frau ein höheres Risiko, weil sie in gewissem Grade ein Doppelleben führt und ihr ‹zweites› Leben sich in einer hochriskanten Umgebung abspielt.»

Eine kurze Pause folgte, und Palma glaubte, Grant etwas trinken zu hören.

«Normalerweise», fuhr er fort, «identifizieren wir einen Serienmörder als jemanden, der in drei oder mehr getrennte Tötungen verwickelt ist, jeweils mit einer Abkühlungsperiode dazwischen. Die Abkühlungsperiode kann Tage, Wochen oder Monate dauern. Obwohl Sie es in diesem Fall nur mit zwei Morden zu tun haben, können wir wohl mit einigem Recht auf einen Serienmörder schließen, weil sein Verhalten so deutlich ausgeprägt ist. Es ist höchst unwahrscheinlich, daß die beiden Fälle nichts miteinander zu tun haben. Und sie weisen die Verhaltenskennzeichen auf, die wir inzwischen als charakteristische Merkmale des sexuellen Serienmörders betrachten. Dieser Mann tötet nicht, weil er in ein kriminelles Unternehmen verwickelt ist; er tötet nicht aus selbstsüchtigen oder fallspezifischen Gründen wie etwa einem Familienstreit und auch nicht aus Selbstschutz, um Drogen zu stehlen oder was immer. Er tötet aus sexuellen Gründen, Gründen, die nur für ihn eine Bedeutung haben.

In beiden Fällen war das Risiko des Täters mittel bis gering. Moser in einem Hotelzimmer, wo stundenlang keine Störung zu erwarten war; Samenov in ihrer Wohnung ohne andere Familienmitglieder und ohne unmittelbare Gefahr einer Störung.

Beide Opfer wurden annähernd zwischen acht und zehn Uhr abends getötet. Der Mörder hatte reichlich Zeit, jede mögliche Phantasie auszuagieren, die er zu seiner Befriedigung brauchte, und trotzdem war er nicht so lange am Tatort, daß größere Entdeckungsgefahr bestanden hätte... unter den gegebenen Umständen.

Was nun die Szenarios an den Tatorten angeht, bin ich ziemlich verwirrt», fuhr Grant fort. «Der größte Haken besteht darin, daß wir nicht wissen, ob Moser heimlich auch bisexuell war. Alles, was wir bisher sicher *wissen,* ist, daß sie heterosexuell war. Wenn wir eines von beiden mit Bestimmtheit annehmen könnten, könnten wir darauf aufbauen und erste Schlüsse auf die Persönlichkeit des Mörders ziehen. Aber so, wie die Dinge liegen, wissen wir nicht, ob es ein Glücksfall war... aus der Sicht des Angreifers..., daß Samenov zufällig bisexuell war, oder ob dieser Angreifer es speziell auf bisexuelle Frauen abgesehen hat. Das würde uns nämlich gewaltig helfen, seine Persönlichkeit zu rekonstruieren. Ich will Ihnen also in diesem Punkt keine irreführenden Hinweise geben und verzichte vorerst darauf, das Tatortszenario zu rekonstruieren. Ich glaube, dazu weiß ich einfach noch nicht genug.

Aber schon jetzt kann ich sagen, daß Sie es mit einem ‹organisierten› und nicht mit einem ‹unorganisierten› Mörder zu tun haben. Sie dürfen dabei allerdings nicht vergessen, daß unsere Profilierungstechniken zwar Sexualmörder in diese beiden allgemeinen Klassen einteilen, daß aber die Tatorte in Wirklichkeit oft eine Mischung beider Charakteristika aufweisen. Trotzdem zeugen diese Morde von der Arbeit eines überwiegend ‹organisierten› Mörders.

Lassen Sie uns einmal die Checkliste der Tatorte von organisierten Mördern durchgehen.»

Palma kramte in ihren Artikeln, um den Abschnitt über die Unterscheidungsmerkmale zwischen organisierten und unorganisierten Mördern zu finden. Es gab Verhaltensmerkmale und Tatortmerkmale, und sie wollte sie nachlesen können, während Grant sie aufzählte.

«Die Morde sind geplant», begann Grant. «Moser handelte aufgrund einer vorherigen Verabredung, als sie sich unter falschem Namen im Hotel eintrug. In beiden Fällen brachte der Täter seine eigenen Fesseln mit, sein eigenes Schneidinstrument und sein eigenes Make-up. Er wußte, was er tun würde und was er dazu brauchte.

Der Mörder ließ an den Tatorten keine Waffe und keine Tatsachenbeweise zurück. Er war nicht so in Eile, daß er etwas übersah oder unabsichtlich Fesseln oder Schneidinstrumente verlegte.

Der Mörder personalisierte seine Opfer: Beide Frauen waren ungefähr gleichaltrig und blond. Beide waren auf eine bestimmte Weise zurechtgemacht. Haben Sie die Fotos der beiden Frauen verglichen?»

«Ja, habe ich», sagte Palma.

«Was haben Sie gesehen?»

«Dieselbe Farbe des Augen-Make-ups, die gleiche Frisur. Das Rouge war auch dasselbe.»

«Genau dasselbe», sagte Grant. «Auch die *Art,* wie er das Make-up benutzte, war die gleiche. Der gleiche Bogen für die Augenbrauen, die gleiche Vertiefung in der Mitte der Oberlippe, als er den Lippenstift benutzte . . ., bei Samenov tat er das sogar, obwohl ihre Lippen nicht dieser Form entsprachen. Es ist fast, als hätte er ihr ein Gesicht aufgemalt. Es scheint, als müßten diese Frauen in ihrem natürlichen Zustand . . . bevor er sie anrührt . . . einem bestimmten ‹Typ› entsprechen. Mehr noch, nachdem er sie vollkommen in seiner Gewalt hat, ‹perfektioniert› er ein geistiges Bild davon, wie sie seiner Meinung nach aussehen sollen, indem er Make-up verwendet.

Der Mörder kontrolliert die Situation. Beide Frauen *ließen zu,* daß er sie an Hand- und Fußgelenken fesselte. Sie wurden geschlagen, nachdem sie gefesselt worden waren, nicht vorher. Der Tatort spiegelt totale Kontrolle durch den Mörder, einschließlich des Gebrauchs von Fesseln. Die gefalteten Kleider, die peinlich genaue Säuberung. Wenn ein Detective diese Art von ‹Aufgeräumtheit› an einem Tatort vorfindet, denkt er übrigens oft an . . . einen Exsträfling. Er räumt hinter sich auf, verwischt seine Spuren. Aber bei Sexualmorden müssen Sie bedenken, daß ein großer Teil dieses Verhaltens etwas Zwanghaftes sein kann, das mit Abgebrühtheit nichts zu tun hat. Vielleicht tut er es, um ein *inneres* Bedürfnis zu befriedigen.

Der Mörder beginnt mit seinen aggressiven Akten, während das Opfer noch am Leben ist. In diesen beiden Fällen wurden die Schläge ins Gesicht, die Verletzungen und Schürfungen der Vagina und die Bißmale zugefügt, während das Opfer noch lebte. Aber in beiden Fällen gibt es eine Ausnahme. Die Autopsie zeigt, daß Mosers Brustwarzen postmortal abgeschnitten wurde, vielleicht, weil es sein erster Mord war und er seine Methoden noch nicht perfektioniert hatte. Und außerdem ... haben Sie die Fotos im Augenblick zufällig vor sich?»

«Nein.»

«Gut, ich habe meine Abzüge vor mir, und man sieht Probeschnitte, fast Kratzer, um die Brustwarze herum – ein Hinweis darauf, daß ihm das neu war. Selbst für einen solchen Kerl ist es manchmal etwas entnervend, zum ersten Mal in einen menschlichen Körper zu schneiden. Das dauert aber gewöhnlich nur ein paar Augenblicke, und von da an geht es ihm ganz leicht von der Hand. Tatsächlich entspricht dieser Bursche den echten Charaktermerkmalen organisierter Mörder, als er sich an Samenov vergeht. Er verstümmelt sie, *ehe* sie tot ist, und muß sie knebeln, um ihre Schreie zu ersticken. Das gilt nicht für die Augenlider. Die hat er erst abgeschnitten, nachdem sie tot war, weil er ihren Kopf vorher nicht still genug halten konnte, und ihm war es wichtig, diese Sache *nicht* zu verpatzen.

Dieser Bursche hat eine spezifische Phantasie. Passen Sie beim nächsten Opfer genau auf: Höchstwahrscheinlich werden Sie etwas Neues finden, etwas Zusätzliches, weil er versucht, seine Phantasie zu ‹vervollkommnen›.

Und jetzt zu ein paar Anomalien. Erstens: Üblicherweise versteckt ein organisierter Mörder die Leiche. Er will *nicht,* daß sie entdeckt wird, wie es beim unorganisierten Mörder oft der Fall ist. Dazu muß er normalerweise die Leiche transportieren, und das war natürlich hier beide Male nicht der Fall. Zweitens: Oft kennen organisierte Mörder ihre Opfer nicht, obwohl sie sie vielleicht stunden- oder tagelang beobachtet oder verfolgt haben, bevor sie sie umbrachten. Ihre Opfer sind als Zielscheibe ausgewählte Fremde. Aber hier deutet alles darauf hin, daß dieser Mörder beide Frauen kannte. Moser ging in ein Hotel, um mit ihm zusammen zu sein. Samenov hat ihn offenbar in ihre Wohnung eingelassen. Sie waren ihm also *nicht* fremd.»

Grant hielt inne, und Palma war dankbar dafür. Sie hatte so schnell wie möglich mitgeschrieben, und ihre Finger schmerzten. Grant schüttete ein Füllhorn von Informationen über sie aus.

«Also: Wen suchen Sie?» Grant war schon wieder bei der Sache, rastlos. «Im allgemeinen sagt uns die Erfahrung, daß Sexualmorde ausschließlich eine Männerdomäne sind. Weibliche Sexualmörder hat es nie gegeben. Alle anderen Arten ja, aber keine *sexuell motivierten* Morde von Frauen. Also eliminieren wir von Anfang an die Hälfte der Bevölkerung. Verbrechen dieser Art sind in der überwiegenden Mehrzahl innerrassisch. Nicht immer, aber meistens. Bis wir also mehr wissen, können wir davon ausgehen, daß wir es mit einem weißen männlichen Täter zu tun haben.

Er ist ein Mann von überdurchschnittlicher Intelligenz, sozial und sexuell kompetent. Er dürfte ein gehobener Angestellter sein, kein Arbeiter. Er steht oben in der Geburtsreihe, ist erstes oder zweites Kind einer Familie. Er hat während der Taten Alkohol zu sich genommen und vorher eine auslösende Streßsituation erlebt: Scheidung, Verlust des Arbeitsplatzes, irgendein emotionales Trauma, das ihn durchdrehen ließ. Höchstwahrscheinlich lebt er mit einem Partner und ist beweglich, hat ein eigenes Auto. Er verfolgt seine Verbrechen in den Nachrichtenmedien und versucht vielleicht sogar, sich selbst in die Ermittlungen einzuschalten, vielleicht als hilfreicher Zeuge oder freiwilliger Lieferant irgendeiner unbedeutenden Information. Wenn Sie die Wohnung des Burschen finden, stoßen Sie wahrscheinlich auch auf Zeitungsausschnitte über die Verbrechen. Vielleicht entdecken Sie auch, daß er sich ein persönliches Andenken von den Opfern oder aus deren Wohnung mitgenommen hat... ein Schmuck- oder Kleidungsstück oder sogar Teile ihrer Körper.»

Grant stieß einen tiefen Seufzer aus, und Palma hörte das Klirren einer Teetasse.

«Fragen?» sagte er.

Herrgott, dachte sie. «Nein, alles ist vollkommen klar.»

Eine kurze Pause folgte, und dann lachte Grant, ein müheloses Lachen, das nichts Gezwungenes hatte. «Okay», sagte er. «Dann kann ich ja ein bißchen verschnaufen.»

«Ich muß das erst mal verdauen», sagte Palma. «Zwei Fragen. Erstens: Welche Information würde Ihnen in der gegenwärtigen Situation am meisten helfen?»

«Zu wissen, ob Sandra Moser bisexuell war», antwortete Grant. «Das würde uns eine ganze Menge über den Täter verraten. Es wäre ein Angelpunkt. Merkwürdigerweise ist es bei der Profilierung von

Sexualmorden so, daß unser Job desto einfacher wird, je mehr bizarres Verhalten am Tatort oder bei den Begleitumständen zum Ausdruck kommt. Anomalien sind für uns immer informativer als Konformitäten, weil sie aufschlußreich sind. Sie kennzeichnen die Persönlichkeit so, wie die Blutgruppe einen Menschen kennzeichnet. Und vergessen Sie nie, daß das Verhalten die Persönlichkeit widerspiegelt. Er handelt so, wie er denkt.»

«Was ist der beste Rat, den Sie mir zum gegenwärtigen Zeitpunkt geben können?» fragte Palma.

«Versuchen Sie, in den Kopf dieses Burschen zu kriechen», sagte Grant ohne Zögern. «Alles, was Sie tun, jede kleinste Information, die Sie suchen oder bekommen, jede Person, die Sie vernehmen, jede Frage, die Sie stellen, sollte diesem Zweck dienen. Wenn Sie in der Lage sein werden, allmählich so zu denken, wie er denkt, wenn sie vorhersehen können, wie er sich verhalten wird, dann haben Sie ihn.

Es ist nicht angenehm, wenn man versucht, sich in einen solchen Verstand zu versetzen. Es tut nicht gut. Und ... ich weiß nicht ... für Sie ist es vielleicht noch schmerzlicher, weil Sie eine Frau sind, wegen der Opfer. Das könnte aber auch ein großer Vorteil sein. Wahrscheinlich hängt viel von Ihrer eigenen Persönlichkeit ab.»

Ihrer Persönlichkeit? Wieder hörte sie die Teetasse, und dann sagte Grant: «Das Bureau hat in dieser Abteilung keine weiblichen Analytiker, obwohl ein paar unser Ausbildungsprogramm durchlaufen haben. Die Sache ist so: Sexualmorde sind eindeutig Taten von Männern, und mit Ausnahme homosexueller Morde sind die Opfer immer Frauen oder Kinder. Männer gegen Frauen, Männer gegen Kinder, Männer gegen jeden, selbst gegen sich selbst.» Er schien nachdenklich geworden. «Sie versuchen, das zu klären, und Sie werden verrückt dabei.»

«Wie lange machen Sie das schon?» fragte sie.

«Seit Jahren», sagte er vage, obwohl Palma nicht den Eindruck hatte, daß er sich absichtlich undeutlich ausdrückte. Die Worte schienen für ihn eher einen anderen Beigeschmack zu haben. «Hören Sie», sagte er, elegant vom Thema ablenkend, «ich gebe Ihnen meine private Telefonnummer. Die anderen haben Sie doch, oder?»

«Ja.»

«Okay. Ich möchte, daß Sie nur davon Gebrauch machen, wenn ein weiterer Mord passiert, aber dann möchte ich, daß Sie es sofort tun. Ich will wissen, ob es beim nächsten Mal irgendwelche signifikanten Veränderungen des Musters gibt.»

Für Palma hörte sich das an, als hätte er keinen Zweifel, daß es weitere Morde geben würde. Er nannte ihr die Nummer, und sie schrieb sie auf und kringelte sie mehrmals ein. Dann sagte er etwas darüber, er werde in der folgenden Woche mehrere Tage nicht im Büro sein. Während Palma ihm zuhörte, fragte sie sich, wie er wohl aussehen mochte. Seiner Stimme nach nahm sie an, er sei Mitte Vierzig. Sie wollte ihm persönliche Fragen stellen: War er verheiratet? Hatte er Familie? Mochte er seinen Job? Wo war er aufgewachsen? Wie lange war er schon beim FBI? Aber sie nahm an, der bloße Versuch einer solchen Unterhaltung würde das Ende des Telefongesprächs bedeuten, und sie wollte nicht, daß er auflegte.

«Sie erwähnten die Anomalien», sagte sie rasch. «Er versteckt die Leiche nicht; er transportiert die Leiche nicht; seine Opfer scheinen Leute zu sein, die er kennt und die ihn kennen. Wie soll ich das interpretieren? Wie soll ich das verwenden?»

«Gute Frage.» Grants Stimme klang flach. «Das sind ernsthafte Punkte, vor allem der letzte. Daß ein sexueller Serienmörder seine Opfer kennt, ist wirklich recht ungewöhnlich, und darum könnte es möglicherweise der Schlüssel zu dieser ganzen Sache sein. Ich denke, Sie haben bereits das Richtige getan, indem Sie die Männernamen in Samenovs Adreßbuch überprüfen. Das ist ein guter Anfang.»

«Aber...» kam Palma ihm zuvor.

«Aber ich glaube nicht, daß Sie ihn unter den ‹allgemeinen› Eintragungen finden werden», sagte Grant. «Also Fernsehmechaniker, Klempner, Elektriker. Ich meine, wie logisch ist die Annahme, daß irgendeine Gruppe von Leuten... in diesem Falle eine lose organisierte Gruppe bisexueller Frauen, falls dies eine gültige Kategorie werden sollte, die man berücksichtigen muß... den gleichen Fernsehmechaniker oder Klempner hat? Ich habe nicht den gleichen Klempner wie die anderen Leute in meinem Büro. Erstens wohnen wir in verschiedenen Vierteln, und wenn wir uns gegenseitig Klempner empfehlen würden, würden wir höchstwahrscheinlich die gleiche *Klempnerfirma* empfehlen, aber nicht irgendeinen bestimmten Angestellten innerhalb dieser Firma. Ich denke, wenn dieser Ansatz Ihnen etwas einbringen soll, dann müssen Sie nach Männern suchen, deren Beschäftigung oder relative Stellung in bezug auf die Opfer etwas mit deren Bisexualität zu tun hat. Der Friseur vielleicht. Besitzt irgendeine der anderen Frauen einen Dalmatiner? Hat der Masseur einen bisexuellen Kundenkreis? Sehen Sie, die Verbindung muß spezifisch bisexuell sein... oder strikt lesbisch..., nicht generisch.»

«Und wenn der bisexuelle Blickwinkel nicht zutreffend ist?» fragte Palma.

«Wenn es ein Zufall ist», sagte Grant, «dann haben Sie eine lange Ermittlungsarbeit vor sich. Und die nächstbeste Chance für einen Durchbruch kostet einen hohen Preis.»

«Noch eine Leiche.»

«Genau. Wir müssen sehen, wie der Bursche es noch einmal macht.»

26

Palma legte den Hörer auf die Gabel und betrachtete die auf ihrem Tisch verstreuten bekritzelten Notizzettel. Es war spät. Sie griff nach dem Wein, trank, schluckte, trank dann noch einen Schluck und stellte das Glas ab.

Morde waren geplant.
Keine Waffe am Tatort.
Mörder kennt sein Opfer.
Er personalisiert sein Opfer.
Er kontrolliert die Situation.
Verstümmelt das Opfer, während es noch lebt.
Phantasie und Ritual sind für den Mörder von größter Bedeutung.
Er ist überdurchschnittlich intelligent.
Er hat irgendeine Art von auslösendem Streß erlebt.
Höchstwahrscheinlich lebt er mit einem Partner.
Versucht vielleicht, sich in die Ermittlung einzuschalten.
Hat sich wahrscheinlich ein Andenken mitgenommen ... Körperteil.
Er handelt so, wie er denkt.
Verhalten spiegelt Persönlichkeit.
In seinen Kopf kriechen.

Als das Telefon läutete, fuhr Palma zusammen und stieß dabei das Weinglas um. Es war leer; sie konnte sich nicht erinnern, es ausgetrunken zu haben. Sie schwitzte und verspürte eine leichte Übelkeit, als sie nach dem Hörer griff.

«Spricht dort Detective Palma?» Es war eine Frauenstimme.

«Ja, am Apparat.»

«Mein Name ist Claire. Ich bin die Frau auf den Bildern, die Sie in Dorothys Wohnung gefunden haben.» Darauf folgte eine Pause, als erwarte die Frau eine Reaktion. Ehe Palma etwas herausbrachte, fügte die Frau hinzu: «Ich würde gern mit Ihnen reden.»

«Ja», sagte Palma. «Wann?»

«Am besten sofort.»

«Jetzt gleich?» Herrgott, dachte sie, es ist mitten in der Nacht. «Gut. Wo?»

«Beim Medical Center. Kennen Sie das Baylor College of Medicine?»

«Ja.»

«Und das DeBakey-Center?»

«Ja.»

«Dort an der Bertner Street stehen Bäume und Wartehäuschen von Bushaltestellen ... nein, warten Sie. Wissen Sie, wo hinter der Medical School der University of Texas das Einkaufszentrum ist?»

«Ja.»

«Dort werde ich sein, auf einer der Bänke. Wir werden uns schon finden.»

«Sie müssen mir zwanzig Minuten Zeit geben.»

«Das ist in Ordnung.»

Die Leitung war tot.

Palma legte den Hörer auf und ging ins Badezimmer. Sie drehte den Kaltwasserhahn auf, benetzte sich das Gesicht, eilte in ihr Schlafzimmer, zog ein beige-weiß-gestreiftes Hemdblusenkleid über, stieg in ein Paar gewebter mexikanischer Sandaletten und schlang sich einen beigefarbenen Gürtel um die Taille. Sie fuhr mit einer Bürste durch ihr Haar und nahm ihre Handtasche vom Stuhl neben der Tür. Dann kehrte sie noch einmal um, nahm aus ihrer Nachttischschublade die SIG-Sauer, prüfte die Sicherung und schob sie in ihre Handtasche.

Sie verließ ihr Haus und trat hinaus in die Dunkelheit. In den letzten paar Stunden war ein feuchter Nebel aufgestiegen.

Auf der Uhr an ihrem Armaturenbrett war es zwei, als Palma in den nächstgelegenen Parkplatz des Centers einbog. Sie ging zu Fuß zum Einkaufszentrum hinüber. Auf den leicht sichtbaren Bänken saß niemand. Sie konnte nichts weiter tun, als durch das Einkaufszentrum zu gehen und zu hoffen, die Frau werde sie sehen.

Palma bewegte sich auf die Mitte des Einkaufszentrums zu und lauschte dem präzisen Klappern ihrer Schritte, als jemand sie aus einer Baumgruppe in den kleeblattförmig angelegten Seitenwegen ansprach.

«Detective Palma?»

Sie blieb stehen und schaute in Richtung auf die Bäume. Sie erkannte einen Kiosk mit Holzrahmen und Wänden aus Plexiglas und darin eine einzelne Gestalt auf einer Bank. Sie drehte sich um, betrat den leicht ansteigenden Weg und näherte sich dem Kiosk.

«Ich bin Claire», sagte die Frau und streckte im Sitzen die Hand aus.

Palma schüttelte die Hand und bemühte sich, das Gesicht der Frau zu sehen, als diese sich an einem Ende der furnierten Holzbank in die Ecke des Kiosks drückte. Palma respektierte die subtile Botschaft und setzte sich an das entgegengesetzte Ende der Bank.

«Tut mir leid, daß Sie um diese Zeit herkommen mußten», sagte Claire. «Und dann der Nebel. Aber ich konnte es leider nicht anders einrichten.»

«Schon in Ordnung», sagte Palma. «Ich bin froh, daß Sie angerufen haben.» Das Licht der etwa fünfzig Meter entfernten Quecksilberdampflampe wurde durch die Bäume und die zerkratzten Plexiglaswände gefiltert, und in seinem schwachen Schein war das Gesicht der Frau nur wie durch einen Schleier zu erkennen. Doch Palmas Augen paßten sich der Beleuchtung an, und nun erkannte sie sie von den Fotos her. Sie mußte Ende Vierzig sein und hatte schwarzes Haar und eine Stupsnase, die sie mädchenhafter wirken ließ, als sie ihrem Alter nach sein sollte. Sie trug Berufskleidung, Make-up und unauffälligen Schmuck, woraus Palma schloß, daß sie irgendwo in dem medizinischen Komplex Nachtdienst hatte und sich nicht eigens für dieses Treffen angekleidet hatte. Palma bemerkte auch, daß sie einen Ehering trug.

«Helena hat mich angerufen», sagte Claire. Sie schlug die Beine übereinander und drehte sich auf der Bank so um, daß sie Palma ansah. «Wie ich höre, gab es da Bilder von mir.»

«Ja.»

«Ich wußte nicht, daß die noch immer im Umlauf sind.» Die Bemerkung sollte sorglos klingen, hatte aber einen Unterton von Anspannung.

«Hat Helena Saulnier Ihnen von unseren Gesprächen erzählt?»

«Ja. Ich weiß nicht, ich vermute, sie hat mir alles gesagt.»

Palma nickte. Claire – Palma glaubte nicht, daß das ihr richtiger Name war – griff in ihre Handtasche und holte eine Schachtel Zigaretten heraus. Sie nahm eine, ohne Palma davon anzubieten, und zündete sie mit einem kleinen Feuerzeug an, dessen Flamme zu winzig war, um ihr Gesicht zu beleuchten. Sie wirkte sehr beherrscht und schien es nicht eilig zu haben, das Gespräch fortzusetzen.

«Warum haben Sie mich angerufen?» fragte Palma schließlich.

Die Frau sah sie noch einen Augenblick an, und Palma fand plötzlich, sie sei vielleicht doch nicht so selbstsicher.

«Ich dachte, ich könnte Ihnen vielleicht helfen», sagte die Frau.

«Inwiefern?»

«Ich kannte Sandra Moser. Ich glaube ... ich war vielleicht die letzte aus ... unserer Gruppe ..., die mit ihr zusammen war, bevor sie starb.»

27

Claire sprach nicht weiter. Sie zog an ihrer Zigarette, und ein hochrotlackierter Fingernagel glitzerte hell auf.

«Sie war also lesbisch?»

«Bisexuell», berichtigte Claire sie. «Die meisten von uns sind bisexuell.»

«Wann haben Sie sie zum letzten Mal gesehen?»

Wieder zögerte Claire.

Palma sah sie an und erkannte, was vorging.

«Die Fotos kann ich Ihnen nicht geben», sagte sie. «Sie sind Beweismaterial in einem Mordfall. Das ist ausgeschlossen.»

«Es war ein Jux», sagte Claire. «Ich wußte damals schon, daß es ein Fehler war. Ich bin selbst schuld. Ich hätte mich nie dazu überreden lassen dürfen.»

«Dorothy?»

«Nein, verdammt, Vickie.»
«Kittrie?»
Claire nickte. Bitterkeit lag in ihrer angespannten Haltung und in dem Ton, in dem sie Vickies Namen ausgesprochen hatte.
«Warum wollte sie, daß Sie das taten?»
Claire antwortete nicht sofort; sie schien darüber nachzudenken, wie sie ihre Antwort formulieren sollte. «Dorothy hatte mich immer besonders gern. Vor ein paar Jahren waren wir ein Liebespaar, aber Dorothy wollte eine dauerhafte Beziehung daraus machen. Sie wußte, daß ich dazu nicht bereit, nicht in der Lage war. Ich hatte meine Familie, meine Karriere. Es war außerdem auch gegen die ganze Philosophie unserer Gruppe. Sie sollte keine Familien zerstören und Leben ruinieren. Aber Dorothy wollte nicht aufgeben, wurde besitzergreifend. Ich mußte schließlich die Beziehung ganz abbrechen. Und sie akzeptierte das; sie verstand. Aber sie fand sich nie ganz damit ab. Sie pflegte die anderen zu fragen, wie es mir ginge, ob ich glücklich sei, mit wem ich mich träfe. Solche Sachen.» Sie zuckte die Achseln.
«Dann, nachdem sich die Beziehung zwischen Dorothy und Vikkie entwickelt hatte, hatte ich das Gefühl, es bestehe keine Gefahr mehr, und Dorothy werde mich in Ruhe lassen. Ich hörte auf, ihnen aus dem Weg zu gehen. Ich lernte Vickie kennen. Sie war in Ordnung, aber ich fand sie ein bißchen merkwürdig, und dieser Eindruck stellte sich als richtig heraus. Eines Abends kam ich zu einer Party im Haus einer Frau in Tanglewood. Vickie war da, aber Dorothy war gerade nicht in der Stadt. Nachdem sie zuviel getrunken hatte und die meisten Leute schon gegangen waren, drängte Vickie mich in eine Ecke und fing an, mir zu erzählen, wie sehr Dorothy mich noch immer wollte, wie sie über mich sprach. Sie überredete mich, für die Bilder mit der Puppe zu posieren. Sie sagte, damit wollten sie ihr Liebesleben anregender gestalten. Ich war gerade betrunken genug…, vielleicht auch ein bißchen von Vickie angezogen,um es zu machen. Das Sado-Thema war natürlich ihre Idee.»
«Wann wurden die Bilder aufgenommen?»
«Vor ungefähr sechs, nein, sieben Monaten, gerade, als Vickie anfing, Dorothy in diese sadomasochistischen Sachen hineinzuziehen.»
«Vickie? Ich dachte, Dorothy sei diejenige, die damit anfing.»
Claire grinste. «Das hat Ihnen wohl Vickie erzählt, was?»
Palma nickte.

«Ich will Ihnen etwas sagen», sagte Claire, warf ihre Zigarette hinaus in den Nebel und blies den Rauch zur offenen Vorderseite des Kiosks hinaus. «Diese Kleine stiftet nichts als Unruhe. Ihre sexuellen Instinkte sind so verkorkst, wie es nur geht. Das Mädchen ist unheimlich.»

«Wie meinen Sie das?»

«Sie hatte ganz ausgefallene Vorlieben», sagte Claire. «Wie die meisten von uns mochte sie auch Männer, aber mit denen war sie nur auf sadomasochistische Sachen aus. Bei Männern war sie immer oben, bei Frauen unten.» Sie sah Palma an. «Kennen Sie sich mit Sadomasochismus aus?»

Palma war klug genug zu wissen, daß sie niemals genug wußte. Als sie noch bei der Sittenpolizei arbeitete, dachte sie, sie habe nun alles kennengelernt, was es an sexuellen Abweichungen gäbe. Und dann kam sie zum Morddezernat. Die Leidenschaften von Mördern waren oft eng mit ihrer Sexualität verbunden, und manchmal waren sie sich dessen nicht einmal bewußt, bis sie töteten. Irgendwie, in den tiefsten Abgründen der Psyche, war all das durch dunkle Unterströmungen verbunden, aber niemand verstand es wirklich. Die Tatsache, daß ein unbestreitbarer Zusammenhang bestand, wirkte schon bestürzend genug.

«Ich weiß, der, der oben ist, ist der Aggressor, und wer unten ist, ist das Opfer», sagte Palma. Dabei wollte sie es bewenden lassen. Jedesmal, wenn sie jemanden diese Dinge hatte «erklären» hören, hatte sie gemerkt, daß jeder eine andere Wahrheit hatte.

«Beim ‹Spiel›», sagte Claire. «Richtig. Das ist das Szenario. Aber in Wirklichkeit dreht sich alles um diejenige, die unten ist, die ganze Szene ist für sie, für ihre Befriedigung. Die Terminologie», fügte sie wie in Klammern hinzu, «ist nicht sehr fein, aber der größte Teil dieser Ausdrücke stammt von Leuten, die ebenfalls nicht sehr fein sind ... Sprache ist nicht ihre starke Seite. Wie auch immer, wer oben ist, hat einfach eingewilligt, eine Rolle zu spielen und das zu tun, was die Untere verlangt. Wenn man es richtig macht, wird alles vorher abgesprochen. Die Untere sagt der Oberen, was mit ihr gemacht werden soll ... peitschen, schneiden, heißes Wachs, würgen, Faustschläge, Wasser, was auch immer ..., und sie bestimmt den Lauf der Ereignisse bis zum Finale. Und sie gibt ein Sicherungswort an. Das ganze Drama wird im wesentlichen zu ihrer Befriedigung aufgeführt. Aber gleichzeitig bezieht die Obere Lust daraus, daß sie der Unteren gibt, was diese will. Im Idealfall durchläuft die Lust den vollen Kreis.

Obwohl es auch einige Frauen gibt, die nur oben sein wollen, und einige, die nur unten sein wollen, tauschen die meisten mühelos die Rollen, um einer Partnerin gefällig zu sein.

Der entscheidende Punkt bei all dem aber ist, daß man Vertrauen zu der Oberen hat. Wenn man der Frau nicht traut, ist man verrückt, sich von ihr fesseln und mit einer Rasierklinge besteigen zu lassen. Die Obere muß bei dem ganzen Vorgang ihre Emotionen unter Kontrolle behalten. Das Risiko besteht darin, daß die ‹Bestrafung› zu weit gehen kann. Also vereinbaren sie ein ‹Sicherungswort›, damit die Obere weiß, wo die Phantasie aufhört und die Realität anfängt, sobald das Rollenspiel begonnen hat. Die Obere fängt mit der Bestrafung an, und nach einer Weile bittet die Untere, *nicht* so behandelt zu werden, wie sie in Wirklichkeit doch behandelt werden will, und tut so, als geschehe alles ‹gegen ihren Willen›, obwohl sie es in Wirklichkeit genießt. Ganz gleich, wie sehr die Untere fleht, man solle aufhören, von der Oberen wird erwartet, daß sie so lange weitermacht, bis die Untere entweder die Lust erreicht, die sie anstrebt, oder aber das Sicherungswort benutzt, um zu signalisieren, daß die Sache außer Kontrolle gerät, ihr zu weit geht.»

Palma beobachtete, wie Claire sich vorbeugte, um in ihrer Tasche nach einer weiteren Zigarette zu kramen, und sich dann wieder in den Schatten der Ecke zurücklehnte. Ihre Bewegungen waren anmutig, überaus weiblich, und Palma erinnerte sich an Helena Saulniers Bemerkung, eine Frau, die eine Frau wolle, wolle wirklich eine Frau.

«Mit Frauen war Vickie okay», fuhr Claire fort. «Weil sie immer die Untere war. Aber wenn sie mit Männern zusammen war, war ihr nicht zu trauen.»

«Was heißt das?»

«Das heißt, daß sie tödlich sein konnte.»

«Kennen Sie irgendeinen der Männer, bei denen sie oben war?»

«Einen davon haben Sie schon erwähnt, Gil Reynolds.» Palma fühlte, wie sie rot wurde. Dieser Schweinehund. Er hatte scharwenzelt wie ein Spaniel, um ihre Sympathie zu gewinnen, und ihr dann gesagt, er glaube, daß Männer mit Kittrie und Samenov zu tun hätten. Glaubte er wirklich, sie würde ihm nicht auf die Schliche kommen? Oder verachtete er sie so sehr? «Walker Bristol war auch einer davon. Vickie brachte ihn fast um, den armen Teufel. Er hat es mir erzählt, nachdem sie ihn beinahe hätte verbluten lassen; sie war oben, sie wurde wütend, und sie wurde fast zum Berserker bei ihm. Walker hat eine Neigung zur Theatralik. Er sagte, sie habe in ihrem Inneren einen Wurm, der an ihr fresse, und deswegen sei sie so höllisch gemein. Ich hielt das für eine ironische Anspielung auf Freud. Nach dieser Sache hat Walker sie richtig gehaßt.»

«Wenn Vickie bei Männern nur oben ist, dann muß Reynolds von ihr auch einiges eingesteckt haben.»

«Tja, also psychosexuell ist Gil ein Kretin», sagte Claire. «Wußten Sie, daß er in Vietnam Scharfschütze war? Er hat Vickie einmal erzählt..., er hat ihr erzählt, er hätte Orgasmen gehabt, wenn er durch sein Fernrohr die Köpfe der Leute explodieren sah. Daran sehen Sie, wes Geistes Kind Reynolds ist. Ich denke, Vickie ist mit ihm nie wie mit Bristol zu weit gegangen, weil sie Angst hatte, Reynolds würde sie hinterher umbringen. Sie haben einen *un*gesunden gegenseitigen Respekt voreinander. Manchmal... manchmal denke ich, daß sie sich ähnlicher sind als je zwei andere Menschen auf dieser verrückten Welt.»

«In welcher Hinsicht?»

«Sie sind absolut amoralisch», sagte Claire langsam.

Wenn die Antwort unheimlich hatte klingen sollen, dann war ihr das gelungen. Palma erkannte Reynolds' falsche Demut jetzt als giftigen Zynismus; rückblickend wirkte er besonders verdorben.

«Wissen Sie, ob Bristol oder Reynolds jemals die Rollen tauschten, so daß sie die Bestrafer waren?»

«Ja. Reynolds. Das ist seine natürliche Neigung. Ich glaube, er ließ sich von Kittrie nur auspeitschen, um sie nackt zu bekommen. Sonst hätte sie ihn nicht angerührt.»

«Kennen Sie irgendeine von den Frauen, die er bestraft hat?»

Claire wartete einen Moment, ehe sie antwortete, und einen Augenblick lang dachte Palma, sie werde die Antwort verweigern. Dann sagte sie: «Ich weiß nicht. Danach müssen Sie sich bei jemand anderem erkundigen. In diesem Punkt kenne ich auch die Gerüchte nur aus dritter Hand.» Doch diesmal glaubte Palma ihr nicht. Selbst im marmorierten Schatten des Kiosks konnte sie die Veränderung in Claires Haltung spüren. Die Frage beinhaltete mehr, als die Frau zu verantworten bereit war.

«Sie sehen, worauf es hinausläuft», sagte Palma. «Ich muß mehr über ihn erfahren. Wenn Sie mir nur einen Namen nennen könnten, jemanden, der etwas weiß, der mich zu jemand anderem führen könnte.»

«Sie haben mit Linda Mancera gesprochen.» Das war keine Frage.

«Ja.»

«Sprechen Sie noch einmal mit ihr.»

«Was wissen Sie über Helena Saulnier?» Palma wechselte das Thema.

«Helena ist sehr direkt, psychologisch nicht sehr kompliziert. Sie haßt Männer. Eine Woche, nachdem ihr jüngstes Kind aus dem Haus und im College war, hat Helena nach sechsundzwanzig Jahren Ehe ihren Mann verlassen, der aus allen Wolken fiel. Sie empfindet heftige Abneigung gegen alles, was einen Penis trägt.»

«Wie hält sie dann Nathan Isenberg aus?»

Claire hielt mitten im Zug an ihrer Zigarette inne und brach in Lachen aus. «Herrgott! In was für einer Welt leben wir!» Sie warf die Zigarette auf den Zementboden des Kiosks und trat sie mit der Schuhspitze aus. «Tut mir leid», sagte sie, immer noch lachend. Sie sah Palma an. «Nathan hat keinen Penis. Nathan ist in Wirklichkeit *Natalie* Isenberg.»

Palma sah zu, wie Claire wieder lachte, Claire, die nicht Claire war, lachend über Nathan, der Natalie war. Das Wort verschroben verlor bei solchen Leuten seinen Sinn.

«Und was ist mit Sandra Moser?» fragte Palma. Sie hätte sie fast vergessen.

«Ich habe die Zeitungen gelesen. Es muß schlimm gewesen sein.» Claire hielt inne, nicht, damit Palma ihre Annahme bestätigte, sondern um ihre Gedanken zu sammeln. «Ich bin einige Male mit ihr zusammen gewesen. Sie war sehr süß, ein schöner Körper, ein wirklich wunderbarer Körper.» Liebevolle Erinnerung klang in ihrem Ton mit. «Aber Vickie entdeckte sie ... und mochte sie. Dorothy war Vickie gegenüber nicht sonderlich besitzergreifend. Wirklich, nach einer Weile hat sie wohl alles toleriert, was Vickie so trieb. Männer, Frauen, Sado-Maso, was immer. Sie wußte, daß sie sie nicht kontrollieren konnte, keine irgendwie vernünftige Treue von ihr verlangen konnte.

Als Vickie nach Houston kam und in der Gruppe auftauchte, war ihre ungebremste Sexualität so etwas wie eine Sensation. Ich meine, wir waren ein relativ friedlicher Verein. Vorwiegend weiblich, vorwiegend bisexuell; wir mieden die Rollenspiele in den Clubs, und niemand unter uns war wirklich überspannt. Bis dahin waren unsere Affären köstlich verboten, und den meisten von uns war das aufregend genug. Soweit ich weiß, suchte niemand die Gefahr. Aber mit Vickie änderte sich all das. Sie führte einen Stil in die Gruppe ein, den viele von uns noch nie erlebt hatten. Plötzlich gab es überall Geheimnisse, und in einige der Beziehungen schlich sich ein Gefühl von Perversion und Bosheit ein.

Sandra war immer ein bißchen ausgelassen, und Kittrie erkannte ihre Bereitschaft, etwas zu riskieren. Sie führte sie in Sado-Maso ein. Vickie brachte ihr bei, oben zu sein, und Sandra gefiel das. Dann brachte Vickie sie mit Typen wie Reynolds und Bristol zusammen, und wie ich hörte, spielten sich da ein paar haarsträubende Sachen ab. Sandras Tod kommt mir vor wie eine Ausweitung all dessen. Ich kenne natürlich die Details nicht, aber für mich hört es sich so an, als hätte jemand die Kontrolle verloren.»

«Zweimal?»

Claire zuckte die Achseln. «Ich weiß nicht. Das ist nicht meine Kragenweite.»

«Wen halten Sie für fähig zu so etwas?» fragte Palma.

Claire starrte in die Dunkelheit hinaus, ohne den Blick auf etwas zu fixieren, und schüttelte den Kopf.

«Wer die beiden hätte töten können? Ich weiß nicht. Ich kenne niemanden, der sie auf die Weise hätte töten können, auf die sie wohl gestorben sein müssen. Aber keiner von uns kennt solche Leute, nicht? Wir kennen die Leute nur soweit, wie sie gekannt sein wollen.» Sie zuckte die Achseln. «Die Nachbarn werden befragt. ‹Er war so ein netter Mann. Ruhig, zurückgezogen. Machte nie Schwierigkeiten. Ich kann nicht glauben, daß es derselbe Mann ist.› Na ja, zum Teufel. Es *ist* ja auch nicht derselbe Mann, den sie kennen.»

Natürlich hatte sie recht. Und genau diese Art von Unsichtbarkeit machte einen Mann, der die Art von Dingen tat, die Dorothy Samenov angetan worden waren, so grauenerregend.

«Sehen Sie», sagte Claire, die nun wieder Palma ansah, «ich habe zwei Söhne, die in die High School gehen. Mein Mann ist Augenchirurg mit privater Praxis. Ich bin … ich bin Gynäkologin, mein Gott. Ist Ihnen nicht klar, was diese Fotos für meine Karriere bedeuten würden, von meiner Familie ganz zu schweigen?» Ihre Stimme zitterte leicht. «Sehen Sie.» Sie beugte sich vor, die Hände mit offenen Handflächen flach auf die Knie gelegt. «Ich weiß, was Sie gesagt haben …, daß Sie da nichts machen können. Aber ich war kooperativ, obwohl Sie mir im Hinblick auf die Bilder keinen Anreiz dazu gegeben haben. Falls … falls es *irgend* etwas gibt, was Sie in dieser Hinsicht tun können, werden Sie mir dann helfen? Ich will keine Ausflüchte machen …, ich weiß, wie dumm das war …, ich habe einen Fehler gemacht. Aber … die Bilder sollten privat bleiben. Sie waren nicht..., ich will nicht, daß mein Leben wegen vier Fotografien in die Brüche geht.»

Etwa die Hälfte ihres Gesichts war in den streifigen Schatten schwach erleuchtet, die andere Hälfte in der Dunkelheit unsichtbar. Doch Palma konnte genug sehen, um die Angst zu erkennen, die sie bis dahin erfolgreich verborgen hatte. Sie empfand Mitgefühl. Das überraschte sie, aber es war so.

«Ich werde tun, was ich kann», sagte Palma. «Ich kann Ihnen nicht versprechen, daß andere Detectives sie nicht sehen werden, aber ich kann dafür sorgen, daß sie unsere Abteilung nicht verlassen. Wenn all das vorbei ist, werde ich sie Ihnen geben.»

Claire lehnte den Kopf in die dichteren Schatten zurück. Sie saß sehr still und sagte nichts. Dann: «Wenn ich Ihnen... noch weiter helfen kann... Ich weiß, es muß so aussehen, als ob ich mehr an meinen Fotos interessiert wäre als an Sandra und Dorothy.» Ihre Stimme klang angestrengt. «Aber... sie sind tot, nicht? Und ich lebe noch. Mein Mann lebt. Meine Familie lebt.»

Palma nickte und stand auf. «Sie wissen ja, wie Sie mich erreichen können», sagte sie. «Wenn es noch etwas gibt, wenn Sie einfach reden wollen... ich lebe allein.»

Claire nickte, aber sie stand nicht auf, ließ Palma ihr Gesicht nicht mehr sehen. Palma trat hinaus in den Nebel, der jetzt sehr dicht geworden war und ihr Gesicht näßte, als sie rasch den Platz überquerte. Sie drehte sich einmal um, ehe sie um die Ecke bog und zu ihrem Auto ging. Sie sah einen Rauchschwaden aus dem Kiosk aufsteigen und im tanzenden Nebel verschwinden.

VIERTER TAG
Donnerstag, 1. Juni

28

Palma rief Linda Mancera früh am Donnerstagmorgen zu Hause an, ehe Mancera zur Arbeit ging. Als Palma sagte, es sei wichtig, und sie müsse sie sofort sprechen, war Mancera gleich dazu bereit. Doch wie Andrew Moser wollte sie diesmal nicht, daß Palma zu ihr ins Büro kam. Statt dessen bat sie sie, zu ihr nach Hause zu kommen.

Manceras Wohnung lag in einem modernen, dreistöckigen Bau, einem von zwei Wohnhäusern auf einem geräumigen, ummauerten Grundstück mit schmiedeeisernem Tor, Sicherheitskartenzugang und dem prätentiösen Namen Cour Jardin. Palma kurbelte das Autofenster herunter und griff nach einem Telefonhörer in einem Kunststoffhäuschen neben dem Kartenschlitz. Doch das Tor öffnete sich bereits, daher legte sie den Hörer wieder auf und fuhr zwischen den zurückweichenden Torflügeln hindurch.

Das Grundstück war nicht allzu groß, doch das Gelände wurde professionell gepflegt. Schon am frühen Morgen war der gepflasterte Fahrweg gespritzt worden, und die Beete mit Aloevera waren noch naß vom Wässern. Palma parkte so, wie Mancera es ihr gesagt hatte. Sie mußte zweimal an der Tür läuten, ehe ihr eine phänomenale schwarze Frau öffnete, etwas größer als Palma, das Haar glatt aus dem Gesicht frisiert und zu einem einzigen langen Zopf geflochten, der nach vorn über eine ihrer nackten Schultern hing. Sie trug einen langärmligen, elfenbeinfarbenen Baumwollpullover und einen passenden Rock, der fast bis auf die Füße reichte, die in Sandalen steckten. Ihre Lippen waren leuchtend scharlachrot geschminkt, und elfenbeinfarbene, mit Gold eingefaßte Kreolenohrringe baumelten an ihren Ohren.

«Hallo. Ich bin Bessa», sagte sie mit einem leisen Lächeln. «Kommen Sie herein, bitte. Linda kocht Kaffee und hatte gerade nasse Hände.» Sie sprach mit Akzent, vielleicht aus Jamaika.

Sie durchquerten das weiße Wohnzimmer, das mit weißen Möbeln ausgestattet war, und betraten das Eßzimmer neben der Küche; Linda Mancera kam um den Küchentresen herum, während sie ihre Hände mit einem Handtuch abtrocknete.

«Guten Morgen», sagte sie. «Der Kaffee ist in einer Minute fertig. Kann ich Ihnen inzwischen Orangensaft oder etwas anderes anbieten?»

Palma lehnte dankend ab. Mancera war lässiger gekleidet als Bessa; sie trug einen schmalen, perlfarbenen Seidenmorgenrock und kein Make-up. Ihr Haar war frisiert, aber noch nicht zur Arbeit fixiert. Sie war vollkommen unbefangen, wie sie auch in ihrem Büro gewesen war, aber offensichtlich neugierig, warum Palma sie so dringend hatte sprechen wollen.

Sie sprachen einen Augenblick miteinander, in der Küche stehend, während Mancera Grapefruit schnitt und Toast für Bessa röstete, die verschwunden war und mit einer Handtasche und einer weichen ledernen Aktenmappe zurückkehrte.

«Bessa arbeitet für eine andere Werbeagentur», sagte Mancera. Sie plauderten noch ein paar Minuten, bis Bessa ihre Tasche nahm, sich von Palma verabschiedete, Mancera küßte und ging.

Sie setzten sich ins Wohnzimmer, und Palma gab Mancera einen schnellen Überblick über den Stand der Ermittlungen. Manceras Gleichmut war leicht erschüttert, und sie nickte, als Palma ihr sagte, sie habe von der lesbischen Verbindung erfahren. Das schien sie bereits vermutet zu haben. Doch als Palma fortfuhr und über die Sado-Maso-Seite der Beziehungen zwischen den Frauen sprach, wurde Mancera unbehaglich zumute. Mehrmals veränderte sie die Haltung ihrer langen Beine, und schließlich zog sie sie neben sich in den riesigen, niedrigen Sessel, in den sie sich gesetzt hatte.

«Gestern abend», sagte Palma, «habe ich von Gil Reynolds' Verbindung mit Kittrie erfahren und auch, daß er ebenfalls sadistische Beziehungen zu Frauen hatte. Sie sagten mir letztes Mal, Sie hätten nie von Gil Reynolds gehört, aber nach allem, was ich inzwischen erfahren habe, muß ich glauben, daß Sie mich belogen haben. In diesem Punkt ganz bestimmt, und vielleicht auch noch in anderen Punkten. Aber im Augenblick», fügte Palma hinzu, «interessiere ich mich nur dafür, was Sie tatsächlich über Reynolds wissen.»

Mancera ließ sich Zeit.

«Ich zweifle sehr daran, daß Sie das verstehen», sagte sie endlich. «Aber wie auch immer, Sie sind nun einmal mittendrin, nicht?» Sie schüttelte den Kopf. «Diese Gruppe von Frauen... ist nicht leicht zu verstehen. Wenn Reynolds es Ihnen nicht gesagt hätte, weiß ich nicht, ob eine von uns es jemals zugegeben hätte.» Sie sah Palma an. «Ich bin froh, daß es keine von uns war.»

Sie nahm ihre Tasse auf und trank einen Schluck Kaffee. «Wen auch immer Sie gestern gesprochen haben, er muß Ihnen ein gutes Bild von Reynolds gegeben haben», sagte sie. «Es war falsch von mir, daß ich Ihnen nicht gleich seinen Namen genannt habe. Aber ich wußte, über ihn würden Sie die Gruppe entdecken.»

Plötzlich gewann Palmas Frustration die Oberhand. «Verdammt, ich finde diese Einstellung unglaublich», platzte sie heraus. «als ich das erste Mal mit Ihnen sprach, wußten Sie, daß beide Opfer bisexuell waren und daß das vermutlich von Anfang an etwas damit zu tun hatte, daß sie überhaupt zu Opfern wurden. Machte das keiner von Ihnen angst? Ich verstehe nicht, was Sie mit Ihrem Schweigen zu erreichen glaubten. Der Bursche wird weitermachen. Das hätte Ihnen Todesängste einjagen sollen.»

«Hat es auch getan», sagte Mancera ruhig. «Aber wir sind daran *gewöhnt,* Angst zu haben. Wenn Sie wirklich darüber nachdenken... manchmal ist es kein so großer Unterschied, ob man sein Leben verliert oder ob es ruiniert wird. Wir in der Gruppe erleben jeden Tag die Angst vor der letzteren Möglichkeit. Wir sind nicht allzu scharf darauf, unsere Tarnung aufzugeben und uns der Außenwelt zu stellen, nur um zu sehen, wer uns aus dem inneren Kreis bedroht. Bis zu einem gewissen Punkt sind wir bereit, unser Risiko zu tragen.»

«Bis zu einem gewissen Punkt? Wirklich?» fragte Palma. «Welcher Punkt sollte das denn wohl sein, wenn nicht Mord?»

Mancera sah Palma an. Ihre Augen verengten sich. Sie wollte sich verständlich machen. «Können Sie sich vorstellen, gewissermaßen mit einem psychologischen Buckel auf dem Rücken herumzulaufen, der so groß ist wie ein Mensch? So ist es nämlich, wissen Sie, wenn man bisexuell oder lesbisch ist. Sie dürfen einfach nicht aufrichtig sein, nicht, wenn Sie am normalen Alltagsleben teilnehmen wollen.

Sie müssen die Hälfte Ihres Wesens versteckt halten, wenn Sie wollen, daß ihre Talente und Fähigkeiten eine Chance bekommen sollen. Andernfalls müssen Sie diesen Buckel auf dem Rücken mit sich herumtragen, und Sie werden bald merken, daß er in jeder Hinsicht das einzige ist, was die Leute von Ihnen wahrnehmen.»

Manceras Zorn war leise, aber intensiv. Mit der Weisheit einer Überlebenden hatte sie gelernt, ihn zu kontrollieren, ihn zu verbergen, wie sie ihre Sexualität verborgen hatte.

«Was die Gesellschaft nicht merkt, ist, daß wir trotzdem am normalen Alltagsleben teilnehmen. Wir haben erfahren, wie wertvoll es ist, unsichtbar zu sein. Wir sind Ärztinnen und Anwältinnen und Lehrerinnen und Managerinnen und Immobilienmaklerinnen... und Detektive. Aber wir tragen einen psychologischen Buckel auf den Schultern, und den können wir nur loswerden, wenn wir zusammen sind. Darum ging es in dieser Gruppe. Sie war der einzige Ort, wo wir uns entspannen konnten, weil wir alle gleich waren. Und der einzige Grund, warum die Gruppe erfolgreich war, war der, daß sie geheim war; wir waren geschützt.»

Mancera nahm ihre Kaffeetasse auf, aber der Kaffee war kalt, und sie stellte sie wieder ab. Sie sah Palma an. «Sie wollen wissen, wieso wir schweigen konnten? Es bestand eine Chance, daß Sie den Mörder fangen würden; aber es bestand *keine* Chance, daß die Gesellschaft unseren Status wiederherstellen würde, wenn wir einmal unsere Anonymität verloren hätten.»

«Unglücklicherweise», sagte Palma, «besteht auch keine Chance, daß wir den Mörder fangen, wenn Sie nicht mit uns zusammenarbeiten.»

Mancera stand aus ihrem Sessel auf. «Ich brauche frischen Kaffee. Wie ist's mit Ihnen?»

Palma hätte sie am liebsten in den Sessel zurückgedrückt, aber sie beherrschte ihre Wut und folgte Mancera in die Küche.

Mancera ging um die Bar herum und goß den kalten Kaffee in den Ausguß. «Sie müssen mir versprechen, daß mein Hintergrund nicht in die Zeitung kommt, wenn all das bekannt wird. Ich *will* nicht, daß mein Name in der Zeitung steht, ob mit oder ohne diese Art von Kennzeichnung.» Sie nahm die Kaffeekanne und füllte zuerst Palmas Tasse, dann ihre eigene.

«Das kann ich nicht versprechen», sagte Palma. «Die Fallberichte stehen der ganzen Mordkommission offen, allen Detectives, die an dem Fall arbeiten, und einigen Leuten in der Verwaltung. Im Augenblick sind wir vier Detectives. Aber wenn noch ein Mord passiert, werden eine Menge mehr Leute ihre Nase hineinstecken wollen.»

«Glauben Sie, daß es Gil Reynolds ist?»

«Ich habe keine Ahnung», sagte Palma. «Ich meine, alles, was ich über ihn habe, ist die Geschichte, daß er gern Frauen schlägt. Leider ist das nichts Besonderes.»

Mancera schluckte. «Denise Reynolds ließ sich von ihrem Mann scheiden, weil er ein Schläger war», sagte sie. «Sie hat das jahrelang ausgehalten, bis er es in Gegenwart der Söhne tat. Die Jungen waren in der Junior High School, und eines Abends hat Reynolds sie so schlimm verprügelt, daß sie ins Krankenhaus mußte.»

«Das hätte aktenkundig sein müssen», sagte Palma. «War es aber nicht.»

«Sie behauptete, sie sei überfallen worden, und hielt an der Geschichte fest. Alle wußten, daß das nicht stimmte, aber sie klammerte sich daran wie an ein Rettungsfloß. Doch als sie aus dem Krankenhaus kam, ließ sie sich von ihm scheiden, wegen unüberwindlicher Meinungsverschiedenheiten. Aber vor der Scheidung, vielleicht ein Jahr lang, hatte sie zu unserer Gruppe gehört. Gar nicht wenige von uns sind geschlagene Ehefrauen.»

Mancera hielt inne und sah Palma einen Augenblick an, als überlege sie, wie sie sich verständlich machen sollte.

«Ich nehme an, Sie sind weder bisexuell noch lesbisch», sagte Mancera. «Ich weiß nicht, wie gut Sie informiert sind, aber ich kann Ihnen versichern, daß es so etwas wie *die* lesbische Frau genausowenig gibt wie *die* heterosexuelle Frau. Der Begriff umfaßt ebenso viele moralische Philosophien und Lebensweisen und politische Ansichten wie das Wort heterosexuell. Wir sind keine Einheit, in der alle der gleichen Meinung sind.»

Sie zögerte leicht. «Ich habe von meinen ersten sexuellen Regungen an gewußt, daß ich Frauen als Sexualpartner vorziehe. Ich hatte eine normale, glückliche Kindheit ohne psychischen oder körperlichen Mißbrauch. Ich liebe meine Eltern und meine Geschwister, und die Liebe beruht auf Gegenseitigkeit. Ich bin so, wie ich bin, zufrieden, trotz der Tatsache, daß ich beruflich gezwungen bin, in einer Scheinwelt zu leben und so zu tun, als schmeichelte mir die Aufmerksamkeit, die ich von den Männern bekomme, mit denen ich arbeite, und gleichzeitig sorgfältig zu verbergen, welche Freude es mir macht, mit Frauen zusammenzusein.

Aber meine Vorliebe für Frauen als Sexualpartner ist eine private

Angelegenheit», beharrte Mancera. «Wie alle sexuellen Beziehungen es sein sollten. Sie bestimmt weder meine soziale Stellung noch meine Religion, noch meine Moral. Sie beherrscht nicht mein Leben. Sie ist nur ein Teil davon wie meine Rasse oder mein Beruf oder mein Alter oder meine Körpergröße. Wirklich, wenn ich nicht gezwungen wäre, ein absurdes Versteckspiel zu spielen, um ohne Vorurteile behandelt zu werden, dann würden meine sexuellen Vorlieben viel weiter unten auf der Skala der wichtigen Dinge in meinem Leben stehen. Sie sollten keine so große Sache sein. Es gibt andere Werte von moralischem Belang, die wichtiger sind.»

Palma unterbrach die Pause nicht, die entstand, als Mancera innehielt, um einen Schluck Kaffee zu trinken. Sie wußte nicht, worauf Mancera mit ihrer Erklärung hinauswollte, aber wenigstens redete sie, und Palma wußte, daß damit oft eine Vernehmung schon halb gewonnen war.

«Vorhin habe ich den Begriff Mißbrauch erwähnt», fuhr Mancera fort. «Nicht wenige Frauen sind lesbisch, weil sie als Kinder oder Ehefrauen mißbraucht oder mißhandelt wurden. Viele Frauen werden das vehement leugnen, aber dieses Leugnen hat mehr mit feministischer Politik als mit der Realität zu tun. Sie wollen ihre sexuelle Orientierung nicht einer Reaktion auf das zuschreiben, was Männer ihnen angetan haben. Damit nämlich würden wieder die Männer auf dem Fahrersitz sitzen: Lesbierinnen sind das, was sie sind, *durch* Männer geworden. Sie bestehen darauf, daß ihre sexuelle Orientierung eine freie Wahl ist.»

Sie schüttelte den Kopf. «Ich habe Frauen in mittleren Jahren gekannt, die ihre ersten lesbischen Erfahrungen gemacht haben, nachdem sie sich von prügelnden Ehemännern getrennt hatten und sich von allem Männlichen vollkommen abgestoßen fühlten. Wieder andere wählen aus rein politischen Gründen einen lesbischen Lebensstil; das ist ihre Antwort auf den ‹patriarchalischen Heterosexismus›. Es gibt keinen einheitlichen Grund und keine einheitliche Antwort.

Aber was Denise Reynolds betrifft..., daß sie sich der Frauenliebe zuwandte, hatte im wesentlichen mit einem erworbenen Widerwillen gegen Männer zu tun. Es war eine Sache der psychischen Gesundheit. Irgendwo mußte sie Zuneigung und wirkliche Liebe suchen, und zufällig fand sie sie bei anderen Frauen. Dort war sie nicht bedroht, und dort gab es Hoffnung auf Glück. Dann kam Gil dahinter und sorgte dafür, daß ihr aus moralischen Gründen die Kinder genommen wurden. Sie leben jetzt bei Verwandten.»

«Wo ist Denise?»

«Sie ist verschwunden.»

Palma runzelte die Stirn. «Was meinen Sie? Wollte sie einfach ein neues Leben anfangen?»

«Das wissen wir nicht. Damals lebte sie allein, und bis jemand wirklich dahinterkam, war sie schon eine Woche weg.»

«Wurde das der Polizei gemeldet?»

Mancera nickte. «Vermißtenanzeige. Aber dabei kam nie etwas heraus. Sie stellten fest, daß in ihrer Wohnung ein Koffer und eine Menge Kleider und Geld fehlten. Ihr Wagen war auch weg. Es kam einfach nichts dabei heraus. Ich denke, die Polizei glaubte, daß sie ausgeflippt war, nachdem man ihr die Jungen weggenommen hatte. Für ein Verbrechen gab es einfach keine Anhaltspunkte.»

«Aber Sie glauben das nicht.»

Mancera schüttelte den Kopf. «Nein. Ich glaube das nicht.»

«Wie kam Reynolds mit Dorothy Samenov zusammen?» fragte Palma. Gil Reynolds hatte seine Finger überall drin gehabt. Er wurde allmählich zu einer Einmannshow auf einem Nebenschauplatz.

«Das ist das Merkwürdigste an der ganzen Sache. Wir alle kannten Denise unter dem Namen Kaplan. So nannte sie sich nach der Scheidung, nicht mehr Reynolds. Kurz nach ihrem Verschwinden erschien Reynolds auf der Szene, zusammen mit Dorothy, die aktiv bisexuell war. Es war nicht ungewöhnlich, daß sie etwas mit einem Mann anfing. Aber keine von uns brachte ihn mit Denise in Verbindung. Dann, kurz danach, erschien Kittrie auf der Bildfläche. Dorothy war ganz weg von ihr. Sie erholte sich gerade von einer Affäre mit einer anderen Frau, und die Beziehungen zu Reynolds und Kittrie überschnitten sich gewissermaßen.»

Palma fand die Geschichte erstaunlich. Dorothy Samenov, eine Säule feministischer Stabilität, wirkte mehr und mehr wie ein emotionales Wrack, ein Opfer von Kindesmißhandlung und prügelndem Ehemann, erpreßt, bisexuell promiskuös, arglose Beute einer jüngeren Frau, deren sexuelle Perversionen sie für ein eigenes Kapitel in Krafft-Ebing qualifiziert hätten, und schließlich Mordopfer. Sie hatte kein friedliches Leben gehabt. Unglücklicherweise hatte Palma nicht wenige Dorothy Samenovs gesehen.

«Wie passen Reynolds' sadistische Beziehungen zu Frauen dazu?» fragte Palma. Darum hatte Mancera nur herumgeredet, oder vielleicht war alles erst die Einleitung gewesen.

«Ich war mit einer Frau zusammen ... sie hieß Terry ... sie lebte mit einer Wohnungspartnerin, nicht sexuell, sie waren nur gute Freundinnen, enge Freundinnen. Terrys Wohnungspartnerin war eine langjährige Sado-Maso-Partnerin von Reynolds. Teilweise war Kittrie daran beteiligt... und es war schlimm.»

«Terry hörte das von ihrer Wohnungspartnerin und erzählte es Ihnen?»

«Richtig. Aber ich werde es nicht weitergeben. Sie können selbst mit der Frau reden. Ich will damit nichts zu tun haben. Ich mag das nicht. Die meisten Lesbierinnen, deren Beziehungen monogam und liebevoll sind, verachten solche Frauen. Das Schlimmste, was Dorothy Samenov und der Gruppe jemals zustieß, war nicht Gil Reynolds, es war Vickie Kittrie. Ohne sie hätte es keinen Gil Reynolds gegeben. Er wäre nicht bei Dorothy geblieben. Sie hatte keinen üblen Charakter. Sie war vielleicht eine schwache und gequälte Frau, aber sie war nicht gemein. Sie brauchte Liebe und Beständigkeit, nicht Vickie Kittries Schizophrenie.»

«Warum, glauben Sie, hat die Frau, mit der ich gestern abend gesprochen habe, mich nicht gleich zu Terrys Wohnungspartnerin geschickt?»

«Weiß ich nicht. Wer war sie?»

Palma schüttelte den Kopf. «Wer war die Wohnungspartnerin?»

«Louise Ackley.»

«Oh, Himmel.»

«Ich weiß», sagte Mancera rasch, bemüht, Palma zu besänftigen, den Schaden zu mildern. «Ich habe mich dumm gestellt, als Sie mich am Dienstag im Büro nach Sado-Maso-Praktiken gefragt haben, aber Sie haben mich überrumpelt. Ich brauchte Zeit zum Nachdenken.»

«Anschließend an dieses Gespräch habe ich Louise vernommen», sagte Palma.

«Und wie fanden Sie sie?»

«Betrunken. In schlechtem Zustand.»

Mancera schüttelte den Kopf. «Schauen Sie», sagte sie, «ich bin Ihnen etwas schuldig, und ich möchte Ihnen in diesem schrecklichen Durcheinander helfen, wenn ich kann. Wirklich. Es tut mir leid, daß ich Ihnen Schwierigkeiten gemacht habe. Morgen abend kommen einige Frauen zu ein paar Drinks hierher. Einige Freundinnen aus einer anderen Stadt, die wir seit Jahren kennen, sind hier, und wir haben einfach ein paar Leute eingeladen. Warum kommen Sie nicht auch? Solche Anlässe sind ganz ungezwungen, und Neulinge sind keine Seltenheit und werden nur mit dem Vornamen vorgestellt. Niemand braucht sonst etwas über Sie zu erfahren. Ich werde dafür sorgen, daß Terry kommt und daß Sie Gelegenheit haben, ungestört mit ihr zu reden. Keiner wird es bemerken oder sich darum kümmern. Es wird ganz einfach sein, und Sie haben die Gelegenheit, einige von den anderen Frauen kennenzulernen... ohne Schutzschild... weder bei den Frauen noch bei Ihnen.»

Palma zögerte nicht. «Fein, ich nehme Sie beim Wort», sagte sie. «Aber mein Beruf darf kein ‹offenes Geheimnis› sein. Ich möchte wirklich nicht, daß außer Ihnen und Bessa und Terry jemand davon weiß.»

«Einverstanden», sagte Mancera und lächelte ein warmes, behagliches Lächeln, das Palma sofort mochte; und was ihr dann ein wenig peinlich war.

29

Als Palma bei einer Tankstelle anhielt und in Louise Ackleys Wohnung anrief, meldete sich niemand. Palma nahm an, sie sei vielleicht wieder zur Arbeit gegangen, obwohl es ihr ungewöhnlich vorkam, daß sie das an einem Donnerstag getan haben sollte; sie rief bei Maritime Guaranty an. Doch dort war Ackley nicht aufgetaucht.

Palma wartete einen Moment. Sie mußte mit Ackley reden. Sie wollte jede Wendung im sexuellen Repertoire von Reynolds kennenlernen, jeden Knick und jede Falte in seiner Psyche, bevor sie wieder mit ihm sprach. Wenn es notwendig war, würde sie dieser Louise in ihrem düsteren kleinen Haus so viele Dosen Bier kaufen, wie sie brauchte, um hemmungslos und deutlich über Reynolds' sadistische Spielchen Auskunft zu geben. Nach dem, was sie von «Claire» und jetzt von Mancera erfahren hatte, war Palma sicher, irgendwo in diesen krankhaften Zerstreuungen Spuren des Todes von Sandra Moser und Dorothy Samenov zu finden, verhaltensbezogene Fingerabdrücke gewissermaßen.

Sie steckte die Münze erneut in den Schlitz und rief noch einmal an, aber noch immer meldete sich niemand. Sie wollte auf der Stelle zu Ackley fahren, aber sie war schon nahe daran, sich zu übernehmen. Kittries Haarproben, die noch immer im Wagen lagen, sollten schon im Labor sein. Sie hatte die Informationen aus Grants Anruf früh am Abend, das Gespräch mit Claire spät in der Nacht und dann die Unterhaltung mit Mancera von heute früh. Über all das mußten Berichte angefertigt werden. Es wäre dumm, sich noch mehr aufzuhalsen.

Palma fuhr wieder in die Innenstadt zurück. Sie parkte ihren Wagen und ging ins Kriminallabor, wo sie die entsprechenden Formulare ausfüllte, um Kittries Haarproben den Asservaten von Samenovs Fall zuzuordnen und einen Vergleichstest mit den unbekannten Haaren anzufordern. Dann ging sie in ihr Büro.

Birley war fort, aber er war dagewesen und hatte ihr die Nachricht hinterlassen, er fahre zu Andrew Mosers Haus, um mit Sandras Mutter zu sprechen. Die Kinder waren in der Schule, und Andrew hatte gesagt, seine Schwiegermutter werde wissen, wo Sandra die Namen und Telefonnummern ihrer Ärzte notiert hatte. Er hatte nur verlangt, daß Birley seine Fragen nicht telefonisch stellte, sondern die alte Dame persönlich befragte.

Leeland war zur Universität von Houston unterwegs, und Cushing lief herum und befragte Friseure.

Palma holte sich noch eine Tasse Kaffee. Bei Mancera hatte sie drei getrunken, und sie wußte, sie würde den ganzen Tag Kaffee trinken müssen, um wach zu bleiben. Ihre Augen fühlten sich wie rauh an. Als sie den Computerterminal einschaltete, mußte sie blinzeln, bis sie sich an den Schein des Bildschirms gewöhnt hatte. Sie holte ihr Notizbuch aus der Handtasche, blätterte zurück bis zu dem Gespräch mit Kittrie und Saulnier und begann zu tippen.

Sie tippte ohne Unterbrechung, bis sie das Ende ihrer Notizen über das Gespräch mit Mancera erreicht hatte; dann druckte sie sofort zwei Kopien aus. Nachdem sie Frischs Kopie in sein Fach gelegt hatte, meldete sie sich ebenfalls ab; sie hinterließ, sie fahre noch einmal zu Louise Ackley.

Es war fast halb vier nachmittags, als sie den Wagen vor Louise Ackleys Haus anhielt und über den Gehweg zur geöffneten Haustür schaute. Sie nahm das Funksprechgerät vom Vordersitz, stieg aus und verschloß den Wagen. Sie hoffte, daß Louise nicht bewußtlos in ihrem Schlafzimmer lag, unfähig, zur Tür zu kommen, aber auch das würde nichts ausmachen. Sie hatte sich bereits entschlossen, das Haus in jedem Fall zu betreten.

Sie öffnete die Tür mit dem Fliegengitter und trat ein. «Miss Ackley?» Sie stand im Eingang des Wohnzimmers. Nichts hatte sich verändert. Die leeren Bierflaschen standen noch auf dem Couchtisch, der Aschenbecher auf dem Beistelltisch quoll noch immer über, auf dem Fensterbrett hinter dem Sofa stapelten sich bernsteinfarbene Bierflaschen.

Dann roch sie die Exkremente, und ein Stich von Furcht fuhr ihr ins Herz und ließ es pochen. Sofort ging ihr Atem schneller. Ihre Hand fuhr in die Handtasche mit der SIG-Sauer, und der Adrenalinstoß verschärfte ihre Wahrnehmung. Sie war nur ein oder zwei Meter von der Tür entfernt, die ins Schlafzimmer führte. Hier war der Geruch nach Exkrementen stärker und mit einer unverkennbaren Muffigkeit vermischt. Palma hätte am liebsten das Haus sofort wieder verlassen und Hilfe angefordert.

Sie atmete tief ein, schob ihren Kopf um die Ecke der Schlafzimmertür herum und sah das Fußende des Bettes. Vorsichtig trat sie näher und beugte sich vor.

Louise Ackley lag rücklings auf dem Bett; das schmutzige lange T-Shirt war bis über die Hüften hochgeschoben; ein Bein hatte sie angewinkelt, und ihre Arme lagen zu beiden Seiten ausgestreckt. Die Hälfte ihres Gesichts war verschwunden. Rumpf und Becken waren angehoben durch ein Kissen unter ihren Hüften, und das Blut, das sie nach dem Schuß verloren hatte, hatte sich am anderen Ende des Kissens gesammelt, so daß Kopf und Schultern in einer dunkel werdenden, dicken Blutlache ruhten, über der ein Schwarm von Fliegen summte.

Palma starrte, die Lippen geöffnet, die Zähne zusammengebissen, und atmete durch den Mund. Sie wollte ihn nicht schließen, sonst würde der Geruch unerträglich. Selbstmord? Sie sah keine Waffe. Sie ging an die Seite des Bettes und suchte zwischen den blutigen, zerknitterten Decken nach der Waffe. Sie sah keine. Dann registrierte ihr Gehirn reflexhaft das dunkler werdende Blut. Der Schuß war schon vor einer Weile abgefeuert worden, jedenfalls nicht in den letzten paar Stunden.

Noch immer durch die Zähne atmend, trat sie in den Gang und überprüfte das Badezimmer. Das Haus war offensichtlich nicht ausgeraubt worden. Ein Schrank in der Diele war offen und leer. Sie ging in das zweite Schlafzimmer – und fuhr zurück, lehnte sich an den

Türrahmen, senkte die Waffe und zielte damit auf den Mann am Boden. Er lag mit dem Gesicht nach unten, nackt, einen Arm unter den Körper gezogen, den anderen zur anderen Seite ausgestreckt, eine fleckige Jockey-Shorts umklammernd. Sie sah die relativ kleine Einschußwunde in dem dichten schwarzen Haar seines Hinterkopfes. Abrupt besann sie sich, schwang die SIG herum und richtete den Blick auf einen Wandschrank. Er war fest geschlossen; die Türen standen nicht einmal einen Spalt offen. Rückwärts ging sie aus dem Zimmer und rief über Funk Verstärkung.

30

«Das geht dir tatsächlich ein bißchen gegen den Strich, oder?»

«Sei nicht albern, Bernadine.»

«Doch, tut es. Du bist so ... zurückhaltend.»

«Ich bin immer zurückhaltend, das ist meine zweite Natur, ein Teil meiner Ausbildung.» Es paßte ihm nicht, daß sie sich über ihn amüsierte.

«Ja, aber du hast nie zurückhaltend gewirkt. Jetzt tust du's. Diese ganze Sache regt dich auf.»

«Bernadine, glaubst du, ich wäre noch nie lesbischen Beziehungen begegnet?» Es stimmte, daß er lesbische Patientinnen hatte, aber mit ihnen hatte er nicht seit fünf Jahren ein Verhältnis. Das war ein Unterschied, bei Gott. Leidenschaftslose Objektivität war etwas für die Analyse. Bernadine aber war seine Geliebte, verdammt.

«Nicht so», lachte sie.

Sie tranken etwas, wie immer mit Bernadine – diesmal hatte sie ihren geliebten Scotch bekommen –, und sie hatte sich dafür entschieden, nicht ihren Platz auf der Couch einzunehmen, sondern ihm gegenüber in dem anderen Sessel zu sitzen.

«Wir haben schon früher über deine Liebhaber gesprochen», sagte er.

«Aber nicht über meine lesbischen Liebhaberinnen», beharrte sie.

Sie hatte vollkommen recht, aber er konnte unmöglich zu erkennen geben, daß das für ihn irgendeinen Unterschied machte, obwohl ihn schwindelte.

«Bernadine, nach all diesen Jahren verstehst du sicher, daß es keine Rolle spielt. Falls es dir etwas bedeutet, falls es wichtig ist, werde ich dir helfen, es zu erforschen, dir helfen, dich im Lichte dessen zu verstehen, was es für dich bedeutet.» Es würgte ihn beinahe, so zu reden, vor allem mit Bernadine. Sie hatten diese Dinge schon lange hinter sich gelassen, und nun wollte sie, daß er sich wieder verhielt wie ein Psychiater.

Sie sah ihn über den Rand ihres Glases hinweg an, wie es ihre Gewohnheit war, und er merkte, daß sie lächelte.

«Weißt du, das läuft schon eine ganze Weile», sagte sie grinsend. «Und du hast es nicht gespürt. Mehrmals bin ich sogar zu dir gekommen, nachdem ich gerade mit ihr zusammengewesen war, und ich hatte euch beide binnen einer Stunde.»

Broussard konnte nicht glauben, was sie da gesagt hatte. Er betrachtete ihr Lächeln und fragte sich, ob er das würde durchhalten können. Sie wollte darüber reden, und er spürte eine Klaustrophobie, die ihn immer enger umschloß. Es machte ihn traurig, daß sie so blind und unsensibel sein konnte.

«Bernadine, bitte.» Es gelang ihm, seinen gelassenen, patriarchalischen Ton beizubehalten.

Bernadine beugte sich in ihrem Sessel vor. Das weiche Lachen ihrer Altstimme kam träge aus ihrer Kehle.

«Okay», sagte sie, ohne ihn aus den Augen zu lassen. «Tatsächlich war das nicht meine erste sexuelle Begegnung mit einer anderen Frau.» Sie schüttelte langsam den Kopf. «Hier ist noch eine Geschichte. Als ich im College war ... ich war auf einer reinen Frauenuniversität ..., hatte ich eine Zimmergenossin, mit der ich mich wirklich gut verstand. Wir waren nur ein Semester im ersten Studienjahr zusammen, dann ging sie auf ein anderes College.

Am letzten Abend dieses Semesters zog eine Gruppe von uns in die Stadt. Wir tranken und rauchten eine Menge und erinnerten uns an die letzten paar Monate, so in dieser Art. Paula, so hieß sie, war ein bißchen bedrückt, weil das ihr letzter Abend mit uns war. Wir gingen nach Hause, betrunken und müde, und fielen ins Bett.

Ich schlief sofort ein, daher weiß ich nicht, wieviel Zeit vergangen war, bis ich aufwachte und merkte, daß Paula bei mir im Bett lag. Sie war vollkommen nackt und streichelte meine Brüste. Ich trug nur einen Slip, und sie begann, ihn mir auszuziehen. Ich ließ es zu. Ganz lange lagen wir zusammen und umarmten uns nur. Zuerst war ich völlig passiv, ließ mich streicheln, meine Brüste berühren, mich zwischen den Beinen massieren. Nach einer Weile fing ich dann an, sie auch anzufassen, sehr sanft; jede kleine Bewegung war eine unglaubliche taktile Erfahrung, ein Erforschen, das ich erstaunlich lustvoll fand. Ich weiß noch, daß ich dachte, wie seltsam es war, eine andere Frau so zu berühren. Es war, als berührte ich mich selbst, nur, daß mein Körper taub und das Gefühl nur in meinen Händen war. Ich war von innen, nicht von außen an den Körper einer Frau gewöhnt. Ich erinnere mich besonders an zwei Dinge: das Gewicht ihrer Brüste ... die ganz subtile Veränderung der Haut, wo die Brustwarze beginnt, und die kleine Vertiefung zwischen ihren Schenkeln in der Nähe der Vulva. Ich weiß, was ich empfand, wenn ich dort berührt wurde, daher wußte ich, was ich mit ihr machte und was sie fühlen mußte. Was wir da taten, war eine ungeheure Kühnheit, und gleichzeitig war es die natürlichste Sache der Welt.»

Sie schaute auf ihr Glas hinunter, spielte einen Augenblick mit dem Eis und ließ es wirbelnd kreisen.

«Ich war schon mit Männern sexuell zusammen gewesen», fuhr sie fort. «Das begann ziemlich früh, wie du weißt, also kannte ich meine verschiedenen Reaktionen auf bestimmte Arten von Stimulierung. Das heißt, ich glaubte sie zu kennen. Paula war eine Offenbarung. Es war eine außergewöhnliche Nacht, und ich schlief keine Sekunde. Nach mehreren Stunden schlief Paula in meinen Armen ein, aber ich fand keine Ruhe. Ich lag einfach da und betrachtete uns beide. Das allein war schon aufregend. Ich war bereits daran gewöhnt, meinen Körper neben einem anderen Körper zu sehen, einem Körper, der anders beschaffen ist, sich anders anfühlt. Aber uns beide zu sehen, beide von der gleichen Art, das war ganz ungewöhnlich. Es gefiel mir, ihre weibliche Gestalt neben meiner zu sehen. Es schien ... irgendwie passender.»

Broussard lauschte mit gehorsamem Ausdruck. Irgendwie schaffte er es, ab und zu zu nicken. Innerlich jedoch zerriß es ihn. Es war, als sei jede sexuelle Begegnung mit Bernadine in den letzten fünf Jahren – und das waren nicht wenige – eine absichtliche Täuschung gewesen. Ihn quälte der Gedanke, daß Bernadine bei diesen Begegnungen ihren Liebesakt mit dem zwischen ihr und Paula verglichen und gefunden hatte, er lasse zu wünschen übrig.

«Aber das war alles», sagte Bernadine. «Am nächsten Morgen

brachte ich Paula zum Zug und stand auf dem Bahnsteig und winkte ihr zum Abschied. Ich habe sie nie wiedergesehen.» Sie dachte einen Augenblick nach. «Ich weiß nicht, warum das eine vereinzelte Erfahrung war ... bis neulich, meine ich. Es war bei weitem der beste Sex, den ich je gehabt hatte. Und trotzdem habe ich dabei nie an irgendeine andere gedacht. Es war nur für uns beide, für Paula und mich. Jahrelang ist das meine sexuelle Hauptphantasie gewesen, oder besser meine sexuelle Haupterinnerung, während ich masturbiere.» Sie sah ihn an. «Ich denke, die Tatsache, daß ich bis jetzt keine andere lesbische Erfahrung hatte, ist etwas, das ich gern untersuchen würde.»

Bernadine stellte ihr leeres Glas auf den Boden, streifte ihre Schuhe ab, stand aus dem Sessel auf, ging hinüber und legte sich auf die Couch. Broussard hätte nicht überraschter sein können, wenn sie durch die Panoramascheibe gesprungen wäre. Was sollte das?

«Wie auch immer», sagte sie abrupt, «fast den Rest meines Lebens habe ich in unbefriedigenden heterosexuellen Beziehungen zugebracht, immer versucht, die Wünsche eines anderen zu erfüllen und jemand anderer zu sein, als ich für mich selbst war.»

Sie wandte sich um und sah Broussard an. «Ich bin gut, im Bett, meine ich, oder?» Sie wartete, daß er darauf antwortete, was er mit einem bekümmerten Nicken tat. «Ich weiß, daß ich das bin», sagte sie und wandte den Blick wieder dem Fenster zu. «Aber weißt du was? Ich habe nie wirklich verstanden, was Männer sich beim Sex eigentlich wünschen.»

«Wie meinst du das, Bernadine?» Er führte das Gespräch jetzt wie ein Schlafwandler, kaum noch in der Lage, den Zusammenhang zu wahren.

«Ich meine, es war nie ganz dasselbe, was ich wollte», versuchte sie zu erklären. «Ich hatte hinterher immer das Gefühl: ‹Na ja, diesmal war's nicht das Ganze.› Aber ich wußte nie genau, was das Ganze eigentlich war. Was sollten wir denn erreichen? Männer scheinen zufrieden mit dem, was sie wollten, wenn sie es bekommen haben. Aber für mich war ein Orgasmus irgendwie nie genug, nie ganz das Ende der Sache. Ich habe immer das Gefühl, daß wir irgendwie nicht das erreicht haben, was wir eigentlich hätten erreichen *können.*»

Broussard hörte sich das an und war vollkommen erschlagen. Indem sie sich wieder als Patientin benahm und nicht als Geliebte, aber als Patientin, die mit ihm geschlafen hatte, machte sie ihn nieder, ohne es zu wissen. Sie hätte ihn nicht geschickter entmannen können, wenn sie ihn wirklich kastriert hätte.

«Ich lernte diese Frau vor etwa einem Monat kennen», begann Bernadine. «Es war keine zufällige Begegnung, obwohl ich es zu diesem Zeitpunkt dafür hielt. Tatsächlich war ich auf dem Weg hierher und hatte bei einer Tankstelle angehalten. Während der Mann meinen Wagen auftankte, ging ich hinein, um ein Päckchen Kaugummi zu kaufen. Erst hinterher, als ich darüber nachdachte, merkte ich, daß sie mir in den Laden gefolgt war. Ich weiß noch, wie sie kurz nach mir auf der anderen Seite der Zapfsäulen vorfuhr; ich weiß noch, daß sie mir in die Tankstelle und in den Gang gefolgt war, wo ich Kaugummi suchte. Ich fand nicht gleich die richtige Marke, und sie trat neben mich und tat so, als suche sie auch etwas. Ich erinnerte mich daran auch erst später; in dem Moment fiel es mir nicht auf. Im gleichen Augenblick, in dem ich nach dem Kaugummi griff, tat sie dasselbe, und ihre Hand legte sich auf meine und blieb da. Ich rührte mich nicht. Ich sah sie an, und sie hatte mich schon vorher angesehen; ihr Blick hielt mich fest, und ihre Hand bewegte sich leicht auf meiner, wie eine Umarmung. Sofort dachte ich an Paula ... zum ersten Mal seit langer Zeit. Sie lächelte. Und ich lächelte auch.»

Bernadines sanfte Altstimme war heiser geworden, während sie das erzählte, und bis sie fertig war, klang sie gepreßt vor Gefühl. Broussard lauschte der Veränderung mit wachsender Angst.

Bernadine räusperte sich und fuhr fort. «Wir wechselten ein paar Worte. Sie war offensichtlich viel jünger als ich, zehn Jahre, wie ich später erfuhr. Sie trug einen weißen Tennisdreß, in dem ihre Figur sehr gut zur Geltung kam. Ich war ein bißchen verwirrt, aber sie war sehr beherrscht, als sei dieser offene Flirt für sie eine ganz natürliche Sache. Selbstverständlich *war* es auch natürlich für jeden, der uns sah, zwei Frauen, die sich unterhalten. Es war nichts Unpassendes daran, niemand bemerkte uns auch nur. Aber ich hatte die Elektrizität zwischen uns gespürt und war verwirrt. Ganz ruhig schlug sie mir vor, ich solle einen der Kontrollabschnitte aus meinem Scheckbuch reißen, damit sie meine Adresse und Telefonnummer hätte. So sei es am einfachsten, sagte sie. Sie hatte das offenbar schon früher getan. Ich fragte nicht nach ihrer, und sie gab sie mir auch nicht. Nachdem ich das getan hatte, lächelte sie wieder und dankte mir. Als sie an mir vorbei nach draußen ging, legte sie ganz offen ihre Hand auf meinen Schoß.

Ich hatte zu weiche Knie, um ihr zu folgen. Ich stand einfach vor dem Regal, allen anderen den Rücken zugewandt ... außer uns waren noch mehrere Leute in der Tankstelle ..., und wartete darauf, an der

Kasse zu bezahlen. Die Frau ging, und ich hatte keine Ahnung, wer sie war oder ob ich sie je wiedersehen würde.»

Broussard sah zu, wie sie mit ihren geübten Routinehandlungen begann. Bernadine Mello entkleidete sich so gern wie nur irgendeine Frau, die er je gesehen hatte, und sie tat es mit Stil.

Er konnte nicht viel dagegen tun. Er war nicht fähig, hinauszugehen, sosehr ihn auch ihre Geschichte abgestoßen hatte. Er mußte sich das aus dem Kopf schlagen.

Er beobachtete sie, während er sich langsam, mechanisch zu entkleiden begann. Zuerst zog er die Schuhe aus und steckte Spanner hinein; dann legte er seine Jacke ab und hängte sie auf einen Bügel, dann Hemd und Hose, die er sorgfältig faltete und auf den Sessel legte; er tat alles nach Gefühl und Gewohnheit, legte ohne Eile die Bügelfalten aufeinander, während er sie nicht aus den Augen ließ. Als er völlig entkleidet war, ging er zum Fußende der Couch und hockte sich vor dem Fenster nieder; zwischen ihren Beinen schaute er zu ihr auf und verdeckte ihr Spiegelbild. Seine Augen nahmen jedes Detail auf, langsam, langsam, wie er es so viele Male zuvor getan hatte; sie beide bewegten sich genauso, wie sie es kannten und mußten, zusammen bedienten sie die komplizierten Schlüssel ihres eigenen Rituals, das ihnen in der nebelhaften Verwirrung ihrer Erregung zur zweiten Natur geworden war.

Dann, im letzten Augenblick, genau an dem Punkt, an dem er plötzlich sein Gesicht an ihres zu drücken pflegte, Auge in Auge, damit er auf dem Höhepunkt ihrer Leidenschaft in ihre leere, blinde Welt fallen konnte, war er verblüfft zu sehen, daß sie die Augen diesmal geschlossen hatte.

31

Alle waren noch da um zwanzig vor acht, als sich eine feuchte Sommerdämmerung über die Stadt senkte. Nur Louise Ackley und der einst gutaussehende Lalo Montalvo waren fort, weggebracht im Leichenwagen.

Louise Ackley war, wie sich herausstellte, jemand, der seine Briefe aufhob. Das überraschte und deprimierte Palma, denn die Briefe, die Louise aufbewahrt hatte, legten Zeugnis von einer Tragödie ab. Palma fragte sich, wie öde ihr Leben wohl gewesen sein mochte, daß sie solche Erinnerungen aufhob. Es gab Stapel von Schuhkartons voller Briefe, sorgfältig chronologisch geordnet. Fast alle stammten von Louise Ackleys nichtsnutzigem Bruder oder von Dorothy Samenov. Die Briefe waren eine einzige Hinterlassenschaft von Infamie. Sie gingen zurück bis in die Jugendzeit – eine Chronik von Kindesmißhandlung und Inzest, wobei Louise unter ihrem Vater und Bruder ebenso gelitten hatte, als sei sie Opfer eines Pogroms geworden. Der Vater war schließlich in einer staatlichen Irrenanstalt gestorben; die Mutter, gegen die Louise einen giftigen, scharfen Haß hegte, weil sie insgeheim mit Louises früher inzestuöser Vergewaltigung einverstanden gewesen war, war verschwunden. Doch Bruder und Schwester hingen aneinander, eine Beziehung unheilvoller Bedürfnisse, in der das Überleben, oft um einen sehr hohen Preis, häufig den Charakter eines verzweifelten Handels hatte.

In diese qualvolle Zweierbeziehung war Dorothy Samenov so natürlich eingetreten wie eine Schwester. Entweder hatte Helena Saulnier Palma belogen oder war selbst von Dorothy belogen worden, denn die Briefe enthüllten, daß Dennis Ackley immer über das Verhältnis seiner Frau mit seiner Schwester im Bilde gewesen war. Tatsächlich war es von Anfang an eine *ménage à trois* gewesen.

Unglücklicherweise waren alle Briefe, die Louise Ackley aufbewahrt hatte, an und von Personen, die jetzt nicht mehr lebten, und keiner enthielt auch nur den geringsten Hinweis auf die Art ihres Todes. Damit nicht genug, gab es, abgesehen von der Korrespondenz, auch keinen Hinweis auf Louise Ackleys Bisexualität oder ihren Hang zu sexuellem Masochismus. Gerade dieses Fehlen von Hinweisen war verdächtig.

«Ich habe noch nie jemand von dieser Sorte gesehen, der nicht *irgend etwas* dergleichen im Haus hatte», sagte Birley. «Bilder, Gerätschaften, Zeitschriften, Untergrundliteratur, solches Zeug.»

Sie standen alle fünf in Louise Ackleys unordentlichem Wohnzimmer, Birley, Palma, Cushing, Leeland und Frisch. Alle Lampen des schmuddeligen Häuschens brannten, und die kleinen Zimmer waren voll von umhereilenden Detectives und Polizeibeamten, darunter auch der Lieutenant der Abendschicht, Arvey Corbeil, und seine beiden Detectives, Gordy Haws und Lew Marley, die zuerst eingetroffen waren. Sie hatten mit Palma vereinbart, daß sie den Ackley-Montalvo-Fall von ihr übernehmen würden. Technisch gesehen war er während ihrer Schicht entdeckt worden. Da er nicht direkt zu den Sexualmorden an den Frauen gehörte, war man sich darüber einig, daß Frisch ihn abgeben würde, weil er wollte, daß Palma sich auf die Serienmorde konzentrierte.

«Seid ihr auch der Ansicht, daß der Täter etwas loswerden wollte?» fragte Frisch.

«Etwas, ja, etwas», sagte Birley und seufzte.

«Zwei naheliegende Möglichkeiten», sagte Palma. «Claire: Sie könnte mehr zu fürchten haben als bloß diese Bilder; vielleicht hatte sie auch Angst, es gäbe noch mehr davon. Sie könnte jemanden für die Tat angeheuert haben. Reynolds: Es könnte Bilder von ihm geben, oder er hatte Angst, Ackley würde etwas über ihre Beziehung verlauten lassen. Auch er könnte jemanden angeheuert haben.»

«Claire kennt Ackley?» fragte Leeland. Er stand da, die Hände in den Hosentaschen, und betrachtete die aufgestapelten Schuhkartons mit den Briefen, die sie durchgesehen hatten.

«Ich weiß nicht.»

«Ach, zum Teufel.» Cushing hatte ein Taschentuch herausgeholt und wischte sich das glänzende Gesicht. «Wenn die Typen in dieser Gruppe so hochgestochen sind, wie Sie sagen, High Society und alles, dann haben wir einen ganzen Club von Verdächtigen. Wenn die Geschichte dieses kleinen Vereins in die Zeitungen kommt, dann haben etliche Damen alle Hände voll zu tun, um sich bedeckt zu halten.»

«Die Frage ist: Was hat das mit den bisexuellen Morden zu tun?» fragte Frisch. «Es könnte ein Zufall sein, aber es könnte auch zu dieser Serie gehören ...» Er schaute sie an.

«Sie meinen, ein Mann, der das tut, was er diesen Frauen angetan hat, würde auch das hier machen?» fragte Leeland und wies mit dem Kopf in Richtung auf die Schlafzimmer.

«Scheiße, das hat damit überhaupt nichts zu tun», sagte Cushing. «Das hier sollte jemanden zum Schweigen bringen. Vielleicht gibt es keinen Zusammenhang mit den bisexuellen Morden, aber es gibt einen Zusammenhang mit der Tatsache, daß die bisexuellen Morde untersucht werden und jemand offensichtlich fürchtete, dabei würde noch mehr an den Tag kommen. Vermutlich etwas, was mit jemandes sexuellen Vorlieben zu tun hat. Unser sonderbarer Täter hat zufällig auch die Kreise von jemand anderem gestört.»

Palma gab es nur ungern zu, aber sie dachte, daß Cushing recht hatte. Lalo und Louise waren nur ein Nebeneffekt, wahrscheinlich eine ganz andere Geschichte. Sie hatten nichts mit dem Tod von Moser und Samenov zu tun.

«So sehe ich das auch», sagte Palma. «Mit einer Berichtigung. Linda Mancera schien anzunehmen, daß Gil Reynolds' sadomasochistische Beziehung zu Louise Ackley eine ziemlich harte Sache war. Ich glaube, es gab etwas in der *Art,* wie Reynolds mit Ackley umging, das vielleicht zu enthüllend gewesen wäre. Lalo hat sich einfach den falschen Abend ausgesucht, um sich mit ihr zu betrinken, aber Louise...» Palma fuhr sich mit der Hand durchs Haar. Sie wünschte sich sehnlich ein Bad, und sie wollte die üble Luft des scheußlichen kleinen Hauses nicht mehr riechen müssen. «Ich erinnere mich, daß Louise mich gefragt hat, wie genau Dorothy umgebracht wurde. Ich erwiderte, das könnte ich ihr nicht sagen, und sie entgegnete, was wäre, wenn ihr zufällig etwas daran bekannt vorkäme. Ich fragte, was das denn sein sollte, und sie sagte, das wüßte sie nicht, und dann fing sie wieder an zu weinen.»

«Herr im Himmel», sagte Leeland.

«Vielleicht hatte ich die Lösung direkt vor der Nase.» Palma hätte sich die Haare raufen können, aber sie war Realistin, und sie wußte, daß Selbstvorwürfe im nachhinein nutzlos sind. Zeitverschwendung. Doch der Stachel saß tief.

«Sie glauben, es war Reynolds?» fragte Frisch.

«Allerdings», sagte Palma. «Nicht selbst natürlich», erklärte sie. «Aber er hat die Tat bestellt. Wenn wir zu ihm kommen, hat er bestimmt ein solides Alibi für die Tatzeit.»

«Er brachte Moser und Samenov um und hatte Angst, Louise Ackley würde seine Vorgehensweise erkennen?» fragte Birley.

Palma nickte. «Ich glaube, daß es genauso war.»

Einen Augenblick lang sagte niemand etwas.

«Also», äußerte Frisch dann, «Corbeil kümmert sich um das hier. Heute nacht können wir nichts weiter tun. Helft mir, diese Schachteln in mein Auto zu tragen, und dann fahren wir alle nach Hause und sehen sie uns morgen früh noch mal an. Ihr seid alle müde. Ich bin müde. Machen wir Schluß für heute.»

«Hier spricht Corbeil», sagte er. «Arvey...» Sie starrte auf die fluoreszierenden Digitalzahlen ihres Weckers und konnte sich nicht erinnern, den Hörer abgenommen zu haben. «Sind Sie wach, Palma?»

«Ja.» Töricht versuchte sie, munter zu klingen. «Ja, natürlich, Arvey.» Der Wecker zeigte 2.37 Uhr.

«Ich glaube, wir haben da wieder einen von Ihren Psychojobs, Palma», sagte Corbeil. «Und es ist in den Villages, Hunters Creek.»

«Woher wissen Sie das?» Ihre Stimme kippte wie die einer Halbwüchsigen.

«Woher ich das weiß? Der Polizist aus Hunters Creek, der in das Haus ging, erkannte das Muster in dem Moment, in dem er die Tote sah. Der Bursche hatte zur Abwechslung unsere Memos gelesen. Er rief seinen Chef an, und der Chef rief mich an. Sagte, wir sollten kommen. Zum Teufel, sie wollen nichts damit zu tun haben.»

«Mein Gott.» Palma schwindelte, und sie lehnte sich in ihr Kissen zurück.

«Hier ist die Adresse», sagte Corbeil und las sie zweimal vor, und Palma blickte an ihre schwarze Zimmerdecke und hörte zu. «Haben Sie's?»

«Ich hab's.» Hunters Creek. Ihr Körper fühlte sich an, als sei er aus Blei.

«Ich rufe jetzt Karl an», sagte Corbeil. «Ich sehe Sie dann dort.»

«Ar... Arvey», stammelte sie. Plötzlich schaltete sich ihr Verstand ein. «Haben Sie die Spurensicherung an die Adresse bestellt?»

«Natürlich.»

«Wer ist das?»

«Wer das ist? Eh, Jay... Knapp.»

«Arvey, rufen Sie ihn an. Rufen Sie Knapp an und sagen Sie ihm, er soll nichts anrühren. *Nichts* tun. Ich rufe LeBrun an. Er hat die anderen Fälle bearbeitet... wir wollen, daß er sie alle macht. Okay?»

«Ja, verstanden. Ich rufe über Funk an.»

Sie setzte sich im Bett auf, schälte sich aus ihrer Pyjamajacke und rief Birley und Julie LeBrun an.

Weniger als fünfzehn Minuten nach Corbeils Anruf war sie auf dem Southwest Freeway. Ihr Haar, das sie gewaschen, aber nicht aufgerollt hatte, ehe sie zu Bett ging, wehte wie ein schwarzer Vorhang um ihr Gesicht, als sie den Wind durch die Fenster blasen ließ, um richtig aufzuwachen.

Himmel, sie hatte nicht einmal nach dem Namen der Frau gefragt. Sie wußte nicht, warum ihr das jetzt einfiel oder warum es sie plötzlich störte. Es war, als hätte sie die Frau im Stich gelassen, das unausgesprochene Bündnis gebrochen, das sie zwischen sich und diesen Frauen zu empfinden begann, als seien sie eine verlorene

Schwesternschaft, für deren Rettung aus einer besonderen Art von Fluch sie die Verantwortung übernommen hatte.

Hunter Wood Drive war weniger als eine Meile von Andrew Mosers Wohnort entfernt. Die Häuser hier waren groß und teuer und lagen weit von der Straße zurückversetzt, geschützt von Pinien und Eichen. Die Adresse war nicht schwer zu finden; den Eingang flankierten zwei Kalksteinsäulen mit schwach erleuchteten Laternen und ein Streifenwagen der Polizei von Hunters Creek; durch die Hecken und das dichte Unterholz sah sie das Rot- und Blaulicht weiterer Polizeiwagen blinken.

Sie zeigte dem örtlichen Polizisten ihre Marke und fuhr durch die kurze Einfahrt zur Vorderseite des Hauses. Hier standen bereits fünf oder sechs Wagen, darunter auch der Lieferwagen der Spurensicherung.

Corbeil stand am Eingang und unterhielt sich mit zweien seiner Detectives. Er drehte sich um, als er Palmas Schritte auf dem mit Schieferplatten belegten Boden hörte.

Er wies in Richtung auf einen Wohnraum, durch dessen geöffnete Doppeltür sie einen riesigen Kamin, Sofas und Sessel sehen konnte. Der Polizeichef von Hunters Creek saß dort und sprach mit einem weißhaarigen Mann in dunklem Geschäftsanzug.

«Ihr Mann», sagte Corbeil. «Kam gerade von einer Reise zurück. San Francisco. Fuhr direkt vom Flughafen aus nach Hause und war kurz nach eins hier.» Sie betraten eine geschwungene Treppe mit schwerem schmiedeeisernem Geländer, die aus der Eingangshalle nach oben führte. Palma nahm ihre Schildpattspange aus der Handtasche und begann, ihr zerzaustes Haar zurückzubinden. «Sagte, sie schliefen in getrennten Schlafzimmern, schon seit Beginn ihrer Ehe. Sie sind erst ein paar Jahre verheiratet.» Sie erreichten den Treppenabsatz und bogen in einen breiten Korridor ein. «Die Schlafzimmer liegen an den entgegengesetzten Enden dieses Flurs. Seins ist hier...» Sie gingen an einer schweren Holztür vorbei. «Ihres ist da hinten», keuchte Corbeil kurzatmig. «Er sagte, daß er immer nach ihr schaut, wenn er von einer Reise kommt, ganz gleich, wie spät es ist.»

Sie erreichten das andere Ende des Korridors und betraten einen Wohnraum, in dem Jay Knapp mit einem anderen Detective des Morddezernats und Dee Quinn sprach, dem Leichenbeschauer. Corbeil wies mit dem Arm auf eine geöffnete Tür, und Palma durchquerte den Wohnraum und betrat das Schlafzimmer.

Das Schlafzimmer war rot – der Teppich, die meisten Polstermöbel und eine der Wände, die vom Boden bis zur Decke mit einem Stoff bespannt war, der einen fein ausgearbeiteten indianischen Lebensbaum darstellte. Das Empirebett hatte vier Pfosten und elfenbeinfarbene Seidenvorhänge, die zurückgezogen und am Kopfende befestigt waren, so daß das Bett auf drei Seiten offen war.

Wie in den anderen Fällen war das Bett abgeräumt bis auf das rote Satinlaken, auf dem in der schon vertrauten Aufbahrungshaltung die Frau lag. Aus einigen Schritten Entfernung sah ihr Gesicht genauso aus wie das von Samenov und Moser, als sei es nach einer Schablone bemalt worden. Doch als Palma näher kam, sah sie, daß das Make-up mehr einer Maske glich. Das Gesicht der Frau war so heftig geschlagen worden, daß ihre Züge verzerrt und deformiert aussahen. Noch unheimlicher wirkte es durch die starrenden, lidlosen Augen.

Das Haar der Frau war nicht eigentlich blond, sondern mehr rötlich, ihr Schamhaar einige Nuancen dunkler. Ihre Figur war nicht so athletisch schlank wie die von Moser und Samenov, sondern eher von üppiger Attraktivität mit runden Hüften, vollen Brüsten und einem blassen, schimmernden Teint, auf dem die Wunden, die die Entfernung der Brustwarzen hinterlassen hatte, noch grausiger hervortraten.

Palma ging langsam um das Bett herum und inspizierte die Frau aus verschiedenen Blickwinkeln. Sie bemerkte, daß die Fußnägel lackiert waren. Sie beugte sich nieder und roch daran. Der Lack war frisch; wahrscheinlich hatte der Mörder ihn aufgetragen, nachdem er sie so hingelegt hatte. Sie ging auf die rechte Seite des Bettes, beugte sich wieder über die Tote und roch an ihren Fingernägeln. Der Lack war ebenfalls frisch. Und dann war da noch etwas. Sie schnupperte erneut an den Händen, dann bückte sie sich tiefer und roch an ihrer Taille. Badeöl. Sie ging um den Körper herum und roch an verschiedenen Stellen. Alle dufteten nach Badeöl. Aber es war offensichtlich, daß der Mörder sie nicht gebadet hatte, nachdem sie tot war. Hatte sie gerade vor der Begegnung ein Bad genommen, oder hatte der Mörder ihr ein «trockenes Bad» verabreicht, indem er sie hinterher mit Badeöl einrieb? Palma machte sich innerlich eine Notiz. Sie wollte die Waschlappen im Badezimmer überprüfen und nachsehen, ob sich diese spezielle Duftnote unter den Badeölen bei ihren Toilettenartikeln befand.

Die Striemen von den Fesseln um Hals, Hand- und Fußgelenke waren die gleichen wie bei den anderen. Und die Bißmale. Diesmal jedoch waren es wilde Bisse gewesen. Die Zähne des Mörders hatten das Fleisch zerrissen: an der linken Brust, der Innenseite des linken Oberschenkels und an der rechten Seite der Vulva. Palma konnte diesen letzten Biß nur deshalb erkennen, ohne die Leiche zu berühren, weil die Position des Opfers etwas anders war als in den vorherigen Fällen: Die Beine der Frau waren nicht ganz geschlossen. Palma studierte diese geringfügige Variation eine lange Zeit. Sie glaubte allmählich, daß nichts an diesen Morden, wie unbedeutend auch immer, zufällig war, obwohl die ganz leichte Öffnung der Beine wie zufällig wirkte.

Und dann war da noch die seltsame Behandlung des Nabels. Palma beugte sich tiefer über den Bauch der Frau und betrachtete die Wunde. Wieder waren obere und untere Zähne in zwei Positionen exakt so um den Nabel herum plaziert worden, daß die Male einen geschlossenen Kreis bildeten. Innerhalb dieses Kreises verfärbte sich das Gewebe schwarz, weil der Mörder mit solcher Kraft daran gesaugt hatte, daß das Blut an die Oberfläche und beinahe durch die Haut selbst getreten war. Was war das für eine Faszination, die die Nabel der Opfer auf diesen Mann ausübten? Er mißhandelte sie nicht nur, sondern tat das mit einer Präzision, die auf eine rituelle Bedeutung schließen ließ. Obwohl die anderen Bißmale fast zufällig erschienen – abgesehen von der Tatsache, daß sie hauptsächlich Körperstellen mit sexueller Bedeutung betrafen –, wurde die spezielle Art, den Nabel zu mißhandeln, für Palma jetzt ein ebenso wichtiger Punkt wie für den Mörder.

Sie richtete sich auf, trat vom Bett zurück, ging darum herum und mehrmals von einer Seite auf die andere; sie achtete sorgfältig darauf, weit genug entfernt zu bleiben, um nicht Haare in das Teppichgewebe zu treten, die eventuell bei den Handlungen des Mörders zu Boden gefallen waren. Das rote Satinlaken bildete einen ungewöhnlichen Hintergrund für das wie aufgebahrt daliegende Opfer, und Palma fiel etwas auf, das sie bei den beiden anderen Opfern nicht bemerkt hatte. Wieder machte sie sich innerlich eine Notiz, die Tatortfotos von Moser und Samenov daraufhin zu untersuchen. Sie ging wieder zur linken Seite des Bettes und beugte sich erneut nieder. Das Laken war nicht auf allen Seiten des Körpers ganz glatt, sondern entlang der linken Seite der Frau etwas verzogen und neben ihren Hüften deutlich eingedrückt. Palma studierte den Winkel der Falten. Himmel.

Er hatte sich neben sie gelegt.

Und was hatte er getan?

Er hatte sie gefesselt und gequält; er hatte sie verstümmelt und gefoltert, während sie noch lebte; er hatte sie zu Tode stranguliert, und dann hatte er sie gewaschen und sorgfältig, mit großer Mühe und penibel in einer bestimmten Weise geschminkt. Was in aller Welt hatte er dann gemacht? Warum hatte er sich neben sie gelegt?

Sie hörte Stimmen aus dem breiten Korridor und erkannte Birley und Frisch. Die beiden verstummten, als sie den Wohnraum betraten, und schwiegen auch, als sie in das Schlafzimmer kamen. Beide sahen Palma an, aber keiner sagte etwas, während ihre Blicke sich der Frau auf dem Bett zuwandten. Frisch blieb in einiger Entfernung vom Bett stehen, während Birley bis an den Bettrand trat und dort schweigend verharrte. Seine erfahrenen Augen registrierten die Ähnlichkeiten der Wunden. Er schüttelte den Kopf. Palma sah Frisch an. Sein langes Gesicht trug den Ausdruck eines Menschen, der weiß, daß er bis zum Hals in Schwierigkeiten steckt.

«Ich möchte Sander Grant herkommen lassen», sagte Palma. «Niemand hier hat jemals so etwas gesehen. Das ist Neuland, Karl. Ich werde ihn anrufen.»

Palma ging in den Wohnraum, in dem sich ein Telefon befand, und wählte Grants Nummer. Sie kannte sie inzwischen auswendig.

Während sie das Läuten am anderen Ende hörte, fiel ihr etwas ein. Sie drehte sich zu Corbeil um.

«Wie heißt sie?»

«Wie sie heißt? Oh, Mello... Bernadine Mello.»

ZWEITER TEIL

FÜNFTER TAG
Freitag, 2. Juni

32

«Tja, mal sehen», sagte Clay Garrett nachdenklich, als er in den John F. Kennedy Boulevard einbog, der zum Houston Intercontinental Airport führte. «Sander ist ein ziemlich ernsthafter Typ. Vor vielen Jahren habe ich mit ihm im gleichen Revier gearbeitet, bevor er zum FBI ging. Wie die meisten von uns hat er sich wohl nicht verändert; wahrscheinlich sind nur seine Eigenheiten ausgeprägter geworden.» Bei diesen Worten lächelte Garrett.

Palma wartete und betrachtete die Regentropfen, die über die Windschutzscheibe rannen.

«Er ist... höflich. Ein Gentleman sozusagen, aber es ist nicht leicht, an ihn heranzukommen.»

Palma war erst seit einer halben Stunde wach, als Garrett sie zu Hause abgeholt hatte. Der Tag war lang und hektisch gewesen, und sie empfand die milde Desorientierung, die sie immer fühlte, wenn sie am späteren Nachmittag schlafen ging und bei beginnender Dunkelheit erwachte. Sie war am Schauplatz von Bernadine Mellos Tod geblieben, bis Julie LeBrun seine Arbeit beendet und seine Funde ins Labor geschickt hatte. Nachdem die Leiche ins Leichenschauhaus transportiert worden war, hatte Palma den Rest des Vormittags damit zugebracht, mit Birley die persönlichen Habseligkeiten Mellos durchzusehen.

Dieser jüngste Mordfall hatte das Gesicht der Untersuchung verändert. Damit hatten sie alle gerechnet. Binnen Stunden waren die

Medien hinter der Geschichte her. Eine Mordkommission kann noch so verschwiegen arbeiten, das Gesamtbild läßt sich nicht unbegrenzt geheimhalten. Bernadine Mellos Tod brachte die Sache an den Tag. Die Medien wußten nicht viel, aber es dauerte nicht lange, bis sie den Tod der drei Frauen aus dem Westen Houstons, die in den letzten paar Wochen umgekommen waren, in einen Zusammenhang brachten.

Karl Frisch setzte eilig eine Sonderkommission ein und legte die Aufgabenverteilung fest. Da Don Leeland schon Erfahrungen in Verbrechensanalyse hatte, bekam er den Schreibtischjob als Koordinator der Fälle. Unterstützt von einem anderen Detective, sollte er als zentrale Anlaufstelle für alle neuen Informationen dienen, die die Ermittlungsteams der Sonderkommission zu den vier Fällen (Ackley und Montalvo wurden als ein Fall betrachtet) zusammentrugen. Er würde die Berichte und Ergänzungen über Verdächtige, Opfer, Zeugen und Beweismittel durchsehen und analysieren, nach neuen Zusammenhängen zwischen Spuren suchen, Akten über jeden Zeugen und Verdächtigen anlegen (Fotos inbegriffen), Karten und Diagramme über die Fortschritte in jedem Fall anfertigen, Veränderungen im Status von Verdächtigen festhalten und Nachvernehmungen koordinieren, um doppelte Kontakte oder Versäumnisse zu vermeiden.

Jules LeBrun war für die Untersuchung und Sammlung von Tatsachenbeweisen zuständig und würde als Verbindungsmann zu Barbara Soronno im Labor dienen.

Cushing bekam einen neuen Partner und sollte sich weiterhin auf die Liste von Männern konzentrieren, die man in Dorothy Samenovs Adreßbuch gefunden hatte, sowie sämtlichen Hinweisen nachgehen, die sich aus diesen Vernehmungen ergeben würden. Palmas und Birleys Aufgaben führten sie in entgegengesetzte Richtungen. Birley hatte Bernadine Mellos Ärzte zu überprüfen, wie er das bei Moser und Samenov getan hatte; zuvor sollte er Manny Childs und Joe Garro mit den früheren Fällen vertraut machen, damit sie Bernadine Mello übernehmen konnten.

Frisch selbst würde für die Kommunikation mit den Medien zuständig sein und mit Leeland zusammen darüber entscheiden, welches weniger heikle Material in sorgfältig dosierten Häppchen freigegeben werden konnte, um die Journalisten zufriedenzustellen. Der Captain würde derjenige sein, dem die Politiker und die Polizeiverwaltung Dampf machten. Darauf freute sich niemand.

Palma sollte erneut Helena Saulnier aufsuchen, um ihr möglichst viele Namen von Frauen der Gruppe zu entlocken, darunter auch den von «Claire». Außerdem sollte sie festzustellen versuchen, ob Bernadine Mello ebenfalls Mitglied der Gruppe gewesen war. Bis man jedoch all das vereinbart hatte, war es ein Uhr mittags, und sie wurde nach Hause geschickt, um ein paar Stunden zu schlafen. Palma hatte das Gefühl, gerade erst aus den Kleidern gekommen zu sein, als Garrett sie anrief, um ihr zu sagen, er sei unterwegs. Gegen vier Uhr nachmittags fuhren sie durch die dunkel werdenden, regnerischen Straßen zum Flughafen, um Grant und Robert Hauser, den Beamten, der ihn begleitete, abzuholen.

«Aber Sander hat's schwer gehabt.» Garrett beugte sich vor, um ein Verkehrszeichen zu lesen, das sich über ihren Köpfen befand. «Er hat Zwillingstöchter. Vor ein paar Jahren ... eh, ich glaube, vor zwei Jahren oder so, ist seine Frau an Krebs gestorben. Das war einer von diesen Fällen ... sie ging zu einer Untersuchung, dort stellte man es fest, und binnen drei Monaten war sie tot. Das war etwa vier Monate, ehe die Mädchen ins College gehen sollten. Sie beschlossen, es um ein Jahr oder wenigstens ein Semester aufzuschieben, aber Sander schickte sie trotzdem hin. Er wußte, es wäre einfacher für sie in einer neuen Umgebung, als wenn sie bei ihm zu Hause herumgesessen hätten. Sie gingen also. Für Sander war es verdammt hart. Zuerst ein Haus voller Frauen, und sechs Monate später ist keine mehr da.»

Garrett steuerte den Wagen in eine der Auffahrten, die in das Parkhaus vor dem Terminal B führten. An einer Sperre zog er ein Ticket und parkte dann direkt gegenüber dem Eingang zum Terminal. Er stellte den Motor ab, machte aber keine Anstalten, aus dem Wagen zu steigen.

«Er bekam Depressionen», fuhr Garrett fort. «Ich weiß nicht genau, was dann passierte, aber irgendwie hieß es, er habe etwas mit einer Chinesin ... anscheinend der Frau eines Diplomaten. Er heiratete sie. Ich glaube, sie war ... sie paßte überhaupt nicht zu Grant. Eine richtige Sexbombe. Er wurde vollkommen wahnsinnig mit ihr. Und dann ging alles in die Binsen.»

Garrett schüttelte den Kopf. «Ich weiß nicht. Gerüchte. Teufel, Sander hat Menschen nie vertraut, das ist sein Problem. Bei Marne war das anders, sie war seine Vertraute. Als sie starb ... ging sein psychisches Gleichgewicht flöten. Bei dem Beruf, den er hat ... Wie ein Pathologe, Tote von morgens bis abends. Nur daß Sander und seine Leute sich auch mit dem psychologischen Kram befassen, nicht nur mit den Leichen. Ein Pathologe geht einfach abends nach Hause, läßt sie im Leichenschauhaus zurück. Aber Sander und seine Jungs tragen sie im Kopf mit sich herum.»

Garrett sah Palma an. «Aber wie ich höre, hat er jetzt alles überwunden. Einschließlich der Chinesin.»

«Wie lange hat das gedauert?» fragte Palma.

Garrett schüttelte den Kopf. «Weiß ich nicht genau», sagte er und griff nach dem Türhebel.

Sie bahnten sich einen Weg durch die überfüllte Halle und passierten die Sicherheitssperren, die zu den Gates führten.

«Da ist Hauser», sagte Garrett und schaute auf seine Uhr. «Sie sind früh dran.»

Sie näherten sich einem gutaussehenden jungen Mann mit dichtem, kurzgeschnittenem blonden Haar, der neben einem kleinen Stapel Gepäck am Rande der Wartezone stand.

Garrett machte sie miteinander bekannt und entschuldigte sich für ihre Verspätung.

«Nein, wir sind fünfzehn Minuten zu früh dran», sagte Hauser. «Rückenwind.» Mit dem Kinn wies er auf die Reihe der Telefonzellen am anderen Ende der Halle.

«Sander ist da drüben», sagte er. «Da kommt er.»

Garrett und Palma wandten sich um und sahen einen Mann im zweireihigen Anzug, der sich einen Weg durch die Menge bahnte. Palma schätzte ihn auf etwa einsfünfundachtzig und knapp achtzig Kilo. Er hatte dunkles Haar, das schon grau wurde, und trug einen kurz gestutzten Schnurrbart, der etwas dunkler war als sein Haar. Seine Nase war nicht breit, aber gerade und hübsch, oder vielmehr, sie war gerade gewesen. Eine deutliche Vertiefung des Nasenrückens verriet, daß sie gebrochen gewesen war, vielleicht mehr als einmal. Seine Augen waren leicht eingesunken, und in den Winkeln begannen sich Krähenfüße zu bilden. Er ging mit zurückgezogenen Schultern, aber sein Gang war nicht militärisch, sondern eher locker und ungezwungen. Als er näher kam, lächelte er und streckte Palma zuerst die Hand hin.

«Detective Palma», sagte er. «Wie schön, daß ich Sie endlich sehe.» Er wandte sich an Garrett. «Danke, daß du uns abholst, Clay.» Sie schüttelten sich die Hände, und dann beugte Grant sich nieder und nahm seinen kleinen, weichen Lederkoffer und seinen Kleidersack auf. Auch Hauser nahm sein Gepäck. Alle vier machten sich auf den Weg.

«Tut mir leid, daß das so kurzfristig kam», sagte Palma. «Aber ich habe Angst, die Sache würde uns aus den Händen gleiten, bevor einer von uns sie richtig im Griff hätte.»

«Schon in Ordnung. Wir arbeiten oft unter Druck», sagte Grant. «Irgendwas Neues seit heute früh?» Während sie die Halle durchquerten, berichtete Palma ihm von der Bildung der Sonderkommission und deren Aufgabenverteilung.

«Das ist gut», sagte er. «Das erleichtert die Sache. Ich habe ein paar Sachen für Sie, von einem der VICAP-Analytiker. Allerdings nicht viel. Sie hatten keine sehr auffällig ähnlichen Fälle, aber ein paar, die Sie überprüfen müssen. Etwas in New Orleans, etwas in Nashville, eine größere Sache in Los Angeles.»

Sie betraten jetzt den Hauptausgang der Lobby des Terminals.

«Wie kommen Sie damit zurecht?» fragte Grant.

«Ich mag die Art nicht, wie ich mich bei der Sache fühle», sagte Palma. «Vom Schlafmangel gar nicht zu reden.»

Auf dem Rückweg in die Stadt drehte Palma sich um, lehnte sich mit dem Rücken an die Tür und gab einen Überblick über Bernadine Mellos Hintergrund.

«Sie war zweiundvierzig; ihr Mann, Raymond Mello, ist sechzig. Mello ist Bauingenieur. Hat ein Vermögen gemacht mit einem patentierten Verfahren, die Dehnfestigkeit von Baustahl zu prüfen, und ist dafür noch immer viel unterwegs. Sie waren gerade etwas mehr als zwei Jahre verheiratet. Sie war zweimal geschieden, bevor sie Mello heiratete, er hatte eine Ehe hinter sich. Seinen Worten zufolge ging diese Ehe auch in die Brüche. Mello ist ziemlich offen. Er hat bereitwillig zugegeben, daß die Ehe nicht so funktionierte, wie er sich das erhofft hatte. Er sagte, sie hätten beide andere Partner gehabt; tatsächlich hatte der Anwalt von Bernadine Mello einen Privatdetektiv angeheuert, um seine Affäre zu beweisen. Er hatte den Verdacht, daß sie die Scheidung einreichen wollte. Er weiß nicht genau, mit welchen Männern sie sexuelle Beziehungen hatte, bis auf einen, ihren Psychiater. Als wir ihn fragten, ob er Grund zu der Annahme habe, daß seine Frau bisexuell war, schien er aus allen Wolken zu fallen. Und wir haben in ihrem Haus auch nichts gefunden, was darauf hindeutet.»

«Wie hat er auf ihren Tod reagiert?»

«Ich glaube, es war ein schwerer Schock für ihn.»

«Wie lange ging seine Frau schon zum Psychiater?» fragte Grant.

«Fünf Jahre.»

«Und hatte sie schon vor ihrer Ehe ein Verhältnis mit ihm?»

«Er sagte, er nehme das an.»

«Dann sollte der Psychiater in der Lage sein, Ihnen hinsichtlich der Bisexualität gewisse Aufschlüsse zu geben», sagte Grant. «Für unsere Zwecke ist er wertvoller als die Frau selbst. Ist er schon befragt worden?»

«Nein.»

«Jetzt, da sie tot ist, besteht wohl keine ärztliche Schweigepflicht mehr. Er könnte eine Goldmine sein für Hinweise, vor allem, wenn es tatsächlich eine Verbindung zwischen ihr und den anderen Frauen und deren Gruppe gibt.»

Grant hatte sich etwas vorgebeugt, während Palma sprach. Jetzt hörte sie ihm zu und beobachtete seine Augen in dem gedämpften Licht, das durch die regennassen Fenster fiel; sie sahen sie mit einem ruhigen Blick an, der von einer anderen Bewußtseinsebene zu kommen schien als seine Worte.

Palma hatte allmählich das Gefühl, die Augen verrieten alles über diesen Mann, und die liebenswürdige Persönlichkeit, die sie am Flughafen begrüßt hatte, sei nur eine geübte Fassade, die er aus beruflicher Notwendigkeit aufrechterhielt. Sie fragte sich, wie lange er diese Maske wohl schon tragen mochte und ob er sie überhaupt jemals ablegte.

Plötzlich, ob zu Recht oder nicht, weckte die Aussicht, mit Sander Grant zusammenzuarbeiten, leise Befürchtungen in ihr. Sie hatten nichts mit dem Kontext der entsetzlichen Morde zu tun, bei deren Untersuchung er ihr helfen sollte.

33

Einen schwarzen Regenschirm über seinen Kopf haltend, trat Dr. Dominick Broussard von der Terrasse vor seinem Haus und ging den Steinpfad entlang, der zu einem kleineren Gebäude auf seinem Grundstück führte. Es war das architektonische Gegenstück des großen Hauses und diente ihm als Praxis. Dieses Haus, das er prätentiös als sein Studio bezeichnete, lag näher am Wasser als das Haupthaus und war in einem dichten Wald versteckt, der sich noch ein ganzes Stück weiter erstreckte, ehe er die Grundstücksgrenze erreichte.

In der letzten halben Stunde hatte Dr. Broussard sich emotional im freien Fall befunden – ein langer Absturz durch seine eigene, leere Trauer, die die Nachricht von Bernadine Mellos Tod ausgelöst hatte. In den Mittagsnachrichten im Fernsehen hatte die Sprecherin «Mord» gesagt. Er war zutiefst bestürzt, hatte aber die Geistesgegenwart gehabt, schnell drei Telefonate zu führen, um seine Termine für den Nachmittag abzusagen. Zwei seiner Patientinnen hatte er erreicht, aber Evelyn Towne hatte ihr Haus bereits verlassen, um mit einer Freundin einen verspäteten Lunch einzunehmen, ehe sie zu ihm kam. Sie war nicht zu erreichen.

Broussard, überwältigt von der schwindelerregenden Intensität der Bilder, die in seinem Gedächtnis aufstiegen, überwältigt von einer unerwarteten Angst vor Einsamkeit, einem seltsamen Egoismus, bei dem er sich selbst bitterer leid tat als Bernadine, weinte wie ein Kind.

Er ging in sein Badezimmer, warf die vom Regen durchnäßten Kleider ab und nahm eine heiße Dusche. Er versuchte, an nichts zu denken, während er sich das Haar wusch. Er wollte nicht an Bernadine denken, ob lebendig oder tot. Er wollte sich nicht an Bernadine erinnern. Als er fertig war, trocknete er sich ab und zog Kleider aus dem Wandschrank des Studios an. Dann ging er an den Barschrank und goß sich einen Dewars mit Wasser ein. Er stand vor dem Panoramafenster, als ihm plötzlich einfiel, daß das Bernadines Drink war, ihr geliebter Scotch. Für sie war das Nektar. Für ihn war sie Nektar. Herrgott. Wie wunderlich, wie surreal er sich gefühlt hatte, als er Bernadines Namen in den Nachrichten gehört hatte.

Keine Verdächtigen.

Er hatte seinen Drink fast ausgetrunken, als er hörte, wie sich die Vordertür öffnete. Plötzlich wurde ihm klar, daß er nirgends in den Praxisräumen Licht eingeschaltet hatte.

«Dominick, sind Sie da?» Evelyn.

«Ja, hier hinten», rief er und begann, seine Schreibtischlampe und dann die verschiedenen anderen Lampen seines Sprechzimmers einzuschalten. Er trank rasch sein Glas leer, als er ihre Schritte in dem kurzen Flur hörte. Als sie durch die Tür trat, schloß er gerade das Barfach.

Sie sah ihn fragend an. «Kein Licht?»

«Ich bin gerade vom Mittagessen im Haus zurückgekommen», sagte er. «Ich wollte es eben einschalten.» Einen kurzen Augenblick lang verspürte er den Drang, mit der Nachricht von Bernadines Tod herauszuplatzen. Aber es war nur ein Moment, und als er es nicht tat, wußte er, daß er es nie tun würde.

Evelyn sah ihn an und ging durch den Raum zu den Fenstern, wo Broussard selbst soeben noch gestanden hatte. Lange schaute sie auf die verregnete Landschaft hinaus.

Evelyn Towne war die einzige seiner Patientinnen, die Broussard voll und ganz respektierte. Er war der Meinung, sie brauche eigentlich überhaupt keine Therapie, und das hatte er ihr auch gesagt. Aber sie hatte nur gelacht und war nicht auf seine Bemerkungen eingegangen.

Sie war achtundvierzig Jahre alt, großgewachsen und hielt sich aufrecht; ihr hübsches, kastanienbraunes Haar, das sie länger trug als die meisten Frauen ihres Alters, war von grauen Fäden durchzogen.

Mit anmutigen Bewegungen, die ihr ebenso angeboren waren wie ihre exzentrische Persönlichkeit, wandte Evelyn sich vom Fenster ab und setzte sich in einen der beiden Ledersessel. Sie war eine der wenigen Patientinnen, die sich weigerten, sich der Couch zu unterwerfen. Broussard setzte sich in seinen Sessel, schlug die Beine übereinander und betrachtete sie. Sie hatte ein marineblaues Kleid aus Seidenjersey an, das am Hals gerade weit genug aufgeknöpft war, um einen üppigen Brustansatz zu enthüllen. Eine Halskette trug sie nicht. Das tat sie nie. Ihre Fingernägel waren frisch lackiert, im gleichen Rot wie ihr Lippenstift, und als sie die Hand hob und eine Locke zurückschob, sah er ein antikes, ziseliertes Goldarmband mit Perlen an ihrem Handgelenk.

«Man hat wieder ein Gedicht von mir veröffentlicht», sagte sie und strich den Saum ihres Kleides glatt. «In *Daedalus*.»

«Herzlichen Glückwunsch», sagte er und versuchte, einfühlend und gelassen zu klingen.

Langsam ließ sie den Blick über seinen Schreibtisch mit der Sammlung kleiner Figurinen, Statuetten und Ikonen von Frauen aus Geschichte, Mythologie und Religion schweifen.

«Über welches Thema?» fragte er.

«Sex und Tod. Sex deshalb, weil ich in letzter Zeit viel darüber nachgedacht habe», erklärte sie. Diese Art von Antwort war typisch für sie: direkt auf den Punkt kommend, aber so provozierend, daß sie sofort eine weitere Frage auslöste. «Und Tod deshalb, weil ich mich von ihm befreien möchte. Ich will, daß er mich in Ruhe läßt, bis er unmittelbar mit mir zu tun hat.»

Evelyns Mann Gerald, zwölf Jahre älter als sie, war fast zwei Jahre lang an Krebs gestorben. Broussard wußte, daß sie einen großen Teil ihrer Zeit damit zugebracht hatte, ihn zu pflegen. Um ihn nicht in ein Krankenhaus bringen zu müssen, hatte sie ihr Haus in River Oaks in eine wahre Klinik verwandelt, damit er zu Hause sterben konnte. Das war vor zwei Monaten geschehen.

«Natürlich habe ich das Gedicht geschrieben, bevor er starb», sagte sie. «Sie wissen ja, es dauert ewig, bis diese Dinge angenommen und veröffentlicht werden, und durch irgendein Mißverständnis hat man mir nicht mitgeteilt, daß sie es gekauft haben. Gestern kam dann die Zeitschrift an. Ich habe mich auf einen Stuhl in der Eingangshalle gesetzt und das Gedicht sofort gelesen. Es war merkwürdig ... als ich es so las, aus heiterem Himmel, ohne gefühlsmäßige Vorbereitung, schien es mir Geralds Tod endgültiger zu machen als sein eigentliches Sterben. Ich möchte darüber sprechen.»

«Über das Gedicht?»

«Über das, was das Gedicht aussagt.»

Broussard wartete, während Evelyn die Beine kreuzte und wieder den Saum ihres marineblauen Jerseykleides glattstrich.

«Wollen Sie etwas ganz Primitives hören?» sagte sie mit einem seltsamen, fast zärtlichen Lächeln. «Geralds ‹Krebs› war Syphilis.» Sie hielt inne und zuckte wehmütig die Achseln. «Oh, ich bin nie in Gefahr gewesen», fügte sie rasch hinzu. Und dann: «Es war ‹latente Syphilis›, und er hatte sie schon jahrelang, als sie entdeckt wurde. Inzwischen war er im dritten, im tödlichen Stadium.»

Broussard war erstaunt, aber nicht über die Aufdeckung von Geralds Syphilis. Er wußte, daß latente Syphilis bis zum finalen Stadium keine Anzeichen oder Symptome verursachte, und oft dauerte es Jahrzehnte, bis ihr zum Tod verurteilter Träger irgendwelche physischen Merkmale entwickelte. Normalerweise wurde die Krankheit leicht auf andere Personen übertragen. Normalerweise. Aber Evelyn hatte gesagt, sie sei nie in Gefahr gewesen. Welcher Art waren dann in all diesen Jahren ihre sexuellen Beziehungen zu ihrem Mann gewesen? Wie war es möglich, daß er, Broussard, drei Jahre lang regelmäßig mit ihr gesprochen und nie einen Hinweis auf etwas so Ungewöhnliches erhalten hatte? Er war bestürzt. Plötzlich dachte er an Bernadines Enthüllung. Wußte er denn gar nichts über Frauen?

«Ich kann mir vorstellen, was Sie jetzt denken», sagte sie.

Broussard glaubte ihr das beinahe. Bernadines große Anziehungskraft für ihn hatte in ihrer intuitiven und von keiner Kultur gehemmten Wertschätzung der menschlichen Sexualität bestanden; Evelyn bot ihm eine ebenso faszinierende Persönlichkeit dar, aber sozusagen am anderen Ende des Spektrums.

Bei den ersten Sitzungen mit Evelyn hatte er sofort gewußt, daß sie eine außergewöhnliche Frau war. Sie war eine Dichterin, deren Werke regelmäßig veröffentlicht wurden, reich geboren, reich verheiratet, glänzend aussehend, anmutig, uninteressiert an Small talk, kinderlos. Ihr lag nichts daran, eine Rolle in jener obersten Schicht der Gesellschaft zu spielen, in der ihr Reichtum ihr eine einflußreiche Stellung gesichert hätte. Gelegentlich war sie ein wenig distanziert, eine diskrete Frau, die ihn ausgewählt und nur verlangt hatte, daß er ihr eine veränderte Form der Analyse zubilligte. Sie wollte keine festgelegte objektive oder therapeutische Technik. Ihre Bitte erforderte eine lockere Deutung des Begriffs «Analyse».

Er war rasch von ihr betört und klug genug gewesen, keinen Versuch zu unternehmen, sie zu verführen. Statt dessen ließ er auf höchst überlegte und subtile Weise durchblicken, daß seine Gefühle ihr gegenüber sehr viel ernsthafter sein könnten, als er erkennen ließ. Doch er fuhr fort, Distanz zu wahren, und blieb nach außen hin vollkommen unverbindlich. Eines Morgens dann, acht Monate nach der ersten Konsultation, kam sie in seine Praxis und schlug ihm ein Verhältnis vor. Ein begrenztes Verhältnis. Sie würde ihm sechs «Gelegenheiten» gestatten, und er konnte den Zeitpunkt wählen – bis zu drei Monaten. Broussard war perplex. Es war der originellste Vorschlag, den ihm jemals jemand gemacht hatte. Doch es stellte sich heraus, daß die Überraschungen damit erst begannen. Zu seinem größten Erstaunen hatte diese korrekte und wohlerzogene Frau ihn mit höchst raffinierten Genüssen bekannt gemacht; sie war nicht nur auf elektrisierende Weise kreativ, sondern hatte, wie er bald merkte, auch sehr viel Erfahrung.

Es passierte während dreier Augustwochen. Anfang und Ende waren vorher festgelegt – ein Versprechen, daß das, was sie an diesen schwülen Augustnachmittagen miteinander geteilt hatten, immer ihre besten Augenblicke bleiben würden. Evelyn kannte das Schicksal nur zu gut, das solche Liaisons mit der Zeit ereilt. Sie hatte nicht zugelassen, daß es ihren Genuß beeinträchtigte, sondern es überlistet. Das war eine weise Entscheidung gewesen.

All das kam ihm binnen Sekunden wieder in den Sinn, während sie innehielt und dann weitersprach.

«Ich weiß wirklich nicht, warum ich beschlossen habe, Ihnen das zu sagen», sagte sie. «Oder warum ich beschlossen habe, es Ihnen auf so alberne, beiläufige Weise mitzuteilen.»

«Sie sind nicht aufrichtig», sagte er.

Sie ließ ihre Augen wieder über seinen Schreibtisch wandern und sagte: «Sie verstehen nicht viel von Frauen, Dominick.» Natürlich hatten sie diese Diskussion schon vorher geführt, mehrere Male. Meistens klangen die einleitenden Worte gutmütig-vorwurfsvoll, gelegentlich ironisch, einmal überraschend bitter. Aber immer folgte darauf eine Enthüllung.

«Ich denke doch, daß ich eine gewisse Einsicht habe», sagte er.

«Eine gewisse Einsicht», räumte sie mit einem einzelnen Kopfnikken ein. «Was glauben Sie, wie ich auf die Nachricht reagiert habe, daß Gerald an Syphilis starb und nicht an Krebs?»

Broussard sah sie an. «Hatten Sie das nicht gewußt?»

Sie schüttelte den Kopf.

«Wie haben Sie's erfahren?»

«Er hat es mir gesagt... nachdem wir ihn aus dem Krankenhaus nach Hause geholt hatten. Bis zu diesem Zeitpunkt hatten die Ärzte ihn gedeckt; bis sie wußten, daß er bald sterben würde. Gerald erklärte ihnen dann, er wolle es mir selbst sagen. Eines Nachmittags bat er die Krankenschwester, das Zimmer zu verlassen, und ließ mich rufen. Ich habe Ihnen von Gerald erzählt. Er war ein freundlicher Mann. Er behandelte ausnahmslos alle Menschen mit dem gleichen unparteiischen Respekt. Wenn man es recht bedenkt, war er in dieser Hinsicht eine Art Philosoph. Er sagte mir, wie sehr es ihn bekümmerte, daß ich das mit ihm durchmachen müßte. Er sprach über sein Leben, unser Leben. Es war ein sehr liebevoller Monolog... denn das war es. Ich sagte kein Wort.

Als er fertig war, ging ich zu ihm hinüber und küßte ihn. Ich küßte ihn auf den Mund. Ich drängte meine Zunge zwischen seine Lippen und gab ihm den erotischsten, sinnlichsten Kuß, den er je von mir bekommen hatte. Und dann drehte ich mich um und verließ das Zimmer. Ich ging schnurstracks nach oben, packte einen Koffer und fuhr binnen einer Stunde weg, ohne ihm oder sonst jemandem zu sagen, wohin ich ging.»

Sie atmete jetzt flach und hatte Broussard vergessen.

«Ich blieb neun Tage weg. Ich rief ihn nicht an, erkundigte mich nicht nach ihm und sagte ihm auch nicht, wo ich war. Nach meiner Rückkehr... eines Tages bin ich einfach wiederaufgetaucht..., habe ich mich ihm gewidmet, ihn gepflegt, ihn versorgt. Ich habe ihn gesäubert, gebadet, gefüttert, ihm vorgelesen und bei ihm gesessen, wenn man nichts anderes tun konnte. Für den Rest seines Lebens und im Augenblick seines Todes fünf Monate später war ich bei ihm. Er fragte nie, wo ich gewesen war oder was ich gemacht hatte oder warum. Ich... habe nicht die leiseste Ahnung, warum ich ihn so geküßt habe», sagte sie, und Broussard sah ihrem Gesicht an, daß die Erinnerung an diesen Augenblick sie quälte. Er hatte sie nie so erschüttert gesehen. Er wußte, daß es sie mehr kostete als die meisten anderen Leute, sich ihm so zu zeigen. «Weiß Gott», sagte sie, «ich habe es bereut.»

Broussard sah sie an. «Keiner von Ihnen hat das je erwähnt, nehme ich an.»

«Natürlich nicht... ich denke, er glaubte zu verstehen, warum ich es getan hatte.»

«Und das macht Ihnen zu schaffen.»

«Allerdings», versetzte sie. «Wie konnte er es verstehen, wenn *ich* es nicht verstehe?»

«Sie sprechen von einem Toten, Evelyn.»

«Um Himmels willen, Dominick», sagte Evelyn und starrte ihn an, über ihren gekreuzten Beinen vorgebeugt. «Die Logik sehe ich auch. Es ist das andere Zeug, was mir Probleme macht.»

Evelyns Stimme verriet echte Not, aber ihr Gesicht wirkte zornig. Sie war ganz offensichtlich frustriert, weil der Kuß mehr mit ihrem Unbewußten zu tun hatte, als sie zugeben wollte. Interessant, daß eine Frau so darauf beharrte, alles habe eine rationale Grundlage. Aber so schrecklich logisch und diszipliniert, wie sie gern glauben wollte, war sie gar nicht. Dazu war sie zu sehr Dichterin, und nach dem, was er von ihrer Sexualität wußte, war sie durchaus in der Lage, sich Entrückungen hinzugeben.

«Welches andere Zeug?» fragte er.

Sie sank in den Sessel zurück und schaute weg, dann wieder auf ihn, dann auf die Statuettensammlung auf seinem Schreibtisch.

«Ich weiß nicht», sagte sie.

Das war eine ausweichende Antwort.

«Wieso waren Sie durch Geralds Syphilis nie in Gefahr?» fragte er. «Oder ist das Thema tabu? Sie sagten, Sie seien nie in Gefahr gewesen, angesteckt zu werden.»

Sie schüttelte den Kopf. «Das habe ich nicht gesagt.»

Broussard sah sie an. In diesem Augenblick des Leugnens hatte sie sich selbst kleiner gemacht. Der Stolz, der sie ausgezeichnet hatte, die hochfahrende Selbstsicherheit, die sich in allem bemerkbar machte, ihrer Haltung und ihrer Redeweise, ihrem Lachen und sogar ihrem Verhalten im Bett, war in einem einzigen angespannten Augenblick zerbrochen. Broussard hatte nicht erwartet, daß sie kapitulieren und leugnen würde. Wie alle anderen empfand also auch Evelyn Scham, und dieses Gefühl war so mächtig in ihr, daß sie lieber ihre Persönlichkeit aufs Spiel setzte, als die Quelle dieser Scham preiszugeben.

Und dann tat Broussard etwas, das ihn selbst überraschte. Er wich zurück. Er hatte nicht die Nerven. Was auch immer aufgedeckt werden mußte, damit sie sich ihm stellen und so Frieden finden konnte, es war ihm gleichgültig. Er hatte nicht den Mut, sie durch das läuternde Feuer zu geleiten. Er wollte keinen Anteil an ihrer Befreiung, weil diese auch von ihm ihren Tribut fordern würde. Er hatte auf einmal genug von bohrenden Fragen.

«Es spielt keine Rolle», sagte er kopfschüttelnd. «Ich war müde; vielleicht habe ich Sie mißverstanden.»

Und Evelyn sah ihn mit einem Ausdruck verwirrter Verzweiflung an. Sie weiß es, dachte er entsetzt. Sie weiß, daß ich sie im Stich gelassen habe.

34

Grant hatte seine Zeit bestmöglich nutzen und sofort in Palmas Büro fahren wollen. Er hatte die Tatortfotos von Bernadine Mello sehen wollen, um sich ein Bild davon zu machen, wie sie im Vergleich mit den anderen wirkten. Die Tatortfotos des Ackley-Montalvo-Mordes wollte er ebenfalls sehen. Obwohl es hier nicht um die gleiche Art von Mord ging, wollte Grant sie unbedingt anschauen für den Fall, daß sich eine entfernte Beziehung zu den Morden an den drei Frauen herausstellen sollte.

Im Morddezernat ging es auf die Abendschicht zu. Leeland war nach Hause gegangen, um ein paar Stunden zu schlafen. Nancy Castle, ein weiblicher Detective, den Leeland aus der Verbrechensanalyse abgezogen hatte, saß an einem der Computerterminals und gab die Namen ein, die Childs und Garro vom Fall Mello mitgebracht hatten, sowie die, die mit den laufenden Meldungen hereinkamen. Einer der wenigen Vorteile beim Bekanntwerden spektakulärer Fälle war, daß gewöhnlich eine Flut von Hinweisen einging, sobald die Polizei der Öffentlichkeit die sorgfältig ausgewählten Tatsachen präsentiert hatte. Oft genügte ein einziger guter Tip, um einen Durchbruch zu erreichen. In seiner methodischen Art hatte Leeland dafür gesorgt, daß in jeder Schicht eine bestimmte Person alle Hinweise bearbeitete; außerdem hatte er ein System von Querverweisen und eine Methode entwickelt, um Verdächtige und Informationen ihrer Wichtigkeit nach zu ordnen. Von Stunde zu Stunde wurden die Hinweise zahlreicher, und die Informationen wurden in den Computer eingegeben, sobald sie hereinkamen. Auch jetzt saß ein Officer an einem kleinen Schreibtisch in der Ecke, befragte mit leiser, monotoner Stimme einen Anrufer und füllte das Formular aus.

Von dem Augenblick an, in dem sie den Mannschaftsraum betraten, spürte Palma eine Veränderung in Grants lässiger Haltung. Er sah sich rasch um, als sie nach hinten in Leelands Sonderkommissionsbüro gingen, und lächelte Nancy Castle kurz zu, als er vorgestellt wurde, aber er sagte nichts. Sein einziges Interesse galt der Akte Mello. Castle nahm sie für sie aus dem verschlossenen Aktenschrank, und Palma, Grant und Hauser trugen sie in Palmas leeres Büro, während Garrett losging, um Kaffee zu holen.

Grant zog seine Jacke aus, hängte sie über die Rückenlehne von Palmas Stuhl und gab Hauser die Bilder, während er sich hinsetzte und auf Seite eins des Fallberichts zu lesen begann. Hauser ging sofort zu Birleys Schreibtisch und nahm sich die ersten Bilder vor. Sie waren in chronologischer Reihenfolge von Tatort bis Autopsie geordnet und numeriert. Beide Männer wandten Palma den Rücken zu. Offensichtlich wollten sie in Ruhe gelassen werden. Aber Palma verließ das Zimmer nicht; es würde Fragen geben. Sie setzte sich auf einen Stuhl neben den Aktenschränken und wartete. Nach einer Weile kam Garrett mit vier Bechern Kaffee zurück. Grant und Hauser blickten nicht einmal auf; schließlich griffen sie nach den Plastikbechern, ohne die Augen von der Arbeit zu wenden. Nach kurzer Zeit tauschten sie Akten gegen Fotos und machten weiter.

Palma wartete. Grant ließ sich viel Zeit mit den Fotos; er studierte einzelne Körperwunden auf Fotos, die aus verschiedenen Blickwinkeln und bei unterschiedlicher Beleuchtung aufgenommen worden waren. Er griff sich einen Stift von Palmas Schreibtisch, machte ein paar Notizen und drehte sich dann auf seinem Stuhl nach ihr um, wobei er die Beine übereinanderschlug.

«Welche Unterschiede sehen Sie hier?» fragte er und nahm einen Schluck von seinem Kaffee, der inzwischen kalt sein mußte. Wie sie jetzt sah, waren seine Augen von einem unauffälligen Braun mit hellgrünen Glanzlichtern.

«Die Bißmale am Nabel», sagte Palma, «sind nicht neu... wir haben sie zuerst bei Samenov gesehen..., aber hier sieht es so aus, als hätte er mehr Zeit darauf verwendet. Er hat sich diesmal mehr auf den Nabel konzentriert. Die Schläge ins Gesicht sind schlimmer. Sie sind ebenfalls nicht neu, aber das ist mir aufgefallen.»

Grant nickte, und Palma meinte um seine Augen herum ein leises Lächeln zu entdecken.

«Die Falten im Laken», fuhr sie fort. «Für mich sieht es aus, als hätte er sich neben sie gelegt, wahrscheinlich ganz zuletzt. Sie sind mir bei Bernadine zum ersten Mal aufgefallen... das rote Satinlaken..., aber dann habe ich mir die Fotos von Moser und Samenov noch einmal angesehen, und da waren sie auch. Ich hatte sie bloß nicht bemerkt. Vermutlich habe ich mehr auf das Gesamtbild geachtet. Sie hätten mir auffallen müssen.»

Grant zuckte die Achseln, als wolle er sagen, jeder hätte das übersehen können.

«Aber ich glaube, die Tatsache, daß er sich neben sie legt, hat etwas zu bedeuten», fügte sie hinzu.

Er fragte: «Was glauben Sie, warum hat er das getan?»

Sie sah ihn an und zögerte. Aus dem Augenwinkel bemerkte sie, daß Hauser Grant ebenfalls ansah, und ihr wurde klar, daß er Grant bei dieser Arbeit nicht gleichgestellt war. Er war zu jung; Grant war sein Mentor.

«Ich vermute..., daß er sich an ihr erregte... vielleicht masturbierte, obwohl es keine Spuren von Samenflüssigkeit gab.»

«Aber warum auf *diese* Weise? Warum schminkt er sie, frisiert sie? Diesmal hat er sogar Haarspray benutzt», sagte er, auf den Bericht blickend. «Lackiert ihre Nägel... all das?»

«Sie muß ein bestimmtes Aussehen haben», antwortete Palma. «Sie muß seiner Phantasie entsprechen...»

«Die ‹Phantasie›», sagte Grant und stach einmal mit dem Zeigefinger in die Luft. «Kommen Sie her.» Er nahm Hauser die Bilder ab und hielt sie so, daß sowohl Hauser als auch Palma sie sehen konnten. Er wählte eines aus, auf dem Mello vom Fußende des Bettes her aufgenommen war.

«Meistens ist ein Tatort wie dieser ein Durchbrechen der Routine», sagte Grant. «Ungewöhnlich ist er nur für Außenseiter, nicht für die Beteiligten. Sie tun etwas, was sie befriedigt, etwas, was sie schon oft getan haben, weil es ihnen Befriedigung verschafft. Es ist Routine. Bei Sexualmorden an einem zunächst willfährigen Partner... oft einer Prostituierten... haben wir es mit der Möglichkeit von zweierlei Routine zu tun», erklärte er. «Die eine ist ein Szenario, in dem sich der Mörder vielleicht schon hundertmal vorher bewegt hat, in der Realität *und* in seiner Vorstellung, ohne tödlichen Ausgang. Und dann gibt es noch ein anderes Szenario, das das erste unterbricht und das nur zur Befriedigung des Mörders durchgespielt wird. Wir müssen versuchen, zwischen den beiden zu unterscheiden, und die Stelle ausfindig machen, an der sie divergieren. Wo endete die Lust von Bernadine Mello, und wo fing die des Mörders an?» Sein Finger tippte auf das Foto. «Und dann müssen wir eine Chronologie vom Szenario des Mörders herstellen, weil wir mit dieser Chronologie, dem, was er getan hat, und der Reihenfolge, in der er es getan hat, anfangen können, seine Persönlichkeit zu rekonstruieren.»

Grant verstummte, hielt das Foto in der Hand und betrachtete es. Palma war nahe bei ihm, nah genug, um einen vagen, intimen Eindruck von ihm zu bekommen. Er hatte ein starkes Kinn, und zusammen mit dem gebrochenen Nasenrücken erinnerte es Palma an die Filmversion des strengen britischen Militäroffiziers.

«Das Hotelzimmer ist schon wieder in Benutzung, oder?» fragte Grant, noch immer Mellos Leichnam betrachtend. Einen Augenblick lang verstand Palma nicht, was er meinte.

«Oh. Ja, das Doubletree. Ja, ist es.»

«Samenovs Wohnung?»

«Noch versiegelt.»

«Können wir hingehen und sie uns ansehen?»

«Ja.»

Er wandte sich ihr zu. «Kann Bob die Akten über Moser und Samenov haben? Er ist erst in letzter Minute mitgekommen und hat sie nicht gesehen.»

«Ja, ich werde sie holen.»

Grant hielt sie auf. «Können wir heute abend noch zu Samenov fahren? Und zu Mello?»

«Natürlich. Raymond Mello ist für eine Weile ausgezogen.»

Die Akten wurden in Palmas Büro gebracht, und Robert Hauser ließ sich mit einer frischen Tasse starken Kaffees aus der Kanne der Abendschicht nieder. Grant redete im Büro des Lieutenants ein Weilchen mit Arvey Corbeil; er hielt sich an die Spielregeln, machte sich mit dem zuständigen Mann bekannt. Am nächsten Morgen würde er vorbeikommen und den Captain begrüßen müssen. Palma fiel auf, daß Grant das sehr geschickt machte. Er spielte sich nicht als Special Agent Grant auf, aber, und das war das Beste, er versuchte auch nicht, einer von den Jungs zu sein und eine windige Kameraderie an den Tag zu legen, die er nicht verdient hatte und die bei den von Natur aus mißtrauischen Detectives des Morddezernats schlecht angekommen wäre. Er machte sich nicht wichtig, und sein unprätentiöses Benehmen wurde auf der Stelle als solches erkannt.

Um Viertel nach sieben gingen Palma und Grant zur Fahrbereitschaft, um sich einen Wagen abzuholen. Sie durchquerten die Garage; der Geruch von ölbeflecktem Zement und dem schlammigen Wasser des Bayou hing in der unbewegten Luft.

«Mein Gott», sagte er, «kühlt es hier nachts nicht ab?»

«Nicht sehr», sagte Palma und ging um den Wagen herum zur Fahrerseite.

35

Die Autofenster beschlugen wegen der Feuchtigkeit, bis die Klimaanlage sie soweit kühlte, daß sie wieder klar wurden.

Eine Zeitlang sagte Grant gar nichts, und Palma nahm an, sie würden schweigend bis zur Wohnung von Dorothy Samenov fahren. Vielleicht beschäftigte ihn das, was er auf den Fotos von Bernadine Mello gesehen hatte. Ihr war das nicht unangenehm. Sie verspürte keinen Drang, eine Unterhaltung in Gang zu bringen. Sein Schweigen machte ihr nichts aus; es gefiel ihr eher, wie er dasaß und mit seinen eigenen Gedanken beschäftigt war.

«Wie ist Ihnen bei all dem zumute?» fragte er plötzlich.

Die Frage überraschte sie; nicht, weil sie sie nicht hätte beantworten können, sondern weil er sie überhaupt stellte.

«Es hat wohl keinen Zweck, eine Art ‹professioneller Haltung› zur Schau zu tragen», sagte sie. «Es fällt mir schon schwer, überhaupt objektiv zu bleiben... eigentlich kann ich's gar nicht. Ich kann an nichts anderes mehr denken als an diesen Kerl. Es ist jetzt, hm, viereinhalb Tage her, seit wir Dorothy Samenov gefunden haben und mir klargeworden ist, womit wir es zu tun haben. Mir kommt es wie ein Monat vor. Gestern nachmittag habe ich dann Ackley und Montalvo gefunden, und heute früh kam die Sache mit Bernadine Mello.»

Es dauerte einen Augenblick, bis Grant fragte: «Was macht Ihnen am meisten zu schaffen bei dem, was er tut?»

«Meinen Sie als Detective im Morddezernat oder als Frau?»

«Als Frau.»

Das hatte sie nicht von ihm erwartet.

«Die Bißmale. Das, was er mit ihren Bauchnabeln macht.»

«Bei dieser Art Morden sind Bisse ziemlich häufig», sagte Grant und schaute unverwandt durch die Windschutzscheibe. «Aber die Sache mit den Augenlidern habe ich noch nie gesehen. Das ist eines der interessantesten Merkmale bei diesen Fällen.»

«Inwiefern?»

«Ich habe noch nie erlebt, daß die Augenlider als Objekte sexueller Attraktion betrachtet wurden. Obwohl ich schon so ziemlich alles gesehen habe, was es an Besessenheiten gibt. Alles, was sie mit den Sexualorganen machen, innerlich oder äußerlich, überrascht mich nicht. Ich habe schon erlebt, daß der Uterus so sachkundig entfernt wurde, als sei ein Chirurg am Werk gewesen. Dasselbe gilt für die Ovarien. Manchmal ist man verblüfft über die klinischen Kenntnisse dieser Burschen. Zum größten Teil liegt das daran, daß sie neugierig sind. Viele von ihnen hatten nie befriedigende Beziehungen zu Frauen. Entweder wurden sie tatsächlich von den Frauen zurückgewiesen, oder sie bildeten sich ein, sie würden zurückgewiesen. Ihr Wissen über Frauen ist erbärmlich gering, wirklich unternormal. Sie wissen nichts über Frauen als menschliche Wesen, und so werden Frauen für sie zum Objekt von Neugierde. Sie wollen sie buchstäblich auseinandernehmen und nachsehen, was es mit ihnen auf sich hat. Nur, daß ihre Neugier auf die Sexualorgane und die Brüste beschränkt ist. Sie wollen sie berühren und fühlen und schmecken. Innerlich und äußerlich.»

Grant hielt inne, und sie sah, daß er sie anschaute.

«Sprechen Sie weiter», sagte sie.

«Nun ja, der entscheidende Punkt ist», fuhr er fort, «daß die Sache mit den Augenlidern anders ist. Ich glaube, daß es sich dabei um eine andere Anomalie handelt, was bedeutet, daß es für uns ein wichtiger Hinweis ist. Es ist nicht sofort als sexuelle Verstümmelung erkennbar, sondern offensichtlich symbolisch. Wenn es *kein* sexuelles Symbol ist..., nun ja, dann würde es bedeuten, daß wir es mit einer Anomalie innerhalb anderer Anomalien zu tun haben, einer neuen Psychologie, einem ganz anderen Typ.» Er hielt einen Augenblick inne, bevor er hinzufügte: «Ich kann Ihnen ja ruhig sagen, daß mich das skeptisch macht. Ich glaube, wir haben es hier mit einem Mörder mit einer besonderen Art von Tick zu tun, nicht mit einer besonderen Art von Mörder.»

Palma schaute in den Rückspiegel, verlangsamte die Fahrt und wies nach links auf die Fassade des Doubletree Hotels.

«Da haben sie Sandra Moser gefunden. Siebter Stock rechts, in einem der nach außen liegenden Zimmer. Die Vorhänge waren noch offen. Wenn Sie in einem der Büros gewesen wären, die in Two Post Oak Central auf die Straße hinausgehen», sagte sie und nickte in Richtung auf ein Bürogebäude mit silbern eingefaßten Fenstern zu ihrer Rechten, «dann hätten Sie die ganze Sache beobachten können.»

Grant schwieg einen Augenblick, beugte sich vor und betrachtete durch den Regen das Gebäude. Palma hatte den Wagen fast angehalten.

«Können Sie hier parken?»

Palma bog auf den Parkplatz ein. Grant starrte durch die von den Scheibenwischern freigelegten Stellen der Windschutzscheibe auf das Hotel.

«Können Sie mir sagen, welches Fenster es ist?»

Das konnte sie. Sie hatte schon vorher auf diesem Parkplatz gestanden und das Fenster angestarrt.

Grant saß vorgebeugt, den Hals nahe am Armaturenbrett, das Gesicht nach oben gewandt und so dicht an der Scheibe, daß sein Atem auf dem Glas eine kleine beschlagene Stelle bildete.

«Ich frage mich gerade», sagte er, «ob Sie, als Sie an diesem Morgen zum ersten Mal in das Zimmer kamen und sie fanden, irgendein

Vorgefühl hatten, daß diese Sache anders sein würde, außergewöhnlich?»

Weil er vorgebeugt dasaß, hatte er sie nicht mehr unmittelbar im Blick, und sie nutzte das aus, um sein Profil zu studieren. Sie sah die grauen Strähnen in seinem an den Schläfen zurückgekämmten Haar und die leichte Vertiefung in seinem Nasenrücken.

«Ich wußte, daß sie uns Probleme aufgeben würde, wegen ihrer Lage», sagte Palma zu seinem Profil. «Aber ich hatte keine Ahnung, daß es so etwas sein würde, eine Mordserie.»

Grant nickte und lehnte sich zurück, die Augen weiter auf das Hotel gerichtet. «Okay», sagte er.

In Dorothy Samenovs Wohnung war es warm und etwas stickig. Die Polizei hatte den Thermostat so eingestellt, daß er tagsüber nur die drückendste Hitze linderte. Samenovs Schwester und ihr Mann sollten nächste Woche nach Houston kommen, um die Wohnung zu verkaufen. Alles war noch genauso, wie die Polizei es zurückgelassen hatte.

Auf dem kurzen Weg zur Haustür zog Grant sich den Regenmantel über den Kopf. Sobald sie in der Wohnung waren, warf er den nassen Mantel über einen Sessel im Wohnzimmer und ging direkt ins Schlafzimmer, als sei er schon einmal dagewesen. Unmittelbar hinter der Tür blieb er stehen und sah sich um, dann ging er ins Badezimmer. Er schaute in die Dusche und auf den Fußboden um das Bidet herum, wo LeBrun die Fußabdrücke gefunden hatte. Er drehte sich um, öffnete den Medizinschrank und untersuchte alle Gegenstände auf jedem Glasregal. Er drehte auch leicht identifizierbare Flaschen so um, daß er die Aufschriften lesen konnte, und stellte alle mit dem Etikett nach vorne wieder hin.

Er steckte die Hände in die Hosentaschen und blieb da stehen, den Inhalt des Schrankes betrachtend.

«Hier kann man viel über Menschen erfahren», sagte er.

Dann schloß er vorsichtig die Tür des Medizinschranks und verließ das Badezimmer, nachdem er das Licht ausgeschaltet hatte. Er ging um das Ende des abgezogenen Bettes herum, hielt inne, um sich die Flecken auf der Matratze anzusehen, und ging dann zur Kommode.

«Wo waren Samenovs zusammengefaltete Kleider?»

«Auf dem Stuhl neben dem Bett.»

«Das ist interessant», sagte Grant. «Ich frage mich, warum er sie nicht einfach aufgehängt hat. Der Schrank ist doch direkt daneben. Ich weiß von den Fotos her, daß er sich ziemlich Mühe damit gegeben hat, die Revers nach rechts, die Tasche auf der Bluse direkt über der Falte. Sehr präzise. Militärisch, sollte man meinen, aber das war es nicht. Beim Militär machen sie es anders. Dasselbe gilt für Mellos Kleider. Nicht militärisch, aber sehr sorgfältig.»

Die Hände noch immer in den Taschen, sah Grant sich die Kosmetika auf der Kommode an, die noch ungeordnet dastanden, weil LeBrun sie auf Fingerabdrücke untersucht hatte. Dann tat er mit den Parfum- und Nagellackflaschen dasselbe, was er mit dem Inhalt des Medizinschranks getan hatte, und drehte alle Etiketts nach vorne.

Palma betrachtete inzwischen das Bett und erinnerte sich an Dorothy Samenov. Die drückende Luft im Schlafzimmer kontrastierte in ihrer Erinnerung mit der leichenhausähnlichen Kälte, in der sie gefunden worden war. Palma dachte, wieviel gnädiger es für Dorothy gewesen war, daß die niedrige Temperatur dem Mörder Vorteile brachte. Ohne Klimaanlage fast vier Tage in der Hitze von Houston zu liegen, wäre für Samenovs Anatomie verheerend gewesen. Zumindest diese Entwürdigung war ihr erspart geblieben. Die Kälte war eine unbeabsichtigte Freundlichkeit gewesen.

Grant war von der Kommode zum Wandschrank gegangen und sah Samenovs Kleider durch. Er begann auf der linken Seite und arbeitete sich nach rechts, Kleid um Kleid; manchmal hielt er inne, nahm eines heraus und hielt es hoch, als wolle er es kaufen. Dann hockte er sich hin und betrachtete ihre Schuhe, die auf dem Boden des Schrankes standen; er öffnete sogar die im Hintergrund gestapelten Schuhkartons. Dorothy hatte eine Menge Kleidung. Er brauchte eine Weile. Als er fertig war, stand er auf, trat vom Schrank zurück und sah sich im Zimmer um. Wieder betrachtete er die Kommode, dann ging er zu ihr zurück, nahm die Stöpsel von mehreren Parfumflaschen und roch daran, bevor er sie wieder hinstellte.

Er ging zum Bett und setzte sich darauf, den geöffneten Schrank im Blick. Fast unbewußt, als sei er mit seinen Gedanken anderswo, streckte er die rechte Hand aus, drückte auf die Matratze und prüfte ihre Festigkeit.

Dann stand er auf, trat an die Kommode, öffnete die oberste Schublade und begann, die Kleidungsstücke zu untersuchen. Wie bei den Kleidern im Schrank tat er das mit Sorgfalt, als sei er ein Käufer, der die Qualität des Materials prüfte; hin und wieder hielt er ein Stück hoch, um es genauer zu untersuchen. Als er zur Unterwäsche kam, ging er nicht etwa aus Feingefühl schneller darüber hinweg, sondern untersuchte sie so genau wie alles andere; gelegentlich hielt er einen

Slip, ein Hemd oder einen Büstenhalter hoch und rieb das Material zwischen den Fingern. Einmal hielt er sogar einen Slip an sein Gesicht, nur kurz, und legte ihn dann in die Schublade zurück. Die Geste verblüffte Palma, und sie wandte schnell den Blick ab, doch ihre eigene Reaktion verwirrte sie ebenso wie das, was er getan hatte.

«Die Sado-Maso-Werkzeuge waren in der untersten Schublade?» fragte er, ohne sie anzusehen.

«Ja, und die Fotos auch.»

Grant nickte nachdenklich, den Blick noch auf die Wäscheschublade gerichtet. «Wissen Sie, jahrelang läuft man herum und trägt eine Menge Gepäck... Vermutungen... über Männer und Frauen mit sich herum. Man lebt ganz bequem mit diesen Vermutungen, weil man nichts sieht, was einen daran zweifeln läßt. Und dann eines Tages springt es einem direkt ins Gesicht... rums! Ein Mythos ist explodiert.» Er schloß die Schublade, drehte sich um und sah Palma an. «Ich glaube, es ist sehr gefährlich, wenn man bequem lebt.» Er lächelte schief, vielleicht über sich selbst. «Fahren wir zu Mello.»

36

Als Palma aus der Einfahrt von Samenov fuhr und in Amberly Court einbog, schaute sie über die Straße zum Haus von Helena Saulnier zurück. Es war fünf nach acht. Hinter ihren Fenstern brannte kein Licht. Innerlich zweifelte sie nicht daran, daß Helena während der ganzen Zeit ihrer Anwesenheit Dorothys Fenster beobachtet hatte.

Sie fuhren fast zwei Meilen durch piniengesäumte, nasse Straßen, bis sie das Haus von Bernadine Mello erreichten. Ein Streifenwagen von Hunters Creek blockierte die Einfahrt. Palma und Grant mußten ihre Marken zeigen, ehe die beiden kaffeetrinkenden Beamten ihren Wagen zur Seite fuhren, um sie einzulassen.

Im Haus schaltete Palma die Lampen in der Eingangshalle ein, und wie zuvor ging Grant kommentarlos die Treppe hinauf, als wisse er bereits, wo sich das Schlafzimmer befand. Fasziniert von seinem

Instinkt für Wohnungen folgte Palma ihm einfach, beobachtete, wie er beim Treppensteigen das Haus abschätzte und mühelos den Lichtschalter an der Wand fand, als er den Treppenabsatz und den Flur erreichte, an dem Mellos Zimmer lagen. Er ging an der dunklen Tür zu Raymond Mellos Raum vorbei zum nächsten, der weiter hinten im Flur lag. Er streckte die rechte Hand in den Raum und schaltete das Licht ein.

«Viel Platz», sagte er beiläufig. Er sah sich einen Augenblick in dem Wohnzimmer um, ehe er ins Schlafzimmer ging, wobei er mit der linken Hand das Licht einschaltete. Da er die Tatortfotos bereits gesehen hatte, sagte er nichts zu den rotbespannten Wänden und dem dominierenden Bild des Lebensbaums.

Wie bei Samenov ging er zuerst ins Badezimmer, eine luxuriöse Angelegenheit aus Marmor und Glas, und trat an einen langen, in die Wand eingelassenen Marmortisch, über dem sich offene Glasregale befanden. Hier bewahrte Bernadine Mello eine Überfülle von medizinischen und Schönheitsartikeln auf, eine einschüchternde Aufgabe für Grants Neugier. Er machte sich sofort ans Werk.

Palma sah ihm von der anderen Seite des Raumes aus zu. Seine Inventur war gründlich.

«Manchmal», sagte er, ohne seine Beschäftigung mit Mellos Kollektion zu unterbrechen, «gehe ich in eine große Apotheke und wandere einfach zwischen den Regalen herum. Auf diese Weise lernt man eine Menge über den menschlichen Körper und auch über die Psyche. Die Sachen, die Leute für sich tun, vielleicht weil sie müssen, vielleicht auch, weil sie Hypochonder sind. Oder sie sind einfach davon besessen, wie sie aussehen oder sich anfühlen oder riechen.»

Sie folgte Grant in den feuerroten Schlafraum und lauschte seinen gelegentlichen Kommentaren, während er sich wie bei Samenov methodisch durch Mellos Schränke und Schubladen arbeitete. Hier dauerte es länger, weil es mehr davon gab, aber Grant erlahmte nicht und verlor weder die Geduld noch seine Sorgfalt. Es war, als hätte er alle Zeit der Welt. Palma beobachtete jede seiner Bewegungen. Sie bemerkte, was er bemerkte, sah, was ihn innehalten und etwas genauer hinschauen ließ und was ihm weniger wichtig und unbedeutend vorzukommen schien. Sie registrierte, für welche Kleider er sich Zeit nahm, welche Wäschestücke Mellos er zwischen den Fingern hielt, welchen Slip er hochhielt, welches Hemd er an sein Gesicht führte. Sehr bald wurde er für sie ebenso interessant wie der Mörder, den er heraufzubeschwören versuchte.

«Hier gab es doch keine sadomasochistischen Werkzeuge, oder?» fragte er, schob die letzte Schublade zu und wandte sich an Palma.

«Keine», sagte Palma.

«Wenn sich herausstellt, daß sie zu Samenovs Clique gehörte, dann ist sie in dieser Hinsicht also ein bißchen anders, nicht?»

Palma nickte.

Grant steckte die Hände in die Hosentaschen und kam zu ihr herüber.

«Die Sache mit dem Psychoanalytiker», sagte er, «ist die: Wenn er nicht der Mörder ist, dann kann er uns Einsicht vermitteln, nicht nur in Mello, sondern in alle diese Frauen ... falls Mello eine aus der Clique ist. Er wird wissen, ob Mello sadomasochistische Tendenzen hatte. Vielleicht weiß er auch von ihren Verhältnissen zu anderen Frauen, möglicherweise sogar zu anderen Männern. Wir können alles aus ihm herausquetschen, was er je mit ihr besprochen hat, denn der Mann sitzt ganz schön in der Patsche, nachdem er jahrelang mit ihr geschlafen hat. Vermutlich tut er es auch mit anderen Frauen. Das könnte ihn ruinieren. Sie sollten das durchblicken lassen, damit er wirklich auspackt, wenn Sie ihn vernehmen.»

Grants Gesicht hatte sich verhärtet, während er das sagte; die besorgte Miene, mit der er den Raum durchsucht hatte, hatte sich aufgelöst und war durch etwas Strengeres ersetzt worden.

«Sie haben nicht von Verdächtigen gesprochen», sagte er plötzlich.

«Sie haben doch gesagt, Sie wollten nichts davon hören.»

«Stimmt. Wenn Sie an die allgemeinen Richtlinien denken, die ich Ihnen am Telefon genannt habe, fallen Ihnen dann irgendwelche Möglichkeiten ein?»

«Eine.»

Er sah auf, sofort interessiert, und nickte dann. «Entspricht er den Merkmalen, die wir besprochen haben?»

«Etwa der Hälfte, soweit ich sagen kann. Wir wissen noch nicht so viel über ihn.»

«Na ja, etwas können Sie Ihrem Inventar über den Kerl hinzufügen», sagte er. Er schaute hinüber zum Bett, als sei Mello noch dort. «Ich dachte zuerst, er hätte die Gesichter so heftig geschlagen, weil er jede der Frauen intim kannte ... die alte Faustregel beim Morddezernat. Tatsächlich habe ich angenommen, Sie würden feststellen, daß er mit einer von ihnen verwandt war und mit den anderen heimlich ein Verhältnis hatte.» Er schüttelte den Kopf. «Aber ich habe mich geirrt. Sie haben nichts dergleichen gefunden und werden es wahrscheinlich auch nicht. Er kennt vielleicht die Frauen, die er umbringt, aber das hat nichts damit zu tun, warum er ihnen das Gesicht zerschlägt. Das hat mit seiner Phantasie zu tun ... er ist intim mit der Frau, zu der sie durch die Prozedur *werden. Sie* ist diejenige, die er wieder und wieder zerstört. Das hat nichts damit zu tun, wer die Frau in Wirklichkeit ist. Der Kerl bringt jemanden um, den er liebt, und er sieht ihr Gesicht in dem Gesicht, das er seinen Opfern aufmalt.»

«Jemand, den er liebt?» Palma runzelte die Stirn. «Nicht jemand, den er nicht mag, gegen den er Groll angesammelt hat, auf den er einen Haß empfindet?»

«Liebe, Haß, Begehren, Ekel ... für einige dieser Typen ist das alles eins», sagte Grant. «Ihre Emotionen sind kurzgeschlossen. Sie wissen nicht immer, was sie antreibt. Deswegen hinterlassen sie am Tatort oft widersprüchliche Botschaften.»

«Und was ist mit den übrigen Dingen? Dem Badeöl, dem Parfum?»

«Ich wäre nicht überrascht, wenn er genau die gleichen Kosmetika, dieselbe Marke und Lippenstiftfarbe, denselben Duft, dasselbe Badeöl, Rouge und so weiter benutzt wie sie. Vielleicht sogar *ihre* Kosmetikartikel.»

«Wessen?»

«Die seiner Mutter, wenn er unverheiratet ist und seine Eltern noch leben. Die seiner Frau oder Freundin. Sie ist nicht da, und er nimmt ihre Kosmetika und tut seine Arbeit. Vielleicht hat sie einen Job, muß Donnerstag abends arbeiten; vielleicht ist sie auch Mitglied in einer Organisation, die sich an den Donnerstagabenden trifft. Irgend etwas, das sie Donnerstag abends aus dem Haus führt.»

«Dann müßte sie aber drei bis vier Stunden fort sein», sagte Palma.

«Darin sehe ich kein Problem. Mir fällt ein halbes Dutzend Aktivitäten ein, die so lange dauern würden.»

Palma dachte an Reynolds. Er hatte gesagt, er lebe allein. Sie hatte ihm das einfach abgenommen, aber er konnte ohne weiteres eine Freundin haben. Walker Bristol war verheiratet; nach dem wenigen, was sie über ihn wußten, hatte er genügend Marotten, um sich für einen römischen Zirkus zu qualifizieren, und vielleicht auch den Kopf voller Haß. Wer weiß, was Cushing in der Namensliste aus Samenovs Adreßbuch finden würde? Und was war mit «Claires» Ehemann? Palma wußte, daß Claire abends nicht zu Hause war.

Plötzlich kam ihr eine Idee, als habe ein Faustschlag ihre Stirn getroffen. Himmel! Wie hatte sie das so lange übersehen können? Wo hatte sie bloß ihre Gedanken gehabt? Innerlich machte sie sich eine

Notiz, ihren Einfall zu überprüfen. Sie hätte sich selbst einen Tritt geben können, weil sie so stumpfsinnig gewesen war. Da hörte sie Grants Stimme.

«He.» Er schaute sie mit hochgezogenen Augenbrauen an. «Ist Ihnen vielleicht etwas eingefallen?»

Palma schüttelte den Kopf. Sie wußte nicht genau, ob ihr sein Ton gefiel. «Ich versuche nur, die Dinge zusammenzusetzen», sagte sie. Es war ihr gleich, wenn sich das ausweichend anhörte. Sie wollte nicht jedesmal gleich losplatzen, wenn ihr eine Idee kam. Andererseits war er nett gewesen, nicht arrogant, nicht einmal herablassend. Warum widerstrebte es ihr, ihm einfach zu sagen, was sie dachte?

Grant beobachtete sie und nickte. «Gut», sagte er. «Kommen Sie, gehen wir.»

Wieder waren sie auf dem Memorial Drive; der Regen war jetzt nur noch ein treibender Dunst. Die Digitaluhr am Armaturenbrett zeigte 9:50 an, als Grant seine Krawatte lockerte und sich wieder schweigend in seinem Sitz zurücklehnte.

«Es ist fast zehn Uhr», sagte Palma. «Wollen Sie etwas essen? Vermutlich haben Sie seit dem Lunch nichts mehr gehabt.» Sie versuchte, ihre Stimme so neutral wie möglich klingen zu lassen.

«Klar, etwas zu essen, wäre gut», sagte er.

«Auf dem Weg in die Stadt gibt es eine ganz passable Imbißstube. Das Essen ist gut, und der Kaffee ist ausgezeichnet.»

In Meaux's Grill setzten sie sich in eine Nische bei einem der vorderen Fenster. Sie bestellten das Tagesgericht und dann Kaffee und ein großes Stück Apfelkuchen für Grant, der fast die Hälfte davon verzehrte, ehe er sich auf seinem Sitz zurücklehnte, tief einatmete und einen Schluck Kaffee trank.

«Ihr Stammlokal?»

«So ungefähr», lächelte sie. «Ich wohne nicht weit von hier. Man kann hier gut frühstücken, und spätabends ist es angenehm, wenn man zu Hause zuwenig Gesellschaft hat und überall sonst zuviel.»

«Sie sind nicht verheiratet?»

«Geschieden. Seit sechs Monaten.»

«Noch immer ein heikles Thema?»

«Eigentlich nicht», log sie. «Es war schon vorbei, bevor es vorbei war. Ich wußte, es mußte sein, lange bevor ich es tat.»

Grant nickte.

«Ich war dreiundzwanzig Jahre verheiratet», sagte er. «Sie starb vor ein paar Jahren nach kurzer Krankheit. Vielleicht hatten Sie

Glück, Sie hatten noch nicht soviel investiert. All die Jahre, und dann … nichts mehr.»

Palma war verblüfft über diese Aussage. Das war ganz und gar nicht das, was sie erwartet hatte.

«Sie nennen zwei Töchter ‹nichts›?»

Grants Augen verloren jeden Ausdruck. Er sah sie mit einem ruhigen, gelassenen Blick an. «Sie haben sich wohl erkundigt?»

«Nicht erkundigt. Nur die Ohren offengehalten.»

Er betrachtete sie mit einer Miene, die fast enttäuscht wirkte. «Ja, sicher», sagte er.

Palma verspürte einen Stich von Reue, weil sie ihre Zunge nicht im Zaum gehalten hatte. «Schauen Sie», sagte sie, «so war das nicht gemeint. Ich … es kam einfach … falsch heraus.»

Grant neigte ein wenig den Kopf, als wolle er «Vergessen Sie's» sagen. «Meine eigene Schuld», sagte er. «Tatsächlich», fuhr er fort und wies mit dem Kopf auf zwei Collegestudentinnen, die in einer Nische auf der anderen Seite des Raumes saßen, «haben sie mich an meine Töchter erinnert, als wir hereinkamen.» Er lächelte. «Sie sind in Columbia. Journalistenschule. Setzen die Welt in Brand.»

Palma war verlegen und wußte nicht, was sie sagen sollte.

«Und Sie … seit vier Jahren im Morddezernat. Wie gefällt es Ihnen?»

«Sie haben sich also erkundigt», sagte sie nun ihrerseits.

«Richtig. Die große FBI-Prüfung», sagte er. «Ich habe einen Freund angerufen, gesagt, ich würde mit dieser Dame Palma arbeiten, und ihn gefragt, was er über sie weiß.» Diesmal lächelten nur seine Augen, und er war derjenige, der die Spannung zu lösen versuchte.

«Es gefällt mir gut», sagte sie nickend. «Mein Vater war Detective in dieser Abteilung. Ich hatte immer gehofft, wir würden zusammen dort arbeiten, aber dazu ist es nicht gekommen.»

«Tja, Sie haben einen guten Ruf», sagte er.

Er lehnte sich zurück. In diesem Metier war der Ruf eine wichtige Sache. Wenn man das Glück hatte, einen guten Ruf zu haben, dann reichte er weit. Er öffnete Türen, machte Dinge möglich. Wenn dies eine Schmeichelei war, dann hatte sie mehr Klasse als Kommentare über ihre schönen Augen.

«Ich habe eine Weile gebraucht, um zum Morddezernat zu kommen», sagte sie. «Zwei Jahre in Uniform, zwei bei der Sitte, zwei bei der Abteilung für Sexualverbrechen. Aber jetzt habe ich das Gefühl, am richtigen Platz zu sein.»

«Wußte Ihr Vater, was Sie werden wollten?»

«Oh, natürlich. Wie meine Mutter sagt, war es ‹seine Schuld›. Ich liebte die Geschichten, die er über seine Arbeit erzählte, wie er etwas herausgefunden hatte, wie er auf die Idee ‹gestoßen war›, daß etwas so und nicht anders war, und wie er die Sache dann erklärte. ‹Ein guter Detective kommt manchmal durch die Hintertür. Du mußt herausfinden, wie es *nicht* gewesen ist.› Und über Lügner sagte er: ‹Ein guter Lügner läßt dich das Beweismaterial ignorieren.› Und von Augenzeugen sagte er, sie seien ‹einer der größten Mängel im Justizwesen›.» Sie lachte. «Er sagte eine Menge Dinge.»

«Ihr Mann war anscheinend kein Polizist.»

«Nein, war er nicht», sagte sie. «Aber daran ist es nicht gescheitert. Es war grundsätzlicher.»

Grant nickte. Er sah sie an, aber seine Gedanken waren anderswo. Ihr war aufgefallen, daß er das gut konnte, seine Gedanken in eine andere Richtung schicken, wenn das Thema, von dem die Rede war, ihn nicht voll in Anspruch nahm. Natürlich wußte sie, daß ihre frühere Ehe nicht das fesselndste Thema war. Trotzdem, nachdem er so aufmerksam gewesen war, war es fast wie eine kalte Dusche, daß er mitten in der Antwort auf eine Frage abschaltete, die er selbst gestellt hatte. Die Zusammenarbeit mit Grant würde doch nicht so glatt verlaufen. Ganz und gar nicht.

37

Es war fast zehn nach elf, als Palma Grant vor seinem Hotel absetzte und dann bei einer Telefonzelle einige Blocks weiter anhielt. Sie wählte die Nummer des Gerichtsmedizinischen Instituts von Harris County und hörte das Telefon viermal läuten, ehe sich jemand meldete. Sie fragte nach Dee Quinn.

«Dee? Eh, ich glaube, die ist nicht da ... was?» Der Mann wandte sich von der Sprechmuschel ab und redete mit jemandem. Dann sagte er zu Palma. «Einen Augenblick, bitte. Bleiben Sie dran.»

Quinn meldete sich sofort. «Dee, hier ist Carmen Palma.»

«Hallo, Carmen. Du hast mich gerade noch erwischt. Wir haben eine Obduktion.»

«Nur eine Minute», sagte Palma.

«Schieß los.»

«Ich habe da zwei Leute, Mann und Frau, beide Ärzte. Sie haben verschiedene Fachgebiete, und ich weiß ihre Namen nicht. Ich weiß nicht mal, ob die Frau unter ihrem Ehenamen oder ihrem Mädchennamen praktiziert. Gibt es eine Art Ärzteverzeichnis, das ich durchsehen kann und wo ich vielleicht eine doppelte Adresse oder dergleichen finde?»

«Das wäre eine ziemlich mühselige Sache», sagte Dee. Sie war eine großgewachsene, schlanke Frau Mitte Zwanzig von unerschütterlichem Naturell und mit hartnäckigem Interesse an ihrer Arbeit. «Es gibt einige tausend Ärzte, und vermutlich sind etliche davon miteinander verheiratet.»

«Aber es gibt eine Art Verzeichnis?»

«Es gibt eine Liste der Medizinischen Gesellschaft von Harris County», sagte Quinn. «Aber nicht alle Ärzte von Harris County gehören der Gesellschaft an.»

«Was steht in dieser Liste?»

«Name, Adresse und Telefonnummer und der Name des Ehegatten... allerdings nur der Vorname. Aber du kennst ja ihre Namen nicht, oder?»

«Nein. Ich weiß nur, daß er Ophthalmologe ist und sie Gynäkologin. Sie erwähnte das, als ich mit ihr sprach.»

«Am Telefon?»

«Wie?»

«Weißt du, wie sie aussieht?»

«Ja, ich habe mich mit ihr getroffen.»

«Dann hast du Glück. In dem Verzeichnis sind Fotos.»

«Phantastisch. Hast du ein Exemplar da?»

«Natürlich.»

«Kann ich rüberkommen und es mir ansehen?»

«Sicher, aber ich bin dann nicht mehr da. Ich lasse es bei Delores.»

«Danke, Dee. Vielen Dank.»

Die Hintertür des Gerichtsmedizinischen Instituts war nachts verschlossen. Als Palma klopfte, schaute Delores' rundes Gesicht aus dem kleinen Fenster und lächelte erkennend, ehe der Riegel zurückgeschoben wurde. Palma trat in die hell erleuchteten Büros des Leichenschauhauses. Außer Delores war niemand da. Sie gab Palma das Verzeichnis und fragte, ob sie Kaffee wolle, doch Palma lehnte dankend ab.

Palma schlug die erste Seite des Verzeichnisses auf. Es enthielt Hunderte von Fotos, aber natürlich proportional weniger Frauen als Männer. Trotzdem mußte sie mehr als die Hälfte des Buches durchblättern, bis sie plötzlich innehielt. «Claires» Gesicht starrte sie aus einem kleinen Schwarzweißfoto an. Sie hieß Dr. Alison Shore, Professorin für Gynäkologie am Baylor College of Medicine. Dr. Shores Haar war nicht dunkel, sondern hell, entweder karamelfarben oder blond. Das war auf dem Schwarzweißfoto schwer zu erkennen. Blond kam sie Palma attraktiver vor, sogar jünger. Sie war eine wirklich gutaussehende Frau.

Auf der gegenüberliegenden Seite stand ein Dr. Morgan Shore.

Ophthalmologe.

Auf dem Armaturenbrett in Palmas Wagen war es zehn Minuten vor Mitternacht, als sie in den Hof vor Linda Manceras Haus fuhr. Sie hatte aus dem Institut angerufen, um sich für ihr Fernbleiben zu entschuldigen, doch Mancera hatte darauf bestanden, daß sie doch noch kam. Sie sagte, die Party habe ohnehin spät begonnen und werde nicht vor halb drei zu Ende sein.

Der kreisrunde Hof vor Manceras Wohnung war voller Autos, und Palma mußte außerhalb des Tores an der baumbestandenen Zufahrtsstraße parken. Sie nahm sich einen Augenblick Zeit, um Hände und Gesicht mit einem Erfrischungstuch abzuwischen, sich das Haar zu bürsten und sich etwas parfümierte Lotion einzureiben. Mehr konnte sie nicht tun. Es war ein lausiger Tag gewesen.

Sie ging durch das Tor, das offen war, und schlängelte sich zwischen den Autos hindurch zum Gehsteig. Beide Stockwerke von Manceras Wohnung waren erleuchtet. Als Palma sich dem Haus näherte, hörte sie Frauenlachen. Sie war selbst überrascht, daß sie ein etwas flaues Gefühl im Magen hatte, als sie zur Tür ging und läutete. Die Tür öffnete sich sofort; dahinter stand Linda Mancera in einem luftigen Sommerkleid mit tropischem Blumenmuster in Blau und Grün, auf dem Gesicht ein Lächeln, das Palma das flaue Gefühl vergessen ließ.

«Wie schön, daß Sie kommen konnten», sagte Mancera und trat zurück, um Palma einzulassen. «Ich hatte schon Angst, in letzter Minute würde doch noch etwas dazwischenkommen.»

Sie führte Palma in den Wohnraum, wo fünfundzwanzig bis dreißig Frauen in Gruppen oder Paaren herumstanden, tranken und Häppchen aßen. Man hörte Musik, aber gedämpft, denn der Hauptzweck des Abends waren die Gespräche.

Ein rascher Blick durch den Raum zeigte, daß das Alter der Frauen von Anfang Zwanzig bis in die Fünfziger reichte. Auch die Kleidung war unterschiedlich; vom schwarzen Abendkleid bis zum Freizeitdreß war alles vertreten. Palma sah, daß mehrere Frauen die Arme untergehakt hatten, sich bei den Händen hielten oder einer anderen liebevoll den Arm um die Taille gelegt hatten; nichts dergleichen wäre bei einer heterosexuellen Party aufgefallen. Hier aber, wo nur Frauen anwesend waren, wirkten die allgemeinen, wenn auch kleinen Gesten der Zuneigung ganz anders. Allerdings sah Palma keine der Berührungen oder Küsse, die sie oft bei Partys männlicher Homosexueller beobachtet hatte. Wenn sie erwartet hätte, eine Party für einen weiblichen Gartenclub zu besuchen, hätte sie hier nichts gesehen, was den Eindruck erweckt hätte, sie sei an der falschen Adresse.

«Unsere Lasterhöhle», sagte Mancera leise, als sie durch den Wohnraum zu gehen begannen. «Ein paar von diesen Frauen sind nach einem Abend mit ihren Männern oder Familien kurz vorbeigekommen, andere haben sich den Abend hierfür freigehalten, wieder andere sind auf dem Weg anderswohin. Einige sind als Paare gekommen ... ihr Ausgehabend.»

Alle Frauen bewegten sich am oberen Ende der gesellschaftlichen Zehnpunkteskala, eine Tatsache, die Palma auffiel und ihr ebensoviel über die Gesellschaft verriet, wie es Preisschilder an den Autos draußen im Hof getan hätten. Gab es in Manceras Freundeskreis keine unterprivilegierten oder physisch unscheinbaren Frauen? Sie bahnten sich langsam einen Weg durch ein Meer von Düften, Gesprächsfetzen über Filme und Restaurants und Kinder und Chefs und Ehemänner und andere Frauen, vorbei an einem Vermögen an Juwelen und einem ebensolchen Vermögen an in Fitneßstudios gestählten Figuren und auf Tennisplätzen gebräunten Gesichtern. Als sie durch das Eßzimmer die Küche erreicht hatten, wo Bessa hinter der gekachelten Bar stand und Drinks mixte, kam Palma sich entschieden unelegant vor.

Bessa fragte Palma, was sie trinken wolle. Als sie ihr über die gekachelte Theke hinweg ein Glas reichte, streiften ihre dunklen Finger kurz Palmas Hand, eine zärtliches Verweilen, das vielleicht nur Palma als solches empfand, denn niemand sonst schien es zu bemerken. Sie spürte, wie ihr Herz raste, und wandte sich ab, ohne die dunkle Jamaikanerin noch einmal anzuschauen.

«Wie Sie sehen», sagte Mancera, als sie wieder gingen, «ist das eine ziemlich harmlose Gruppe von Frauen. Sie sind ganz normale Frauen, und dabei wollen sie es belassen. Vielleicht sind sie deshalb sogar ein bißchen spießig. Genau das, was Helena Saulnier unerträglich finden würde. Mehr als die Hälfte dieser Frauen hier leben mit ihrem Ehemann oder Freund zusammen. Das ist nicht ihr ganzes Leben, aber ein wichtiger Teil davon.»

«Und die männlichen Partner wissen nichts von dem hier?»

Mancera schüttelte den Kopf. «Oh, das muß ich zurücknehmen. Sehen Sie die Frau dort hinten, die mit dem roten Gürtel, die mit der Brünetten spricht? Ihr Freund weiß, daß sie weibliche Geliebte hat. Sie bestand darauf, daß er es erfuhr, als sie in eine gemeinsame Wohnung zogen. Falls er es nicht ertragen konnte, wollte sie es vorher wissen. Ich weiß von keiner anderen Frau, die das gemacht hat, aber er scheint damit leben zu können. Ich persönlich verstehe nicht, wie das dauern kann. Mir scheint, sie verlangt damit zuviel von ihm. Aber sie ist wirklich die einzige ... und von *dieser* Gruppe hier weiß er nichts.»

Aufmerksam sah sie sich im Raum um, und ihre Blicke glitten hierhin und dorthin, während sie ihren Drink schlürfte und sprach.

«Sehen Sie die beiden Paare da hinter mir, die sich am Fenster unterhalten?» Palma nickte. «Die beiden, die uns den Rücken zudrehen, haben soeben von der fünften Adoptionsagentur eine Absage bekommen. Sie sind seit acht Jahren zusammen, und sie können niemanden davon überzeugen, daß ihre Beziehung dauerhaft ist und daß sie einem Baby ein psychologisch ausgewogenes Elternhaus bieten können, ohne daß ein Mann da ist, der als männliches Rollenmodell dient. Sie können sich die Argumente auf beiden Seiten vorstellen. Das ganze Repertoire. Ja, und die Frau da zu Ihrer Rechten hat kürzlich ihr erstes Implantat bekommen, künstliche Befruchtung. Der Spender ist der Bruder der anderen Frau. Sie sind von drei Ärzten abgewiesen worden, ehe sie einen fanden, der die Befruchtung vornahm. Wieder kamen dieselben Argumente, Befürchtungen, von lesbischen Paaren aufgezogene Kinder würden eine negative Einstellung gegenüber Männern entwickeln, und ohne das Paarverhältnis aus Mann und Frau als Vorbild würden sie mit mangelndem Selbstwertgefühl aufwachsen.» Sie schüttelte den Kopf. «Ich weiß nicht. Ich habe Studien gelesen. Beide Parteien führen für ihre Argumente Statistiken an.»

«Welche von den Frauen ist Terry?» fragte Palma.

Mancera wirkte verlegen. «Sie ist nicht da. Sie war hier», fügte sie rasch hinzu, «aber sie mußte gehen. Doch sie ist bereit, mit Ihnen zu reden. Morgen, hier bei mir. Sie möchte Sie aus verschiedenen Gründen hier treffen. Sie lebt jetzt mit einem Mann zusammen, denkt ans Heiraten und hat eine Todesangst vor Gil Reynolds. Sie will die Aufmerksamkeit nicht auf ihre Wohnung lenken. Sie fürchtet, daß Reynolds sie beobachtet und zumindest mit dem Mann reden wird, mit dem sie lebt.»

Palma sah Mancera an und versuchte herauszufinden, ob Terry wirklich dagewesen war oder ob dies nur ein Trick gewesen war, um Palma herzulocken.

«Sie wissen von Louise, nehme ich an», sagte Palma. «Und von Bernadine Mello.»

Mancera nickte. «Damit haben wir uns schon beschäftigt. Diese Morde waren zu Anfang des Abends mehr als eine Stunde lang das einzige Gesprächsthema. Wir haben über alles geredet. Alle waren betroffen, und alle haben sich geäußert.»

«Geäußert?»

«Sehen Sie, uns allen macht das angst», sagte Mancera. «Ich glaube... ich weiß, das muß Ihnen jetzt gefühllos vorkommen..., ich glaube, der allgemeine Eindruck ist, daß diese Sache uns nicht betrifft.»

«Was?»

«Die Opfer, glauben wir, gehören alle zu Vickies Clique. Das ist eine Sado-Maso-Situation. Obwohl wir es alle schrecklich finden, eine traurige Sache, fühlt sich niemand, keine von uns hier, bedroht. Die Opfer mögen bisexuell sein, aber wichtiger ist die Sache mit dem Sadomasochismus. Sie glauben, der Schlüssel zu diesen Fällen wäre Bisexualität. Das stimmt nicht. Es dreht sich um den Schmerz und um Leute, die ohne Schmerz keinen Sex wollen.»

«Und Sie glauben, daß das die Leute sind, die Opfer werden?» fragte Palma.

«Ja, das tun wir.» Mancera nickte. «Sie sind immer Opfer gewesen. Kennen Sie Kittries Hintergrund?»

Palma schüttelte den Kopf.

«Gräßlich. Sie wuchs im tiefsten Hinterland von Louisiana auf. Schon ihre Geburt war vergiftet, und ihre Kindheit auch. Ihr Vater war ihr Bruder. Der Mann ihrer Mutter, der Vater von Vickies Bruder-Vater, hat Vickie sexuell mißbraucht, seit sie drei Jahre alt war. Die Mutter deckte das. Als sie elf war, begann ihr Bruder, der ihr Vater war, mit ihr geschlechtlich zu verkehren; die beiden Männer teilten sie sich, bis sie fünfzehn war. Dann kam es zu einer Massenvergewaltigung durch eine Gruppe von Verwandten ... wie ich hörte Onkel, Cousins, wer immer ..., die zwei Tage dauerte und Ihnen den Glauben an Gott nehmen würde, wenn ich Ihnen davon erzählte. Vickie hörte auf, an Gott zu glauben. Sie lief weg und kam nach Houston. Bei ihrer Schönheit und ihrem Hintergrund können Sie sich vorstellen, welche Art Leben sie hier führte. Dorothy lernte sie dann in einer der Schwulenbars kennen. Vickie war damals neunzehn.»

Mancera seufzte. «Sie nahm sich ihrer an, so gut sie konnte, aber ich glaube, ihr eigenes Leben war viel zu kaputt, als daß sie ihr etwas wie Schutz hätte geben können. Vickie schlägt nach jeder Definition über alle Stränge. Ihr Leben ist nie gut verlaufen, und ich glaube auch nicht, daß es das je tun wird.»

«Was ist mit Helena Saulnier? Sie scheint sich ebenfalls vorgenommen zu haben, Vickie zu beschützen.»

«Helena tut mir leid», räumte Mancera ein. «Sie ist verliebt in Vickie, aber sie will sich das nicht eingestehen. Sie haben recht, sie betrachtet sich als Vickies Beschützerin, und sie hat unendliche Geduld mit ihr, viel mehr als Dorothy früher. Helenas Lesbentum ist viel politischer und militanter als Vickies, und das gibt ihr eine Art moralischer Leidenschaft, ein Sinngefühl, das Vickies krankem Hedonismus vollkommen abgeht. Aus einer Art altmodischem Edelmut will Helena die Leere füllen, die Vickie im Herzen hat. Ein großartiges Beispiel für einen Kampf gegen Windmühlen.»

«Was ist mit Bernadine Mello?»

«Wir kennen sie nicht. Alle haben ihr Bild in den Zeitungen gesehen, und niemand, den wir kennen, hat sie erkannt. Aber wir kennen nicht alle Frauen, mit denen Vickie sich eingelassen hat, nicht einmal alle Männer, was das betrifft. Und dann sind da noch die Codenamen. Wenn sie neu in der Gruppe ist, hat sie höchstwahrscheinlich einen benutzt.»

Plötzlich, aber mühelos begann Mancera zu lächeln und schob ihren Arm durch Palmas. «Wir ernten versteckte Blicke», sagte sie. «Sie sind schon zu lange hier, ohne daß ich Sie wenigstens mit ein paar Leuten bekannt gemacht habe. Wir haben uns zu lange abgesondert.»

Geschickt schob sie Palma durch das Wohnzimmer und begann, sich ungezwungen unter die Menge zu mischen.

So, dicht an Manceras Seite, das Polster ihrer Brüste durch das dünne Material ihres Tropenkleides spürend, lernte Palma die Elite aus Dorothy Samenovs «Gruppe» kennen. An jedem anderen Ort hätten sie ganz beliebige Frauen sein können, und tatsächlich waren sie das auch.

Und doch, als Linda Mancera sie durch den Raum voller Frauen führte, sie vorstellte und ihr die Möglichkeit gab, sie kennenzulernen und sich selbst ein Bild davon zu machen, welche Art Frauen sie waren, hatte Palma unwillkürlich das Gefühl, ihre Blicke seien mehr als weibliche Neugier auf eine andere Frau. Ihr war bewußt, daß Frauen Meisterinnen in kunstvoller Verführung waren, ebenso, wie ihr Manceras Brüste an ihrem Arm bewußt waren und die Art, wie Mancera ihre ineinanderverschlungenen Finger leicht rieb und hin und wieder Palmas Handrücken mit der Innenseite ihres Oberschenkels in Berührung brachte, wenn sie sich niederbeugte, um mit Sitzenden zu sprechen, oder sich in der Menge umwandte, um jemanden zu suchen.

Später ging Palma den geschwungenen Gehsteig vor Manceras Haustür entlang. Ihr Herz hämmerte und pochte in ihrer Brust. Das Zimmer voller Frauen folgte ihr hinaus in den Dunst, verfolgte sie, als sie den Hof überquerte, den Wagen aufsperrte, rasch einstieg und die Tür hinter sich zuschlug. Sie startete den Motor, drehte die Klimaanlage voll auf und hielt ihr Gesicht vor einen der Ventilatoren. Sie knöpfte die vier obersten Knöpfe ihres Kleides auf, zog es auseinander und richtete einen weiteren Luftstrahl auf ihre Brust. Herr im Himmel, dachte sie.

Vom ersten Augenblick an hatte sie begriffen, was Mancera tat. Es war gewiß nicht das erste Mal, daß eine Frau ihr den Hof gemacht hatte, wie subtil auch immer, und Palma hatte ein akutes Mißtrauen, ja sogar eine Aversion gegen das Balzverhalten bei modernen sexuellen Begegnungen entwickelt. Diese erworbene Vorsicht hatte sie jedoch nicht davor beschützt, sich von Brian verführen oder von ihren eigenen Emotionen überraschen zu lassen, wie noch vor ein paar Minuten bei Mancera. Sosehr sie auch auf der Hut sein mochte, sie war dennoch ein Geschöpf ihrer eigenen Körperchemie. Wie sie gesehen hatte, konnte sie nicht immer darauf vertrauen, daß ihre Chemie ihrem Willen gehorchte. Die Feststellung, daß sie auf Manceras raffinierte Sexualität reagierte, verwirrte sie nicht wenig.

Palma nahm ein Erfrischungstuch aus ihrer Handtasche, riß die Packung auf und wischte sich die schweißfeuchte Stirn und das Dekolleté. Ohne ihr Kleid wieder zuzuknöpfen, legte sie den Gang ein, wendete den Wagen und fuhr los, fort von den Frauen von Cour Jardin.

SECHSTER TAG
Samstag, 3. Juni

38

Am Samstagmorgen um halb acht wurde Palma durch einen Anruf aus Frischs Büro geweckt. Um neun Uhr würde eine Sitzung der Sonderkommission stattfinden. Sie stand auf und trat direkt unter die Dusche.

Sie fühlte sich erschöpft, obwohl sie fast fünf Stunden Schlaf gehabt hatte. Oder vielmehr, sie hatte fünf Stunden im Bett gelegen. Mit Schlaf hatte das nicht viel zu tun, weil sie kaum richtig tief geschlafen hatte. Sie hatte sich von einer Seite auf die andere gewälzt und über Grant und darüber nachgedacht, ob sie zusammen würden arbeiten können; sie hatte sich gedreht und an Linda Mancera gedacht, an das, was sie getan hatte, und an das, was sie dabei empfunden hatte; sie hatte schlaflos dagelegen und an Vickie Kittries kurzes und doch so langes Leben gedacht und daran, wie dieses Leben die Frauen um sie herum beeinflußt hatte. Sie hatte an Helena Saulnier und deren bewußtes Mitgefühl gedacht. Manchmal vermischten sich alle diese Menschen in verschiedenen Kombinationen zu einem vagen, traumähnlichen Zustand von Halbbewußtsein, und manchmal wachte sie einfach auf, lag da und dachte an eine von ihnen oder an alle oder an sich selbst.

Während sie bei Meaux's frühstückte, las sie noch einmal die Information über Dr. Alison Shore durch. Eine ausgezeichnete akademische Karriere hatte ihr zu ihrer Stellung im Baylor verholfen, und seit sie dort war, hatte sie eine Reihe nationaler akademischer

Ehrungen und Preise gewonnen und außerdem den Vorsitz eines Fakultätskomitees für Curriculumplanung übernommen. Dr. Shore war kein Leichtgewicht. Palma fragte sich, wie sie mit all dem und zwei heranwachsenden Söhnen noch Zeit für die Art von Zerstreuungen fand, die sie offenbar in Samenovs Kreis genossen hatte.

Der männliche Dr. Shore hatte ebenso herausragende Leistungen aufzuweisen wie seine Frau; er war in zahlreichen Vorständen nationaler medizinischer Organisationen vertreten und reiste mit einiger Regelmäßigkeit zu Ärztekongressen, um Vorträge über seine besonderen Interessen in der ophthalmologischen Chirurgie zu halten oder neue Methoden zu studieren, die in anderen Ländern entwickelt wurden. Seine akademische Vergangenheit war ebenso exzellent. Man konnte sich schwerlich ein Paar vorstellen, das beruflich engagierter war und sich, im modernen Wortsinn, stärker selbst verwirklichte.

Im Morddezernat war nichts von dem gemächlichen Rhythmus zu bemerken, der gewöhnlich die Wochenendschichten kennzeichnete. Die neun Detectives, die jetzt die Sonderkommission bildeten, arbeiteten rund um die Uhr und gönnten sich nur gelegentlich ein paar freie Stunden, um etwas zu schlafen oder einen Happen zu essen. Die Sonderkommission lief auf vollen Touren. Inzwischen hatten die neuen Detective-Teams, die in den vergangenen zwei Tagen hinzugekommen waren, ihre Hausaufgaben für jeden der Fälle gemacht und streckten ihre Fühler in alle Richtungen, wohin immer ihre Hinweise sie führten. Die Informationen kamen schnell herein, und es wurde immer wichtiger, mit Hilfe von Don Leelands Koordinationssystem über die Entwicklungen der Fälle auf dem laufenden zu bleiben.

Das Treffen in Frischs Büro war die erste Einsatzbesprechung der kompletten Sonderkommission: Cushing und sein neuer Partner Richard Boucher, Birley und Palma, Leeland und Nancy Castle, Gordy Haws und Lew Marley, die die Morde an Louise Ackley und Lalo Montalvo übernommen hatten, Manny Childs und Joe Garro, die den Mello-Fall bearbeiteten. Frisch wollte, daß jedes Team seine neuesten Entwicklungen rekapitulierte und berichtete, welche Ermittlungen etwas ergeben hatten, welche noch im Gange oder unerledigt waren, welche Verdächtigen über ein ausreichendes Alibi verfügten und was für Möglichkeiten sonst noch bestanden.

Sie begannen mit den ältesten Anhaltspunkten.

Cushing und Richard Boucher hatten sich durch die halbe Liste der in Samenovs Adreßbuch gefundenen Männernamen gearbeitet.

«Friseur, Masseur, Elektriker, der Mann, der Dalmatiner züchtet, der Gebrauchtwagenhändler. Alle haben ein Alibi», sagte Cushing. «Alle sind überprüft worden. Der Autohändler war der einzige, der außer Samenov noch eines der anderen Opfer kannte. Er hatte Dennis Ackley einen Wagen verkauft und Louise mehrmals gesehen, als er in Ackleys Haus war, um eine Zahlung entgegenzunehmen, und einmal, als er Schlüssel abholte. Eines Abends hat er ein paar Drinks mit den beiden Ackleys und mehreren anderen Männern und Frauen genommen, die in Dennis' Haus waren. An irgendwelche Namen konnte er sich nicht erinnern.»

Cushing saß in nachlässiger Haltung auf einem Stuhl und teilte seine Informationen in säuerlichem, monotonem Tonfall mit. Palma vermutete, daß er ziemlich verärgert war, weil alles, was hereinkam, durch Leelands dickliche Finger ging. Das bedeutete, daß wahrscheinlich niemand mehr Details über den Gesamtverlauf der Ermittlungen kannte als Leeland und Nancy Castle. Beide waren von Natur aus nicht redselig, nicht die Art von Leuten, die Cushing bei einem Scotch mit Soda ausquetschen konnte. Außerdem würden sich beide gar nicht erst überreden lassen, mit Cushing Scotch und Soda zu trinken.

«Tja, wir haben etwas Schönes», sagte Birley, auf Frischs Kopfnikken reagierend. «Für einen Zeitraum von fünf Monaten im Jahre 1985 war Dr. Dominick Broussard, Bernadine Mellos vertrauter Psychiater und langjähriger Liebhaber, auch der Psychiater von Sandra Moser. Ihrem Mann zufolge wurde Sandra von einer Freundin an Broussard verwiesen –, Moser erinnerte sich nicht mehr, wer das gewesen war, und war auch nicht sicher, es überhaupt gewußt zu haben. Anscheinend hat Sandra Broussard wegen einer Reihe von ‹angstbedingten Störungen› aufgesucht. Andrew behauptet, Genaueres könne er nicht sagen; er erinnert sich einfach nicht mehr an die Details. Soweit er weiß, hat Sandra Dr. Broussard nach der fünfmonatigen Konsultation nicht mehr wiedergesehen.»

«Soweit er weiß», sagte Palma.

«Was ist mit Samenov?» fragte Frisch.

«Ich habe alle ihre Aufzeichnungen durchgesehen. Eine Erwähnung von Broussard habe ich nicht gefunden.»

«Aber Sie haben noch nicht mit Broussard gesprochen?»

«Nein.»

Frisch machte sich eine Notiz. «Okay. Gordy, was haben Sie und Lew über Louise Ackley und Montalvo?»

«Vielleicht etwas Interessantes», sagte Haws. Haws und Marley waren schon lange zusammen, Veteranen des Morddezernats mit zwölf Jahren Dienstzeit. Beide Männer waren Ende Vierzig.

«Als wir uns in der Nachbarschaft umhörten, trafen wir auf diesen alten Kauz, einen Gelähmten namens Jerry Sayles, der auf der anderen Straßenseite wohnt, drei Häuser weiter als Ackley. Er behauptet, er habe an dem Nachmittag, an dem Louise und Lalo getötet wurden, gesehen, wie ein ‹komischer Typ› seinen Wagen fast genau gegenüber parkte. Sagte, er habe sich in seinem Schlafzimmer Geraldo Rivera im Fernsehen angesehen, den Wagen dieses Burschen gehört und hinausgeschaut, weil ihm das Geräusch fremd war. Jerry erkennt alle Fahrzeuge der Nachbarschaft am Motorgeräusch», sagte Haws grinsend.

«Wie auch immer, jedenfalls sah Jerry, wie dieser Kerl seine Autotür zuschlug. Es war ein alter 74er Buick. Der Mann entfernt sich von seinem Auto, geht aber nicht in das Haus, vor dem er geparkt hat. Jerry beobachtet, wie er die Straße entlanggeht, wundert sich, was das zu bedeuten hat, und sieht ihn dann in Louises Vorgarten einbiegen. Er wendet sich achselzuckend ab, weil, wie er sagte, ‹diese Frau› alle möglichen Besucher hatte. Also schaut er sich weiter Geraldos Freakshow an. Gerade, als vor dem Ende der letzte Werbespot kommt, sieht er aus dem Fenster und erkennt den Typen, der schnell zu seinem Auto zurückläuft. Jerry sagt, niemand im Viertel laufe, außer den alten, ellbogenschwingenden Damen, die früh am Morgen ihre Übungen machen. Er sagt, der Mann sei in den Wagen gestiegen, und dann sei der alte Buick mit qualmenden Reifen davongesaust.»

Haws hielt inne, und Marley nahm den Faden der Geschichte auf, als hätten sie das geprobt.

«Wir haben eine Beschreibung», sagte Marley. «Wir sind noch einmal alle Namen durchgegangen, die bei diesen Interviews aufgetaucht sind. Haben uns Bilder aus den Akten geholt, und gestern abend sind wir noch mal zu ihm gegangen. Sayles hat Clyde Barbish herausgepickt, Dennis Ackleys alten Kumpel, den die Polizei wegen der Vergewaltigung dieses Mädchens in Dallas sucht. Sayles hat keine Sekunde gezögert, was den Mann betrifft. Er hat überhaupt keinen Zweifel. Wir haben ihn dann noch gefragt, ob er einen der anderen Männer schon einmal gesehen hat. Und er zeigte auf Gil Reynolds.»

«Wann hat er Reynolds dort zuletzt gesehen?» warf Palma ein.

«Er sagte, vielleicht vor ein paar Wochen», sagte Marley. «Aber er sagte, er habe ihn dort vielleicht ein halbes Dutzend Mal gesehen.»

«Seit wann?» Palma war ungeduldig wegen Marleys Ungenauigkeit. «Im letzten Jahr, in den letzten zwei Jahren? Sechsmal im letzten Monat?»

Marley sah sie an. «Wir haben ihn das gefragt, Carmen», sagte er ruhig, und sein Ton schien ihr anzudeuten, sie solle etwas Dampf ablassen. «Er sagte, vielleicht fünf oder sechs Monate. Sagte, genau wüßte er es nicht. Er führe ja schließlich nicht Buch über jeden, der sich dort sehen ließe. Sagte, das ginge ihn überhaupt nichts an.» Marley lächelte.

«Verdammt.» Frisch zog eine Grimasse. «Okay, geben wir eine allgemeine Rundfunkfahndung nach Barbish heraus, Lew. Fordern Sie möglichst viel Zeit, und man soll sich mit mir in Verbindung setzen, ehe sie sie senden. Und fangen Sie an, seinen alten Kumpeln auf den Zahn zu fühlen. Ich bezweifle, daß der Hurensohn so dumm war, in der Stadt zu bleiben, aber wir müssen ohnehin alle Möglichkeiten prüfen.» Er sah Haws an. «Was haben die Ballistiker gesagt?»

«Der Bursche hat ein Riesending benutzt», nickte Haws. «Colt Combat Commander, 45er Automatik, mit Hohlspitzmunition Sierra ‹Power Jacket›. Wahrscheinlich hat er einen Schalldämpfer verwendet. An so etwas ist der Kerl nicht zufällig geraten. Er wußte, was er da hatte. Und was man damit macht.»

Frisch nickte, und das Nicken ging in ein verzweifeltes Kopfschütteln über. «Manny, Joe, was habt ihr über Mello?»

Manny Childs und Joe Garro waren beide noch relativ neu im Houstoner Morddezernat, jeweils zwei Jahre, aber sie kamen beide aus Morddezernaten anderer Polizeidienststellen an verschiedenen Enden des Landes.

«Wir haben zwei von Mrs. Mellos drei geschiedenen Männern befragt», sagte Garro. «Die beiden leben in Houston. Einer, ihr erster Mann, lebt in Hawaii. Der zweite Mann, er heißt Waring, hat sie seit fünf Jahren nicht mehr gesehen. Er war wirklich schockiert über den Mord, aber nachdem wir eine Weile geredet hatten, sagte er, eigentlich sei es doch gar nicht so bizarr, daß ihr so etwas passiert sei. Er sagte, sie sei eine ziemlich verrückte Dame gewesen.»

Garro zündete sich eine Zigarette an, während er seine Notizen durchsah.

«Er wußte nichts von bisexuellen Beziehungen, die sie möglicherweise hatte, aber er sagte, er wisse, daß sie ‹süchtig› war nach heterosexuellem Sex. Er sagt, sie war immer geil und brachte sich damit in beträchtliche Schwierigkeiten; sie war wie eine läufige Hündin, immer scharf. Er sagte, er hat sie betrogen, als sie noch verheiratet waren, aber erst, nachdem er dahintergekommen war, daß sie ihn hintergangen hatte. Trotzdem war sie es wert, sagt er, bis zu einem gewissen Punkt. Nach einiger Zeit kam er zu dem Schluß, daß das kein Leben war, und ließ sich von ihr scheiden. Offenbar hat sie ihn bei den Scheidungsvereinbarungen ganz schön ausgeplündert.»

Garro tippte mit dem Zeigefinger auf seine Zigarette und fuhr fort.

«Ehemann Nummer drei, Ted Lesko. Mello hat ihn achtzehn Monate nach der Scheidung von Nummer zwei geheiratet. Ach ja, Waring war Besitzer einer Reihe von Fast-Food-Läden. Wohlhabend. Lesko ist draußen bei der NASA im Immobiliengeschäft. Das große Geld. Sie waren zweieinhalb Jahre verheiratet. Dieser Lesko war wirklich betroffen von ihrem Tod. Er hatte es in der Zeitung gelesen. Er sagte, er liebte sie immer noch, ganz ohne Trara, einfach so. ‹Ich liebe sie immer noch.› Die Scheidung war Bernadines Idee, und er hat ihr auch großzügige Alimente bezahlt. Aber er sagte, sie hätte das nicht verlangt. Er hätte es so gewollt.»

«Also eine freundschaftliche Scheidung?» fragte Palma. «Sahen sie sich manchmal?»

Childs nickte. «Tatsächlich haben sie sich hinter Mellos Rücken getroffen. Er hielt nicht viel von Mello, fand, er sei pervers. Joe und ich bohrten natürlich sofort nach, aber er meinte damit nur, daß der Kerl genausoviel herumvögelte wie Bernadine. Ziemlich kaputtes Paar nach seiner Schilderung. Sie hatten von vornherein überhaupt keine Regeln. Er sagte, Bernadine sei von Anfang an unglücklich gewesen. Mello prahlte fast mit seinen Affären, versuchte nicht mal, diskret zu sein. Aber am Schluß behauptete Lesko, er hätte Bernadine seit mehreren Monaten nicht mehr gesehen.

Warings Alibi hat sich bestätigt, das von Mello auch. Lesko sagt, er hätte am Liegeplatz beim Houston Yacht Club an seinem Boot gearbeitet, aber wir sind noch nicht dagewesen, um das zu überprüfen. Ungefähr an dieser Stelle haben wir aufgehört, um ein paar Stunden Schlaf zu bekommen.»

Frisch machte sich einige Notizen. Während er noch schrieb, sagte er: «Was ist mit Ihnen, Carmen?»

Palma sah Birley an. «Du hast Samenovs persönliche Papiere durchgesehen. Wer war ihr Frauenarzt?»

Birley schaute in sein Notizbuch. «Dr. Alison Shore.»

«Tauchte Shore auch als Ärztin einer der anderen Frauen auf?»

Birley nickte, sah sie an und wußte, daß sie auf etwas hinauswollte. «Ja, bei Moser.»

Palma erklärte den anderen, wie sie «Claires» Identität aufgedeckt hatte, und berichtete, was sie dem Ärzteverzeichnis der Medizinischen Gesellschaft entnommen hatte.

«Das erklärt, warum sie ihre Identität so ängstlich gehütet hat», sagte Palma. «Sie hat eine Menge zu verlieren. Aber es gibt noch einen anderen Grund. Ihr Mann ist Dr. Morgan Shore, ein ophthalmologischer Chirurg.»

Zwei Sekunden Schweigen folgten, ehe jemand sagte: «Scheiße.» Dann hatte jeder etwas zu sagen oder zu brummen oder zu fluchen, und Palma hörte Richard Boucher sagen: «Augenchirurg... er operiert Augen», um Cushing den Begriff Ophthalmologe zu erklären. Cushing warf den Kopf zurück und runzelte die Stirn.

«Ich weiß nichts über ihn», sagte Palma zu Frisch, seine Fragen vorwegnehmend. «Nach dem, was seine Frau sagte, nehme ich an, daß er keine Ahnung von ihren bisexuellen Beziehungen hat. Er ist ein medizinisches Schwergewicht, wie seine Frau. Sehr prominent. Ich habe das erst heute früh herausgefunden und hatte noch keine Zeit, die Alibis für irgendwelche der Daten zu überprüfen.»

«Wir werden vorsichtig sein müssen», sagte Frisch. «Behandeln Sie das behutsam, Carmen. Wenn herauskommt, daß wir versuchen, einen prominenten Arzt als Sexualmörder festzunageln, dann müssen wir schon etwas Handfesteres zu bieten haben als die Tatsache, daß er Augen operiert. Übrigens, wir geben die Sache mit Samenovs und Mellos Augenlidern nicht bekannt. Die Medien machen jetzt schon einen gewaltigen Rummel, und die Jungs von der Abteilung fangen allmählich an zu flattern.»

«Noch ein paar Sachen», sagte Palma und berichtete von ihrem Besuch bei Manceras Party – den sie leicht retuschierte – und der weiteren Begegnung mit Saulnier und Kittrie. Es war interessant, die Gesichter der Männer zu beobachten, als sie ihnen von den Frauen bei Manceras Zusammenkunft erzählte. Wie Palma und die meisten Polizisten waren sie durch ihre Erfahrung mit weiblichen Homosexuellen mit einer ganz anderen Art von Frauen zusammengetroffen als denen, die Palma bei Mancera gesehen hatte. Sie waren an die Tandems aus kessem Vater und Baby Doll gewöhnt, Frauen, die sich der «ausgeflippten» Gegenkultur verschrieben hatten. Der Gedanke jedoch, daß es eine «unsichtbare» Gemeinschaft von lesbischen und bisexuellen Frauen gab und weibliche Homosexualität unter den

Yuppie-Vorstadtfrauen und hochbezahlten Karrierefrauen recht häufig vorkam, war eine Vorstellung, mit der sie sich nur schwer anfreunden konnten.

«Sind Sie sicher, daß diese Mädchen nicht ein bißchen in Wunschdenken verfallen sind?» Cushing grinste und lehnte sich auf seinem Stuhl zurück. «Ich meine, da bei Mancera waren ziemlich viele versammelt, und vielleicht haben sie das mit der Schwesternschaft und so ein bißchen übertrieben.»

«Ich weiß nicht», sagte Palma. «Warum fragen Sie?»

«Na ja, ich habe einfach noch nie von so etwas gehört.»

«*Sie* haben noch nie davon gehört? Glauben Sie denn, Sie wären einer der ersten, der es erfährt?» Palma spürte, wie Zorn über Cushings typische Selbsteinschätzung als Mittelpunkt der Welt in ihr aufstieg. «Ich weiß nicht, wie Sie zu solchen Schlüssen kommen, Cush. Das hat mit Frauen zu tun, nicht mit Männern. Tatsächlich hat es mit Frauen zu tun, die *nichts* mit Männern zu tun haben wollen. Wieso glauben Sie, Sie müßten von solchen Frauen gehört haben? Das ist ganz schön überheblich, sogar für Ihre Verhältnisse.»

«Wenn es so verbreitet wäre, wüßten wir inzwischen davon.» Cushing grinste jetzt nicht mehr.

Palma sah ihn an und nickte. «Vielleicht wissen Sie tatsächlich, wovon Sie reden. Waren Sie nicht einer der ersten, die herausfanden, daß die meisten bisexuellen Männer im ganzen Land Familien haben und ein Doppelleben führen?» Sie kniff die Augen zusammen. «Wie kommt es, daß Sie soviel über die homosexuelle Gemeinde wissen, Cush?»

«Kommen wir zur Sache...», unterbrach Frisch schnell, als Gordy Haws schnaubte und Cushings Gesicht scharlachrot anlief. Er und Palma starrten einander an, und alle, auch Palma, erwarteten, er werde gleich überkochen.

«Kommen wir zur Sache, Carmen...», wiederholte Frisch.

«Die Sache ist die», fuhr Palma fort und löste den Blick von Cushing. «Wir haben eine signifikant große Gruppe ‹unsichtbar› bisexueller Frauen, und innerhalb dieser Gruppe gibt es eine Untergruppe, die eine Neigung zum Sadomasochismus hat. Mancera scheint zu glauben, daß sich unsere Opfer aus dieser Untergruppe rekrutieren.»

«Und das erscheint Ihnen einleuchtend?»

Sie schüttelte den Kopf. «Ich bin nicht davon überzeugt, daß sie die einzigen Zielpersonen sind.»

«Wegen Mello?» fragte Garro.

«Genau.»

«Glauben Sie, daß wir überhaupt eine Verbindung zwischen ihr und den anderen finden werden?»

«Nein, das glaube ich nicht. Und was mich betrifft, macht diese Ausnahme die ganze Theorie fragwürdig. Diese Frauen wollen nicht zugeben, daß sie Opfer werden könnten. Es fällt ihnen viel leichter, mit dieser Sache zu leben, wenn sie sich einreden können, daß sie nichts mit ihnen zu tun hat.»

«He, das würde uns das Leben auch sehr erleichtern», sagte Garro und drückte seine Zigarette aus. «Okay, vielleicht haben nicht alle Opfer mit diesen harten Sachen zu tun, aber drei von vier ist schon ein ganz guter Prozentsatz. Ich würde mir diesen Aspekt jedenfalls sehr genau ansehen.»

«Natürlich, das denke ich auch», sagte Palma. «Morgen früh spreche ich mit Manceras Freundin. Offenbar stand sie Louise Ackley so nahe, daß sie wußte, was sich zwischen ihr und Reynolds abspielte. Wenn sie uns Details über Reynolds' Techniken verraten kann, schaffen wir vielleicht einen Durchbruch.»

«Du solltest dir wirklich auch Reynolds' Akte bei der Armee ansehen», sagte Birley zu ihr. «Vielleicht stehen wegen dieser Scharfschützensache ein paar interessante psychologische Gutachten drin.»

Palma machte sich eine Notiz. Birley war ein schlauer Hund.

Damit waren die wesentlichen Punkte dargelegt, und alle warteten darauf, daß Frisch sich äußerte.

«Okay», sagte er schließlich, «wir haben mehrere Möglichkeiten. Wir müssen anfangen, den Kreis enger zu ziehen, uns auf einige dieser Typen konzentrieren, sonst verzetteln wir uns. Zwei Beamte, die aus Quantico heruntergekommen sind, werden uns dabei helfen. Sie sind Verbrechensanalytiker aus der Abteilung für Verhaltenswissenschaften. Ich denke, ihr wißt bereits, was sie machen; wir werden sie also zu uns holen, damit sie uns sagen, wie sie die Arbeit dieses Burschen sehen. Sie waren bisher noch nicht hier, weil sie bis zur Vorlage der ersten Analyse gern alle Informationen direkt von den Tatort- und Polizeiberichten beziehen. Wenn sie uns erst einmal ihre Auffassung von dem mitgeteilt haben, was sich hier abspielt, werden wir uns intensiver mit ihnen austauschen.»

Frisch stand auf und griff nach einem Stapel Papier, der auf der Ecke seines Schreibtischs gelegen hatte.

«Hier ist Sander Grants vorläufige Analyse», sagte er und reichte jedem Detective einen Satz. «Ich lasse euch etwas Zeit, um sie durchzulesen, und dann rufen wir die beiden her. Fragt, was immer ihr fragen wollt.»

39

Grant saß mit verschränkten Armen auf der Schreibtischkante, ein Bein seitlich herabhängend, den anderen Fuß fest auf den Boden gestellt. Frisch und die Detectives saßen ihm gegenüber, alle in seine Richtung gewandt. Er war frisch rasiert, hatte das ergrauende Haar an seinen Schläfen zurückgekämmt, seinen Schnurrbart sauber gestutzt und trug einen frischen zweireihigen Anzug. Der Bequemlichkeit halber hatte er das Jackett geöffnet; er sah nicht schlechter aus als am Vortag, obwohl er fast die ganze Nacht aufgeblieben war.

Nachdem Frisch ihn vorgestellt hatte, trug Grant das vor, was Palma für seine Standardrede über den Nutzen von Tatortanalyse und Verhaltenspsychologie zum Erstellen des wahrscheinlichen Charakterprofils eines Gewalttäters hielt. Er betonte, seine Technik sei nicht dazu bestimmt, solide, methodische Polizeiarbeit zu ersetzen, sondern solle nur ein ergänzendes Werkzeug im gesamten Ermittlungsprozeß sein. Er räumte ein, diese Technik sei ebensogut eine Kunstform wie eine Wissenschaft, und es sei ihm egal, ob die Methode wissenschaftlich, künstlerisch oder spirituell sei, solange sie nur funktioniere.

«Ich habe mit einer Menge Gesetzesvertretern gearbeitet, und ich bin mir vollkommen klar darüber, daß diese Technik nicht überall Anklang findet», sagte er. Er schaute jeden Detective im Raum einzeln an. «Ich weiß, daß es Skeptiker gibt. Das ist in Ordnung. Ich behaupte nicht, die Antwort auf all Ihre Ermittlungsprobleme zu haben. Wie die DNS-‹Fingerabdrücke› ist die Technik nur ein zusätzliches Hilfsmittel, das Sie benutzen können, und sie ist nur so gut wie die Ermittlungen, auf die sie sich stützt. Und die Technik ist nicht unfehlbar. Ich bin ein Mensch, der Mörder ist ein Mensch, und damit haben wir schon doppelt soviel Menschen, wie nötig sind, um selbst die sicherste Sache zu verpfuschen. Sie können die Methode also entweder akzeptieren oder ablehnen, wenn Sie wollen, aber Sie sollten verdammt sicher sein, daß sie Ihnen nichts zu bieten hat, solange Sie sich nicht mit ihr beschäftigen.»

Er wischte sich mit der Hand über Mund und Schnurrbart. «Der Punkt ist folgender», sagte er, hielt inne und sah sie an. «Wir versuchen, einen Mann zu finden, der drei Frauen umgebracht hat.» Pause. «Selbst wenn wir jede Hilfsquelle benutzen, die uns zur Verfügung steht, hat er gute Chancen, noch eine oder zwei Frauen zu töten, bevor wir ihn schnappen. Wir haben die Verpflichtung, jede Untersuchungstechnik anzuwenden, die uns erreichbar ist. Wenn Sie beschließen, diese hier abzulehnen, dann sollten Sie verdammt sicher sein, ob Sie noch in den Spiegel schauen können, falls sich herausstellt, daß Sie sich geirrt haben.»

Palma war überrascht von dem, was er sagte, und auch von seinem Ton. Für sie hörte sich das nicht nach einem Bürokraten an, und sie nahm an, daß die anderen seine Bemerkungen ebenso aufgenommen hatten.

«Okay, Sie haben da mein Kriminalprofil und die Verbrechenseinschätzung», sagte er. «Kommen wir zu den Fragen.»

Palma hatte die Seiten rasch gelesen; das meiste entsprach dem, was sie und Grant in den letzten Tagen am Telefon und gestern abend besprochen hatten. Grant mußte den größten Teil von Profil und Einschätzung im Flugzeug auf dem Weg nach hier geschrieben und dann die letzten Beobachtungen eingearbeitet haben, die auf dem beruhten, was er durch den Fall Mello bestätigt oder widerlegt glaubte. Das Papier war ziemlich umfangreich, fünfzehn Seiten.

«Eine allgemeine Frage», meldete sich Gordy Haws zu Wort. «Lew und ich haben die Fälle Ackley und Montalvo. Da die hier in Ihrer Einschätzung nicht vorkommen, habe ich mich gefragt, wieso Sie einen Zusammenhang mit den drei Frauen sehen.»

Grant nickte, ehe Haws seine Frage beendet hatte.

«Zunächst mal liegt auf der Hand, daß Ackley und Montalvo nicht aus den gleichen Gründen getötet wurden wie die Frauen», sagte er. «Wir können die Wahrscheinlichkeit einer Verbindung aber nicht außer acht lassen, weil Louise Ackley die Person war, die sie war, und wegen des Zeitpunkts ihres Todes. Ich würde allerdings darauf wetten, daß der Täter nicht derselbe war. Ich sage nicht, daß die Morde nichts miteinander zu tun haben, nur, daß nicht derselbe Mann alle fünf Morde begangen hat. Die Ackley-Montalvo-Morde sehen für mich aus wie eine geschäftliche Transaktion. Eine Kontenregelung. Keine Emotionen im Spiel. Der Mann hinter der Kanone dachte nicht mit dem Schwanz. Er kam herein, legte sie um und ging wieder. Er erledigte einen Job.»

Er veränderte seine Stellung auf dem Schreibtisch. «Ob dieser Job allerdings irgend etwas mit Moser, Samenov und Mello zu tun hatte, ist etwas, was uns diese Ermittlungstechnik nicht sagen wird. Andererseits könnte das, was Sie bei der Untersuchung dieser Morde finden, durchaus auch für uns von Nutzen sein. Wie wir erfahren haben, nahm Louise Ackley für Gin Reynolds die untere Position ein... Sie können die Möglichkeiten da nachlesen. Aber das könnte eine falsche Information gewesen sein. Oder eine halb falsche. Oder ihr Tod war ein zufälliges Element, eine ganz andere Geschichte, eines dieser losen Enden, die unvermeidlich in jedem Fall vorkommen.»

Manny Childs wedelte mit seinen Seiten und blickte stirnrunzelnd zu Boden. «Tja, ich sehe, wie Sie zu einigen Ihrer Schlußfolgerungen kommen», sagte er nickend. «Aber Sie müssen erklären, warum Sie glauben, daß der Kerl ein verheirateter Mann mit Kindern ist.»

Wieder nickte Grant.

«Okay. Nachdem wir uns durch Hunderte und Aberhunderte solcher Fälle gearbeitet haben, haben wir gelernt, daß die meisten organisierten Mörder... und wir glauben, daß der Bursche in diese Kategorie fällt... mit einem Partner leben und sexuell kompetent sind», sagte Grant.

Noch immer auf der Schreibtischkante sitzend, streckte er beide Beine vor sich aus und hob eine Faust.

«Halten wir also diese beiden Wahrscheinlichkeiten einen Augenblick hier fest.» Dann hob er die andere Faust. «Hier nun haben wir die Zeitelemente bei allen drei Morden. Alle drei Todesfälle passierten an Donnerstagabenden. Die forensischen Daten deuten darauf hin, daß der Todeszeitpunkt bei allen dreien ‹wahrscheinlich› gegen zehn Uhr abends lag. Wenn ich mich recht erinnere, wurde Moser zuletzt um 7.40 Uhr gesehen, Samenov um 6.20 Uhr und Mello um 6.30 Uhr. In jedem Falle wurde das Opfer zwei oder drei Stunden vor seinem Tod zuletzt gesehen. Das ist ein sehr präziser und konsequenter Zeitrahmen, sowohl was den Wochentag als auch was die Stunde angeht.

Wenn Sie die statistische Wahrscheinlichkeit akzeptieren, daß der

Mann mit einem Partner lebt, dann müssen Sie sich fragen, ob dieser präzise Zeitrahmen eher zur Lebenssituation eines verheirateten Mannes mit Kindern paßt oder zu einem Mann, der mit einer Freundin oder einem anderen Mann zusammenlebt... keinem Homosexuellen.»

Er streckte die zweite Faust aus. «Ein Mann ohne Familie könnte wahrscheinlich beliebig viele Abende der Woche außer Haus verbringen; für ihn ist das Leben ein bißchen lockerer. Sie könnten mich nur schwer davon überzeugen, daß dies die einzigen freien Stunden wären, die er die ganze Woche über hat. Ein Mann mit Familie dagegen hat Verpflichtungen, die ein unverheirateter Mann ohne Kinder sich nicht einmal vorstellen kann: Abendessen zu einer bestimmten Zeit, die dem Rhythmus der Familie entspricht, Haushaltspflichten, die sich unweigerlich ansammeln und nicht bis zum Wochenende warten können, Hausaufgabenhilfe bei den Kindern..., all das muß vor dem Schlafengehen mit den Kindern und für sie gemacht werden... also etwa bis zehn Uhr.

Aber an einem Abend der Woche hat er eine Entschuldigung, nicht da zu sein: Tennis im Club, Bowling mit seinen Freunden, Versammlung des Rotary Clubs, was auch immer. Er muß das an diesem bestimmten Abend tun, und er kann nicht zu lange ausbleiben. Er geht nicht mit seinen Kumpels trinken, er ist ein achtbarer Familienvater. Er muß zu einer achtbaren Zeit zu Hause sein. Ein alleinstehender Mann hat wahrscheinlich andere Gelegenheiten, ist flexibler, und allein diese Flexibilität würde mit ziemlicher Sicherheit bedeuten, daß von drei Morden einer vom Muster abweicht. Sonst müßten wir glauben, daß all das Zufall ist, und dagegen spricht wiederum die Wahrscheinlichkeit. Und an diesem Punkt der Untersuchung, meine Herrschaften, setzen wir auf die Wahrscheinlichkeit.» Und er führte seine Fäuste zusammen und verschränkte fest die Finger.

«Was wäre, wenn der Bursche eine Nachtarbeit hätte?» warf Childs ein. «Und nicht vor elf, zwölf Uhr arbeiten müßte?»

«Und warum dann donnerstags abends?» kam Grant ihm zuvor.

Childs sah Grant an und zuckte dann die Achseln.

«Das war auch mein Gedanke», räumte Grant ein. «Aber das ganze Szenario muß funktionieren, nicht nur ein Teil davon. Mir fiel kein guter Grund ein, warum er es an diesem bestimmten Abend tun mußte. Dieser Abend ist ein Engpaß, da müssen wir durch, müssen ihn zu einem logischen Bestandteil jedes Szenarios machen, das wir entwerfen. Daran führt kein Weg vorbei.»

Grant stand von der Schreibtischkante auf und verschränkte die Arme.

«Vielleicht stellt sich heraus, daß Sie in diesem Punkt recht haben, weil hier etwas ist, das wir im Augenblick nicht vorhersehen können. Aber wenn wir das benutzen, was wir wissen, ist mein Szenario an diesem Punkt einfach einleuchtender. Und es gibt noch ein weiteres Element. Unsere Erfahrung besagt, daß organisierte Täter oft über eine gute oder überdurchschnittliche Intelligenz verfügen und Tätigkeiten bevorzugen, für die man eine gute Ausbildung braucht. Unorganisierte Täter sind von durchschnittlicher oder unterdurchschnittlicher Intelligenz und gehen eher ungelernten Tätigkeiten nach. Im allgemeinen... mit Ausnahme der Polizeiarbeit.» Grant grinste. «Nachtarbeit ist häufig etwas für ungelernte Arbeiter. Wenn wir also die Einschätzung akzeptieren, daß wir es mit einem organisierten Mörder zu tun haben, müssen wir ihm einen Grund liefern... und zwar einen, der nichts mit seiner Arbeit zu tun hat..., jeden Donnerstagabend außer Haus zu sein. Oder zumindest an diesen Donnerstagabenden.»

Grant hielt inne und starrte nachdenklich zu Boden. «Noch etwas», sagte er und schaute sie unter seinen Augenbrauen hervor an. «Sehen Sie sich einmal die Tabellen über organisierte und unorganisierte Mörder an, die ich dem Bericht über die Profilmerkmale beigefügt habe. Organisierte Mörder sind im allgemeinen sozial kompetent... glatte, gesellschaftlich akzeptierte Typen, die nicht bedrohlich wirken. Denken Sie daran, daß alle Opfer... sämtlich aus der oberen Mittelklasse und der ‹besseren Gesellschaft› der Stadt... sich offenbar *freiwillig* mit diesem Mann trafen. Sie gingen unbefangen mit ihm um. Er gehörte zu ihren Kreisen. Sie ließen sich sogar von ihm fesseln! Das wäre unwahrscheinlich bei einer gesellschaftlich nicht ebenbürtigen Person, die ihnen vermutlich wie ein Fehlgriff vorgekommen wäre, jemand, der nicht in ihren Kreisen verkehrt.»

Grant hielt inne. «Unser Mann ist also kein Verlierer, kein Mitglied der Subkultur. Er ist so ‹normal›, daß Sie Ihren nächsten Nachbarn garantiert nie wieder mit den gleichen Augen ansehen werden.»

«Sexuell kompetent?» fragte Joe Garro.

«Richtig», versetzte Grant. «Sexuelle Inkompetenz geht meist Hand in Hand mit der Art von Frustrationen, die wir bei spontanen Sexualmorden antreffen. Ein unorganisierter Mörder, ein unorganisierter Tatort. Aber unser Mann ist extrem kontrolliert. Alles an den Tatorten läßt darauf schließen. Seine Motivation für die Morde ist höchstwahrscheinlich sexuell bedingt, aber es handelt sich um einen tiefverwurzelten Trieb, nicht um jene Art, die befriedigt werden kann, indem man einfach eine Frau entführt, umbringt und mit ihrer Leiche sexuell verkehrt. Das ist ein ziemlich primitiver Impuls. Unser Mann ist komplizierter. Was er mit ihr macht, macht er, *bevor* sie tot ist. Für ihn ist der Sadismus wichtig..., er will, daß sie Schmerz empfindet, und er will, daß sie weiß, daß er ihren Schmerz kennt und daß er ihn genießt.»

Einen Augenblick lang sagte niemand etwas. Grant sah sich um, erwartete weitere Fragen. Offensichtlich machte es ihm Spaß, seine Gedankengänge zu erläutern.

«Ich habe eine Frage.» Das war Cushing. Palma hatte sich schon gefragt, wie lange er es würde aushalten können, bevor er versuchte, sich gegen Grant zu behaupten.

«Unter ‹postoffensives Verhalten›», sagte er und blickte stirnrunzelnd auf Grants Bericht in seinem Schoß, «schreiben Sie, daß der Mörder wahrscheinlich an einige oder alle Tatorte zurückgekehrt ist und vermutlich ‹Andenken› mitgenommen hat. Das sehe ich nicht. Ich meine, der Bursche ist so sorgfältig, so methodisch. Mir erscheint es nicht logisch, daß jemand, der den Tatort so aufräumt, wie dieser Mann es tut, etwas dergleichen machen würde. Verstehen Sie..., daß er seine Distanz zu dem Fall gefährden würde. Es wäre verdammt riskant, an den Tatort zurückzukehren oder etwas in Besitz zu nehmen, das eine Verbindung zum Opfer darstellt.»

Cushings Stimme klang offen herausfordernd, und man hörte ihr an, daß er glaubte, eine Schwachstelle in Grants Analyse entdeckt zu haben.

Aber Grant wußte ihn zu nehmen.

«Sie haben recht», sagte er und tat ein paar Schritte auf ihn zu, um Cushing direkt anzusprechen. «Das ist ein guter Punkt. Tatsächlich ist das *kein* logisches Verhalten, und das bringt uns auf einen anderen wichtigen Faktor, den ich in dem Papier ebenfalls erwähnt habe. Und den möchte ich hervorheben. In diesem besonderen Fall kann man ihn gar nicht genug betonen. Ich meine die Bedeutung, die es für den Mörder hat, die Phantasie am Leben zu erhalten, die überhaupt Anlaß für das Verbrechen war. Dieses Verhalten ist für Sie oder für mich nicht logisch, weil wir nicht so denken wie dieser Mann. Aber für ihn ist es logisch, weil es einem Zweck dient.

Der Zweck besteht darin, die Erregung des Mordes selbst zu erhalten», sagte er, jedes Wort einzeln und deutlich betonend. «Dieses Bedürfnis, die Erregung zu erhalten, ist so stark, daß es die Selbstschutzinstinkte überwiegt. Die Phantasie ist übermächtig. Die Rückkehr an den Tatort oder die Aufbewahrung von Andenken, die er herausholen, beriechen, berühren und schmecken kann, liefert Reize, die es ihm ermöglichen, den Akt noch einmal zu erleben, die Erregung des Ereignisses selbst wieder hervorzurufen.»

Grant war jetzt angespannt, und er trug seine Auffassung mit beträchtlicher Energie vor.

«Ich habe schon erlebt, daß solche Männer sechzehn, achtzehn, zwanzig Stunden später zu der Leiche zurückgekehrt sind, um etwas abzuschneiden und mitzunehmen. Manchmal ist das Verlangen, noch einmal in physischen Kontakt mit der Leiche zu treten, stärker als jede Vernunft. Sie kehren zurück, gelegentlich nur, um zu sehen, wie die Polizei die Leiche entdeckt. Indem sie das tun, haben sie das Gefühl, sie hätten noch immer die Kontrolle über die Phantasie. Sie hört für sie nicht auf. Aus dem gleichen Grund bewahren sie ‹Souvenirs› auf, Slips, Büstenhalter, Schmuck, sogar Körperteile. In unseren Fällen hat der Mann vermutlich ihre Brustwarzen behalten. Sie sind die Katalysatoren, die die Phantasie lebendig erhalten, und die Phantasie treibt ihn an und stützt ihn. Die Phantasie ist übermächtig.»

Grant drehte sich plötzlich um und ging an den Schreibtisch, wo er seinen Kaffee hatte stehenlassen. Den Detectives den Rücken zuwendend, trank er einen Schluck.

Noch eine Stunde lang wurden Fragen gestellt. Die meisten Detectives machten sich Notizen, kamen auf frühere Fragen zurück, fragten nach Erklärungen, Vertiefungen, Spekulationen. Sie legten eine Pause ein, damit alle in den Waschraum gehen und sich frischen Kaffee holen konnten. Dann kamen sie zurück und gingen die Rekonstruktionen der Morde in chronologischer Reihenfolge noch einmal durch.

Dann stellte Birley seine einzige Frage dieses Morgens. Palma hatte bemerkt, daß er sich wenig Notizen gemacht hatte, aber sie wußte schon, wenn Birley sich auf etwas konzentrierte, dann gab es für ihn nichts anderes. Offensichtlich war er von Grant fasziniert. Palma hatte mehrmals gesehen, daß er unmerklich vor sich hin nickte.

«Am Anfang wollten Sie nichts über unsere Verdächtigen hören», sagte Birley. «Was meinen Sie, wann wir darüber mit Ihnen sprechen können? Mir kommt es so vor, als wäre es nützlich, wenn Sie uns ein gewisses Feedback zu diesen Personen geben könnten. Wie lange möchten Sie noch auf Distanz bleiben?»

«Nur noch ein paar Stunden», sagte Grant rasch. «Zuerst möchte ich mir die Videobänder von den Tatorten ansehen. So haben Sie Zeit, noch ein paar Fragen nachzugehen und vielleicht den Kreis der Verdächtigen weiter einzuengen. Ich glaube, die ganze Sache gewinnt jetzt an Tempo. Da baut sich ein gewisser Schub auf.» Er sah Frisch an. «Sind Sie damit einverstanden? Lassen Sie mich zuerst die Bänder ansehen, und dann stehe ich Ihnen für alles weitere zur Verfügung.»

«Ist mir recht», sagte Frisch. «Okay. Bitte meldet euch alle bei Leeland ab, damit wir keine doppelten Vernehmungen machen. Ich weiß, daß einige der Verdächtigen jetzt bei mehreren Detectives auf der Liste stehen; ihr müßt also unter euch ausmachen, wer sich wen vornimmt. Wenn das geklärt ist, hinterlaßt es bei Leeland oder Castle. Und erkundigt euch bei ihnen nach den Hinweisen. Es kommen jetzt ständig welche herein, denen man nachgehen muß.»

40

Nachdem die Zusammenkunft beendet war, ließ Palma sich Zeit, ihre Sachen zusammenzupacken, aber Grant war schon in ein Gespräch mit Frisch und Captain McComb vertieft, der ebenfalls an dem Treffen teilgenommen hatte.

«Gehst du zu Shore?» fragte Birley sie.

«‹Claire›», sagte sie, während sie auf ihr Büro zugingen. «Aber könntest du mir bei ihrem Mann helfen?»

«Seine Alibis überprüfen?»

«Genau», sagte sie. «Ich will nicht, daß sie weiß, daß wir ihn überprüfen. Ich habe heute früh in der medizinischen Fakultät angerufen. Sie hat heute vormittag ein Seminar.» Sie sah auf ihre Uhr. «Nach dem Seminar soll sie etwa eine Stunde lang in ihrem Büro sein, also fahre ich jetzt sofort hin und überrasche sie unerwartet.»

«Willst du, daß ich direkt auf ihn losgehe? Ich weiß nicht, ob wir für Spielereien noch Zeit haben.»

«Ich habe nichts dagegen», sagte Palma. «Wenn ich nachher mit ihr gesprochen habe, spielt das sowieso keine Rolle mehr.»

«Aber du willst nicht, daß ich ihr kleines Geheimnis ausplaudere, oder?»

«Nein.»

«Großartig», sagte Birley.

Das Baylor College of Medicine lag fast im Mittelpunkt des riesigen Texas Medical Center. Palma stellte den Wagen auf dem Parkplatz gegenüber dem Krankenhaus ab und ging im leichten Nebel hinüber zum Südeingang des Colleges. Sie fand Dr. Shores Namen auf der Tafel am Eingang und ging durch die langen Flure zur Abteilung für Geburtshilfe und Gynäkologie. Der Information zufolge, die Palma am Morgen erhalten hatte, mußte Dr. Shore seit etwa fünfzehn Minuten in ihrem Büro sein. Palma ging an den numerierten Türen vorbei und machte bei einer Tür in der Mitte des Korridors halt.

Die Sekretärin, eine Frau in den Fünfzigern mit Schildpatt-Lesebrille, telefonierte gerade. Sie nickte und lächelte Palma zu, während sie weitersprach, rollte dann mit den Augen, bedankte sich bei dem Anrufer und beendete das Gespräch.

«Entschuldigen Sie», sagte sie, legte den Hörer auf und notierte etwas auf einem Zettel. «Was kann ich für Sie tun?»

«Ich möchte bitte mit Dr. Shore sprechen. Mein Name ist Carmen Palma. Ich habe keinen Termin.»

«Weiß Dr. Shore, worum es sich handelt?»

«Ja.»

«Gut. Einen Augenblick bitte.» Sie nahm wieder den Hörer, drückte zwei Tasten und sagte: «Dr. Shore, Carmen Palma ist hier und möchte Sie sprechen.» Sie zögerte und schaute zu Palma auf. «Ja. Carmen Palma», sagte sie langsamer und zog die Augenbrauen fragend hoch, als wolle sie von Palma eine Bestätigung.

Palma nickte.

Die Sekretärin runzelte die Stirn und legte den Hörer auf. «Sie kommt gleich.»

Beide hörten, wie sich auf dem Gang hinter der Sekretärin eine Tür öffnete, und Palma sah Dr. Shore sehr entschlossen, ohne Eile und Nervosität näher kommen. Ehe sie die Sekretärin erreichte, sagte sie: «Miss Palma.» Sie winkte Palma heran, ohne daß die Sekretärin sie sehen konnte. Sie wartete, bis Palma sie erreicht hatte. Dann drehte sie sich um und ging vor ihr her die paar Schritte zu ihrem Büro. Dort eingetreten, ließ sie Palma die Tür schließen und stellte sich hinter ihren Schreibtisch, die Arme verschränkt.

«Das hätte ich mir eigentlich denken sollen.» Ihr Gesicht war aschfahl. «Warum haben Sie mich nicht einfach angerufen? Warum sind Sie hergekommen?» fragte sie scharf.

Dr. Shore war eindeutig blond und jünger, als Palma in der feuchten Nacht hatte erkennen können, als sie zum ersten Mal mit ihr sprach. Vielleicht hatte die dunkle Perücke sie auch älter gemacht. Sie war eine attraktive Frau.

«Es hat weitere Morde gegeben», sagte Palma und ließ sie nicht aus den Augen.

«Ich weiß. Ich lese Zeitungen.»

«Haben Sie Bernadine Mello gekannt?»

Shore schüttelte den Kopf. Ihr helles Haar war zu einem Knoten aufgesteckt. Sie strahlte kühle Intelligenz und eine unverkennbare Sexualität aus, die sicher für guten Besuch ihrer Vorlesungen sorgte. Außerdem war sie nervös und sichtlich wütend.

«Was dachten Sie, als Sie das von Louise Ackley gelesen haben?»

«Was ich *dachte*?» Sie schien fassungslos über die Frage, die ihr offenbar absurd vorkam. Sie schüttelte den Kopf und wandte sich ab.

«Ich habe sie gefunden», sagte Palma. «Ich bin noch einmal zu Mancera gegangen, wie Sie vorgeschlagen hatten. Sie schickte mich zu Louise. Ich ging zu Louise, aber jemand war mir zuvorgekommen.»

Rasch drehte sich Shore wieder zu Palma um; ihre Augen waren weit aufgerissen, nicht aus Schock oder Überraschung, sondern um die Tränen zurückzuhalten. Sie beherrschte ihren Zorn.

«Warum haben Sie mir nicht gesagt, daß Sie sowohl Dorothy Samenovs als auch Sandra Mosers Ärztin waren?» fragte Palma.

«Sie haben mich nicht danach gefragt», sagte sie.

«Sie haben mir eine Menge Dinge gesagt, nach denen ich nicht gefragt habe», entgegnete Palma. «Erinnern Sie sich, Sie waren diejenige, die sich mit mir in Verbindung gesetzt hat. Aber ich habe festgestellt, daß Sie in bezug auf die Informationen, die Sie mir gegeben haben, sehr wählerisch waren. Das macht mich vorsichtig.»

«*Natürlich* war ich wählerisch», sagte Shore. «Was fällt Ihnen eigentlich ein, hierher zu kommen?» Sie sprach zu laut. Sie hielt inne und senkte die Stimme. «Verdammt. Ich hätte Sie irgendwo treffen können.»

Palma ignorierte den Wutausbruch. Sie griff in ihre Tasche, nahm die Fotos von Samenov und ihrem maskierten Partner heraus, trat an Shores Schreibtisch und gab sie ihr. «Kennen Sie den Mann?»

Shore nahm die Bilder, und sobald sie sah, was sie zeigten, fluchte sie lautlos. Rasch betrachtete sie alle und schob die, die sie schon gesehen hatte, unter den Stapel.

«Sie erwarten doch nicht, daß ich in diesem... Ding jemanden erkenne?»

«Einer sollte endlich anfangen, jemanden zu erkennen», sagte Palma, die jetzt Mühe hatte, ihren eigenen Zorn zu beherrschen. «Lassen Sie uns eines klarstellen. Ich bin kein gefühlloser Mensch, aber ich bin auch nicht blöde. Ich würde keine Sekunde zögern, Sie und alle anderen in dieser Sache bloßzustellen, wenn ich glaubte, daß ich den Mann dadurch daran hindern könnte, eine weitere Frau zu töten. Das würde mir keine Minute Schlaf rauben. Ich möchte das nicht tun müssen, aber Sie und die anderen lassen mir keine Wahl. Und ich muß offen zugeben, ich finde es erschreckend, daß Sie Ihre Karriere anscheinend für wichtiger halten als das Leben dieser Frauen. Wie können Sie, verdammt noch mal, in einer derartigen Situation Informationen zurückhalten?»

Die Fotografien in Shores Hand zitterten heftig, und sie kämpfte gegen Tränen der Wut und Frustration.

Sie warf die Bilder auf ihren Schreibtisch. «An dieser Art Sexualität bin ich *nicht* beteiligt, und ich billige sie auch nicht. Hören Sie, ich habe bereits eingestanden, daß ich dumm war, mich zu dieser Art von Fotos überreden zu lassen. Ich bereue es... Vickie Kittrie hat eine Menge Leute bereuen gelehrt..., aber ich werde nicht zulassen, daß Sie mir diese sadomasochistischen Dinge anlasten. Mit diesen Bösartigkeiten habe ich *nichts* zu tun.» Sie starrte Palma an. Ihre Lippen zitterten, und ihre Brust bebte vor Anstrengung, ihren Atem zu kontrollieren. «Reynolds. Bristol. Dorothy, Vickie, Sandra. Ihre Destruktivität ist abstoßend, in jeder Erscheinungsform. Sie ist lebensverneinend. Ich lasse mich nicht mit dieser Mentalität in einen Topf werfen. Ich bin *Ärztin,* Herrgott.» Sie hielt inne. «Ich weiß nicht, was Sie glauben, von mir erfahren zu können.»

«Ich will die Namen der Frauen erfahren, die sich von Gil Reynolds ‹bestrafen› ließen», sagte Palma. «Die Feinheiten Ihrer Sexualität, ob rein oder profan, interessieren mich überhaupt nicht. Es dreht sich nicht um Ihre Neigungen oder Vorlieben. Es dreht sich um einen Mann, der Frauen umbringt. Es dreht sich darum, ihn zu stoppen.»

Einen Augenblick lang schwiegen beide Frauen.

«Die drei, von denen ich weiß, sind tot», sagte Dr. Shore schließlich.

«Moser, Samenov und Ackley.»

Shore nickte.

«Und Bernadine Mello haben Sie nicht gekannt?»

«Nein.»

Palma spürte, wie sich ihr Inneres anspannte. Dieser Fall hatte nichts Symmetrisches. Nie schloß sich der Kreis, nie war ein ausgeprägtes Muster erkennbar in den verworrenen Fäden, aus denen sich das Gewebe dieser fünf Tode zusammensetzte.

«Sie wußten von Linda Manceras Freundin Terry», sagte Palma. «Das war der Grund, warum Sie mich zu Mancera zurückgeschickt haben.»

Shore nickte und öffnete eine Zigarettenschachtel. Sie nahm eine Zigarette heraus und zündete sie an.

«Haben Sie Terry selbst gekannt?»

«Ich habe sie einmal getroffen.»

Palma beugte sich vor und sammelte langsam die auf dem Schreibtisch verstreuten Fotos wieder ein, steckte sie in ihre Handtasche und sah dann Shore in die Augen.

«Sind Sie absolut sicher, daß Ihr Mann nichts von Ihren Beziehungen zu Frauen weiß?»

Die direkte Frage überrumpelte Shore. Sie öffnete den Mund, als wolle sie antworten, brachte aber kein Wort heraus. Sie starrte Palma nur an, ein regloses blondes Porträt mit blassen Puppenaugen. Sie schwieg länger, als Palma jemals jemanden nach Worten hatte ringen sehen, und dann ließ sie die Hand fallen und drückte ihre Zigarette in einem ovalen Kristallaschenbecher aus.

Sie verschränkte die Arme; in ihrem Gesicht waren weder Erbitterung noch Berechnung, und ihre kühle ärztliche Professionalität war verschwunden.

«Einmal, vielleicht vor drei oder vier Jahren, dachte ich, er habe einen Argwohn», sagte sie, ohne Spannung in der Stimme. «Vielleicht war es so. Aber wenn es so war, dann ist er allein damit fertig geworden. Solche Dinge wie Zweifel oder Argwohn teilt er nicht mit mir. Es war nur etwas, das ich gespürt habe. Heute kann ich mich nicht einmal erinnern, warum ich glaubte, er vermute etwas Ungewöhnliches.»

Sie ging um den Schreibtisch herum, löste die Arme und berührte das dunkle Mahagoni.

«Er ist ein guter Mann», sagte sie. Ihr Mund lächelte beinahe, aber ihre Lippen zitterten dabei. «Er ist brillant. Er ist solide und stabil und gewissenhaft. Er gibt mir Sicherheit. Versicherungspolicen, Aktien, Wertpapiere, Leibrenten. Er tut immer das Richtige für mich und die Jungen.» Sie sprach, als stelle sie eine Liste auf, wie jemand, der sich über die Qualitäten mehrerer Bewerber klarwerden will. «Er ist gut und moralisch. Ich würde ihm mein Leben anvertrauen, auch wenn er das Skalpell in der Hand hätte und von meinen anderen Beziehungen wüßte.»

Palma war überrascht von der einzelnen, großen Träne, die plötzlich an den Wimpern von Alison Shores rechtem Auge hing, einer einzigen Träne, die nun wie ein Tropfen Quecksilber über ihre Wange lief und einen großen, dunklen Fleck auf der Brust ihres smaragdgrünen Kleides hinterließ.

«Aber irgendwo», sagte Dr. Shore gepreßt, «im Mutterschoß, in der Wiege, an der Brust... irgendwo ist er zu kurz gekommen. Man hat ihm nie beigebracht... er hat nie gelernt..., was das Wichtigste ist..., sich selbst, seine Zärtlichkeit auszudrücken, seine Liebe durch Berührungen zu zeigen. Nicht einmal leidenschaftlich kann er sein. Trotzdem weiß ich, daß er mich liebt. Er hat es mir gesagt, vor Jahren. Ich sehe Beweise dafür... wie ich Ihnen sagte, darin, wie er für meine ökonomischen Bedürfnisse, meine physische Bequemlichkeit sorgt.»

Sie räusperte sich, schaute zum Fenster und dann wieder auf ihre Hände. Die Spitzen ihrer Mittelfinger berührten leicht die hölzerne Oberfläche des Schreibtisches.

«Ich bin nur deshalb Ärztin für Geburtshilfe und Gynäkologie, weil er mir nicht zeigen konnte, daß er mich liebte. Wir lernten uns beim Studium kennen. Er war damals genau wie heute, nur war ich jünger, hatte keine Erfahrung damit, wie Männer wirklich sind. Ich hielt seine ausgeprägte Distanziertheit für männlich, sogar für romantisch. Ich hatte nicht die Reife, mir das ein ganzes Leben lang vorzustellen oder zu glauben, daß er immer so bleiben würde. Ich muß geglaubt haben, irgendwo gäbe es die Zärtlichkeit schon, und ich könnte sie durch meine eigenen starken Gefühle hervorlocken. Jedenfalls heirateten wir. Ich gab das Studium auf, als ich Mark erwartete. Unser zweiter Sohn, Daniel, war fünf Jahre alt, als ich wieder zu studieren anfing. Inzwischen wußte ich natürlich, worauf ich mich eingelassen hatte.

Ich war verrückt vor Einsamkeit und Sehnsucht und Unschlüssigkeit. Ich hatte verschiedene Möglichkeiten. Scheidung. Affären. Ich hätte auch eine Mutter werden können, die ihr eigenes Leben dem von Mann und Söhnen opfert. Es wäre grausam gewesen, ihn zu verlassen. Diese Art von Zurückweisung hatte er nicht verdient, bloß weil er... unfähig war, Zuneigung zu zeigen. Im Grunde eine so kleine Sache, aber sie hatte so ungeheure Konsequenzen.

Ich stürzte mich in meine eigene Karriere, arbeitete wie besessen. Ich habe nichts vernachlässigt, weder Mann noch Söhne noch Karriere. Und es funktionierte, etliche Jahre lang. Ein Jahrzehnt lang oder noch länger betrog ich mich selbst. Keine außerehelichen Affären. Kein weinerliches Selbstmitleid. Wir wurden zu einer bemerkenswerten Familie, berührt vom goldenen Finger von Wohlstand und beruflichem Erfolg. Er war brillant. Ich war brillant. Die Jungen waren gesund und intelligent und gutaussehend... glaube ich», sagte sie, hob die Augen zu den Bildern der Jungen auf ihrem Schreibtisch und gestattete sich ein schwaches Lächeln.

«Vor sechs Jahren, die Jungen waren gerade in der Junior High School, hatte ich einen Nervenzusammenbruch», sagte sie, und ihre Stimme wurde etwas brüchig bei der Erinnerung. «Ohne jeden ‹Grund›. Einfach so. Ich kam in psychiatrische Behandlung, bei einem Mann, ‹dem besten›, wie Morgan sagte. Ich war kooperativ, belog ihn und sah zu, daß ich die Behandlung so schnell wie möglich beenden konnte. Ich wurde rasch ‹gesund›.»

«Würde es Ihnen etwas ausmachen, mir zu sagen, um welchen Psychiater es sich handelte?» unterbrach Palma.

«Es gibt eine ärztliche Schweigepflicht», erinnerte Shore sie.

«Das weiß ich. Aber es hat sich herausgestellt, daß Bernadine Mello und Sandra Moser denselben Psychiater hatten.»

Shore schluckte mit unbewegtem Blick. «Dr. Leo Chesler.»

«Nein», sagte Palma. «Entschuldigung. Fahren Sie fort.»

Shore schluckte wieder. «Nun ja, es war während dieser Genesungszeit; ich lernte hier im College eine Krankenschwester kennen, die wunderbar sensibel war. Sie veränderte mein Leben. Sie ist jetzt fort, sie zog in eine andere Stadt, aber sie machte mich mit einigen der Frauen aus Dorothys Freundeskreis bekannt. Das war noch vor der Zeit von Vickie Kittrie. Keine von uns kannte die wirkliche traurige Geschichte von Dorothy und den beiden Ackleys. Wir alle waren von seliger Ahnungslosigkeit in bezug auf solche... Tragödien.»

Sie drehte sich leicht in Palmas Richtung. «Ich erwarte nicht, daß Sie das verstehen; nein, wirklich nicht. Aber ich kann dieses... geteilte Leben leichter führen als ein Leben ohne Zuneigung. Es ist traurig, daß ich diese Art Trost nicht bei meinem Mann finden kann, aber ich verdamme ihn nicht für seine Unfähigkeit, ihn mir zu geben. Er entzieht sich mir nicht aus Grausamkeit, sondern eher wegen irgendeines extremen Defizits in seiner Persönlichkeit, das keiner von uns verstehen kann. Ich bin schon vor Jahren zu dem Schluß gekommen, daß Gott keine heilen Menschen geschaffen hat, nur gebrochene oder angeschlagene, alle irgendwie unvollkommen. Ich glaube, um vollständig zu werden, müssen wir uns an einen anderen unvollkommenen Menschen binden. Im Grunde kein so schlechter Plan, wenn man darüber nachdenkt. Ich tue das für Morgan. Ich liebe ihn nämlich, und er weiß das. Ich verweigere ihm nichts, weder sexuell noch sonst. Er braucht mich, und ich bin glücklich, ihm zu geben, was in meinen Kräften steht. Aber was er mir nicht geben kann, muß ich mir anderswo holen, aus Selbsterhaltung. Ist das ein Betrug? Ja. Ist es schlimmer, als die Familie zu zerstören, ihm und den Jungen weh zu tun, Karrieren zu zerstören und auch unser gemeinsames Glück, eine Familie zu sein? Das kann ich nicht glauben. So habe ich mich arrangiert. Sie können mich dafür verdammen, aber Sie können nicht sicher sein, daß Sie dazu berechtigt sind.»

Palma nickte und ließ den Verschluß ihrer Handtasche zuschnappen. «Was ist mit den Frauen, die sterben werden?»

Shores Gesicht verriet Enttäuschung. «Sie räumen uns nicht viel Kredit ein, oder?» Mit einer Hand, die einen Ring aus schwarzen Perlen trug, strich sie ihren Haarknoten glatt. «Von dem Tag an, an dem wir von Dorothys Tod erfahren haben, blieben wir alle miteinander in Verbindung. Ich glaube nicht, daß es auch nur eine einzige Frau gibt, die sich der Bedrohung nicht bewußt ist.»

Palma schaute sie an. «Bernadine Mello wurde vorgestern abend getötet. Wissen Sie nicht, ob sie zur Gruppe gehörte?»

«Sie wissen ja, daß wir in Untergruppen unterteilt sind, aber natürlich sind alle neugierig, wer die Verbindung zu den Toten war. Niemand, mit dem ich gesprochen habe, kannte sie. Und ich glaube», sagte sie und blickte wieder auf ihre Hände, «wenn irgend jemand in der Gruppe sie gekannt hätte, hätte ich davon gehört. Seit all das angefangen hat, stehen wir in ständiger enger Verbindung.»

Palma nickte. «Danke für Ihre Zeit», sagte sie und drehte sich um, um zu gehen.

Shore hielt sie auf, indem sie ihren Arm berührte. «Sie fragten nach Morgan.»

«Wir müssen jeden überprüfen», sagte Palma. «Wir gehen von keinerlei Unschuldsvermutungen aus.»

Shores Gesicht konnte nicht verhehlen, wie alarmiert sie war.

«Sie werden es vielleicht nicht glauben», sagte Palma, «aber wir sind diskret. Tatsächlich möchten wir das bisexuelle Element bei all dem unbedingt geheimhalten. Aus verschiedenen Gründen ist das vorteilhaft für uns.»

Wieder verschränkte Dr. Alison Shore die Arme, und Palma verließ ihr Büro.

41

Palma stand an den großen Fenstern der Haupthalle des Baylor College of Medicine, band den Gürtel ihres Regenmantels zu und beobachtete, wie der starke Wind den Regen über die voll besetzten Parkplätze peitschte. Sie sah auf die Uhr. In einer halben Stunde sollte sie sich bei Linda Mancera mit Terry treffen. Sie konnte noch ein paar Minuten warten, vielleicht ließ der Regen nach.

Unwillkürlich waren ihr Augenblicke aus ihrer eigenen Ehe in den Sinn gekommen, als sie Shore darüber hatte reden hören, wie sie sich schließlich mit der unerklärlichen und undurchdringlichen Distanz ihres Mannes abgefunden hatte. Die vielen Geschichten von Entfremdung, die sie in der letzten Woche von diesen Frauen gehört hatte, und sogar ähnliche Geschichten von Männern schienen eine gegenseitige Unvereinbarkeit zu belegen, so elementar und offensichtlich, daß es kaum lohnte, darüber zu sprechen. Es war eine Disharmonie der Geister und dessen, was beide jeweils als gut empfanden, so alt wie die Menschheit. Männer und Frauen hatten das zweifellos schon seit Jahrtausenden erkannt, aber sie schienen sich heute ebensowenig damit aussöhnen zu können wie zu ihren nebelhaften Anfängen. Der Sexualmord war natürlich der Tiefpunkt dieser Fehlanpassung der Geschlechter; er trieb den alten Antagonismus bis in monströse Tiefen, in Regionen attavistischer Entsittlichung.

Plötzlich merkte Palma, daß der Regen tatsächlich nachließ. Sie schlug den Kragen ihres Regenmantels hoch, stieß die schweren Glastüren auf und trat hinaus in das dampfende, graue Licht des Frühlingsgewitters.

Als Palma bei der Telefonkabine aus Plexiglas vor den Toren von Manceras Wohnanlage die Fahrt verlangsamte, bemerkte sie den roten Ferrari, der vor dem Haus parkte. Als sich das Tor öffnete, rollte sie auf den gepflasterten Hof und parkte neben dem Sportwagen. Sie ließ sich Zeit mit dem Aussteigen aus dem schlichten, kastenförmigen Polizeiwagen, schloß ihren Regenmantel und schaute in das mit cremefarbenem Leder bezogene Innere des Ferrari. Auf der glänzend polierten Karosserie bildete der Regen gleichmäßige Perlen. Seit den Tagen, in denen Terry mit Louise Ackley in dem schäbigen kleinen Fertighaus in Bellaire gewohnt hatte, mußte sich ihr Leben gewaltig verbessert haben.

Als sie den Eingangsweg betrat, versuchte sie, das Unbehagen in ihrer Magengrube zu ignorieren. Sie hatte bereits beschlossen, sich so zu verhalten, als sei am Vorabend gar nichts geschehen – kein sehr origineller Plan, aber intelligent, dachte sie.

Sie läutete an der Tür, und nach einem Augenblick öffnete Mancera. Sie trug einen elfenbeinweißen Leinenrock mit passender Bluse und lächelte, aber Palma fand, es sei ein fast entschuldigendes Lächeln, als sei ihr am nächsten Morgen klargeworden, daß sie vermutlich einen Schritt zu weit gegangen war. Als sie einander guten Morgen sagten, verweilten ihre Augen einen Augenblick in Palmas, als wolle sie darin etwas sehen, einen Hinweis darauf, was Palma empfand. Dann war es vorbei, und sie gingen in den Wohnraum, wo Bessa auf einem der haitianischen Baumwollsofas saß, die bemerkenswerte, langgliedrige Figur in eine blaßgelbe Corsage mit passenden Shorts gekleidet.

In einem riesigen Sessel rechts von ihr saß eine ziemlich kleine, verwirrt aussehende rötlichblonde Frau in einem rosa Baumwollsommerkleid und schaute zu Palma auf. Sie wirkte fast zerbrechlich. Als Mancera sie miteinander bekannt machte, stand sie auf, streckte eine schmale, zartknochige Hand aus und lächelte nervös. Dann setzte sie sich in ihren Sessel und nahm wieder ein kleines, pastellblaues Steinei aus der vor ihr auf dem Couchtisch liegenden Sammlung. Obwohl alle drei Frauen zwanglos angezogen waren, verriet ihre Kleidung, daß sie ein Vielfaches von Palmas Gehalt verdienten.

«Ich nehme an, Linda hat Sie von den Vorgängen in Kenntnis

gesetzt», sagte Palma und ließ sich Terry gegenüber auf einem kleinen Sofa nieder, während Mancera sich neben Bessa auf das größere Sofa setzte und einen olivfarbenen Arm auf einen der nackten, ebenholzschwarzen Schenkel der Jamaikanerin legte. Terry, deren Nachname nicht genannt worden war, nickte knapp. Ihre Blicke wichen Palma aus.

«Ich werde gleich zur Sache kommen», begann Palma, und Terrys kleine Augen, geschickt zu einer Größe geschminkt, die sie nicht hatten, schauten auf und fixierten sie. «Es ist wichtig, daß Sie verstehen, daß das, worüber wir hier reden, vertraulich ist. In der gegenwärtigen Situation könnte es leicht ein fataler Fehler sein, wenn Sie irgend jemandem erzählen, worüber wir hier sprechen.» Sie hatte jede der Frauen nacheinander angesehen, während sie das sagte, doch nun wandte sie sich an Terry. «Gil Reynolds ist ein Verdächtiger. Nicht der einzige Verdächtige, aber einer von ihnen. Bei jedem dieser Morde sind die Opfer auf eine spezielle Weise mißhandelt worden. Teilweise auf sehr spezielle Weise.» Sie hielt einen Augenblick inne, um ihrer Vorstellungskraft Zeit zu lassen, sich die Möglichkeiten auszumalen.

«Wie ich höre, vertraute Louise Ackley Ihnen ihre ‹disziplinarischen› Sitzungen mit Gil Reynolds an?» sagte sie zu Terry. Das Mädchen nickte wieder. Palma dachte, sie müsse Ende Zwanzig sein, etwa im gleichen Alter wie Vickie Kittrie. «Was mich interessiert... und da brauche ich Einzelheiten... ist, wie Reynolds diese Szenarios gern durchspielte. Gab es eine Sache, die er besonders gern tat, irgendeine Technik oder ein physischer Akt? Gab es etwas, das ihm besonders wichtig war? War an diesen Episoden mit Louise ein Lieblingsobjekt beteiligt, ein ‹Lieblingsspiel›?»

Terry schluckte und nickte, um anzuzeigen, daß sie verstanden hatte, sprach aber nicht sofort. Sie betastete weiter das steinerne Ei; ihre schmalen Finger drehten es und strichen über die glatte, gerundete Oberfläche.

«Es war nicht immer dasselbe», sagte sie schließlich. «Nicht wie die übliche sadomasochistische Routine, wo ein ausgefeiltes Szenario für alles sorgt.» Sie sah Palma an. «Sie waren bei Louise zu Hause... Sie haben dort kein Kerkerzubehör und dergleichen gefunden. Ihnen lag nichts an Rollenspielen und Werkzeugen, und das unterschied sie von dem, was man... dabei normalerweise antrifft.»

Sie beugte sich vor, legte das blaue Ei auf den Couchtisch und ergriff ein beigefarbenes mit braunen Flecken. Palma sah, wie Mancera und Bessa Blicke tauschten.

«Sie waren auch insofern anders», fuhr Terry fort, «daß ihre Begegnungen nicht choreographiert waren. Sie taten nicht im mindesten so, als seien Louises Wünsche tatsächlich maßgebend. Es gab keine Sicherungsworte. Es war eine ganz direkte, harte Sache. Reynolds verletzte gern; Louise wollte verletzt werden. Er tat nichts Spezielles oder Besonderes, um ihren Neigungen zu entsprechen. Er tat, was *ihm* gefiel. Sie ließ ihm einfach seinen Willen. Im Grunde bewies sie ihm damit absolutes, blindes Vertrauen, daß er sie nicht töten oder verstümmeln würde. Es war so, als hätte sie ihren Kopf in den Rachen des einzigen Löwen im Käfig gesteckt, von dem sie wußte, daß er absolut unberechenbar ist. Es war russisches Roulett ... ungehemmter Sadomasochismus ohne vorhersehbaren Ausgang, so, wie sie es beide mochten.»

Sie bildete aus ihrem gekrümmten Zeigefinger und dem Daumen einen kleinen Kreis und schob das Ei langsam hinein und hindurch. Palma schaute kurz zu Mancera, die beobachtete, wie Terrys kleine Hände das Ei manipulierten. Als sie Bessa ansah, traf sie den Blick der geschmeidigen Jamaikanerin; ihre Augen, groß und langwimprig, sahen Palma sehr ernst an.

«Ich wüßte nicht, daß er irgendwelche überwältigenden Fetische hätte», sagte Terry. «Jedenfalls hat Louise mir von keinen erzählt. Meistens wußte sie, wann er kommen würde, obwohl sie nie genau wußte, was passieren würde. Er konnte physisch grausam sein, und später, nachdem er Dorothy besser kennengelernt hatte, benutzte er viel von dem, was er durch sie über Louise erfahren hatte, um auch psychisch grausam zu sein. Zum Beispiel brachte er diese Inzestsachen wieder auf und benutzte sie, um sie zu verletzen.»

«Ich dachte, Reynolds hätte Dorothy zuerst kennengelernt», unterbrach Palma.

«Nein, Gil kannte Dennis Ackley und einige von seinen miesen Kumpeln vorher. Wieso, weiß ich nicht. So lernte er Louise kennen, durch sie. Und durch Louise lernte er dann Dorothy kennen.»

Reynolds hatte Palma tatsächlich einen Haufen Lügen aufgetischt. Der Bastard hatte das gut gemacht, so gut, daß sie ihn als ernsthaft Verdächtigen zurückgestellt hatte. Sie erinnerte sich an die Maxime ihres Vaters: Ein Verbrechen ist nicht in jedem Fall mit dem Täter vereinbar. Das sollte heißen: Glaube nie, daß irgendeine Person «so etwas nicht tun könnte». «Ein guter Lügner», hatte er gesagt, «läßt dich das Beweismaterial ignorieren.» Palma hatte gedacht wie eine Anfängerin.

«Ich habe mich oft gewundert, warum Louise mir diese Geschichten erzählte», sagte Terry. «Manchmal schien es ihr so weh zu tun, sie mitzuteilen, aber sie wollte es. Wissen Sie, Louise hatte von allen Menschen, die ich je gekannt habe, das geringste Selbstwertgefühl. Sie bestrafte sich selbst. Ich bin sicher, daß es bei all ihren Maso-Trips darum ging, um Bestrafung, und das dehnte sie einfach aus, indem sie mir alles erzählte. Ich gewöhnte mich nie daran, verstand nie, wie sie zulassen konnte, daß er all diese Dinge mit ihr machte.»

Sie hielt das Ei in der Wölbung ihrer Hand und betrachtete es. Augenkontakt war nicht Terrys starke Seite. Meist vermied sie es, Palma direkt anzusehen.

«Von einem Besuch zum anderen wußte sie nicht, was sie zu erwarten hatte, und manchmal kombinierte er verschiedene Techniken, aber immer ließ er sie mittendrin zurück.»

Sie hielt inne und sah etwas überrascht aus.

«Vielleicht war das eine Art ‹Signatur› von ihm, etwas, was er immer tat, egal, was sie sonst noch machten. Er ließ sie immer hilflos, gedemütigt zurück. Er schien nicht genug davon bekommen zu können, sie zu erniedrigen, und immer verließ er sie in diesem Zustand. Ich erinnere mich nicht, daß sie irgendeinen bestimmten Gegenstand oder eine bestimmte Technik oder ein Szenario erwähnt hätte, die er bevorzugte. Ich weiß nur noch, daß diese Elemente immer wiederkamen. Sie sagte, er sei vollkommen unberechenbar und verschroben.»

«Von all den Geschichten, die Louise Ihnen erzählt hat», sagte Palma, «welche ist Ihnen da am deutlichsten in Erinnerung?»

Terry brauchte nur einen Augenblick nachzudenken.

«Da war eine Sache, die er bei zwei oder drei verschiedenen Anlässen tat», sagte sie. «Es gab einen bestimmten Platz, wo er auf der Straße vor ihrem Haus parken konnte, und wenn sie die Wohnzimmervorhänge genau an der richtigen Stelle zurückzog, konnte er durch eines der Wohnzimmerfenster das Kopfende ihres Bettes sehen. Es war nur ein schmaler Spalt, mit bloßem Auge fast nicht zu sehen. Aber Reynolds hatte das genau ausgetüftelt. Er kam vor dem Haus an und rief Louise aus seinem Wagen über sein Autotelefon an. Während er durch das Zielfernrohr eines Gewehrs schaute, ließ er Louise die Möbel und Vorhänge genauso herrichten, daß der Spalt sichtbar wurde.

Wenn alles bereit war, also wenn an der Wand markiert war, wie weit die Vorhänge zurückgezogen werden sollten, und wenn die Stelle auf dem Bett markiert war, wo Louise sitzen mußte, damit er sie sehen konnte, war er bereit. Er ging dann ins Haus und klebte Louises Augenlider mit durchsichtigen Klebestreifen fest, wissen Sie...» Terry hob die Hände und demonstrierte es mit ihren schmalen Fingern an ihren eigenen Augen, «... damit sie orientalisch aussah. Dann ging er wieder hinaus in den Wagen und saß da im Dunkeln und beobachtete sie durch das Zielfernrohr seines Gewehrs. Sie mußte auf diesem schmalen Streifen ihres Schlafzimmers, den er einsehen konnte, einen verführerischen Striptease aufführen. Wenn sie dann schließlich nackt war, mußte sie bestimmte Dinge tun, die er ihr aufgetragen hatte, also sexuelle Handlungen mit verschiedenen Gegenständen, zufälligen Sachen, nichts besonders Bizarres. Das Ganze endete damit, daß sie plötzlich einen mit roter Farbe gefüllten Ballon an ihrer Stirn ausdrückte. Reynolds beobachtete alles durch das Fadenkreuz seines Gewehrfernrohrs. Dann fuhr er weg, ohne auch nur noch einmal ins Haus zu gehen.»

Als sie innehielt, hielten alle im Raum den Atem an. Manceras und Bessas Augen starrten die kleine Blonde an, hypnotisiert von dem eindringlichen Bericht über eine unglaublich bizarre Beziehung. Louise Ackleys Bereitschaft, sich Reynolds' krankhaften Forderungen zu fügen, bewies, daß sie die abnormere der beiden Persönlichkeiten war. Ihr Selbsthaß mußte grenzenlos gewesen sein.

«Ich habe mir vorzustellen versucht, was bei diesen Begegnungen in ihrem Kopf vorgegangen sein muß», sagte Terry, als habe sie Palmas Gedanken gelesen. «Gewöhnlich redete sie erst spätnachts darüber, nachdem sie eine Menge getrunken hatte. Die Geschichten kamen nur nachts aus ihr heraus, wie Geister. Vermutlich machten sie ihr tagsüber keine solchen Probleme.»

Terry schien einen Augenblick über Louise nachzudenken, während sie ihre Hände betrachtete; dann verzog sie resigniert den Mund und sprach weiter.

«Dann war da noch eine verrückte Sache, die er machte, vielleicht die abartigste überhaupt», sagte Terry. «Sie hatte mit Louises Augen zu tun.»

Palmas Magen krampfte sich zusammen. «Augen?»

«Ja», sagte sie nickend. «Eigenartig. Einmal erschien er unangemeldet in ihrem Haus, gegen elf Uhr abends. Er hatte einen kompletten Satz Theaterschminke mitgebracht, wissen Sie, Gesichtsschminke, und sie mußte sich mit geschlossenen Augen hinsetzen, während er ihre Augenlider bemalte. Er brauchte lange dazu, sagte sie, und tat es mit pingeliger Sorgfalt. Als er fertig war, besprühte er ihre Augenlider mit einem ungiftigen Fixativ, damit die Farbe nicht verschmierte, wenn sie die Augen öffnete. Nachdem sie ihre Sache gemacht hatten, ging er sofort. Als sie schließlich ins Badezimmer ging, um sich zu waschen, sah sie in den Spiegel und schloß ein Auge, um nachzuschauen, was er gemalt hatte. Er hatte ein zweites Auge gemalt. Eines auf jedes Lid, das Weiße, die Iris, und zwar in der gleichen Farbe wie ihre Iris, die Pupille, alles. Sie sagte, die gemalten Augen seien ungeheuer genau und realistisch gewesen, und es hätte ausgesehen, als seien ihre Augen immer offen.»

«War das das einzige, woran Sie sich erinnern, das mit den Augen zu tun hatte?» fragte Palma.

Terry nickte. «Soweit ich mich erinnern kann, ja.»

«Denken Sie nach.»

Terry sah Palma an, weil sie merkte, daß es mit den Augen etwas auf sich hatte, was für die Ermittlungen wichtig war. «Das ist... wirklich alles, woran ich mich erinnern kann.»

«Wissen Sie noch, ob Louise gesagt hat, was genau sie bei dieser bestimmten Gelegenheit taten?»

Terry betrachtete das gefleckte Ei. «Ich bin nicht ganz sicher. Fesseln, glaube ich. Ich glaube, er fesselte sie und schlug sie.» Sie war verlegen, das sagen zu müssen. Sie schüttelte nachdenklich den Kopf. «Ich glaube, das war alles; er verprügelte sie nur.»

Sie schien nicht geneigt fortzufahren. Noch immer wich sie Palmas Blick aus, legte das gefleckte Ei auf den Couchtisch und nahm wieder ein anderes, ein hell türkisfarbenes mit rostartigen Flecken.

«Sie konnte mit dieser Inzestsache nicht leben, wissen Sie», sagte Terry, das Ei studierend. Sie sah Palma an. «Sie wissen von dem Inzest?»

Palma nickte.

«Sie sagte, an manchen Tagen könne sie es ausblenden, aber nie für lange. Dennis war immer da. Er behandelte sie wie seine Geliebte. Ich wüßte nicht, daß sie ihm je etwas verweigert hätte. Es war unglaublich. Sie war einfach ein geborenes Opfer.»

«Nein. Es gibt keine ‹geborenen› Opfer», fiel Bessa ihr plötzlich ins Wort. «Hör zu, Mädchen, was sie umgebracht hat, war diese Art zu denken. Alle diese Frauen, Ihre Opfer», sie wandte sich an Palma, «sind alle Opfer von sexuellem Mißbrauch als Kind. Dorothy. Sandra. Louise. Und auch Vickie, Mary, Gina, Virginia, Meg. Alle diese

Frauen, die sich mit Sadomasochismus abgeben, sind als Kinder sexuell mißbraucht worden. INZEST. Das ist das wirkliche Geheimnis dieser Frauen. INZEST.»

Wütend zog Bessa an ihrer Zigarette. «Ich weiß nicht, was dieser Verrückte davon weiß, falls er überhaupt etwas weiß, aber ich sage euch, es ist höchst seltsam, wie diese Frau... Kittrie... sie alle aufgespürt hat.»

Sie schüttelte den Kopf und schaute kurz zu Mancera hinüber.

«Darüber gab es gestern bei der Party eine große Diskussion; das war, bevor Sie kamen», sagte Mancera zu Palma. «Einige von uns glauben, daß das ein roter Faden ist bei diesen Morden, aber es gibt eine Menge Frauen, die von diesem Thema einfach überhaupt nichts hören wollen.»

«Warum?»

«Trotz aller Literatur über Inzest, die in der lesbischen Gemeinde kursiert», sagte Mancera, «ist das Thema für uns noch genauso ein Tabu wie für den Rest der Bevölkerung. Scham war noch nie en vogue.»

«Inwiefern halten Sie es für einen roten Faden?»

«Nur insofern, als es ein gemeinsamer Nenner ist. Das und der Sadomasochismus.»

«Wollen Sie damit sagen, daß zwischen den beiden ein Zusammenhang besteht?»

«Nein, nicht eigentlich, es ist bloß...»

«Doch!» unterbrach Bessa, sich an Mancera wendend. «Es *gibt* einen Zusammenhang, und keiner will darüber reden, weil er für die Frauen nicht immer schmeichelhaft ist. Politik!» Sie sprach jetzt zu Palma. «Wir sind so lange und so schreiend von Männern mißbraucht worden, daß wir in unserer Selbstgerechtigkeit als Opfer überheblich geworden sind. Vor allem die Militanteren unter uns, die Penis-ist-Teufel-Fraktion der lesbischen Gemeinde. Verdammt sollen sie sein. Diese Frauen haben keinen Sinn für Proportionen.»

Sie wandte sich an Mancera und Terry. «Wir denken nicht so, warum also lassen wir zu, daß diese Frauen uns zum Schweigen verdonnern?» Wieder zu Palma gewandt: «Tatsache ist, daß Schläge unter Lesbierinnen ein wachsendes Problem lesbischer Gemeinden im ganzen Land sind. Das stimmt. Frauen schlagen Frauen, Frauen schlagen ihre Geliebten in einer lesbischen Beziehung. Das kommt so oft vor, daß es ein allgemein anerkanntes Problem ist, aber es beschämt uns so, daß wir darüber geschwiegen haben. Das Wort bleibt uns im Hals stecken, wenn wir zugeben müssen, daß Frauen in dieser Hinsicht genauso sein können wie Männer.»

Bessa beugte sich vor und drückte ihre Zigarette in einem Aschenbecher auf dem Couchtisch aus.

«Ich werde euch etwas sagen», sagte sie, und ihre Stimme klang wieder ungeduldig. «In unseren Bemühungen, eine Art Gleichheit mit den Männern zu erreichen, haben wir die Gewichte ungleich verteilt. Die Wahrheit ist, daß wir nicht schlimmer sind als die Männer und auch nicht besser. Unser Sinn für Gerechtigkeit ist nicht ausgeprägter, unsere Fähigkeit zum Mitgefühl nicht größer, unsere spirituelle Vision nicht heiliger, und wir können dieselben Vorurteile haben wie Männer und genauso mitleidlos sein, genauso böse.»

Sie hielt inne und ließ den Blick auf Palma ruhen. «Und genauso gewalttätig.» Sie hielt zwei lange, goldene Finger einer Hand hoch. «Zwei Jahre lang habe ich bei der Kinderwohlfahrt in Washington gearbeitet. Ich habe gesehen, was für eine Hölle die Kindheit sein kann. Sicher, in den meisten Fällen von sexuellem Kindesmißbrauch sind Männer die Täter. Aber diese eine Tatsache ist nicht die ganze Wahrheit. Ich habe auch Mütter gesehen, die ihre Kinder wie Tiere behandelten, und ich habe gesehen, daß sie sie sexuell mißbrauchten, quälten, töteten. Häufiger, als ich für möglich gehalten hätte. Das hat meine Meinung über die ‹Heiligkeit› von Mutterschaft und über die ‹angeborene› Bereitschaft und Fähigkeit der Frau, zu trösten und zu nähren, geändert.»

Palma war nicht sicher, ob Bessa ihre Partei ergriff, aber sie sprach jetzt entschlossen, fast lehrhaft, und Palma spürte das Prickeln, mit dem eine neue Idee beginnt. Ihre Gedanken flogen hin und her zwischen ihrem langen Telefongespräch mit Grant und seinem Vortrag heute morgen, ihrer Unterhaltung mit «Claire» und ihrem letzten Gespräch mit ihrer Mutter, vom Inhalt der Ackley-Samenov-Ackley-Briefe zu Bernadine Mellos Todesszene, von Grants Bemerkung, daß es sehr gefährlich sei, sich bequem in seinen Gedanken einzurichten, zu seiner Idee, daß der Mörder die Frau tötet, die er erschafft, nicht die Frau, die er umbringt, zu der aphoristischen Bemerkung ihrer Mutter, Frauen seien vor allem Menschen. Die Stücke kamen schneller und schneller zusammen wie Funken, die einem unvermeidlichen elektrischen Kontakt vorhergehen, obwohl sie noch nicht genau wußte, warum oder zu welchem Zweck.

«Sexueller Mißbrauch von Kindern ist eine besondere Art von Grausamkeit», schloß Bessa; ihre Stimme wurde langsamer und weicher, und die Spuren ihres britischen Akzents machten ihre Worte prägnanter. «Man darf nicht übersehen, daß wir *alle* zur Grausamkeit fähig sind, und man darf nicht unterschätzen, wie schlimm diese Grausamkeit die Seele eines Kindes zerstören kann.»

Einen langen Augenblick wandte Bessa den Blick nicht von Palma, und Palma hatte das Gefühl, als habe die Jamaikanerin, ohne es zu wissen, gerade den letzten Funken versprüht, und als sei es nun an ihr, Palma, mit ihrem eigenen Willen und Verstand diesen elektrischen Impuls über die große Distanz bis zur Bildung einer Idee zu tragen.

Aber das konnte sie nicht sofort tun. Gleichzeitig war sie seltsam verwirrt von der Spannung, die sie bei Mancera und Terry spürte, obwohl sie sie in diesem Augenblick nicht sehen konnte; sie fühlte ihr Unbehagen aber so deutlich, als hätten sie sie berührt. Sie wußte nicht recht, wie sie die Befragung fortsetzen sollte, wollte Bessas prägnanten Monolog aber auch nicht untergehen lassen, ohne nachzuhaken. So griff Palma in ihre Tasche und nahm die drei Farbfotos von der auf dem Bett ausgestreckten Dorothy Samenov und der lauernden, maskierten Gestalt heraus, die vor der Kamera posierte. Sie hielt sie Mancera hin, die rechts neben ihr saß.

«Ich möchte, daß Sie sich die Fotos ansehen und mir sagen, ob Sie die maskierte Gestalt vielleicht kennen oder ob Sie wissen, wo und wann die Bilder aufgenommen wurden.» Sie gab sie Mancera in die Hand.

«Großer Gott», flüsterte Mancera, als sie das erste Bild sah. Sie schüttelte den Kopf und runzelte die Stirn, während sie die Bilder eingehend betrachtete.

«Nein», sagte sie mit betroffener Stimme. «Woher haben Sie die?»

«Wir fanden sie in einer Schublade in Dorothys Schlafzimmer.»

«Nichts ... nichts daran sagt mir irgend etwas. Es ... tut mir leid, wirklich.»

Bessas Reaktion war stoischer. Sie betrachtete die Bilder mit unbefangener, klinischer Sachlichkeit, schüttelte den Kopf und reichte sie weiter an Terry.

Terry war die Überraschung. «Ja», sagte sie, nachdem sie merkwürdig den Kopf schiefgehalten und das dritte Bild studiert hatte. «Das ist bei Mirel Farr. In ihrem ‹Kerker›.»

Palma starrte sie an. «Mirel Farr?»

«Stimmt. Sie ist eine professionelle Domina. Dennis Ackley kannte sie. Sie war irgendwann mal die Freundin eines seiner Freunde.»

«Wer war das?»

Terry legte den Kopf zurück und blinzelte nachdenklich. «Eh, Barber... Barbish. Ein gewisser Barbish.»

«Clyde», sagte Palma.

«Ja, richtig. Clyde Barbish.»

«Ging Dorothy sehr oft zu Mirel Farr?» Palma ließ sich ihre Erregung nicht anmerken.

«Nein.» Terry schüttelte den Kopf und betrachtete die Bilder. «Ich habe nicht gewußt, daß sie überhaupt da war. Dennis und Barbish und Reynolds gingen zu ihr, aber von Dorothy hatte ich das nicht gehört. Ich denke, das Thema ergab sich einfach nie.» Sie stand auf und gab Palma die Bilder zurück.

«Kannte Reynolds Barbish?» fragte Palma.

«Oh, ja. Reynolds trieb sich mit den beiden herum. Er ist genauso verkommen wie sie, nur kommt er von der anderen Seite der Stadt.»

Palma konnte ihr Glück nicht fassen. «Wissen Sie, wie ich Mirel Farr erreichen kann?»

«Nein», sagte Terry. «Aber wenn Sie Louises Sachen und ihr Adreßbuch haben, dann werden Sie sie unter dem Codenamen ‹Alyson› finden.» Sie buchstabierte den Namen für Palma, und Palma schrieb ihn sich auf. Als sie die Bilder und den Notizblock wieder in ihre Tasche gesteckt hatte, nahm sie zwei von ihren Visitenkarten heraus und legte sie auf den Couchtisch.

«Wenn eine von Ihnen hört, daß Bernadine Mello doch etwas mit irgendeiner der Frauen aus der Gruppe zu tun hatte», sagte sie, «dann würde ich das gern erfahren.» Sie sah Terry an. «Danke für Ihre Hilfe. Ich weiß sie zu schätzen. Vielleicht melde ich mich wieder bei einer von Ihnen.» Sie stand auf. «Und zögern Sie nicht, mich anzurufen, wenn irgend etwas auftaucht... jederzeit. Wenn es sein muß, hinterlassen Sie eine Nachricht auf dem Anrufbeantworter, entweder bei mir zu Hause oder im Büro.»

Nur Mancera stand auf und begleitete Palma zur Tür, trat mit ihr auf die Vortreppe und zog die Tür hinter sich zu.

«Hören Sie», sagte sie zögernd, «gestern abend... war ich vielleicht... ein bißchen zu vertraulich. Das passiert mir sonst nicht. Wahrscheinlich hatte ich etwas zuviel getrunken, bevor Sie kamen.»

Palma lächelte sie an. «Das ist schon in Ordnung», sagte sie. «Lassen wir's dabei bewenden.»

Mancera zog eine Augenbraue hoch und lächelte anerkennend. «Ich möchte Sie nicht abschrecken», sagte sie aufrichtig. «Ich wäre gern mit Ihnen befreundet, richtig befreundet.»

«Ich auch», sagte Palma.

Das kam genau im rechten Moment und linderte die besondere Spannung in Palma, die sie mehr als einmal Männern gegenüber empfunden hatte, doch noch nie bei einer Frau: das beiderseitige Einverständnis, daß eine Beziehung auf Freundschaft basierte und nicht auf Sexualität. Sie war jetzt überrascht, wie oft ihr das in ihrem Leben begegnet war und wie schwer es war, zu einer solchen Übereinstimmung zu gelangen.

Doch bald machte Manceras ehrliche Geste in Palmas Denken wieder der Erregung über diese Kettenreaktion von Ideen Platz, die Bessas Worte in ihrem Kopf ausgelöst hatten. Während sie in feinem, treibendem Sprühregen über den Gehweg eilte, versuchte sie, alles zu sortieren und sich eine Theorie zurechtzulegen. Sie wollte die Widersprüchlichkeit des Beweismaterials auflösen, die ihr bei den Ermittlungen immer größeres Unbehagen bereitete.

42

Als Palma wieder im Büro eintraf, waren Cushing und Boucher gerade von der Überprüfung weiterer Namen aus Samenovs Adreßbuch zurückgekommen. Jemand hatte Sandwiches geholt, und es kam zu einer improvisierten Einsatzbesprechung in Frischs Büro.

Palma hatte gerade ihren Bericht über ihr Interview mit Dr. Alison Shore und Terry beendet und sah sich unter den vereinzelten Detectives im Raum um. Grant hatte sich an seinem Schreibtisch umgedreht, um etwas zu hören, das Birley sagte. Sie alle hatten zu wenig geschlafen und wußten, daß das noch eine Weile so bleiben würde.

«...also ist Dr. Morgan Shore aus dem Schneider», sagte Birley gerade. «Er machte zum Zeitpunkt von Mosers und Samenovs Tod Visiten im Krankenhaus.»

«Reynolds dagegen sagt, er sei zu Samenovs Todeszeit allein zu Hause gewesen», sagte Frisch. «Und wie ist das mit Moser? Wo war er, als sie umgebracht wurde?»

«Danach habe ich ihn noch nicht gefragt», sagte Palma. «Mein Interview mit ihm war ja ganz am Anfang. Da waren wir noch nicht soweit.»

Frisch sah Grant an, der auf einem der gräßlich unbequemen metallenen Schreibtischstühle saß, die in der Abteilung allgegenwärtig zu sein schienen. Er hatte die Beine übereinandergeschlagen und hielt einen großen Umschlag aus Manilapapier auf dem Schoß. Er hatte den Vormittag damit zugebracht, sich die Videos und Fotos von den Tatorten anzusehen, Notizen zu machen und mit Hauser zu sprechen. Er hatte aufmerksam zugehört, was Palma über Terrys Aussage berichtete, wie Reynolds Louise Ackley behandelt hatte.

«Wie hat er sich verhalten», fragte Grant sie, «wie war sein Benehmen, als Sie mit ihm sprachen?»

«Selbstsicher», sagte sie. «Er gab sich direkt und unbedingt aufrichtig. Er hat bereitwillig eingeräumt, selbst daran schuld zu sein, daß seine Familie auseinanderfiel... eine Folge seines Verhältnisses mit Dorothy Samenov. Keine Ausflüchte. Sagte, er habe eine Weile gebraucht, bis er die Verantwortung dafür übernehmen konnte, alles zerstört zu haben. Er trug sogar noch seinen Ehering, als wäre das eine sentimentale Geste, eine alte Gewohnheit, die liebe Erinnerungen wachruft.»

Grant lächelte, als habe sie einen seiner alten Freunde mit verwegenem Ruf beschrieben. «Und Sie kommen sich ein bißchen dumm vor, weil Sie sich so haben einwickeln lassen?»

Palma war überrascht über den persönlichen Ton seiner Frage. «Na ja, schon. Ja, das tue ich.»

Grant grinste. «Wenn Sie nochmals auf einen dieser Typen stoßen, wird Ihnen das wieder passieren. Das ist ja so angsterregend an ihnen. Sie passen sich uns übrigen so blendend an. Sie können sich nicht vorwerfen, etwas nicht gesehen zu haben, was nicht da ist.» Grant zuckte die Achseln. «Und dann hörten Sie nach und nach widersprüchliche Geschichten über ihn.»

«Richtig.» Palma betrachtete ihn genauer, während sie sprach. «Zuerst von ‹Claire›.»

«Hat sie erwähnt, ob Reynolds mehr als einmal davon gesprochen hat, daß er Scharfschütze war?»

Palma schüttelte den Kopf. «Das hat sie nicht gesagt. Aber sie hat gesagt, ich sollte mit Mancera reden, wenn ich mehr über Reynolds' sadistische Seite erfahren wollte. Und dann brachte Mancera mich auf Terry.»

«Das ist ein Glücksfall», sagte Grant. Er betrachtete nachdenklich den Manila-Umschlag. «Reynolds hört sich gut an. Er hat die meisten der Profilmerkmale, nach denen wir suchen.»

Palma krümmte sich innerlich. Sie wünschte bei Gott, sie wäre früher darauf gekommen. Jedesmal, wenn Grant einen weiteren Schritt in Richtung Reynolds tat, wußte sie, daß ihr Vorschlag nur desto abwegiger klingen würde.

«Aber wenn er auch nur für einen dieser Morde ein solides Alibi hat, müssen wir ihn beiseite lassen, ganz gleich, wie gut er paßt. Bisher haben wir keinerlei greifbaren Beweis, um ihm auch nur einen der Fälle anzuhängen. Wir wissen bereits, daß er außerordentlich vorsichtig ist. Wenn er jetzt gewarnt wird, dann wird er jedes Beweisstück, das möglicherweise existiert, sofort beseitigen. Und wenn er aus irgendeinem Grund plötzlich aufhört zu töten, dann haben wir nichts in der Hand ... das ist schon vorgekommen.»

Grant sah Frisch an. «Ich denke, wir sollten ihn völlig darüber im unklaren lassen, daß er ein Hauptverdächtiger ist. Im Augenblick ist er ziemlich mit sich zufrieden. Keiner ist mehr zu ihm gekommen, und deshalb denkt er wahrscheinlich, daß er nicht im Vordergrund der Ermittlungen steht. Er glaubt sich in Sicherheit und hat großes Selbstvertrauen. Er genießt die Phantasie, spielt sie durch.»

Jetzt hob Grant warnend den Finger. «Aber seine Abkühlperioden werden kürzer, was bedeutet, daß seine Phantasie eskaliert, intensiver wird. Und je mehr er sich davon mitreißen läßt, desto größer werden die Chancen, daß er sorglos wird, vor allem, wenn er glaubt, daß man ihn nicht verdächtigt. Wenn wir ihn warnen, ist das wie ein Schlag ins Gesicht, der ihn wieder zu sich bringt. An diesem Punkt ist sein eigenes Selbstvertrauen sein schlimmster Feind. Falls wir mehr über ihn erfahren könnten, könnten wir das vielleicht ausnützen.»

«Wie wollen Sie also jetzt weiter verfahren?» fragte Frisch.

«Lassen Sie ihn ständig überwachen. Hören Sie seine Wohnung und seinen Wagen ab. Verschaffen Sie sich einen Durchsuchungsbefehl und untersuchen Sie seine Wohnung, wenn er nicht da ist. Als Grund können Sie seine ‹Trophäen› angeben, aber ich wäre überrascht, wenn wir wirklich etwas finden würden, das direkt mit den Morden zusammenhängt.» Grant nickte, ihre Gedanken vorwegnehmend. «Ja, ich weiß, was ich vorher gesagt habe, aber nachdem ich mir diese Tatortvideos angesehen habe, bekomme ich allmählich das Gefühl, daß wir es hier mit einer Ausnahme zu tun haben. Diese Gegenstände dürften sehr spezielle Trophäen sein. Er wird sie an einem besonderen Ort aufbewahren, sehr gut versteckt. Wenn er Frauen hat, die über Nacht bei ihm bleiben, wird er nicht wollen, daß sie zufällig auf seine Sachen stoßen. Die sind sakrosankt. Wenn es Zeit für seine Phantasien wird, holt er sie ehrfürchtig aus ihrem Versteck hervor. Und was die Abhörmaßnahmen betrifft, habe ich die Hoffnung, daß wir auf eine Verbindung zu Barbish stoßen.»

«Und was versprechen Sie sich wirklich von der Durchsuchung?» fragte Leeland.

Wieder nickte Grant. «Zweierlei. Erstens möchte ich detaillierte Fotos von allen Räumen, sämtlichen Möbelstücken, Büchern, Inhalten aller Schubladen, Schränken, alle Fotos, zu denen die Zeit reicht. Vielleicht haben wir Glück und finden die Trophäen. Das wäre gut. Aber er ist schlau, und wahrscheinlich finden wir nicht genug Beweismaterial, um ihn zu überführen, es sei denn, wir können seine Psyche beeinflussen und erreichen, daß er durchdreht. Männer wie er sind sehr kontrolliert, und es wird nicht leicht sein. Deshalb ist es für uns von Vorteil, unsere Hausaufgaben zu machen, bevor wir überhaupt etwas unternehmen. Er hat keinerlei Schuldgefühle bei dem, was er tut. Ich bezweifle, daß er überhaupt streßempfindlich ist; es wird also schwer sein, ihn psychologisch unter Druck zu setzen, bis wir mehr über ihn wissen.

Und zweitens will ich die ‹Duftmarke› dieses Burschen.»

Das war alles. Grant führte es nicht weiter aus, und niemand stellte Fragen dazu.

Leeland meldete sich.

«Carmen hat bereits bei der Sitte und beim Nachrichtendienst und bei allen Computerregistern nachgefragt», sagte er. «Ohne Erfolg. Ich werde noch die Berichte aus seiner Militärzeit anfordern und nachsehen, ob er wegen der Scharfschießerei in Vietnam irgendwelche Probleme mit seinen Vorgesetzten hatte.»

«Gut.» Grant nahm einen Stift und einen Schreibblock von einem der Schreibtische, schlug den Block auf und begann zu schreiben. «Wir sollten auch ein paar Hintergrundinformationen über Denise Reynolds Kaplan einholen. Besonders über den Kaplan-Teil ihres Lebens. Besorgen Sie sich die Vermißtenanzeige für sie. Stellen Sie fest, ob sie je sexuelle Beziehungen zu einem der Opfer hatte. Wir brauchen ein gutes Bild von ihr, um festzustellen, ob sie den Opfern gleicht, *nachdem* der Mörder sie zurechtgemacht hat. Versuchen Sie zu erfahren, welche Frauen aus Samenovs Gruppe ihre Geliebten waren, und stellen Sie fest, ob sie ihnen vielleicht etwas über ihre

Beziehung zu Reynolds erzählt hat. Alles, was Aufschluß über seine Persönlichkeit geben könnte.»

«Sollen wir versuchen, seinen Aufenthalt an den Mordabenden zu überprüfen?» fragte Birley.

Grant legte den Kopf schief und zog eine Grimasse, um die Schwierigkeit der Entscheidung anzudeuten. «Ich habe noch immer Angst, ihn zu warnen.» Er sah Frisch an, dann wieder Palma und Birley. «Im Augenblick würde ich das lieber noch aufschieben. Warten wir ab und schauen wir, was wir herausfinden.»

«Noch eins», sagte Garro. «Wir wissen, daß Moser und Samenov und Louise Ackley harte Sachen mit Reynolds gemacht haben. Von Mello wissen wir das nicht. Wir wissen nicht mal, ob Mello ihn kannte.»

«Ja, das stimmt», sagte Lew Marley. «Und ich denke, wenn es in der Gruppe noch andere Frauen gibt, die mit ihm zusammen waren, dann sind die am meisten gefährdet. Er wird auf sie zurückkommen.»

Grant machte sich auf seinem Block eine weitere Notiz.

«Da die Frauen alle miteinander darüber gesprochen haben», sagte er, «müßte es für Reynolds doch eigentlich so gut wie unmöglich sein, sich mit einer von ihnen zu verabreden, oder? Ich könnte mir vorstellen, daß sie ihn genauso verdächtigen wie wir. Möglicherweise hat er das Gefühl, daß sie ihn kaltgestellt haben, und das könnte vielleicht zu Frustrationen führen, an die ich noch nicht gedacht hatte.»

«Ich weiß nicht», warf Birley ein. «Ich kann nicht glauben, daß dieser Kerl keinen Zugang zu anderen Frauen hat. Sie wissen, daß er ihn hat, ganz bestimmt. Vielleicht durch Mirel Farr, vielleicht auch einfach so. Und vielleicht sollten wir auch mit einem Bild von Mello zu Farr gehen, um zu sehen, ob es da eine Verbindung gibt.»

«Ja, unbedingt», sagte Grant. «Ich frage mich, ob die Tatsache, daß alle diese Frauen als Kinder sexuell mißbraucht wurden, irgend etwas mit Reynolds' Denken zu tun hat. Konnte er davon wissen? Und was war mit Bernadine Mello, die vielleicht nicht zur Gruppe gehörte? Ich würde gern etwas über ihre Kindheit erfahren.»

«Dr. Broussard», sagte Palma.

Grant nickte, ohne sie anzusehen. «Ja», sagte er, «wir müssen mit ihm reden... heute nachmittag.»

«Ich würde gern etwas zur Diskussion stellen», sagte Palma.

Grant beendete seine Notiz und blickte auf. Aus dem Augenwinkel sah sie, wie Cushing, der seinen Colabecher gehoben hatte, auf halbem Wege innehielt. Alle anderen schauten mit milder Neugier in ihre Richtung. Sie tat ihr möglichstes, um nicht zögerlich zu wirken. Sie wollte nicht, daß jemand merkte, wie unsicher sie sich fühlte, obwohl sie nach dem Gespräch in Manceras Haus vor ein paar Stunden überzeugt war, recht zu haben Alles war bei dieser einen, hellsichtigen Sitzung zusammengekommen.

Sie sah Grant an. «Gestern abend auf dem Weg zu Samenov sagten Sie, Sie glaubten, wir hätten es hier mit einem Mörder mit besonderem Tick zu tun und nicht mit einer besonderen Art von Mörder. Ich denke, es handelt sich doch um eine besondere Art von Mörder ... zumindest um einen, der anders ist als die, die man gewöhnlich bei dieser Art Verbrechen antrifft.» Sie hielt inne, obwohl sie das nicht beabsichtigt hatte. Das hätte sie nicht tun sollen. Hastig fuhr sie fort: «Ich glaube, der Mörder ist eine Frau.»

Ein paar Sekunden lang sagte niemand etwas. Dann hörte sie Cushing sarkastisch zischen: «Scheiße!» Gordy Haws schnaubte. Grants Ausdruck veränderte sich nicht; er nickte ihr zu, sie solle fortfahren. Sie wünschte, sie hätte Birleys oder wenigstens Leelands Gesicht sehen können. Sie hoffte, sie hätte darin außer Verachtung oder Herablassung und dem ausdruckslosen Bemühen um zwischenmenschliche Diplomatie noch etwas anderes gesehen.

Aber Palma war bereit.

«Zunächst ist da der Zustand der Leiche», sagte sie. «Die Verwendung von Kosmetika, Badeöl, lackierte Finger- und Fußnägel, all das. Es sieht nicht ganz so bizarr aus, wenn man bedenkt, daß diese Dinge von Frauen benutzt werden. In gewisser Weise eine ‹natürliche› Verhaltensweise im Kontext ihrer psychischen Verfassung.

Dann die gefalteten Kleider des Opfers am Tatort. Nicht im militärischen Stil, sagten Sie, aber es paßt bestimmt zu jemandem, der zwanghaft ordentlich ist. Vielleicht jemand, dem ‹Aufräumen› zur zweiten Natur geworden ist. Eine Ehefrau, eine Mutter, jemand, der dazu erzogen worden ist, immer ordentlich zu sein, eine Eigenschaft, die durch die Umstände ihrer abnormen Psychologie verzerrt wurde. Das gilt für die allgemeine Ordnung des ganzen Tatorts und auch für das Waschen der Leiche.

Die Opfer treffen sich freiwillig mit dem Mörder. Keine der Frauen in Samenovs Gruppe und wohl auch sonst keine Frau hätte gezögert, sich mit einer anderen Frau zu treffen. Dazu ist kein Zwang nötig. Ein Risiko ist nicht erkennbar. Nicht einmal die Möglichkeit einer unterschwelligen Bedrohung, die angesichts der jüngsten Ereignisse als eine Art sechster Sinn sogar in Gesellschaft des nettesten Mannes auftauchen könnte.

Und dann sind da noch die Anomalien, auf die Sie hinwiesen», fuhr sie fort, noch immer an Grant gewandt. «Verhalten,das nicht den üblichen Merkmalen organisierter Mörder entspricht, das aber logisch erscheint, wenn man an einen weiblichen Täter denkt. Die Opfer sind *keine* zufällig ausgewählten Fremden. Frauen laufen anderen Frauen nicht nach. Die Mörderin ist eine der Frauen aus Samenovs ‹Gruppe›. Sie kennt alle Opfer – ein weiterer Grund, warum sie sich freiwillig mit ihr treffen. Die Leiche des Opfers wird *nicht* versteckt. Das ist nicht nötig. Die Morde erfolgen nicht an öffentlichen Schauplätzen wie einem Park, einem Seeufer oder einer einsamen Straße, wo Männer Frauen oft entführen und vergewaltigen. Eine Frau dagegen, vor allem eine Frau, die sich im Umfeld dieser ‹Gruppe› bewegt, würde ihre Opfer höchstwahrscheinlich in einem Schlafzimmer oder Hotelzimmer treffen. An einem intimen Ort. Die Leiche des Opfers wird *nicht* transportiert. Aus demselben Grund. Es ist nicht nötig. Außerdem werden die Leichen vielleicht auch deshalb nicht bewegt, weil das den meisten Frauen physisch unmöglich wäre. Die Mörderin umging dieses Hindernis, indem sie nicht ihre Muskeln, sondern ihr Gehirn anstrengte. Sie arrangierte die Morde an Orten, wo es nicht nötig war, die Leiche zu bewegen, um nicht entdeckt zu werden.

Das alte Märchen, daß Frauen zu zimperlich für diese Art von Gewalt sind und Gift oder angeheuerte Mörder bevorzugen, wird durch die Tatsache widerlegt, daß wir es hier mit einer Gruppe von Frauen zu tun haben, die sich für harten Sadomasochismus begeistern und daran gewöhnt sind, einander zu fesseln und gefesselt zu werden. Sie sind mit der Gewalt vertraut, in allen ihren Formen, und sind willens, ja begierig, daran teilzunehmen. Wir haben sogar Dr. Shores Zeugenaussage, daß Vickie Kittries sadomasochistische Aktivitäten so gewalttätig waren, daß sie tödlich hätten enden können, daß sie Walker Bristol beinahe umgebracht hätte.»

Jemand lachte wieder, wahrscheinlich Cushing oder Haws, die einzigen, die so unerzogen waren, daß sie ihre Meinung, sie sei auf dem völlig falschen Dampfer, durch Spott äußerten statt durch Schweigen. Aber Palma zögerte nicht einmal.

«Die Bißmale. Ich gebe zu, daß sie mich zuerst irreführten, weil ich gelernt hatte, sie bei Sexualverbrechen mit männlicher Aggression zu assoziieren. Ich war darauf trainiert, sie aus männlicher Perspektive zu sehen, weil ich von Männern erzogen und ausgebildet worden bin... und zwar von den besten, möchte ich sagen, John und meinen Vater inbegriffen. Doch dann kam mir der Gedanke, daß es vielleicht noch andere Möglichkeiten gibt, diese Bisse zu betrachten. Angesichts der Umstände dieser Morde und aus der Sicht einer Frau sieht es so aus, als könnten die Bißmale ebensogut von einer Frau stammen wie von einem Mann. Mir dämmerte dann, daß das genau zu einem der alten Klischees über streitende Frauen paßt, gewalttätige Frauen... tretende, kratzende... und beißende Frauen.

Das Fehlen von Sperma bei Spülungen und Abstrichen und auch an den Tatorten: Mir ist klar, daß bei Sexualmorden oft keine Samenspuren vorhanden sind. Aber ich biete einen anderen Grund dafür an, *warum* sie nicht vorhanden sind.

Die Zeitpunkte. Sie sagten, möglicherweise sei der Donnerstagabend der freie Abend eines Mannes. Dasselbe gilt für eine Frau. Clubabend. Freundinnenabend. Aerobic-Kurs. Moser war sogar in Trainingskleidung losgefahren, um diese Person zu treffen, war angeblich auf dem Weg zu ihrem Aerobic-Kurs.»

Palma hielt inne. Sie hatte Grant nicht aus den Augen gelassen.

«Keines der Beweismittel, die wir bislang gesammelt haben, schließt einen weiblichen Mörder aus. Tatsächlich gibt es *überhaupt* keinen Beweis, der auf einen männlichen Täter schließen läßt. Wir haben kein einziges Kopfhaar gefunden, das kurz genug war, um von einem Mann zu stammen. Von den Schamhaaren abgesehen, haben wir bisher nur lange blonde Kopfhaare gefunden.»

Sie verstummte, duckte sich innerlich und wartete auf das peinliche Schweigen, das folgen würde, während Grant sich überlegte, wie er antworten sollte. Aber Cushing, der auf Rache sann, leckte sich die Lippen und legte sofort los.

«Na ja, zum Teufel», sagte er und stellte grinsend seinen Stuhl, mit dem er auf zwei Beinen gewippt hatte, während sie sprach, wieder hin. Er sah sich im Raum um. «Ich denke, sie ist da auf etwas gestoßen. Aber ich habe selbst eine Theorie, die mir noch glaubwürdiger erscheint. Ich denke, es war ein impotenter Orang-Utan. Der Zoo ist donnerstags abends geschlossen. Und dann diese großen Zähne. Er ist eine besondere Art von...»

«Verdammt, halten Sie den Mund, Cushing», versetzte Frisch und brachte damit Cushing und ein beginnendes Kichern bei einigen zum Schweigen. Palma wandte keinen Blick von Grant, der auf den Umschlag in seinem Schoß niederschaute und sich neutral verhielt, während die Einheimischen ihre persönlichen Probleme abhandelten. Cushings überheblicher Spott störte sie nicht, aber die Art, wie Grant und die anderen ihre Idee aufnahmen, würde von entscheidender Bedeutung sein. Sie war neugierig, wie weit ihre männliche Kurzsichtigkeit ihre Reaktionen beeinflußte.

Grant schaute auf. «Was Sie aufgezeigt haben, ist richtig. Auf den ersten Blick.» Eine Beurteilung, die auf subtile Weise versuchte, Palmas Theorie auf eine schülerhafte Ebene zu stellen. Natürlich sprach mehr dafür als nur die Oberfläche. «Alles, was Sie gesagt haben, klingt hieb- und stichfest. Aber wie ich schon sagte, wir brauchen hier etwas mehr. Es ist wie bei den Juristen. Wir suchen nach Präzedenzfällen. Ich habe von Beginn des Programms an in der verhaltenswissenschaftlichen Abteilung von Quantico gearbeitet, und ich habe noch nie erlebt, daß eine Frau eine sexuell motivierte Mordtat begangen hätte.»

«Woher wissen Sie das?» Es gelang Palma nicht ganz, den herausfordernden Ton ihrer Stimme zu beherrschen.

Grant zog die Augenbrauen hoch, zuerst überrascht, dann, als wolle er ihr zu verstehen geben, wie sie es wagen könne, das Beweismaterial anzuzweifeln. «Ich sage Ihnen, wir haben das nie erlebt», sagte er.

«Haben Sie alle Fälle aufgeklärt, mit denen Sie zu tun hatten?» fragte sie. «Jedes Jahr haben wir im ganzen Land achtzehn- bis zwanzigtausend Morde. Jährlich etwa ein Viertel davon wird nicht aufgeklärt... viereinhalb- bis fünftausend Fälle. *Jedes* Jahr. Allein in den letzten zehn Jahren summiert sich das zu fast fünfzigtausend unaufgeklärten Morden. Ich weiß nicht, welchen Prozentsatz das ausmacht, aber aus den Statistiken des FBI selbst weiß ich, daß Sexualmorde zunehmen. Wollen Sie mir erzählen, Sie *wüßten*, daß keiner dieser Sexualmorde von einer Frau begangen wurde?»

«Nein», gab Grant zurück, «will ich nicht. Aber ich sage Ihnen, daß wir nie eine weibliche Sexualmörderin *gesehen* haben.»

«Und das bringt mich wieder auf meine ursprüngliche Frage: Woher wissen Sie das?» Palma hatte jetzt ihre Aufmerksamkeit, sie spürte das, obwohl sie den Blick nicht von Grant wandte. Sie sah Leeland, wahrscheinlich den von Natur aus analytischsten Geist unter ihnen, wie gebannt auf seinem Stuhl sitzen. «So, wie ich Sie verstehe, waren historisch gesehen alle Sexualmörder, mit denen Sie es zu tun hatten, Männer. Sie und Ihre Kollegen können sich zugute halten, daß Sie als erste den Serienmörder, den ‹Lustmörder›, den sexuell motivierten Mörder erkannt haben. Aber glauben Sie, daß Sie dieses Phänomen wirklich definitiv ausgeschöpft haben?»

Grant wartete. Seine tiefliegenden Augen betrachteten sie mit der kalten Leidenschaftslosigkeit eines Veteranen. Niemand rührte sich.

«Als wir Dorothy Samenovs Wohnung durchsuchten, haben Sie eine Bemerkung gemacht, die mir nicht aus dem Sinn geht», sagte Palma. «Sie sprachen von Annahmen, die die Leute über Männer und Frauen haben, mit denen sie jahrelang leben, ohne daß diese Vermutungen herausgefordert werden, und dann passiert plötzlich eines Tages etwas, das sie die Dinge in anderem Licht sehen läßt, und ein Mythos platzt. Sie sagten, es sei sehr gefährlich, es sich in seinen Vorurteilen bequem zu machen. Nun gut, versuchen Sie, Ihr Programm zur Profilanalyse einmal aus einem anderen Blickwinkel zu betrachten.»

Palma sprach schnell; sie wollte sich nicht unterbrechen lassen, sondern alles loswerden, bevor sie den Schwung verlor.

«Der verhaltenspsychologische Rahmen, den Sie zur Analyse von Sexualmorden errichtet haben, beruht auf den Daten, die Sie aus ausführlichen Tiefeninterviews mit dreißig sexuell motivierten Mördern über einen langen Zeitraum gesammelt haben. Und Sie haben diese Datenbasis im Laufe der Jahre durch Interviews mit anderen Mördern ergänzt. Lauter Männer. Also beruht das Verhaltensmodell, das zur Analyse aller Sexualmorde angewandt wird, auf der männlichen Psychologie. Alle Ihre Analytiker in Quantico sind Männer. Was passiert also, wenn Ihre Analytiker an einen Fall geraten, der wirklich nicht im Rahmen des Verhaltensmodells unterzubringen ist, das sie aufgestellt haben?»

Grants Augen verrieten unglaubliche Konzentration. Er hatte nicht einmal geblinzelt.

«Würden Ihre Analytiker ... oder Sie selbst ... nicht versuchen, dieses Verhalten als eine Abweichung *innerhalb* des Rahmens des Verhaltensmodells zu erklären, das Sie bereits für *männliche* Sexualmörder aufgestellt haben? Die von Präzedenzfällen ausgehende Annahme, daß nur Männer sexuell motivierte Morde begehen, ist den meist männlichen Detectives so in Fleisch und Blut übergegangen, daß sie vielleicht nicht verstehen, was sie an einem Tatort sehen, aber die einzige Verdachtsalternative, die ihnen zur Verfügung steht, automatisch ausschließen.

Würde es Ihnen, irgendeinem von Ihnen, jemals in den Sinn kommen», fragte sie und sah sich zum ersten Mal im Raum um, wo die

Männer sie jetzt praktisch mit offenem Mund anstarrten, «daß Sie etwas, was Sie an einem der Tatorte ungeklärter Verbrechen sehen, vielleicht deshalb nicht erklären konnten, weil es eine Folge *weiblichen* und nicht männlichen Verhaltens war? Ich bezweifle das.» Sie wandte sich wieder an Grant. «Tatsächlich haben Sie das gerade bewiesen: Sie sagen, Sie haben es hier nicht mit einer besonderen Art von Mörder zu tun, sondern nur mit dem üblichen männlichen Sexualmörder mit einer ‹speziellen Art von Tick›, den Sie noch nicht herausgefunden haben. Sie haben überhaupt nicht daran gedacht, daß Sie das, was Sie sehen, deshalb nicht verstehen, weil der Mörder denkt und handelt wie eine Frau und nicht wie ein Mann.»

43

Dr. Broussard hatte den Anruf auf der Linie erhalten, die nur seinen bevorzugten Patienten zugänglich war. Mary Lowe wollte ihn sprechen; ihre gestrige Sitzung hatte er abgesagt. Ihm fiel auf, daß sie beherrscht, ihre Zurückhaltung aber angespannt war. Daß sie ihn überhaupt anrief, unter welchen Umständen auch immer, war bemerkenswert. Daß sie es ausgerechnet am Tag nach einem abgesagten Termin tat, deutete auf eine Dringlichkeit hin, die sie nie offen eingestehen würde. Er erklärte sich bereit, sie zu sehen.

Er hörte, wie die Eingangstür zum Studio sich öffnete. Als sie ihn ansprach, schaute er noch immer aus dem Fenster.

«Danke», sagte sie, «daß ich kommen durfte.»

Er drehte sich um und sah sie in der Tür zu seinem Sprechzimmer stehen. Sie knöpfte ihren Regenmantel auf.

«Keine Ursache», sagte er und sah zu, wie sie den Mantel an einen Messinghaken an der Wand hängte.

«Ich möchte reden», sagte sie überflüssigerweise. Er nickte, und sie ging zur Couch, streifte ihre flachen Schuhe ab, schwang die Beine auf die Couch und legte sich zurück.

Broussard ließ sich in seinem Sessel nieder, der außerhalb ihres

Blickfeldes stand, und wartete einen Augenblick, bis ihr Atem wieder regelmäßig ging.

«Wie es weiterging, war merkwürdig», sagte sie nach einigen Minuten des Schweigens. Offensichtlich begann sie *in medias res,* und Broussard dachte an ihre letzte Begegnung am vergangenen Mittwoch – ihr Vater hatte sie zum ersten Mal sexuell berührt – am Swimmingpool – hatte sich unter Wasser an ihrem kindlichen Gesäß zum Orgasmus gebracht.

«Eine Zeitlang hielt ich danach Distanz zu ihm», sagte sie. «Ich konnte nicht anders. Selbst wenn er sich benahm, als ob nichts passiert wäre. Ich wußte, daß etwas passiert war. Aber er war nett, wirklich nett zu mir, und ich hatte nicht den geringsten Zweifel, daß er mich wirklich liebte. Was immer da im Pool passiert war ... na ja, das war vielleicht schlechtes Benehmen ... oder so etwas. Vielleicht auch nicht einmal das.

Beim nächsten Mal ... wir sahen gerade fern. Wir saßen aneinandergekuschelt auf dem Sofa, er und ich. Wir aßen Popcorn, und ich hatte meinen Bademantel an, aber darunter nur einen Slip, weil ich mich schon zum Zubettgehen fertiggemacht hatte. Das Popcorn war gebuttert und gesalzen; er hatte sich viel Mühe gegeben, es genau richtig zu machen. Ich lehnte mich an ihn. Dann kam ein Werbespot; eine Frau stand neben einem Kühlschrank und öffnete ihn, um uns etwas zu zeigen. Er hatte gerade etwas gebuttertes Popcorn gegessen. Seine Finger waren fettig, weil er sie noch nicht an seiner Serviette abgewischt hatte. Da griff er einfach nach unten und schob seine Finger unter den Rand meines Slips.»

Mary hielt inne; ihre schmalen, spitz zulaufenden Finger bewegten sich leicht auf ihrem blauen Kleid, als ginge sie im Geiste ganz zart eine Klavierübung durch.

«Ich war wie versteinert. Und ich erinnere mich, daß ich eine Art von Summen am ganzen Körper spürte, zuerst heiß und dann kalt. Ich wandte keinen Blick von der Dame mit dem Eisschrank, obwohl ich es schrecklich gern getan hätte. Ich rührte mich nicht. Ich war zu jung, um schon Schamhaare zu haben, und so bewegten sich seine fettigen Finger problemlos immer um meine Vagina herum. Ich dachte, ich würde ohnmächtig. Er machte weiter, immer energischer, und ich spürte, wie seine Hüften sich an mir rieben, wie im Pool. Endlich stieß er seinen Finger einmal rasch in meine Vagina, preßte seine Hüfte an meine Seite und blieb so. Ich kannte nicht ... alle Signale. Aber es war vorbei.»

Mary fuhr sich mit der Zunge über die Lippen, um sie zu befeuchten. Es schien ihr nicht zu gelingen, aber sie sprach weiter.

«Danach verhielt er sich eine Minute still. Dann zog er seine Hand aus meinem Slip, stand auf und ging ins Badezimmer. Ich wandte den Blick nicht vom Fernseher. Ich hörte nicht auf, Popcorn zu essen. Ich ignorierte die ganze Sache, so gut ich konnte. Ich dachte, wenn ich aufhören würde, Popcorn zu essen, müßte ich mich all diesen Dingen stellen. Nach einer Weile kam er zurück und setzte sich wieder aufs Sofa, aber ich war ein Stückchen weggerückt. Er machte keinen Versuch, sich mir wieder zu nähern, und wir sahen weiter fern, bis das Programm zu Ende und es Zeit war, zu Bett zu gehen.»

Broussard hatte Marys Gesicht beobachtet, und als sie innehielt, schaute er auf ihre Hand. Ihre Faust umklammerte den Stoff ihres Kleides und preßte ihn zusammen; der Rocksaum war seitlich bis zum Knie hochgezogen.

«Ich ging zu Bett und lag wartend wach, aber keiner von ihnen kam herein, um mir wenigstens einen Gutenachtkuß zu geben. Ich vermute, er hat sich geschämt. Als ich sicher war, daß sie beide schliefen, ging ich in mein Badezimmer und wusch mich zwischen den Beinen, rieb mit einem Waschlappen und Seife, bis ich fast wund war. Dann trocknete ich mich ab und parfümierte mich dort, um den Buttergeruch loszuwerden Danach ging ich wieder ins Bett. Lange lag ich da und starrte in die Dunkelheit, bevor ich mich langsam in den Schlaf weinte.»

Mary lockerte den Griff in ihr Kleid, und Broussard betrachtete wieder ihr Profil. Eine einzige Tränenspur zog einen etwas dunkleren Streifen über die Schläfe und verschwand dann im blonden Haaransatz.

«Ein oder zwei Monate später fing er an, in mein Schlafzimmer zu kommen», sagte sie und umklammerte wieder den Stoff ihres Kleides; der Saum war jetzt noch höher gezogen und gab das Knie und den Muskelansatz an ihrem langen, geraden Schenkel frei. «Zuerst kam er nur spät in der Nacht. Ich schlief gewöhnlich, und dann spürte ich, wie er die Decken anhob und sein nackter Körper neben mir ins Bett glitt. Er brachte mir bei, ihn zu masturbieren, während er mit meiner Vagina spielte. Er ging sehr sanft mit mir um. Er tat mir nicht weh. Er pflegte mit mir zu sprechen, sagte mir, wie sehr er mich liebe und daß er glaubte, ich liebe ihn auch. Er sagte, auf diese Weise könnten wir uns gegenseitig unsere Liebe zeigen. Er sagte, einander auf diese Weise Lust zu schenken, sei ein gegenseitiges Geben und

Nehmen, und darauf komme es bei der Liebe an. Natürlich nahm er immer an, daß ich es genoß; er fragte mich nie, ob ich es wirklich täte. Und ich hatte Angst, etwas anderes zu sagen. Ich weiß nicht, warum ich Angst hatte. Er bedrohte mich nie.

Ich hatte gelernt, mich von dem, was geschah, zu entfernen, indem ich an etwas anderes dachte. Ich dachte an Filmszenen, die ich gesehen hatte. *The Sound of Music.* Ich war elf, als der Film herauskam. Ich sah ihn fünfmal, und in vielen, vielen Nächten zog ich mich in die Unschuld dieses Films zurück. Julie Andrews verkörperte alle Süße, die ich mir bei einem Menschen vorstellen konnte. Sie war so *gut.* Und sie war vollkommen unbefleckt von der Art von Dingen, die in meinem Leben vor sich gingen.»

Sie schüttelte den Kopf. «Psychologische Beratung. Einmal, in der High School, hatte ich wohl eine Art Nervenzusammenbruch. Die Berater dort argwöhnten sexuellen Mißbrauch. Sie drängten mich, in eine Selbsthilfegruppe zu gehen, mit Leuten, die dasselbe durchgemacht hatten wie ich. Sie sagten, ich sei nicht allein. Wenn ich andere Leute ähnliche Geschichten erzählen hörte, würde ich wissen, daß ich nicht allein sei mit dem, was mit mir passiert war, sagten sie. Ich bräuchte diese Sache nicht allein zu tragen. Aber für mich war es nicht so.» Marys Stimme bekam einen rauhen Unterton. «Es war überhaupt keine Erleichterung für mich, als ich feststellte, daß es noch andere Kinder wie mich gab. Ich wollte diese Art ‹Trost› nicht.»

Sie hielt inne, als habe ein anderer Gedanke sie abgelenkt. Dann fuhr sie fort.

«Wir gingen zu Fellatio über. Ich wußte nicht . . ., wozu das unweigerlich führen würde. Ich dachte nur, wenn ich alles täte, was er wollte, würde er irgendwann zufrieden sein und mich in Ruhe lassen. Nach einer Weile penetrierte er mich. Die Tagträume . . . reichten jetzt nicht mehr. Nicht mehr, nachdem der Verkehr angefangen hatte. Zuerst war ich wieder . . . vollkommen bestürzt.» Sie hielt inne.

«Würde man gar nicht annehmen, nicht? Ich meine, ein Mädchen, das mit ihrem Vater Fellatio praktiziert hat . . . man sollte nicht annehmen, daß der Geschlechtsverkehr sie ‹überraschen› würde. Aber so war es. Ich wußte einfach nicht, daß diese . . . vorherigen Handlungen irgendwohin führten. Ein Kind . . . wissen Sie . . . ein Kind hat keine Ahnung, wie sich die Ereignisse bei dieser Sache entwickeln . . . Die Monströsität dessen, was er tut, wird einfach immer größer . . ., und die Angst und die Demütigung auch . . . und die schreckliche, schreckliche Traurigkeit.

In den nächsten paar Jahren kam etwas Neues dazu, eine neue Angst für mich. Ich fürchtete, er würde uns verlassen, wenn ich ihm nicht zu Willen war. Das wollte ich nicht auf dem Gewissen haben. Ich wollte nicht der Anlaß dafür sein, daß Mutter wieder in Lokalen bedienen, in billigen Apartmenthäusern wohnen und sich nachts in den Schlaf weinen mußte. Ich fing an, mich als den Klebstoff zu betrachten, der uns drei zusammenhielt. Ich fühlte mich verantwortlich für das Glück meiner Mutter und für uns drei als ‹Familie›. Wenn ich wollte, daß alles so blieb, mußte ich ihm geben, was er verlangte.

In gewisser Weise wurde ich so die Mutter. Ich war diejenige, die Geschlechtsverkehr mit ihm hatte. Ich war diejenige, die in der Küche mit ihm kochte und nach den Mahlzeiten mit ihm aufräumte. Ich war diejenige, die seine Zuneigung empfing. Aber nachts drehte ich das Gesicht zur Wand und betete, daß ich nicht hören würde, wie sich der Türknopf drehte, nicht das kleine ‹Klick› hören würde, mit dem sich die Tür öffnete. Jeden Abend ging ich mit einem Knoten im Magen schlafen und fürchtete, wenn ich aufwachte, würde er neben mir liegen und seinen nackten Körper an mich pressen.»

Sie hielt den Saum ihres Kleides jetzt mit beiden Händen, preßte, knetete und drückte den Stoff, scheinbar ohne zu merken, daß ihre Beine nackt auf der Couch lagen.

«Ich bekam Alpträume», sagte sie tonlos. «Es waren scheußliche, entsetzliche Episoden voller Bilder, die ich nicht verstand und an die ich mich nicht erinnern wollte. Mit meinem kindlichen Verstand dachte ich, ich würde für das bestraft, was er mit mir machte. *Ich* würde bestraft. Sie wissen ja, daß Kinder so denken: *Ich* wurde bestraft für das, was *er* mit mir tat. Ich wußte instinktiv, daß das, was wir taten, krankhaft war, und weil ich mich schmutzig fühlte, akzeptierte ich automatisch die Schuld. Aber es gab Augenblicke, in denen ich daran zweifelte... an meiner Schuld. So viel Schuld auf sich zu nehmen, ist eine schreckliche Last, und ich brauchte eine gewisse Linderung dieser Bürde. Also begann ich mich zu fragen, was passierte und warum. Wenn ich bestraft wurde, wer bestrafte mich dann? Gott? Da hörte ich auf, an Gott zu glauben.»

Sie hielt einen Augenblick inne. «Diese nächtlichen Alpträume wurden so schlimm, daß ich die ganze Nacht wach blieb, um ihnen zu entgehen. Ich fing an, in der Schule einzuschlafen; meine Noten verschlechterten sich. Die Träume waren nahezu unerträglich.»

Mary hatte die Hände geöffnet und die Finger weit gespreizt; sie drückte ihre Hände und den zerknitterten Saum ihres Kleides auf ihren Bauch. Ihre Beine waren jetzt völlig entblößt, und Broussard sah, daß sie nicht gerade ausgestreckt lagen, sondern mit leicht nach innen gedrehten Knien, die Oberschenkel abwehrend zusammengepreßt. Das war eine subtile, unbewußte Geste und äußerst vielsagend. Während er sie noch beobachtete, begann sie langsam die Spannung in ihren Beinen zu lockern, bis sie wieder gerade lagen. Dann fuhr sie fort.

«Wie auch immer, mit der Zeit fiel es mir immer schwerer, mit den Mädchen in meiner Schule umzugehen. Ich weiß nicht ..., ihr Leben kam mir so ... losgelöst, sogar trivial vor. Sie nahmen an allen möglichen außerschulischen Aktivitäten teil, die ich nicht mitmachen konnte, weil mein Vater wollte, daß ich nach der Schule sofort nach Hause kam. Er wollte, daß ich immer zu Hause war, und das bedeutete, daß ich mich immer weiter von meinen Freunden entfernte, immer distanzierter und isolierter wurde. Wissen Sie, ich glaube, daß er nicht wollte, daß ich außer ihm noch andere Interessen hatte. Ich meine, ich fühlte mich von ihm erstickt. Er war lieb ...»

Sie warf einen Seitenblick auf Broussard. Glücklicherweise sah er gerade aus dem Fenster.

«Das habe ich schon oft gesagt, nicht?»

«Was?» fragte er. Broussard fürchtete nie, so zu klingen, als habe er seinen Patienten nicht zugehört. Es machte sie nicht mißtrauisch, daß er manchmal zerstreut wirkte. Sie dachten, das habe etwas mit seiner Technik zu tun.

«Daß er lieb zu mir war.»

«Ja. Schon drei- oder viermal.»

«Na ja, das war er auch», sagte sie. «Aber er hatte mich ganz in seiner Gewalt, physisch, emotional, auf jede Art.»

Sie schwieg einen Augenblick.

«Ich fing an, ihn zu belügen. Nichts besonders Wichtiges, aber ich hörte einfach auf, ihm die Wahrheit zu sagen. Es spielte keine Rolle, was es war, ich log einfach, wann immer ich die Gelegenheit dazu hatte. Ich belog ihn über Speisen, die ich mochte oder nicht mochte. Ich belog ihn darüber, wo ich die Schere hingelegt hatte oder ob ich das Gartentor zugemacht hatte oder noch Eistee wollte oder es zu kalt oder zu warm fand. Ich fing an, auch meine Freunde in der Schule zu belügen, selbst wenn ich mich dabei sehr anstrengen mußte. Natürlich kam das häufig heraus, und auch das entfremdete mich den Leuten.»

Mary legte ihre rechte Hand flach auf ihren nackten Schenkel. Die andere Hand hielt noch immer den Saum ihres Kleides.

«Ich weiß, warum ich das tat. Das Lügen. Ich habe darüber nachgedacht. Es gab mir ein Gefühl von Kontrolle über mein eigenes Leben. Es war etwas, das ich nicht für jemand anderen tat, sondern nur für mich selbst. Es war ein Bereich, in dem ich nicht hilflos war. Und es war eine Möglichkeit, andere zu manipulieren; ich kam an einen Punkt, an dem ich lieber log, als die Wahrheit sagte.

Eine Zeitlang aber hatte ich es ziemlich schwer, als ich zwölf oder dreizehn war. Ich wurde introvertiert und einsam und hing dauernd Tagträumen nach. Tagträumen wurde meine Hauptbeschäftigung... vermutlich auch eine Art, etwas wie Kontrolle über meine eigene ‹Welt› auszuüben.

Eines Nachts, ich hatte mehrere Nächte hintereinander nicht geschlafen, um den Alpträumen zu entgehen, konnte ich nicht mehr widerstehen. Ich schlief ein, völlig erschöpft. Ich schlief zu tief, um aufzuwachen, als ich zur Toilette mußte, und machte das Bett naß. Irgendwann in der Nacht kam er und kroch zu mir unter die Decke. Er weckte mich auf, wütend und angewidert, und stürmte aus dem Zimmer. Selbst in meiner Schlaftrunkenheit wurde mir klar, was ich für eine Entdeckung gemacht hatte. Am nächsten Abend näßte ich sofort das Bett. Es funktionierte jede Nacht, fast zwei Wochen lang. Ich hungerte derartig nach Schlaf, daß ich mich an den Geruch und das Gefühl gewöhnte, ohne daß es mir etwas ausmachte. Nach der ersten Woche bekam ich allerdings einen schrecklichen, brennenden Ausschlag an Schenkeln und Hüften. Aber ich kümmerte mich nicht darum. Ich dachte, ich hätte die Lösung für alle meinen Qualen gefunden, meinen eigenen Urin.

Und dann kam er eines Nachts weinend und jammernd zu mir und fragte, wie ich ihm das antun könnte. Ob ich ihn nicht liebte, es nicht mit ihm schön haben wollte? Warum pinkelte ich ins Bett? Er ließ mich aufstehen und gab mir einen feuchten Waschlappen, den er mitgebracht hatte. Ich mußte mich waschen, während er zusah und mit mir schimpfte, weil ich mich ‹wie ein Tier› benommen hätte. In dieser Nacht machte er es auf dem Fußboden mit mir, und mein Kopf war dabei an meine Spielzeugkiste gedrückt. Er war absichtlich grob. Diese Art von Botschaft verstand ich inzwischen gut. In der folgenden Nacht kam er in ein trockenes Bett.»

44

Niemand unterbrach diesmal das Schweigen. Das einzige, was Palma in ihrem Kopf hörte, war der Klang ihrer eigenen Stimme. Sie sagte zu Sander Grant, das verhaltenspsychologische Modell, das die wissenschaftliche Abteilung des FBI zur Analyse von Gewaltverbrechen anwende, sei höchst unzulänglich.

Sie wußte nicht, wie lange sie so dagesessen hatten. Seine Augen fixierten sie noch immer. Dann hob er den linken Arm, schüttelte ihn etwas, um seine Armbanduhr freizulegen, schaute auf das Zifferblatt, dann wieder auf sie. Er senkte den Arm.

«Ich bin einfach nicht Ihrer Meinung», sagte er sachlich. Es war, als seien sie beide allein im Raum. Jetzt richtete er sich auf und drehte sich zu Frisch um.

«Ich möchte Dr. Broussard selbst befragen», sagte er. «Wenn Sie und Detective Palma einverstanden sind, möchte ich sie gern dabeihaben.» Er wandte sich ihr zu und hob fragend die Augenbrauen.

«Gern», sagte sie. Das war glatt, sehr glatt. So würde sie ihn nicht davonkommen lassen. «Aber warten Sie einen Moment. Ich möchte das nicht einfach so stehenlassen. Ich möchte etwas mehr zu meinem Vorschlag hören als bloß, daß Sie nicht meiner Meinung sind.»

«Schauen Sie», sagte Grant und drehte sich ganz zu ihr um; sein Ton vermied sorgfältig, die Grenze zur Herablassung zu überschreiten. «Wenn wir hier rein theoretisch reden würden, argumentieren um der Argumente willen, dann würde ich sagen, daß Ihre Perspektive dieselbe Gültigkeit hat wie alle anderen. Aber wir reden von Tatsachen. Und Tatsache ist: Die Wahrscheinlichkeit, daß der Mörder eine Frau ist, geht gegen Null. Ich weiß nicht, was ich Ihnen sagen soll. Es steht einfach nicht in den Karten.»

«Sie lassen nichts von dem gelten, was ich gesagt habe?»

«Doch, natürlich, theoretisch schon, wenn Sie die historischen Fakten bei dieser Art von Fällen ignorieren.»

«Die *bekannten* historischen Fakten», beharrte Palma.

«Gut, okay, die bekannten Fakten», räumte Grant ein. «Aber wie ich schon sagte, wenn Sie über die bekannten Fakten hinausgehen, dann spekulieren Sie, dann theoretisieren Sie.»

Palma sah ihn an.

«Sie halten sich nicht an das, was Sie zu Anfang gesagt haben», versetzte sie kühl. «Heute morgen haben Sie uns gesagt, diese Methoden, die Sie da anwenden, seien Kunst so gut wie Wissenschaft. Sie haben gesagt, es sei Ihnen egal, ob es eine wissenschaftliche oder künstlerische oder spirituelle Methode sei, solange sie nur funktioniere. Sie haben uns eingeschärft, wir sollten Ihre Methodologie nicht von vornherein verwerfen; sie versuchten uns sogar Schuldgefühle einzuflößen, als Sie sagten, wenn wir die Methoden ablehnten, müßten wir verdammt sicher sein, mit den Folgen leben zu können. Um zu wissen, ob eine Methode funktioniert, muß man sie anwenden. Ihr eine Chance geben. Gut. Was mich betrifft, müssen Sie auch praktizieren, was Sie predigen», sagte sie scharf.

Grant starrte sie kühl über seinen gekrümmten Nasenrücken hinweg an.

«Ich bin nicht der Leiter dieser Untersuchung», sagte er ruhig.

Das war die letzte männliche Waffe, das eine, irrationale Werkzeug, auf das sie alle zurückgriffen, wenn nichts anderes wirkte: Gleichmut. Es war eine Geste der Überlegenheit, die sie nur noch wütender machte.

«Ich bin hierher gekommen, um das zu tun, was *Sie* von mir verlangt haben», sagte er. «Ich habe Fachkenntnisse, die Sie zu benötigen glaubten. Haben Sie Ihre Meinung jetzt geändert?»

«Verdrehen Sie den Sachverhalt nicht», gab Palma rasch zurück. Sie würde nicht als erste das Rapier senken. «Schauen Sie, ich verlange nichts weiter von Ihnen, als daß Sie weibliche Verdächtige ebenso in Betracht ziehen wie männliche Verdächtige. Wir scheinen es mit einem Fall zu tun zu haben, in dem die Umstände darauf hindeuten, daß das keine unvernünftige Forderung ist.»

Grants Ausdruck war undurchdringlich. Sie wußte nicht, ob er gleich explodieren oder in Gelächter ausbrechen würde. Ihre Aggressivität schüchterte ihn nicht im mindesten ein. Er schien auch nicht zu fürchten, bei der Konfrontation mit ihr das Gesicht zu verlieren. Normalerweise merkte sie, wann sie so weit gegangen war, daß ein Mann glaubte, sein Ego könne Schaden nehmen. Aber Grant war nicht zu treffen. Nichts, was sie gesagt hatte, hatte seinen Ausdruck oder sein Verhalten verändert. Sie war ziemlich sicher, daß diese bemerkenswerte Selbstbeherrschung nicht gespielt war.

Dann begann er langsam zu nicken. «Okay», sagte er. «Das hat etwas für sich. Ich würde das gern mit Ihnen ausdiskutieren. Aber bis wir uns darüber klar sind, wie wir das verwenden wollen, was Sie vorgetragen haben ..., warum machen wir nicht einfach weiter und spielen das aus, was wir haben?»

Er wartete auf ihre Antwort. Er hatte recht. Was erwartete sie denn von den anderen? Daß sie alles stehen und liegen ließen und die Sache neu organisierten?

«In Ordnung», sagte sie.

Grant wandte sich nochmals an Frisch. «Einverstanden?»

Frisch nickte. «Gut.» Er sah sich um und schaute die anderen Detectives an, die während der von Palma begonnenen unterhaltsamen Diskussion keinen Mucks getan hatten. «Sonst noch etwas?»

Mit einer abschließenden Geste strichen Grants Finger über den Rand seines geschlossenen Umschlags.

«Okay», sagte Frisch, «dann wollen wir die Aufgaben verteilen.»

Palma verbrachte den frühen Nachmittag am Computer, um ihre Ergänzungen auf den neuesten Stand zu bringen und sich mit Leeland darüber zu beraten, ob irgendwelche Ergebnisse ihrer Befragungen eine Verbindung zu Informationen ergaben, die telefonisch hereingekommen waren. Die Frustration, ihre Zeit für Büroarbeit opfern zu müssen, machte sie reizbar, als würden die Ermittlungen in Vergessenheit geraten, solange sie nicht draußen unterwegs war.

Doch die Untersuchung stand durchaus nicht still. Childs und Garro waren zwar nach Hause gegangen, um ein paar Stunden zu schlafen, aber Cushing und Boucher hatten sich bereits aufgemacht, um die erste Schicht von Reynolds' Beschattung zu übernehmen. Haws und Marley waren zu Mellos Haus gefahren, um Bilder zu holen, zu denen Reynolds vielleicht Zugang gehabt hatte, und sie der Domina Mirel Farr vorzulegen. Sie wollten feststellen, ob Mello jemals bei ihr gewesen war, ob sie etwas über Mellos Kontakt mit hartem Sex wußte oder darüber, ob Reynolds sie kannte oder nicht. Sie wollten ihr auch Fragen über den Aufenthalt von Clyde Barbish stellen. Birley hatte sich mit der vermißten Denise Reynolds Kaplan befaßt, ihre Vermißtenakte durchgesehen und Frauen aus Samenovs Gruppe befragt, die sie kannten.

Es war zwanzig nach drei nachmittags, und Palmas Magen knurrte, als Grant endlich an der Tür des Büros der Sonderkommission erschien, wo sie mit Leeland gesprochen hatte. Er war allein; seine Krawatte war gelockert, und er trug sein Jackett über dem Arm.

«Können Sie für eine Weile unterbrechen?» fragte er. «Ich würde gern versuchen, Broussard zu erwischen.»

«Natürlich», sagte sie. «Ich hole nur meine Sachen.»

Grant folgte ihr in ihr Büro, wo sie ihre SIG aus dem Aktenschrank nahm, in die Handtasche steckte und diese über die Schulter hängte.

«Hören Sie», sagte sie, «es tut mir leid, aber ich muß etwas essen. Wir können kurz bei irgendeinem Imbiß halten.»

«Hört sich gut an», sagte er und zog sein Jackett an.

«Was ist mit Hauser? Möchte er auch etwas?»

Grant schüttelte mit schiefem Grinsen den Kopf. «Hauser ist auf dem Rückweg nach Quantico. Wurde abgerufen. Für ihn war das hier sowieso nur eine Art Ausflug, eine Chance, den ewigen Schulungskursen für eine Weile zu entkommen. Er war nicht allzu glücklich, so schnell wieder zurückzufliegen.»

«Haben Sie schon einmal mexikanisch gegessen, seit Sie hier sind?»

«Nein.»

«Gehen wir», sagte sie.

Die pinkfarbene Stuckfassade des Café Tropical verschwamm im grauen Nachmittagsdunst zu Pastellrosa, als Palma und Grant durch das üppige Laub des Vorhofes gingen. Sie wurden an einen Tisch in der Nähe der Fenster geführt, die auf den verregneten Garten hinausgingen. Sie empfahl ein paar Gerichte auf der Speisekarte und schlug zwei Flaschen Pacifico-Bier vor.

«Kommen Sie regelmäßig her?» fragte Grant, während er seinen ersten Schluck Bier trank.

«Eigentlich nicht. Ich esse meist in ‹bescheideneren› Lokalen, wie Birley sagt. Ich bin in einem der *barrios* im Osten der Stadt aufgewachsen. Da gibt es nicht soviel rosa Stuck und schön gekachelte Innenhöfe.»

«Haben Sie noch Familie hier?»

«Meine Mutter wohnt noch immer im *barrio.* Und Tanten und Onkel und Vettern und Kusinen, ziemlich viele sogar.»

«Das ist gut», sagte Grant.

«Und wie ist das bei Ihnen?»

Grant schüttelte den Kopf und trank noch einen Schluck Bier. «Meine Eltern sind tot, und Geschwister habe ich nicht. Meist bin ich nur mit den Zwillingen zusammen. Jetzt fangen die Mädchen natürlich an, andere Interessen zu entwickeln. Ich sehe es kommen . . ., sie werden heiraten, fortziehen –, und ich weiß, das ist der natürliche Lauf der Dinge. Aber es gefällt mir trotzdem nicht sonderlich.»

Wieder hätte ihn Palma gern nach der Chinesin gefragt. Sie sah ihn an, studierte sein Profil im grauen Frühlingslicht und versuchte, ihn sich bei der mysteriösen Affäre mit der exotischen Frau vorzustellen, von der Garrett gesprochen hatte. Für sie wirkte Grant nicht wie ein Mann, der eine solche Affäre hatte.

Der Kellner brachte ihre Bestellungen und zwei neue gekühlte Flaschen Bier. Als sie zu essen begannen, fing es wieder zu regnen an. Der Garten wurde von einem plötzlichen Wolkenbruch verdunkelt. Grant schaute ein paar Minuten hinaus, während er aß. Plötzlich sah er Palma an.

«Also», sagte er, «reden wir über Ihre Theorie.»

«Was wollen Sie wissen?» Es überraschte sie, daß er es geschafft hatte, so lange zu warten, bevor er das Thema aufbrachte.

«Wann hatten Sie zum ersten Mal diese Idee?»

Palma war plötzlich skeptisch. Die Frage war nicht das, was sie erwartet hatte. Was wollte er erreichen? Wollte er ihr die Befangenheit nehmen?

«Hatten Sie bohrendere Fragen erwartet?» Er hatte ihr die Reaktion vom Gesicht abgelesen. «Glauben Sie, daß ich eine bestimmte Einstellung zu Frauen habe?» fragte er.

«Ich weiß, daß ich vorhin ein bißchen zu sehr auf die Tube gedrückt habe», sagte sie. «Aber ganz ehrlich, ich habe das Gefühl, daß Sie in diesem Punkt Scheuklappen haben. Ich hoffe, es hörte sich nicht nach einem feministischen Argument an. Ich war ... bin ... wirklich nicht Ihrer Meinung.»

«Gut», sagte er. «Das akzeptiere ich. Aber meine Frage gerade war genauso ehrlich. Ich wollte einfach wissen, wann Ihnen die Idee kam, daß der Mörder eine Frau ist.»

«Ich würde gern behaupten, daß es eine plötzliche Inspiration war», sagte sie. «Aber so war es nicht. Es war einfach eine Ansammlung von Fakten und Gefühlen, die anders nicht unter einen Hut zu bringen waren.» Sie blickte auf. «Für mich jedenfalls. Da war die Entdeckung von Kindesmißbrauch bei den Frauen in dieser Sado-Maso-Gruppe. Da waren die ... erschütternden Briefe, die wir in Louise Ackleys Haus gefunden haben. Echte Horrorchroniken. Saulniers traurige Geschichte über Vickie Kittries Leben. Terrys Berichte, wie Louise Ackley danach hungerte, von Gil Reynolds gedemütigt zu werden. Bessa, die Gewalt und Männerhaß verneinte, die den Kindesmißbrauch anprangerte, die meinte, Frauen könnten genauso gewalttätig sein wie Männer.»

Sie schaute aus dem Fenster und war überrascht, daß der Regen aufgehört hatte.

«Und um aufrichtig zu sein ..., da war noch etwas, was meine Mutter vor ein paar Tagen erzählte ... eine ungewöhnliche Geschichte über zwei Frauen, die ich mein ganzes Leben lang gekannt hatte. Allerdings hatte ich sie nicht wirklich gekannt. Nachdem wir über sie geredet und ein paar Minuten still dagesessen hatten, machte sie die Bemerkung, daß Frauen ‹zuerst Menschen und erst an zweiter Stelle Frauen› sind.»

Sie sah Grant an. Halb rechnete sie damit, seine Augen in plötzlicher Erkenntnis aufleuchten zu sehen, aber er saß mit derselben nüchternen Leidenschaftslosigkeit da, die sie inzwischen schon an ihm kannte.

«Wie wär's mit Kaffee?» fragte sie, um ihre Enttäuschung zu verbergen.

Der Kellner brachte ihren Kaffee, stellte dazu ein kleines Sahnekännchen vor sie hin und räumte ihre Teller ab. Grant rührte beiläufig in seinem Kaffee und starrte in die Tasse.

«Ich glaube, es hat etwas mit Rache zu tun», sagte sie. «Es hat mit einem mißhandelten Kind zu tun und lebenslänglichem, erstickendem, leidenschaftlichem Haß, der sich immer mehr vertieft.»

«Eine der Frauen aus Samenovs Gruppe?» fragte Grant.

«Könnte ich mir denken.»

«Eine bestimmte Verdächtige haben Sie nicht?»

«Nun ja, Kittrie natürlich. Sie hat weiß Gott genug Gründe. Saulnier. Aber ich denke, Kittries ‹Fraktion› muß voll von Frauen sein, die einen Groll gegen Männer hegen.»

«Gegen Männer», sagte er und hielt einen Augenblick inne. «Vermutlich haben Sie auch eine Erklärung dafür, daß die Opfer Frauen sind?»

Sie nickte. «Die Antwort darauf liegt, glaube ich, in etwas, was Sie gesagt haben.»

Grant wirkte leicht überrascht.

«Sie sagten: ‹Der Mörder tötet die Frau, die er erschafft, nicht die Frau, die er umbringt.› Ich denke, daß Sie da die richtige Idee genannt haben, aber das falsche Geschlecht. Ich vermute, daß es etwas mit dem Rollenspiel zu tun hat, das ja auch in den Sado-Maso-Szenarios vorkommt. Saulnier hat gesagt, daß eine Frau, die eine Frau will, wirklich eine Frau will. Vielleicht hat unsere Mörderin, ein Mitglied von Kittries Gruppe, in der alle als Kinder mißbraucht wurden und zu Sado-Maso neigen, ein bevorzugtes Szenario mit einer Phantasie, in der ihr Partner ein ‹Mann› ist, der Mann, der sie mit Sex bekannt machte, als sie noch ein Kind war. Dieser frühe Mißbrauch ... ihre ‹Sexualerziehung›, unter der sie emotional lebenslänglich leidet ... wird in einem Sado-Maso-Szenario nachgespielt, bei dem das Opfer einen Mann spielt. Den Mann, der die Mörderin in ihrer Kindheit mißbraucht hat. Das Szenario wird, wie Sie schon sagten, bis zu dem Punkt durchgespielt, wo es vom ursprünglichen Plan abzuweichen beginnt. Dann läuft es schief, für das Opfer. Hinterher wird ‹er› gesäubert und wieder zu einer Frau gemacht. Vielleicht in dem Bemühen, das ungeschehen zu machen, was schiefgelaufen ist.»

«Was sie da tut», fuhr Palma fort, «ist eine Art Fürsorge. Sie kümmert sich um sie. Säubert sie, beseitigt alles Blut. Wäscht sie mit Badeöl. Kämmt ihr Haar, vielleicht auf die Art, an die sie sich erinnert, die ihr gefiel. Sie sprayt ihr die Frisur ein. Sie schminkt sie, sehr sorgfältig, sehr geschickt, will nichts falsch machen. Sie legt sie richtig hin. Zuerst dachte ich an eine Aufbahrungshaltung, aber da bin ich nicht mehr sicher. Ich habe so ein Gefühl, als sei es etwas ganz anderes. Das Kissen, ihr Haar auf dem Kissen. Das Parfum.» Palma schüttelte den Kopf. «Und dann legt sie sich neben sie. Sie redet mit ihr, berührt sie vielleicht in der Nähe ihrer Wunden, entschuldigt sich, erklärt sich ihr. Sie erwähnt ihr Leid, versucht, ihr klarzumachen, warum sie das tun mußte, was sie getan hat. Sie will wirklich, daß sie versteht. Sie weint. Hätte sie doch nur... oder hätte sie nicht... Ich weiß nicht. Etwas in der Art. Meiner Meinung nach muß es in diese Richtung gehen.»

«Aber warum gleicht das Make-up jedesmal derselben Frau?» fragte Grant. «Warum dieselbe Frau? Das muß doch eine Bedeutung haben.»

«Die hat es bestimmt», sagte Palma. «Aber darauf habe ich noch keine Antwort. Vielleicht ist es die ideale Frau. Die Mutter der Mörderin.» Sie zuckte die Achseln.

Grant begann, langsam den Kopf zu schütteln. «Ich weiß nicht. Wenn etwas auftaucht, das nicht in unser Verhaltensmodell paßt, dann kommen wir gewöhnlich nicht gleich zu dem Schluß, daß wir eine neue Spezies entdeckt haben. Wir denken vielmehr, daß wir etwas falsch gedeutet haben, es nicht so betrachtet haben, wie es richtig gewesen wäre.»

Palma nickte, sagte aber nichts. Sie trank ihren Kaffee und schaute hinaus in den Garten.

«Was ist mit Reynolds?» fragte Grant. «Wie sehen Sie ihn jetzt? Haben Sie Ihre Meinung geändert?»

Palma nickte. «Wissen Sie, wieso? Als mir zum ersten Mal diese Falten in Bernadine Mellos scharlachrotem Seidenlaken auffielen, wußte ich sofort, daß sie bedeutsam sind, überaus bedeutsam. Als ich dann wieder im Büro war und Gelegenheit hatte, die Tatortfotos aus dem Doubletree Hotel und aus Samenovs Wohnung noch einmal anzusehen, wußte ich, daß uns etwas entgangen war, was für den Mörder wichtig ist. Wichtig, weil es ein so winziges Detail ist, aber eines, an das er sich konsequent gehalten hat. Mit der Zeit wurde mir dann klar, was die Falten bedeuteten . . ., daß der Mörder, indem er sich neben sein Opfer legt, einen Akt des Mitleids, der Fürsorge vollzieht. In dem Moment fing ich an, meine Zweifel in bezug auf Reynolds zu haben.»

«Warum?»

«Weil ich nicht glaube, daß dieser Mann zu Mitleid fähig ist, nicht einmal auf eine kranke und verzerrte Weise. Er besteht nur aus Haß. Ich bin ganz sicher, daß Haws und Marley ihn schließlich mit Louise Ackleys und Lalo Montalvos Tod in Verbindung bringen werden. Aber hat er die Frauen getötet? Das glaube ich nicht. Die Morde haben etwas so Subtiles und Komplexes, und ich glaube nicht, daß Reynolds fähig wäre, sich das auszudenken.»

«Weil er nicht so komplex ist?» fragte Grant.

«Nein, weil er nicht so subtil ist.» Palma hielt inne, während sie sich erinnerte. «Heute morgen bei Mancera, als Terry mir erzählte, wie Reynolds es genoß, Louise Ackley zu erniedrigen, erwähnte sie, Louise habe ihr erzählt, daß Reynolds sie immer ‹mittendrin› verließ. Sie sagte, er habe sie jedesmal ‹hilflos› zurückgelassen, ganz gleich, was sie getan hatten. Hört sich das nach jemandem an, der seine Opfer wäscht? Der ihnen das Haar kämmt, sie parfümiert, sie mit Badeöl einreibt und sich dann neben sie legt für eine seltsame Flüsterszene zwischen Lebenden und Toten? Reynolds hat kein Zartgefühl. Er ist nicht zu der Empfindsamkeit fähig, die diese letzten Augenblicke mit der Leiche erfordern.»

Grant betrachtete sie vollkommen reglos.

Dann sagte er: «Sie sind wirklich eingestiegen in diese Sache, nicht?»

«Ja», sagte sie, «das bin ich.»

Zum ersten Mal, seit sie ihn kennengelernt hatte, sah sie einen Anflug von Unschlüssigkeit in seinem Ausdruck, aber ihr war nicht klar, was diese Unschlüssigkeit bedeutete. Als er antwortete, tat er das indirekt. Sie begriff trotzdem, daß sie zu ihm durchgedrungen war.

«Aber über Reynolds muß ich mir Gewißheit verschaffen. Wir müssen weitermachen und uns einen Durchsuchungsbefehl besorgen.»

«Ich habe die Papiere schon ausgefüllt», sagte Palma. «Frisch läßt sie im Augenblick zu Richter Arens bringen. Wir bekommen sie, wenn wir zurückkommen.»

«Gut», sagte er.

«Sie haben doch nicht angerufen und Broussard um einen Termin gebeten, oder?» fragte sie.

Grant schüttelte den Kopf.

«Gut», sagte sie.

45

Palma und Grant bogen in die Einfahrt zu Dr. Dominick Broussards Grundstück und gleich rechts in einen schmalen Fahrweg, der sie zu dem kleinen, durch Bäume von seinem Wohnhaus abgetrennten Praxisbungalow brachte. Der Fahrweg beschrieb vor der Praxis einen Bogen, und vor der Tür war ein schwarzer Mercedes 560 SL geparkt. Palma setzte ihren Wagen dahinter und stellte den Motor ab.

«Das sind ungefähr siebzigtausend an Lack und Metall», sagte Grant. «Gehört der ihm?»

«Nach unseren Unterlagen nicht», sagte Palma.

«Sieht er am Wochenende Patienten?»

«Die Sekretärin, die seine Termine macht, sagt nein.»

Grant schaute Palma an. «Ich habe gestern mit ihr gesprochen», erklärte Palma. «Für den Fall, daß ich mal einen Psychiater brauche. Diese Frau scheint eine Art weiblicher Freitag zu sein, kümmert sich um alles. Ich habe einfach mit ihr geplaudert und mich ganz allgemein erkundigt, wie Broussard arbeitet. Über die Preise wollte sie mir allerdings nichts sagen. Sie meinte, ich müßte einen Termin mit dem Doktor vereinbaren. Ich sagte, Dr. Broussard sei mir zwar empfohlen worden, aber ich hätte ein bißchen Hemmungen, ‹all das› mit einem Mann zu besprechen. Ob Dr. Broussard viele weibliche Patienten habe? Und sie antwortete, bis auf zwei seien all seine Patienten Frauen.»

Grant nickte.

«Woher wußten Sie, daß er hier sein würde und nicht in seinem Wohnhaus?» fragte er, nahm einen Stift aus der Tasche und notierte sich die Zulassungsnummer des Mercedes.

«Ich wußte das nicht. Ich wollte nur sehen, wo er seine Patienten empfängt.»

Grant drehte sich um und schaute nochmals durch das Autofenster auf die Praxis. Wie Broussards Wohnhaus war sie ein Ziegelbau in vage georgianischem Baustil. An den Wänden rankte üppig Efeu empor, und die steinernen Stufen, die zur Vordertür führten, waren mit Blättern übersät, die zwei Regentage von den Bäumen gerissen hatten. «Gut, schauen wir nach, ob er zu tun hat.»

Sie stiegen aus dem Wagen. Palma schob ihr Funkgerät in ihre Schultertasche und schloß das Auto ab. Neben dem Messingschild, das zwischen dem Efeu an der Ziegelmauer befestigt war und auf dem Broussards Name stand, gab es keine Klingel. Grant drückte also auf die verzierte Klinke aus Bronze und stieß die Tür auf. Im Warteraum gab es kein Licht bis auf eine Schwarzlichtlampe in einem großen Glaskasten mit Orchideen, der den größten Teil der gegenüberliegenden Wand einnahm. Ihr kaltes, unheimliches Licht wurde verstärkt durch das vergehende graue Nachmittagslicht, das durch zwei große Sprossenfenster fiel, die auf die geschwungene Einfahrt hinausgingen. Grant schaute durch die Tür, die zum Büro von Broussards Sekretärin führte. Der Raum sah eher wie das Büro eines Hausmeisters denn wie ein Empfangsraum aus. Offenbar wollte Broussard seinen Patienten das Gefühl geben, in eine häusliche statt in eine klinische Umgebung zu kommen.

Grant sah Palma an, zuckte die Achseln und trat an die Tür zum Sprechzimmer, während Palma zu der Tür ging, die in einen Gang führte. Sie blickte nach rechts und sah durch eine angelehnte Tür einen gut ausgestatteten Waschraum. Dann schaute sie nach links und entdeckte eine geschlossene Tür, unter der gedämpftes Licht zu sehen war, und dahinter eine Fenstertür zu einem Erker, wo ein Labrador schlief.

Genau in diesem Moment öffnete sich langsam die Tür. Palma zischte Grant etwas zu und klopfte laut an den Türrahmen im Gang. Sie trat zurück und zückte ihre Marke.

«Hallo, ist da jemand? Hallo?» Wieder schaute sie Grant an, dann trat sie vor und sah erneut nach links. «Hallo?» Sie erkannte vor dem blauen Licht der Fenstertür die Silhouette eines Mannes mit kräftigem Brustkorb, der eine Pistole in Schulterhöhe hielt. Sie wich zurück. «Polizei!» rief sie. «Lassen Sie die Waffe fallen! Polizei!» Sie streckte ihre Marke in den Gang. Sofort war Grant neben ihr, mit gezückter Pistole, sah sie stirnrunzelnd an und versuchte zu erkennen, was vor sich ging.

«Polizei!» sagte er nun auch und schaute zur Vordertür.

«Woher... woher soll ich wissen, daß Sie von der Polizei sind?» Broussards Stimme klang unsicher.

«Schauen Sie sich die Marke an!» rief Palma und schüttelte die Hand, in der die Marke baumelte. Ein Flurlicht wurde eingeschaltet. «Sergeant Carmen Palma, Houston Police Department!»

«Ja», rief Broussard. «Okay, ich sehe sie.»

«Legen Sie die Waffe hin», wiederholte Palma. «Sorgen Sie dafür, daß sie gesichert ist.»

«Schon gut», sagte Broussard. «Hier, da, jetzt liegt sie auf dem Boden.»

Grant trat in den Gang, seine FBI-Marke ausgestreckt. Palma folgte ihm. Broussard stand neben der offenen Tür seines Sprechzimmers. Er wirkte verlegen. Die Pistole lag vor ihm auf dem Boden.

«Herr im Himmel», sagte er, als sie sich ihm näherten. «Was in aller Welt machen Sie hier?»

«Wir sind nur vorbeigekommen, um mit Ihnen zu reden», sagte Palma. «Die Tür war unverschlossen. Dies ist doch eine Praxis, nicht?»

«Natürlich. Mein Gott, aber die Leute machen doch Termine aus.»

«Empfangen Sie unerwartete Besucher immer mit einer Pistole?» fragte Grant.

«Ich habe eine Sicherheitslampe in meinem Sprechzimmer», gab Broussard zurück. «Sie leuchtet auf, wenn die Vordertür geöffnet wird. Ich erwartete niemanden. Als das Licht anging und ich nichts hörte, niemand etwas sagte, dachte ich an einen Überfall. Normalerweise bin ich samstags nicht hier. Ich dachte, man wollte mich vielleicht ausrauben.»

«Tut mir leid, ich dachte, wir wären laut genug», sagte Palma ohne besonderen Nachdruck.

Broussard betrachtete skeptisch zuerst sie und dann Grant.

«Ich bin Special Agent Sander Grant, FBI», sagte er. «Wenn Sie Zeit haben, würden wir gern mit Ihnen reden.» Er nahm den Ladestreifen aus Broussards Automatik. «Haben Sie dafür eine Lizenz?»

«Natürlich. Verdammt, warum haben Sie nicht vorher angerufen?» Er war noch immer erregt und versuchte seinen Zorn zu beherrschen.

«Wir hatten ziemlich viel zu tun», sagte Palma. «Wir sind einfach nicht dazu gekommen.»

Grant gab Broussard seine Waffe zurück, behielt aber das Magazin. «Haben Sie einen Patienten im Sprechzimmer?» fragte er.

Broussards Gesicht veränderte sich, als sei die Frau ihm gerade wieder eingefallen. Er trat zurück und schloß leise die Tür. «Ja, in der Tat.» Er sah Palma an, dann Grant. «Worüber wollen Sie mit mir reden?»

«Bernadine Mello», sagte Grant.

«Oh, mein Gott.» Broussard war plötzlich wieder ganz fassungslos. Er sah Palma an. «Mein Gott. Die arme ... Hören Sie.» Er wandte sich an Grant. «Können Sie mir noch drei oder vier Minuten Zeit lassen? Können Sie im vorderen Zimmer warten?»

Sie schalteten das Licht im Wartezimmer ein. Es dauerte sieben Minuten, bis sie hörten, daß die Vordertür geöffnet wurde. Sie sahen eine in einen Regenmantel gehüllte Frau, die rasch seitlich um den Bungalow herum zu dem Mercedes ging. Palma trat ans Fenster, konnte aber im dämmrigen Licht das Gesicht der Frau nicht erkennen, die den Wagen aufsperrte, einstieg und auf dem Aschenweg davonfuhr. In diesem Augenblick erschien Dr. Dominick Broussard in der Tür.

Sie saßen in seinem Büro, das leicht nach Parfum duftete, Broussard hinter seinem Schreibtisch, Grant und Palma in Ledersesseln, die davor standen. Broussard, jetzt ruhiger, räumte ein, am Vortag in den Mittagsnachrichten von Bernadine Mellos Tod gehört und in der Morgenzeitung davon gelesen zu haben. Er kontrollierte sein Verhalten und seinen Gesichtsausdruck, aber seine Stimme hatte er nicht ganz in der Gewalt. Obwohl er sich wiederholt räusperte, blieb sie belegt und brüchig. Er sagte ihnen, Bernadine sei mehr als fünf Jahre lang seine Patientin gewesen; er habe sie wegen chronischer Depression und einer Reihe anderer Dinge behandelt, darunter auch Alkoholmißbrauch.

«Haben Sie ein bestimmtes Spezialgebiet?» fragte Palma.

«Eigentlich nicht», sagte Broussard und räusperte sich wieder. «Ich meine, ich nehme nicht nur Patienten mit bestimmten Störungen an, aber im Laufe der Jahre haben sich die Dinge so entwickelt, daß meine Patienten im wesentlichen Frauen sind.»

«Welche Therapie verwenden Sie bei Ihren Patienten?» fragte Palma. «Gibt es nicht eine ganze Reihe verschiedener Psychotherapien?»

Broussard dachte einen Augenblick nach, ehe er antwortete, und das erschien Palma eigenartig.

«Eigentlich bin ich ein psychodynamisch ausgerichteter Psychotherapeut», sagte er dann. «Mein therapeutischer Ansatz bei psychologischen Fehlfunktionen basiert auf der psychoanalytischen Psychotherapie, nicht auf einer der neueren ... und populäreren Therapiearten, die es jetzt gibt. Er schreibt neurotische, emotionale und zwischenmenschliche Funktionsstörungen unbewußten inneren Konflikten zu ..., die gewöhnlich in der Kindheit entstanden sind. Leider ist die Psychoanalyse im strengen Sinn aus der Mode gekommen. Die neueren Trends gehen in Richtung kurzfristigerer psychodynamischer Therapien, die sich eher auf ein einzelnes Problem richten als auf die Erforschung der Gesamtpersönlichkeit.»

«Aber haben Sie nicht trotzdem noch Patienten, die die langfristige Therapie vorziehen?» fragte Palma.

«Ja, die habe ich. Einige. Bernadine Mello war eine davon. Und es gibt noch andere.»

«Wenn Sie die Zeitungsartikel über Mrs. Mellos Tod gelesen haben», sagte Palma, «dann wissen Sie ja, daß die Polizei annimmt, sie sei von jemandem getötet worden, der noch mehrere andere Frauen umgebracht hat.»

Broussards Miene wurde ernster, sein ohnehin bräunlicher Teint noch dunkler. An die Stelle des etwas sardonischen Lächelns trat etwas, das Palma eher als Abscheu deutete denn als Mitleid.

«Ich will gleich zur Sache kommen», sagte Palma. «Wir glauben, daß Sie uns dabei helfen können, etwas Einsicht in die Psyche dieses Mörders zu gewinnen.»

Broussards Ausdruck wurde sofort spröde wie der eines Menschen, den man überrumpelt hat und der glaubt, er könne seine Überraschung verbergen, indem er keine Miene verzieht.

Palma griff in ihre Tasche, nahm ein kleines Notizbuch heraus, schlug es auf und schaute einen Moment hinein.

«Bernadine Mello war seit 1983 Ihre Patientin?» Sie schaute von ihren Notizen auf.

Broussard nickte; seine Augen waren vielleicht etwas größer als sonst. «Ihre Unterlagen darüber», brachte er hervor, «sind wahrscheinlich korrekt. Ich müßte das in meinen Papieren nachsehen.» Er ließ sie merken, daß er erriet, woher sie ihre Information hatten.

«Und Sandra Moser war von Mai bis September 1985 Ihre Patientin?»

Broussard antwortete jetzt langsamer. «Da müßte ich nachsehen. Und was Samenov angeht, auch.»

Palma spürte, wie sie errötete. Ihr Magen fühlte sich hohl an. Samenov auch? Sie schaffte es, Grant nicht anzusehen, aber sie spürte oder glaubte zu spüren, wie sein Verstand sich auf diese verblüffende Information stürzte, die ihnen Broussard so unerwartet freiwillig gegeben hatte.

Sie blickte in ihr Notizbuch. «Die Daten über sie habe ich nicht», sagte sie. «Würde es Ihnen sehr viel Umstände machen, Sie mir herauszusuchen?»

Broussard schüttelte den Kopf und drehte seinen Stuhl so, daß er einem antiken Eichentisch zugewandt war, der vor den Fenstern stand. Er schaltete einen Computerterminal ein, tippte auf der Tastatur etwas ein, wartete, tippte wieder; der Schirm wurde dunkel, dann wieder hell, er tippte noch etwas ein, saß einen Augenblick still und sagte dann: «Die erste Sitzung mit Dorothy Ann Samenov erfolgte am 14. Februar 1984, die letzte am 12. Dezember 1984.» Er schaltete den Monitor nicht aus, als er sich ihnen wieder zuwandte.

Palma studierte eine Zeitlang ihr Notizbuch, wobei Broussard sie beobachtete. Dann fragte sie: «Wann fiel Ihnen zum ersten Mal auf, daß alle drei Opfer Ihre Patientinnen gewesen waren?»

«Heute morgen.»

«Haben Sie Sandra Mosers Namen in den Nachrichten nicht realisiert, als sie umgebracht wurde?»

«Doch, natürlich, aber das war ja nur *ein* Mord. Ich fand es außergewöhnlich, daß eine meiner Patientinnen getötet worden war. Das habe ich noch nie erlebt. Ich hatte Selbstmorde, aber keine Morde. Also wunderte ich mich, verfolgte den Fall, aber das war alles. Von Dorothy Samenov wußte ich nichts, bis ich den Artikel in der heutigen Morgenzeitung sah. Da standen die Namen aller drei Frauen. Da wurde es mir klar.»

Palma wußte, daß Grant bekannt war, daß der Mord an Samenov bis auf eine kleine Meldung im Polizeibericht aus den Medien herausgehalten worden war.

«Sicher haben Sie mich schon erwartet», sagte Palma. Broussard begann zu nicken, und sie fuhr fort. «Es würde uns helfen, wenn wir wüßten, was Sie über diese drei Frauen dachten. Hatten sie Ihrer Meinung nach irgendeine Neigung, durch die sie besonders gefährdet waren, auf diese Art zu Opfern zu werden? Sehen Sie da einen roten Faden?»

Broussard stützte die Unterarme auf seinen Schreibtisch, verschränkte die Finger und studierte seine Fingernägel. Seine Arme ruhten auf einer leeren Stelle in der Mitte der Tischplatte, die zu beiden Seiten vollgestellt war mit Figurinen verschiedener Größe; einige waren anscheinend antike Artefakte aus Lehm, Bronze, Marmor oder Gußeisen, andere aus verschiedenen Steinarten in tiefem Burgunderrot oder Schwarz, aus Kobalt oder Jade. Alle Figurinen stellten Frauen dar.

Broussard blickte auf, bereitete sich auf eine Antwort vor und sah, daß Palma seine Sammlung betrachtete. Er streckte die Hand aus und berührte eine der Figuren. Die Kollektion war eine bunte Mischung von Farben, Texturen, Materialien – weibliche Archetypen von anmutig bis vulgär, stolz bis bescheiden, glückselig bis satanisch.

«Ich sammle sie seit meiner Collegezeit», sagte er mit schiefem Lächeln. «Die Frauen eines ganzen Lebens.» Seine dunkle Stirn zog sich in Falten, als er zu Palma aufsah. «Zweierlei», sagte er dann abrupt. «Mir ist klar, daß ich hier so etwas wie ein gemeinsamer Nenner bin, und aufgrund meiner Verbindung zu diesen Frauen befinde ich mich in einer kompromittierenden Situation. Ich werde meinen Kalender überprüfen, aber ich bin vielleicht nicht in der Lage, Ihnen für alle Abende ein Alibi vorzulegen ..., wenn ich überhaupt eines habe. Außerdem ... vermute ich, daß Bernadines Mann Ihnen inzwischen gesagt haben dürfte, daß meine Beziehung zu ihr ... über die zwischen Arzt und Patientin hinausging. Ich weiß, das würde meine Karriere gefährden, falls Sie es als Verstoß gegen das Standesethos anprangern wollen.»

Broussard lehnte sich in seinem Sessel zurück und schaute sie nacheinander an, ohne ihren Blicken auszuweichen. Er schüttelte den Kopf.

«Aber so war es nicht. Ich will nicht sagen, ich hätte sie geliebt. Es war zu kompliziert. Ich weiß nicht, wie ich das nennen soll, aber es war ... dauerhaft. Über fünf Jahre und drei Ehen. Ich nahm Honorar, ja. Eine Zeitlang tat ich das nicht, eineinhalb Jahre lang. Aber ich sah sie weiterhin dreimal in der Woche, und sie setzte ihre Analyse fort. Eines Tages fing sie dann an, mich wieder zu bezahlen, weil sie sagte, ich verdiene es, ungeachtet unserer Beziehung.» Er lächelte traurig und schaute zu Palma auf. «Und sie hatte recht, ich verdiente es. Wie auch immer, Bernadine hatte eine ungezwungene Einstellung, sowohl zu Sex als auch zu Geld, und das war vermutlich ganz gut so. Sie hatte von beidem einen großen Vorrat.»

Broussard hielt inne, um ihre Reaktion zu hören.

«Wir interessieren uns für die Morde», sagte Grant, womit er zu verstehen gab, daß sie sich im Augenblick nicht für die Feinheiten von Broussards Berufsethos interessierten. Broussard nickte langsam; vielleicht schätzte er ab, wieweit Grants Antwort seine Rolle berührte und was er sagen sollte.

«Ich kann Ihnen außer meiner Person noch einige andere gemeinsame Nenner aufzählen», sagte er. «Aber bitte, vergessen Sie nicht, daß Frauen, die psychiatrischen Rat suchen, zwar möglicherweise große Ähnlichkeiten in der Symptomatik aufweisen, daß ihre Geschichten aber höchst unterschiedlich sein können. Für individuelle Verschrobenheiten gibt es keine Erklärung. Vor allem sollte man sich davor hüten, von allgemeinen Merkmalen aus Schlüsse zu ziehen.»

46

«Alle drei Frauen hatten verschiedene auf Angst basierende Störungen... Panikanfälle, Phobien, Zwangssymptome. Sie litten an Stimmungsschwankungen... Traurigkeit, Mutlosigkeit, Pessimismus, Hoffnungslosigkeit. Sie waren als Kinder sexuell mißbraucht worden. Sie waren bisexuell.» Broussard hielt inne. «Was diesen letzten Punkt betrifft, habe ich... eh, von Bernadines Bisexualität erst vor kurzem erfahren. Und sie war latent. Einmal war sie im College von einer Zimmergenossin verführt worden. Wie sie sagte, und ich habe keinen Grund, ihr nicht zu glauben, passierte so etwas erst vor kurzem wieder, als sie an einer Tankstelle eine Frau kennenlernte. Die Frau näherte sich ihr, ohne sich vorzustellen, und nahm später Kontakt mit ihr auf. Sie trafen sich und begannen ein Verhältnis. Eine ziemlich ernsthafte Sache, glaube ich.»

«Wie lange ist das her?» fragte Palma.

«Vielleicht drei oder vier Wochen.»

«Können Sie mir Genaueres sagen?»

«Ich kann in meinen Notizen nachsehen, wenn Sie möchten.»

«Vielleicht könnten Sie das später tun», sagte Palma. «Was ist mit den beiden anderen Frauen?»

«Samenov war seit ihren Universitätsjahren bisexuell. Moser hatte ihre erste Erfahrung nach dem College, als junge Karrierefrau, und hatte auch in ihrer Ehe sporadische Affären.»

«War an ihrer Sexualität sonst noch etwas ungewöhnlich, außer, daß sie bisexuell waren?»

«Bernadines Enthusiasmus war bemerkenswert. Ich glaube nicht, daß sie im klinischen Sinn eine Nymphomanin war, aber sie war süchtig nach Sex. Sie glaubte, das sei die einzige Art, wie Menschen sich ihre Liebe zeigten. Liebe ohne Erotik war ein Begriff, den sie nicht verstand.

Dorothy Samenov war wahrscheinlich in sexueller Hinsicht die verwirrteste der drei Frauen. Sie hatte fast eine multiple Persönlichkeit entwickelt. Reif, aggressiv, selbstbestimmt und diszipliniert in ihrem beruflichen, öffentlichen Leben. In ihrem persönlichen Leben... ihrem Sexualleben, um das es hier geht... war sie schwach, regressiv, unreif, leicht zu manipulieren. Sie war vollkommen unvernünftig und konnte keine reife Entscheidung treffen. In ihren Beziehungen zu anderen Leuten war sie ein professionelles Opfer... beider Geschlechter.»

«War das der Grund, warum sie Sie konsultierte?» fragte Palma.

«Sie hatte nächtliche Angstanfälle, die sie entsetzlich viel Schlaf kosteten. Letztendlich waren sie auf ihre verdrängte Angst wegen des sexuellen Mißbrauchs als Kind und ihre Unfähigkeit zurückzuführen, damit fertig zu werden. Wir haben das durchgearbeitet. Bei Frauen ihres Alters sehe ich solche Dinge recht häufig. Sexueller Mißbrauch in der Kindheit ist wesentlich verbreiteter, als die Gesellschaft zugeben will», sagte Broussard, an Palma gewandt. «Sie würden staunen über den Prozentsatz der Frauen, die damit leben und es so tief in ihrem Unbewußten vergraben haben, daß es ihr Leben verzerrt.»

«Und Sandra Moser?»

«So ziemlich dasselbe, nur war sie verheiratet und führte ein Doppelleben. Der Streß muß zu groß geworden sein, manifestierte sich in Störungen, die auf Angst basierten und ihre Ehe belasteten. So kam sie zu mir.»

Palma machte sich einige Notizen, obwohl es unwahrscheinlich war, daß sie irgend etwas von dem vergessen würde, was Broussard ihr sagte.

«Hat eine der Frauen Ihnen gegenüber je erwähnt, daß sie sich sadomasochistisch betätigte?»

Broussards Reaktion bestand in Stirnrunzeln und einem gedämpften: «Nein.»

«Würde es Sie überraschen, wenn es so wäre?»

«Wenn es bei allen so wäre, dann ja. Ich glaube nicht, daß Bernadine das getan hätte. Bei Samenov wäre es nicht so überraschend. Sie hätte ohne weiteres masochistisch sein können. Moser... nein, ich glaube nicht. Möglich wäre es allerdings, daß beide sich in diese Richtung entwickelt haben. Vergessen Sie nicht, ich habe sie 1984 und 1985 gesehen. Von da bis heute kann eine Menge passiert sein. Instabilität ist ein großer Katalysator.»

«Sie haben also nicht das Gefühl, ihnen allzusehr geholfen zu haben?» fragte Palma. «Sie glauben, daß sie noch immer instabil waren?»

Broussard lächelte fast, als wisse er, daß Palma annahm, sie habe ihn ertappt, und wolle nun das Mißverständnis aufklären.

«Instabilität ist ein relativer Begriff. Wie ich vorhin schon sagte, sind heutzutage nicht viele Menschen bereit, sich der Anstrengung einer wirklichen Erforschung ihrer Persönlichkeit zu unterziehen. Das ist die Generation der schnellen Lösung. Dorothy Samenov wollte die Dämonen ihrer Träume loswerden. Als die nächtlichen Angstanfälle aufhörten, brach sie die Therapie ab..., ‹geheilt›. Sandra Moser wollte sich von ihrer Depression und ihrer Erregungsstörung, also ihrer Frigidität ihrem Mann gegenüber, befreien. Als diese Symptome nachließen, beendete sie die Therapie... ‹geheilt›. Sie hatten alle beide noch mit ungeheuren Problemen zu kämpfen, aber die speziellen Symptome, die als Folge dieser Probleme aufgetreten waren, verschwanden, und da glaubten sie, ihre Probleme seien verschwunden.»

Broussard zuckte die Achseln und zog kurz die Augenbrauen hoch.

«Wie viele Patienten sehen Sie, Dr. Broussard?» Grant stellte diese Frage mit leiser, ruhiger Stimme und blickte von seinem Notizbuch auf.

Broussard betrachtete ihn einen Augenblick. «Das würde ich lieber nicht sagen, wenn es nicht absolut notwendig ist.»

«Wieso denn das?»

«Ich glaube, das tut einfach nichts zur Sache..., wenn ich den Grund Ihrer Fragen richtig verstehe.»

Grant nickte. «Können Sie uns dann wenigstens ungefähr sagen, wieviel Prozent Ihrer Patienten ähnliche Probleme haben wie die drei Opfer?»

«Die meisten. Etwa achtzig Prozent, würde ich sagen.»

«Auf Angst basierende Störungen, Stimmungsschwankungen, sexuelle Funktionsstörungen ... all das?» fragte Grant.

«Ja. Und Alkohol ... und/oder Drogenmißbrauch unterschiedlichen Grades.»

Grant nickte wieder. Diesmal sah er nicht auf sein Notizbuch herab, sondern behielt Broussard im Blick.

«Können Sie mir auch sagen, wieviel Prozent Ihrer Patienten als Kinder sexuell mißbraucht wurden?»

Broussard zögerte, vielleicht unsicher, wieweit das gegen seine ärztliche Schweigepflicht verstoßen könnte. «Ebenfalls die meisten.» Er dachte einen Augenblick nach. «Was die Frauen betrifft, fällt mir tatsächlich im Augenblick keine einzige ein, die als Kind nicht sexuell mißbraucht worden wäre.»

Palma mischte sich nicht ein, sondern ließ Grant seine Befragung weiterführen.

«Glauben Sie, daß die meisten Psychiater einen so hohen Prozentsatz von Patienten haben, die als Kinder sexuell mißbraucht wurden?»

«Wenn sie so viele Frauen sehen wie ich, halte ich das für wahrscheinlich. Wie ich schon sagte, die Öffentlichkeit wäre wohl schokkiert, wenn sie erfahren würde, wie viele weibliche Kinder etwas in dieser Art durchgemacht haben. Die Erfahrung hat unterschiedliche Langzeitwirkungen, aber sie ist immer schädlich. Einigen Frauen wird geholfen, anderen nicht.»

«Glauben Sie, daß dieser Faktor ... sexueller Mißbrauch als Kind ... der rote Faden bei all diesen Fällen sein könnte?» fragte Grant.

Wieder dachte Broussard einen Augenblick nach, bevor er antwortete. «Das wäre wohl möglich. Sie meinen, wichtiger als die anderen gemeinsamen Nenner?»

«Ja. Der wichtigste Faktor überhaupt.»

Broussard rollte mit den Augen.

«Anscheinend gehen Sie bereits von der Annahme aus, daß Kindesmißbrauch tatsächlich der rote Faden bei diesen Fällen ist», sagte er. «Wenn Sie aber vermuten, daß die große Mehrzahl derer, die Kinder mißbrauchen, Männer sind, dann kann ich Ihnen nicht zustimmen. Es gibt Anzeichen dafür, daß die Fachleute anfangen, unsere alten Vorurteile zu durchschauen. Eine kürzlich durchgeführte Untersuchung an erwachsenen Männern, die als Kinder sexuell mißbraucht worden waren, ergab, daß nur fünfundzwanzig Prozent von einem Mann mißbraucht worden waren. Alle anderen waren von Frauen verführt worden, sieben Prozent von ihrer leiblichen Mutter, fünfzehn Prozent von Tanten, fünfzehn Prozent von Freundinnen und Nachbarinnen der Mutter, der Rest von Schwestern, Stiefmüttern, Kusinen und Lehrerinnen. In mehr als drei Viertel dieser Fälle hatten die Frauen oralen Sex mit ihren Opfern. Zweiundsechzig Prozent der Fälle gingen mit Geschlechtsverkehr einher. Dreiundsechzig Prozent der Jungen wurden von zwei Frauen gleichzeitig mißbraucht, und dreiundzwanzig Prozent sagten aus, sie seien physisch mißhandelt worden. Das ging von Ohrfeigen und Schlägen bis zu rituellen und sadistischen Handlungen. In mehr als der Hälfte der Fälle dauerte der Mißbrauch länger als ein Jahr.»

Broussard hielt inne. «Gibt es da irgendeinen Unterschied zu den ‹schrecklichen› Verbrechen, die an kleinen Mädchen begangen werden, außer, daß die Geschlechter vertauscht sind?» Er beantwortete seine Frage selbst, indem er den Kopf schüttelte. «Wieder der berühmte doppelte Maßstab. Männer wollen von Frauen spezifische Dinge ... sie sollen Madonna oder Geliebte sein. Muttergottes oder Hure. Aber nie, niemals, wollen sie beides in *einer* Frau. Die Mutter ihrer Kinder soll eine Heilige sein und ihre Geliebte eine Hure. Männer selbst können natürlich beiden ein Partner sein: der gute Vater, der eine Geliebte hat. Das ist kein Problem. Aber wenn Frauen beides sind, stürzt ihr Weltbild ein. Das scheint wider die ‹Natur› zu gehen.»

Er schüttelte den Kopf, als seien sie uneinsichtige Kinder.

«Es ist natürlich reine Einbildung, wenn man glaubt, daß Männer und Frauen in solchen Dingen verschieden sind. Tatsächlich ist die Annahme falsch, daß sie überhaupt verschieden sind, außer in bezug auf ihre Erziehung durch eine bestimmte Gesellschaft innerhalb einer bestimmten Kultur, sich so und so zu verhalten. Aber dieses Verhalten ist erlernt. Im tiefsten Inneren sind Männer und Frauen gleich. Im Guten wie im Schlechten.»

Broussard sprach direkt zu Grant, der ihn fasziniert anstarrte.

«Ein zweiter Punkt», fuhr Broussard fort, als er Grants Interesse sah. «Personen, die Kinder mißbrauchen, sind in der Regel ‹zärtlich›. Ihr Narzißmus verlangt nach Liebe, und was sie hervorzurufen versuchen, ist Liebe. Vorhin fragten Sie mich, ob mir bekannt sei, daß eines der drei Opfer in diesen Fällen zu Sadomasochismus neigte. Daraus schließe ich, daß die Morde irgend etwas mit dieser Aktivität zu tun hatten. Das ist aber kein Charakteristikum von Personen, die Kinder mißbrauchen; ich würde also nicht annehmen, daß Ihr Mörder selbst jemand ist, der Kinder mißbraucht.»

«Aber soeben», unterbrach Palma, «haben Sie noch gesagt, daß ... dreiundzwanzig Prozent der Fälle, in denen Jungen von Frauen sexuell mißbraucht wurden, mit Formen sadistischen Verhaltens einhergingen.»

Diesmal war Broussards Lächeln eher ein Grinsen. Er nickte, als habe Palma etwas ganz Selbstverständliches gesagt.

Doch ehe er antworten konnte, fragte Grant: «Sie hatten noch einen Punkt?»

«Punkt zwei», sagte Broussard und hob zwei Finger. «Phantasie. Sadomasochisten sind stark von Phantasien, von Rollenspielen motiviert. ‹Das Spiel ist alles.› Sie werden durch ganz bestimmte Handlungen, Gesten, Aufmachungen, Worte stimuliert. Dasselbe gilt für Sexualmörder. Aber nicht für Pädophile. Ich glaube nicht, daß Ihr Mörder jemand ist, der Kinder sexuell mißbraucht.»

«Gut. Also scheidet das aus.» Grant sprach langsam und beobachtete Broussard mit erwartungsvoller Neugier. «Wie stellen Sie sich seine Persönlichkeit vor?»

Broussard schien irritiert durch Grants Beharrlichkeit im allgemeinen und diese Frage im besonderen. «Ich nehme doch an, daß das inzwischen jeder aufmerksame Leser von Zeitungen oder Kriminalmagazinen beantworten könnte. Der Persönlichkeitstyp ist gut dokumentiert und fast schon zu einem Klischee geworden. Introspektiv, einsam, gewissenhaft, zwanghaft, eitel. Zeigt sich gegenüber denen, die ihn kennen, selten gewalttätig. Ein ‹perfekter› Nachbar und netter Kerl, der in Wirklichkeit tiefe, versteckte Aggressionen hegt. Wenn er Patient in einer psychiatrischen Klinik oder Strafgefangener ist, dann ist er vorbildlich, macht niemals Probleme. Höchstwahrscheinlich ist er impotent und fühlt sich Frauen sexuell unterlegen. Er hat bizarre Interessen, von denen seine Freunde ... ich sollte ‹Bekannte› sagen, weil er wahrscheinlich keine wirklichen Freunde hat ..., nichts wissen. Er ist gewohnheitsmäßiger Onanist und Leser von Pornographie. Vermutlich durchlebt er Perioden von Angst oder Depression.»

«Nun gut», sagte Grant, «aber was wissen Sie als Psychiater über ihn?»

Broussard studierte Grant. Seine Augen verengten sich leicht, als schätze er nicht nur Grants Frage ab, sondern Grant selbst; als argwöhne er, Grant versuche in irgendeiner Weise, ihn aus der Reserve zu locken. «Wahrscheinlich nichts», sagte er endlich.

«Sie können nicht spekulieren?»

«Doch, ich könnte. Aber ich sehe nicht, was das nützen soll.»

«Einsicht, Dr. Broussard», sagte Grant. «Man gewinnt sie, indem man Leuten zuhört. Ich kann mir vorstellen, ich sei selbst ein Sexualmörder, und daraus etwas lernen, etwas über mich selbst und über den Mann, den ich mir vorstelle. Aber ich lerne noch mehr, wenn ein ausgebildeter Psychiater mit jahrelanger klinischer Erfahrung ihn sich vorstellt.»

«Meine klinische Erfahrung betrifft größtenteils Frauen.»

«Um so besser.»

Broussard wandte den Blick nicht von Grant. Seine Augen schienen Bedeutung und Risiko der Herausforderung abzuschätzen. Seine Mundwinkel waren leicht nach unten gezogen, das äußere Zeichen eines inneren Konflikts.

«Einige Männer, vielleicht viele Männer», begann er langsam, «geben sich in geringerem oder größerem Maße sadistischen sexuellen Phantasien hin. Aber nur relativ wenige agieren sie auch wirklich aus. Wenn ich einer dieser wenigen bin, warum tue ich das dann? Welche Faktoren veranlassen mich, das auszuagieren, womit die meisten Männer nur in Gedanken spielen? Es ist unwahrscheinlich, daß es dafür nur einen einzigen, universellen Faktor gibt. Vielleicht war ich in der Kindheit oder Jugend sexuellen Angriffen ausgesetzt. Vielleicht hatte ich meinen ersten Orgasmus bei einem dieser Angriffe und erkannte staunend, daß ich inmitten von Verachtung und Erniedrigung eine lustvolle Empfindung genoß. Das hätte eine unauslöschliche Narbe in meiner Psyche hinterlassen und einen der elementarsten Triebe des Lebens... etwas, das gut und liebevoll sein sollte... an etwas Rohes und Sadistisches gebunden. Ich würde die beiden immer gleichsetzen, Grausamkeit und Orgasmus, weil meine ungeformte Persönlichkeit die Verwandtschaft der beiden fälschlicherweise bestätigen würde. Das Ereignis wäre an einem entscheidenden Punkt meiner sexuellen Orientierung eingetreten. Ich wäre... zur Perversion erzogen worden.

Mit Eintritt in die Pubertät wären meine sozialen und sexuellen Beziehungen enttäuschend. Nichts würde in meinen Beziehungen zum anderen Geschlecht so erscheinen, ‹wie es sein sollte›. Ich würde mich von vornherein unzulänglich fühlen, und mit zunehmendem Alter würde ich immer frustrierter. Unfähig, die Ereignisse in der wirklichen Welt zu kontrollieren, würde ich in Phantasien über eine andere Welt Zuflucht suchen, eine Welt, in der ich immer die Kontrolle hätte. Ich würde bestimmte Denk- und Vorstellungsmuster entwickeln, sexuelle Szenarios, die von meinen früheren Erfahrungen gefärbt wären. Nur dann habe ich die Kontrolle. Ich gehe die Szenarios wieder und wieder durch. Dieses Denkmuster, das Szenario, die Phantasie, wird zu einer Gewohnheit, und ich stelle fest, daß Phantasien von Kontrolle und Dominanz mich sexuell erregen. Diese Phantasien werden zu meinen einzigen sexuellen Erfahrungen. Ich ziehe mich auf sie zurück. Irgendwann fangen sie dann an, mich zu langweilen, und ich lerne, daß ich die Szenarios verändern und immer heftiger und provozierender machen muß, um meine sexuelle Erregung aufrechtzuerhalten. Ich entdecke, daß die Würze tatsächlich in der Abwechslung liegt. Vielleicht fange ich sogar an, diese Szenarios auszuagieren, aus der Ferne Frauen zu verfolgen und zu beobachten, während ich mir vorstelle, sie zu beherrschen und zu erniedrigen.»

Broussards Stimme klang ruhig und stetig, sein Monolog zunehmend flüssiger.

«Ich werde kühner. Ich folge einer Frau zu ihrem Haus und breche ein, während sie fort ist, bleibe stundenlang allein dort. Ich probiere ihre Kleider an. Oder ich krieche nackt unter ihre Bettdecke, die noch nach ihrem Parfum duftet. Vielleicht lerne ich sie ‹zufällig› in einem Restaurant oder einer Bar kennen und spreche mit ihr. Meine Vertrautheit mit ihren persönlichen Gegenständen, ihrer Unterwäsche, die ich am Körper getragen habe, ihren Toilettenartikeln, mit denen ich meine Genitalien berührt habe, macht mich kühn. Ich weiß etwas, das sie nicht weiß. Ich kontrolliere unsere Begegnungen. Ich bin recht charmant, meine Kühnheit gibt mir eine gewisse Leichtigkeit. Im Spiel der Geschlechter bin ich schon im Vorteil, weil ich so viel über sie weiß, die Seifenmarke, die sie benutzt, den Namen ihres Parfums. Ich gehe mit ihr nach Hause. Ich fühle mich wohl, weil ich alles über dieses Haus weiß, das ich angeblich zum ersten Mal betrete. Ich genieße den Spaß, er gibt mir Selbstvertrauen. Die ganze Zeit habe ich Selbstvertrauen und Kontrolle, die ganze Zeit, bis zum Ende...»

47

Haws und Lew Marley stoppten ihren dunkelblauen Dienstwagen unter den breiten Wedeln einer üppigen mexikanischen Palme auf der Mirel Farrs Haus gegenüberliegenden Straßenseite. Einen Augenblick lang betrachteten sie dieses Haus; das nackte gelbe Licht der Veranda warf einen gelblichen Schein auf die Zementstufen am Eingang. Sie dachten darüber nach, wie sie es am besten anstellen sollten, zu einem Gespräch mit der Domina Farr zu kommen. Gerade als sie beschlossen hatten, daß Haws zur rückwärtigen Tür gehen und Marley an die Vordertür klopfen sollte, kam ein schwarzer Lincoln die Straße entlang und bog in Farrs Einfahrt. Die Scheinwerfer wurden ausgeschaltet, und im Wagen blieb es einen Augenblick dunkel und still. Dann stieg ein Mann aus und ging mit raschen Schritten durch den Garten zur Vordertür. Er hatte die Schultern hochgezogen, als wolle er sich vor strömendem Regen schützen. Als er die Tür erreichte, öffnete er sie einfach und ging hinein.

«Kunde», sagte Marley.

«Ich kann den Burschen ja mal überprüfen», sagte Haws, notierte sich die Zulassungsnummer und nahm das Funkgerät zur Hand. Er gab die Nummer durch. Nach wenigen Augenblicken knackte es im Funkgerät, und sie erfuhren Namen, Adresse und Registrierungen des Mannes, sämtlich ohne Interesse. Er war nur ein Geschäftsmann aus dem Westen von Houston, der Mirel zu einer etwas ausgefallenen Abendunterhaltung aufgesucht hatte.

Nachdem sie etwa eine halbe Stunde gewartet hatten, hörten sie, daß die Vordertür von Farrs Haus geöffnet wurde. Der Mann kam heraus, wieder mit bis an die Ohren hochgezogenen Schultern.

Er ging rasch zu seinem Wagen, schloß ihn auf, stieg ein, schaltete das Licht ein, setzte in der Einfahrt zurück und fuhr weg.

Haws und Marley stiegen aus dem Wagen und gingen zusammen auf Farrs Haus zu. Marley wartete, bis Haws an der Hintertür war, ehe er die Stufen hinaufging, die Fliegentür öffnete und an die Holztür dahinter klopfte. Er mußte noch dreimal laut klopfen, bis die Tür geöffnet wurde. Er hob seine Marke und zeigte sie einer Frau im Hausmantel, die aussah wie Ende Zwanzig. «Miss Farr?»

«Ja.» Ihre Stirn war unwillig gerunzelt.

«Detective Lew Marley, Houston Police. Ich hätte gern einen Augenblick mit Ihnen gesprochen.»

«Worüber?» Ihr Haar war gebleicht. Am Scheitel sah man etwa zwei Zentimeter kastanienbraune Haarwurzeln nachwachsen.

«Darf ich bitte hereinkommen?»

«Haben Sie einen Durchsuchungsbefehl?»

«Ich brauche keinen Durchsuchungsbefehl, Madam. Ich möchte nur mit Ihnen sprechen.»

«Aber ich nicht mit Ihnen», sagte sie mürrisch und wollte die Tür schließen. Marley schob rasch einen Fuß dazwischen.

«Ich kann über Funk einen Durchsuchungsbefehl anfordern», sagte Marley. «Das dauert nur ein bißchen länger, und ich werde wahrscheinlich sauer.»

Die Frau sah ihn an. Ihr lebloses Haar umrahmte ein trauriges Gesicht mit flachen Wangenknochen und ziemlich bleichem, fleckigem Teint. Sie hatte eine lange, schafsähnliche Oberlippe und eine unattraktive Art, mit der linken Gesichtshälfte zu zucken. Bei Marleys Bemerkung verzog sie übermüdet das Gesicht und trat von der Tür zurück. Marley mußte die Tür selbst ganz öffnen. Er betrat ein kleines Wohnzimmer, sparsam möbliert mit zwei fleckigen Stoffsofas, einigen Beistelltischen und Lampen und einem Fernseher mit Videorecorder.

«Sind Sie allein?» fragte Marley mit gedämpfter Stimme.

«Ja.»

«Wo ist die Hintertür?»

«In der Küche», sagte sie etwas besorgt.

Marley winkte ihr mit dem Kopf voranzugehen, und sie traten in die gelbgekachelte Küche. Er wies sie mit einer Geste an, die Hintertür zu öffnen, während er bei der Wohnzimmertür stehenblieb und in einen kurzen Gang schaute, der zur hinteren Seite des Hauses führte.

«Hallo», sagte Haws, als Farr die Hintertür öffnete.

«Zeigen Sie uns das Haus.» Marley klang sehr geschäftsmäßig.

Dazu brauchte sie nicht lange. Sie gingen durch ein Eßzimmer in einen Flur, an dem ein Badezimmer lag, ein Schlafzimmer, das wie ein Schlafzimmer aussah, und ein Schlafzimmer, das nicht wie ein Schlafzimmer aussah. An der der Tür gegenüberliegenden Wand stand ein Podest, das weit in den Raum hineinragte. Es war etwa fünfundzwanzig Zentimeter hoch und maß zwei Meter im Quadrat. Über der Plattform waren Eisenringe und bewegliche Rollen, Klammern und Spangen verschiedener Größen befestigt. Ein roher Zedernbalken ragte aus der Wand bis zum Ende des Podests, der ebenfalls mit Eisenringen und Zugrollen versehen war. Auf dem Podest standen ein paar Bänke. An einer der Zimmerwände befand sich ein «Waffenarsenal» mit drei oder vier verschiedenen Arten von Peitschen, Ketten, Seilen, Gummischläuchen und Klammern verschiedener Größen. In einer Zimmerecke stand ein Schrank voller Gummi- und Lederanzüge und daneben ein Ständer, auf dem einige derartige Kleidungsstücke trockneten.

Der Raum enthielt ein paar Stühle, und Marley setzte sich auf einen in der Nähe des Podests und bedeutete Farr, Platz zu nehmen. Die Frau wirkte ziemlich erschöpft und eindeutig nervös.

«Hören Sie, Mirel», sagte Marley und sah ihr ins Gesicht, «wir sind nicht daran interessiert, Ihnen wegen dem hier Schwierigkeiten zu machen.» Er schüttelte den Kopf. «Nicht im mindesten. In einer Minute verschwinden wir wieder, und das war dann alles. Aber wir erwarten wirklich, daß Sie uns nichts vorenthalten. Und nun zur Sache.»

Mirel warf einen Seitenblick auf Haws. «Damit wir uns recht verstehen und keine Zeit verlieren, wollen wir Ihnen sagen, daß es manche Dinge gibt, die wir wissen, und einige, die wir nicht wissen. Wir sagen Ihnen, was wir wissen, und dann sagen Sie uns, was wir nicht wissen. Okay?

Wir wissen, daß Sandra Moser hier war, um sich in Ihrem kleinen Gymnastikraum zu vergnügen. Wir wissen, daß Vickie Kittrie ebenfalls hier war und Dorothy Samenov auch. Wir wissen, daß Gil Reynolds hier gewesen ist. Manchmal mit ihnen, manchmal ohne sie. Wir wissen, daß Sie mit Clyde Barbish mehr oder weniger gut befreundet sind. Wir wissen, daß Sie über die Tragödien im Bilde sind, die diesen Leuten kürzlich passiert sind.»

Marley sah Farr freundlich an. «Okay? Fangen wir mit einfachen Ja-oder-nein-Fragen an.» Er griff in seine ausgebeulte Rocktasche und zog zwei verschiedene Fotos von Bernadine Mello heraus. Er reichte sie Farr, die sie mit einer Hand nahm und übereinander auf ihr nacktes Knie legte.

«Kennen Sie sie?» fragte Marley.

Farr studierte die Bilder aus einiger Entfernung wie eine Kurzsichtige und neigte dabei den Kopf, als mache das einen Unterschied.

«Nein», sagte sie. «Nie gesehen.»

«Bestimmt?» fragte Marley.

«Ganz bestimmt.»

«Und wenn sie dunkles Haar hatte?» warf Haws ein. Er nahm

einen Filzstift aus der Hemdtasche, beugte sich über Farrs Bein und begann, Mellos helles Haar mit dicken Strichen zu schwärzen.

«Kenn ich nicht», sagte Farr zu Marley, aber sie nahm die Bilder nicht auf, um sie zurückzugeben.

Marley nickte, ihre säuerliche Aussage akzeptierend. Vorsichtig nahm er die Bilder von ihrem Knie. Er faßte sie an den Ecken an und vermied es sorgfältig, Farr zu berühren.

«So. Was wir außerdem nicht wissen, ist folgendes: Welche Art von Sado-Maso-Szenarios hat Gil Reynolds am liebsten? Wann haben Sie ihn zum letzten Mal gesehen? Wie gut kannte Barbish Reynolds...?« Marley hielt inne. «Lassen wir's vorerst dabei bewenden.»

«Wie kommen Sie darauf, daß ich die verdammten Antworten kenne?» fragte Farr.

«Ich sagte es Ihnen doch», sagte Marley. «Wir wissen es.»

«Ja?» Farr nickte skeptisch und wartete einen Moment. Dann platzte sie heraus: «Er peitschte gern Frauen aus. Vor etwa fünf Wochen. Vor ungefähr drei Monaten. Sie kannten sich ziemlich gut durch Dennis Ackley.»

«Gut», sagte Marley mit vorbildlicher Geduld. «Und nun wollen wir mal versuchen, etwas gründlicher vorzugehen.»

«Wo habt ihr geparkt?» fragte Farr plötzlich.

«Auf der anderen Straßenseite.»

«Polizeiwagen?»

«Ein neutraler Wagen.»

«Aha. Na, unwichtig.» Sie sah gequält drein. «Ich kann Ihnen einfach nicht den ganzen Mist erzählen. Das wird... ich meine, wissen Sie, wie diese Leute sind? Ich mache das jetzt seit sieben Jahren. Sie sind meine Kundschaft. Wenn sie erfahren, daß ich mit der Polizei geredet habe, dann kriege ich nicht mal mehr Nigger als Kunden, von dem weißen Pack ganz zu schweigen.»

«Sie haben keine andere Wahl, Mirel», sagte Marley fast im Ton eines großen Bruders, der seiner Schwester eine schlechte Nachricht überbringt und sie gleichzeitig bedauert.

«Okay», sagte Mirel mit etwas zittriger Stimme. «Okay.» Sie zog sich den Morgenrock enger um die Brust. Ihre freche, herausfordernde Art war verschwunden. Sie starrte Haws an und ließ ihn und Marley eine Minute warten, ehe sie zu sprechen begann.

48

«Die meisten Typen, die hierher kommen, sind Masos. Sie haben es gern, wenn man sie einschüchtert und erniedrigt, und sie wollen am liebsten auf bestimmte Arten bestraft und unterworfen werden», begann Mirel. «Die meisten Mädchen ebenfalls. Sie sind gern unten ... Masos eben. Dasselbe. So war das bei Moser und Dorothy und Louise Ackley. Wie bei den meisten. Vickie ist auch unten, aber bei Reynolds ist sie oben. Sehr seltsames Paar. Eigenartig. Reynolds ist nur bei ihr maso, bei allen anderen ist er sado. Vickie ist die einzige aus der Gruppe, aus Samenovs Verein, die manchmal losgeht und frisches Fleisch besorgt. Sie nimmt dann diese bunten Taschentücher, deren Farben ein Code sind ... verschiedene an verschiedenen Abenden ..., steckt sie in die rechte Hosentasche, um zu signalisieren, daß sie unten ist, und marschiert los. Sie zieht durch die Lokale und gabelt die Mädchen auf, die das machen, wozu sie gerade in Stimmung ist, und bringt sie dann hierher.»

«Warum nimmt sie sie nicht mit nach Hause?» fragte Marley. «Ich dachte, Sie hätten feste Kundschaft.»

«Mann, ich nehme, was kommt.» Mirel sah ihn an, als habe er keine Ahnung. «Außerdem habe ich die Ausrüstung. Und noch was. Sie will nicht, daß Dorothy weiß, daß sie in diese Schuppen geht. Hauptsächlich ist es aber, weil sie unten ist. Ich meine, sie kennt die Mädchen nicht immer, die sie aufgabelt, weiß nicht, ob sie ihnen vertrauen kann. Also möchte sie, daß ich ein Auge auf ihre Spiele habe und aufpasse, daß sie nicht von einer dieser Huren umgebracht wird. Aber das gefällt ihr eben, das Risiko, das dabei ist. Manchmal macht sie sich nicht mal die Mühe, Regeln zu bestimmen oder die Sicherungsworte zu vereinbaren. Sie legt einfach los, auf Teufel komm raus. Dann braucht sie mich wirklich. Wenn sie anruft und sagt, ich solle zugucken, dann weiß ich, daß es eine wilde Sache wird und alles passieren kann. Ich sehe durch den Spiegel in meiner Schlafzimmerwand zu», sagte sie und wies mit dem Kopf auf einen mannshohen Spiegel an der dem Podest gegenüberliegenden Wand.

«Ich kenne diese Spielchen schon so lange, daß ich genauso gut bin wie ein Arzt. Ich weiß, wann sie zu weit gehen. Ich kann das erkennen. Manche von diesen Nutten haben keine Ahnung, was sie da machen. Und ein paar lassen sich dann mitreißen und kümmern sich um nichts mehr. Manchmal sehen ich und ... Barbish ... was soll's, ich kenne den Kerl eben ... zusammen zu und trinken dabei ein paar Dosen Bier.»

Sie hielt inne.

«Was ist mit Reynolds? Wie ist er?»

«Sado. Das ist seine Masche. Immer. Früher hatte ich es manchmal schwer mit ihm, weil ich nicht immer alles mitmachen wollte.» Sie sah Marley an. «Um ehrlich zu sein, ich habe oft dafür gesorgt, daß Clyde auf mich aufpaßte. Aber Reynolds hat das nicht gewußt. Er hätte mich umgebracht. Clyde saß da drin wie ich bei Vickie und beobachtete ihn. Reynolds ist ein labiler Mann.» Sie nickte mit dem Kopf. «Ein labiler Mann.»

«Mußte Barbish jemals eingreifen, um ihn zu stoppen?»

«Nein.»

«Sie sagten, ‹früher› hätten Sie es schwer mit ihm gehabt. Jetzt nicht mehr?»

«Nein, weil ich nichts mehr mit ihm mache. Ich hatte einfach das Gefühl, ich müßte Schluß machen damit. Was ein Jammer ist. Der Kerl zahlte wesentlich besser als alle anderen.»

«Wie hat er darauf reagiert?»

«Worauf? Daß ich nicht mehr wollte? War ziemlich sauer. Wir hatten eines Abends einen Riesenkrach deswegen, aber Scheiße, was konnte er tun? Ich habe gedroht, die Bullen zu rufen. Ich hätt's zwar nicht wirklich getan, aber immerhin hat es ihn abgekühlt, den Bastard.»

«Hören Sie», sagte Marley und wischte sich mit der Hand über den kahl werdenden Schädel, «was wir über ihn erfahren müssen, ist das, was er am liebsten hatte. War er fasziniert von irgendeinem bestimmten weiblichen Körperteil? Ich meine nicht die üblichen Teile, sondern die ausgefallenen, verstehen Sie? Ich will damit sagen, daß es sich nicht unbedingt ... um ein primäres oder sekundäres Geschlechtsmerkmal handeln muß ...»

«Um ehrlich zu sein ...» Mirel hielt inne, und ihre Augen weiteten sich. Sie alle hörten es und schauten in Richtung des Flurs und des Geräuschs der Jalousetten, die gegen die sich öffnende Hintertür schlugen.

«Mirel! He, Mirel», rief ein Mann. Dann hörten sie Schritte auf dem Linoleumboden.

Farr sprang auf. «Clyde! Bullen! Bu ...» Marley schlug sie mit aller Kraft mit dem Handrücken der geballten Faust, und sie stürzte, fiel rückwärts über ihren Stuhl, während er aufsprang, den 45er schon in der Hand, und mit Haws zum Flur rannte. Er passierte die Tür als erster, lief zu schnell, um die Biegung zu nehmen, und knallte gegen die Wand. Er hörte Barbish über den Küchenboden rennen; Haws erreichte die Tür zuerst, konnte aber nicht mehr schnell genug bremsen, um in die Küche abzubiegen; er rutschte daran vorbei, und das war sein Glück, denn Barbish gab einen, zwei, drei Schüsse aus seinem 45er Colt Commander ab, die faustgroße Löcher in die Wand des Ganges rissen. Marley, der wieder auf den Füßen war und rannte, bremste beim Geräusch der Schüsse mitten im Lauf, aber auf dem Holzboden rutschte er genau in die Feuerlinie. «Scheißescheißescheiße!» schrie er und versuchte erfolglos, das natürliche Gesetz der Schwungkraft umzukehren, um sich von der Tür fernzuhalten. Genau dort aber landete er schließlich, auf dem Rücken liegend; er feuerte aufs Geratewohl in die Küche und hoffte, den anderen damit in Deckung zu zwingen, bis er sich in Sicherheit bringen konnte.

Als Marley merkte, daß Barbish fort war, rannte Haws bereits durch das Wohnzimmer und stürzte aus der Vordertür in die feuchte Nacht. Er vergaß den schlammigen Vorgarten und sprang von den Stufen mit der Absicht, weiterzurennen und zu schießen. Doch seine Beine rutschten unter ihm weg. Er schlug so heftig mit dem Rücken auf, daß es ihm den Atem nahm; er rang nach Luft und glaubte, ohnmächtig zu werden, als er sah, wie Barbish am Straßenrand stehenblieb, sich umdrehte und schoß.

Haws fiel genau in dem Moment, in dem Marley auf den Stufen erschien und schrie: «Herrgott, Gordy!» Er sah Barbish über die Straße laufen. Marley feuerte von den Eingangsstufen aus seiner Smith & Wesson einmal, zweimal, dreimal, viermal ab, und Barbish landete auf dem Bauch und rutschte mit dem Gesicht nach unten auf den gegenüberliegenden Randstein zu.

Haws versuchte sich bereits aufzurichten, als Marley ihn erreichte.

«Schweinehund!» schrie Haws.

«Gordy! Gordy!» Marley klang, als werde er gleich zu weinen anfangen.

«Herrgott!» schrie Haws. «Mein Bein ... ist bloß mein Bein! Lew! Laß den Bastard nicht hochkommen ... leg ihm Handschellen an! Los, leg ihm Handschellen an!»

Marley sprang auf, rannte über den Rasen auf die Straße und zu dem Randstein, wo Barbish den Kopf zu heben versuchte. Marley versetzte ihm aus vollem Lauf einen Tritt. Es hörte sich an, als habe er gegen eine Melone getreten, doch Barbishs Kopf platzte nicht, sondern fiel nur wieder auf den Asphalt des Randsteins. Er war bewußtlos. Von einem Adrenalinstoß getrieben, lief Marley hektisch herum und suchte nach Barbishs 45er. Er konnte sie nicht finden; er gab auf, kam zurück, zog die Hände des bewußtlosen Barbish auf den Rücken und legte ihm Handschellen an. Er ließ ihn auf der Straße liegen und rannte zu Haws zurück, der stöhnte, seinen rechten Oberschenkel direkt über dem Knie hielt und in sein dreckverschmiertes Funkgerät sprach.

«Ja, ja. *Zwei* Krankenwagen, habe ich gesagt... ich fahre doch nicht im selben... Lew. Lew, wo habe ich ihn erwischt?»

«Scheiße!» sagte Marley, stand wieder auf und lief erneut durch den Garten auf die Straße, wo er einen Fuß unter den blutenden Barbish schob und ihn umdrehte. Barbishs Gesicht war voller Blut, und Blut floß aus dem Ohr, wo Marleys Tritt ihn getroffen hatte. Doch im Gesicht hatte er nur Hautabschürfungen, weil er auf der heftig blutenden Nase über die Straße geschrammt war. Nur einer von Marleys vier Schüssen hatte ihn getroffen, mitten in die Kniekehle.

Gerade wollte Marley sich wieder von Barbish abwenden, da erspähte er unter dessen Hüfte den glänzenden Lauf des Commander Colt. «Scheißkerl!» fluchte er. Wieder schob er einen Fuß unter Barbish und rollte ihn weit genug herum, um die Waffe aufheben zu können. Er sicherte sie, schaute eine Sekunde auf Barbish, holte mit dem Fuß aus und trat gegen Barbishs abgewinkelten Unterschenkel. Dann rannte er zurück zu Haws.

«Wo hab ich ihn erwischt?» ächzte Haws, sein Bein über der Wunde umklammernd und bleich wie ein Geist.

«Du hast nicht geschossen, Gordy», sagte Marley. «Aber ich hab ihm das Knie weggepustet.»

Haws sah erstaunt zu Marley auf. «Was? Ich hab nicht geschossen?» Er ließ mit der rechten Hand sein Bein los, beugte sich vor, nahm seine Pistole von dem schlammigen, toten Gras auf und starrte sie an. «Verdammt!» schrie er. «Scheißkerl! Ich hab nicht mal geschossen?» Er stöhnte und fiel zurück ins Gras, die blecherne Stimme des Einsatzleiters, die aus dem Funkgerät gellte, ignorierend.

Inzwischen waren die Nachbarn in ihre Vorgärten gekommen und näherten sich. Sie glaubten, die Schießerei sei vorbei, und sahen, daß es zwei Verletzte zu betrachten gab. Überall in der Ferne schienen Sirenen zu ertönen, als Marley sich neben Haws niederhockte.

«Ich werde ohnmächtig», sagte Haws mit geschlossenen Augen. Er blutete heftig, und im schwachen Licht der Straßenlampe färbten sich das staubfarbene Gras und der Schlamm schwarz.

«Nein ...» Marley legte seine und Barbishs Waffe ins Gras und griff mit beiden Händen nach Haws' Wunde. Haws schrie und riß die Augen auf.

«Ich stoppe die Blutung», erklärte Marley hektisch. «Gordy!» rief er und sah seinen Partner an. «Heb den Arm hoch, Gordy. Zeig auf die verdammte Straßenlaterne», schrie Marley, damit sein Partner nicht in einen Schockzustand fiel. Zu seiner Überraschung gehorchte Haws, aber er hielt seinen Colt noch in der Hand und zielte. «Hast du mit dem Einsatzleiter gesprochen?» fragte Marley.

«Ja», krächzte Haws, und seine Hand begann zu sinken.

«Gordy, du Blödmann!» kreischte Marley wieder. «Zeig auf die Laterne!» Haws' Hand und seine vernickelte Waffe hoben sich wieder in die Luft. Und da waren sie noch immer, als ein Schwarm von Funkwagen bei Mirel Farrs Haus eintraf und der Krankenwagen über den Randstein rumpelte und neben Haws und Marley anhielt.

Palma und Grant waren auf dem Rückweg von Broussard, als sie über Funk Haws' hektischen Ruf nach einem Krankenwagen hörten. Palma bog nach Süden ab und raste los, so schnell es der Verkehr zuließ.

Eine dichte Menschenmenge hatte sich um den Schauplatz der Schießerei gesammelt. Die zahlreichen Funkwagen, die überall an den Randsteinen parkten, blockierten die Straße. Eine Schießerei mit Polizeibeamten lockte immer eine ganze Horde von Funkwagen an, und ihre roten und blauen Lichter flackerten über die Menge und die benachbarten Häuser und gaben der Szene eine unbeabsichtigt karnevalistische Atmosphäre. Palma und Grant benutzten ihre Marken, um sich durch die Menge zu drängen und an den uniformierten Wachposten vorbeizukommen. Die Kriminalpolizei war noch nicht eingetroffen, und Palma war der erste Detective am Schauplatz. Sie erspähte Marley in der Nähe der rückwärtigen Türen des Krankenwagens, in den man Haws trug. Als die Türen sich schlossen, sah Marley sie näher kommen und ging ihr entgegen.

«Wie geht's ihm?» fragte sie.

«Hat Glück gehabt», sagte Marley, der ausgepumpt aussah. «Es war Barbish», sagte er, drehte sich um und schaute zur Straße, wo die Besatzung des anderen Krankenwagens sich um Barbish kümmerte und ihn aus dem Rinnstein zu heben versuchte. Geduldig berichtete

Marley ihnen, was passiert war. «Himmel», sagte er, «ich bin ein bißchen zittrig.»

Palma und Grant folgten ihm zur Vortreppe von Farrs Haus, wo er sich hinsetzte. Im spärlichen Licht der Veranda sah Palma, daß seine Kleider schmutzverkrustet und seine Schuhe so mit Schlamm bedeckt waren, daß sie wie Kampfstiefel wirkten. Er hob das Kinn und deutete in Barbishs Richtung. «Das Arschloch ist auch okay. Ich hab ihm das Knie weggeblasen.» Er sah Palma an. «Und außerdem hab ich ihm einen Tritt an den Kopf gegeben.» Er blickte zu Grant. «Bleibt unter uns. Sollen die da drüben sich drum kümmern. Vielleicht hab ich ihm das Gehirn zermalmt.»

«Farr hat Ihnen in bezug auf Reynolds nicht viel geholfen?» fragte Palma.

Marley schüttelte den Kopf. «Nur, daß er ein Dreckskerl ist, der gern Frauen verprügelt. Viel weiter waren wir nicht gekommen, als Barbish auftauchte. Wir müssen aber mit ihr reden. Ich wette mein Gehalt darauf, daß sie ihn hier wohnen ließ. Das müssen wir ausnützen, um mehr über Barbishs Beziehung zu Reynolds aus ihr herauszuholen. So, wie sie geredet hat, hatten sie wahrscheinlich mehr miteinander zu tun, als wir dachten.»

Einige weitere Polizeiwagen erschienen und bahnten sich einen Weg durch die Menge. Frisch, Captain McComb und zwei der Detectives, die der Sonderkommission für Schießereien mit Polizeibeamten zugeteilt waren, stiegen aus einem der Wagen.

Palma legte eine Hand auf Marleys Schulter. «Bleiben Sie hier, Lew», sagte sie. Sie und Grant entfernten sich, als die Beamten näher kamen und Marley sich darauf vorbereitete, seine Geschichte noch einmal zu erzählen. Er würde sie noch häufiger erzählen müssen, als irgend jemandem lieb sein konnte.

«Carmen», sagte Frisch, der sich von der Gruppe löste und einen Umschlag aus der Tasche zog, «der Durchsuchungsbefehl für Reynolds.» Er gab ihn ihr. «Ich habe vor einer Viertelstunde mit Art gesprochen, und er sagte, er und Boucher seien Reynolds den ganzen Weg nach Galveston gefolgt. Er ißt dort am Wasser im Le Bateau mit einer Frau zu Abend. Sobald sie die Stadt verlassen hatten, gingen unsere Leute in die Wohnung und installierten Wanzen. Bevor Sie hineingehen, setzen Sie sich über den Überwachungswagen mit Leeland in Verbindung, damit die wissen, was los ist.» Er reichte ihr einen Schlüssel. «Den haben die Wanzenleute machen lassen. Geben Sie ihn Leeland zurück, wenn Sie dort fertig sind.»

«Was ist mit Reynolds' Wagen?»

Frisch schüttelte den Kopf. «Dazu hatten sie noch keine Zeit. Sie bauen heute nacht etwas ein. Hören Sie, wenn Sie jetzt gleich losfahren, haben Sie mindestens zwei Stunden. Das sollte reichen.» Er sah sie und dann Grant an. «Machen Sie's gut», sagte er, drehte sich um und ging zu Marley zurück.

«Gehen wir», sagte Grant. «Bei solchen Sachen hat man nie genug Zeit.»

Im Wagen teilte Palma Leeland über Funk mit, er solle die Leute von der elektronischen Überwachung verständigen, daß sie unterwegs seien. Leeland sagte ihr, sie sollten sich identifizieren, sobald sie die Wohnung betreten hätten, und dasselbe tun, wenn sie sie wieder verließen.

Sie parkten zwischen anderen Wagen unter dem riesigen Geäst einer Eiche, fünfzig Yards vom phosphoreszierenden Schein einer Quecksilberdampflampe auf dem Parkplatz des St. Regis Tower entfernt.

Palma stieg aus und nahm die Blitzlichtkamera mit, die sie sich nachmittags aus dem Fotolabor des Dezernats geholt hatte. Zusammen überquerten sie die Einfahrt des fünfundfünfzig Stockwerke hohen Towers und betraten die Eingangshalle aus Marmor und Glas. Sie nahmen einen Aufzug bis zum sechsundzwanzigsten Stock. Palma öffnete Reynolds' Wohnung mit dem Schlüssel, den Frisch ihr gegeben hatte.

Sobald sie in der Wohnung waren, verkündete Palma laut ihre Ankunft. Noch ehe ihre Augen sich an die Dunkelheit des Vorraums gewöhnt hatten, merkte sie, daß Grant ihn schon verlassen hatte. Er war nicht mehr bei ihr. Sie wollte ihn laut fragen, wo er sei, doch dann überlegte sie es sich anders. Sie wollte nicht, daß die Leute irgendwo da draußen im Überwachungswagen mitbekamen, daß sie bereits ins Hintertreffen geraten war.

Sie stand im dunklen Vorraum und hatte das unheimliche Gefühl, bis zum Hals drinzustecken. Zuerst hörte sie nichts, sah kein Licht und hatte den irrationalen Eindruck, Grant sei gar nicht da, etwas sei schiefgegangen.

Sie ging zur anderen Seite des Vorraums und betrat etwas, das das Wohnzimmer sein mußte. Rechts von ihr befand sich ein Eßzimmer und vielleicht die Küche; links sah sie eine Bogentür und einen schwachen Lichtschein, der auf den Marmorboden fiel.

Palma ging durch das Wohnzimmer auf das Licht zu, bog um die

Ecke und sah eine Tür, vermutlich die Schlafzimmertür, unter der ein breiter Lichtstreifen sichtbar war.

Sie verspürte fast einen Zwang, zuerst anzuklopfen, doch sie widerstand dem Impuls, drückte die Klinke nieder und öffnete die Tür. Sander Grant kniete neben einem übergroßen Bett.

Vor ihm auf dem Bett standen zwei Kästen aus ausgebleichtem weißem Holz, etwa dreißig Zentimeter im Quadrat und acht bis zehn Zentimeter hoch. Beide Kästen waren mit feinen orientalischen Schnitzereien versehen. Als Palma genauer hinschaute, sah sie, daß das Holz stellenweise fleckig war, wie verdunkelt von häufigem Anfassen. Grant hatte einen der Kästen geöffnet; er bestand aus vier Schubladen, die nach verschiedenen Richtungen schwenkbar waren, jede auf einer anderen Höhe; so bildeten sie eine spiralförmige Treppe.

Palma kniete neben Grant nieder und betrachtete den Inhalt der vier geöffneten Schubladen des ersten Kastens. Die Böden der Schubladen waren mit hellgelber Seide ausgelegt. Darauf waren mit dünnen Drahtschlaufen Patronenhülsen befestigt, zwei Reihen von jeweils fünf Stück. In jede Hülse waren ein Datum und ein Ort eingraviert: Tien Phuoc, 16. Mai 1968; Thuan Minh, 4. Juni 1968; Dak Ket, 15. Juni 1968; Ta Gam, 17. Juni 1968; Son Ha, 21. Juni 1968. Sie betrachtete die nächste Schublade: Rach Goi, 9. Juli 1968; Vi Thanh, 23. Juli 1968; Rang Rang, 3. August 1968; Don Sai, 10. August 1968.

Palma hörte ein Klicken. Grant öffnete die Schubladen des zweiten Kastens. Vier weitere Schubladen mit gelber Seide, zehn Patronenhülsen pro Schublade: Chalang-Pflanzung, 12. Juni 1969; Chalang-Pflanzung, 13. Juni 1969; Chalang-Pflanzung, 14. Juni 1969; Bo Tuc, 20. Juni 1969; Tong Not, 25. Dezember 1969; Dak Mot Lop, 19. März 1970; Ban Het, 22. März 1970; Ban Phya, 9. Mai 1970; Polei Lang Ko Kram, 23. Juni 1970. Es waren insgesamt achtzig Patronenhülsen, alle vom gleichen Kaliber, aber unterschiedlich in der Schattierung der Metallfarbe, Ort und Datum.

Grant starrte die Schubladen und ihren Inhalt an. Er sagte nichts, tat nichts, und sein Gesicht verriet nicht, was er dachte. Dann machte er alle acht Schubladen sehr vorsichtig wieder zu. Er stand auf, Palmas Gegenwart noch immer ignorierend, hob den ersten der beiden Kästen auf, trug ihn durch das Zimmer und stellte ihn auf den Boden des geöffneten Wandschrankes. Sorgfältig achtete er darauf, daß die flachen, hohlen Füße des Kastens wieder genau in den Abdrücken standen, die sie in dem dicken Teppich hinterlassen hatten.

Dann tat er dasselbe mit dem zweiten Kasten. Danach trat er zum Bett, glättete es und zog die Bettdecke wieder so zurecht, daß der Saum gerade hing.

Palma stand auf und trat beiseite, als Grant sich auf dieselbe Weise mit Reynolds' Schlafzimmer vertraut machte, wie er es auch bei Mello und Samenov getan hatte. Er sah Reynolds' Kleidung durch, prüfte die Gegenstände in seinem Badezimmer und durchsuchte die Kommode, wo er eine Schublade voller Pornohefte und Pornovideos fand. Mit besorgter Miene verließ er das Schlafzimmer und betrat das zweite Schlafzimmer, das zwar möbliert, aber unbenutzt war; im Badezimmer gab es weder Seife noch Handtücher. Palma folgte Grant in das Wohnzimmer, wo er zur Fensterfront ging und die Vorhänge zuzog, ehe er die Lampen einschaltete und durch den großen Raum zu wandern begann, der mit zahlreichen orientalischen Möbeln und Kunstgegenständen ausgestattet war. Grant ließ keine Porzellanvase undurchsucht, keine Schmuckschatulle ungeöffnet. Er schaute unter die Polstersitze von Stühlen und Sofas, zog die Reißverschlüsse loser Sofakissen auf und fuhr mit der Hand in Polsterritzen. Es gab eine kleine Bücherwand. Grant nahm jedes Buch heraus und blätterte schnell, aber gründlich alle Seiten durch. Eine Weile hielt er sich an der Bar auf und sah nach, welche Alkoholsorten Reynolds vorrätig hatte und in Reserve hielt.

In einer Ecke des Raumes befand sich eine Nische mit einem von Bücherregalen umgebenen Schreibtisch. Grant öffnete alle Schubladen des Schreibtisches und durchsuchte sie; dann sah er sorgfältig ein paar auf einer Seite gestapelte Briefumschläge und Papiere durch. Zwei Gegenstände lagen nebeneinander. Er merkte sich einen Augenblick lang ihre Position, ehe er den Kalender aufnahm und in die Mitte des Schreibtisches legte.

«Wie viele Filme haben Sie mitgebracht, Carmen?»

«Vier Stück zu je sechsunddreißig Aufnahmen.»

«Gut. Schauen wir nach, wie viele Seiten wir aus dem Kalender fotografieren müssen.»

Sie sahen jede einzelne Seite an, beginnend mit dem letzten Dezemberwochenende des vergangenen Jahres. Zum Glück umfaßte der Kalender auf jeder Doppelseite eine Woche. Palma brachte alle Wochen bis zur laufenden auf einer Filmrolle unter. Sorgfältig legte Grant den Kalender wieder zurück und zog dann das Adreßbuch in die Schreibtischmitte. Es schien für privaten Gebrauch bestimmt zu sein. Die meisten Namen waren nur Vornamen, manchmal war der

Anfangsbuchstabe des Nachnamens vermerkt. Das Buch hatte ungefähr die Größe einer Brieftasche. Palma brachte sämtliche Doppelseiten auf den beiden nächsten Filmrollen unter.

Grant hatte Reynolds' Küche durchsucht und schaute jetzt einen Golfsack im Flurschrank durch, als Palma auf die Uhr sah. Sie waren inzwischen seit einer Stunde und vierzig Minuten in Reynolds' Wohnung. Sie ging zum Telefon und rief Leeland an. Reynolds hatte Galveston verlassen und war auf dem Rückweg in die Stadt. Er war noch ungefähr drei Meilen von Hobby Airport entfernt. Palma sagte Grant, sie hätten vielleicht noch dreißig Minuten. Er machte sich noch einmal auf einen Rundgang durch die Wohnung; diesmal verhielt er sich, als sei er in einem Museum. Er schaltete sämtliche Lampen ein und schlenderte einfach durch alle Zimmer; ab und an blieb er stehen und betrachtete Dinge, bei denen Palma nicht verstand, warum er sie nochmals sehen wollte, da er sie bereits gründlich untersucht hatte. Doch er rührte nichts an; manchmal schaltete er hier und da eine Lampe aus und betrachtete die veränderte Lichtwirkung im Raum. So jedenfalls deutete Palma sein Verhalten. Nach und nach arbeitete er sich wieder bis zum Eingangsflur vor. Hinter ihnen waren alle Lampen gelöscht, die Vorhänge an den großen Fenstern wieder geöffnet. Die Lichter der Stadt glitzerten bis in die Dunkelheit des Vorraums.

Fünfundzwanzig Minuten nach Palmas Anruf bei Leeland traten sie in den Hausflur. Grant verschloß die Tür hinter ihnen.

49

Palma und Grant fuhren ins Polizeihauptquartier zurück und brachten die Filme zu Jake Weller ins Fotolabor. Sie verlangten Abzüge in jeder beliebigen Größe, die erforderlich war, um die Schrift in Kalender und Adreßbuch lesen zu können – zwei Abzüge pro Aufnahme, einen für Leeland im Kontrollraum der Sonderkommission, einen für Palmas Schreibtisch.

Dann gingen sie hinunter ins Morddezernat. Die Haupthalle war voll mit Reportern sämtlicher Medien; in den Mannschaftsraum selbst wurde niemand vorgelassen. Alle erkannten Palma und versuchten, sie anzuhalten und ihr ein paar Worte zu entlocken. Nachdem sie endlich den Mannschaftsraum erreicht hatten, fanden sie dort eine etwas kleinere Menschenansammlung vor; es waren Polizeibeamte, die sich in und vor Frischs Büro drängten. Palma erkannte auch einige Stadträte und Abgesandte des Bürgermeisters.

Grant folgte ihr auf dem Fuß, als sie in den engen Korridor einbog, der sie zum Raum der Sonderkommission führte. Eine Sekretärin arbeitete am Computer. Nancy Castle telefonierte. Leeland beugte sich über einen Stapel Papiere auf einem überfüllten Schreibtisch. Von Castles gedämpfter Unterhaltung am Telefon und dem Klappern der Computertastatur abgesehen, war der Raum der stillste Ort im zweiten Stock.

Leeland berichtete ihnen, sowohl Haws als auch Barbish würden gerade operiert, Haws im Methodist Hospital, wohin er hatte gebracht werden wollen, Barbish im Ben Taub. Haws würde sich rasch erholen, aber Barbishs Zustand war ernst. Sein rechtes Knie war zertrümmert. Außerdem hatte er eine lebensbedrohliche Gehirnerschütterung erlitten, offenbar bei seinem Sturz auf die Bordsteinkante, nachdem Marley auf ihn geschossen hatte. Pech. Wenn Barbish starb oder einen Gehirnschaden hatte, würden sie vielleicht nie die Wahrheit über die Schüsse auf Louise Ackley und Lalo Montalvo erfahren.

«Was ist mit Mirel Farr?» fragte Palma.

«Tja, die ist auch im Ben Taub», sagte Leeland. «Kriegt mit Draht den Kiefer geflickt. Muß ihn sich bei diesem Durcheinander irgendwie gebrochen haben. Einzelheiten weiß ich nicht. Lieutenant Corbeil ist noch mit ein paar von unseren Leuten und einem Team von der Sitte da. Farrs Berichte könnten äußerst hilfreich sein.» Er schaute zu Grant auf. «Irgendwas gefunden bei Reynolds?»

«Ich glaube nicht, zumindest nicht, was uns unmittelbar weiterbringt.»

Das war neu für Palma. Auf der Rückfahrt vom St. Regis war Grant höflich, aber bestimmt Palmas Fragen ausgewichen. Für den Augenblick hatte sie es dabei belassen, aber es lag ihr nicht, sich damit abspeisen zu lassen. Grant würde schon auspacken müssen.

«Carmen hat Reynolds' Kalender und Adreßbuch fotografiert», sagte Grant. «Die Filme sind jetzt im Labor. Wenn die Abzüge fertig sind, bekommen Sie einen Satz. Haben Sie Reynolds' Militärakte?»

«Hier ist sie», sagte Leeland und griff nach einem Manilaumschlag unter einem Stapel anderer Papiere. Er schlug ihn auf und biß mit den unteren Zähnen in seinen buschigen Schnurrbart. «War von Februar 1968 bis Juli 1971 als Marinescharfschütze in Vietnam. Drei Einsatzzeiten. Er wollte eine vierte, aber man lehnte ihn ab und verschiffte ihn nach Hause. Entlassung im September 1971. Er hatte ...» Leeland machte eine Pause, um den Effekt zu steigern, «... einundneunzig bestätigte Todesschüsse.»

«Und wurde ehrenhaft entlassen?» fragte Grant.

Leeland nickte.

«Irgendwelche psychologischen Analysen bei seinen medizinischen Papieren?»

Leeland schüttelte den Kopf.

«Die Marines decken ihre Leute.»

«Haben Sie von Birley gehört?» fragte Palma.

«Ja, habe ich ...» Leeland beugte sich vor und hob ein Blatt eines Notizblocks an. «Im Augenblick ist er draußen in Briar Grove, um mit einer Frau zu reden, die im Jahr vor deren Verschwinden oft mit Denise Kaplan Reynolds zusammen war. Hier ist ein Bild von Denise», sagte er, nahm einen Schnappschuß aus einem Ordner und reichte ihn Palma. «Sie ist blond, aber ansonsten sehe ich keine besondere Ähnlichkeit mit den Opfern.»

Palma betrachtete Denise. Das Foto war fünf Monate vor ihrem Verschwinden von einer der Frauen aus Samenovs Gruppe aufgenommen worden, mit der sie sich getroffen hatte. Es war eine postkartengroße Farbaufnahme. Denise stand an einem leeren Strand; die Uferlinie verschwamm hinter ihr im Dunst. Offenbar hatte sie Möwen gefüttert, denn zwei der Vögel flatterten in geringer Höhe hinter ihr. Sie war im Begriff, einen erstklassigen Sonnenbrand zu bekommen. Die frische Seebrise ließ ihr kurzes, aschblondes Haar an einer Seite hochstehen. Sie war keine besonders attraktive Frau, aber sie hatte ein freundliches Gesicht und große Augen, die an den Winkeln leicht nach unten gezogen waren, was ihr ein etwas trauriges Aussehen gab.

Palma reichte Grant das Foto und sah, daß er es lange betrachtete.

«Birley hat außer der, bei der er jetzt ist, noch zwei Frauen gesprochen, die sexuelle Beziehungen zu Kaplan hatten», unterbrach Leeland das Schweigen. «Und alle behaupteten, sie wüßten nicht, ob Kaplan jemals Affären mit den Opfern hatte. Birley hatte den Eindruck, daß sie logen, daß sie wegen der Morde Angst hatten zu reden.»

Nancy Castle, die telefoniert hatte, während sie dastanden, legte den Hörer auf, schaute auf die Uhr, machte sich rasch eine Notiz und winkte dann mit dem Zettel Leeland zu.

«Das war Garro», sagte sie. «Er und Childs haben von Cushing und Boucher übernommen, und sie sind Reynolds und seiner Freundin bis zu seiner Wohnung gefolgt. Garro und Childs sind jetzt in dem Überwachungswagen. Einer von den Elektronikleuten baut eine Wanze in Reynolds' Wagen ein. Sie bleiben ihm auf den Fersen.»

«Gehen Cushing und Boucher nach Hause?» fragte Leeland.

«Sie sagten, sie würden sich in sechs Stunden wieder melden.»

«Okay. Wir haben mit Broussard gesprochen», sagte Palma zu Leeland, berichtete über die wichtigsten Aussagen und gab die Fakten weiter, die sie erfahren hatten.

«Soll das heißen, daß alle drei Opfer seine Patientinnen waren?» Leelands ernste Augen weiteten sich.

Palma nickte.

«Verdammt. Und was für einen Eindruck macht der Mann?»

Palma wandte sich an Grant. Sie würde darauf nicht antworten. Sie wollte hören, was Grant zu sagen hatte. Er sah sie an; er wußte, was sie dachte.

«Okay, reden wir zuerst über Reynolds' Wohnung», sagte Grant. Seine Augen wanderten von Palma zu Leeland. «Wissen Sie noch, daß ich sagte, ich würde etwas über ihn erfahren, wenn wir seine Wohnung fotografieren und durchsuchen könnten? Nun ja, ich habe tatsächlich etwas erfahren, aber es war nicht das, was ich erwartet hatte. Ich habe ein paar Männer gekannt, die in Vietnam Scharfschützen waren. Sie alle waren recht intelligent, geduldig, genau, fast pedantisch. Ich war also nicht überrascht von den Patronenhülsen als Souvenirs, außer von der Anzahl. Nachdem dieses Mädchen, Terry, Carmen erzählt hatte, was Reynolds mit Louise Ackley und seinem Zielfernrohr machte, hatte ich solche Souvenirs beinah erwartet. Was ich nicht erwartet hatte, war, daß Reynolds auf meiner Liste der Verdächtigen jetzt sehr viel weiter unten steht.»

Leeland schaute Palma an, aber deren Blick war Grant zugewandt.

«Ich habe schon mehrmals gesagt, daß sexuell motivierte Mörder Erinnerungsstücke aufbewahren», begann Grant zu erklären, «aber die Patronenhülsen zählen nicht. Jedenfalls nicht in diesem speziellen Zusammenhang. Wenn ich Scharfschützenmorde zu untersuchen hätte, dann ja. Aber in diesen Fällen haben sie nichts zu bedeuten. Ich bezweifle nicht, daß Reynolds Probleme hat, aber ich glaube nicht, daß das unsere Probleme sind. Jedenfalls nicht bei den Serienmorden.»

«Sie haben also gar nichts gefunden?» Leeland konnte es nicht glauben.

«Was irgendwelche Verbindungen zu den Fällen betrifft, war die Wohnung sauber. Nichts. Aber Reynolds ist ein kalter Bursche... keine Fotoalben, keine Erinnerungsstücke oder Hinweise auf seine Familie, keine Briefe an oder von jemandem... überhaupt keine persönlichen Dinge. Die Wohnung könnte ein Hotelzimmer sein, in dem jede Nacht jemand anderer wohnt. Ich stelle mir vor», er wandte sich an Palma, «daß er das Gewehr, von dem Terry Ihnen erzählt hat, in seinem Büro oder im Kofferraum seines Wagens aufbewahrt.»

«Könnte er seine Andenken nicht auch dort haben?» fragte Leeland.

«Das kann ich mir einfach nicht vorstellen», sagte Grant. «Er hätte sie zu Hause, vielleicht gut versteckt, aber sie wären in dieser Wohnung. Wir waren etwas mehr als zwei Stunden da. Ich habe viel Übung darin, solche Sachen zu suchen. Wenn sie dagewesen wären, hätte ich sie gefunden, glaube ich.»

«Und Broussard...», sagte Palma, als wolle sie ihn erinnern.

Grant nickte. «Genau. Den müssen wir uns näher ansehen. Abgesehen von den offenkundigen Tatsachen, die wir schon erwähnten, gibt es da ein paar Sachen, die mich wirklich beeindruckt haben. Die Fakten über Kindesmißbrauch... und weibliche Täter.» Er sah Palma an. «Die müssen Ihnen doch Freude gemacht haben. Aber der entscheidende Punkt ist», er wandte sich wieder an Leeland, «daß er uns nicht erwartet hatte; und selbst wenn doch, kann ich mir nicht vorstellen, daß er ahnte, in welche Richtung unsere Fragen gehen würden. Trotzdem konnte er diese Statistiken über Kindesmißbrauch herunterbeten, als hätte er sie gerade nachgelesen. Zwei Möglichkeiten gibt es: Entweder war er mächtig beeindruckt von diesen Fakten und Zahlen, als er sie irgendwo las, und prägte sie sich ein, oder er hat ein besonderes Interesse an diesem Thema, und die Statistiken sind ihm deshalb geläufig. Ich vermute letzteres.»

«Er sagte, daß fast alle seine Patienten Frauen sind», erinnerte Palma ihn. «Da erscheint es mir logisch, daß er über solche Studien auf dem laufenden ist.»

«Richtig.» Grant nickte bedachtsam, als habe er erwartet, daß sie das sagen würde. «Aber der nächste Punkt ist nicht so leicht zu erklären. Als ich ihn aufgefordert habe, darüber zu spekulieren, welche Denkweise unseren Mörder vielleicht lenkt, da wollte er nicht. Er wollte ganz und gar nicht. Aber als er es schließlich doch tat, drückte er seine Beobachtungen in der ersten Person aus, nicht in der dritten. Das war signifikant. Außerdem war seine Einschätzung perfekt, in jeder Hinsicht zutreffend. Ich glaube nicht, daß sich das mit seinem Beruf als Psychoanalytiker erklären läßt. Kriminalpsychologie ist ein Spezialgebiet. Wenn ein Psychoanalytiker sich nicht besonders für Kriminalpsychologie interessiert, muß er eine ganze Menge lesen, bevor er die Informationen herunterrasseln kann, die Broussard uns heute abend gegeben hat. Aber sie waren ihm vollkommen geläufig, und zwar *speziell* die Typologie des Sexualmörders.»

Grant sagte das mit unverkennbarer Befriedigung. Offensichtlich hatte Broussard seinen Erwartungen entsprochen.

«Das Interessante ist», fügte Grant hinzu, «daß er mir all das ohne weiteres gesagt hat. Einfach so. Er hat sich keine Mühe gegeben, mir Sand in die Augen zu streuen. Als hätte er gesagt: ‹Okay, hier ist mein Leben, ich lege alles auf den Tisch. Aber selbst das wird Ihnen nichts nützen, weil ich immer noch doppelt so schlau bin wie Sie.› Er hat mich herausgefordert. Und darauf hatte ich gewartet.»

«Wenn man darüber nachdenkt, war er eigentlich außerordentlich kooperativ», sagte Palma. «Er hat uns über die Opfer aufgeklärt, und er hat von sich aus gesagt, daß er Samenovs Arzt war.»

«Genau», pflichtete Grant bei. «Der Bursche wird uns noch eine Weile beschäftigen.» Plötzlich wandte er sich wieder an Leeland. «Irgendwelche Neuigkeiten aus dem Labor?»

«Oh, ja, gibt es.» Leeland kramte auf seinem Schreibtisch herum, bis er einen gelb eingebundenen Bericht aus dem Labor fand. «LeBrun hat ihn kurz nach fünf gebracht.» Er schlug das Deckblatt auf und las einen Augenblick.

«Okay», sagte er dann. «Sie wissen ja noch, daß wir bei Dorothy Samenovs Bett fünf unidentifizierte Schamhaare gefunden haben. Davon stammten drei von derselben Person, zwei andere von einer anderen Person. Also, die drei Schamhaare entsprachen denen von Kittrie.»

«Donnerwetter», sagte Palma. «Aber wir haben da immer noch ein Zeitproblem. Ein Bad oder eine Dusche hätten mit ziemlicher Wahrscheinlichkeit alle Haare beseitigt, die sie von Sexualpartnern an sich hatte. Wenn sie normalerweise morgens badete, würde die Zeitspanne, in der sie sexuelle Beziehungen hätte haben können, etwa von sechs Uhr morgens bis zu ihrem Tod ungefähr um zehn Uhr abends reichen.»

«Sie hätte auch baden können, als sie von der Arbeit heimkam», sagte Grant. «Dann hätte sie diese Haare innerhalb von drei Stunden oder weniger aufgenommen, wenn wir annehmen, daß sie etwa fünfundvierzig Minuten brauchte, um von Cristof's aus nach Hause zu fahren und zu baden.»

«Ihre Arbeitsstunden lassen sich wahrscheinlich klären», sagte Leeland. «Sie kann praktisch zu jeder Tageszeit mit jemandem zusammengewesen sein, was bestätigen würde, daß sie sauber war, bis sie aus dem Club wegfuhr.»

«Womit beide sexuellen Begegnungen innerhalb dieser dreistündigen Periode anzusiedeln wären», sagte Grant.

«Birley und Leeland haben von Anfang an spekuliert, sie könne eine *ménage à trois* gehabt haben», sagte Palma und sah Leeland an.

«Aber ich hatte keine Ahnung, daß eine der Beteiligten Vickie Kittrie sein würde», sagte Leeland. «Verdammt, wir wußten ja nicht mal, daß wir von Frauen redeten.»

«Das wissen wir immer noch nicht.» Grant nahm den Laborbericht. «Wir haben noch immer zwei unidentifizierte Schamhaare. Diese Frauen sind ja *bi*sexuell.»

Palma war enttäuscht. Falls Grant ihrer Theorie überhaupt irgendwelche Gültigkeit zugestand – und sie hoffte, daß Reynolds' Eliminierung als Hauptverdächtiger ein Anzeichen dafür war –, so ließ er die traditionelle Theorie des männlichen Mörders doch nicht ohne weiteres fallen. Realistischerweise konnte sie das allerdings auch nicht von ihm erwarten.

«Und alle diese Haare waren ohne Hautzellen?»

«Richtig», sagte Leeland. «Ohne Hautzellen ist kein DNS-Test möglich und auch keine Geschlechtsbestimmung.»

«Trotzdem ist es wahrscheinlich, daß Kittrie sexuelle Beziehungen zu ihr hatte, und zwar innerhalb von wenigstens drei Stunden vor ihrem Tod», sagte Grant.

«Es sei denn, Samenov hätte an diesem Abend gebadet und wäre irgendwann früher am Tag mit Kittrie zusammengewesen», warf Palma ein. «Oder sie hätte aus irgendeinem Grund an diesem Morgen nicht gebadet und auch nicht am Abend vorher und wäre vierundzwanzig Stunden vorher in einer *ménage à trois* oder einzeln mit jemandem zusammengewesen, und zwar im Abstand von vierundzwanzig bis sechsunddreißig Stunden.»

«Oder», sagte Leeland, «jemand hätte die Haare dort abgelegt, entweder die von Kittrie oder die anderen oder beide.»

«Reynolds», sagte Palma. «Er würde so etwas tun und hätte auch Gelegenheit dazu gehabt. Er hatte Zugang zu Kittries Haar.»

Aber Grant interessierte sich nicht mehr für Reynolds. Später mochten Beweise auftauchen, die ihn als Verdächtigen ausschieden oder, was wahrscheinlich war, mit den Morden an Ackley und Montalvo in Verbindung brachten, aber für Grant hatte er mit den Serienmorden nichts zu tun. Dieser Sinneswandel war recht schnell gekommen. Grant verschwendete keine Zeit darauf, überholte Fehlkalkulationen wieder aufzuwärmen. Seine ganze Aufmerksamkeit galt nun Broussard.

«Wie wir jetzt wissen, hätte auch Broussard Zugang zu ihren Haaren haben können», sagte Grant. «Ich denke, wir werden das Sexualleben des guten Doktors sehr interessant finden. Ich würde bei keiner dieser Frauen so schnell ausschließen, daß sie etwas mit ihm hatte.»

«Wie realistisch ist die Annahme, daß Broussard sich so etwas ausgedacht hätte?» fragte Leeland.

«Himmel», sagte Grant, «wer immer diese Frauen umgebracht hat, hätte die Intelligenz und vermutlich auch die Neigung, sich auszudenken, was wir uns nur vorstellen können, und vermutlich noch viel mehr. Ich wette, er könnte auch die Haare dort hingebracht haben.» Er dachte einen Augenblick nach, warf den Laborbericht auf Leelands Schreibtisch, streckte die Hand aus und zog einen Metallstuhl mit gerader Rückenlehne heran. Er setzte einen Fuß auf die unterste Verstrebung.

«Andererseits», sagte er, faßte mit beiden Händen die Rückenlehne des Stuhls und drückte die Arme durch, «muß man sich hüten, sich hier zu weit zu versteigen. Mit Spekulationen kann man sich leicht selbst ein Bein stellen. Ich habe mich dabei mehr als einmal vergaloppiert. Das passiert schnell, vor allem, wenn man weiß, daß man einen tüchtigen Gegner hat. Aber wir müssen die Sache sauberhalten.» Er sah Palma mit dem ersten echten Grinsen an, das sie an ihm bemerkte. «Wir sollten uns an den Rat Ihres Vaters halten, Carmen. Wir müssen entscheiden, wie es *nicht* gewesen ist.»

Leeland nickte gedankenvoll, den Blick auf Grant gerichtet, der jetzt seine Krawatte lockerte, während er die Fließdiagramme vom Ablauf der Ereignisse studierte, die Leeland und Castle auf die Tafel hinter Leelands Schreibtisch gezeichnet hatten.

«Sie haben recht», sagte Leeland. «Aber ich muß sagen, so etwas habe ich noch nie gesehen. Die Fakten häufen sich, aber sie scheinen keine Summe zu ergeben.»

«Das kommt schon noch», sagte Grant. «Es kommt immer. Wir sollten ein paar Dinge erledigen. Leider werden wir damit wohl bis Montag warten müssen, aber wir sollten unbedingt den Berufsverband der Psychiater und Psychoanalytiker kontaktieren und feststellen, ob sie jemals irgendwelche Beschwerden über Broussard bekommen haben», sagte er. «Und noch etwas. Er lebt zwar in einer ziemlich feinen Gegend, wo die Leute gewöhnlich sehr zugeknöpft sind, wenn man von ihnen Informationen über andere will, aber wir sollten trotzdem ein paar Leute ausschicken, die an die Türen klopfen. Und feststellen, ob Broussard eine Haushaltshilfe hat. Manchmal fahren die Angestellten zusammen im selben Bus und vertreiben sich die Zeit damit, über ihre Arbeitgeber zu reden. Sie sind gute Quellen. Wir müssen mehr über ihn herausfinden.

Interessant war auch, daß er sich bemüßigt fühlte, uns zu sagen, er habe wahrscheinlich keine Alibis für die fraglichen Abende. Also weiß er das bereits. Es wurde ihm klar, als er den Zeitungsbericht über Mellos Tod las, in dem auch die drei anderen Morde samt Daten erwähnt wurden.

Mir bricht das Kreuz», sagte er, nahm den Fuß von der Verstrebung, drehte den Stuhl um und setzte sich darauf. «Himmel», stöhnte er.

Palma setzte sich auf den Rand von Castles Schreibtisch neben ihre Handtasche. Leeland hockte sich auf seinen eigenen Schreibtischstuhl.

«Und wir müssen mit Vickie Kittrie etwas unternehmen», sagte Grant.

«Wir müssen Sie endlich zu den Verdächtigen zählen», sagte Palma. «Wieder einmal.» Ihre Stimme war angespannt vor Frustration. «Wir geben uns alle Mühe, das Offensichtliche zu übersehen. Wir machen alle möglichen Verrenkungen mit dem Ablauf von Samenovs letztem Tag und versuchen zu klären, wie Kittries und noch jemandes Schamhaare in Samenovs Wohnung kamen..., aber den Schluß, daß sie bei Samenov war, als sie starb, ziehen wir nicht. Das ist doch lächerlich. Warum zum Teufel ziehen wir nicht in Erwägung, was auf der Hand liegt: daß Kittrie bei Samenov war, als sie starb, und daß Kittrie sie vielleicht umgebracht hat? Es ist doch wirklich verbohrt, diese Möglichkeit dauernd auszuschließen.»

«Aber Carmen», sagte Leeland, «sie hat Ihnen ihre Schamhaare gegeben, ohne die geringsten Einwände zu machen.»

«Ach, kommen Sie. Was hätte sie denn sonst tun sollen? Einen Durchsuchungsbefehl verlangen? Das wäre doch erst recht verdächtig gewesen.»

«Sie hat *selbst* die Polizei gerufen», beharrte Leeland. «In Ihrem eigenen Bericht stand, sie sei über Samenovs Tod völlig am Boden zerstört gewesen. Sie wurde ohnmächtig, als sie die Leiche sah.»

Palma schaute Leeland an. «Ja, das habe ich geschrieben. Und sie *war* am Boden zerstört. Aber selbst wenn sie tatsächlich ohnmächtig wurde, ist das noch immer kein vernünftiger Grund, sie als Verdächtige auszuschließen. Ich kenne Frauen, die keinen Grund brauchen, um in Tränen auszubrechen. Das ist ihre erste Reaktion auf alles Unerwartete. Vickie hat *jedesmal* geweint, wenn ich sie sah. Und glauben Sie, der grüne Junge, der bei ihr war, als sie ohnmächtig wurde, hätte eine gespielte Ohnmacht von einer echten unterscheiden können? Ich habe auch mit ihm gesprochen, und er war ebenso erschüttert über den Fund der Leiche, wie Kittrie es zu sein schien.»

«Hören Sie, so kommen wir nicht weiter», sagte Grant zu Palma. «Bleiben Sie ihr einfach auf den Fersen. Fangen Sie mit ihren Alibis an. Stellen Sie fest, ob sie Broussard kennt. Wie ist sie bei Vernehmungen?»

«Schwierig. Sie spielt die ganze Palette durch, von kooperativ bis hysterisch. Sie kann widerspenstig sein, aber sie ist weder provozierend, noch spielt sie den kessen Vater. Sie ist überaus weiblich; ihr Widerstand gegen die Zusammenarbeit kommt heraus wie kleinmädchenhafter Trotz.» Palma verzog entschuldigend die Lippen. «Ich muß zugeben, nach dem, was ich in den letzten paar Tagen über sie erfahren habe, ist ihre kindliche Nummer wahrscheinlich Berechnung gewesen. Desto überzeugter bin ich, daß wir einen schweren Fehler machen würden, wenn wir sie bloß deshalb übersähen, weil sie nicht in unser Raster paßt.»

Grant senkte den Kopf und dachte einen Augenblick nach. «Wir müssen mit Mirel Farr reden, sobald die Ärzte das gestatten. Sie sollte uns einigen Aufschluß über Kittrie geben können. Ich denke, wir können ihr klarmachen, daß sie tief genug in der Patsche sitzt und daß es von Nutzen für sie wäre, uns gegenüber wesentlich kooperativer zu sein, als sie es bei Marley und Haws war.» Er sah Leeland an. «Würden Sie uns Bescheid geben, sobald eine Vernehmung möglich ist?» Leeland nickte und machte sich eine Notiz.

«Aber am allerwichtigsten ist», sagte Grant, «daß Broussard rund um die Uhr überwacht wird. Wie stehen unsere Chancen dafür? Wie ist die Stimmung in der Verwaltung? Werden sie das Geld dafür bewilligen?»

Leeland zog eine Grimasse und wies mit dem Kopf in Richtung auf Frischs Büro auf der anderen Seite des Mannschaftsraums.

«Darüber wird gerade verhandelt», sagte er. «Ich habe das Gefühl, sie werden es bewilligen. Frisch hat schon vorhergesehen, daß wir vielleicht mehrere Überwachungsteams brauchen werden; er setzt sich also dafür ein. Meinen Sie nicht, daß wir die Leute von Reynolds abziehen können?»

Grant schüttelte den Kopf. «Nein, er ist noch immer unser bester Kandidat für die Morde an Ackley und Montalvo, unter Verwendung von Barbish. Wenn er morgen erfährt, daß wir Barbish geschnappt haben, tut er vielleicht etwas Unbedachtes oder führt uns auf eine Spur. Außerdem sollten sich Ihre Überwachungsleute heute nacht auch den Kofferraum von Reynolds' Auto ansehen. Bevor er von Barbishs Verhaftung erfährt. Was ist mit Barbishs Waffe?»

«Derselbe Typ, der bei den beiden Morden verwendet wurde», sagte Leeland. «Aber die Tests können sie erst morgen früh machen.»

Grant nickte nachdenklich. «Okay», sagte er und stand auf. «Können Sie uns bezüglich der Überwachung von Broussard Bescheid geben?»

Leeland nickte, während er sich bereits eine Notiz machte.

50

Fremde Schlafzimmer sind zutiefst erotisch. Ich wußte das schon als Kind, lange bevor ich die Bedeutung von Erotik kannte. Ich war nie zuvor hier, und ich bin früh gekommen, damit ich die subtile, aber machtvolle Lust genießen kann, allein das Heim eines anderen Menschen zu betreten. Ich schalte kein Licht ein. Das Haus ist schon älter. Die Frau, die hier wohnt, will an ihrer Stromrechnung sparen. Sie hat die Klimaanlage abgestellt und alle Fenster geöffnet, um die kühlere Nachttemperatur und die Frische des kürzlich gefallenen Regens auszunutzen.

Rasch bin ich durch das Haus gegangen, habe mich im Lichtschein der Fenster vorsichtig durch alle Räume bewegt, habe mir die Frau vorgestellt, die hier wohnt, und die Art, wie sie von Zimmer zu Zimmer geht wie ich eben. Zuerst habe ich absichtlich einen Bogen um das Schlafzimmer gemacht. Ich bin daran vorbeigegangen, habe seine Anziehungskraft gespürt, es aber nicht betreten. Noch nicht. Von einem anderen Raum aus habe ich seine geöffnete Tür gesehen und das erste Prickeln zwischen den Beinen gespürt. Dann bin ich noch in ein anderes Zimmer gegangen, habe mich nach dem Schlafzimmer umgeschaut und mich auf die süßen Schmerzen gefreut, die mich jenseits dieser einladenden Tür erwarten.

Doch jetzt stehe ich hier und sehe in das Schlafzimmer. Durch das Fenster fällt blaßblaues Licht in den Raum und läßt die Laken auf dem ungemachten Bett aussehen, als seien sie in Farbe getaucht.

Die Schranktür steht offen. Ich gehe hin und atme den subtilen Duft alten Parfums. Ich trete näher, und vor der geöffneten Schranktür stehend, streiche ich mit der Hand von oben bis unten über die blauen Kleider.

Im Schrank finde ich zwei leere Kleiderbügel und fange an, mich auszuziehen. Als ich ganz nackt bin, hänge ich meine Kleider auf die Bügel und schiebe sie zwischen ihre blauen Kleider. Später, wenn ich sie herausnehme und wieder anziehe, werden sie fast unmerklich den pastellenen Duft ihrer Kleider angenommen haben.

In der Nähe des Schranks steht eine Kommode. Ich gehe hin und ziehe die Schubladen auf, bis ich die Wäsche finde. Stück für Stück nehme ich heraus und halte es in das blaue Licht. Alles ist blau, in helleren und dunkleren Schattierungen. Ich nehme jedes Stück zwischen die Lippen, reibe die Lippen gegeneinander, spüre, wie der glatte Stoff sich zwischen ihnen bewegt, Nylon und Seide. Nachdem ich alle Stücke an den Mund geführt habe, öffne ich sämtliche Schubladen und drapiere die Wäschestücke darüber. Die Büstenhalter hänge ich quer auf. Es gibt nicht genug Schubladen, also hänge ich sie an die Türklinken, an die Bilder und Lampen, an den Spiegel, über Sitz und Rückenlehne eines Stuhls, überallhin, wo ich Platz finde, bis alles ausgebreitet ist, alles meine Lippen passiert hat.

Ich gehe zu dem ungemachten Bett. Meine Erregung und das, was sie mit meinem Körper macht, sind mir sehr bewußt. Die zerwühlten

Laken fühlen sich kühl an. Die Hitze des letzten Körpers, der hier lag, ist längst vergangen, aber nicht sein Geruch. Nackt gleite ich zwischen die blaßblauen Laken und rieche die Frau, die hier lebt.

Die Laken und Decken im dämmrigen Licht werden rasch warm, dann heiß. Als ich schweißbedeckt bin, schlage ich die Decken zurück, trete dagegen, schleudere sie von mir, ziehe sie am Fußende unter der Matratze hervor und werfe sie in die Ecke. Dann lege ich mich auf das bloße Laken, breite Arme und Beine aus, ruhe in der Mitte des Bettes, allein, und spüre, wie das alles verschlingende Prickeln sich auf meinem ganzen Körper ausbreitet, als der Schweiß verdunstet und mich kühlt.

Und ich warte.

Auch sie hat einen Schlüssel. Ich höre ihn im Schloß der Vordertür. Obwohl sie nicht hier wohnt, war sie schon früher hier. Ich halte den Atem an, lausche ihrem Schritt auf dem hölzernen Fußboden. Die Tür schließt sich hinter ihr. Ich habe kein Licht gemacht. Auch sie tut es nicht, da sie weiß, daß sie nichts verändern soll. Was immer sie antrifft, akzeptiert sie. Aber ihre Schritte sind langsam, als sie durch die Zimmer zur Schlafzimmertür geht. Dort bleibt sie stehen. Ich weiß, daß sie mich auf dem Bett sieht.

Ich höre ein Klacken, als sie einen ihrer hochhackigen Schuhe abstreift. Ein weiteres Klacken, als der zweite fällt. Ich höre das Geräusch von Kleidern, das weiche Knistern, mit dem Knöpfe durch Knopflöcher gleiten, einen Reißverschluß, das Rascheln von Kleidern, die zu Boden fallen, das gedämpfte Schnappen von Gummi auf nacktem Fleisch.

Ich rolle mich herum, um sie anzusehen. Sie ist nahe, in Reichweite, gebadet im blauen Licht, das durch das Fenster hinter meinem Rücken fällt. Sie hat schon begonnen, sich zu berühren. Ihr Kopf ist zurückgeworfen, ihr Haar hängt lang über Schultern und Rücken, während ihre linke Hand eine üppige Brust mit indigoblauer Brustwarze umfaßt.

Ich höre die feucht gleitende Bewegung ihres Fingers.

Als Kind pflegte ich zu beobachten, wie meine Mutter das tat, genau das.

Bald kann ich im bleichen Licht sehen, daß sie schwitzt, daß ihre Hand sich kraftvoller bewegt.

Ich liege da und lausche ihr, dem schnelleren, heftigen, keuchenden Nahen ihres Höhepunktes. Als es soweit ist, als sie stöhnt, als werde sie geschlagen, stürzen plötzlich Tränen aus meinen Augen, klare

Ergüsse, die über mein Gesicht strömen und mich wieder in meine Kindheit versetzen, zu meiner Mutter, die erschöpft auf das Bett zurückfällt. Dann, für einen Augenblick, einen reinen, flüchtigen Augenblick, fühle ich mich genau wie damals. Meine Emotionen sind ein Durcheinander von Furcht und Begehren und Trostlosigkeit... und von Sehnsucht nach etwas, das ich damals nicht verstand und auch heute noch nicht verstehe.

Ich liege still. Ihr Kopf ruht auf dem Bett. Ihre üppige Haarmähne berührt meine nackte Hüfte.

Ich nähme und nehme große Mühen auf mich, um genau diese kurze Empfindung aus meiner Kindheit zurückzuholen. Große Mühen. Meine dauernde Angst dabei ist, daß ich eines Tages nicht mehr fähig sein werde, sie genauso zu reproduzieren, wie ich sie in Erinnerung habe. Tatsächlich wird es mit der Zeit immer schwieriger. Das hat mir viele angstvolle Stunden bereitet. *Warum* droht die Empfindung sich mir zu entziehen? Was wäre mein Leben ohne sie? Der Gedanke daran verursacht mir Panik. Ich habe versucht, das Gefühl dieses Augenblicks wieder zu erschaffen, indem ich mich einfach in die Kinderjahre zurückversetzte, in denen es geboren wurde. Ein paarmal ist es mir tatsächlich gelungen. Aber mehr und mehr ist dazu eine Frau erforderlich, jung, wie meine Mutter jung war, mit Brüsten so üppig wie ihre, so glattem und straffem Fleisch wie ihres, als sie mich zum ersten Mal einlud, daran teilzuhaben. Das ist nötig. Und das, was danach kommt, ist auch nötig. Jetzt funktioniert es nur, wenn ich in meinem tiefsten Inneren weiß, daß das Nachspiel kommt, obwohl ich nicht bewußt daran denke oder es vorwegnehme. Das Nachspiel ist mein Geschenk an sie. Bittersüß. Und ich glaube, sie würde es verstehen. Ich weiß, daß sie es verstehen würde. Denn sie ist diejenige, die mich gelehrt hat, was ich weiß, und mich zu dem gemacht hat, was ich bin. Sie ist diejenige, die die Grenzen zwischen Liebe und Wollust verwischte, die mir meine Kindheit stahl und mich die Bedeutung von Verrat lehrte, als ich für dieses Wirren noch zu jung war.

Die Frau hat jetzt ihre Energie zurückgewonnen. Ich merke, daß sie aufsteht und zu der Tasche geht, die ich mitgebracht und neben die Schlafzimmertür gestellt habe. Ich höre, wie sie sie öffnet und den Inhalt mit ihren Händen berührt.

Als ich spüre, daß das Bett sich bewegt, weiß ich, daß sie auf das nackte Laken steigt; hier und da sinkt die Matratze unter dem Gewicht ihrer Knie ein, bewegt sich, als sie sich bewegt, rittlings über mir kniet.

Sie ist ein großgewachsenes Mädchen mit langen Gliedern, runden

Hüften und üppigen Brüsten. Von ihren erhobenen Armen sehe ich Seile baumeln, die sie an ihre Handgelenke gebunden hat. Ich weiß, daß andere ihre Fußknöchel umschließen.

Sie ist herrlich. Ich kann spüren, wie der Schmerz in meinen eigenen Lenden beginnt, der Schmerz, der uns über alles hinaustragen wird, was sie je erlebt hat. Sie ahnt nichts von dem, was ich gleich mit ihr tun werde, obwohl sie zu wissen glaubt, warum sie hier ist und was geschehen wird. Es wird ein rares Erlebnis sein. Für sie das einzige, für mich ein weiteres in einer Reihe, der Preis dafür, daß ich diese Passion aus meiner Kindheit, die mich verfolgt, nochmals erleben darf, daß ich sie lebendig erhalten darf, obwohl sie mehr Qual in mein Leben gebracht hat, als wenn mich Teufel besessen hätten.

51

Bis sie sich einen Weg durch den überfüllten Gang gebahnt hatten, mit dem Aufzug nach unten gefahren und durch die Halle zur Vorderseite des Verwaltungsgebäudes gegangen waren, wo Palma in der zweiten Reihe geparkt hatte, war es Viertel nach zehn. Sie fuhren bereits südlich um die Innenstadt herum, als einer von ihnen sprach.

«Müde?» fragte Palma.

«Ja, das auch», sagte Grant, aus dem Fenster schauend.

«Möchten Sie irgend etwas Bestimmtes essen?» fragte Palma.

«Nein, entscheiden Sie. Mir ist alles recht.»

«Dann fahre ich nach Hause», sagte Palma. «Was halten Sie von Sandwiches?»

«Ja, natürlich, wunderbar.» Er war überrascht und wandte sich zu ihr um. «Aber warum machen Sie sich die Umstände? Mir ist auch eine Imbißstube recht.»

«Wenn es Ihnen nichts ausmacht», sagte sie, «würde ich wirklich lieber nach Hause fahren. Bei mir können wir die Schuhe ausziehen.»

Erst als sie die Haustür aufschloß und Sander Grant neben ihr stand, kamen Palma einen Augenblick lang Bedenken. Grant hatte so viel darüber geredet, wie aufschlußreich es sei, die Wohnung eines Menschen zu sehen, den Inhalt seiner Bücherregale und Schränke, seines Kühlschranks und seines Arzneischranks. Plötzlich hatte sie das Gefühl, sich auszuliefern, Grant von dem Augenblick an, in dem sie über die Schwelle traten, die Oberhand zu lassen. Die Oberhand über was? Zum Teufel damit, dachte sie und stieß die Tür auf.

Sie lud ihn ein, sich wie zu Hause zu fühlen.

«Dort hinten sind das Gästezimmer und ein Bad», sagte Palma und zeigte an der Treppe vorbei, während sie ihre Handtasche auf den Tisch im Eßzimmer legte.

«Ja, ich würde mich gern waschen», nickte Grant. «Danke.»

Palma hatte gerade alles aus dem Kühlschrank genommen, als Grant in die Küche kam, seine Ärmel aufkrempelnd.

«Was kann ich tun?»

«Bedienen Sie sich», sagte Palma. «Gießen Sie sich ein, was immer Sie trinken möchten. Im Kühlschrank sind Wein und Bier und auch Eistee, glaube ich.»

«Und Sie?» fragte er.

«Ich hätte gern einen Wein», sagte sie. «Die Gläser sind da oben.»

Grant nahm die Gläser aus dem Schrank, goß für beide Wein ein und stellte eines neben sie auf die Arbeitsfläche. Dann lehnte er sich an den Küchenschrank und sah zu, wie sie Roastbeef und Schinken in Scheiben schnitt, eine Platte mit grünen Zwiebeln und Oliven, Käse-, Tomaten- und Selleriescheiben und Scheiben von hartgekochten Eiern belegte. Grant griff zu. Keiner von beiden sprach, doch sie fand das nicht unangenehm, sondern erholsam. Sie war nicht in der Stimmung zu plaudern. Wenn er nichts zu sagen hatte, dann wollte sie sich nicht noch müder machen, als sie ohnehin schon war, indem sie Nettigkeiten auszutauschen versuchte. Aber Grant schwieg, stand da, beobachtete sie, nahm ab und zu eine Olive oder eine Scheibe Gemüse, trank und dachte nach. Sie hätte gern gewußt, woran er dachte, aber sie wollte nicht fragen.

«Wie finden Sie das Alleinsein nach dem früheren Eheleben?» fragte er ohne Einleitung.

Sie neigte den Kopf und lachte leise. «So lange war ich nicht verheiratet.»

«Na ja, aber Sie hatten sich doch daran gewöhnt, oder?»

«Ja, das stimmt», räumte sie ein, während sie das Brot schnitt. «Hier. Bedienen Sie sich.»

Sie begannen, ihre Sandwiches zurechtzumachen.

«Ich habe nicht viele Vergleichsmöglichkeiten», sagte er, Dijon-Senf auf sein Brot streichend. «Etliche von den Männern, mit denen ich arbeite, sind geschieden. Manchmal hört man Leute über ihre Scheidung reden, wie schlimm es war oder daß sie noch immer sehr mit ihren Exfrauen befreundet sind. Ich kann mir das nur schwer vorstellen, mich schwer an ihre Lage versetzen.»

«Man kann es sich auch schwer vorstellen, selbst dann, wenn man es selbst erlebt hat», sagte Palma und trank einen Schluck Wein.

«Aber Sie haben sich daran gewöhnt, allein zu leben?»

«Man gewöhnt sich an alles», sagte sie, und in derselben Sekunde wußte sie, daß Grant das nicht so erlebt hatte. Aber er nickte, drehte sich um, um die Flasche mit dem roten Folonari zu holen, und füllte ihre Gläser nach. Sie nahmen Teller, Gläser und die Flasche ins Wohnzimmer mit, wo sie sie auf den kleinen Tisch vor dem Sofa stellten. Palma streifte die Schuhe ab.

Er grinste, setzte sich auf den Rand des Sofas, löste seine Schnürsenkel und zog ebenfalls die Schuhe aus. Dann zog er sein Hemd aus der Hose, und beide setzten sich auf den Boden, Palma an einen Sessel gelehnt, Grant gegen das Sofa. Sie streckten die Beine von sich, fast Zehe an Zehe. Grant schlürfte seinen Wein und sah erneut Palma an. Dann lächelte er.

«Ich weiß das zu schätzen», sagte er.

Ein paar Minuten lang aßen sie schweigend. Palma bemerkte, daß Grant sich wirklich wohl zu fühlen schien, obwohl er nachdenklich war.

«Vielleicht ist das bei Männern und Frauen verschieden», sagte er. Sie begriff nicht gleich, was er meinte. Er sah es ihrem Gesicht an.

«Daß man sich an alles gewöhnt, meine ich.»

«Ach, das war nur eine flapsige Bemerkung, wissen Sie», sagte sie. «Außerdem, Scheidung ist anders...»

«Anders als was?»

Palma sah ihn an, ertappt. «Na ja, ich dachte nur...»

«Nein, ich weiß, was Sie meinen», sagte er schnell, als wünschte er, er hätte sie nicht gefragt.

Palma stellte ihren Teller ab und nahm ihr Weinglas auf.

«Aber was das Alleinsein betrifft», sagte sie und schaute ihn an, «das verkraften Frauen besser.»

«Ja, das habe ich auch gelesen.» Grant setzte ebenfalls den Teller ab und nahm die Flasche, um sein Glas nachzufüllen. Er bot auch ihr

Wein an, aber sie winkte ab. Er hatte bereits drei Gläser geleert, während sie noch beim zweiten war.

«Eigentlich bin ich kein Macho», sagte er, «aber ich dachte immer, ich könnte manches besser bewältigen als die meisten anderen Leute. Das hatte allerdings nichts mit Einsamkeit zu tun. Als ich die kennenlernte ... na ja, ich fühlte mich sehr klein. So etwas hatte ich nie erlebt. Nie.»

Er hielt inne, lachte etwas verlegen und trank einen Schluck. «Keine Angst», sagte er, «das Selbstmitleid hab ich schon hinter mir.»

Palma schaute in ihr Weinglas. Es tat ihr leid, daß er plötzlich verlegen war und Angst hatte, zu persönlich zu werden. Mehr als alles andere wünschte sie, er würde über sich selbst sprechen, sogar über Marne. Sie wollte wissen, was er ihr erzählen und was er für sich behalten würde.

«Sie ist jetzt drei Jahre tot, nicht?» fragte Palma.

«Drei Jahre und drei Monate.»

«Haben Sie je daran gedacht, wieder zu heiraten?»

«Tja, das ist merkwürdig», sagte er. «Ein Jahr lang oder so nicht. Es wäre gewesen wie Ehebruch oder noch schlimmer. Aber dann irgendwann... irgendwann dachte ich an nichts anderes mehr. Ich dachte, ich *müßte* wieder heiraten. Dachte, ich würde verrückt, wenn ich nicht wieder heiratete. Ich geriet richtig in Panik. Ich verkaufte das Haus, in dem wir jahrelang gewohnt hatten, wo die Mädchen aufgewachsen waren, und zog nach Washington. Georgetown. Es war ein Witz. Nach all diesen Ehejahren wußte ich nicht mal, wie man eine Frau kennenlernt. Der Gedanke, in Bars oder Clubs zu gehen, kam mir lachhaft vor. Ich brachte es nicht fertig. Noch immer wurde ich von denselben Leuten eingeladen, mit denen Marne und ich verkehrt hatten. Aber natürlich war ich nun der Einzelgänger. Sie fingen an, alleinstehende, verwitwete oder geschiedene Frauen für mich einzuladen. Und in meinem Alter mußten sie sein. Jedesmal war eine da. Teufel.» Er grinste bei der Erinnerung. «Es war lächerlich.»

«Also haben Sie sich nie allein mit jemandem getroffen?»

Grant trank seinen Wein. «Jedenfalls mit keiner Frau, die andere für mich vorgesehen hatten. Mit keiner, die sie kannten.»

«Aber getan haben Sie es? Oder tun es noch?»

«Ja», sagte er nüchterner.

Sie wartete, aber er sprach nicht weiter. Es sah auch nicht so aus, als werde er es tun.

«Und es war eine Art Skandal?» sagte sie.

Seine Augen sahen sie scharf an.

«Ich werde Ihnen sagen, was ich weiß», sagte sie, und ihr wurde klar, daß das ziemlich kühn war. Sie wußte, daß sie Gefahr lief, ihn zu kränken, statt Barrieren einzureißen und ihm näherzukommen. Aber sie erinnerte sich, Garrett hatte gesagt, Grant habe es überwunden. Die Chinesin und alles. Und sie wollte ihm zu verstehen geben, daß sie in Wirklichkeit nichts wußte.

«Sie war die Frau eines chinesischen Diplomaten. Eine schöne Frau. Sie verliebten sich in sie, sehr ernsthaft. Sie heirateten. Es endete ganz plötzlich. Das ist alles.»

«Herrgott», sagte Grant und sah sie an. Er wirkte nicht überrascht und auch nicht schockiert oder beleidigt. «Die Gerüchteküche. Ich weiß nicht, worüber ich mehr staunen soll, über die Tatsache, daß es sich so weit herumgesprochen hat, oder darüber, daß von der Geschichte nicht mehr übriggeblieben ist.»

Nachdem sie gesagt hatte, was sie wußte, hatte sie sich im Bruchteil einer Sekunde entschieden, nicht weiter zu fragen. Wenn er nicht mehr darüber sagen wollte, würde sie das Thema fallenlassen, wenn auch widerstrebend.

«Es wundert mich, daß Sie keine weiteren Details erfahren haben», sagte Grant. «Es gab weiß Gott eine Menge davon.» Er trank seinen Wein aus und stellte das Glas ab.

«Ich habe sie bei einer Party des FBI kennengelernt, einer von den Veranstaltungen in Washington, zu denen ich vor Marnes Tod nie gegangen war», sagte er. «Die Party war in Georgetown, ich hatte also nicht weit zu gehen. Ich war noch keine zehn Minuten da und hatte den obligatorischen Drink in der einen Hand, die andere in der Tasche. Ich fühlte mich absolut fehl am Platz, als ich einen Mann traf, den ich gekannt hatte, bevor ich nach Quantico kam. Er war inzwischen bei der Spionageabwehr. Ich hatte ihn seit Jahren nicht gesehen. Wir unterhielten uns lange. Dann meinte er wohl, wir müßten uns unters Volk mischen. Er führte mich also herum und machte mich mit einer Reihe von Leuten bekannt. Eine davon war eine Chinesin.»

Er griff nach seinem Glas, füllte es halb nach und hielt es dann im Schoß, ohne zu trinken.

«Ich war überrumpelt», fuhr er fort. «Um ehrlich zu sein, in diesem Moment gehörte wohl nicht viel dazu. Sie war verheiratet ... mit einem Beamten der chinesischen Botschaft. Sie war in Peking aufgewachsen und dann in Oxford gewesen, hatte mehrere akademische Grade und besuchte Vorlesungen an der Georgetown University. Ihr Mann war damals nicht mit auf der Party. Ich hasse den Gedanken, wie ich mich verhalten haben muß. Im Aussehen war sie das genaue Gegenteil von Marne.»

Er schaute in sein Glas, als sei die Anspielung auf die äußere Erscheinung der beiden Frauen eine peinliche Fehlleistung.

«Fairerweise sollte ich wohl sagen, wenn jemand versucht hätte, uns zu trennen, hätte ich meine Karriere riskiert, um sie weiterhin zu sehen. Aber das tat niemand. Niemand wußte, was los war, zumindest glaubte ich das. Die Affäre war eine Art beiderseitiger Raserei. Wir wollten unbedingt zusammensein. Es war etwas, das wir gar nicht auszusprechen brauchten und auch nie aussprachen. Meistens trafen wir uns in meiner Wohnung, weil ich allein wohnte und in der Nachbarschaft noch nicht bekannt war. Sie war ein Wunder an Diskretion. Wir hatten reichlich Zeit.»

Grant mußte schlucken. Er hob sein Weinglas zum Mund, um einen Grund dafür zu haben.

«Ich war... vollkommen verzaubert. Die Wirklichkeit hatte in dieser Beziehung überhaupt keinen Platz. Für keinen von uns. Wenn wir uns allein trafen, entweder in meiner Wohnung oder am Wochenende in einem Landgasthof in Virginia oder sogar in einem Hotel, dann waren wir in einer anderen Zeit und einer anderen Welt, sobald wir durch die Tür getreten waren. Im Frühjahr war unser Verhältnis kein Geheimnis mehr. Es verursachte Probleme, ihr und mir. Ihr drohte bereits die Scheidung, aber wir hörten nicht auf. Noch nie in meinem Leben war ich so... rücksichtslos gewesen. An einem regnerischen Nachmittag... das war Mitte April... wurde dann endlich ihre Scheidung ausgesprochen. Binnen vierundzwanzig Stunden waren wir verheiratet.

Eine Zeitlang war alles wunderbar, vielleicht ein paar Monate lang. Sie studierte wieder. Doch die Affäre hätte eine Affäre bleiben sollen. Sie war brillant, eine echte Intellektuelle. Aber die ungestüme Heftigkeit, die mich erregt und... entflammt hatte an diesen gestohlenen, sexgierigen Nachmittagen, stellte sich als etwas ganz anderes heraus, als ich sie vierundzwanzig Stunden täglich aus der Nähe erlebte. Sie war schön, und man konnte unmöglich mit ihr leben. Sie war manisch. Sie studierte den ganzen Tag, die ganze Nacht, ging ins Theater, ins Kino, in Museen. Sie schlief nie, kam nie zur Ruhe. Sie war immer heiter, oft euphorisch. Das war ansteckend, wenn man ihr Bekannter oder Freund war... oder ihr Liebhaber. Aber wenn man sie gut kennenlernte, merkte man, daß ihr unablässiger Eifer irgendwie pathologisch war. Eine Art Hunger nach etwas Undefinierbarem, das sie direkt hinter der nächsten Straßenecke erhoffte, in der nächsten Vorlesung, im nächsten Buch. Oder beim nächsten Liebhaber.»

«Im übrigen», sagte Grant nach einer Pause, «bin ich wirklich überzeugt, daß sie mich liebte.» Wieder hielt er inne. «Wenn sie sich die Zeit genommen hätte, darüber nachzudenken. Aber ich konnte sie nicht zufriedenstellen, genausowenig, wie irgendein Buch, ein Theaterstück, eine Freundschaft sie zufriedenstellen konnte. Es dauerte nicht lange, da merkte ich, daß sie mich betrog. Es brachte mich fast um, als ich dahinterkam, was vor sich ging. Aber das Verrückte war, daß ich inzwischen anfing, sie zu verstehen, und sie nicht verurteilen konnte, weil mir klar war, daß sie nicht anders konnte. Dergleichen Dinge ... man erträgt sie einfach. Der Schmerz ist einseitig. Und man weiß, daß es nie etwas anderes sein wird als Schmerz.»

Grant schien am Ende seiner Geschichte angelangt. Palma war benommen, ja schockiert, weil er mit so brutaler Ehrlichkeit über seine eigenen Gefühle und ihre Untreue gesprochen hatte. Aber wenn er geglaubt hatte, diese kurze Schilderung seiner Affäre würde sie zufriedenstellen, dann hatte er sich geirrt. Er hatte tausend brennende Fragen geweckt. Sie stellte jedoch nur eine einzige.

«Haben Sie sie geliebt?»

Er rührte sich nicht, und einen Augenblick lang antwortete er nicht. Endlich sagte er: «Über alle Maßen.»

Er sah sie an. «Vor fünf Monaten, oder nein, beinahe vor sechs Monaten, es war nämlich zehn Tage vor Weihnachten, kam ich gegen acht Uhr abends, ein bißchen zu spät, aus Quantico zurück. Es war schon seit mehreren Stunden dunkel. Sie war fort. Sie hatte einen Brief hinterlassen, der alles erklären sollte, aber das war natürlich keine Hilfe. Sie hatte Pläne und Träume, Dinge, die sie tun wollte, und andere Leute, mit denen sie sie tun wollte.

Etwas war ungewöhnlich an ihrem Weggang», sagte Grant schließlich, fast als erwarte er, Palma werde es verstehen. «Sie ließ nichts zurück. Nicht der kleinste Gegenstand von ihr ... blieb mir. Da war nichts. Und ich habe gesucht. Es gab ein paar Fotos, Schnappschüsse, die wir voneinander gemacht hatten. Sie waren weg. Ich fand nicht einmal ein Haar von ihr. Es war, als hätte sie nie existiert.»

Er schüttelte den Kopf, in Erinnerungen versunken. «Die Mädchen waren über die Feiertage zu Freunden gefahren. Es war ein schreckliches Weihnachten.»

Er sah Palma an, ohne seine Verwundbarkeit mit machohaftem Achselzucken abzutun, ohne verlegen zu lächeln, weil er zuviel über sich selbst gesprochen hatte. Er schien erleichtert, daß er die Dinge hatte aussprechen können, die er gesagt hatte. Palma vermutete, daß er noch nie jemandem so viel darüber erzählt hatte.

«Was hielten Ihre Töchter von der Heirat?» fragte sie.

«Sie sahen sie als das, was sie war», sagte er. «Sie trafen ein paarmal mit ihr zusammen. Es war nicht so, daß sie sie nicht gemocht hätten, aber sie wußten instinktiv, daß es mit einem Desaster enden würde. Es war das erste Weihnachten seit ihrer Geburt, das ich nicht mit den Mädchen verbracht hatte. Ich hatte ihnen nicht gesagt, daß sie mich verlassen hatte. Tatsächlich habe ich es ihnen erst ein paar Monate später gesagt. Und ich bin erst vor kurzem dahintergekommen, warum sie gerade diese Weihnachten wählten, um zu Freunden zu fahren. Sie und ich waren ungefähr sechs Wochen vor den Ferien in New York gewesen, um die Mädchen zu besuchen. Ich denke, sie spürten, daß unsere Beziehung sich auflöste. Ich denke, sie haben sich rar gemacht, weil sie meinten, es sei am gnädigsten, nicht dabei zu sein, wenn für mich alles auseinanderfiel. So gut kannten sie mich. Und sie hatten recht. Wenn man sich selbst derartig zum Narren gemacht hat, braucht man ein bißchen Zeit, um seine Wunden zu lecken. Mit sich selbst zu reden, die losen Enden der zerfransten Psyche wieder in den Griff zu bekommen.»

«Und das haben Sie getan?»

«Das tue ich noch», erklärte Grant. «Ich bin nicht mehr so widerstandsfähig wie früher.» Er schnaubte freudlos. «Himmel, ich war nie so widerstandsfähig, wie ich gedacht hatte. Dreiundzwanzig Jahre lang war ich abhängig von Marne gewesen, emotional abhängig. Unbewußt war mir das vermutlich klar, aber ich habe es mir nie wirklich eingestanden. In der Hinsicht nahm ich sie als selbstverständlich hin. Diese Arbeit, diese Menschen sind so verdammt bizarr, daß man mehr als alles andere auf der Welt emotionale Stabilität braucht. Marne war mein beständiges zweites Selbst. Wenn ich mich in diese Arbeit vertieft hatte, wenn ich so lange im Gehirn verkorkster Typen herumgekrochen war, daß mir schon die Hände zitterten, ohne daß ich etwas dagegen tun konnte, dann konnte ich nach Hause kommen und meine Hände in Marnes Hände legen. Dann wußte ich, daß alles in Ordnung war. Solange sie da war, wußte ich, daß ich nie so tief hineingeraten würde, daß ich nicht mehr herauskäme, daß sie mich nicht mehr herausholen könnte. Ich brauchte mir nie Sorgen zu machen, daß sie den richtigen Pol aus den Augen verlieren würde. Als sie starb, mußte ich lernen, allein zu navigieren. Bislang habe ich eine Menge Fehler gemacht…, aber allmählich werde ich besser.»

Grant schaute sie an, als er innehielt. Einen Augenblick lang schien er sie zum ersten Mal wirklich zu sehen. Er lehnte sich gegen das Sofa. Unter seinem Schnurrbart erschien ein flüchtiges Lächeln. «Es war gut, daß Sie gefragt haben», sagte er.

52

Er griff nach dem bauchigen kleinen Topf mit der Abdeckcreme, tauchte den Finger hinein und begann, die glatte, weiche Masse unter seinen Augen zu verteilen. Die Augen waren sehr wichtig, vielleicht am wichtigsten. Sanft und vorsichtig massierte er die Creme ein. Die Augen waren empfindlich.

Dann der Grundierungsschaum. Er hatte viel Zeit damit zugebracht, die richtige Grundierung zu finden, zart genug, um den delikaten Hautton zu treffen, und doch deckend genug, um die kontrastierenden dunklen Linien zu verbergen. Sorgfältig betupfte er Stirn und Schläfen und klopfte den Schaum am Haaransatz leicht ein.

Lidschattengrundierung, damit der eigentliche Lidschatten sich nicht verfärbte.

Loser Puder. Transparent schimmernd. Er gab einen Hauch davon auf sein Make-up.

Puderrouge. Das war sein liebster Moment, der dem neuen Gesicht Farbe gab, die Verwandlung lebendig machte, atmen ließ.

Lidschatten. Pastellfarben, leicht verschwommen wie ein alter Film.

Lidstrich. Lange hatte er gesucht, bis er den richtigen gefunden hatte, einen winzigen, weichen Pinsel.

Wimperntusche. Auch hier nichts allzu Kunstvolles. Nur ein wenig, um den Wimpern eine anmutige Wölbung zu geben.

Fast war die Frau da; fast hatte er sie wieder erschaffen. Mit jeder kleinen Bewegung ergriff ihn ein Gefühl steigenden Wohlbefindens, ein tiefer Friede, den er nicht mehr zu verstehen suchte. Er begrüßte ihn einfach, war dankbar dafür und akzeptierte ihn als besonderes Geschenk seiner Psyche. Das war nicht länger der Fluch, der über so viele Jahre bestanden hatte. Die auftauchende Frau war irgendein Teil seiner selbst, der in den tiefen Regionen seiner Anima wohnte. Einst hatte er gegen ihr Chaos angekämpft. Er hatte sich gewehrt und gelitten, gelitten bei dem Versuch zu verstehen. Aber jetzt hatte der Fluch sich gewandelt.

Er nahm einen silbernen Stielkamm und toupierte das gebauschte blonde Haar, lockerte es rings um das Gesicht auf. Das, was er sah, gefiel ihm. Beinahe lächelte er seinem Spiegelbild zu.

Langsam stand er auf und zog den neuen französischen Büstenhalter mit den raffinierten Spitzeneinsätzen an. Er hatte die kleinste Schalengröße genommen. Durch die dunkle Spitze waren seine Brustwarzen zu sehen. Sich selbst beobachtend, beugte er sich über die Ecke des Bettes und nahm den Strumpfgürtel auf, eine nerzfarbene Angelegenheit, nach der er ewig gesucht hatte. Er stieg hinein, zog den Gürtel über den Bauch und glättete ihn um die Taille herum.

Vor dem Spiegel des Ankleidetisches sitzend, sah er zu, wie er die Strümpfe anzog. Nie, nie würde er des Gefühls feiner Seide an seinen ausgestreckten Beinen müde werden.

Rasch stand er auf, ging zur Seite des Bettes und nahm das Kleid von dem gepolsterten Kleiderbügel. Für diesen Abend hatte er einen geraden Rock aus Rayon-Crêpe und eine passende Jacke mit leicht gepolsterten Schultern gewählt. Er stieg in den Rock, streifte die Jacke über und ging hinüber zum Ankleidespiegel. Schon hatte er eine doppelreihige Kette aus schwarzen und weißen Perlen umgelegt und rasch geschlossen. Den Kopf erst zur einen und dann zur anderen Seite neigend, befestigte er zwei große Ohrringe aus Perlen, von kleinen Onyxsplittern umgeben. Schließlich stieg er in schwarze Kalbslederpumps mit niedrigen Absätzen. Er nahm eine weiche Unterarmtasche von der Kommode, posierte ein letztes Mal vor dem Spiegel und sah eine Frau, die ihm ungeheuer gefiel. Zum ersten Mal an diesem Tag fühlte er sich vollkommen wohl, frei von Angst und Spannung. Dr. Dominick Broussard gestattete sich ein Lächeln in Richtung Spiegel; dann drehte er sich um, trat hinaus auf den Treppenabsatz und ging nach unten. Er würde eine kleine Fahrt machen, irgendwo in einem dämmrig beleuchteten Club ein paar Cocktails trinken und das unvergleichliche Vergnügen genießen, einfach er selbst zu sein. Danach würde er nach Hause fahren und zu Abend essen.

Er aß natürlich allein, ein Dinner, das Alice immer samstags morgens für ihn zubereitete, ehe sie mittags für den Rest des Wochenendes nach Hause ging. Heute abend fühlte er sich in glänzender Form. Er öffnete die Terrassentüren und aß bei Kerzenlicht mit Blick über den Rasen, der sich zum Bayou hin absenkte. Er legte mehrere Langspielplatten mit brasilianischer Musik auf, verschiedenen Frauenstimmen und Rhythmen von Alicone, Gal Costa, Elis Regina, die ihm am liebsten waren.

Er hatte mehr getrunken als gegessen, doch als er schließlich gesättigt war, nahm er sein Glas und die Flasche und ging hinaus auf die Terrasse. Er stellte die Flasche auf die Marmorplatte des eisernen Tisches und setzte sich daneben in einen der Sessel. Er schlug die Beine übereinander, zog den glatten Saum seines Kleides über dem Knie hoch und fühlte, wie die warme Luft über seine Schenkel strich, sein nacktes Fleisch zwischen dem Rand der Strümpfe und dem Slip berührte. Der Wein war ihm zu Kopf gestiegen. Der Gedanke, daß er in der Dunkelheit in seinem luxuriösen Kleid auf der Terrasse saß, während die Stimmen der dunklen brasilianischen Frauen rhythmisch anstiegen und verebbten, beglückte ihn.

«Dominick!»

Er riß die Augen auf, einer Ohnmacht nahe; die Frauenstimme, die seinen Namen rief, betäubte ihn fast so stark, als hätte man ihm mit einem Holzhammer auf den Schädel geschlagen.

«Dominick?» Es war ein heiseres, fragendes Flüstern.

Er zwang sich zur Beherrschung. Das hier war real. Das Glas glitt ihm aus der Hand und zerschellte auf dem Terrassenboden. Er erstarrte. Die brasilianischen Stimmen waren verstummt. Er hörte nichts als seinen eigenen Herzschlag und die Grillen im Bayou. Glaubte sie, *er* sei Dominick? Oder dachte sie, er sei mit Dominick zusammen und Dominick irgendwo auf der Terrasse?

«Hier ist Mary», sagte sie. Noch immer konnte er sie im Gebüsch neben der Terrasse nicht sehen. Warum kam sie nicht herauf? Glaubte sie, sie störe bei etwas? Er war versteinert; er drehte nicht einmal den Kopf in ihre Richtung, erkannte nur an ihrer Stimme, wo sie war.

Broussard wünschte sich verzweifelt, er hätte nicht soviel Wein getrunken. Wirkte er betrunken aus ihrem Blickwinkel im Gebüsch? Wie sah er überhaupt aus? Was dachte sie?

«Es tut mir leid», sagte sie, «aber ich wußte, daß Alice fort ist... ich sah das Licht, und da bin ich einfach an der Mauer entlang hierher gekommen. Ich dachte, von hier aus könnte ich Sie vielleicht sehen...»

Er konnte sich einfach nicht rühren. Sein Kopf war vollkommen – leer.

«Es... es ist mir egal, wie Sie... angezogen sind», sagte sie. «Ganz egal.»

Was für eine seltsame Reaktion auf das, was sie sah.

«Kann ich heraufkommen?» fragte sie.

Nicht einmal Bernadine hatte ihn «im Kleid» gesehen. Nicht nach all den Jahren mit ausgefallenem Sex, nicht einmal, nachdem Bernadine in einem Männeranzug zu ihm gekommen war, einen Dildo zwischen die Beine geschnallt. Nicht einmal da, und nicht einmal danach...

«Ich komme herauf», sagte sie zögernd. Er brachte nicht einmal einen Protestlaut hervor. Außerdem wußte er nicht, mit welcher Stimme er sprechen sollte.

Dann war es zu spät. Aus dem rechten Augenwinkel sah er sie um das Ende der Stufen unter ihm herumkommen. Sie trug ein wadenlanges, helles Kleid, das vom Hals bis zum Saum geknöpft war und ihr so freie Wahl ließ, wieviel Busen und Bein sie zeigen wollte. Im Augenblick, mit einem Fuß auf der untersten Stufe, schien sie ihm von beidem ziemlich viel zu zeigen. Dann, als er sie genauer ansah, wurde ihm langsam bewußt, daß sie leicht verwirrt aussah, sogar ein wenig unheimlich. Ihr Haar war leicht in Unordnung, und ein Gefühl wilder Unsicherheit ging von ihr aus.

«Das Kleid... das Kleid ist mir egal», sagte sie und trat auf die erste Stufe. «Ich mußte mit Ihnen reden... ich weiß, es ist sehr ungehörig, hier einfach hereinzuplatzen. Aber heute nachmittag war ich noch nicht fertig... wir mußten ja aufhören... die Unterbrechung.»

Broussard würde diesen Augenblick nie vergessen, und wenn er alle Leben des Teiresias durchlebte.

«Ich habe mich heute abend mit jemandem getroffen», sagte sie, eine weitere Stufe ersteigend. «Ich hätte... ich hätte Ihnen mehr erzählen sollen... über das kleine Mädchen, wissen Sie, über mich... und... wie es ist, sogar jetzt noch. Ich habe gelogen, oder es war fast eine Lüge, weil es nie herauskam... nie wirklich herauskam.»

Sie hatte noch eine Stufe erstiegen und bewegte sich jetzt weniger zögernd, schneller. Er saß noch immer wie erstarrt in dem Sessel neben der Flasche Valpolicella. Und doch mußte er einen Laut von sich geben.

«Aber mir ist das egal», sagte sie. «Die Lüge. Mir ist alles gleich, alles ... alles gleich.»

Sie war jetzt nur noch einen Schritt von der Terrasse entfernt, nah genug, daß Broussard ihr Gesicht deutlich sehen konnte und auch die Anstrengung, die es sie kostete, es zu kontrollieren.

Aus der geringen Entfernung kam sie auf ihn zu, und er sah sie noch deutlicher in dem schwachen Licht aus dem Zimmer hinter ihm. Sie blieb vor ihm stehen. Ihre Wangen zitterten, als sie sich zu lächeln bemühte. Er versuchte, in ihren Augen zu lesen, zu entziffern, was sie dachte, wenn sie ihn ansah.

«Fehler sind unvermeidlich», sagte sie aus Gründen, die er sich nicht vorstellen konnte. Und grundlos nickte er.

«Wie lange, glauben Sie, habe ich ihn nachts in mein Bett kommen lassen?» fragte sie, sank langsam auf die Knie und kam so näher, bis sie ihn berührte. Sie legte ihre Hände an beide Seiten seines Rockes und begann, ihn hochzuschieben. «Mein ganzes zwölftes Jahr durch? Bis ich dreizehn war? Vierzehn?» Sie schob den Rock über den Rand seiner Strümpfe hoch, über den Strumpfgürtel, über den Slip und endlich bis zur Taille. «Fünfzehn?»

Innerlich wurde Broussard immer aufgewühlter. Wie oft hatte er davon geträumt und sich danach gesehnt, daß dies mit ihm geschehen möge, daß diese Kleider ihm ausgezogen würden, wie sie ihm jetzt ausgezogen wurden. Er spürte, wie die Strumpfhalter an beiden Beinen gelöst wurden, spürte, wie ihre Finger sich oben in seine Strümpfe schoben und sie ihm abschälten wie eine Haut.

Er schloß die Lider. Vor seinem inneren Auge sah er, wie ihm der Strumpfgürtel und der Slip abgestreift wurden. Er liebte den Anblick, den sein Gesicht ihr bieten mußte.

«Sechzehn? Siebzehn?»

Und dann war unterhalb der Taille nichts mehr als seine Erregung.

«Aber es gab noch eine Überraschung», sagte sie. Broussard hörte, wie ihre Stimme sich veränderte, und öffnete die Augen. «Es kam die Zeit ..., da war ich zwölf, immer noch zwölf ..., da passierte das Schlimmste. Das Allerschlimmste.»

Vor ihm stehend, begann sie ihr Kleid von oben her aufzuknöpfen. Als sie den letzten Knopf erreicht hatte, saugten sich ihre Blicke in seine wie die Bernadines, so wie er es gern hatte, weit geöffnet bei allem, was sie tun würden. Mit einem kleinen Zucken ihrer weißen

Schultern ließ sie das Kleid zu Boden fallen. Sie stand vor ihm mit einem so bemerkenswert vollkommenen Körper, daß er ganz rein wirkte, rein wie der Tod.

Sie trat näher, legte je eine Hand auf seine Schultern, um sich zu stützen, hob ein nacktes Bein und schob es von innen durch die Armlehne seines Sessels; dann hob sie mit einer raschen Bewegung das andere Bein, schob es durch die andere Armlehne und stand rittlings über ihm.

«Das Allerschlimmste war...», sagte sie, nahm ihn in die Hand und führte ihn, sich langsam auf ihm niederlassend, beugte sich vor, bis er ihre schweren Brüste an seiner Brust spürte, bis ihre Lippen sein Ohr streiften, bis er die Wärme ihres Atems spürte, wärmer als die Luft des Bayou, «das Allerschlimmste... war die Nacht, in der mein Vater in mein Bett kam... und ich es genoß.»

SIEBTER TAG
Sonntag, 4. Juni

53

Samstags abends ist das Ben Taub General Hospital, das größte Wohlfahrtskrankenhaus der Stadt, ein Kriegsschauplatz – jeden Samstag. Janice Hardeman, Operationsschwester in einem der Notoperationssäle des Krankenhauses, versah schon seit mehr als fünf Jahren fünfmal in der Woche die Nachtschicht. In dieser Zeit hatte sie viel menschliches Elend gesehen. Doch die unmittelbare Befriedigung, Trauma-Patienten zu helfen, bestürzten und verwirrten Menschen, die sich plötzlich in der rotglühenden Mitte einer lebensbedrohlichen Tragödie wiederfanden, war mehr als genug Entschädigung für das Adrenalin, das sie verbrauchte, und für den ständigen Anblick menschlicher Schlächterei, der nur zu oft ans Absurde grenzte.

Um drei Uhr früh an diesem Sonntagmorgen ging Janice Hardeman durch die Hintertür des Krankenhauses nach draußen, eilte über den Parkplatz zu ihrem Wagen und suchte in ihrer Handtasche nach den Schlüsseln. Nachdem sie ihren Toyota bestiegen hatte, verschloß sie die Türen von innen und fuhr vom Parkplatz aus in Richtung auf das ruhige Örtchen Wet University Place.

Sie wohnte allein im südwestlichen Teil des Ortes, gerade noch innerhalb der Stadtgrenze. Nachdem sie sich kürzlich von ihrem Freund getrennt hatte, genoß sie die neu gewonnene Ungestörtheit und das Vergnügen, allein zu sein.

Als sie in ihre Straße einbog, begegnete sie dem Zeitungsjungen, der weiße Zeitungsrollen in feuchte Vorgärten warf. Sie stellte den Wagen in ihre Einfahrt, stieg aus und verschloß die Türen. Erschöpft stapfte sie durch das feuchte Gras, hob ihre Zeitung auf und ging auf dem Gehweg zur Haustür ihres kleinen Fertighauses.

Sie sperrte die Vordertür auf, schleuderte ihre weißen Schwesternschuhe von den Füßen und warf die Zeitung auf das Sofa des kleinen Wohnzimmers. Sie sehnte sich jetzt nach einer langen Dusche mit viel duftender Seife, um die Gerüche der Notaufnahme abzuwaschen. Dann wollte sie zwischen die kühlen Laken kriechen.

Die Bluse ihrer weißen Uniform aufknöpfend, ging sie durch den kleinen Gang, der aus dem Wohnzimmer führte, und bog um die Ecke, um ihr Schlafzimmer zu betreten. In dem Moment, bevor sie das Licht einschaltete, roch sie das Parfum – nicht ihr Parfum. Diese einfache Tatsache ließ Furcht wie eine kalte Klinge in ihren Nacken fahren. Im gleichen Augenblick, in dem das Licht aufflammte, sah sie die nackte, bläßliche Leiche einer Frau auf ihrem Bett, das Gesicht bemalt wie eine groteske Puppe, runde, vorstehende, starrende Augäpfel, blutige Brüste, das Ganze in einer sonderbar ordentlichen, schicklichen Haltung.

Das Telefon läutete vier- oder fünfmal, ehe Palma sich an die Oberfläche des Bewußtseins kämpfte und den Hörer abnahm. Während sie sich meldete, sah sie, daß die Digitaluhr 3:55 Uhr anzeigte.

«Ihr Mann hat wieder zugeschlagen», sagte Lieutenant Corbeil.

«Großer Gott.» Ihr Mund war trocken. Corbeils Worte hatten die gleiche Wirkung wie erste Wellen von Übelkeit. «Was ... was ist mit Reynolds?»

«Er hat sich nicht von der Stelle gerührt.»

Palma schluckte. «Er hat sich nicht gerührt? Er... was ist mit Broussard? Ist Broussard überwacht worden?»

«Ja, aber er ist auch nicht aus dem Haus gegangen», sagte Corbeil.

Palma konnte es nicht glauben. «Sind Sie sicher? Ich meine, wer war auf ihn angesetzt?»

«Martin und Hisdale, und ich glaube, man sollte keine Zweifel an deren ...»

«Verdammt, Arvey, war doch bloß eine Frage.» Gott, wie war es möglich, daß es keiner von beiden war?

«Und etwas ist merkwürdig an Ihrem Opfer», sagte Corbeil. Palma war gereizt, weil Corbeil «Ihr Mann» und «Ihr Opfer» sagte. «Das Opfer wohnt nicht in dem Haus, wo es gefunden wurde. Das Haus gehört einer alleinstehenden Frau, einer Krankenschwester, die die Frau fand, als sie vor etwa zwanzig Minuten von ihrer Schicht im Ben Taub kam.»

«Sie kennt das Opfer nicht?» fragte Palma, setzte sich auf den Bettrand, betrachtete ihr zerknittertes Kleid und versuchte sich zu erinnern.

«Sagt, sie wisse nicht, ob sie sie kennt oder nicht. Konnte das bei dem ganzen Make-up und so nicht sagen», antwortete Corbeil. «Dreißig-sechsundzwanzig Mercy. Praktisch in Ihrer Nachbarschaft.»

«Okay, ich komme, sobald ich mich gewaschen habe.»

«Sagen Sie», warf Corbeil schnell ein, «wissen Sie, wo Grant ist? Ich habe in seinem Hotelzimmer angerufen, aber er meldet sich nicht.»

«Keine Ahnung», sagte sie gereizt. «Versuchen Sie's weiter.» Sie legte auf, fuhr sich mit den Fingern durchs Haar und verfluchte Corbeils Impertinenz. Oder das, was sie dafür hielt. Langsam stand sie auf, ging ins Badezimmer und wusch sich mit kaltem Wasser das Gesicht. Dann tupfte sie es mit einem Handtuch ab, fuhr sich mit der Bürste durchs Haar und ging die Treppe hinunter. Sie betrat den Wohnraum, wo ihre Teller noch auf dem Couchtisch standen; dann ging sie durch den Flur zum Gästezimmer. Die Tür war offen. Sie trat ein und sah Grant in seiner Anzughose, aber ohne Hemd am Waschbecken stehen und sein Gesicht waschen.

«Ich habe am unteren Telefon mitgehört», sagte er rasch und drehte den Wasserhahn zu. «Ich bin in ein paar Minuten fertig.»

Sie starrte ihn an. Als sie nicht ging, drehte er sich um und sah sie an.

«Alles in Ordnung?» fragte er.

«Ja», sagte sie, das Handtuch an den Mund drückend. «Ich kann mich nicht erinnern, wie ich nach oben und ins Bett gekommen bin.»

«Ich habe Sie nach oben getragen», sagte er und versuchte so zu tun, als sei nichts dabei. Er wandte sich rasch ab und kämmte vor dem Spiegel sein Haar. «Auf einmal waren Sie weg.»

«Ich bin ohnmächtig geworden?»

«Ich würde sagen, Sie sind einfach eingeschlafen.»

Palma sah ihn einen Moment an. «Ich, eh, ich vertrage den Alkohol nicht», sagte sie.

«Tut mir leid, daß Sie in Kleidern schlafen mußten», sagte Grant, trat aus dem Badezimmer und nahm sein Hemd von der Stuhllehne neben seinem Bett. Palma bemerkte, daß das Bett benutzt war. Sie bemerkte auch seinen Körperbau, war erstaunt über die Robustheit seiner Brust und seiner Schultern. Er zog das Hemd an und knöpfte es rasch zu. «Aber ich dachte, es wäre Ihnen lieber...»

Palma nickte. «Richtig», sagte sie töricht. «Ich brauche nur eine Sekunde, um frische Sachen anzuziehen.» Sie drehte sich um und eilte aus dem Zimmer.

Die Mercy Street lag zwar nicht direkt in Palmas Nachbarschaft, wie Corbeil es ausgedrückt hatte, sondern achtzehn Blocks entfernt, aber dennoch waren Palma und Grant dem Tatort so nahe, daß sie als erste dort eintrafen, abgesehen von einigen Streifenwagen, die mit offenen Türen, belfernden Funkgeräten und eingeschalteten Blinklichtern zwischen den kleinen Häusern in der vormorgendlichen Dunkelheit standen.

«Halten Sie hier hinten», sagte Grant rasch. Palma verlangsamte, fuhr an den Straßenrand, schaltete die Scheinwerfer aus und parkte mehrere Autolängen vom Haus entfernt. Rasch stieg Grant aus und ging auf das Haus zu. Seine Polizeimarke hängte er an die Außentasche seiner Jacke. Er wandte sich direkt an den Streifenpolizisten, der gerade dabei war, mit Plastikband das ganze Grundstück bis zum Gehsteig abzusperren.

«Entschuldigen Sie», sagte er, den Beamten unterbrechend, und legte eine Hand auf dessen Schulter. Er stellte sich vor. «Ist jemand drinnen?»

«Ein Beamter, unmittelbar hinter der Haustür. Officer Saldana, die da mit der Hausbesitzerin im Streifenwagen sitzt, war als erste am Tatort.»

Grant nickte. «Hören Sie, es wäre vielleicht gut, die Absperrung über die Straße bis zum gegenüberliegenden Randstein auszudehnen. Und fahren Sie auch die Streifenwagen aus dem Bereich. Wahrscheinlich ist der Täter mit dem Auto gekommen und wieder weggefahren; vielleicht hat er hier irgendwo geparkt und etwas auf die Straße geworfen, als er herauskam. Oder etwas fallen lassen. Die Straße sollte gesperrt bleiben, damit hier keine Wagen fahren, bis wir alles gründlich abgesucht haben.»

Palma ging zu dem Streifenwagen, der hinter einem anderen Auto in der Einfahrt stand. Sie sah, daß eine Polizistin darin saß und daß die Frau, die bei ihr war, Schwesterntracht trug. Palma bedeutete der Beamtin, sie solle aussteigen. Officer Saldana, eine kräftige Frau chinesischer Abstammung, trug eine praktische Pferdeschwanzfrisur und machte einen tüchtigen Eindruck.

Sie sagte Palma, die Frau heiße Hardeman, gab ihren Beruf an und schilderte die Umstände, unter denen die Leiche entdeckt worden war. Sie bestätigte, daß Hardeman nicht wußte, wer das Opfer war. Das Haus sei verschlossen gewesen, als sie nach Hause kam. Sie sagte, als sie am Tatort angekommen sei und gesehen habe, worum es sich handelte, habe sie Hardeman sofort nach draußen zum Wagen geführt und das Haus geschlossen. Sie hatte nicht einmal nachgesehen, ob das Opfer vielleicht eine Handtasche mit Ausweispapieren bei sich hatte. Palma bedankte sich; Grant kam, und zusammen gingen sie durch den Vorgarten zu der geöffneten Haustür, wo sie mit dem Beamten sprachen, der die Tür bewachte. Dann traten sie ein.

Palma sah sich rasch in Janice Hardemans Wohnzimmer und dem sichtbaren Teil von Eßzimmer und Küche um. Die Fenster des Hauses standen offen, so daß die Temperatur der frühmorgendlichen Kühle entsprach. Hardeman war keine übertrieben gewissenhafte Hausfrau. Die Zimmer wirkten nicht unordentlich oder ungepflegt, sondern angenehm bewohnt und zwanglos.

Palmas Magen spannte sich bereits in Erwartung dessen, was sie sehen würde, als Grant und sie durch den Flur zum Schlafzimmer gingen. Sie roch das Parfum fast sofort, als sie die Tür erreichten. Dann sah sie den bleichen Körper in derselben Aufbahrungspose, die ihr schon dreimal begegnet war. Inzwischen kannte Grant die Details der Vorgehensweise des Mörders auswendig. Zusammen betraten sie den Raum und hielten Ausschau nach den vertrauten, vielsagenden Eigenheiten oder irgendwelchen Abweichungen davon.

Das Schlafzimmer war nicht groß, und das Bad lag nicht direkt daneben, sondern auf der anderen Seite des Ganges. Es gab einen geräumigen Kleiderschrank ohne Türen, so daß die Kleider zum Schlafzimmer hin offen hingen. Eine lange niedrige Kommode stand an der Wand gegenüber dem Fußende des Bettes. In der Ecke zwischen Kommode und Wand lagen Decke und Tagesdecke, die vom Bett gezogen waren. Das Kopfende des Bettes stand nicht weit von der Fensterfront entfernt. Zwischen Bett und Fenstern befand sich ein alter hölzerner Armstuhl. Er schien als Ablage für Lesestoff zu dienen, denn auf ihm stapelten sich Zeitschriften und einige Bücher. Obenauf lagen sorgfältig gefaltet die Kleider einer Frau. Auf der anderen Seite des Bettes stand ein Nachtschränkchen, eine imitierte «Antiquität» mit Marmorplatte und einem Fach darunter. Auf der Platte standen Telefon, Wecker und eine Schachtel Papiertücher.

Palma und Grant traten zum Bett. Grant hatte die Hände in die Hosentaschen gesteckt und hing mit grimmigem Stirnrunzeln seinen Gedanken nach. Dann durchbrach er das Schweigen.

«Sandra Moser war vierunddreißig. Dorothy Samenov achtunddreißig, Bernadine Mello zweiundvierzig. Ich dachte, wir hätten da etwas, weil jedes Opfer älter war als das vorige. Aber die hier» – über das Gesicht des Opfers konnte er wirklich nichts sagen – «ist, ihrem Körper nach zu urteilen, höchstens drei- oder vierundzwanzig.»

Palma verspürte ein merkwürdiges Gefühl. Der Körper kam ihr irgendwie bekannt vor, die Figur, die langen Beine, selbst der Schoß der Frau, die Farbe ihrer Schamhaare... die Farbe ihrer Schamhaare... Bestürzt warf Palma einen Seitenblick auf das Haar der Frau. Sie war keine echte Blondine, denn ihr Haar war eher sandfarben mit einem Stich ins Rötliche, ingwerfarben.

«Mein Gott», sagte sie und streckte unwillkürlich die Hand aus, um Grants Arm zu berühren, zog sie aber schnell wieder zurück. Sie studierte das puppenhafte Gesicht der Frau und versuchte, durch das Make-up hindurchzusehen, durch die von Schwellungen verursachte Verzerrung, durch das befremdliche Starren der lidlosen Augen. «Ich glaube, das ist Vickie Kittrie», sagte sie.

«Meinen Sie?» Grants Stimme klang ruhig.

«Ich erkenne... die Haare.» Sie erinnerte sich, wie sie – vor zwei Tagen? drei? vier? – in dem Gobelinsessel in Helena Saulniers Haus gesessen und zugesehen hatte, wie Vickie Kittrie, von der Taille abwärts nackt, sich nacheinander mehrere Schamhaare auszupfte.

«Es ist Vickie», sagte sie, und ihre Augen hatten bereits die runden Wunden, wo Vickies Brustwarzen gewesen waren, und die verfärbten Saugspuren registriert, mit denen Bauch und Innenseiten der Oberschenkel bedeckt waren. Rasch hatte sie diese Wunden und Male betrachtet, die etwas über die Psyche des Mörders verrieten, und sich dann auf Vickies Nabel konzentriert, der von deutlichen Biß- und Saugspuren umgeben war. Nun sah sie ein zusätzliches, groteskes Merkmal, das ihr in ihrer Überraschung, Kittrie zu erkennen, nicht gleich aufgefallen war. Der Nabel selbst war eine Wunde – der Mörder hatte den Bauchnabel herausgesaugt.

Aus dem Augenwinkel sah sie, daß Grant sie anschaute, vielleicht durch ihr Schweigen aufmerksam gemacht, und dann ihrem Blick auf den Bauch der Frau folgte. Rasch trat er näher und beugte sich über die Leiche, untersuchte den Nabel.

Dann richtete er sich wieder auf, dachte einen Augenblick nach, bückte sich erneut und betastete das Laken zu beiden Seiten des ausgestreckten Körpers.

«Noch immer tropfnaß», sagte er. «Und verfärbt. Er hat sie gewaschen, mit viel Wasser. Wahrscheinlich gab es diesmal viel Blut. Wenn man sich die Wunden ansieht, den Nabel, die Brustwarzen, sogar die Augenlider ... ich denke, all das ist bei lebendigem Leibe geschehen. Diesmal hat er dem Opfer nichts erspart. Sexueller Sadismus in höchster Potenz.»

Palma fand, daß seine Stimme irgendwie verändert war, vielleicht etwas leiser, ernster.

Er richtete sich auf, ohne noch etwas zu sagen, und sah sich im Zimmer um. Er ging zum Schrank, nahm einen leeren Drahtkleiderbügel heraus, kehrte zum Bett zurück und bog den Haken des Kleiderbügels mit den Händen gerade. Wieder beugte er sich über die Leiche. Dann führte er den Kleiderbügel sehr vorsichtig, wie ein Chirurg, zwischen die Beine der Frau und zog das Ende eines dünnen weißen Fadens hoch. «Sie menstruierte», sagte er.

Er trat zurück und schüttelte den Kopf. «So stark ist sie gar nicht verstümmelt», sagte er. «Normalerweise ist es mehr, viel mehr, vor allem, wenn es ein Serienmörder ist. Da wird es gewöhnlich mit jedem Opfer schlimmer. Aber diese wenigen Verstümmelungen – Augenlider, Brustwarzen – sind für einen Serienmörder ungewöhnlich. Bißmale, Saugspuren, sogar so viele, okay. Die Schläge ins Gesicht, okay. Aber diese wenigen Verstümmelungen ... und die Körperteile, die er dafür auswählte ... ich weiß nicht. Das paßt einfach nicht ins Bild. So ein Muster habe ich noch nicht gesehen, so vergleichsweise moderat, so wählerisch. Dieser Bursche ist nicht so neugierig auf die weiblichen Sexualorgane, wie wir es sonst erleben.»

Palma sah Grant an. Seine Haltung spiegelte seine Verblüffung wider, und das dämmrige Licht des Schlafzimmers ließ seinen Bartschatten dunkler wirken.

Draußen wurden Sirenen und laute Stimmen hörbar und das Öffnen und Schließen von Autotüren. In wenigen Minuten würden sie nicht mehr zu dritt allein sein.

«Wenn wir hier fertig sind», sagte Grant, «möchte ich etwas mit Ihnen bereden. Nur wir beide. Das hier sieht gar nicht gut aus.»

54

Als die Morgendämmerung den Himmel erst grau und dann perlmuttern färbte, wurde Janice Hardemans Schlafzimmer zum Brennpunkt genauester Untersuchungen. Bevor sie und Grant nicht Zeit gehabt hatten, den Tatort wieder und wieder durchzuarbeiten, ließ Palma nicht zu, daß die Leiche bewegt wurde oder überhaupt jemand das kleine Schlafzimmer betrat. Eine Ausnahme machte nur Jules LeBrun, der seine Aufgaben mit der geübten Präzision eines Taekwondomeisters erfüllte und nur gelegentlich innehielt, um mit Palma und Grant Einzelheiten ihrer Sonderwünsche zu besprechen.

Palma sah zu, wie die Farben im Raum sich veränderten, als das gelbe Glühen der Sonne in klares, bleiches Tageslicht überging. Mit dem wechselnden Licht wurde Vickies nackte Leiche, vorher ein Symbol mysteriöser und perverser Sexualität, zu etwas Banalem, sogar Geschmacklosem, das nicht Erregung, sondern Depression hervorrief. Palma merkte, daß ihr diese Verwandlung eigentümlich naheging; unerwartet reagierte ihre Wahrnehmung so, wie man manchmal überrascht ist, wenn man ein vollkommen normales Wort auf sonderbar andere Weise hört, so daß es einem ganz neu und fremd erscheint. Die Tote wurde zu *una cosa de muerte* – einem Ding des Todes; das war ein Ausdruck ihres Vaters, der besagte, daß das menschliche Element verschwunden war. Sie war etwas Totes, vorher warmblütig, aber ansonsten nicht wiederzuerkennen, ein bleiches und mageres, zweibeiniges Ding mit einem Puppenkopf auf dem knorpeligen, ausgestreckten Torso, dessen lidlose Augen Bewegtes und Unbewegtes mit der gleichen hirnlosen Gleichgültigkeit anstarrten.

Palma widerstand dieser trügerischen Teilnahmslosigkeit. Die Detektive des Morddezernats waren dafür bekannt, daß sie so tun konnten, als berühre sie all das nicht; eine Mutter wurde eine Fallnummer, eine Tochter «das Mädchen in der Grube», eine Schwester «der Kleiderbügelfall», eine Ehefrau «die Frau in der Mülltonne». Palma konnte nicht anders, sie mußte mit diesen Opfern fühlen. Für sie waren die vier Frauen Mutter, Tochter, Ehefrau, Schwester, und sosehr sie sich auch bemühte, sie konnte sie nicht entpersonalisieren und an den Rand ihrer Gefühle schieben. Sie war betroffen bis ins Mark, und sie wollte es nicht anders. Die Frau auf dem Bett wurde nur vorübergehend zu *una cosa de muerte;* dann kehrte sie wieder in die Wirklichkeit dessen zurück, was sie gewesen und noch immer war.

Wie die tote Frau auf ihrem Bett mußte auch Janice Hardeman, die Wohnungseigentümerin, Haarproben von verschiedenen Körperstellen abgeben; eines ihrer Handtücher wurde mitgenommen, um es mit Fasern in Kittries Mund zu vergleichen; ihre Bettlaken wurden abgezogen, der Boden ihres Schlafzimmers stellenweise gesaugt, und die Staubflocken, die sie auf den Holzböden, unter dem Bett und in den Schrankecken geduldet hatte, zur mikroskopischen Untersuchung eingesammelt.

Als Palma, Grant und LeBrun fertig waren, überließen sie Kittrie dem Leichenbeschauer und gingen durch das Wohnzimmer hinaus in den Vorgarten, wo Corbeil und Frisch sie mit anderen Detectives und uniformierten Beamten innerhalb der Absperrung um Hardemans Haus erwarteten. Eine Schar von Reportern und Kameraleuten hatte sich außerhalb des gelben Bandes versammelt, und zahlreiche Anwohner hatten sich ihnen angeschlossen.

Palma und Grant ignorierten die Rufe der Reporter und drehten den Kameras den Rücken zu, um mit Corbeil, dessen Schicht bald zu Ende ging, und Frisch, den man vor seinem Schichtbeginn gerufen hatte, die nötige Einsatzbesprechung abzuhalten.

«Vickie Kittrie», sagte Frisch und schaute hinüber zum Haus, als könne er sie dort sehen.

Palma nickte. Niemand würde es aussprechen, aber Palma wußte, was sie dachten. Die Hauptverdächtige ihrer fabelhaften Theorie vom weiblichen Mörder war jetzt Opfer, und damit war ihre Glaubwürdigkeit so ziemlich erledigt. Grant war nie ernstlich herausgefordert worden.

«Hat sie eine Ahnung, wieso Kittrie hier war?» Frisch wies auf Janice Hardeman, die noch immer bei der Polizistin saß und der jetzt eine Nachbarin zur Seite stand.

«Wir hatten noch keine Gelegenheit, sie zu vernehmen», sagte Palma.

Corbeil sah Grant an; wahrscheinlich zog er seine Schlüsse daraus, daß er so schnell am Tatort gewesen war.

«Ich habe etwas für Sie, von den beiden Beschattungsteams», sagte er, sich an Palma wendend. «Reynolds hat seine Wohnung mit Sicherheit nicht verlassen. Die elektronische Überwachung bestätigt das. Broussard ist nicht aus seinem Haus gekommen, daher nehmen wir an, daß er drinnen ist. Sie beide haben gestern abend gegen Viertel nach zehn das Revier verlassen, und um zwanzig vor elf saßen Martin und Hisdale in der Nähe von Broussards Haus. Um zehn vor elf ist eine Frau in einem auf Broussard zugelassenen Mercedes in seine Einfahrt gefahren. Sie ist noch nicht wieder herausgekommen. Um zwanzig vor zwölf ist eine andere Frau in einem anderen Mercedes, zugelassen auf einen gewissen Paul Lowe, vorgefahren, und sie ist auch noch nicht wieder herausgekommen.»

«Haben Sie diesen Lowe überprüft?» fragte Palma.

«Wohnt in Hunters Creek. Bei der Polizei liegt außer ein paar Strafmandaten wegen Geschwindigkeitsüberschreitung nichts gegen ihn vor. Er ist achtunddreißig und verheiratet.»

«Könnte seine Frau gewesen sein oder eine Schwester, Schwägerin oder Freundin», sagte Palma.

«Aber Broussard ist doch nicht verheiratet, oder?» fragte Frisch.

Palma schüttelte den Kopf. Sie war besorgt, und es war ihr ziemlich gleichgültig, welche Schlüsse über ihre Theorien Frisch oder Corbeil aus ihren Fragen oder dem, was sie gesehen beziehungsweise nicht gesehen hatten, ziehen mochten. Wie Grant fand auch sie, daß hier etwas ganz und gar nicht stimmte. Daran mußte sie immer wieder denken. Auch Vickie Kittrie und ihr extrahierter Nabel gingen ihr nicht aus dem Sinn.

Jeff Chin, der Leichenbeschauer, trat aus der Tür von Hardemans Haus und kam auf sie zu.

«Ich habe da drinnen noch eine Weile zu tun», sagte er, einen Blick in die Runde werfend. Dann wandte er sich an Carmen. «Im Augenblick gehe ich davon aus, daß sie gestern abend zwischen halb zehn und halb zwölf gestorben ist. Die Leichenstarre ist extrem. Unter normalen Umständen ... wenn eine Frau bei Zimmertemperatur aus natürlichen Gründen stirbt ..., erreicht die Leichenstarre ihre volle Entwicklung gewöhnlich irgendwann zwischen sechs und vierzehn Stunden nach dem Tod. In diesem Fall sind die Umstände allerdings nicht normal. Sie wurde gefesselt, gebissen, geschnitten, geschlagen, was einen kolossalen Adrenalinstoß zur Folge hatte. Aus all dem können wir schließen, daß sie vor ihrem Tod emotional und physisch stark belastet war. Das trägt zu einem verstärkten Einsetzen der Leichenstarre bei und rückt den Zeitpunkt näher an sechs als an vierzehn Stunden.»

Er zündete sich eine Zigarette an und runzelte die Stirn. «Die Totenflecke sind gut ausgeprägt, was etwa drei bis vier Stunden dauert. Die maximale Entwicklung wird nach acht bis zwölf Stunden erreicht. Aber ich denke, soweit ist sie noch nicht, also neige ich eher zu den niedrigeren Zahlen. Ihre Leber war nur ein Grad unter normal. Das Haus ist offen, also betrug die Raumtemperatur ... wieviel Grad hatten wir letzte Nacht?... zweiundzwanzig bis vierundzwanzig Grad; das ist okay. Wenn man also das postmortale Temperaturplateau von vier bis fünf Stunden berücksichtigt, dann sieht es so aus, als sei sie etwa sechs Stunden tot, plus oder minus eine Stunde. Halb elf ist also eine gute Schätzung.»

«Können Sie die Autopsie noch heute morgen vornehmen?»

«Je früher, desto besser?»

Palma bejahte.

«Wird gemacht.» Er nickte ihnen zu und ging in das Haus zurück.

«Er hätte im Kofferraum sein können», sagte Corbeil, der noch immer an Broussard dachte. «Oder auf dem Sitz gelegen haben. Die Frau fährt an Martin und Hisdale vorbei, und er liegt auf dem Sitz.»

«Dann wäre mehr als eine Person verwickelt», sagte Palma.

«Ich verstehe nicht, wie der Täter sie dazu bringen konnte», sagte Frisch, das Gespräch wieder auf Vickie bringend. «Wie konnte sie so dumm sein?»

«Angst war nicht ihr größtes Problem», sagte Palma. «Und sie hatte schon früher Angst gehabt. Ich glaube, es gefiel ihr sogar. Wenn man darüber nachdenkt, mußte Vickie früher oder später an die Reihe kommen. Wenn uns überhaupt etwas überraschen sollte, dann, daß es nicht früher passiert ist. Ich hätte es vorhersehen sollen. Ich hätte es wirklich vorhersehen sollen.»

«Sie?» Frisch sah sie an. «Fangen Sie nicht damit an. Wir wußten, daß es wahrscheinlich noch einen Fall geben würde, oder zwei... oder mehr. Wir können nicht die Verantwortung übernehmen für einen Haufen Frauen, die verdammt noch mal nicht genügend Verstand haben, um ...» Er hielt inne. «Scheiße», sagte er.

«Wir sollten sehen, was wir von Hardeman erfahren können», sagte Palma. Es war Zeitverschwendung, einfach dazustehen. Was Frisch Sorgen machte – wie die Presse zu behandeln war, was er seinen Vorgesetzten über das Geschehen sagen sollte und wie er die Leute, die er hatte, am besten einsetzen und noch mehr Leute bekommen könnte –, das ging sie nichts an. Nicht im Augenblick jedenfalls.

Frisch sah sie an und nickte dann. «Ja. Also los.»

Nachdem Palma und Grant sich Janice Hardeman vorgestellt hatten, verließen die Polizistin und die Nachbarin den Wagen. Hardeman fragte, ob sie aussteigen könne, um draußen zu reden.

«Die Frau war Vickie Kittrie», sagte Palma tonlos.

Hardemans Augen weiteten sich, sie keuchte und reckte den Kopf vor.

«Sie kannten sie also?» fragte Palma.

Hardeman runzelte die Stirn und schluckte, antwortete aber nicht.

«Lesen Sie Zeitung?» fragte Palma.

Hardeman nickte. Sie schaute zu Boden.

«Sie haben also die Namen der Opfer gelesen?»

Hardeman blickte auf.

«Wissen Sie, wir finden das sowieso heraus. Sie gewinnen nichts, wenn Sie etwas verschweigen; das kostet nur Zeit und macht uns allen eine Menge Schwierigkeiten. Außerdem ist es strafbar, bei einer Morduntersuchung Informationen zurückzuhalten.»

Hardeman sah plötzlich müde aus. Ihr Gesicht hatte den harten Ausdruck einer überlasteten Frau, die kurz davor ist, ihren Gefühlen freien Lauf zu lassen. Es gab eine Grenze. Sie nickte, eine Geste der Resignation.

«Ja. Ich kannte sie.» Hardemans Stimme klang ergeben.

«Aber Sie wußten nicht, daß Sie gestern abend herkam?»

«Nein, natürlich nicht. Ich hatte Vickie nicht mehr gesehen seit... vielleicht zwei Monaten.» Sie sah Palmas fragenden Blick. «Sie hatte einen Hausschlüssel. Als wir uns trennten, gab sie ihn zurück, aber es kann ja sein, daß sie sich einen Nachschlüssel machen ließ.»

«Warum haben Sie sich von ihr getrennt?»

«Na ja, so lange kannte ich sie ja nicht. Vier oder fünf Monate. Ich wußte nichts von ihren... Neigungen. Als sie versuchte, mich da hineinzuziehen, lehnte ich ab. Aber sie ließ nicht locker, versuchte es immer wieder. Sie wurde sogar in unserer eigenen Beziehung grob, versuchte, mich zu überreden. Aber ich... konnte das einfach nicht. Ich sehe zuviel Schmerz bei meiner Arbeit. In meinem Sexualleben will ich ihn nicht haben. Ich machte einfach Schluß mit ihr.»

«Hat sie vorher schon einmal so etwas getan? Ist sie in Ihr Haus gekommen, wenn Sie nicht da waren? Hat sie es benutzt, um Männer oder andere Frauen zu treffen?»

«Nein. Jedenfalls nicht, soweit ich weiß.»

«Vermutlich wissen Sie nicht, wer mit ihr hier war?»

«Mein Gott, ich kann es mir nicht mal vorstellen.» Sie krümmte sich, als erinnere sie sich an das, was geschehen war. «Das ist einfach zu verrückt.» Sie schaute über die Schulter auf die versammelten Nachbarn im frühmorgendlichen Sonnenschein. «Schauen Sie die da an. Ich kann einfach nicht glauben, daß mir so etwas passiert.»

«Mit wem hatte Vickie hauptsächlich sadomasochistische Beziehungen?»

«Meine Güte», sagte Hardeman müde, und Palma sah Tränen in ihren Augenwinkeln glänzen. «Da waren die Frauen aus der Zeitung..., die umgebracht worden sind. Dorothy, Louise, Sandra. Ja, und dann noch Mirel Farr.» Sie schüttelte den Kopf. «Ich glaube, das sind alle Namen, die ich kenne.»

«Haben Sie alle diese Frauen gekannt?»

Hardeman nickte. «Eigentlich nur vom Sehen. Nur als Freundinnen von Freundinnen. Sie wissen schon, von ein paar Frauen, die wir kannten.»

«Was ist mit Bernadine Mello? Kannten Sie die?»

«Nein, ich kannte sie nicht. Ich habe ihren Namen in der Zeitung gelesen, aber ich kannte sie nicht.»

«Kannten Sie jemanden, der sie kannte?»

Hardeman schüttelte den Kopf.

«Was haben Sie gedacht», fragte Palma, «als Sie in der Zeitung von den Morden lasen?»

«Was ich gedacht habe?» Hardeman runzelte die Stirn. «Was meinen Sie? Mein Gott, ich hatte Angst.»

«Warum hatten Sie Angst? Glauben Sie, Sie hatten Grund dazu?»

«Nun, nachdem Dorothy umgebracht worden war, ja. Man braucht nicht besonders intelligent zu sein, um da einen Zusammenhang zu sehen. Ich meine, zwei Leute, die Sie kennen, werden ermordet, und der einzige Grund, warum Sie sie kennen, sind Ihre... gemeinsamen sexuellen Interessen. Können Sie sich nicht vorstellen, daß uns das angst machte, uns allen?»

«Sie denken also, es hätte jeder von Ihnen passieren können?»

«Natürlich, zuerst dachte ich das. Aber dann haben wir alle darüber gesprochen, in Gruppen, untereinander. Wir haben überlegt und überlegt und sind zu dem Schluß gekommen, daß es nur die sadomasochistische Gruppe betreffen kann. Davon waren wir überzeugt.»

Palma sah sie an. «Sicher haben Sie darüber spekuliert, wer der Täter sein könnte.»

«Natürlich. Jeder Mann, mit dem diese Frauen zu tun hatten, war ein Kandidat. Für uns jedenfalls.»

«Aber spielte sich nicht vieles davon ausschließlich unter Frauen ab? Lesbischer Sadomasochismus?»

«Doch.»

«Aber Sie haben keine der Frauen verdächtigt?»

Hardeman sah Palma an. «Doch, ja. Darüber haben wir auch geredet.» Wieder sah sie sich nach den Neugierigen um. Palma empfand Mitleid mit ihr. Sie war am Ende. Sie würde sich nicht mehr lange auf den Füßen halten können.

«Und wer waren Ihre Kandidaten unter den Frauen?»

«Ach, verdammt», sagte Hardeman und nickte in Richtung auf ihr Haus. «Die Kandidatin mit den meisten Stimmen liegt da drin.»

«Sonst noch jemand?»

«Ein paar nannten Mirel Farr, aber ich war anderer Meinung. Mirel macht das beruflich. Es ist ihr Job. Sie tut es für Geld. Wer immer das... das da drinnen macht, tut es aus Leidenschaft, nicht für Geld.» Sie beugte sich vor und begann, sich den Nacken zu reiben. «So sehe ich das jedenfalls.»

«Glauben Sie, daß eine Frau so etwas überhaupt tun könnte?» Palma wollte eine direkte Antwort für Grant, der bisher noch keinen Ton gesagt hatte.

Hardeman hörte auf, sich den Nacken zu reiben, und sah Palma mit einem müden, aber amüsierten Grinsen an. «Das ist doch wohl nicht Ihr Ernst.» Sie schaute hinüber zu Grant und dann wieder auf Palma. Sie schüttelte den Kopf. «Hören Sie», sagte sie zu Palma, «Sie sollten Ihre Männer zu Mirel schicken. Setzen Sie sie hinter den durchsichtigen Spiegel und lassen Sie sie zuschauen, was da so vor sich geht, für eine Woche oder so. Das wird ihre Einstellung ändern. Der einzige Unterschied zwischen männlichem und weiblichem Sadomasochismus... von den anatomischen Unterschieden abgesehen... ist, daß Frauen niemals durch die Zähne spucken.» Sie sah Grant an. «Das ist eindeutig männliches Verhalten.»

«Was ist mit den Männern?» fragte Grant. Falls ihn Palmas Vorstoß und Hardemans sarkastische Antwort ärgerten, ließ er sich jedenfalls nichts anmerken. «Wer waren sie?»

Hardeman sagte: «Ein Bursche namens Clyde, und ein Geschäftsmann... eh, Reynolds. Und Louise Ackleys Bruder. Ich weiß noch, daß ich das ziemlich unglaublich fand. Louises Bruder, du lieber Himmel. Sie sind die einzigen, die ich je darüber reden hörte. Wie ich schon sagte, ich wollte nicht viel davon wissen. Es war zu abseitig.»

Die Stare kreischten in der Krone des Maulbeerbaums, wo die

ersten Strahlen der Morgensonne die blauen Blätter grün färbten. In ein paar Stunden, wenn die vom Regen durchtränkte Stadt unter dem klaren, hellen Himmel zu dampfen begann, würde die drückende Hitze unerträglich sein.

«Wissen Sie, ob Vickie jemals psychiatrische Hilfe in Anspruch genommen hat?» fragte Palma.

«Keine Ahnung. Sie hätte das bestimmt nötig gehabt, aber ich weiß nicht, ob sie's getan hat. Ich weiß es einfach nicht.» Zwei Männer aus dem Amt des Leichenbeschauers luden eine Aluminiumbahre aus dem Leichenwagen und trugen sie zur Haustür. Hardemans Schultern krümmten sich noch mehr. «Herrgott, ich kann das gar nicht glauben. Ich kann's nicht.»

«Haben Sie jemanden, bei dem Sie heute bleiben können?» fragte Palma. «Unsere Labortechniker werden noch eine Weile in Ihrem Haus zu tun haben.»

Hardeman nickte. «Natürlich. Aber was ist mit meinen Sachen? Ich muß ein paar Kleider einpacken. Schuhe. Waschzeug.»

«Wir schicken Officer Saldana mit. Ich werde mit ihr reden», sagte Palma. «Ich weiß, daß es ein schlechter Zeitpunkt ist, um Ihnen Fragen zu stellen. Tut mir leid, daß es nicht anders ging.»

«Schon gut», sagte Hardeman müde und schüttelte den Kopf. «Ich werde mir ein neues Bett kaufen müssen», sagte sie, als solle Palma ihr planen helfen, was sie als nächstes tun mußte. «In diesem Bett kann ich nie wieder schlafen.» Sie schüttelte den Kopf und wandte das Gesicht wieder dem Haus zu. «Ich kann's nicht», sagte sie, und ihre Stimme brach. Mit einem angstvollen Blick auf Palma vergrub sie das Gesicht in den Händen und begann zu weinen, mit zuckenden Schultern, leise und gequält.

Ohne ein Wort drehte Grant sich um und ging fort. Palma sah ihm nicht nach, als sie näher trat, die Arme um Hardeman legte und sie stützte. Erst jetzt, während sie sie im Arm hielt, sah Palma, daß Janice Hardeman nicht einmal Schuhe anhatte.

55

Als Broussard die Augen aufschlug und Sonnenstrahlen im schrägen Winkel durch die Ritzen der hohen Fensterläden seines Schlafzimmers fallen sah, verspürte er ein plötzliches Gefühl der Lähmung. Dunkel erinnerte er sich an etwas Tragisches. Die hohe weiße Decke war in dunstiges Morgenlicht getaucht. Er entsann sich, daß sie neben ihm lag, bevor er sie wirklich fühlte. Dann, als ihm alles wieder einfiel, wurde ihm ihr Gewicht auf der Matratze bewußt, obwohl er sie nicht berührte. Sein rechter Arm lag auf der seidenen Decke. Ohne sie anzusehen, streckte er die rechte Hand aus und legte sie auf Marys Gesäß. Er fühlte, daß sie unter der pfirsichfarbenen Seidendecke nackt war. An Form und Winkel ihrer straffen Hüfte erkannte er, daß sie ihm den Rücken zuwandte, ein Bein etwas angezogen, das andere gestreckt. Er bewegte leicht den rechten Fuß und spürte ihr ausgestrecktes Bein.

Er hätte glauben können, sie sei tot. Er hielt den Atem an und beobachtete die Falten der Decke, die sich von ihr zu ihm erstreckten und über seine Brust liefen. Sie bewegten sich ganz leise beim Atmen.

Er hätte glauben können, sie sei die Verkörperung aller Frauen, die er je zu zähmen versucht hatte; als letzte gekommen, aber eigentlich die erste, das Nachbild eines Prototyps, eine so außergewöhnliche Anomalie, daß sie zum Muster wurde.

Er hätte glauben können, sie lüge nicht. Tatsächlich glaubte er das auch. Das war Marys Eigenheit. Sie konnte nicht mehr zwischen ihren eigenen Phantasien und der Realität unterscheiden. Sie sagte die Wahrheit, die Marys Wahrheit war, die Wahrheit in Marys Kopf.

Er hätte glauben können, daß die letzte Nacht nie gewesen war, daß er sie nicht die Dinge hatte tun sehen, die sie getan hatte, sondern sie sich nur so glühend gewünscht hatte, daß er sie überlebendig geträumt hatte.

Langsam hob er die linke Hand und betrachtete seine lackierten Fingernägel. Das unbehagliche Gefühl der Bedrohung kam wieder, die Wolke einer vagen Erinnerung – oder war es eine Vorahnung? – an etwas Tragisches.

Broussard versuchte, in die Gegenwart zurückzufinden. Er senkte die Hand und betastete seinen Kopf. Die Perücke war verschwunden. Zögernd wischte er mit einem Finger über seine Lippen; der Finger war rot verschmiert. Er bewegte sich unter der Decke, spürte, daß er nackt war. Dann merkte er, daß seine rechte Hand noch immer auf Marys Gesäß lag.

Behutsam nahm er die Hand hoch; er drehte sich vorsichtig um, um ihren Rücken zu sehen. Mit der Linken strich er leicht über die Decke bis dahin, wo sie eine Erhöhung über ihrer weißen Schulter bildete. Mit zwei Fingern faßte er die Decke und begann, sie langsam herunterzuziehen.

Sie war außerordentlich, schöner als jede andere Frau, die er je gekannt hatte.

Vorsichtig und mit weichen Bewegungen legte er seine linke Hand auf ihren Bauch und drückte leicht, um sie umzudrehen, wobei seine rechte Hand ihre Schulter führte. Er sah, wie sich das Gewicht ihrer großen Brüste und ihre rosafarbenen, konischen Brustwarzen verschoben, als sie auf den Rücken rollte. Er küßte ihren Nabel.

«Was machst du?» fragte sie.

Broussard fuhr zusammen. Er hob die Augen von ihrem Nabel. Zwischen den Wölbungen ihrer Brüste hindurch traf er ihren Blick. Er stellte sich vor, welchen Eindruck sein verschmiertes Make-up auf sie machen mußte. Ihr Gesichtsausdruck war neutral, ihr Blick ruhig und stetig.

«Wo ist deine Perücke?» fragte sie.

Auch ihr Sex war so gewesen, direkt, schamlos, sogar aggressiv. Er war wild und extravagant gewesen, und als es vorbei war, war sie in tiefen, wie berauschten Schlaf gefallen. Jetzt sah sie ihn mit blaugrauen, leicht geschwollenen Augen an.

Er lag zwischen ihren Beinen, die Ellbogen zu beiden Seiten ihrer Hüften. Im dämmrigen, durch die Läden gefilterten Licht des Raumes betrachtete er ihre Augen mit den rötlichen Lidern, während sie ihn studierte. In diesem Augenblick hätte er ohne zu zögern alles Geld, das er besaß, für ihre Gedanken gegeben – ihre wahren Gedanken, Hologramme ihres Es, nicht etwas, das durch ihr Über-Ich verfeinert war. In diesen Augen gab es Dinge, die er entdecken wollte, die er schmecken wollte, neue Aromen, von denen er sicher war, daß er sie noch nie gekostet hatte.

Ohne den Blick von ihm zu wenden, griff sie an seinen hochgereckten Hals und fuhr langsam und leicht mit ihren Fingernägeln daran hoch bis zum Kinn, weiter über sein Gesicht, über verschmierten Lippenstift, das morgendliche Kratzen seines Bartes, den keine Schminke mehr verdeckte, über Rouge und verlaufene Wimperntusche und Lidschatten und Eyeliner; ihre trägen graublauen Augen beobachteten ihn, ihre eigenen Hände, ihre Nägel. Als sie seinen Kopf erreichte, schob sie die Hände um seinen Hinterkopf und drückte sein Gesicht auf ihren Bauch, preßte seine Lippen gegen ihren Nabel.

«Geheimnisse», sagte sie heiser. Mit einem plötzlichen Ruck ihrer Hüften krallte sie die Finger um seinen Kiefer und zog ihn hoch, bis er seine Brust an der Fülle ihres Busens spürte und hörte, wie sie durch die Zähne atmete, rasche, saugende Atemzüge, als wappne sie sich gegen einen vorweggenommenen Schmerz. Sie umarmten einander, und sie zog ihn fest an sich, fester, als er es sich hatte vorstellen können, während er sein Gesicht an ihrem Hals vergrub, ihr blondes Haar atmete, während sie die Beine um ihn schlang und hinter seinem Rücken kreuzte. Er widerstand dem plötzlichen Wunsch, sie zu zermalmen, sich in ihren Rücken zu krallen, und konzentrierte sich darauf, sich von ihr nehmen zu lassen.

Als er aus der Dusche kam und mit einem Handtuch um die Hüften das Schlafzimmer betrat, sah er, daß sie bereits ihr Haar getrocknet hatte und nackt auf dem Fenstersims saß, eingerahmt von den zurückgestoßenen Läden, das Fenster der spätmorgendlichen Hitze geöffnet. Sie saß vorgebeugt, die Arme um die Knie geschlungen. Ihr Kopf war von ihm abgewandt; sie schaute nach draußen und lauschte dem traurigen Gurren der winzigen spanischen Tauben in den Magnolien und Eichen.

Er wußte nicht, wie sie sich fühlte, wie es jetzt für sie war. Für ihn war es vorbei. Die vorsichtige Befangenheit, die sein Alltagsleben charakterisierte, war zurückgekehrt; schon hatte er sich, im Namen der sozialen Nützlichkeit, zurückgezogen in die Person des Dr. Broussard. Er wußte, daß sie ihn hatte kommen hören, aber sie drehte sich nicht um, als er seinen Schrank öffnete, seinen anderen Schrank. Er spürte, es war nicht ganz fair ihr gegenüber, daß er übergangslos völlig in seine streng kontrollierte Rolle zurückfiel. Er war daran gewöhnt. Jahre des Doppellebens hatten ihm den abrupten Wechsel zur Gewohnheit gemacht, aber in diesem Augenblick empfand er ihn als unangemessen. Er ging also einen Kompromiß ein. Er ließ seine Anzüge und Krawatten im Schrank, nahm eine saloppe Seidenhose heraus, ließ das Handtuch fallen und stieg hinein; dann streifte er ein Seidenhemd über, ohne es zuzuknöpfen.

Barfuß ging er zur Fensterbank, wo sie saß, zögerte, griff dann nach einem Stuhl, zog ihn heran und setzte sich neben sie. Noch immer drehte sie sich nicht um.

Er betrachtete sie. Sie hatte nicht die geringsten Hemmungen wegen ihrer Nacktheit, was, wie er wußte, das genaue Gegenteil ihres häuslichen Verhaltens ihrem Ehemann gegenüber war. Er nahm an, ihre gegenwärtige, recht kühne Vorliebe für Nacktheit sei eine Art willentlicher Befreiung aus der selbstauferlegten Schamhaftigkeit, auf der sie zu Hause bestand. In diesem Augenblick wandte sie plötzlich den Kopf und sah, daß er sie betrachtete.

«Wußtest du, daß ich bisexuell bin?» fragte sie, strich ihr Haar zurück und schaute ihn an.

«Nein, das wußte ich nicht», sagte er.

Sie wandte den Blick nicht ab. «Überrascht es dich?»

«Nein», sagte er.

Einen Augenblick lang veränderte sie ihren Ausdruck nicht, sah ihn nur weiter an. Dann lächelte sie. Broussard war starr vor Überraschung. Es war das erste Mal, daß er sie je lächeln sah; ebenso überrascht war er von der Erkenntnis, daß er diese Unterlassung nie zuvor bemerkt hatte.

«Hast du's erraten?» fragte sie. «Wie?»

Er schüttelte den Kopf. «Ich hab's nicht erraten. Ich hatte fast damit gerechnet.»

Ihr Lächeln verblaßte schnell.

Er würde es ihr ohne Umschweife sagen. Er sagte es ihnen immer ohne Umschweife, wenn das Thema endlich aufkam, obwohl er es nie selbst anschnitt.

«Es kommt oft vor, daß Frauen, die Opfer eines Vater-Tochter-Inzests waren, bisexuell oder sogar ausschließlich lesbisch sind», sagte er. «Es kommt häufiger vor, als du vielleicht glaubst. Seit etlichen Jahren schon sind fast alle meine Patienten Frauen. Die meisten dieser Frauen sind entweder lesbisch oder bisexuell. Und die meisten lesbischen oder bisexuellen Frauen wurden in ihrer Kindheit sexuell mißbraucht, meist in Form von Inzest.»

Ganz langsam bewegte Mary Lowe die Zehen und beugte den Kopf, um ihr Kinn auf die nackten Knie zu stützen. Das war ihre einzige Bewegung. Sie erinnerte Broussard an eine Katze.

«Inzest ist eine sehr komplizierte Sache», fuhr er behutsam fort. «Während der kleine Junge die erste sexuelle Attraktion für eine Person anderen Geschlechts empfindet, betrifft sie beim kleinen Mädchen eine Person des gleichen Geschlechts. Dadurch entsteht eine Bindung, die sehr viel stärker ist als die des Jungen. Und weil sie so früh im Leben entsteht, bildet sie ein unzerbrechliches Bindeglied, das unter den späteren sexuellen Bindungen an Männer immer bestehen bleibt.»

Er hielt inne, überrascht, weil er wachsende Besorgnis spürte, obwohl er nicht die Absicht hatte aufzuhören.

«Eines der tragischsten Dinge beim Vater-Tochter-Inzest ist der Schaden, der damit der Bindung zwischen Mutter und Tochter zugefügt wird. Wenn der Inzest früh im Leben des kleinen Mädchens erfolgt, wird diese Bindung früher unterbrochen, als es bei der normalen emotionalen Entwicklung des Mädchens der Fall wäre. Die Beziehung zur Mutter wird kurzgeschlossen, und die Tochter behält lebenslänglich eine intensive Sehnsucht nach einer nährenden Beziehung zu einer anderen Frau. Dieser frühe Bruch mit der Mutter ist für kleine Jungen normal, aber nicht für kleine Mädchen, die normalerweise sehr viel länger an der Mutter hängen ... außer in Fällen von Inzest. Das kleine Mädchen, das Opfer des Inzests wird, wird durch den Vater zu früh von der Mutter losgerissen. Sie ist für immer gezeichnet von der doppelten Wunde, dem Verrat des Vaters und dem Verlust der Mutter. Als Inzestopfer ist sie dazu verdammt, mittels ihrer Erinnerung zu ihrem Vater zurückzukehren, dem Verräter, Mißbraucher, Liebhaber. Erinnerung und Schuldgefühl verfolgen sie für den Rest ihres Lebens, es sei denn, sie lernt, diesen Konflikt ihrer Vorstellungskraft zu lösen.»

56

Vickie Kittrie verließ Janice Hardemans Haus in einem dicken schwarzen Plastiksack, den Kopf voran, und die Neugierigen, die hinter dem gelben Absperrband standen, bekamen endlich das zu sehen, worauf sie gewartet hatten.

Auf der Straße vor Hardemans Haus wurde nichts gefunden, was der Polizei hätte helfen können. Die Absperrung wurde wieder auf den kleinen Vorgarten vor dem Haus beschränkt. Nachdem man Kittries Leiche weggebracht hatte und der Verkehr in den Straßen des

Viertels wieder einsetzte, zerstreute sich die Menge. Die meisten Polizeiwagen nahmen ihre Streifenfahrten wieder auf.

Ehe Frisch in die Innenstadt zurückfuhr, trat er in den Schatten eines Christusdorns in der Nähe des Randsteins und brachte Palma und Grant auf den neuesten Stand der Ermittlungen.

«Gordy geht's gut», sagte Frisch. «Er wird noch eine ganze Weile am Stock gehen, aber er hat keinen bleibenden Schaden davongetragen. Und Barbish geht's auch gut. Er ist außer Gefahr. Die Ärzte rechnen damit, daß er in vierundzwanzig Stunden soweit erholt ist, daß man ihn vernehmen kann. Das müßte ein interessantes Gespräch werden. Wir haben eine Menge mit ihm zu bereden.»

«Und wie waren die Informationen von den Ballistikern?» kam Palma ihm zuvor.

«Gut.» Frisch nickte. «Ja, der Colt Combat Commander paßte. Die gleiche Waffe, mit der Ackley und Montalvo erschossen wurden. Barbish ist nicht allzu helle. Wie viele andere dickschädelige Cowboys liebte er seine verdammte Kanone zu sehr. Er hätte sie loswerden sollen. Er wird einen verflixt guten Anwalt brauchen, wenn er nicht in Huntsville die Giftinjektion bekommen will. Ich könnte mir vorstellen, daß Gil Reynolds die Nadel fast spüren kann. Die Burschen von der elektronischen Überwachung haben seine Reaktion mitbekommen, als er am Frühstückstisch in der Morgenzeitung las, daß Barbish bei einer Schießerei mit der Polizei verwundet wurde. Als er dann den Bericht über Mirel Farr las, wurde er ganz still; seine Freundin, die bei ihm übernachtet hatte, fragte ihn, was los sei. Sie begriff gar nicht, was er auf einmal hatte. Ständig lag sie ihm in den Ohren, bis er sie anschrie. Dann fing sie an zu weinen, und sie hatten einen lauten Streit. Sie rannte ins Schlafzimmer. Seither ist es ruhig. Bisher hat er noch nichts unternommen.»

«Was ist mit John?» fragte Palma. «Was haben Sie von dem gehört?»

«Birley hat bisher kein Glück gehabt, er hat von Denise Kaplans Geliebten noch nichts Neues gehört», sagte Frisch und nahm ein Notizbuch aus seiner Jackentasche. «Aber die Leute, die in Broussards Nachbarschaft auf den Busch klopfen, haben endlich den Namen seiner Haushälterin und Köchin herausgebracht. Das kam vor ungefähr fünfzehn Minuten herein.» Er schaute in seine Notizen. «Alice Jackson, eine achtundfünfzigjährige Schwarze. Wohnt in Texas Southern University. Maples und Lee sind durch eine andere Hausangestellte ein paar Häuser weiter auf sie gekommen. Die hat ausgesagt, Jackson rede nicht viel über den Mann, nur, daß er in bezug auf sein Privatleben ‹eigen› sei. Sie behauptete, Alice Jackson sei ziemlich verschlossen.»

Frisch riß das Blatt aus seinem Notizbuch und reichte es Palma.

«Was haben Sie von Farr gehört?» fragte Grant.

«Der Arzt sagte, sie könne am späten Nachmittag vernommen werden», sagte Frisch. «Er hat ihr wegen dem Draht am Kinn ziemlich starke Beruhigungsmittel gegeben, und er wollte, daß die Schwellung erst etwas zurückgeht. Vielleicht gegen fünf Uhr. Aber auch dann wird man sie nur kurz sprechen können.»

Grant nickte. «Okay. Ich denke, dann nehmen wir uns zuerst Alice Jackson vor.»

Grant wischte sich das Gesicht mit der Hand. Palma hörte das Schaben der Bartstoppeln unter seinen Fingern. Jetzt, im vollen Tageslicht, sah sie, daß Grants Augen geröteter waren als gewöhnlich. Die Fältchen in seinen Augenwinkeln wirkten wie in sein Gesicht gemeißelt. Sie war froh, daß der Rotwein seine Wirkung auch auf ihn nicht verfehlt hatte.

«Ich will offen zu Ihnen sein», sagte er zu Frisch, seine Krawatte lockernd. «Ich bin nicht sicher, was zum Teufel hier eigentlich vor sich geht.» Er schaute auf die Uhr. «Ich bin jetzt etwas mehr als sechsunddreißig Stunden hier. Ackley hat sich selbst aus dem Weg geräumt, bevor ich herkam, Reynolds und Barbish fallen erst seit ein paar Stunden als Verdächtige aus, und ansonsten sind *keine* neuen Verdächtigen aufgetaucht bis auf Dominick Broussard, aber der entspricht nur einem Bruchteil der Merkmale in meinem Profil. Und um ehrlich zu sein, ich habe heute in Kittries Fall nichts gesehen, was meine Meinung bezüglich meiner früheren Schlußfolgerungen ändern würde. Wir müssen weitergraben. Aber offen gesagt, ich glaube nicht, daß er uns viel Zeit lassen wird, bevor er die nächste Frau umbringt. Der Bursche hat völlig den Faden verloren. Seine Phantasie treibt ihn um wie die Kugel in einem Spielautomaten; er wird ziemlich bald explodieren. Ich glaube, er wird vollkommen durchdrehen. Zum Schluß wird er so verrückt sein, daß er sich praktisch selbst ans Messer liefert. Aber erst, nachdem er noch eine Frau umgebracht hat... oder zwei.»

«Sie glauben also nicht, daß es Broussard ist», sagte Frisch.

Grant schüttelte den Kopf. «Einen anderen sehe ich allerdings auch nicht», räumte er ein. «Da waren ein paar Sachen, die ganz gut paßten. Aber ich habe überlegt und überlegt, und irgendwie stimmt es nicht. Der Mann entspricht einfach nicht den Profilmerkmalen, an die wir in solchen Fällen gewöhnt sind. Meine Nase als Polizist sagt mir, daß es mehr als Zufall ist, wenn er intime Kenntnisse über jedes einzelne Opfer hat. Insofern setze ich ihn ganz oben auf die Liste. Aber meine Erfahrung mit sexuell motivierten Mördern sagt mir, daß er nicht das ist, was wir suchen.»

Er sah Palma an und dann wieder Frisch. «Andererseits», fuhr er fort, «stehen diesen ‹Ahnungen› alte Maximen entgegen, die ich nur schwer ignorieren kann. Erste Maxime: Manchmal setzt einen ein zufälliges Element auf eine ganz falsche Fährte. Die Tatsache, daß Broussard sämtliche Opfer kennt, ist vielleicht wirklich nur Zufall. Schließlich ist der Mann auf diese besonderen emotionalen Störungen spezialisiert. Vielleicht verdächtigen wir ihn, weil wir unbedingt einen Erfolg brauchen. Zweite Maxime: Im menschlichen Verhalten gibt es keine absoluten Gewißheiten. Daß etwas noch nie vorgekommen ist, selbst in Tausenden von Fällen nicht, heißt noch nicht, daß es nicht jetzt vorkommen könnte. Alles ist möglich, wenn man es mit der menschlichen Persönlichkeit zu tun hat. Die Variablen sind unberechenbar.»

Palma fuhr Grant zu seinem Hotel. Dort wartete sie in der Kaffeebar, während er rasch duschte und sich umzog.

Während sie wartete, rief sie sich die Szene in Janice Hardemans Schlafzimmer noch einmal Punkt für Punkt ins Gedächtnis. Sie stand wieder an der Tür und ging jede Bewegung durch, die um die erstarrenden sterblichen Überreste von Vickie Kittrie herum stattgefunden hatte. Sie erinnerte sich an ihr Gespräch, an Grants Gesicht, an ihre eigenen Gedanken; sie stellte sich vor, wie der Mann sich über die Leiche beugte, das nackte Gesäß, die gekrümmte Wirbelsäule, das, was er tat.

Plötzlich stand sie auf und verließ die Kaffeebar; der Kellnerin an der Kasse sagte sie, sie solle noch nicht abräumen, sie wolle nur telefonieren. Sie eilte durch die Halle zu den Telefonzellen hinter den gläsernen Aufzugschächten. Sie nahm zwei Münzen aus der Handtasche. Mit der ersten rief sie Jeff Chin an, mit der zweiten Barbara Soronno im Kriminallabor.

Palma und Grant nahmen ein spätes Frühstück ein und tranken die erste Tasse Kaffee an einem langen Morgen, der jetzt schon wirkte wie ein ganzer Tag.

«Ich hatte ja schon erwähnt, daß ich ein paar Dinge mit Ihnen durchsprechen möchte», sagte Grant nach einigen Schlucken Kaffee.

«Aber zuerst würde ich gern Ihre Reaktion hören auf das, was Sie heute morgen gesehen haben.»

«Meine Reaktion? Auf welchen Teil davon?»

«Auf alles.»

Diese Frage hatte sie nicht erwartet. Wieviel von ihrer «Reaktion» wollte sie ihm wirklich mitteilen? Palma wußte, ihre Antwort würde ebensoviel über sie selbst wie über ihre Auffassung von den Fällen verraten. Sie fragte sich, was wirklich hinter Grants schlichter Erkundung stand. Sie beschloß, wie immer ohne Umschweife vorzugehen.

«Das Hauptelement, das mir bei diesen Fällen von Anfang an aufgefallen ist», sagte sie, «sind die Bißmale. Ich weiß, bei Sexualmorden kommen sie häufig vor, aber das hier sind keine normalen Sexualmorde. Jedenfalls nicht für mich.»

«Nicht für Sie?»

«Ich gebe gern zu, daß ich von Anfang an eine starke persönliche Reaktion darauf entwickelt habe. Es ist nichts, was ich genau benennen möchte, ich meine, ich kann kein Schlüsselelement identifizieren, das diese Morde für mich anders macht, aber etwas ist da. Und die Bißmale, nun ja, ich habe früher schon Bißmale gesehen, aber diese drehten mir den Magen um. Bei Bernadine Mello sah ich die bewußte Konzentration auf den Nabel, und dann heute morgen... war das ganze Ding... weg.»

Sie senkte die Stimme, unfähig, die Anspannung zu verbergen, die ihr die Kehle zuschnürte. «Die Augenlider hat er nicht mit dem Mund entfernt», sagte sie entschieden. «Aber den Nabel ganz bestimmt.»

«Woher wissen Sie das?» fragte Grant.

Palma sah ihn an. Keiner von beiden blinzelte.

«So ist das», sagte er. Sein Gesicht war eine eigenartige Mischung aus grimmigem Wissen und unterdrückter Erregung. «Es passiert nicht immer, fällt einem nicht immer so ein, aber wenn es passiert, dann gibt es nichts, was damit vergleichbar wäre. Wenn man sich in einen dieser Kerle hineinversetzt..., es gibt wirklich nichts Vergleichbares.»

Palma erinnerte sich an das, was Grant bei ihrem zweiten Telefongespräch gesagt hatte. Er hatte gemeint, sie solle sich das Ziel setzen, allmählich genauso zu denken wie der Mörder. Wenn sie nicht anfing, wie der Mörder zu denken, hatte sie ein Problem. Und wenn sie anfing, wie der Mörder zu denken, hatte sie ebenfalls ein Problem, aber eine andere Art von Problem. Damals hatte sie noch nicht gewußt, wovon er redete. Jetzt fürchtete sie, es zu wissen. Auf was, zum Teufel, hatte sie sich da eingelassen?

«Schauen Sie», sagte Grant und holte sie in die Gegenwart zurück. Er sprach langsam, als wolle er ihr helfen, es durchzustehen, als wisse er, was sie fühlte, und wolle sie beruhigen. «Sie haben gerade etwas über sich selbst entdeckt, das außergewöhnlich ist. Es ist für jeden eine bestürzende Erkenntnis, auf jedem Gebiet menschlicher Bemühungen, wenn man mit einer besonderen Fähigkeit konfrontiert wird ... einer Gabe. Sie trennt einen von den anderen. Man weiß, daß man sie nicht erklären kann. Vielleicht kann man sie sogar niemandem eingestehen. Sie erlegt einem eine Last auf ... und eine Entscheidung. Entweder nimmt man die Last an und trägt sie, oder man nimmt sie nicht an. Das ist eine Entscheidung, die man nicht leichtfertig treffen darf, weil sie lebenslängliche Konsequenzen hat. Ich versuche nur auszudrücken, daß das nichts Magisches oder Verrücktes ist ... es ist, als hätte man eine plötzliche Ahnung, nur intensiver. Sie müssen den Mut haben, ihr freien Lauf zu lassen, sie in sich eindringen und entwickeln zu lassen. Akzeptieren Sie sie. Wenn Sie das können, wenn Sie diese Begabung haben und sie nicht benutzen ..., machen Sie einen Fehler. Sie können es sich nicht leisten, Angst davor zu haben.»

Palma bekämpfte ein Erstickungsgefühl. Ein warmes, fiebriges Glühen breitete sich in ihr aus. Sie war sicher, daß sie errötet war. Sie trank einen Schluck Wasser und sah ihn dann an.

«Wollen Sie damit sagen ..., daß Sie glauben, er hat es wirklich so gemacht?» fragte sie.

«*Sie* haben mir gesagt, daß er es so gemacht hat», sagte Grant.

Palma nickte. Sie war tatsächlich davon überzeugt gewesen. Jetzt merkte sie, daß es eine *unbewußte* Gewißheit gewesen war, bis Grant sie darauf hingewiesen hatte.

«Ja, ich glaube, daß es so war», bestätigte Grant. «Zumindest kommt es dem wirklichen Ablauf der Ereignisse so nahe, daß wir anfangen können, einige unserer Ermittlungsentscheidungen nach dieser ‹Theorie› auszurichten. So funktioniert das. Sie spielen es herunter. Sie folgen Ihren ‹Ahnungen›, und sie erweisen sich als bemerkenswert zutreffend. Die Leute akzeptieren diese Art von Eingebung, wenn man sie als ‹Ahnung› bezeichnet. Polizisten sind stolz auf ihre Ahnungen. Aber Sie können nicht sagen, wie es sich *wirklich* anfühlt ..., daß es so ist, als seien sie selbst dabeigewesen.»

Er trank ebenfalls einen Schluck Wasser; dann schob er sein halb gegessenes Frühstück beiseite und sah sie an. Ein trockenes Grinsen erschien auf seinem Gesicht.

«Tatsächlich», sagte er, «habe ich gespürt, daß Sie mehr aus der Sache herausholten als ich. Ich stecke fest, aber Sie scheinen Dinge auf einer anderen Ebene miteinander in Verbindung zu bringen. Ich glaube *immer noch*, daß meine Profilanalyse richtig ist; ich sehe nichts, was ich ändern würde. Aber ich muß auch der Tatsache ins Auge sehen, daß sie auf unseren Hauptverdächtigen nicht zutrifft. Für mich scheint die ganze Sache in die falsche Richtung zu laufen. Ich glaube, Sie können uns wieder auf die richtige Bahn bringen.»

Palma fühlte sich unbehaglich. Grant ließ es so aussehen, als hätte sie alle Antworten, als sei es an ihr, den Fall zu lösen. «Ich will Ihnen nichts vormachen», sagte sie. «Ich glaube nicht, daß ich das, was hier vorgeht, so gut verstehe, wie Sie anscheinend glauben. Es ist wirklich nur eine Ahnung. Bei Ihnen klingt das viel... ausgeprägter, als es ist. Ich meine, ich halte an meinen Gefühlen bei dieser Sache fest..., aber falls Sie das noch nicht gemerkt haben, meine Signale sind gemischt. Ich habe gesagt, daß ‹er› Kittries Nabel mit ‹seinem› Mund ausgerissen hat. Aber ich bin noch immer überzeugt, daß der Mörder eine Frau ist. So *fühlt* es sich für mich jedenfalls an.»

Grant antwortete rasch und mit stählerner Dringlichkeit.

«Intuition, diese Art von ‹Einsicht›, ist keine exakte Sache», sagte er. «Sie muß... angepaßt werden. Sie ist die Vision einer anderen Psyche. Sie müssen die Kraft und den Glauben haben, sich von ihr zu Ideen führen zu lassen, die Sie sich nie vorgestellt hätten. Deshalb wirkt sie amorph, unklar. Sie führen nicht, Sie folgen. Es erfordert ungewöhnlichen Mut, sich einer inneren Stimme zu überlassen.»

Grant stützte sich auf den Tisch. Seine Augen waren auf gleicher Höhe mit ihren und sahen sie mit großem Ernst an. Den kurzen Vortrag hatte er mit ziemlicher Glut gehalten, ein Wort, das sie normalerweise nicht mit ihm in Verbindung gebracht hätte. Es war verwirrend.

«Zumindest sollten wir Broussard mit der Liste der Profilmerkmale vergleichen, die Sie uns genannt haben», sagte Palma. Sie wollte die Hochspannung, die sie in ihrem Kopf zu fühlen begann, lindern. Sie wollte etwas ganz Irdisches, eine verläßliche Routine und Struktur, auf die sie sich konzentrieren konnte. «Gute Intelligenz.»

«Paßt», sagte Grant. Er schien zu verstehen, was sie empfand. «Die ist bei Broussard offensichtlich vorhanden.»

«Soziale Erfahrung und Kompetenz.»

«Mein Bauch sagt mir, daß er da ganz schlecht abschneidet», sagte Grant. «Wir wissen es noch nicht, aber das werden wir feststellen. Nehmen wir an, daß ich recht habe. Das ist ein negativer Punkt.»

«Sexuelle Kompetenz.»

«Meine Nase sagt mir dasselbe. Broussard ist genauso verdreht wie die Frauen, die ihn konsultieren.»

«Als Kind inkonsequent erzogen worden.»

«Das wissen wir nicht. Aber mein Bauch sagt mir wieder, daß seine Erziehung eher chaotisch war.»

«Lebt mit einem Partner.»

«Nein.»

«Verfolgt die Verbrechen in den Nachrichtenmedien.»

«Falls wir ihm glauben können, tut er das nicht.»

«Streßsituation als Auslöser.»

«Wissen wir nicht, aber ich würde sagen, da finden wir etwas.»

«Der Mann ist verheiratet und hat Kinder.»

«Broussard nicht.»

«Bewahrt Erinnerungsstücke an die Morde auf.»

«Das wissen wir natürlich nicht. Aber bei Broussard ... im Gegensatz zu Reynolds ... werden wir etwas finden. Da bin ich sicher.»

«Die wichtige Rolle der Phantasie.»

«Da bin ich todsicher. Broussard phantasiert wie verrückt.» Sie hielt inne. «Das wär's so ziemlich.»

«Nach meiner Zählung», sagte Grant, «entspricht Broussard vier von den zehn Merkmalen, die dieser Mörder haben sollte. Wir können nie damit rechnen, daß alle zutreffen, aber wir hoffen immer auf einen besseren Prozentsatz. Ich persönlich habe gewöhnlich viel bessere Raten.»

«Ich glaube, Sie sind da ein bißchen zu streng mit sich selbst», sagte Palma. «Bei vielen der Merkmale haben wir geraten. Wir kennen Broussard einfach nicht so gut. Ich denke, wir sollten noch einmal über all das reden, nachdem wir mit Alice Jackson gesprochen haben. Mit etwas Glück sehen die Dinge dann vielleicht ganz anders aus.»

57

Alice Jacksons kleines Ziegelhaus unterschied sich von allen anderen Häusern der Straße durch seine Sauberkeit. Das Geländer an der vorderen Veranda war gestrichen. Regelmäßig zupfte sie das hartnäckige Unkraut aus, das in den Rissen der zementierten Einfahrt wuchs, obwohl sie kein Auto hatte, um es darauf zu parken. Sie putzte ihre Fenster. Dreimal in der Woche ging sie in die baptistische Kirche River of Jordan, die gleich um die Ecke lag. Nur aufgrund dieser regelmäßigen und höchst emotionalen Begegnung mit der Idee, eine bessere Welt sei möglich, konnte Alice Jackson den Verfall ringsum mit einer Art philosophischer Gelassenheit betrachten. Ihr Rücken blieb gerade, ihr Herz weich. Mit dem Rest der Gemeinde wartete sie auf «den fernen Tag, an dem wir das Warum verstehen werden».

Rosa-, mauve- und lavendelfarbige Petunien blühten in verblichenen Tontöpfen auf den Stufen zu Alices Veranda. Palma und Grant parkten gegen halb eins vor ihrem Haus. Palma nahm die heruntergekommene Straße und das saubere kleine Ziegelhaus in sich auf und fing an, sich ein Urteil über die Frau zu bilden, die sie gleich vernehmen würde. Sie betraten die Veranda und klopften an die Tür mit dem Fliegengitter. Kochdüfte einer Sonntagsmahlzeit wehten sie an.

Bevor Palma etwas sagen konnte, erschien das Gesicht von Alice Jackson auf der anderen Seite der Tür, ein dunkles Gesicht mit scharfen, ziselierten Zügen, das fragend schaute; die bernsteinfarbene Innenfläche einer langfingrigen Hand lag schützend auf dem Gitter.

«Miss Alice Jackson?» fragte Palma.

Die Frau nickte. «Das bin ich.»

«Mein Name ist Carmen Palma, und dies ist Mr. Grant.» Palma zog ihre Marke und hielt sie Alice Jackson hin. «Ich bin vom Houston Police Department, und Mr. Grant ist vom FBI. Hätten Sie ein paar Minuten Zeit für uns?»

Alice Jackson zögerte. «Worum handelt es sich, Ma'am?» Sie sprach langsam, höflich. Sie trug ein dunkles Tupfenkleid mit breitem weißem Kragen. Ihr Haar war lang und zu einem Knoten hochgesteckt.

«Wir gehören zu einem Ermittlungsteam, das eine Mordserie in der Stadt untersucht», sagte Palma. «Wir befragen Leute, die in Hunters Creek wohnen oder arbeiten, wo einige der Opfer lebten, und wir haben gehört, daß Sie in dieser Gegend beschäftigt sind.»

«Ja, das stimmt», sagte sie. Sie sah Grant an, betrachtete ihn eingehend. «Das bin ich.» Wieder sah sie Palma an. «Vielleicht kommen Sie besser herein.» Sie öffnete die Tür und trat zurück.

Alice Jackson war so groß wie Palma; sie war schlank, hatte langsame, stolze Bewegungen und freundliche Manieren. Sie bot ihnen Platz auf einem kleinen Sofa in dem blitzsauberen Wohnzimmer und etwas zu trinken an, das beide dankend ablehnten. Sie setzte sich ihnen gegenüber in einen Sessel, kreuzte ganz natürlich die Füße, die in flachen Schuhen steckten, und faltete die Hände im Schoß. Die beiden weißen Detectives in ihrem Haus schienen ihr kein Unbehagen zu bereiten. Sie neigte leicht den Kopf und wartete auf weitere Erklärungen Palmas.

Ein oder zwei Minuten lang stellte Palma allgemeine Fragen, machte sich Notizen und gab Alice Gelegenheit, sie zu beobachten und einige Schlüsse über sie zu ziehen; sie ihrerseits wollte ein Gefühl dafür bekommen, wie Alice vielleicht auf heiklere Fragen reagieren würde, die bald folgen würden. Nach ein paar Minuten entschied sie, daß die umsichtige ältere Frau nicht nur ohne weiteres in der Lage war, die Peinlichkeit eines Gesprächs über ihren Arbeitgeber zu bewältigen, sondern auch bereits argwöhnte, daß Dominick Broussard der eigentliche Grund für den Besuch der Polizei war. Sie war keine Frau, bei der man auf Umwegen zum Ziel gelangen mußte.

«Miss Jackson», sagte Palma schließlich, «es ist wohl am besten, wenn ich ohne Umschweife zur Sache komme.» Alice Jackson antwortete mit einem halben Nicken. «Ich werde Ihnen eine Reihe ziemlich persönlicher und vertraulicher Fragen über Dr. Broussard stellen müssen. Sie sollten aber wissen, daß wir uns bei einer Untersuchung wie dieser nach sehr vielen Leuten erkundigen. Die meisten Leute, über die wir Erkundigungen einziehen, sind natürlich nicht des Mordes schuldig, aber wir müssen die Untersuchung trotzdem durchführen. Bei einem Kriminalprozeß gilt die Person, der das Verbrechen angelastet wird, so lange als unschuldig, bis ihre Schuld erwiesen ist. Aber vor dem Prozeß findet die Untersuchung statt, und dabei werden im allgemeinen sehr viel mehr Leute verdächtigt als nachher angeklagt.»

«Ich verstehe, was Sie meinen, Detective Palma», sagte Alice. «Ich verstehe. Stellen Sie Ihre Fragen.»

Palma lächelte. «Okay. Wie lange arbeiten Sie schon für Dr. Broussard?»

«Etwas mehr als acht Jahre.»

«Und Sie arbeiten an fünf Tagen in der Woche?»

«Fünfeinhalb. Ich komme samstags morgens und bleibe bis mittags. Er hat oft Patienten am Samstagmorgen. Ich mache ihm das Abendessen für Samstag zurecht; für die Mikrowelle. Ich koche französische Gerichte. Er hat mir einige beigebracht. Ich bereite sie für ihn vor, und wenn ich fort bin, braucht er sie nur in der Mikrowelle aufzuwärmen. Eine komplette Mahlzeit. Kochen ist überhaupt meine Hauptaufgabe. Da er Junggeselle ist, ist im Haushalt sonst nicht allzuviel zu tun. Er macht nicht viel Unordnung. Er ist ein sehr ordentlicher Mann.»

«Und das tun Sie jeden Samstag?»

Sie nickte. «Seit Jahren. Regelmäßig wie der Neumond.»

«Sie pendeln zur Arbeit? Mit dem Bus?»

«Ja. Morgens hin, abends zurück.»

«Um welche Zeit verlassen Sie abends das Haus?»

«Um sieben Uhr. Ich bereite noch sein Abendessen vor. Ich habe zwar später frei als die meisten anderen Hausangestellten, aber er bezahlt mich gut dafür.»

«Was wissen Sie über Dr. Broussards abendliche Gewohnheiten? Geht er regelmäßig aus?»

«Das weiß ich nicht», sagte sie.

«Haben Sie je eine der Frauen kennengelernt, mit denen er sich traf?»

«Nein, Ma'am.»

«Wissen Sie überhaupt etwas über sein gesellschaftliches Leben?»

«Kaum.»

Palma war nicht klar, wie Alice das meinte. Sollte es heißen: natürlich nicht, davon kann keine Rede sein; oder sollte es bedeuten: nicht sehr viel? Eine interessante Antwort.

«Ist Dr. Broussard homosexuell?»

Alice Jackson antwortete nicht sofort, aber sie schien nicht schokkiert über die Frage. Sie dachte darüber nach.

«Ich weiß wirklich nicht, was ich darauf antworten soll», sagte sie schließlich. «Wissen Sie, es ist eine komische Sache, wenn man jemandem den Haushalt führt. Interessant. Dr. Broussard ist Psychiater. Er weiß viel über die menschliche Natur.» Sie neigte den Kopf in Palmas Richtung. «Die Polizei weiß auch viel über die menschliche Natur. Dr. Broussard sieht eine Menge seltsamer Menschen, und Sie vermutlich auch.» Nachdenklich nickte sie vor sich hin.

«Nun ja, Hausangestellte... sie wissen auch etwas über die

menschliche Natur. Ich weiß nicht, was es ist, aber wenn Leute jemanden bezahlen, damit er sich um ihre persönlichen Dinge kümmert, wissen Sie, ihre ganz persönlichen Dinge, dann kommt es mir so vor, als müßten sie sich irgendwie von diesen Leuten abgrenzen; weil es doch peinlich ist, eine Fremde dafür zu bezahlen, daß sie etwas tut, was sie sonst selbst tun würden, oder jemand, der ihnen nahesteht, eine Mutter oder Ehefrau. Und deswegen tun sie vielleicht so, als wäre die Hausangestellte keine vollentwickelte Person. Tun so, als wäre sie taub oder blind und hörte und sähe nicht, was Sie sagen und tun. Verstehen Sie, ich bin bloß die ‹Hilfe›.»

Nach einem Augenblick fuhr Alice fort: «Der Punkt ist der: Dr. Broussard ist ein sehr netter Mann, immer sehr gut zu mir. Aber manchmal hält er mich für taub und blind.» Alice sah Grant an. «Tut mir leid», sagte sie, «wenn das ein bißchen pauschal klingt. Nur... das ist eine ernste Frage, und ich glaube, ich habe eine Antwort darauf, nur bin ich nicht sicher, was sie bedeutet. Dazu sind einige Erklärungen nötig.» Sie wandte sich jetzt wieder an Palma.

«Acht Jahre lang führe ich jetzt Dr. Broussard den Haushalt», fuhr sie fort. «Ich glaube nicht, daß er je verheiratet war. Eingefleischter Junggeselle. Ich putze sein Haus, aber wie gesagt, er macht nicht viel Schmutz, und das einzige, worum ich mich regelmäßig kümmern muß, sind seine Sachen. Sein Schlafzimmer. Seine Bettlaken. Seine Wäsche.» Sie hielt inne und schaute auf ihre Hände. Sie hob sie ein wenig an und klopfte dann leicht auf ihre Schenkel, als habe sie sich entschlossen weiterzusprechen. «Er liebt Frauen. Manchmal ist morgens, wenn ich ins Haus komme, noch eine da. Manchmal liegen sie auch bis zum späten Vormittag im Bett. Ich habe sie gehört, aber ich stelle mich taub. Ich habe sie gesehen, aber ich stelle mich blind.» Sie lächelte ein wenig, als habe sie ihre vorherige Aussage bewiesen.

Dann zog sie die Brauen zusammen und runzelte die Stirn. «Aber oben in Dr. Broussards Schlafzimmer gibt es zwei sehr große Kleiderschränke. Einer davon ist voll mit Dr. Broussards Anzügen und Hosen und Hemden, all seinen Kleidern. Der andere, nun ja, in dem anderen sind lauter Frauenkleider und ein ganzes Fach mit Perücken. Er hat zwei sehr große Kommoden. In einer liegen seine Unterwäsche und andere persönliche Sachen. Die andere ist voll mit Frauenunterwäsche. Er bewahrt sein Eau de Cologne auf der Kommode auf, zusammen mit ein paar anderen Sachen, einem Satz Kleiderbürsten, einem Satz Schuhbürsten. Er ist ein sehr adretter Mann, falls Sie das bemerkt haben. Auf der Damenkommode stehen eine Menge Parfums und Kosmetiksachen. Ein ganzes Sortiment. Lange habe ich gedacht, er hätte eine feste Freundin, und die Damenkleider und Kosmetika gehörten ihr. Aber natürlich habe ich sehr bald gemerkt, daß das nicht so war. Er hatte viele Freundinnen, aber sie hatten nicht alle die gleiche Kleidergröße und benutzten nicht dasselbe Make-up. Ich wurde also neugierig und paßte auf. Das Make-up wurde häufig benutzt. Die Kleider wurden häufig getragen. Alle Kleider hatten dieselbe Größe, ziemlich groß. Aber es waren exklusive Marken, sehr hübsche Kleider, sehr elegant. Fast nur Abendkleider. Nichts Legeres. Und ab und an tauchte ein neues Kleid auf, und ein älteres, weniger schickes verschwand.»

Alice Jackson sah Palma direkt an. «Die Sache ist so, verstehen Sie: Manchmal mußte ich Damenunterwäsche waschen, wenn gar keine Dame da war und ich auch seit Wochen keine gesehen hatte.»

«Wie lange arbeiteten Sie da schon für ihn?» Palmas Herz klopfte. Sie stellte sich vor, daß Grants Gehirn auf Hochtouren arbeitete und versuchte, diese neue Entdeckung in das fragmentarische Mosaik der Mörderpsyche einzufügen.

«Sie meinen, als ich all das zum ersten Mal bemerkte? Ach, eigentlich von Anfang an.»

«Sie wußten also die ganze Zeit über, daß er ein Transvestit war?»

«Wenn man das so nennt, ja.»

«Welche Farbe haben die Perücken?» fragte Palma. Sie konnte ihrer Stimme kaum einen normalen Ton geben.

«Die meisten sind blond. Ich glaube, eine ist hellbraun, aber die meisten sind blond.»

«Wie viele sind es?»

«Etwa fünf, denke ich.»

«Haben Sie ihn je in Frauenkleidern gesehen?»

Alice schaute einen Augenblick verständnislos; dann war sie deutlich verlegen, blickte zur Seite, ruckte auf ihrem Stuhl.

«Einmal», sagte sie. «Vor ein paar Jahren. Es war an einem Donnerstag. Ich war mit dem Bus nach Hause gefahren, und als ich ausstieg, merkte ich, daß ich ein Geschenk für meine kleine Nichte, die an diesem Abend zu Besuch kommen sollte, bei Dr. Broussard vergessen hatte. Ich blieb also stehen, wartete auf den nächsten Bus und fuhr den ganzen Weg wieder zurück. Bei Dr. Broussards Haus habe ich geläutet, aber er meldete sich nicht. Deswegen habe ich gedacht, er wäre in seiner Praxis, hinter den Bäumen, Sie wissen ja. Also sperrte ich mit meinem Hausschlüssel auf, ging in das kleine

Zimmer, wo ich meine Sachen aufbewahre, und holte das Spielzeug. Als ich wieder gehen wollte, hörte ich auf der Terrasse Musik. Ich ging ins Eßzimmer und schaute hinaus. Er war da draußen, in großer Aufmachung, trank Wein und ging in seinem fließenden Abendkleid auf der Terrasse auf und ab.» Sie lächelte. «Ein seltsamer Anblick. Unwillkürlich blieb ich stehen und beobachtete ihn eine Weile, wie er da in diesem Kleid herumging, Wein trank und Musik hörte.» Sie schüttelte den Kopf, während sie sich erinnerte.

«Aber wissen Sie, das Seltsamste war... Dr. Broussard ist kein unkomplizierter Mensch. Er ist ein bißchen... reserviert. Oft wirkt er angespannt, sorgenvoll. Irgendwie mürrisch. Aber als ich dort stand und ihn beobachtete, wurde mir schnell klar, daß er sich vollkommen wohl fühlte. Er war nicht linkisch in dem Kleid. Kam wunderbar mit den hohen Absätzen zurecht. Und er war elegant! Himmel, ich war ganz hypnotisiert von ihm. Zum ersten Mal, seit ich für ihn arbeitete, schien er sich wohl zu fühlen und in seinem Element zu sein. Ich glaube, als Frau wäre er besser dran. Viel glücklicher.»

Wieder wandte Alice sich an Grant. «Verstehen Sie, was ich meine? Homosexuell? Eigentlich glaube ich das nicht. Ich denke, sein Privatleben mit Frauen ist ganz gesund. Aber der Mann zieht sich als Frau an. Dauernd. Ich kenne die Feinheiten der Homosexuellen nicht, aber ich glaube, Dr. Broussard mag Frauen genauso gern, wie er selbst eine wäre.»

«Sie können sehr gut beobachten», sagte Grant. Das waren seine ersten Worte, und Alice Jackson setzte sich etwas gerader auf. «Ich glaube, Ihre Information wird uns sehr helfen. Sie erwähnten Dr. Broussards Praxis; halten Sie die auch in Ordnung?»

«O nein. Dafür hat er einen Reinigungsdienst. Er sagt, den könne er von der Steuer absetzen.»

«Haben Sie je eine seiner Patientinnen kennengelernt?» fragte Grant.

«Ich habe sie gesehen, aber nicht kennengelernt.»

«In seinem Wohnhaus?»

«Ja.»

«Woher wußten Sie dann, daß es Patientinnen waren?»

«Wie ich schon sagte, manchmal tat er, als wäre ich taub. Er redete beruflich mit ihnen, so, wie ich mir vorstelle, daß ein Psychiater eben redet.»

«Und Sie glauben, daß er sexuelle Beziehungen zu ihnen hatte?»

«Danach sah es aus.»

«Haben Sie Grund zu der Annahme, daß seine sexuellen Beziehungen zu den Frauen, die er ins Haus brachte, irgendwie ungewöhnlich waren?» fragte Palma. Sie überlegte, welchen Eindruck eine solche Frage wohl auf eine ältere Frau machen mochte, die ihr ganzes Leben lang unverheiratet gewesen war.

«Ungewöhnlich», sagte Alice. «Das ist eine schwierige Frage. Mir kommt es so vor, als ob das Wort mit jedem Jahr schwerer zu definieren wäre.» Sie schaute wieder auf ihre Hände und schüttelte den Kopf. «Was in dieser Gegend als ungewöhnlich gilt, hat sich ... sehr verändert. Und nicht nur hier, wie mir scheint.» Sie schüttelte den Kopf. «Ich fürchte, mir kommen mehr Dinge ungewöhnlich vor als anderen Leuten. Aber, nein. Ich habe keinen Grund zu der Annahme, daß zwischen Dr. Broussard und seinen Frauen etwas ‹ungewöhnlich› war.» Sie blickte zu Palma auf. «Aber im Grunde weiß ich es wirklich nicht, verstehen Sie?»

58

«Du weißt also eine Menge über Frauen?» sagte Mary Lowe. Noch immer hielt sie den Kopf auf die bloßen Knie gestützt und die Arme um die Beine geschlungen.

«Ich weiß ziemlich viel über einen bestimmten Typ von Frauen.»

«Einen bestimmten Typ.»

Broussard nickte. Er spürte die warme Brise, die durch das Fenster wehte.

«Opfer von Vater-Tochter-Inzest», sagte Mary.

Broussard nickte.

«Über mich.»

«In gewissem Maße.» Dann dachte er bei sich, daß er über keine Frau, die je seine Patientin gewesen war, so wenig wußte wie über Mary Lowe. Wahrscheinlich würde das auch so bleiben. Sie war eine Spezies für sich. Sein Gefühl, sie sei anders, beruhte nicht auf vernünftigen Schlußfolgerungen oder Analysen. Es kam eher aus seiner emotionalen Mitte. Es war ein Gefühl aus dem Bauch.

«Was weißt du über mich?» fragte Mary.

«Im allgemeinen?»

«Nein, speziell über mich. Als Unterkategorie jenes ‹Typs›, den du gerade erwähnt hast.»

Broussard roch den Duft des feuchten, von der Sonne erhitzten Rasens. Plötzlich stellte er sich vor, er stünde auf der anderen Seite des Zimmers und beobachte sich selbst und Mary Lowe. Es war ein faszinierendes Bild, das ihm gefiel. Er selbst in sommerlicher Seide. Sie nackt. Blond und nackt, umrahmt von dem hohen offenen Fenster wie eine Frau der Renaissance vor dem Hintergrund einer Landschaft in frühsommerlicher Hitze.

«Du neigst dazu, dich zu isolieren», sagte Broussard. «Ich würde sagen, daß du keine engen Freundinnen hast, seit du erwachsen bist. Du neigst dazu, die Freundschaftsangebote zurückzuweisen, die dir die Mütter der Schulkameraden deiner Kinder machen. Du bist eine gute Mutter und Ehefrau. Du bist extrem gewissenhaft in bezug auf deine Verantwortung in diesen Rollen, wenn auch vielleicht nicht so liebevoll, wie du sein könntest. Anderen erscheinst du als musterhafte Mutter und Gattin.»

Broussard zog seinen Stuhl an das Fensterbrett und beugte sich leicht vor, bis seine Lippen ihre Knie streiften – nur streiften – und ihre Augen nur Zentimeter voneinander entfernt waren.

«Du hast Tagträume», sagte er mit belegter Stimme, «masturbierst zwanghaft und bist eine chronische Lügnerin. Du hast eine lange Vorgeschichte von Selbstverachtung, die du oft bewältigst, indem du Feindseligkeit nach außen projizierst. Du schwankst hin und her zwischen Verdrängung deiner sexuellen Gefühle und ausschweifender Promiskuität. Du mißtraust deinen eigenen Wünschen und Bedürfnissen und sagst dir oft, daß du die Fürsorge und den Respekt deines Mannes nicht verdienst. Du hast Alpträume, oft sexueller Natur, manchmal gewalttätige.» Er hielt inne. «Außerdem würde ich annehmen, daß deine sexuellen Erfahrungen mit Frauen oft gewalttätig waren ... und daß du in diesen Fällen ... am liebsten eine masochistische Rolle gespielt hast.»

Sie antwortete nicht, als er geendet hatte, sondern blieb bewegungslos sitzen und schaute ihn über ihre Knie hinweg an. Er wartete.

«Teilweise stimmt das wahrscheinlich», sagte sie etwas befangen. «Was hältst du davon?»

«Was hältst *du* davon?»

Mary atmete tief und mühsam. Es schien ihr schwerzufallen, genügend Luft zu bekommen. Broussard konnte sich nicht vorstellen, was ihr durch den Kopf ging.

«Ich denke ..., ich hätte ... den Sex mit ihm ... niemals genießen dürfen ... und ... hätte ... die Lust ... niemals ... auf diese Weise ... kennenlernen dürfen.» Sie unterdrückte ein Schluchzen, und ihr Gesicht verzog sich für einen Augenblick. Dann hatte sie sich wieder unter Kontrolle.

Broussard betrachtete sie ruhig, unbewegt von ihrem Schmerz und der offensichtlichen Verwirrung ihrer Gefühle.

«Du solltest einsehen», sagte er, «daß du nicht für deine biologischen Reaktionen verantwortlich gemacht werden kannst. Wenn jemand dich auf bestimmte Weise berührt, wenn jemand dich sexuell stimuliert, dann reagiert dein Körper darauf, ganz gleich, wer dich stimuliert. Die Verantwortung für das, was du gefühlt hast, liegt bei deinem Vater, nicht bei dir. Er hat ein Vertrauen verraten, das so alt ist wie die Menschheit. Er ist dafür verantwortlich, daß deine Reaktion unangemessen war, weil die Quelle der Stimulation unangemessen war. Von einem Kind kann man nicht erwarten, daß es weiß, was richtig ist ..., daß es versteht ...»

Broussard hielt inne. Was konnte man von einem Kind nicht erwarten? Er hatte seine ganze Berufslaufbahn darauf aufgebaut, daß er Patienten sagte, was man von einem Kind nicht erwarten konnte. In Wirklichkeit aber wußte er das gar nicht, oder? Darum war er Psychiater geworden –, weil er nach diesen Antworten suchte. Er kannte sie noch immer nicht, schämte sich aber zu sehr, um das zuzugeben. Also fing er an, sich hinter dem Schild der Weisheit zu verstecken. Er fing an, Dinge zu erklären, die er selbst nicht verstand. Doch die Leute glaubten ihm, vor allem die Frauen, die immer begierig waren zu glauben. Er verlor den Respekt vor ihnen, weil sie sich so leicht übertölpeln ließen und den Instinkt emotionaler Lemminge hatten.

Kinder sind unschuldiger, als die Erwachsenen glauben. Aber sie sind auch schlauer. Die Erwachsenen täuschen sie, aber im Grunde lassen sie sich nicht täuschen. Was weiß ein Kind? Mehr, als die Logik ihm sagt, mehr als die Wissenschaft, mehr als die Biologie. Er erinnerte sich an dies: ihre großen Brüste ... große Brüste wie die ... einiger anderer Frauen ... wie die von Bernadine ... wie die von Mary Lowe ... sein Gesicht hineingeschmiegt in den Spalt zwischen den

Brüsten, die weichste Berührung der Welt. Er erinnerte sich an ihren Geruch, daran, wie sie sich in seinem Nacken anfühlten, wenn sie sich über ihn beugte, ihn von hinten anzog, ihm die Höschen anzog, hochzog, das Gummi eng um seine kleinen Beinchen, Seide und Nylon, die seinen kleinen Penis an seinen Bauch drückten. Sie hätschelte und liebkoste ihn, die pastellfarbenen Kleidchen, die gestärkten Lätzchen. Das war es, was sie glücklich machte, und er wollte alles tun, was sie glücklich machte. Immer, wenn sein Vater auf Reisen war, immer, wenn sie allein waren, und sei es nur für drei oder vier Stunden, bei jeder Gelegenheit, zog sie ihm seine Kleider aus und Mädchenkleider an. Mit der Zeit veränderte er sich, und die Kleider veränderten sich, aber sie veränderte sich nie, bis er fünfzehn war. Auch ihm gefiel das. Er liebte die Art, wie Nylon und Seide sich anfühlten, weil es ihr Nylon war, ihre Seide, ihm verboten, weil sie sie so intim umhüllten. Selbst wenn sie ihn an sich drückte, sein Gesicht in der Vertiefung ihres großen, duftenden Busens, waren sie verboten. Aber er konnte ihnen nahe sein, er konnte sich vorstellen, was in diesem dunklen Dreieck lag, das er durch ihren dünnen Slip sehen konnte. Sie hatte keine Hemmungen in dem, was sie selbst trug, wenn sie ihm Mädchenkleider anzog. Zwei Mädchen in Unterwäsche. Wenn sie ihn angezogen hatte, umarmte sie ihn, und während sie ihn umarmte, waren seine Hände frei, sie zu fühlen, all ihre intimen Stellen. Dann ließ sie ihn gewähren, nicht aber dann, wenn er nicht als Mädchen gekleidet war. Sie ließ zu – sie mußte ihn sogar dazu ermutigt haben –, daß er sie erforschte und leckte. Aber hatte er das nicht selbst gewollt? War nicht *er* derjenige, der von Mal zu Mal kühner wurde, immer kühner, bis sie – regelmäßig – die nebelhaften Grenzen zwischen Sohn und Mutter überschritten? Aber *sie* hatte ihn angezogen. *Sie* hatte ihm die Gelegenheit gegeben. *Sie* hatte sein Gesicht an ihre Brüste gezogen und dort festgehalten, ihre erigierten Brustwarzen seinem jugendlichen Mund dargeboten. *Sie* war diejenige gewesen, die ihn zuerst so gehalten hatte, daß er jener dunklen Stelle zwischen ihren Beinen nicht ausweichen konnte.

Mary Lowe starrte ihn an.

«Klinische Daten lassen darauf schließen», sagte er automatisch, und es klang wie aus einem Lehrbuch, «daß einige Frauen auf das Inzesttrauma reagieren, indem sie im frühen Erwachsenenalter oder sogar im späteren Leben die Heterosexualität ablehnen. Sie werden bisexuell oder ausschließlich lesbisch.»

Hatte er das schon gesagt? Wiederholte er sich?

Mit Erleichterung sah Broussard, daß Mary den Blick von ihm abwandte und ein tiefes, rotes Bißmal über ihrem Knie betrachtete. Er spürte Schweißtropfen auf seiner Oberlippe und eine klebrige Feuchtigkeit unter den Armen. Hatte Mary etwas in seinem Verhalten gesehen, das sie veranlaßte, den Blick abzuwenden? Was war passiert? Warum fing sie an, dieses Bißmal zu studieren? Bestimmt – bestimmt war er nicht so durchschaubar gewesen, daß er die Grenze überschritten hatte. Ein Leben lang hatte er geübt, sich zu beherrschen. Er hatte sich darauf trainiert.

Unvermittelt begann Mary zu sprechen. «Ich hege wirklich keine ... Haßgefühle gegen meinen Vater», sagte sie. «Die Menschen können nicht leben ohne irgendeine Art von Liebe, von Zuneigung. Wenn er das bei einem Kind suchte ..., kann ich ihn ... dafür nicht verurteilen.» Sie warf Broussard einen kurzen Blick zu. Dann betrachtete sie wieder die Wunde an ihrem Bein. «Ich glaube, ich habe dir schon gesagt, daß er immer nett zu mir war. Immer war er zärtlich. Selbst als ich älter war und wir Verkehr hatten, war er nett und zärtlich und liebevoll.»

Wieder sah sie ihn an. «Irgendeine Art von Liebe. Wenn man die echte Sache nicht hat, dann schafft man sich etwas, das an ihre Stelle tritt. Man belügt sich, macht sich vor, diese Sache sei keine Täuschung, sondern das Echte. Leute haben eine Menge grotesker Dinge getan und sie als Liebe bezeichnet, aber sie haben es getan, weil sie nicht anders konnten.»

«Und was ist mit Rache?» fragte Broussard plötzlich.

Langsam zog Mary die Beine wieder an sich, aber diesmal lehnte sie sich mit dem Rücken an die Wand.

«Willst du dich nie rächen?» beharrte Broussard.

Mary sah ihn an. «Nein», sagte sie. «Er konnte nichts dafür.»

59

«Ich weiß nicht soviel darüber», schrie Palma über den Verkehrslärm hinweg, während sie der Nachmittagssonne den Rücken zukehrte, die durch das vom Smog verschmierte Glas der Zelle fiel. Nachdem sie und Grant das Haus von Alice Jackson verlassen hatten, hatte sie bei der ersten Telefonzelle angehalten. Sie sprach mit Leeland.

«Wir wissen nur, daß er Frauenkleider anzieht und verschiedene blonde Perücken trägt. Das Wichtigste im Moment ist festzustellen, ob die unidentifizierten Haare, die wir bei Samenov gefunden haben, Perückenhaare sind. Ja, ich weiß, die teuersten Perücken sind aus echtem Menschenhaar. Ein Teil kommt aus Asien, meist aus Korea, ein Teil aus Europa. Die koreanischen Haare sind dicker und weniger teuer als die europäischen, die feiner sind. Beide Sorten werden oft gebleicht und dann eingefärbt. Aber wenn das Haar seine natürliche Farbe haben soll, dann muß es aus Europa kommen. Für blonde Perücken werden beide Sorten benutzt. Wir haben ja keine Haarproben von Broussards Perücken; im Augenblick können wir nur feststellen, ob die Haare von einer Perücke stammen.»

«Aber wie sollen wir das machen, wenn es Menschenhaar ist?» Leelands Stimme war schwach, obwohl sie wußte, daß er schrie.

«Weiß ich nicht genau. Aber ich gebe Ihnen den Namen einer Friseuse, die Ihnen das sagen kann. Das ist ihre Privatnummer.» Palma las die Nummer aus ihrem Adreßbuch vor. «Vielleicht weiß Barbara Soronno die Antwort auch schon. Hören Sie, ich muß aus dieser Zelle raus. Ich rufe Sie nachher wieder an.»

Palma hängte den Hörer auf, stieg rasch in den Wagen, dessen Motor und Klimaanlage sie hatte laufen lassen, und fuhr an.

Grant beobachtete ein paar Minuten lang den Verkehr. Dann sagte er: «Wissen Sie, für so eine Frau war das eine verdammt ausgewogene Einschätzung.»

«Wie meinen Sie das, ‹für so eine Frau›?» fragte Palma.

«Es war wirklich erstaunlich», sagte Grant. «Ich nehme an, die einzigen Transvestiten, denen sie in ihrem Leben begegnet ist, waren drogensüchtige männliche Prostituierte. Aber sie wußte instinktiv, daß Broussards Transvestismus eine gutartige Störung ist. Sie war nicht empört; sie war nicht entsetzt. Sie schien sogar zu ‹verstehen›.»

Palma wandte sich Grant zu. «Sie sind sich Ihrer Sache verdammt sicher», sagte sie.

Grant schüttelte den Kopf. «Es schadet nichts, die Haare überprüfen zu lassen», sagte er.

«Aber Broussard ist nicht unser Mann.»

«Das habe ich nicht gesagt.» Grant war müde und sein Ton ein wenig scharf. «Man kann Transvestiten gräßlich finden, aber das macht sie nicht automatisch zu Verdächtigen bei Sexualverbrechen.»

«Außer den männlichen Prostituierten.»

«Ja, aber echter Transvestiten-Fetischismus, und das scheint sie beschrieben zu haben, ist eine harmlose Störung, es sei denn, Sie sind mit dem Kerl verheiratet. Bei Frauen kommt er selten vor, und die Männer sind fast ausschließlich heterosexuell.»

«Sie sehen da also keine Möglichkeit?» fragte Palma. «Ich meine, Mord und die ganze Psychologie, die hinter dem Transvestismus steht... oder die Möglichkeit, daß das irgendwie seine Psyche verzerrt hat?»

Grant schaute auf die Uhr. «Hören Sie, ich habe zum Frühstück nicht viel gegessen, und es ist schon fast zwei Uhr. Könnten wir irgendwo einen Hamburger bekommen?»

«Natürlich.»

«Gibt es im Meaux gute Hamburger?»

Palma wendete den Wagen und fuhr in Richtung Bissonet.

Grant schwieg einen Augenblick. «Verstehen Sie, ich sage nur, daß Broussards Transvestismus ihn im Hinblick auf diese Morde nicht verdächtiger macht als Akne oder schiefe Zähne. So harmlos ist er. So irrelevant ist er. Was immer sonst noch im Hirn dieses Burschen vorgeht, ist eine andere Sache. Das hatten wir von Alice Jackson zu erfahren gehofft. Vielleicht irgendeinen Hinweis auf ein Interesse an Sadomasochismus, eine sexuelle Abartigkeit, die eine spezielle Art von emotionaler Wechselbeziehung mit einer anderen Person beinhaltet. Aber Transvestismus...»

Grant schüttelte den Kopf und setzte seine Sonnenbrille auf. Palma ließ das Thema fallen. Etwas aber hatte sich in ihrem Hinterkopf festgesetzt wie ein Sandkorn, und Grants Redeschwall hatte es nicht wegblasen können. Sie glaubte, daß bei Dominick Broussards Transvestismus noch Fragen offenblieben. Und sie hatte das Gefühl, daß Grant trotz seiner prompten Erläuterungen ebenfalls dabei war, die Möglichkeiten noch einmal zu überdenken.

Palma fand einen Parkplatz im Schatten eines Trompetenbaums. Wieder bekamen sie eine Nische an der Fensterfront. Beide behielten ihre Gedanken für sich, bis sie mit dem Essen fertig waren.

«Okay», sagte Grant schließlich. «Wie weit sind Sie gekommen?»

Palma trank ihren Kaffee und sah ihn über den Rand der Tasse hinweg an. Sie würde es ihm sagen, bei Gott. Sie glaubte, recht zu haben. Und wenn sie recht hatte, dann hatten sie beide recht.

«Ich glaube, ich weiß, warum Ihre Profilanalyse nicht so funktioniert, wie Sie erwartet hatten», sagte Palma. Grant munterte sie mit einem Nicken auf, fortzufahren.

«Der Mörder ist eine Frau», sagte sie.

Grant betrachtete sie ausdruckslos. Dann machte sich langsam ein schiefes Grinsen auf seinem Gesicht breit.

«Bei einem unserer ersten Telefongespräche haben Sie auf ein paar grundlegende Annahmen hingewiesen, von denen wir bei solchen Mördern ausgehen können», begann sie. «Die umfassendste Annahme, die bei Verbrechen dieser Art immer besteht, ist das Geschlecht des Mörders. Er ist ein Mann. Seine Opfer sind Frauen. Manchmal sind seine Opfer auch Kinder, und die können männlich oder weiblich sein, aber der Mörder ist ein *Mann*. Das ist immer so, bei allen Sexualmorden. Frauen töten nicht aus sexuellen Gründen, so verkorkst oder krank sie auch sonst sein mögen.

Fast zwanzig Jahre lang hat das FBI für die Ermittlungen Verhaltensmodelle entwickelt, die auf einer ausschließlich männlichen Psychologie basieren. Die Mörder denken so, wie Männer denken, sie verhalten sich, wie Männer sich verhalten. Männer dominieren die Tat, die Ermittlung und die Bewertung.

Aber wie viele ungeklärte Fälle, glauben Sie, könnten von Frauen begangen worden sein? Wie gut, glauben Sie, funktioniert ein Verhaltensmodell auf der Grundlage männlicher psychologischer Perspektiven, interpretiert von männlichen Ermittlern, wenn man es auf einen Fall anwendet, wo der unbekannte Täter eine Frau ist? Sie behaupten, das einzig Gleichbleibende sei die Tatsache, daß nur Männer Sexualmorde begehen. Woher wissen Sie das? Weil Sie nie bewiesen haben, daß eine Frau aus sexuellen Gründen getötet hat? Sie haben selbst gesagt, wenn man es mit der menschlichen Persönlichkeit zu tun hat, sind die Variablen unberechenbar und vorgefaßte Meinungen gefährlich. Trotzdem gehen Sie an jede Untersuchung eines Sexualmordes, an *jede*, mit einer ungeheuren Voreingenommenheit heran: daß der unbekannte Täter ein Mann ist.»

Palma hielt inne.

Grant betrachtete sie schweigend. Dann fragte er: «Welche der Frauen aus Samenovs Gruppe ist es?»

«Keine.»

Grant grinste schmallippig unter seinem Schnurrbart hervor und wartete.

«Heute morgen haben Sie zu Frisch gesagt, daß Sie wirklich nicht verstehen, was da vorgeht», erinnerte Palma ihn. «Ihr Profil paßte auf keinen der Verdächtigen, die inzwischen alle ausgeschieden sind, bis auf Broussard. Aber Sie haben gesagt, nach der Untersuchung von Vickie Kittrie sähen Sie keinen Grund, etwas an Ihrer Analyse zu ändern. Nun ja, Sie haben schon lange vor dem Gespräch mit Frisch Zweifel an der Entwicklung der Fälle geäußert. Sie waren besorgt über die ‹Widersprüche›, die Sie zwischen den Verhaltensmerkmalen und den Verdächtigen sahen.»

Palma nahm einen Stift und einen Notizblock aus ihrer Handtasche, schob die Kaffeetasse und das Wasserglas zur Seite und schrieb eine 1 auf das Blatt.

«Was Ihnen Rätsel aufgab, war das, was der Mörder mit dem Opfer tat, *nachdem* es tot war. Sie sagten, Sie wären verwirrt, weil dieser ‹organisierte› Mörder untypischerweise fortfährt, die Leiche ‹fürsorglich› zu behandeln. Er wäscht sie, macht sie zurecht, legt sich neben sie. Sie sagten, er würde sie behandeln, wie ein Kind eine Puppe behandelt, sie an- und ausziehen, so tun, als sei sie ein Mensch ...» Palma beugte sich über den Tisch zu Grant. «Wer spielt mit Puppen, Sander?»

Palma hielt inne. Das war das erste Mal, daß sie ihn mit seinem Vornamen angeredet hatte, überhaupt mit seinem Namen. Sie fuhr fort. «Mädchen spielen mit Puppen. Mädchen. Nicht Jungen ... oder zumindest verdammt wenige. ‹Fürsorge› gilt als typisch weibliche Rolle, und dieser Mörder geht ‹fürsorglich› mit der Leiche um.»

Palma malte eine 2 auf ihren Block. «Broussard hat bei unserem Gespräch von Anfang an freiwillig zugegeben, daß seine Patienten fast ausschließlich Frauen sind. Er hält sich für eine Art Experte in weiblicher Psychologie. Er ist ganz in die weibliche Psyche eingetaucht. Er konnte uns sehr schnell ‹gemeinsame Nenner› für die Opfer angeben. Das Thema Kindesmißbrauch hat er selbst aufgebracht und gesagt, ihm falle keine Patientin ein, die als Kind *nicht* ein Opfer von Mißbrauch war. Er hat davon gesprochen, daß Frauen genau wie Männer Kinder sexuell mißbrauchen, daß aber unsere Kultur davon nichts wissen will. Er hat Statistiken zitiert aus einer Studie über die Anzahl von Frauen, die Kinder sexuell mißbraucht haben. Er hat erwähnt, daß ein signifikanter Prozentsatz dieser Frauen ihren Opfern gegenüber sadistisches Verhalten aufwies. Er sagte genau wie Sie, daß die Persönlichkeit von Leuten, die Kinder mißbrauchen, nicht zu Sadismus neigt und es daher unwahrscheinlich ist, daß unser Mörder jemand ist, der sich an Kindern vergreift. Aber er hat nicht davon gesprochen, daß der Mörder möglicherweise ein *Opfer* von Kindesmißbrauch sein könnte. Er sprach von der Bedeutung der Phantasie im Leben von Sexualmördern und Sadomasochisten. Dann, als Sie sagten, er solle sich die Persönlichkeit des Mörders ‹vorstellen›, hat er zuerst protestiert, ist aber gleich darauf ganz mühelos in die vorgestellte Rolle geschlüpft.

Der Punkt ist der: Sie haben gesagt, Phantasie sei das zwingende Element dieser wiederkehrenden Morde. Broussard ist jemand, der in punkto Phantasie überaus trainiert ist. Er versetzt sich in die Psyche seiner Patientinnen, die Opfer von Kindesmißbrauch waren. Und er kleidet sich als Transvestit, als Frau.»

Palma legte den Stift hin und verschränkte die Unterarme auf dem Tisch. «Falls Broussard diese Frauen umbringt, dann tut er es aus der Persönlichkeit der Frau heraus, zu der er wird. Deswegen ist sein Verhalten hybrid. Sie kommen nicht darauf, weil Ihre Motivationsmodelle auf das psychologische Verhalten von Männern zugeschnitten sind. Was Sie hier haben, ist aber eine Frau, zumindest eine Frau, wie ein Mann sie wahrnimmt. Wahrscheinlich deutet er den größten Teil seines ‹weiblichen› Verhaltens falsch, aber er macht genug richtig, um Ihre Analyse zu torpedieren. Und noch etwas», sagte Palma. «Wissen Sie noch, was er über Männer und Frauen sagte? Er sagte: ‹Es ist Einbildung, wenn man glaubt, daß Männer und Frauen verschieden sind.›» Sie nickte. «Sie hatten die ganze Zeit recht. Sie hatten es bloß mit einem Mörder zu tun, der mehr als ein Geschlecht hat.»

Als Palma endlich fertig war, grinste Grant nicht mehr. Er war nicht länger amüsiert; seine tiefliegenden Augen blickten todernst.

«Ein ziemlich wildes Szenario», sagte er. Er schüttelte den Kopf. «Ich weiß nicht.»

Sie sagte: «Phantastisch, nicht?»

Grant nickte, aber er dachte darüber nach, schürzte die Lippen. «Mir wäre viel wohler, wenn wir ihn mit irgendeiner Form von Gewalt in Verbindung bringen könnten.»

«Gehen wir um der Diskussion willen davon aus, daß es nicht phantastisch ist. Gehen wir davon aus, daß es die Verhaltenswidersprüche in unserem Beweismaterial erklärt und daß wir uns daran orientieren wollen. Welche Maßnahmen würden Sie dann vorschlagen?»

«Gut, okay. Ich würde annehmen, daß er jetzt auf Hochtouren läuft. Die Abkühlungsperioden werden immer kürzer, sind praktisch auf Null geschrumpft. Er wird unvorsichtig in der Auswahl seiner Opfer. Wenn er bei seinem Muster bleibt, wird die nächste eine Patientin sein, ein Mitglied von Samenovs Kreis. Eine Blondine… und all das, was wir schon gesehen haben…»

«Die beiden Frauen, die Martin und Hisdale gestern auf Broussards Grundstück fahren sahen», sagte Palma. «Die, die seinen Wagen fuhr, war er selbst.»

«Möglicherweise.»

«Die andere war eine Frau namens Lowe.»

«Richtig.»

«Soweit wir wissen, ist sie immer noch da.»

«Auch wenn er durchdreht, er würde sie nicht in seinem Haus umbringen», sagte Grant. «Das würde er nicht machen. Er steht unter Druck, aber er geht noch methodisch vor. Er wird einen Fehler machen, aber keinen solchen Fehler. Eher eine Indiskretion. Er wird noch immer denken, er sei kühl und methodisch, wie ein gewohnheitsmäßiger starker Trinker glaubt, er habe sich vollkommen unter Kontrolle, wenn er betrunken ist. Er wird die erlaubte Geschwindigkeit nicht überschreiten und brav auf der rechten Straßenseite fahren, doch er wird vergessen, die Scheinwerfer einzuschalten. Aber wir müssen etwas tun», fuhr Grant fort. «Wir sind doch nicht allzuweit vom Ben Taub Hospital entfernt, oder? Wir müssen mit Mirel Farr reden. Wenn wir von ihr die richtigen Antworten auf unsere Fragen bekommen, können wir etwas unternehmen, denke ich.»

Was das für Fragen waren, sagte er Palma nicht.

60

Mirel Farr war wütend. Sie saß in ihrem Krankenhausbett, dessen Kopfende hochgeklappt war wie ein Sessel; ihr gebleichtes Haar mit den rötlichen Wurzeln stand steif in alle Himmelsrichtungen und sah aus, als habe sie während ihrer ganzen Zeit im Krankenhaus nicht den leisesten Versuch gemacht, es zu kämmen. Ihr linkes Auge war blau. Die Schwellungen ihrer flachen Wangen, die bei jedem anderen wie Eichhörnchenbacken gewirkt hätten, ließen Mirel lediglich normal aussehen.

Obwohl ihre Kiefer mit Draht gehalten wurden, hinderte sie das in keiner Weise am Reden.

«Ich habe soeben mit meinem Rechtsanwalt gesprochen», sagte sie hochfahrend. «Wir werden das verdammte Houston Police Department VERKLAGEN. Dieser Scheißpolizist hat mich geschlagen. Ich habe bloß gesagt: ‹Clyde? Bist du das?›, und der verfluchte Bulle hat mich geschlagen! Dreckskerl!» Sie demonstrierte, wie Marley sie geschlagen hatte. «Klage werde ich einreichen! Für alles. Schäden. Unkosten. Freiheitsberaubung. Seelische Belastung. Unkosten. Einkommensverlust. Dem werd ich's zeigen!»

«Ich bin sicher, Ihr Anwalt wird sich darum kümmern», sagte Palma. Sie und Grant hatten sich gerade erst vorgestellt, als Mirel über ihre Bürgerrechte zu lamentieren begann. «Wir möchten Ihnen nur ein paar Fragen über einen Ihrer Kunden stellen», sagte Palma. Grant stand hinter ihr in der Nähe der Tür. Mirel sah ihn unverwandt an.

«Ich brauche keine Fragen über meine ‹Kunden› zu beantworten.»

«Lieutenant Frisch sagte, Sie hätten Ihre Situation bereits mit ihm besprochen. Er sagte, Sie hätten sich mit ihm und dem Büro des Staatsanwalts über Ihre Rolle bei diesen Ermittlungen verständigt. Und Sie hätten eingewilligt, Fragen zu beantworten.»

Mirels Augen verengten sich. «Da wird mein Anwalt ein Wörtchen mitreden.»

«Soviel ich weiß, hat er dazu schon einiges gesagt, und er meint, Sie sollten besser mit uns zusammenarbeiten, wenn Sie vermeiden wollen, wegen Beihilfe belangt zu werden.»

Mirel nahm ein Papiertuch aus einer geblümten quadratischen Schachtel auf dem über ihr Bett geschobenen Metalltisch und betupfte sich zusammenzuckend den Mund. «Welcher Kunde?»

«Dominick Broussard.»

Mirel runzelte die Stirn. «Scheiße. Kenn ich nicht.»

«Vermutlich benutzt er einen falschen Namen. Er kannte Samenov und Moser und Louise Ackley. Und Vickie Kittrie.»

Mirels Kopf fuhr herum. «Vickie?» Sie sah den an der Tür stehenden Grant an und dann wieder Palma. «Vickie ist umgebracht worden?»

«Gestern am späten Abend. Ihre Leiche ist heute früh gefunden worden.»

«Großer Gott», sagte sie langsam. «Vickie.» Ihre Stimme klang furchtsam. Ihr Gesicht nahm einen ernsten, entrückten Ausdruck an, der sich sehr von ihrer vorherigen Wut unterschied. «Das sind viele. Und ich habe sie alle gekannt. Dieser Kerl ist ein Maniak.» Sie hielt inne. «Und Sie glauben, daß dieser Grussard es getan hat?»

«Broussard. Er ist einer der Verdächtigen», sagte Palma. «Es gibt noch andere.»

«Ist er Sadomasochist?»

«Könnte sein. Das wollten wir von Ihnen hören.»

«Können Sie mir etwas über ihn sagen? Wie sieht er aus?»

«Er ist etwa sechsundvierzig bis achtundvierzig, einsachtzig groß. Dunkler Teint wie ein Latino, obwohl er eindeutig keiner ist. Er ist Transvestit. Schwarze Haare, aber...»

«Trägt blonde Perücken, teure Kleider, und im Schminken ist er verdammt gut.» Mirel grinste. «Das ist Maggie Boll. Margaret. Er besteht auf Margaret, aber hinter seinem Rücken nenne ich ihn Maggie. Der Kerl ist der beste Transvestit, den ich je gesehen habe. Eigentlich hat er gar nicht die Figur für Frauenkleider... er ist ein bißchen zu dick dazu..., aber der Kerl hat solche Klasse, daß man nicht glauben kann, daß er ein Mann ist. Gibt ein verdammt attraktives Weib ab.»

«Warum kommt er zu Ihnen?»

«Zum Zusehen. Er sieht gern, wie Frauen sich gegenseitig peitschen. Die meisten Transvestiten sehen lieber Männer. Überhaupt sind die meisten Transvestiten, die ich sehe, schwul. Na ja.» Mirel zuckte die Achseln. «Aber er hat's mit Frauen. Sitzt hinter dem durchsichtigen Spiegel, immer piekfein, und sieht zu. Manchmal beobachte ich ihn.» Sie warf einen Blick auf Grant. «Ich hab noch ein Versteck, von wo aus ich die Voyeure beobachten kann. Ein paar von den Transvestiten holen sich einen runter, während sie zusehen, aber nicht Maggie. Er sitzt bloß da, piekfein, und sieht zu. Als ob es ein Film wäre. Ich meine, er zeigt keinerlei Emotionen, nichts. Könnte genausogut ein Dokumentarfilm über Fallschirmspringen sein. Er zeigt *nichts.*»

«Ist das alles?»

Mirel nickte übertrieben.

«Wie oft kommt er zu Ihnen?»

«Alle sechs bis acht Wochen ungefähr.»

«Wie lange bleibt er?»

«Etwa eine Stunde.»

«Ist er in letzter Zeit häufiger gekommen?» fragte Grant.

Mirel sah ihn an. «Eigentlich nicht.»

Grant trat näher an das Bett heran. «Wenn er die Mädchen beobachtet, tut er dann irgend etwas Bestimmtes? Ich weiß, Sie sagten, daß er bloß dasitzt und nichts tut, aber was genau macht er? Hält er die Hände im Schoß? Schlägt er die Beine übereinander? Kaut er Kaugummi? Reibt er sich die Arme?»

Mirel Farr sah Grant mit mürrischem Blick an und dachte darüber nach. Es schien ihr schwerzufallen, Grants Frage soviel Aufmerksamkeit zu schenken. Die anderen Antworten waren prompt gekommen, fast vorlaut. Jetzt dachte sie ernsthaft nach. Nach einer Weile begann sie zunächst zögernd, dann überzeugter zu nicken.

«Ja. Wenn ich drüber nachdenke, tut er wohl doch was», sagte sie. «Er hält sich fest. Ich meine, nicht seinen Schwanz, sondern so, wie eine Frau sich hält. Wissen Sie, er verschränkt so die Arme, hält seine Oberarme fest. Das tut er, und dann beugt er sich vor, als ob er Krämpfe hätte, aber nur ganz wenig.» Auch Mirel beugte sich ein wenig vor.

«Das ist alles?»

«Ja. Und dann drückt er sich vielleicht eine Hand auf den Magen, so, wie man's macht, wenn man Magenschmerzen oder einen Krampf hat. Menstruationskrämpfe. Vielleicht denkt Maggie, sie hätte ihre Tage.» Sie versuchte, über diesen Gedanken zu grinsen, aber das war ein vergebliches Bemühen, und sie gab es auf. «Macht nicht viel Spaß, ihn zu beobachten. Ein paar von den anderen Burschen, den Voyeuren, machen unglaubliche Sachen, wenn sie andere beobachten und nicht wissen, daß sie dabei selbst beobachtet werden.»

«Konnten Sie Broussards Gesicht sehen, wenn er das tat?» fragte Grant.

«Ja, schon.»

«Was für einen Ausdruck hatte er?»

«Ach Gott, ich weiß nicht. Ich meine, er war so geschminkt...»

«Wen hat er beobachtet?» fragte Palma. «Jemand bestimmten?»

«Ja. Verdammt, ja!» Ihre Augen weiteten sich. «Das war das Besondere. Bestimmte Frauen. Ja, allerdings.» Sie wurde ganz aufgeregt. «Er gab mir eine Liste. Ein paar von den Mädchen, die umgebracht worden sind. Dorothy stand drauf. Und Sandy Moser. Vickie. Und dann hat er einmal Louise Ackley mit Dorothy gesehen und sie auch auf die Liste gesetzt.»

«Wußten die Frauen, daß er sie beobachtet?» fragte Grant.

Mirel neigte etwas verlegen den Kopf. Sie antwortete nicht gleich, sondern betastete eine Weile die winzigen ausgebleichten blauen Blumen auf ihrem Nachthemd. «Er zahlte mir einen guten Preis, um zusehen zu dürfen. Einen sehr guten. Die Mädchen hätten das nie gemacht, wenn sie es gewußt hätten. Wenn sie anriefen und eine Zeit vereinbarten, habe ich ihn benachrichtigt. Wenn er auftauchte, bekam ich viel Geld. Aber er tauchte nicht immer auf.»

«Standen viele Frauen auf seiner Liste?»

Sie schüttelte den Kopf. «Zuerst nur Dorothy und Louise. Dann sah er sie mit anderen Frauen. Wenn sie ihm gefielen, fragte er mich, wer sie waren, und setzte sie auch auf seine Liste.»

«Wie viele?»

«Sechs oder sieben.»

«Wir brauchen die Namen», sagte Palma und nahm ihr Notizbuch aus der Handtasche. «Also, Dorothy, Louise Ackley ...»

«Ja, und Vickie Kittrie und Sandra Moser. Eh, das sind vier. Nancy Seiver. Cheryl Loch. Mary Lowe.»

Palmas Hand raste über das Papier, aber sie hielt den Kopf gesenkt. Himmel! Sie holten ihn ein, sie kamen den Morden immer näher.

«Ich weiß nicht», sagte Mirel achselzuckend. «So viele waren es nicht. Vermutlich hatte ich den einzigen Platz in der Stadt für diese Art von Sachen, also waren es nicht *so* viele. Das ist ja nicht gerade eine weitverbreitete Freizeitbeschäftigung. Ich hatte Glück, daß ich auf diese Gruppe von Verrückten stieß. Hatte so was nie gesehen. Dabei war ich eine Weile in LA und San Francisco. Aber diese Mädchen schlagen alles.»

«Mary Lowe», sagte Palma. «Was wissen Sie von ihr?»

«Mary hat Klasse. Von all den Mädchen, Dorothy inbegriffen, ist Mary diejenige, die etwas an sich hat ..., daß man sich fragt, warum sie in dieser Liga ist. High Society. Fast alle diese Frauen sind Oberklasse, wissen Sie. Tragen jeweils die Modefarbe der Saison. Ich hätte ein Vermögen machen können, wenn ich sie erpreßt hätte. Mary ist gebaut wie ein Fotomodell. Vielleicht sind ihre Titten ein bißchen groß, aber *was für* Titten! Verheiratet. Zwei Kinder. Großes, modernes Haus in Hunters Creek. Ich bin hingegangen und hab's mir angesehen. Das mache ich manchmal. Ich sehe gern, wie tief sie sich herablassen, wenn sie zu mir kommen.» Sie hielt inne. «Mary macht immer die richtigen Sachen am richtigen Ort. Eine Klassefrau.»

«Hat Broussard jemals besonderes Interesse an ihr gezeigt?»

«Nein, aber alle anderen törnt sie ganz schön an, das kann ich Ihnen sagen. Sie verdreht Frauen genauso schnell den Kopf wie Männern, und die kessen Väter sind wahnsinnig hinter ihr her. Aber wenn sie ihre Sache macht, macht sie sie mit ausgesprochen weiblichen Frauen. Niemals mit kessen Vätern.»

«Hatte sie lieber selbst die Kontrolle oder ließ sie sich kontrollieren?» fragte Palma.

«Ich habe beides gesehen, aber meistens ist sie unten. Sie macht es, als wäre es eine Ballettvorstellung oder so was. Ich meine, sie ist immer anmutig, ganz gleich, was sie tut.» Mirel nickte und versuchte beinahe zu lächeln. «Sie ist Klasse. Die Leute würden's nicht glauben, wissen Sie. Daß sie in mein Haus kommt, daß sie das tut, was sie tut.»

Einen Augenblick lang schwiegen alle. Palma sah Grant an. Er beobachtete Mirel mit einem Ausdruck, der ihr verriet, daß er sie gar nicht sah. Dann bemerkte er Palmas Blick.

«Wissen Sie», sagte Grant zu Mirel, «ob Broussard ... oder Boll ... jemals eine dieser Frauen bei anderen Anlässen gesehen hat?»

«Tja, wissen Sie, da bin ich nicht sicher», sagte sie. «Ich habe mir das selbst schon überlegt. Ich meine, zuerst wollte er Dorothy sehen, also nehme ich an, daß er sie von irgendwo kannte. Warten Sie mal ..., dann sah er Louise mit Dorothy und Vickie mit Dorothy. Dann wollte er Sandy Moser sehen, also nehme ich an, daß er sie auch irgendwie kannte. Eh, ich glaube, er sah Nancy Seiver mit Moser, oder vielleicht Kittrie, vielleicht war es auch Carol Loch. Aber ich weiß, daß er verlangt hat, Mary Lowe zu sehen, weil sie noch ziemlich neu war.»

«Hat eine der Frauen ihn jemals erwähnt?»

«Nein.»

«Wissen Sie sonst noch etwas über sein Interesse an Sadomasochismus, außer, daß er zu Ihnen kam und diese Frauen beobachtete?» fragte Grant.

«Nein.»

«Wie hat er von Ihnen erfahren?» fragte Palma. «Ist er eines Tages einfach zur Tür hereinmarschiert?»

Wieder schüttelte Mirel den Kopf. «Bei mir kommt niemand einfach hereinmarschiert», sagte sie mit offensichtlichem Stolz. «Schließlich stehe ich nicht in den gelben Seiten. Empfehlungen.

Jemand muß Sie bei mir einführen. Und ich nehme auch nicht jeden», schnaubte sie.

«Und wer hat Broussard bei Ihnen eingeführt?»

Wieder rutschte Mirel etwas verlegen hin und her, suchte das aber gleich durch eine schnippische Erklärung zu überspielen.

«Wissen Sie, ich bin ganz schön herumgekommen und kenne mich mit solchen Leuten aus», sagte sie. «Sie kommen zur Tür herein, und ich weiß sofort, ob sie Sados oder Masos oder irgendeine verkorkste Kombination aus beidem sind. Bei diesen Typen muß man sich auf seinen Instinkt verlassen, denn sie denken anders als wir. Denen fallen Sachen ein, das würden Sie nicht glauben. Der Grund, warum ich noch lebe, ist, daß ich mich mit diesen Typen auskenne und einen faulen Kunden aus einer Meile Entfernung riechen kann. Maggie meldet sich bei mir, und ich weiß sofort, woran ich bin. Nur ein harmloser Voyeur. Nicht allzu verschroben. Bietet viel Geld, um eine Frau zu sehen, die er kennt. Ich weiß Bescheid. Kein Problem. Er wollte nicht, daß sie wußten, daß er sie beobachtet. Fein. Ich weiß ja, daß er nichts anrichten kann. Ich meine, ich beobachte ja *ihn*. Mein Instinkt sagte mir alles, was ich wissen mußte. Der Bursche war harmlos. Zum Teufel, wenn er Dorothy kannte ...» Mirel zuckte die Achseln, als verstehe sich das von selbst.

Palma sah Mirel an. Ihre «Erklärung», wie ihr Empfehlungssystem funktionierte – nämlich gar nicht –, machte sie wütend. Sie verachtete die Frau. Sie warf Stift und Notizbuch in ihre Handtasche.

«Ich will Ihnen etwas sagen», versetzte sie scharf, «Sie sollten Ihren Instinkt mal untersuchen lassen. Und Sie sollten sich noch einen Anwalt nehmen. Ich glaube nicht, daß einer reichen wird.»

Wenn Mirel den Mund hätte aufsperren können, hätte sie es jetzt getan. So aber schüttelte sie nur den Kopf und starrte ihr mit aufgerissenen Augen nach, als Palma ohne einen Blick zu Grant aus dem Zimmer ging.

Sie wartete auf dem Gang in der Nähe des Schwesternzimmers, während Grant Mirel vermutlich für ihre Hilfe dankte. Manchmal war Palma zu wütend über die Dummheit von Leuten wie Mirel Farr, um rational darauf zu reagieren. Mit jedem vergehenden Jahr fiel es ihr schwerer, sich selbst einzureden, daß jeder Mensch auf Erden denselben inneren Wert hat wie alle anderen. Mit dieser Auffassung war sie aufgewachsen. Ihre Mutter, deren unerschütterlicher religiöser Glaube ihr durch manche bösen Zeiten geholfen hatte, hatte sie ihr immer wieder eingeimpft. Aber es gab Tage, an denen Palma diesen Gedanken einfach nicht schlucken konnte. An manchen Leben war wirklich kein Wert zu entdecken.

Palma fuhr zusammen, als ihr Summer ertönte. Sie prüfte die Nummer, sah, daß es Frisch war, und ging ins Schwesternzimmer. Sie ließ Grant, wenn er aus Farrs Zimmer kommen würde, ausrichten, sie sei unten in der Telefonzelle vor dem Wartezimmer.

Frisch klang müde. «Wie läuft's?» fragte er.

Palma berichtete, was sie von Alice Jackson über Broussard erfahren hatten und was Mirel Farr gerade gesagt hatte.

«Es würde mich überraschen, wenn Grant danach nicht ein paar konkrete Vorschläge hätte», sagte sie. «Broussard war ja sehr vorsichtig, aber er hat alle diese Frauen schon lange gekannt. Einige davon genauso lange, wie sie sich untereinander kannten. Er weiß eine Menge über sie. Ich glaube nicht, daß er Schwierigkeiten hatte, an sie heranzukommen, selbst nach all den Morden, als sie etwas verschreckt waren. Außerdem gehören diese Frauen ja nicht gerade zu den Ängstlichsten.»

Sie schaute aus der Glastür der Zelle und sah Grant warten. Er lehnte an der Wand, die Hände in den Hosentaschen, und starrte nachdenklich vor sich hin.

«Grant ist jetzt draußen. Wir hatten noch keine Zeit, über Farrs Vernehmung zu reden. Lassen Sie uns das noch erledigen. Danach sind wir in einer halben Stunde bei Ihnen, oder wir reden im Revier. Irgendwas passiert?»

«Nichts.» Frisch klang reizbar. «Reynolds hat sich nicht gerührt, und seine Freundin ist noch bei ihm. Bei Broussard tut sich auch nichts. Ich bete bloß, daß er sie da drin nicht gerade aufbahrt.»

«Grant schwört, daß das nicht passieren wird. Nicht in seinem Haus», sagte Palma. «Es muß anderswo sein.»

«Scheiße.» Frisch war ungeduldig und skeptisch. Es kam selten vor, daß er fluchte oder grob wurde oder überhaupt soviel Emotionen zeigte. Sie konnte sich die Atmosphäre im Dezernat vorstellen und war froh, nicht dort zu sein.

«Ist bei der Befragung von Janice Hardemans Nachbarn etwas herausgekommen?» fragte sie.

«Nichts. Niemand hat etwas gesehen. Dieser Kerl hat unglaubliches Glück. Vickies Wagen wurde auf dem Parkplatz des Houston Racquet Club gefunden.»

«Was ist mit den Laborberichten über sie?» fragte Palma. «Hat LeBrun etwas festgestellt? Was ist mit der Autopsie?»

«Ja, wir haben tatsächlich vom Labor etwas bekommen, vor ein paar Minuten.» Palma hörte, wie er in Papieren kramte und jemand, wahrscheinlich Leeland, mit ihm sprach. «Okay, hier ist es. Die Kopfhaare, die LeBrun auf Hardemans Bett bei Kittrie fand, passen zu den unidentifizierten Haaren, die bei Samenov gefunden wurden. LeBrun hat bei Kittrie auch Schamhaare gefunden, die den beiden unbekannten, aus der gleichen Quelle stammenden Schamhaaren aus Samenovs Wohnung entsprechen. Sie können uns aber nicht sagen, ob die unbekannten Kopf- und Schamhaare, die bei Samenov und Kittrie gefunden wurden, von derselben Person stammen und ob sie einem Mann oder einer Frau gehören.»

«Die Haare könnten also von zwei Leuten stammen oder von derselben Person.»

«Richtig.»

«Und das Geschlecht wissen Sie nicht.»

«Richtig. Aber wir wissen ... egal, ob es ein oder zwei Personen sind ..., daß er oder sie kurz vor deren Tod sowohl mit Samenov als auch mit Kittrie zusammen waren.»

«Und sie wissen noch nicht, ob die Haare von einer Perücke stammen?»

«Nein, aber sie wissen, daß Perückenhaare mit irgendeinem Konservierungsmittel behandelt werden. Sie versuchen festzustellen, was das für ein Mittel ist. Dann können sie die Haare darauf testen. Aber das wird eine Weile dauern.»

«Wie lang ist eine Weile?»

«Hängt davon ab, welche Chemikalie zur Konservierung benutzt wird.»

«Verdammt. Die Schamhaare», sagte Palma plötzlich. «Broussard ist schwarzhaarig. Wenn sie von ihm stammen, müssen sie gebleicht oder gefärbt sein. Lassen Sie das untersuchen.»

Frisch sprach gedämpft ein paar Worte zu jemandem. «Und noch etwas», sagte er dann. «Sie haben an Kittries Kleid ein paar Fasern gefunden. Sie glauben, daß es Bestandteile eines Fasernetzes sind, so ein Zeug, das aussieht wie Pferdehaare und das einige ausländische Autohersteller benutzen, um die Autositze zu polstern. Mercedes verwendet es, Volkswagen verwendet es oder hat es verwendet. Wie auch immer, sie versuchen, die Möglichkeiten einzugrenzen.»

«Broussard fährt einen Mercedes.»

«Ja, das wissen wir. Wir versuchen zu entscheiden, ob wir es riskieren, heimlich jemanden auf sein Grundstück zu schicken, um eine Probe zu nehmen. Hören Sie, kommen Sie auf jeden Fall bald hierher zurück.» Wegen des Hintergrundlärms mußte Frisch die Stimme erheben. «Leeland kann sich nicht retten vor Anrufen von Leuten, die ihre unheimlichen Nachbarn denunzieren. Ein Dutzend von unseren Leuten geht den Anrufen nach. Aber abgesehen davon und von dem, was Sie beide erfahren haben, treten die Ermittlungen auf der Stelle. Die Medien und die Politiker sitzen uns im Nacken. Heute nachmittag hat eine Frauenorganisation gesagt, wir verfolgten die Fälle nicht energisch genug. Vermutlich wird uns der Bursche, der der nächste Polizeichef werden will, in Kürze Unfähigkeit und Versagen vorwerfen. Die Leute in Hunters Creek haben eine Art weiblicher Patrouillen gebildet, und die örtliche Polizei muß sich mit Anrufern herumschlagen, die Voyeure oder Leichen in den Bayous gesehen haben wollen, lauter solche Sachen. Wir stehen ganz schön unter Druck.»

Palma legte auf und sah, daß Grant sie anschaute. Sie öffnete die Tür der Telefonzelle.

«Geben Sie mir noch eine Minute. Sie haben ein paar interessante Resultate vom Labor bekommen. Nur noch ein kurzer Anruf.»

Sie schloß die Tür wieder und warf eine neue Münze ein. Diesmal wählte sie die Nummer von Barbara Soronno.

61

Palma sprach nicht gleich. Sie wollte einen Augenblick Zeit haben und versuchen, die Information einzuordnen. Außerdem wollte sie jetzt, da ihre Ahnung sich bezahlt gemacht und sie die erwarteten Resultate bekommen hatte, auch ihre eigene Intuition überprüfen. Sie wollte verstehen, was sie überhaupt veranlaßt hatte, Barbara Soronno um einen so ungewöhnlichen Test zu bitten. Es war ein unheimliches Gefühl, vor allem angesichts der Tatsache, daß sie nicht wußte, welcher logische Sprung sie zu der verblüffenden Entdeckung geführt hatte.

«Was ist los?» fragte Grant.

«Nichts», sagte sie, trat aus der Zelle und ging auf ihn zu. «Ich versuche bloß, die Daten zu verstehen und zu sehen, wo sie unterzubringen sind.» Sie berichtete ihm alles, was Frisch gesagt hatte, und beobachtete sein Gesicht, während er die Information aufnahm und in seine eigene Deutung der über die vier Morde bekannten Fakten einordnete. Palma hatte das Gefühl, daß Grant genau wie sie nicht alles sagte, was er dachte.

«Vickie Kittrie und eine unbekannte Person waren mit Dorothy Samenov zusammen, bevor sie starb», murmelte er. «Eine unbekannte Person war mit Kittrie zusammen, bevor Kittrie starb. Die unidentifizierten Haare sind blond ... Perücke oder nicht ..., und die Schamhaare sind ebenfalls blond.»

«Gefärbt oder natürlich», sagte Palma.

Grant nickte. «Aber wir haben keine Beweismittel für eine dritte Person bei Vickies Leiche oder einem der anderen Opfer.»

Weiter konnte Palma ihn nicht gehen lassen, ohne ihm zu sagen, was Barbara Soronno gefunden hatte. Palma wußte nicht, woran Grant dachte, aber es hatte mit einer dritten Person zu tun. Palma hatte bei Vickie Kittrie den Beweis für eine dritte Person gefunden.

«Es gab eine dritte Person bei Vickies Fall», sagte sie ohne Umschweife. Grant blieb stehen und sah sie an.

«Ich habe es gerade erfahren, beim zweiten Telefonanruf», sagte sie. «Ich hätte Ihnen das schon eher gesagt, aber es war so ein ... Schuß ins Dunkle, und ich wollte nicht ... unvernünftig erscheinen.» Grants Miene blieb undurchdringlich wie die einer Sphinx. «Heute morgen, ehe wir Janice Hardemans Haus verließen, habe ich mir Jeff Chin geschnappt und ihm gesagt, er solle besonders auf den Tampon in Kittries Vagina achten. Ich habe ihm gesagt, er solle Barbara Soronno darauf aufmerksam machen. Dann habe ich Barbara angerufen und sie gefragt, wie groß die Chancen wären, eine saubere Blutgruppenprobe davon zu bekommen. Alles hing davon ab, wie weit der Tampon vollgesaugt war. Als sie ihn bekam, hat Barbara ihn durchgeschnitten, ein paar Fasern aus der Mitte genommen und untersucht. Sie enthielten Blut ..., aber nicht von Vickie.»

Grants Gesicht zeigte bereits Überraschung. «Es war nicht Vickies Blutgruppe?»

«Nein», sagte Palma, «war es nicht.»

«Broussards Blutgruppe ist in seinen medizinischen Akten verzeichnet», sagte Grant rasch. «Die können wir erfahren.»

«Es ist auch nicht seine Blutgruppe.»

«Sie kennen seine Blutgruppe?»

«Nein. Aber nachdem Barbara festgestellt hatte, daß das Blut nicht Kittries Blutgruppe entspricht, habe ich sie gebeten, einen zusätzlichen Test zu machen. Das Blut im Inneren des Tampons enthielt kein Plasminogen und kein Fibrin, was bedeutet, daß es keine Gerinnungsfähigkeit hat. Es war Menstrualblut, aber nicht von Vickie.»

«Großer Gott», sagte Grant. Er sah sie an. «Wußten Sie das?»

Palma schüttelte den Kopf. «Nein. Das wußte ich natürlich nicht. Ich weiß nicht mal, warum ich sie gebeten habe, den Test zu machen. Es war kein offizieller Auftrag. Barbara hat ihn nebenbei gemacht, um mir einen Gefallen zu tun.»

«Was in aller Welt hat Sie darauf gebracht?» Grant war verblüfft. Er schien ebenso überrascht, daß sie den Test verlangt hatte, wie über die Resultate des Tests.

«Ich dachte nur ..., vielleicht, ich weiß nicht, sollten wir die Blutgruppe bestimmen.»

«Und als es nicht Vickies Blutgruppe war ...»

«Habe ich mich gefragt, woher zum Teufel er es bloß hatte. Und dann habe ich mich gefragt, ob es sein Blut war. Hat er sich geschnitten, um es zu bekommen? Ich habe mir überlegt, was er sich wohl gedacht hat. Wenn es nicht sein Blut war und nicht Kittries Blut, war es dann überhaupt menschliches Blut? Und wenn es menschliches Blut war, stammte es dann von einem Mann oder einer Frau? Ich dachte an die Nabel, und mir schien, daß er versuchte, diese Sache irgendwie ... mit der Geburt vielleicht, mit der Nabelschnur in Verbindung zu bringen, so, wie er von den Nabeln der Opfer besessen war.»

Palma hielt inne, weil sie nicht wußte, was sie weiter sagen sollte. «Ich weiß nicht. Ich dachte einfach, es sollte untersucht werden.»

«Sie sind nicht einfach davon ausgegangen, daß es Kittries Blut war?» fragte Grant.

«Aus irgendeinem Grund habe ich daran nie gedacht.»

«Ich will verdammt sein», sagte Grant und sah sie an, als spreche sie in Zungen. «Sie sind *unglaublich*», sagte er. «Was ...?» Er schien nach Worten zu suchen, um seine Frage zu formulieren. Dann wußte er anscheinend nicht einmal mehr, wonach er fragen sollte.

Palma fühlte sich unbehaglich, ohne den Grund dafür zu kennen. Auf eine merkwürdige Art hatte sie beinahe das Bedürfnis, sich für ihre Vorahnung zu entschuldigen. Gleichzeitig war sie froh, dem

Mörder so nahe gekommen zu sein. Sie dachte, sie hätten ihn, obwohl sie vielleicht noch nicht ganz begriffen, auf welche Weise. Aber sie waren nahe daran. Jetzt ging es darum, nicht lockerzulassen, sich nicht in Details zu verlieren.

«Hat Ihnen Ihre Freundin Soronno noch andere Daten über das Blut gegeben? Sah es nach altem Blut aus? Keines der anderen Opfer menstruierte doch, oder? Ich kann mich nicht erinnern, das in den Autopsieberichten gelesen zu haben.»

«Nein, Barbara konnte nichts darüber sagen, wie lange das Blut schon in dem Tampon war. Sie meinte, das Alter entspreche der Zeit bis zum Fund der Leiche. Und ... nein, keine der anderen Frauen menstruierte.»

«Folglich kann er den Tampon nicht von ihnen gehabt haben», sagte Grant. «Also hat er ihn entweder von einer lebenden Bekannten bekommen, oder er hat möglicherweise früher am Abend eine andere Frau getötet, den Tampon von ihr genommen und dann Kittrie eingeführt. Vielleicht stammte er auch von Janice Hardeman. Er hätte ihn in ihrer Mülltonne finden können.»

Palma schüttelte den Kopf. «Das glaube ich nicht. In ihrem Badezimmer habe ich gesehen, daß sie Binden benutzt, keine Tampons.»

«Warum hat er das bloß getan?» Grants Stimme klang ungläubig. «Welche Art von Phantasie treibt diesen Kerl um ...?» Er hielt plötzlich inne und sah Palma an. «Ist es nicht eigenartig, daß Mary Lowe die ganze letzte Nacht und heute den ganzen Tag in seinem Haus geblieben ist?»

«Farr sagte, sie hätte einen Mann und zwei Kinder.»

Grant nickte. «Wie hat sie das dann arrangiert?»

«Genauso, wie andere Leute ihren Ehebruch arrangieren», sagte Palma. «Mit Lügen. Ich glaube nicht, daß sie länger von zu Hause weggeblieben ist, als ihre Familie erwartet hatte, aus welchem Grund auch immer. Zumindest haben sie sie nicht als vermißt gemeldet. Die Vermißtenstelle ist informiert. In der Sekunde, in der etwas hereinkommt, was unseren Fällen ähnelt, setzen sie sich mit dem Morddezernat in Verbindung.»

«Wir müssen unbedingt in dieses Haus hinein», sagte Grant.

Frisch saß hinter seinem Schreibtisch, die Unterarme auf die Lehnen seines Stuhls gelegt, eine dünne, sandfarbene Haarsträhne in der Stirn. Sein langes Gesicht sah hager und mönchisch aus in dem weißen, fluoreszierenden Licht seines Büros. Neben ihm auf Drehstühlen saßen Captain McComb und Commander Wayne Loftus von der Abteilung Kapitalverbrechen und der stellvertretende Polizeichef Neil McKenna.

Gerade hatten sie Palmas Bericht über die Informationen gehört, die sie und Grant inzwischen von Alice Jackson und Mirel Farr eingeholt hatten, sowie über die neuesten Daten aus dem Labor und über Palmas unerwartete Entdeckung. Was Broussards berufliche Integrität betraf, so waren alle Informationen über ihn nachteilig. Letztlich ergaben sie allerdings nicht mehr als eine schmutzige Geschichte. Schlimmstenfalls konnte Dr. Dominick Broussard von den Standesorganisationen, denen er angehörte, wegen Vertrauensbruchs gegenüber seinen Patientinnen belangt werden. Nach entsprechenden Untersuchungen und Anhörungen würde man ihm vielleicht das Recht absprechen, im Staate Texas weiter als Psychotherapeut zu praktizieren. Außerdem konnten ihn alle Frauen verklagen, mit denen er geschlafen hatte, während sie bei ihm in Behandlung waren.

Was aber die Ermittlungen in den Mordfällen anging, war Broussard bemerkenswert unbelastet. Bislang hatten sie absolut keine Tatsachenbeweise, die ihn mit irgendeinem der Tatorte in Verbindung brachten, und das einzige, was sie gegen ihn verwenden zu können hofften, hing an ein paar dünnen Haaren.

«Die Indizien sprechen allerdings so sehr gegen ihn», schloß Palma, «daß wir zweifellos am Ende die Tatsachenbeweise finden werden, die wir brauchen. Leider sind wir erst vor achtzehn Stunden auf Broussard als Verdächtigen aufmerksam geworden. Erst seit sieben Stunden sind wir soweit, daß wir uns auf ihn als auf den Hauptverdächtigen konzentrieren. Wir hatten einfach noch nicht genug Zeit, um mehr gegen ihn zusammenzutragen als die Indizien, die wir Ihnen gerade genannt haben.»

«In diesem Moment ist er mit dieser Lowe zusammen», sagte McComb zu Loftus. «Sie war die ganze letzte Nacht und heute den ganzen Tag bei ihm. Sie hat einen Mann und Kinder, aber sie wurde nicht als vermißt gemeldet. Daher vermuten wir, daß ihre Familie glaubt, sie sei verreist, vielleicht zu ihrer Mutter oder so.»

«Verdammt», sagte Loftus. «Sind Sie sicher, daß er sie da drinnen nicht gerade in Stücke schneidet?»

«Nein, zum Teufel, wir sind nicht sicher», sagte McComb etwas aufgebracht. «Deshalb müssen wir hier irgendeine Entscheidung treffen ... wieviel wir riskieren wollen, juristisch, politisch und überhaupt, um da hereinzukommen. Vielleicht platzen wir mitten in einen netten Wochenend-Ehebruch, den sie einen Monat lang planen mußten. Vielleicht stellt sich heraus, daß Broussard bloß ein geiler Psychiater ist, dessen Beruf eine Menge erfreulicher Nebenwirkungen hat. *Oder* wir ertappen ihn dabei, daß er sie zersägt und in die Tiefkühltruhe packt.»

«Tatsächlich», sagte Frisch ruhig, «ist Grant überzeugt, daß er sie nicht in seinem eigenen Haus umbringen wird.» Er sah Grant an, auf weitere Erklärungen wartend.

Grant saß auf der Kante eines Schreibtisches, die Arme verschränkt. Palma fand, daß er allmählich ziemlich erschöpft wirkte. Sie alle waren müde; bei einigen ging das schneller als bei anderen. Frisch sah aus, als brauche er Krankenurlaub. Palma selbst spürte, daß die Muskeln in ihren Schultern vor Anspannung hart waren.

«Das ist mein Gefühl», sagte Grant. «Vollständige Berechenbarkeit gibt es allerdings nicht, nur eine gewisse Bandbreite der Unterschiede zwischen Soll und Ist. Je mehr wir über den Verdächtigen wissen, desto besser können wir natürlich seine Handlungen vorhersehen. Aber über Broussard wissen wir praktisch nichts. Ich glaube nicht, daß er die Frau in seinem Haus umbringen wird, aber wenn es nach mir ginge, würde ich ihr Leben nicht darauf verwetten. Ich würde sie herausholen.»

«Gut», sagte Loftus. «Ich weiß ja nicht, welche Erfahrungen Sie mit diesen Psychoklempnern aus der feinen Gesellschaft haben, Grant, aber ich vermute, er kann ziemlich unangenehm werden, wenn Sie sich irren. Ich weiß nicht. Man kann Leute nicht verhaften, bloß weil sie sonderbar sind.»

Einen Augenblick lang sprach niemand. Dann sagte Frisch: «Ich schließe mich Palma an. Sie hat diesen Fall von Anfang an bearbeitet, und ich vertraue ihrem Urteil. Wir brauchen Tatsachenbeweise, und was mich betrifft, haben wir einen begründeten Verdacht. Daran können wir uns halten, es sei denn, einige von Ihnen wollen uns überstimmen.»

«Okay», sagte McKenna abrupt. «Lieber riskiere ich, daß uns ein wütender Psychiater wegen Hausfriedensbruch verklagt, als daß wir hier auf unserem Hintern sitzen, während der Kerl noch eine Frau umbringt. Besorgen Sie einen Durchsuchungsbefehl, gestützt auf die Indizien gegen Broussard und die mögliche Gefährdung der Frau, und dann los!»

62

Den ganzen langen Nachmittag, während die Hitze anstieg, hatten sie gesprochen. Sie hatte ihren Slip und ihren Büstenhalter angezogen, aber sonst nichts; er hatte seine legere Seidenhose und das offene Hemd anbehalten, so daß seine behaarte Brust sichtbar blieb. Er gewöhnte sich nur schwer an diesen etwas bohemienhaften Aufzug. Sie waren hinuntergegangen in Broussards Küche. Aus den reichen Vorräten seiner Speisekammer hatten sie Flaschen mit rotem und weißem Valpolicella, Brot, Käse, Pâtés, Oliven und Früchte geholt. Sie hatten alles nach oben in sein Schlafzimmer getragen und eine Leinendecke über den breiten Fenstersims aus Mahagoni gebreitet, von dem aus man durch die geöffneten Fenster auf den bewaldeten Bayou schaute. Sie aßen geruhsam in einem Hauch von frischer Luft.

Als das Licht abnahm, lauschte Broussard Marys Lügen, den Geschmack von Äpfeln und Wein auf der Zunge. Er beobachtete, wie sie geisterhaft mit dem verdämmernden Abendlicht verschmolz.

Er wartete, bis Mary eine weitere stockende und schmerzliche Schilderung beendet hatte, wie durch den Verkehr mit ihrem Vater ihr sexueller Appetit erwacht war. Ihre Stimme klang angespannt, als sie zum Ende kam. Dann saßen beide schweigend da.

Sie tranken mehr Wein, und lange Zeit sagte Mary nichts. Allmählich begann Broussard sich zu wundern, daß Mary seinen Auftritt in Frauenkleidern nicht erwähnt hatte. Sie hatte nicht einmal darauf angespielt. Seit dem Augenblick, als sie ihn auf der Terrasse angetroffen hatte, hatte sie seine ungewöhnliche Vorliebe akzeptiert, als sei das eine ganz normale Praxis aller Männer, die sie kannte. Ihr sexuelles Verhalten ihm gegenüber war dadurch nicht wahrnehmbar beeinflußt worden. Anscheinend war der Geschlechtsverkehr mit einem Mann in Frauenkleidern nichts, woran sie sich erst gewöhnen mußte. Es hatte nicht so ausgesehen, als werde ihre Glut dadurch beeinträchtigt.

Doch dieser Mangel an Überraschung oder auch nur Neugier verursachte ihm Unbehagen. Gleichzeitig war ihm die Ironie seiner Unruhe bewußt. Sein ganzes Leben lang hatte er sich eine Frau gewünscht, die seinen Transvestismus so nonchalant hinnahm, wie Mary es tatsächlich getan hatte, eine Frau, deren erotische Reaktionsbereitschaft sich sogar seinem zwanghaften Verlangen nach der Beschaffenheit, dem Geräusch und der Farbe von Frauenkleidern anpaßte. Keine Frau, zumindest keine seit seiner Mutter, war in der Lage gewesen, das zu akzeptieren. Und selbst in all den Jahren, in denen er mit Bernadine intim gewesen war, hatte er nie den Mut gehabt, ihr von seinem Fetisch zu erzählen – bis ganz zum Schluß, nachdem sie ihm von ihren jüngsten bisexuellen Begegnungen berichtet hatte. Und da war sie seiner sexuellen Andersartigkeit sehr viel weniger aufgeschlossen begegnet als er der ihren.

Und nun, so spät, hatte er Mary gefunden. Nachdem er bekommen hatte, wonach er sich immer gesehnt hatte, war er enttäuscht bei der Entdeckung, daß er unwillkürlich das Gefühl hatte, etwas sei nicht ganz richtig. So war es auch mit seiner Mutter gewesen. Am Ende war zwischen ihnen etwas Beunruhigendes entstanden, etwas, das er nie ganz begriffen oder gelöst hatte und das ihre symbiotische Beziehung abrupt beendete. Dasselbe Gefühl vager Ungewißheit empfand er jetzt Mary Lowe gegenüber. Es war ihm unheimlich, daß es genau an dem Punkt zurückgekehrt war, an dem er eine Frau gefunden hatte, die ihm in diesen Dingen ebensoviel hätte bedeuten können wie seine Mutter.

Während sie sprachen, ging die Dämmerung in Dunkelheit über. Der Abstand zwischen ihnen da auf dem Fenstersims war gering.

Mary sah ihn an. Er konnte ihre Züge nicht erkennen, wußte nicht, ob sie ihn skeptisch oder geringschätzig oder teilnahmslos ansah. Aber er war sicher, seine Erklärungen würden ihr vollkommen gleichgültig sein. Er spürte es. Er mußte sich in Erinnerung rufen, daß sie nicht freiwillig zu ihm gekommen war, nicht als leidendes Opfer, sondern wie eine Schauspielerin, die eine weitere Rolle spielt. Sie verleugnete die wirkliche Mary, um die Mary zu spielen, die jedermann von ihr verlangte. Sie wußte, daß das wirkliche Leben hinter der Bühne sie nicht einholen würde, solange sie spielte. Es gab keine Zeit für Realität; das Spielen erhielt sie am Leben. Zu Broussard war sie nur gekommen, weil ihr Mann das in seinem Ultimatum verlangt hatte. Sie war weder an Wiederherstellung noch an emotionalem Wachstum noch an Ganzheit interessiert. Sie war unbelehrbar. Sie war eine Spezies für sich. Mary würde nie heil sein. Ihre Kindheit war zu zerrissen gewesen. Als sie die Stücke zusammengefügt hatte, hatte sie es unvollkommen getan, wie ein Kind.

Falls er je geglaubt hatte, Marys psychische Integrität wiederherstellen zu können, so verlor dieser Glaube allmählich an Bedeutung, während er ihr im hyazinthenblauen Licht der Großstadtnacht gegenübersaß.

Sie beobachtete ihn wortlos, als er von seinem Stuhl neben dem Fenstersims aufstand und begann, vorsichtig das Tischtuch wegzunehmen. Rasch griff sie nach der Flasche mit rotem Valpolicella, füllte ihr Glas, stellte es mit der rechten Hand neben sich und sah zu, wie er näher trat und sich neben sie stellte. Er zog sein Hemd aus und warf es in das dunkle Zimmer. Dann knöpfte er seine Hose auf, ließ sie fallen und schob sie mit dem Fuß aus dem Weg Als er seine Unterhose abstreifte, wandte sie sich ab und trank aus ihrem Glas, den Kopf zurückgelegt. Ihr langer, anmutiger Hals bildete eine feine weiße Linie im blauen Licht. Als sie endlich das Glas sinken ließ, sah er, daß sie den Wein verschüttet hatte. Dunkelrote Streifen flossen von ihren Mundwinkeln, glitzerten auf ihren Brüsten und befleckten die Vorderseite ihres Büstenhalters. Sofort füllte sie ihr Glas wieder.

Er kniete sich neben sie. Ihr Gesicht war etwas höher als seines, als er sie sanft umdrehte, bis sie ihn ansah. Ihre Beine hingen über den Rand des Fenstersimses, und sie war ihm zugewandt, mit beiden Schultern. Das volle Weinglas in ihrer rechten Hand stand auf ihrem Schenkel. Er griff hinter sie und hakte ihren Büstenhalter auf, zog ihn langsam herunter, bis er von ihren Brüsten fiel. Die Berührung der Spitze ließ ihn sofort erigieren. Er betrachtete den Büstenhalter, seine zarten Säume, die durchsichtigen Schalen; dann drehte er ihn um, fuhr mit den Armen in die Träger, glättete die elastischen Seiten, hob die Hände an den Rücken und hakte ihn zu.

Mary beobachtete ihn. Ihre einzige Reaktion bestand darin, daß sie das langstielige Glas hob und auf halbem Weg zu ihrem Mund innehielt. In ihrem Gesicht glaubte Broussard den angespannten Ausdruck von Begehren zu sehen. Oder war es Sehnsucht? Oder sogar Trauer? Dann hob sie das Glas an den Mund, und er dachte: Begehren. Sie trank das Glas in mehreren Schlucken leer. Dann streckte sie den Arm hinter sich aus und ließ das Glas aus dem Fenster fallen. Broussard hörte es raschelnd die Sträucher treffen.

Broussards Körper summte und prickelte, als er Marys Hüften berührte und die Stelle fühlte, wo ihr Slip in die Haut einschnitt. Er verhakte seine Finger in dem Nylon auf ihrem Rücken und begann, den Slip herunterzuziehen. Als er den Fenstersims erreichte, hob sie die Hüften, damit er ihn ihr ganz ausziehen konnte. Dann stieg er in den Slip und spürte eine magische Verwandlung. So sollte es sein. Das waren die Kleider, für die er bestimmt war.

Er verschwand in der Dunkelheit des Zimmers und kam mit einer Handvoll Make-up zurück. Mary lehnte sich auf dem Fenstersims zurück, und er strich das Make-up zwischen ihre gespreizten Beine. Sie verstand alles, sogar dies. Es war nicht nötig, etwas zu erklären. Es war zu dunkel, um genau zu sehen, aber er konnte seine Arbeit dem Dämmer des Zimmers anpassen. Wie bei Schauspielern auf der Bühne würden ihre Züge übertrieben sein, überlebensgroß. Jedenfalls größer als dieses Leben.

Ohne daß er sie dazu auffordern mußte, beugte sie sich vor. Broussards Hände waren zittrig vor Erregung, als er begann, ihre Gesichter zu schminken. Diesmal war die Reihenfolge des Auftragens nicht wichtig. Es war ohnehin nur ein Ritual –, und sie schien auch dies zu verstehen, die Symbolik, den Ritus. Lippenstift auf ihre, auf seine Lippen, Lidschatten auf ihre Lider, auf seine; der Duft der Kosmetika drang mit jedem Atemzug stärker auf ihn ein, und endlich befreite er ihn, brachte ihm die Vertrautheit erlebter und ersehnter Augenblicke zurück, den Moment, in dem Dr. Broussard nicht mehr existierte und Margaret Boll geboren wurde.

Ihre Gesichter waren einander so nahe, daß Broussard ihren Atem spüren konnte, schwer und aromatisch vom Wein. Sein eigener Atem war kaum zu beherrschen und kam in unvorhersehbaren Stößen.

«Ich habe Kordel», sagte er und spürte, wie sich auf seiner Stirn ein dünner Schweißfilm bildete.

Mary sah ihn an, ohne daß sich ihr Ausdruck veränderte; nichts verriet ihre Reaktion.

«Soll ich dich fesseln?» flüsterte er.

«Das habe ich noch nie gemacht», log sie. In Broussards Hirn stieg die Erinnerung auf an Dorothy Samenov, wie sie mit einer Schale heißem Öl über Mary stand und es auf Marys nackten Körper träufeln ließ, der mit safranfarbenen Tüchern gefesselt war; an Sandra Moser, die plötzlich über Marys ausgestrecktem Körper die Kontrolle verlor, so daß eine alarmierte Mirel Farr in den Raum stürzte, um sie zu stoppen; die Erinnerung an ...

«Oder willst du ... zuerst mich fesseln?» fragte er.

«Das habe ich noch nie gemacht», log sie wieder. In Broussard stieg die Erinnerung auf an Mary, rittlings über Louise Ackley, der größten Masochistin von allen.

«Ich habe Schals», drängte Broussard. «Safranfarbene ... Schals ... alle aus Seide.»

Mary hob das Gesicht und küßte ihn, leicht wie ein Schmetterling zuerst, dann heftiger, bis er den Lippenstift auf ihrer Zunge schmeckte und ihren nach Wein duftenden Atem.

«Wir wechseln uns ab», sagte sie, ihre Lippen an seinen.

Sie zu spüren, ihre Wäsche zu spüren, machte ihn schwindlig.

«Abwechselnd …» Er konnte kaum noch sprechen. «Ja, natürlich», sagte er, «wir wechseln uns ab.» Wieder spielte sein Gedächtnis ihm die süßen Erinnerungen an die Dinge vor, die er Mary bei Mirel Farr hatte tun sehen.

Es war unvorstellbar.

Oder vielmehr, bis jetzt war es *nur* vorstellbar gewesen. Jahrelange Phantasie wurde Wirklichkeit, und paradoxerweise kam es ihm vor, als träume er. Ihre Gesichter waren identisch geschminkt. Mary war nackt. Er trug die Unterwäsche, die er ihr ausgezogen hatte. Er lag in der Mitte des Bettes, von dem alle Kissen und Decken entfernt waren. Mary hockte geduldig über ihm und kämmte und zupfte seine Lieblingsperücke, bis sie ganz natürlich um sein Gesicht lag. Sie hatten alle deckenhohen Fenster auf den Bayou hinaus aufgerissen. Broussards Parfum hing schwer in der schwülen Luft.

Wie eine venetianische Kurtisane hatte sie jeden seiner Wünsche erfüllt. Nichts überraschte sie, nichts ließ sie zögern, nichts war tabu, während sie ihn mit Aufmerksamkeiten überschüttete, ihn verwöhnte, als sei er ein Sultan.

Als er festgebunden war und seine Augenlider schwer wurden vom Narkotikum der Erwartung, verrann die Zeit langsamer und langsamer, bis sie stehenblieb; Schweigen und Stille waren ihm bewußt. Seine Lider flatterten. Durch den Vorhang seiner Wimpern sah er sie rittlings über sich sitzen, die Arme erhoben, die Finger wie bleiche Kämme in das lange goldene Haar geschoben, um es aus dem Gesicht zu halten, während sie auf ihn herabblickte.

«Margaret», sagte sie. Nun hatte sie ihr Haar auf eine Seite gelegt. Die lange, dichte Mähne fiel ihr über die linke Schulter. Mein Gott, dachte Broussard, sie ist wunderbar. Sie ist übernatürlich.

«Margaret», wiederholte sie, «ich muß dir eine Geschichte erzählen. Keine Geschichte für die Analyse … nur … meine Geschichte.» Mit einer wippenden Bewegung neigte sie den Kopf, als wolle sie eine Versteifung lockern. «Wenn du meine Geschichte nicht kennst, kannst du nicht verstehen.»

Das war nicht, was er erwartet hatte, aber er stellte es keine Sekunde in Frage. Für ihn war sie magisch, und die Magie nahm ihren eigenen, besonderen Lauf. Er wartete.

Einen Augenblick lang strich Mary sich nur mit den Fingern durch das blonde Haar und sah ihn an. Dann verlor ihr Blick ihn, als sie sich erinnerte und wieder in ihre Geschichte eintauchte.

«Ach, ich muß es von Anfang an gewußt haben», sagte sie, als antworte sie auf eine Frage. «Von diesem ersten Nachmittag an, im Pool, als sie dasaß, die Beine im Wasser, und mir über das türkisfarbene Wasser hinweg zulächelte, die dummen roten Lippen geöffnet über den strahlend weißen Zähnen.

Ich muß es gewußt haben an dem Abend, an dem er zum ersten Mal seine gebutterten Finger in mich steckte, während wir fernsahen. Sie war da, saß etwas seitlich in einem Sessel. Ihr Haar war frisiert, gesprayt und fixiert, als wolle sie ausgehen. Sie war nie schlampig. Er tat es, und ich war versteinert. Meine Augen klebten an der Frau, die für Kühlschränke warb und ganz Amerika anlächelte, wie sie mich über das türkisfarbene Wasser angelächelt hatte, weiße Zähne und rote Lippen. Aber ich sah sie nicht an, obwohl ich keinen größeren Wunsch hatte, als zu sehen, ob sie sah, was er mit mir machte. Aber ich tat es nicht.»

Margaret spürte eine Stimmungsänderung, spürte die Innenseiten von Marys Schenkeln an seinen Hüften, ihr Gesäß direkt unter seinem Nabel.

«Weil ich Angst hatte.»

Margaret öffnete die Augen, um sie deutlicher zu sehen.

«Ich starb, als er das mit mir machte», fuhr Mary fort. «Ich ignorierte alles bis auf die Frau und den Kühlschrank im Fernsehen. Ich ignorierte die Tatsache, daß sie blind oder bewußtlos hätte sein müssen, um nicht zu sehen, was er tat. Ich ignorierte die Tatsache, daß sie nichts dagegen unternahm... daß sie ihn wahrscheinlich sogar beobachtete.»

Mary saß reglos.

«An diesem Abend kam sie nicht, um mir einen Gutenachtkuß zu geben. Tatsächlich tat sie das nie wieder. Das merkte ich. Ich merkte, daß sie aufhörte, mir den Gutenachtkuß zu geben, nachdem er seine gebutterten Finger...»

Sie bewegte sich auf seinem Bauch, verschob ein wenig ihr Gewicht, schien ihre Gedanken, ihre Entschlossenheit zu sammeln.

«Nicht lange danach fing er an, spätnachts in mein Bett zu kommen. Ich redete mir ein, daß sie auch von diesen Besuchen nichts wußte, denn er kam so spät, daß er offensichtlich wartete, bis sie eingeschlafen war. Mit meinem ganzen Verstand klammerte ich mich an diese Schlußfolgerung, sagte mir, er sei der einzige von uns, der von der Norm abwich, der einzige Verräter. Das hielt mich eine Weile aufrecht, eine allzu kurze Weile, wie sich herausstellte. Es dauerte nicht lange, da kam er früher am Abend, so früh, daß ich wußte, sie mußte noch wach sein, mußte gemerkt haben, wie er sich aus dem Schlafzimmer schlich, falls er sich überhaupt die Mühe machte zu ‹schleichen›. Er kam früher und blieb länger. Und sie wußte es. Wenn sie samstags nachmittags einkaufen ging und uns zu Hause allein ließ, dann wußte sie es. Wenn wir beide abends für eine halbe Stunde oder so verschwanden, fragte sie nie, wo wir gewesen waren. Sie wußte es.

Mit der Zeit entwickelten wir eine Routine, in der ich ihre Rolle als Ehefrau mehr oder weniger übernahm. Sie las Zeitschriften, sah fern, manikürte ihre Nägel, pflegte ihr Haar. Allmählich entfremdete sie sich mir. Sie berührte mich nie mehr, sprach nie mehr liebevoll mit mir, falls sie überhaupt sprach. Es gab Zeiten, in denen wir beide im gleichen Raum waren, und sie benahm sich, als existiere ich nicht. Ich wurde unsichtbar für sie. Sie sah mich nicht einmal mehr.

Und dann begann ich mit den Lügen, von denen ich dir erzählt habe. Ich belog auch sie ... sie am allermeisten.»

Margaret betrachtete Marys Gesicht. Sie starrte ihn an, aber ihre Augen hatten keinen Kontakt zu ihm, und ihre Stimme klang flach und tonlos, wie in Hypnose.

«Ich habe ihr nie gesagt, wie ich mich fühlte», sagte Mary. «Ich konnte nicht. Wie hätte ich es auch können sollen? Ich wußte nicht mehr, wie ich mich in ihrer Gegenwart benehmen sollte.» Sie hielt inne. «Ich fing an, ihr nachzuspionieren», sagte sie sachlich. «Ich weiß nicht mehr warum, ich weiß auch nicht mehr, wie ich darauf kam, aber es war, nachdem ich mit dem Lügen angefangen hatte. Eines Nachmittags, als sie nach draußen an den Pool gegangen war, um sich zu sonnen, und ich wußte, daß sie eine Zeitlang draußen bleiben würde, ging ich in ihr Schlafzimmer. Sie hatte mir immer zu verstehen gegeben, ihr Schlafzimmer sei tabu. Also war ich selten dagewesen, und als ich es betrat, war es, als käme ich in das Zimmer einer Fremden. Sofort spürte ich die Erregung, das Prickeln, die Grenzen eines Heiligtums zu verletzen, ein Tabu zu brechen. Ich durchsuchte alle ihre Schubladen und Schränke, sah mir ihre zusammengefaltete Unterwäsche an, faßte alles an. Und dabei empfand ich eine seltsame Intimität mit ihr, die mich überraschte, etwas, das ich nie zuvor erlebt hatte. Es kam mir überaus eigenartig vor, sogar damals, als Kind, daß ich mich ihr näher fühlte, wenn ich ihre Unterwäsche berührte, als wenn ich ihr körperlich nahe war. Ich weiß noch, wie ich dachte ... und das war kindlich, ohne Einsicht ..., ich würde vielleicht unter all diesen Sachen, die ihre Verwöhntheit und ihre Ansprüche bezeugten, etwas finden, das mir alles erklärte.»

Mary hielt inne, stieß einen zittrigen Seufzer aus und ließ den Kopf kreisen, bis ihr blondes Haar wie ein Vorhang ihr Gesicht bedeckte.

«Ich fand einen elektrischen Dildo. Was für eine Entdeckung für ein Kind», sagte sie mit bitterer Heiterkeit. «Es war ein ganz realistisches Instrument, ‹anatomisch korrekt›. Inzwischen war ich ja nur zu vertraut mit dem wirklichen Ding. Ich begriff ganz schnell die groteske Ironie in dem, was ich gefunden hatte. Den Unterschied zwischen uns, zwischen dem, was sie tat, und dem, was ich ... tat.

Dann ... gestand ich mir endlich ein, daß ich sie haßte. Und ich wollte, daß sie das wußte. Das war ganz einfach. Mein Vater wollte inzwischen andauernd Sex mit mir, und ich verbrachte viel Zeit damit, ihm das auszureden, ihn abzuweisen, Ausreden zu erfinden. Mit der Zeit wurden seine Annäherungsversuche immer unpassender ..., er tat es sogar, wenn sie im Nebenzimmer war, oder wenn wir draußen am Pool waren und er mir unter den fadenscheinigsten Vorwänden ins Haus folgte. Es war nur zu offensichtlich. Wie ... wie ... nun ja, ich hörte einfach auf, mich jedesmal gegen ihn zu wehren.»

Sie mußte innehalten, um zu schlucken.

«Eines Abends saßen wir vor dem Fernseher. Wir sahen ein Programm, das sie nicht sehen wollte, aber ich wußte, daß ihre Lieblingssendung gleich danach kommen würde. Ich ließ zu, daß er anfing, mich auszuziehen. Ich ließ mich sogar ganz ausziehen, was er damals immer wollte, was ich aber nie zuvor zugelassen hatte. Ich wollte, daß er so weit ging, daß es kein Mißverständnis darüber geben konnte, was sie antraf, wenn sie hereinkommen würde.

Ich wehrte mich nicht, machte die Augen zu und löste mich von allem, glitt einfach in eine andere Welt, aber ich hörte, wie sie durch die Küche auf das Wohnzimmer zuging. Ihre Goldslipper flappten über den Boden ... schlapp-schlapp-schlapp-schlapp. Und dann hielten sie inne. Inzwischen war er vollkommen außer sich, so verrückt, daß er auch einen Kanonenschuß im Zimmer nicht gehört hätte, und wenn er ihn gehört hätte, hätte er trotzdem nicht aufgehört. Ich war gar nicht in meinem Körper, ich hatte die Augen fest zusammengekniffen. Ich nahm nichts wahr als ihre Schritte und die plötzliche Stille, stellte mir vor, wie sie dort stand. Ich wünschte mir verzweifelt, die Augen aufzumachen und ihren Ausdruck zu sehen, zu wissen, daß sie ihn sah, aber ich fürchtete zu sehr, mich selbst zu sehen und ihn auf mir. Diese Angst war stärker als der Wunsch, ihr Gesicht zu sehen. Also schaute ich nicht hin. Aber plötzlich hörte ich, wie dieses schnelle Schlappschlappschlapp sich entfernte, in einen anderen Teil des Hauses ging. Genau in dem Moment war er fertig.

Ich weiß noch, daß mir übel war, ich glaubte wirklich, ich müßte mich auf ihn übergeben. Ich wußte nicht, was es bedeutete, daß ich es sie hatte sehen lassen. Tagelang war ich voller Angst.» Sie hielt inne. «Ich war immer voller Angst.»

Margaret bewegte sich unbehaglich auf dem bloßen Laken.

«Was glaubst du, wie sie auf das reagierte, was sie sah?» fragte Mary und sah Margaret zwischen ihren goldenen Haaren hindurch an. Sie lächelte ihm zu, ein zynisches, selbstverspottendes Lächeln. «Was glaubst du?» Es war eine rhetorische Frage. Sie erwartete keine Antwort, und er konnte sich ohnehin nicht überwinden zu sprechen.

«Nachdem er einen Augenblick stillgelegen und gekeucht hatte, rollte er endlich von mir herunter», fuhr sie fort. «Er zog seine Hose hoch und ging ohne ein Wort weg, ohne mich anzusehen, wie immer. Es war erbärmlich. Er. Ich. Sie. Wir alle. Was wir waren und was wir taten. Ich ging in mein Badezimmer und wusch mich. Dann zwang ich mich, wieder ins Wohnzimmer zu gehen, nur um zu sehen, was sie machen würde. Sie saß bereits in ihrem angestammten Sessel und sah sich die Fernsehsendung an.» Mary beugte sich etwas tiefer über Margarets Gesicht. «Und sie aß Eis dabei», sagte sie mit einem Bühnenflüstern. Er spürte ihren weinduftenden Atem auf seinen Augen. Sie richtete sich etwas auf. «Ich erinnere mich noch. Eine große Portion Eis, drei verschiedene Sorten. Ich war sprachlos ... ich meine, drei verschiedene Sorten ..., daß sie überhaupt daran hatte denken können, sich drei verschiedene Sorten Eis zu holen, nach dem, was sie gerade gesehen hatte ..., es war unfaßbar. Sie sagte nichts, als ich hereinkam und mich hinsetzte. Sie sah mich nicht an. Ich weiß das, weil ich sie nicht aus den Augen ließ.»

Mary richtete sich wieder auf und schleuderte mit einer Kopfbewegung das Haar aus dem Gesicht. «Und mein Vater?» fragte sie, Margaret mit hochgezogenen Augenbrauen ansehend, als hätte er die Frage gestellt. «Ja, er kam auch wieder ins Zimmer ... mit einer Portion Eis. Ich weiß nicht mehr, wie viele Sorten es waren. Es war einfach zu bizarr. Für mich, meine ich. Warum war es für sie nicht bizarr? Er fragte mich, ob ich auch etwas Eis wolle. Er würde es mir holen. Ich schüttelte bloß den Kopf. Ich dachte, ich würde tot umfallen, vor Kränkung oder einfach aus schierer Verzweiflung und Trauer.»

Margaret sah Mary an. Sein Herz hämmerte. Er schwitzte, und aus irgendeinem Grund wollte er nicht, daß sie das sah. Schweiß lief unter dem Rand seiner Perücke hervor und an seinen Schläfen herunter. Er rührte sich nicht. Er dachte, wenn er sich bewegte, würde er den dünnen Faden seines Lebens zerreißen, dieses zarte Gewebe, durch das er existierte.

«Diesen Abend werde ich nie vergessen», fuhr Mary fort. «Weil ich an diesem Abend begriffen habe ..., daß ich verkauft worden war. Ich war gedemütigt und erschrocken. Plötzlich glaubte ich nicht mehr, daß es überhaupt einmal aufhören würde. Ich hatte Angst, es würde nur zu etwas noch Unvorstellbarerem führen. Wie weit würde es gehen? Wie weit *konnte* es gehen? Ich kam mir dumm vor, weil ich so lange gebraucht hatte, um zu begreifen. Es tat so weh. Ich dachte, ich würde es nicht überleben.» Mary hielt inne. «Aber natürlich habe ich es überlebt. Nach einer Weile lernt man, daß man alles überlebt. Nichts ist so schrecklich, als daß Menschen es einem nicht antun würden, und wenn dir dabei nicht das Herz stehenbleibt, dann kannst du alles aushalten. Dein Geist stirbt nicht, also kann er endlos gequält werden. Du machst einfach immer weiter und immer weiter. Nichts ist so schrecklich, daß es einfach von allein aufhört, weil der schiere Horror unvorstellbare Maße erreicht hat. So ist es nicht, überhaupt nicht.» Sie schüttelte den Kopf. «Und das ist das Geheimnis des Lebens: daß das Leiden unendlich ist.»

Margaret schaute an seiner Brust entlang auf Marys goldenes Schamhaar über seinem Nabel. Er dachte an die Vagina mit den Zähnen darin, die in alter Zeit den Männern Angst eingejagt hatte. Was, wenn sich im allzu kurzen Augenblick des Todes die Gesetze der Realität wandelten und man eine Welt durchlief, in der solche Mythen tatsächlich existierten?

«Zuerst ... war ich verzweifelt. Ich war krank, ging ein paar Tage lang nicht zur Schule ... vier Tage. An den ersten beiden Tagen konnte ich nichts essen, nichts bei mir behalten. Mein Vater nahm sich frei und kümmerte sich um mich. Oder versuchte es jedenfalls. Ich war nicht sehr kooperativ. Meine Mutter kam kein einziges Mal in mein Zimmer. Am zweiten Abend konnte ich Crackers bei mir behalten, also ging er folgenden Tag wieder zur Arbeit.

Nun war ich den ganzen Tag allein mit ihr im Haus, und ich hatte mehr Möglichkeiten, ihr nachzuspionieren, als sonst an den Samstagen oder nach der Schule. Am dritten Tag beobachtete ich zum ersten Mal, wie sie den Dildo benutzte. Sie hatte ein Ritual dafür, das... theatralisch war. Vor dem Spiegel.

Am vierten Tag entwickelte ich meine Rache weiter. Sie entschloß sich, einkaufen zu gehen, und ließ mich zu Hause allein. Als ich sicher war, daß sie fort war, ging ich in ihr Schlafzimmer. Auf ihrer Kommode standen alle möglichen Parfumflaschen. Ich hatte ein kleines Plastikkännchen aus der Küche mitgebracht. Ich stellte es im Badezimmer auf den Boden, hockte mich darüber und urinierte hinein, bis ich leer war. Die nächste halbe Stunde verbrachte ich dann damit, jede Parfumflasche zu öffnen, bei der ich das tun konnte, ohne daß es auffiel, und etwas von meinem Urin hineinzuschütten. Nicht soviel, daß sie es merkte, aber genug, um zu wissen, daß sie sich jedesmal, wenn sie sich mit Parfum besprühte, auch mit meinem Urin besprühte. Sie benutzte viel Parfum. Mich verachtete sie so sehr, daß sie mich nicht einmal ansah. Aber ich war trotzdem bei ihr, ganz nahe, jeden Tag. Ich war in ihren Poren. Sie atmete mich ein. Ich war überall an ihr, an intimen Stellen und auf intime Arten.»

Margaret spürte, daß Marys Schenkel an seinen Hüften zitterten.

«Es ist demütigend, weißt du, wenn man von seiner Mutter nicht geliebt wird.» Mary wandte den Kopf und schaute hinaus in die weite, leere Nacht. «Ich dachte, es gäbe einen Grund, irgend etwas stimme nicht mit mir, und deswegen sei ich nicht liebenswert. Ich glaubte das aufrichtig. Bis ich auf die Idee kam, daß es vielleicht nicht meine Schuld war, vergingen Jahre. Selbst als ich anfing, sie zu hassen, weil sie mir keine Zuneigung gab... ich war so durcheinander..., dachte ich noch, es sei meine Schuld. Trotzdem konnte ich nicht anders, als mir ihre Liebe zu wünschen, denn ich war ja noch ein Kind, obwohl ich mich verpflichtet fühlte, wie eine Erwachsene zu handeln. Aber ich wollte verzweifelt ein Kind sein, sorglos sein, wie andere Kinder es zu sein schienen. Und ich wollte, daß sie mir sagte, es sei in Ordnung, so zu sein, wie ich war, ich solle mir keine Sorgen machen und einfach hinausgehen und spielen. Aber das hat sie nie getan. Sie hat nie gesagt, ich bräuchte mir keine Sorgen zu machen.»

Mary verstummte, das Gesicht noch immer den hohen Fenstern zugewandt. Ohne sich dessen bewußt zu sein, was sie tat, hatte sie ihre Hände auf Margarets Bauch gesenkt und zwirbelte mit den Fingern das krause Haar, das dort wuchs. In starrer Verblüffung richtete Margaret die aufgerissenen Augen auf Marys Profil; wider alle Vernunft glaubte er, die Rettung liege in vollkommener Unbeweglichkeit.

«Gleichzeitig hatte ich das Gefühl..., sie beschützen zu müssen», fuhr Mary fort, sich wieder an Margaret wendend. «Ich fühlte mich verantwortlich. Deswegen bin ich von Anfang an auf seine jämmerlichen Forderungen eingegangen. Ich konnte das unstete Leben nicht vergessen, das wir in diesen schäbigen Pensionen geführt hatten, die langen, heißen Nächte, in denen ich gehört hatte, wie sie sich in den Schlaf weinte, und mich so gut wie möglich mit einer Puppe mit Porzellangesicht getröstet hatte. Also überließ ich ihm, was er wollte, und wir brauchten nicht wieder zu diesem Leben zurückzukehren. Und sie wußte das.»

Mary hielt inne. Ihre beiden manikürten Fäuste begannen, Margarets Bauch zu kneten, zu kneten und zu pressen, dann zu kneifen und daran zu ziehen, bis Tränen in Margarets Augen brannten und geschwärzt von Wimperntusche über sein Gesicht liefen.

Margaret war wie erstarrt. Er konnte weder blinzeln noch schlukken, sah und erkannte nur Mary und ihre unauslöschliche und tödliche Schönheit.

«Sie hat mich im Stich gelassen», sagte Mary heiser, die Finger über seinem Bauch spreizend. Sie stieß ein rasches, gedämpftes Keuchen aus. «Schon im Mutterschoß hat sie mich im Stich gelassen.»

Sie beugte sich vor und begann, Margarets Perücke zu streicheln, eine so unerwartete und zärtliche Geste, daß sie für einen Augenblick die betäubende Lähmung seiner Hysterie durchdrang. Aber er war stumm. Sie senkte den Kopf. Er war sprachlos. Er spürte das Gewicht ihrer Brüste auf seinen Hüften. Es ging zu Ende. Ihr Mund begann an seinem Brustbein zu saugen. Er hatte das innerste Wesen von Mary Lowe verstehen wollen. Er hatte sich danach gesehnt, sich glühend gewünscht, es zu kennen. Sie fing an, ihn zu beißen. Margaret wölbte den Hals vor, und aus seiner speichelgefüllten Kehle kam ein Geräusch; er rollte die Augen in verwirrtem Entsetzen über die unbeschreibliche Empfindung, als Mary sich an seinem Bauch nach unten vorarbeitete.

63

Alle waren sich darüber einig, daß so wenige Leute wie möglich von dem Durchsuchungsbefehl wissen sollten. Palma rief Birley an und fragte, ob er mitkommen wolle, um sie und Grant zu unterstützen. Es war eine Geste des Respekts vor ihrem Partner und der Anerkennung seiner Anteilnahme an dem Fall. Art Cushing und Richard Boucher waren bereits da, da sie am Ende von Maples' und Lees Schicht die Observierung übernommen hatten. Leeland, der geduldig genug gewesen war, sich während der Ermittlungen nicht über seine Schreibtischarbeit zu beklagen, fragte im letzten Moment, ob er mit Birley fahren könne, eine Bitte, der bereitwillig stattgegeben wurde.

Sie brauchten fast eine Stunde, um alles zu organisieren. Palma mußte den zuständigen Richter auftreiben, damit er den Durchsuchungsbefehl unterschrieb. Dann fuhren Palma und Grant erneut in Richtung Westen unter den hohen Pinien des Memorial Park hindurch, gefolgt von Birley und Leeland in einem zweiten Wagen. Es waren fast achtundvierzig Stunden vergangen, seit sie ihn vom Flughafen abgeholt und auf dieser Strecke zu dem Hotel gefahren hatte, wo Sandra Moser gefunden worden war, in die Wohnung, in der Dorothy Samenov gestorben war, in das große rote Schlafzimmer in Hunters Village, wo Bernadine Mello ihre letzte Affäre gehabt hatte. Doch Palma hatte sich so intensiv in den Fall vertieft, daß ihr Zeitgefühl beeinträchtigt war. Grant hätte ebensogut schon eine Woche oder sogar einen Monat dasein können.

Sie hatten nicht gesprochen, seit sie das Polizeigebäude verlassen hatten. Gerade als sie sich der Schnellstraße West Loop näherten, bewegte sich Grant auf seinem Sitz.

«Was haben Sie für ein Gefühl dabei?» fragte er.

«Bei was?»

«Bei der Konfrontation mit Broussard, jetzt, wo wir ein bißchen mehr über ihn wissen.»

«Ich glaube, wenn wir in seinem Haus nichts finden, was ihn festnagelt, dann werde ich wahnsinnig.»

Grant antwortete nicht. Nach einem Augenblick fragte Palma: «Habe ich etwas Falsches gesagt?»

«Sie haben genau das Richtige gesagt. So ist es nämlich. Es macht einen wahnsinnig.»

«Wenn man sie nicht kriegt.»

«Richtig. In den zehn oder zwölf Jahren, in denen ich diesen Job mache, hat es eine ganze Reihe von Fällen gegeben, die nie geklärt wurden. Die haben mich zwar auch verfolgt und an mir genagt, aber als ich zum ersten Mal für einen Fall verantwortlich war, der nicht gelöst wurde, bin ich fast verrückt geworden. Ich konnte nicht aufhören, daran zu denken. Ich träumte davon, Tag und Nacht. Der Fall kehrte mir das Innerste nach außen. Das war der erste berufsbedingte Streß, der sich zwischen mich und Marne stellte. Unser erster Vorgeschmack davon. Dieses erste Mal hätte beinahe den Rest meines Lebens verändert. Dann habe ich irgendwie gelernt, damit fertig zu werden. Ich, und Marne auch.»

Grant sagte nichts mehr, bis sie unter der West Loop durchgefahren waren und den kleineren, schmaleren Woodway erreicht hatten, der durch dichten Wald führte.

«Und dann gab es noch einen Fall. Und weitere. Jetzt ist es eine ganze Sammlung.» Er tippte an seinen Kopf. «Sie sitzen da drin wie Tumore, still und gutartig. Man weiß, daß sie da sind, aber man versucht, nicht daran zu denken. Wenn man an sie denkt, dann ziehen sie psychische Aufmerksamkeit auf sich und werden vielleicht wieder lebendig..., beginnen wieder zu töten.»

«Versuchen Sie, mich auf etwas vorzubereiten?» fragte Palma. Sie beugte sich zur Windschutzscheibe vor und bemühte sich, die richtige Abzweigung zu finden.

«Ich habe nur gerade an all die ungelösten Fälle gedacht, die Sie vorhin erwähnten», sagte Grant, ohne ihre Frage zu beantworten. «Vier-, fünftausend im Jahr. Manche werden schließlich doch noch aufgeklärt, die meisten aber nicht. Da kommen Zahlen zusammen, an die man nicht gern denkt.»

«Wir sind da», sagte Palma und bog rechts in eine bewaldete Straße ein. Die Häuser lagen weit zurückversetzt zwischen Nadelbäumen und Unterholz. Daß hier Menschen wohnten, sah man nur an den schmalen, asphaltierten Einfahrten, die in dichter Vegetation verschwanden.

Palma verlangsamte die Fahrt und bog nach links in einen Korridor aus dichten Pinien und jungen Eichen ein. Sie schaltete auf Standlicht und fuhr gleich wieder nach rechts in die Einfahrt zu Broussards Praxis. Ihre Standlichter erfaßten Cushings Wagen, der in der Dunkelheit geparkt war; im Rückspiegel sah sie die Lichter von Birleys Wagen, der direkt hinter ihr fuhr.

Sie stoppten in rechtem Winkel zu Cushing, dessen Wagen mit

dem Kühler auf Broussards Hausfront zeigte, damit er und Boucher die restliche Einfahrt und das Ausgangstor im Auge behalten konnten, ohne die Köpfe verdrehen zu müssen. Palma stellte den Motor ab, und sie und Grant stiegen aus. In der stillen, schwülen Dunkelheit hörten sie das gedämpfte Schnappen von Autotüren, als Cushing und Boucher vor ihnen und Birley und Leeland hinter ihnen aus ihren Wagen stiegen. Schritte knirschten auf dem Kies, bis alle vor der vorderen Stoßstange von Palmas Auto standen.

«Soweit wir wissen, hat sich da drinnen nichts gerührt.» Es war typisch, daß Cushing als erster sprach, aber er tat es leise und sanft. Die Männer umstanden Palma in lockerem Kreis. «Bis vor etwa einer Stunde war das Haus vollkommen dunkel. Dann bemerkte Richard ein schwaches Licht hinter dem oberen Fenster.»

Er drehte sich um, und alle schauten durch die Bäume, wo ein schwacher Lichtschein das Fenster im oberen Stockwerk erkennen ließ. «Wir sind ein bißchen durch den Wald spaziert, um die Anlage des Hauses zu studieren. Die gebogene Einfahrt da vorne kommt hier heraus», er nickte in Richtung auf den Weg, auf dem sie gerade gekommen waren, «und zu beiden Seiten des Hauses verläuft eine Mauer mit einem Tor auf der uns zugewandten Seite, durch das man die Rückseite des Hauses erreicht. Wir haben durchgeschaut; ein großer Rasen, der zum Bayou hin abfällt, und hinten am Haus eine große Terrasse.»

«Was ist mit dem Licht oben?» fragte Palma. «Sieht aus, als wäre das ein Eckzimmer.»

«Ja», Cushing nickte. «Oberes Stockwerk, linke Ecke. Tatsächlich sieht es so aus, als ginge der Raum über die ganze andere Seite des Hauses, weil wir da Licht sehen konnten. Wirkte, als seien die Fenster offen; es sind hohe Fenster.»

«Was ist unter den Fenstern?»

«Eh, eine Hecke, glaube ich, direkt am Haus, dann fünfzig oder sechzig Fuß Garten und dann Wald, abfallend zum Bayou.» Cushing sah sich um. «He, was soll das werden, eine Razzia? Ich dachte, Sie brächten dem Kerl bloß einen Durchsuchungsbefehl.»

«Wir rechnen nicht damit, daß er an die Tür kommt», sagte Palma. Sie hoffte, niemand werde sie direkt danach fragen, ob sie vorhatte, Broussards Aufmerksamkeit mit allen Mitteln zu erzwingen. «Cush, warum bleiben Sie nicht bei den Autos für den Fall, daß jemand versucht, uns durch die Einfahrt hier zu entwischen?» Die Möglichkeit einer Autojagd würde Cushing gefallen und ihn außerdem fernhalten, falls sie sich entschließen sollte, etwas zu tun, das nicht ganz vorschriftsmäßig war. «Don, könnten Sie und Rich die Fenster auf der anderen Seite des Hauses im Auge behalten? Falls sie offen sind, könnte jemand dort hinauswollen.» Sie kannte Boucher nicht sehr gut und wollte ihm einen wichtigen Fluchtweg nicht allein anvertrauen. Außerdem sollte er keine Gelegenheit haben, sie bei etwas Unrechtmäßigem zu sehen. «John, kannst du die Terrasse übernehmen? Da hinten sind wahrscheinlich Fenstertüren, vielleicht viele, damit man einen Blick über Rasen und Bayou hat. Wenn Broussard im Dunkeln ist, könnte er dich sehen, wenn du über die Terrasse kommst.» Plötzlich wurde ihr klar, daß sie ihm das nicht zu sagen brauchte, aber er nickte trotzdem. Sie tat, was von ihr erwartet wurde.

«Grant und ich gehen vorne an die Tür», schloß sie. «Wenn sich niemand meldet, dringen wir ein und versuchen, nach hinten an die Terrassentüren zu kommen, um dich so schnell wie möglich hereinzulassen», sagte sie zu Birley. «Bitte alle Funkgeräte einschalten.» Sie sah Leeland und Birley an. «Wir warten hier, bis ihr meldet, daß ihr an Ort und Stelle seid.»

Weder sie noch Grant, noch Cushing sprachen, während sie darauf warteten, daß die beiden anderen Männer ihre Positionen einnahmen. Grant hatte nichts gesagt, seit sie aus dem Auto gestiegen waren. Sie fragte sich, was er von ihrer Vorgehensweise halten mochte. Sie überlegte, ob er sich in solchen Situationen immer im Hintergrund hielt oder das in diesem Fall ihretwegen tat. Sie entschied, es sei sein Charakter. Es wäre eine Beleidigung für ihn gewesen, etwas anderes anzunehmen.

Die Wartezeit erschien ihr lang, aber in Wirklichkeit dauerte es weniger als zehn Minuten, ehe «Leeland, fertig» aus dem Funkgerät kam und eine Minute später: «Birley, fertig.»

Palma und Grant ließen Cushing bei den Autos zurück und gingen die Einfahrt entlang zur Vorderseite des Hauses. Als sie sich den Hecks der beiden Mercedeswagen näherten, ging Grant darum herum und schaute hinein, während Palma auf die Haustür zuging. Die Türglocke war nicht beleuchtet. Palma drehte sich nach Grant um, der jetzt von der anderen Seite in die Autos schaute. Sie griff in ihre Tasche und nahm ihren Bund mit Dietrichen heraus, ein teures Set, das ihrem Vater gehört hatte und mit dem sie schon hatte umgehen können, als sie noch in der High School war. Sie machte sich bereits am Schloß zu schaffen, als Grant sie auf den Stufen einholte.

Ehe er etwas sagen konnte, spürte sie, wie sich die Zunge bewegte und das Schloß aufsprang.

«Ich habe die Glocke nicht gehört», sagte sie, was zwar die Wahrheit war, aber sie hatte gar nicht geläutet. Im gleichen Augenblick wurde ihr klar, weshalb Grant zurückgeblieben war und soviel Interesse an den beiden geparkten Autos gezeigt hatte. Er hatte schon mit vielen Dienststellen zusammengearbeitet, großen und kleinen, und mit allen möglichen Beamten, vorschriftstreuen und weniger vorschriftstreuen. Wahrscheinlich hatte er schon lange gelernt, daß Spezialagenten, die örtliche Dienststellen berieten, am besten daran taten, nicht in allen Einzelheiten zu wissen, wie die örtlichen Beamten ihre Operationen durchführten.

Palma wurde bewußt, daß ihr Kleid schweißnaß war, als sie die Tür aufstieß und die Woge kalter Luft aus Broussards Klimaanlage spürte.

Falls es in der Eingangshalle ein eingeschaltetes Alarmsystem gab, würde Cushing den automatischen Anruf oder die diensthabenden Beamten abfangen. Palma und Grant standen im Foyer und gewöhnten ihre Augen und Ohren an die Dunkelheit und Stille im Haus. Gleichzeitig machten beide ihre Waffen schußbereit; Palma erinnerte sich an den Vorfall im Vorzimmer zu Broussards Praxis, als er ihnen entgegengetreten war. Sie wußte, daß sie auch hier ein Risiko eingingen, entschied sich aber zugunsten der Chance, ihn zu überraschen. Sie sah den Eingang zum Eßzimmer und dahinter noch einen anderen Wohnraum, durch dessen mit Sprossen versehene Fenstertüren auf der anderen Seite des Hauses der helle Schein des Stadthimmels fiel.

Sie schaute Grant an. Er nickte. Sie ging auf das Eßzimmer zu; im Seitengang vor dem Eßzimmer blieb sie stehen und sah in beide Richtungen, ehe sie weiterging; sie streifte den Tisch und die Stühle und erreichte die zweite Tür, wo sie einen Augenblick innehielt, ehe sie den Wohnraum betrat. Es war ein langer Raum, der den größten Teil des Erdgeschosses einnahm und dessen Breite der Terrasse entsprach. Sie wartete einen Augenblick, prüfte die lange Reihe der französischen Fenstertüren und sah dann Birley; er stand zwischen zwei Türen hinter einem schmalen Mauerstück. Vorsichtig durchquerte sie den Raum, näherte sich den Türen, strich mit der Hand darüber, bis sie einen Türknopf fand, drehte ihn und öffnete Birley die Tür. Im schwachen Licht sah sie seinen Colt glänzen.

Jetzt, da sie den Schimmer des Stadthimmels im Rücken hatten, der den Raum vor ihnen schwach erhellte, gingen sie rasch durch Wohn-

und Eßzimmer zurück zu Grant, der noch immer in der Eingangshalle wartete. Je eine lange Treppe auf beiden Seiten der Eingangshalle führte in den ersten Stock. Grant wies nach links; das war die Richtung, die sie auf die Seite des Hauses führte, wo das Schlafzimmerfenster erleuchtet war. Palma nickte. Er ließ sie an sich vorbeigehen und als erste die Treppe ersteigen. Sie spürte eine warme Stelle in der Mitte ihrer Brust, die heißer wurde, als sie vorsichtig, aber ohne Zögern hinaufging.

Als sie den Treppenabsatz erreichte, gab es keinen Zweifel, welchen Weg sie einzuschlagen hatte. Rechts von ihr führte ein Gang über die Eingangshalle und an der Treppe auf der anderen Seite vorbei zu weiteren Schlafzimmern. Links von ihr, vielleicht fünfzehn Fuß entfernt, stand eine Tür offen; zitronengelbes Licht fiel in den Gang. Palma bemerkte die Farbe des Lichts und entschied, daß es viel zu gelb war, um von einer schwachen Birne zu stammen. Es gab eine andere Erklärung.

Sie bewegte sich zur Seite, damit Grant und Birley den Treppenabsatz betreten konnten, und machte ihnen dann ein Zeichen, sie würde vorangehen. Zu dritt näherten sie sich der offenen Tür und warteten, lauschten, versuchten etwas zu hören. Die Schlafzimmertür lag in einer Ecke des Raumes. An der Wand zu Palmas linker Seite befanden sich die Fenster, die sie von der Front des Hauses aus hatten sehen können. Auf der anderen Seite der Tür, zu Palmas Rechter, schuf ein kurzer Wandvorsprung eine Art Minivorzimmer vor dem eigentlichen Schlafzimmer, das sich nach rechts öffnete und die ganze Tiefe des Hauses einnahm.

Palma bewegte sich vorsichtig, dankbar für den dicken, teuren Teppich, und trat dann durch die Tür in den kleinen Vorraum hinter dem Mauervorsprung. Im gleichen Augenblick sank ihr das Herz, denn sie roch das vertraute Parfum, das jeden der Räume durchdrungen hatte, in denen die Opfer gefunden worden waren. Doch hier, damit vermischt, gab es noch einen anderen Geruch, einen schwachen, stechenden, versengten Geruch. Und dann hörte sie etwas Vertrautes, die zischenden Silben eines Flüsterns. Ein Adrenalinstoß fuhr heiß durch ihre Adern; sie drehte sich um, als Grant und Birley dicht hinter ihr waren. Mit einem scharfen Nicken sprang sie hinter dem Wandvorsprung hervor und ging sofort in Schußposition, die Pistole in beiden Händen genau auf das Bett am anderen Ende des Raums gerichtet. Birley und Grant folgten und taten dasselbe, einer unmittelbar nach dem anderen, so daß sie nun zu dritt schießbereit standen und über ihre ausgestreckten Arme und ihre Waffen hinweg den makabren Anblick auf dem zwanzig Fuß entfernten Bett sahen.

Der Raum war schwach erhellt von einer einzigen Lampe, die auf einem niedrigen Tisch neben dem Bett stand. Mehrere gelbe Schals waren über den Lampenschirm geworfen. Einer berührte direkt die Birne, und von diesem ging der versengte Geruch aus.

Palma begriff nicht sofort, was sie auf dem Bett sah, von dem bis auf das Laken alle Decken und Kissen abgeräumt waren. Was sie in den nächsten paar Sekunden erkannte, schlug sie mit solcher Verwirrung und Betäubung, daß sie sich vergaß. Sie vergaß, sich zu bewegen oder auch nur zu atmen. Da waren zwei nackte Körper, beide mit langem, blondem Haar, beide mit bemalten Gesichtern wie die früheren Opfer. Der Körper, der auf dem Rücken lag, war kräftig gebaut, seine glasigen Augen standen weit offen. Zwei große, unregelmäßige runde Wunden waren da, wo die Brustwarzen gewesen waren. Der Körper war so heftig gebissen worden, daß er von Palmas Standpunkt aus wirkte wie mit Pockennarben übersät. Der kräftige Brustkorb, die schmalen Hüften und das dunkle Muster von Körper- und Beinbehaarung verrieten ihr, daß der verstümmelte Körper ein Mann war. Während sie das begriff, wanderten ihre Augen zu der zweiten nackten Gestalt, einem Körper, der so exquisit und wundervoll war wie der andere ekelerregend. Die Frau lag auf der Seite neben der Leiche. Sie ignorierte sie vollkommen; ihre Aufmerksamkeit war ausschließlich auf den angemalten, verstümmelten Mann gerichtet. Der Fuß ihres oberen Beins berührte verführerisch seinen Knöchel, ihr Kopf ruhte neben seinem in ihrer Armbeuge, während die langen, grazilen Finger ihrer freien Hand spielerisch um die Wunden auf beiden Brustseiten des Mannes strichen. Ihr langes, buttergelbes Haar vermischte sich mit den fließenden Locken der Perücke des Mannes, als sie den Kopf senkte, um ihre Lippen an sein Ohr zu drücken. Palma war wie gebannt von dem Bild, das sie vor sich sah; alle ihre Gefühle waren in Aufruhr. Zu ihrer Überraschung spürte sie, wie ein Schluchzen in ihrer Kehle aufstieg. Dann war sie überrascht, weil es wieder verschwand. Schweigend und in gebannter Scheu lauschten alle drei dem geflüsterten Geplapper von Mary Lowe. Sie sprach zu Dr. Dominick Broussard, entschuldigend, stöhnend, flehend, erinnerte daran, wie es einst für sie gewesen war, vor ihrer langen Flucht durch die schäbigen Städte, vor Verführung und Verrat, bevor sie ihrem Vater zur Hure und ihrer Mutter zum Racheengel geworden war.

EPILOG

Der Mediensturm, der auf Mary Lowes Verhaftung folgte, war unerhört und binnen zwölf Stunden international. Polizistin überführt Mörderin – die leichte Zweideutigkeit des Falles und der Geruch von Sex und Tod lieferten sofort Stoff für Schlagzeilen und Titelstorys. In den ersten paar Wochen wurde jeder, der auch nur entfernt mit dem Fall zu tun hatte, von den Medien gejagt. Sie suchten nach einem Ansatzpunkt, wie geringfügig auch immer, mit dem sie die Geschichte zu knacken hofften. Als die Tage vergingen und die Polizei genügend Informationen freigab, um den intensiven Druck zu verringern, der durch das Durchsickern einiger Fakten entstanden war, fand das Team hinter Palma immer weniger Beachtung.

Sander Grant hatte Übung darin, bei sensationellen Fällen den Medien aus dem Weg zu gehen. In der Abgeschiedenheit des Morddezernats arbeitete er rund um die Uhr, um seinen Bericht fertigzustellen, und flog binnen achtundvierzig Stunden nach Quantico zurück.

Carmen Palma hatte da weniger Glück. Seit die Morde zum ersten Mal in der Zeitung gestanden hatten, war sie als zentrale Figur bei den Ermittlungen bekannt. Die Tatsache, daß sie eine Frau war, hatte die Medien von Anfang an fasziniert. Nach Bekanntwerden der Geschichte wurde sie wochenlang von Reportern belagert.

Palma verweigerte sich allen. Die Szene, in die sie an jenem heißen Juniabend in Broussards Haus hineingeplatzt war, hatte sich in ihr

Gedächtnis eingebrannt. Noch Monate danach ging sie ihr selten aus dem Kopf. Die Frauen, die lebenden und die toten, die sie während der Ermittlungen kennengelernt hatte, die Themen, mit denen sie konfrontiert worden war, die neuen Windungen der Psyche, die sie sowohl bei der Mörderin als auch in sich selbst entdeckt hatte –, all das hatte zusammengewirkt. Es hatte ihren Seelenfrieden gestört und sie daran gehindert, ihr normales Leben wieder aufzunehmen, auch ohne den Aufruhr, den der unersättliche Hunger der Medien erzeugte. Eine Zeitlang waren ihre Tage damit ausgefüllt, lose Enden zu verknüpfen und dem Büro des Staatsanwalts bei der Vorbereitung der Anklage zu helfen. Außerdem gab es natürlich noch ihre anderen Fälle. Ihre Welt hatte nicht mit der bizarren Karriere von Mary Lowe begonnen und würde nicht damit enden.

Der reiche Paul Lowe beschaffte die besten Verteidiger, die für Geld zu haben waren. Unverzüglich sah sich das Gericht einer Fülle von Anträgen und Folgeanträgen und allen nur denkbaren Verzögerungstaktiken ausgesetzt. Die juristische Vorbereitung von Mary Lowes Prozeß versprach, kompliziert und langwierig zu werden.

Das Büro des Staatsanwalts hielt Palma auf dem laufenden über die sich langsam herausschälende Strategie, die Marys Anwälte bei ihrer Verteidigung verfolgen wollten. Mary Lowe würde bereitwillig zugeben, ein Verhältnis mit Dr. Broussard gehabt zu haben. Dabei, würden die Anwälte behaupten, sei sie allerdings mehr Opfer als Komplizin gewesen. Sie hatte ihm vertraut, und er hatte sie ausgenutzt. Er hatte genau die Krankheit ausgebeutet, zu deren Heilung sie ihn aufgesucht hatte. Broussards Aufzeichnungen wurden beschlagnahmt. Wie sich herausstellte, hatte er mit der erstaunlichen Kurzsichtigkeit, die ansonsten als umsichtig bekannte Männer bei ihren Privatangelegenheiten manchmal an den Tag legen, ein «geheimes» Tagebuch geführt. Darin waren alle Verhältnisse verzeichnet, die er im Laufe der Jahre mit seinen Patientinnen gehabt hatte. Es gab also reichlich Beweismaterial, das Marys Behauptung stützte, Broussard habe seine berufliche Beziehung zu ihr ausgenutzt.

Dafür, wie sie nackt in das Bett des toten Broussard gelangt war, hatte sie eine einfache, freimütige Erklärung. Sie hatte Broussards Bitte entsprochen, ihn in seinem Haus aufzusuchen, und er hatte sie unter Drogen gesetzt und war über sie hergefallen. Das nächste, woran sie sich erinnerte, war das Eindringen der Polizei in Broussards Schlafzimmer. Als die Polizei an diesem Abend das Haus von Broussard stürmte, «rettete» sie Mary also aus einer langen, lasterhaften Versklavung durch den heimtückischen Dr. Broussard. Wen immer er an diesem Abend sonst noch in sein Schlafzimmer gelockt haben mochte, Mary selbst hatte Glück gehabt und war mit dem Leben davongekommen. Broussards eigene Haushälterin konnte die Tatsache bezeugen, daß der Doktor regelmäßig Frauen in sein Haus kommen ließ. Offenbar zwang er sie dort, an seinen scheußlichen Riten teilzunehmen, wie er es auch mit Mary Lowe getan hatte.

Die unidentifizierten Schamhaare und Kopfhaare, die bei Sandra Moser, Dorothy Samenov und Vickie Kittrie gefunden worden waren, entsprachen denen von Mary Lowe. Ihre Anwälte bestätigten das. Sie räumten ohne Umschweife ein, daß Mary Affären mit Frauen hatte. Auch ihre unerklärlichen bisexuellen Tendenzen waren etwas, das zu «korrigieren» Broussard ihr hatte helfen sollen; statt dessen waren sie durch seinen sexuellen Mißbrauch nur noch verschlimmert worden. Daß Mary mit jedem der Opfer sexuelle Beziehungen gehabt hatte, bevor sie getötet wurden – sie waren schließlich eine ziemlich kleine und eng verbundene Gruppe, mochte ein unglücklicher Zufall sein, aber mehr war es gewiß nicht. Die regelmäßigen sexuellen Intimitäten zwischen den Frauen schwächten die Beweiskraft der Funde von Marys Haar bei den Opfern stark ab.

Mirel Farrs Zeugenaussage über Marys sadomasochistische Spiele in ihrem «Kerker» ließ sich durch Farrs eigenen schlechten Ruf und durch die Tatsache erschüttern, daß sie für die Staatsanwaltschaft aussagte. Diese hatte ihr einen «Handel» angeboten und belangte sie im Gegenzug nicht als Komplizin in den Mordfällen Louise Ackley und Lalo Montalvo, weil sie Clyde Barbish versteckt hatte. Barbish hatte sich inzwischen so weit erholt, daß er das volle Ausmaß dessen begriff, was mit ihm geschehen würde. Er bekannte sich schuldig, um unter eine weniger schwere Anklage gestellt zu werden, und sagte dafür aus, Reynolds habe ihn angeheuert, um Louise Ackley zu töten, die gedroht hatte, Reynolds zu erpressen.

Gewiß, es gab Personen, die bezeugen konnten, daß Mary oft zu Mirel Farr gegangen war, um an sadomasochistischen Szenarios teilzunehmen. Das bewies nur, wie gründlich sie unter Broussards Bann stand. Ging er nicht dorthin, um sie bei diesen Akten zu beobachten? Seiner Bereitschaft, Patientinnen zur Befriedigung seiner abartigen Gelüste zu korrumpieren, waren offenbar keine Grenzen gesetzt.

Doch den Gnadenstoß, so wollte die Verteidigung argumentieren, erhielt die Anklage des Staates gegen Mary Lowe durch das vom Staat selbst vorgelegte Ermittlungsgutachten. FBI-Spezialagent Sander

Grant, langjähriges Mitglied der Abteilung für Verhaltenswissenschaften am Nationalen Zentrum für die Analyse von Gewaltverbrechen, FBI-Akademie, Quantico, Virginia, würde als Zeuge aussagen müssen, daß er in seiner langjährigen Erfahrung mit Gewaltverbrechen und nach der Analyse von Tausenden von Mordfällen, darunter auch Serienmorde, niemals einen Fall gesehen hatte, in dem eine Frau einen sexuell motivierten Mord dieser Art begangen hatte. Niemals.

Der Staat würde natürlich seine Gegenargumente haben, seine eigenen Zeugen und seine Art und Weise, das Beweismaterial vorzutragen und den Fall zu vertreten. Tatsache blieb, daß die Anklage gegen das «Opfer» Mary Lowe alles andere als eine todsichere Sache war. Schuldsprüche wegen Mordes an Moser, Samenov, Mello und Kittrie waren unwahrscheinlich. Das Beweismaterial beruhte im wesentlichen auf Indizien. Selbst im Fall Broussard würde die Staatsanwaltschaft eine sorgfältige und intelligente Zeugenbefragung durchführen und dann Blut schwitzen müssen, um den Fall durchzubringen. Sollte die Verteidigung den Eindruck gewinnen, daß die Geschworenen sich tatsächlich von den vom Staat vorgelegten dürftigen Nachweisen überzeugen ließen, würde sie einfach ihre Strategie ändern und auf zeitweilige Unzurechnungsfähigkeit plädieren. Im Lichte der bizarren Umstände, unter denen Mary an diesem Abend in Broussards Haus gefunden worden war, erschien das sicherlich als glaubwürdig. Als Broussards Opfer war Mary einfach zu weit getrieben worden, bis an den Rand ihrer psychischen Kräfte. Sie hatte vorübergehend die Kontrolle über ihre Sinne verloren und ihn getötet. Wer konnte ihr das verübeln? Handelte es sich nicht sogar im wahrsten Sinne des Wortes um Notwehr?

Tatsächlich war die Polizei – unsicher, wen sie eigentlich verfolgte, ohne soliden Verdächtigen, verwirrt von dem widersprüchlichen Beweismaterial und überrascht, als der letzte Mord an Dr. Broussard ihr eine Verdächtige frei Haus lieferte – nicht in der Lage gewesen, im weiteren Verlauf der Ermittlungen einen soliden Fall aufzubauen. Die Verteidigung konnte und würde sie bei jeder Wendung Punkt für Punkt herausfordern. Den Geschworenen blieb dann die Entscheidung überlassen, ob diese vielfach mißbrauchte Mutter von zwei Kindern die gräßlichen Sexualmorde begangen haben konnte, derer sie angeklagt war – Morde, die laut eigener historischer kriminologischer Aufzeichnungen durch das FBI noch nie von einer Frau begangen worden waren.

So bereiteten beide Seiten mühselig das juristische Arsenal für einen Prozeß vor, der erst in vielen Monaten beginnen würde. Palma ging inzwischen ihrer Arbeit nach. Sie suchte die stetige Routine ihres Dienstes, um einen klaren Kopf zu behalten und sich nicht verrückt zu machen. Zweimal hatte sie ihre Telefonnummer ändern müssen. Unter den Autoren und Filmleuten, die sie noch immer verfolgten, war sie als exzentrisch verschrien (weil sie die Publicity und den damit unvermeidlichen Ruhm ablehnte), als Närrin (weil sie das Geld zurückwies), als miese Person (weil sie bei Anrufen auflegte, Briefe und Telegramme ignorierte, die Haustür nicht öffnete) und als Klassefrau (weil sie bei ihrem Job blieb). Aber Palma kam sich nicht edel vor, weil sie allem auswich, was auf sie zukam, mochte es sich nun als gut oder schlecht erweisen.

Tatsächlich hatte Palma nach allem, was sie miterlebt hatte, gemerkt, daß sie ein Gefühl der Ratlosigkeit, vielleicht sogar vager Ängste nicht mehr abschütteln konnte. Seelenfrieden war nicht mehr möglich. Sie konnte ihn nicht heraufbeschwören, indem sie immer wieder an die Tatorte dachte oder zum hundertsten Mal die Vernehmungen durchging oder sich nachträglich überlegte, wie sie ihre Ermittlungen gehandhabt hatte. Er war auch nicht zu gewinnen durch lange, einsame Wochenenden, an denen sie über die Überraschungen, die sie in diesem Fall hätte vorhersehen sollen, über die Leute, die sie kennengelernt hatte, oder über sich selber nachgrübelte. Er kam auch nicht aus ihrem italienischen Tafelwein oder den letzten der grünen Flaschen mit Tanqueray-Gin, die Brian hinterlassen hatte. Zu ihrer wachsenden Bestürzung hatte die Welt sich verändert. Nichts war mehr dasselbe, kein Geruch oder Anblick oder Geräusch oder Gefühl war mehr wie früher, nichts befriedigte. Zwar hatte sie etwas in sich selbst entdeckt, von dem sie früher nicht gewußt hatte, und das machte sie wachsam, vielleicht sogar ängstlich. Aber ihr Unbehagen war mehr als das. Etwas fehlte. Ein Gefühl der Leere durchdrang jeden Augenblick.

Dann, gegen Ende August, als die brütende Hitze über den Bayous und den karibischen Kiefern lag und eine lastende, subtropische Windstille auf dem Golf von Mexiko die Küstenbrise niederhielt, die normalerweise der kochenden Stadt Erleichterung verschaffte, verbrachte Palma einen Sonntagnachmittag allein im Haus ihrer Mutter, die in Victoria ihre andere Tochter besuchte. Palma war vor der Einsamkeit ihres eigenen Hauses in West University Place geflohen und nach Hause gekommen, wo selbst die leeren Zimmer nicht leer waren wegen der Erinnerungen, wo alles, was ihre fünf Sinne wahrnahmen, vertraut war und sich nichts veränderte. Hier stand alles fest. Es gab keine Überraschungen, die die Vergangenheit aufstörten oder die Zukunft befleckten.

Sie war in ihr früheres Schlafzimmer gegangen, hatte ihre Unterwäsche abgestreift und ein loses Sommerkleid übergezogen. Sie ließ ihre Schuhe mitten auf dem Fußboden stehen und ging barfuß und müßig durch das Haus, schaute in jedes der leeren Zimmer, als besuche sie eine alte Freundin, die sie daran erinnerte, daß früher alles einfacher gewesen war. Als sie in die Küche kam, nahm sie zwei Limonen aus dem Hängekorb neben der Hintertür. Sie holte Eis aus dem Kühlschrank, füllte es in ein Glas, preßte die beiden Limonen über dem Eis aus und goß aus dem Hahn über dem Spülbecken Wasser nach. Sie verrührte den Drink mit dem Finger und trug ihn durch die Tür mit dem Fliegengitter in den Garten, wo die Zikaden so laut sangen, daß sie den Stadtverkehr vollkommen übertönten. Sie hätte genausogut mitten im Dschungel sein können.

Mit einem Wasserschlauch sprengte sie die steinernen Gehwege und die Platanen und Hibiskussträucher, die das Grundstück umgaben, bis der Garten nach feuchter Erde roch. Dann spritzte sie ihre Füße und Beine ab, beugte sich nieder und ließ Wasser über ihr Gesicht laufen. Ohne sich abzutrocknen, drehte sie den Hahn zu und ging mit tropfendem Gesicht zur Schaukel. Sie setzte sich seitlich hinein, streckte die Beine auf dem Lattensitz aus und lehnte sich mit dem Rücken gegen Armlehne und Kette. Mit einer leichten Beugung nach vorn setzte sie die Schaukel in Gang; die langen Ketten quietschten leise in den Lederführungen, die um den dicken Ast der Eiche gewickelt waren. Sie schlürfte das kalte Limonenwasser, griff nach hinten, faßte ihr langes Haar und drückte es auf dem Kopf zusammen.

Sie verlor das Zeitgefühl, und das hatte sie sich am meisten gewünscht. In den letzten Monaten war es ihr überraschend schwergefallen. Alles, was sie tat oder dachte, erinnerte sie an irgendeinen Aspekt, nah oder fern, beunruhigend oder betäubend, von Mary Lowe und den Frauen, die gestorben waren.

Sie hatte das Limonenwasser ausgetrunken, als sie glaubte, vor dem Haus halte ein Wagen. Die Gartenmauer versperrte ihr den Blick, aber sie hörte, wie die Tür geöffnet und geschlossen wurde. Eine kurze Stille folgte, dann kamen Schritte über die Steinplatten im

Vorgarten. Sie hörte sie auf das Haus zugehen und vor der Veranda innehalten. Dann wechselten sie die Richtung und nahmen den Weg, der um das Haus herum zum Gartentor führte.

Palma wartete und schaute auf das schmiedeeiserne Tor zwischen den beiden scharlachrot blühenden Hibiskussträuchern, wo der Besucher auftauchen würde. In dem Rahmen aus Blumen und Eisen erschien Sander Grant und blickte durch das Gitter in den Garten. Er sah sie sofort mit hochgelegten Füßen in der Schaukel sitzen.

«Mein Gott», sagte sie.

«Hallo.» Er stieß das Tor auf. Er trug blaue Hosen und ein weißes Hemd ohne Jackett. Krawatte und Kragen hatte er gelockert, die Hemdsärmel bis zu den Ellbogen aufgekrempelt. Er schloß das Tor hinter sich und kam im gleichen Tempo näher, in dem er eben durch den Vorgarten gegangen war. Sprachlos sah Palma zu, wie er den fleckigen Schatten der Platanen durchquerte, und merkte, daß seine gebrochene Nase ihr ein höchst willkommener Anblick war. Sie hatte die Geistesgegenwart, die Beine von der Schaukel zu nehmen, ehe er nahe genug war, um unter ihren Rock zu schauen.

Er lächelte, als er näher kam. «Überrascht, was?»

Sie stoppte die Schaukel.

«In der Stadt hat man mir gesagt, wenn Sie nicht zu Hause wären, könnte ich Sie wahrscheinlich bei Ihrer Mutter antreffen», sagte er, in einigen Fuß Entfernung stehenbleibend. «Ich hoffe, es ist Ihnen recht», sagte er.

«Natürlich.» Sie wußte nicht, ob sie ihm die Hand reichen oder ihn umarmen sollte. Grant steckte die Hände in die Hosentaschen und lächelte wieder, als wisse er, was sie empfand.

Ihre Augen konnten sich nicht satt sehen an ihm. Sie bewegte die Hand mit dem Glas. «Was tun Sie hier?»

«Haben Sie etwas davon, egal, was es ist?» fragte er, mit dem Kinn auf das Glas weisend.

«Ja, natürlich, sicher. Entschuldigen Sie. Hier», sagte sie. «Setzen Sie sich.» Sie trat von der Schaukel weg, und dann fiel ihr ein, wie sie aussehen mußte! Sie dachte an ihren Slip und Büstenhalter, die in ihrem alten Zimmer auf dem Bett lagen. Sie lachte verlegen. «Ich kann's gar nicht glauben, daß Sie einfach so auftauchen.»

Grant nickte achselzuckend, setzte sich in die Schaukel und sah zu ihr auf. Plötzlich fühlte sie sich nackt. Das Sonnenkleid war nicht dafür entworfen, daß man es ohne Unterwäsche trug.

«Ich hole uns noch etwas zu trinken», sagte sie. «Nur Limonensaft und Wasser. Es dauert bloß einen Augenblick.» Sie drehte sich um, kehrte ins Haus zurück und ging sofort in ihr Schlafzimmer.

«So einen langen und detaillierten Bericht habe ich noch nie geschrieben», sagte Grant. «Hat mich mehrere Wochen gekostet. Graphiken, Autopsie- und Laborberichte, alles, was ich in die Hände bekommen konnte, ist drin. War höllisch schwer, das alles zu organisieren. Aber was uns betrifft, ist es ein bahnbrechender Fall.» Sie saßen zu zweit in der Schaukel. Die meiste Zeit hatte er gesprochen. Ab und zu hatte er innegehalten, um einen Schluck Limonensaft zu trinken und das beschlagene Glas an seine Wange zu drücken. «Ich habe ihn inzwischen sicher ein halbes Dutzend Mal vorgetragen, den anderen Agenten der Abteilung, den Kadetten, den Beamten im Stipendienprogramm, jedem, der lange genug stillsaß.»

Palma hatte zugehört und hin und wieder den Kopf weggedreht, um in die gesprenkelten Schatten des Gartens oder in ihr Glas zu schauen. Sie fürchtete, ihn zu oft anzusehen.

«Hat sich Staatsanwalt Rankin mit Ihnen in Verbindung gesetzt?» fragte Palma, einen nackten Fuß über die Steine unter der Schaukel bewegend.

«Ja.» Grant nickte. «Ganz schönes Durcheinander, was? Macht die Sache bloß noch schlimmer.» Ihm war es nicht unbehaglich, sie anzusehen. Er hatte kaum einen Blick von ihr gewandt.

«Es dauert noch Monate, bis der Fall vor Gericht kommt», sagte sie. «In der Zeit kann viel passieren. Vielleicht kommt es gar nicht dazu.»

Grant schnaubte und schaute nach dem Tor, durch das er hereingekommen war. Sie hob die Augen von ihrem Glas, betrachtete seine gebrochene Nase, sein britisches Soldatenprofil, seine grauen Schläfen, seinen kräftigen Brustkorb.

Er drehte sich wieder um und erhaschte ihren Blick.

«Ich hätte gern», sagte er, «daß Sie sich überlegen, ob Sie für eine Weile nach Quantico kommen wollen. Wir haben ein neues Stipendienprogramm, das im Herbst anfängt, nächsten Monat schon, im September. Ich hätte Sie gern dabei.»

Palma war überrascht. Damit hatte sie nicht gerechnet. Er sah ihr Zögern.

«Der neue Kurs beginnt in ungefähr drei Wochen. Sehr viel Zeit zum Nachdenken haben Sie nicht. Er dauert ein Jahr. Sie würden ein Jahr dort sein.»

«Ich bin nicht sicher, ob ich das machen kann», sagte sie.

«Was? Für ein Jahr weggehen?»

«Nein. Den Kurs. Ich bin nicht sicher, ob ich ... das schaffe. Denn das würde ich doch hauptsächlich machen, wenn ich den Kurs beendet hätte, nicht? Ich würde Profile aufstellen.»

«Richtig. Analyse von Gewaltverbrechen.»

Wieder wandte sie den Blick ab und schüttelte unsicher den Kopf.

«Hören Sie», sagte Grant. «Sie sind es sich selbst schuldig, diese Sache zu erforschen. Sie haben... ungewöhnliche Fähigkeiten. Wenn... wenn schon sonst nichts, dann müssen Sie wenigstens lernen, damit zu leben, sie besser zu verstehen. Sie werden nicht verschwinden. Ich weiß es. Wenn Sie sich das wünschen, dann müssen Sie Ihren verdammten Beruf wechseln. Ganz aus der Polizeiarbeit weggehen. Jetzt, wo Sie sie einmal benutzt haben, werden sie Sie nämlich nicht mehr in Ruhe lassen. Das ist wie bei einem Künstler, der entdeckt hat, daß er eine Begabung für Farben hat. Er kann nichts dagegen machen. Es passiert einfach. Da können Sie genausogut lernen, Ihr Talent zu kontrollieren, zu disziplinieren.»

Palma hielt den kalten Drink in den Händen und betrachtete die leuchtend orangen und gelben Blüten der Wandelröschen ihr gegenüber. Hoch in den Eichen und Trompetenbäumen zirpten die Zikaden gegen die tote Hitze des Spätsommers an. Der pulsende, metronomische Rhythmus ihres Gesangs erinnerte Palma wie immer an Einsamkeit. Sie wußte nicht, was sie sagen sollte, sonst hätte sie es gesagt. Sie begriff nicht einmal, was sie fühlte.

«Ich möchte, daß Sie sich das überlegen», sagte er noch einmal. «Es ist ein Jahr», wiederholte er.

Sie wandte den Blick von den Blüten und sah ihn an. «Sind Sie deswegen hier?» fragte sie. «Um mir das zu sagen?»

Er nickte kurz. «Ich bin gekommen, um mit Ihnen zu reden», sagte er.

Sie sah ihn weiter an, und einen Augenblick lang dachte sie, mehr würde er nicht sagen. Dann sagte er: «Sehen Sie, ich will einfach nicht vollkommen verantwortungslos erscheinen, das ist alles. Sie wissen, was ich in diesem letzten Jahr durchgemacht habe. Es kam mir so vor, als hätte ich vielleicht einen ziemlich leichtfertigen Eindruck auf Sie gemacht... oder vielleicht... ich weiß nicht. Ich möchte einfach nicht, daß Sie... mich mißverstehen. Wir hätten ein Jahr. In einem Jahr könnten Sie mich kennenlernen.»

Palma sah ihn an. Ja, dachte sie, in einem Jahr könnte sie ihn kennenlernen. Sie glaubte allerdings nicht, daß sie dann anders für ihn empfinden würde als in diesem Augenblick. Zum ersten Mal seit Monaten empfand sie eine ungeheure Erleichterung. Sie war dankbar, daß er in bezug auf ihrer beider Schweigen klüger gewesen war als sie. Wenn er nicht zurückgekommen wäre, hätte sie vielleicht nie begriffen, was da geschah.